Nicci Gerrard (1958) groeide op in een oude boerderij in Worcestershire in Engeland, samen met haar twee zussen en broer. Ze heeft Engelse literatuur gestudeerd in Oxford. In Sheffield is ze met moeilijk opvoedbare kinderen gaan werken en later is ze naar Londen verhuisd, waar ze les heeft gegeven en freelance journalist was. Ze zette een tijdschrift op en schreef onder andere voor *The Observer*. Ondertussen trouwde ze met haar eerste man en werden haar oudste zoon en dochter geboren. Later ontmoette ze Sean French, met wie ze het beroemde auteursduo Nicci French vormt. Zij zijn getrouwd en kregen samen twee kinderen.

Over de boeken van Nicci Gerrard:

'Om in één adem uit te lezen.' *Margriet*

'Een intelligente, subtiel geschreven roman over relaties, gezinnen en hun geheimen.' *De Morgen*

'Dezelfde onderhuidse spanning die zo smaakbepalend is voor de literaire thrillers van Nicci French.' *Algemeen Dagblad*

'Nicci Gerrard overtreft zichzelf alweer. Een zinderende roman over liefde en het vermogen om lief te hebben. Wat er ook gebeurt.' *Boek*

'Al na drie pagina's wist ik: in dit boek kún je niet stoppen. Een prachtig geschreven roman over liefde, het leven en vergeven.' *Viva*

Van Nicci Gerrard verschenen:

De onderstroom
Het voorbijgaan
In het maanlicht

Soham: het verhaal achter een gruweldaad (non-fictie)

Nicci Gerrard

In het maanlicht

2007 – De Boekerij – Amsterdam

Oorspronkelijke titel: Simple in the Moonlight (Michael Joseph)
Vertaling: Sabine Mutsaers
Omslagontwerp en beeld: marliesvisser.nl, met speciale dank aan Marianne
Auteursfoto: Chris Terry

Tiende druk 2007

ISBN 978-90-225-4914-8

© 2006 Nicci Gerrard
© 2006 voor de Nederlandse taal: De Boekerij bv, Amsterdam

Niets uit deze uitgave mag worden openbaar gemaakt door middel van druk, fotokopie, microfilm of op welke andere wijze ook zonder voorafgaande schriftelijke toestemming van de uitgever.

Voor zover het maken van kopieën uit deze uitgave is toegestaan op grond van artikelen 16h t/m 16m Auteurswet 1912 dient men de daarvoor wettelijk verschuldigde vergoeding te voldoen aan de Stichting Reprorecht te Hoofddorp (Postbus 3060, 2130 KB) of contact op te nemen met de uitgever voor het treffen van een rechtstreekse regeling.

Voor mijn ouders

PROLOOG

In de verte riep iemand haar naam, maar Gaby kon geen kant op. Niet omhoog, waar de steeds dunnere takken zwiepten en kraakten in de wind, en niet naar beneden, naar de veilige, onbereikbare grond in de verte. Ze kon alleen maar blijven staan waar ze stond, met haar armen om de stam van de beukenboom heen geslagen en haar gezicht tegen de ruwe schors gedrukt. Haar linkerhand had ze boven haar hoofd om een stompje geklemd, haar rechterhand zat onhandig in een kleine holte gewrongen; haar pols klopte pijnlijk. Ze wist zeker dat ze zou vallen zodra ze een van haar handen zou verplaatsen; in gedachten zag ze zichzelf al door de takken en bladeren buitelen en op de harde grond belanden. Zodra ze een klein stukje verschoof, voelde ze dat de tak waarop ze stond begon te zwiepen. Hij zou breken, dacht ze. Of haar hand, klam van angst, zou van de andere tak af glijden. Gaby keek omhoog. Door de takken heen, die nog kleverig waren van nieuwigheid en duizelingwekkend heen en weer bewogen in het zonlicht, zag ze de blauwe lucht. Witte wolken dreven voorbij. De boom helde haar kant op. Ze klemde zich steviger vast aan de stam en had het gevoel alsof ze ieder moment achterover kon vallen.

Toen keek ze naar beneden, naar de plek waar ze vandaan was gekomen. Haar hart sloeg over. De takken leken wel honderden kloppende aderen; de bladeren, golvend in de wind, vormden een groene zee die voortdurend in beweging was. Daaronder zag ze de grond, die niet langer hard en stevig was maar akelig leek te kolken, als een trage, bruine rivier. Er ontsnapte een jammerkreetje aan haar lippen. Haar hart bonkte, haar ademhaling was pijnlijk schor, haar kuiten brandden, haar handpalmen prikten en haar pols deed zeer. Er liep een dun straaltje bloed over haar wang, irritant als een vlieg die ze niet kon wegslaan. Ze stak haar tong uit en proefde met het puntje de ijzersmaak. Dadelijk, dacht ze, zou ze gewoon loslaten, omdat ze het niet langer kon verdragen hier zo te staan wachten tot ze viel. Dan kon ze het maar beter achter de rug hebben.

'Gaby, niet naar beneden kijken,' klonk een stem.

'Ik kan niet verder.'

'Onder je is nog een tak. Als je je linkervoet naar beneden steekt, kun je hem voelen. Hij is best dik.'

'Ik kan het niet.'

'Natuurlijk wel. Het is niet zo moeilijk.'

Gaby stak voorzichtig haar voet omlaag en tastte naar opzij met haar tenen. Haar keel zat dichtgeschroefd van angst en haar mond was kurkdroog.

'Een stukje verder naar beneden, een piepklein stukje maar. Goed zo. Nu je rechterhand. Vlak bij je middel is een tak.'

'Maar ik kan niet loslaten!'

'Het zal toch een keer moeten, hè? Je kunt daar niet blijven staan. Zal ik anders hulp gaan halen?'

'Nee! Laat me niet alleen.'

'Oké, verplaats je hand dan een stukje. Goed zo, dat viel toch best mee? Nu kun je je linkerhand omlaag schuiven. Zo, ja. En dan je andere voet.'

Zodra Gaby op de lagergelegen tak stapte, werd er een hand om haar enkel geslagen, vlak boven haar gymschoen. Hij was warm en droog en ze voelde zich een klein beetje veiliger.

'Zie je? Ik sta op die grote tak onderaan, dus je bent er bijna.'

'Hoe ver nog?'

'Nog één grote stap naar beneden, maar volgens mij kun je er wel bij. Je rechterhand moet weer omlaag, maar vlak voor je is een tak.'

Gaby stak haar rechterbeen gestrekt naar beneden en liet haar lichaam zakken. Haar knie zat bijna onder haar kin en haar armen trilden van inspanning. Toen ze omlaag keek, zag ze door de caleidoscoop van bladeren een gezicht naar haar kijken, met die strakke kaaklijn en de turkooizen ogen. Er werd een hand naar haar uitgestoken.

'Hier, pak mijn hand. En nu springen.'

Gaby sprong. Haar voeten kwamen op het houten vlondertje van de boomhut terecht en ze struikelde en viel op de grond, vlak naast Nancy. Haar benen trilden verschrikkelijk, dus sloeg ze haar armen eromheen en leunde met haar kin op haar knieën. Zo wachtte ze tot haar hart zou stoppen met bonzen en de wereld niet langer om haar heen zou tollen. Boven haar ruisten de bladeren in het briesje en stond de zon hoog aan de blauwe hemel. Nancy, die nog altijd naar haar stond te kijken, zag dat haar wangen besmeurd waren met bloed, modder, mos en tranen en dat haar onderlip nog trilde. Ze rommelde wat in haar knapzak en nam langer de tijd dan ze nodig had om er een papieren zakdoekje uit te halen.

'Je gezicht is hartstikke smerig.'

'Dank je,' zei Gaby nors. Ze was haar vriendin dankbaar voor de tactvolle stilte; Nancy betuttelde haar niet, iets waardoor Gaby zich nog dommer en onhandiger zou hebben gevoeld. Ze depte de schaafwond in haar gezicht schoon.

'Beter zo?'

'Hier zit nog wat.' Nancy raakte haar eigen gezicht aan om de plek aan te geven. 'En hier. Zal ik het voor je doen?'

'Goed.'

Nancy maakte het zakdoekje nat met de punt van haar tong, in een wonderlijk moederlijk gebaar, en veegde voorzichtig Gaby's gezicht schoon, met een geconcentreerde frons op haar voorhoofd.

'Zo. Weg.'

Ze bleven even zwijgend zitten, Gaby met haar rug tegen de boom. Als ze haar hals rekte, kon ze het keukenraam zien, waar haar moeder aan het aanrecht stond. Waarschijnlijk deed ze de afwas en luisterde ze naar de radio. Gaby sloot even haar ogen en hoorde de zingende vogels en het ruisen van de wind, dat niet langer bedreigend maar eerder vrolijk klonk.

Twee jaar geleden hadden ze deze boomhut samen gebouwd, vlak nadat ze elkaar hadden leren kennen en vriendinnen waren geworden. Gaby's broers hadden geholpen met de bouw, maar ze hadden hem zelf geschilderd. Hij begon een beetje bouwvallig te worden: de planken zaten onder de vogelpoep en sommige hingen los. De bel die ze hadden opgehangen was verdwenen; op de plek waar hij had gehangen hing alleen nog een rafelig stuk touw. Die eerste zomer hadden ze een tafel gemaakt, van twee planken die op bakstenen balanceerden, en ze hadden een scherm neergezet om zich te verschuilen voor de rest van de wereld. Vrijwel dagelijks waren ze Stefans touwladder op geklommen om urenlang te kletsen, te lezen en te eten van de picknick die ze bij Gaby thuis in de keuken hadden klaargemaakt. Nu kwamen ze minder vaak in de hut. Per slot van rekening was Nancy al dertien, en Gaby bijna. Hun lichamen werden ronder; ze kregen borstjes en haar tussen hun benen en onder hun oksels, en jeugdpuistjes, en Nancy werd al ongesteld. Ze keken nu met andere ogen naar de jongens en bestudeerden hun eigen spiegelbeeld met een nieuwe ernst en bezorgdheid. Ze lakten hun nagels en experimenteerden met make-up en kapsels – al was Nancy's haar eigenlijk te kort om er iets mee te doen en dat van Gaby zo lang, krullend en vol vreselijke klitten dat ze het uitschreeuwde en tranen in haar ogen kreeg zodra Nancy er een kam doorheen haalde. Beiden waren zich er min of meer van bewust dat het einde van hun kindertijd naderde, en als ze al naar de boomhut gingen, was dat met een sentimentele nostalgie voor de platte, spichtige meisjes die ze waren geweest toen ze elkaar pas kenden.

'Ik was bang, joh,' zei Gaby toen haar hart tot bedaren was gekomen en haar ledematen niet meer trilden.

'Ik zei nog dat je niet zo hoog moest gaan.'

'Nou, je had gelijk. Dat wist ik trouwens heus wel, hoor. Ik moest het gewoon toch doen.'

'Waarom?'

'O,' zei Gaby vaag. 'Weet ik veel. Zodra de gedachte bij me opkwam, wist ik dat ik het zou doen, ook al wilde ik het eigenlijk niet. Het was een soort... luchtbel in mijn borstkas.'

'Een uitdaging.'

'Ja. Ik kan geen nee zeggen. Heb jij dat nooit?'

'Nee.'

'Helemaal nooit?'

'Nooit. Ik wil mezelf geen pijn doen.'

'Ik ook niet,' zei Gaby.

'En ik wil niet opvallen.'

'O!' Gaby trok een pijnlijk gezicht. 'Je vindt me een opschepper.'
'Dat ben je ook. Maar op een leuke manier, hoor,' voegde ze er haastig aan toe toen ze Gaby's gezicht zag. 'Je doet het niet om jezelf belangrijker te maken of zo. Je bent een soort actrice die allemaal verschillende rollen speelt.'
'Maar bij jou hoef ik geen rol te spelen.'
'Nee.'
'Misschien heb je net mijn leven gered.'
'Doe niet zo idioot. Als je die boom echt niet uit had gekund, zou ik je moeder wel geroepen hebben.'
'Ik kón er echt niet uit. Ik kon geen kant meer op en ik dacht dat de boom zou omvallen.'
'Welke boterham wil jij? Die met geprakte banaan – helemaal bruin geworden – of met pindakaas? Ze zien er allebei hetzelfde uit: beige.'
'Banaan.'
'Hier.'
Ze aten zwijgend hun boterham op. De zon klom hoger aan de hemel en wierp, door de bladeren gefilterd, vlekkerige schaduwen om hen heen en verwarmde hun gezichten en halzen. Nancy trok haar trui uit en legde hem als een kussentje achter haar rug; Gaby maakte de veters van haar gympen los, trok ze uit en wiebelde met haar tenen. Ze keek naar haar vriendin. Nancy zat in kleermakerszit, met kaarsrechte rug. Ze was slank, schoon en netjes. Haar haar was naar achteren gekamd, achter haar oren, die nog een beetje rood en dik waren omdat ze er pas gaatjes in had laten prikken. Op haar dertiende verjaardag had Gaby een behoorlijk dikke naald steriel gemaakt door hem in een vlammetje te houden, en daarna de zwartgeblakerde punt door Nancy's vlezige oorlelletjes gestoken, in de halve rauwe aardappel die ze erachter hield. Haar oren waren flink ontstoken geraakt en bovendien zaten de gaatjes zichtbaar ongelijk; het had een vreemd effect op Nancy's onberispelijke, gelijkmatige gezicht. Bij haar vergeleken voelde Gaby zich groezelig: haar spijkerbroek was gescheurd, de hielen van haar beide sokken waren kaal, ze had vuil onder haar nagels en zand in haar nek. Haar haar viel in haar ogen. Haar kleren kriebelden. Zuchtend keek ze omhoog naar de dikke takken, en heel even stond ze zichzelf toe om eraan te denken hoe ze zich had gevoeld daarboven, wetend dat ze zou vallen.

'Ik ben benieuwd wie van ons als eerste doodgaat,' zei ze dromerig.
'Dood!'
'Ik, denk ik. Waarschijnlijk val ik uit een boom of zo.'
'Nee, jij hebt negen levens.'
'Ik zou wel in een brandende boot gelegd willen worden als ik dood ben, net als de Vikingen, en dan tussen de vlammen naar zee drijven.'
'Ik wil begraven worden in een kartonnen doos, rechtop. Daar heb ik iets over gelezen. Zo word je sneller opgegeten door de insecten.'
'Gadver!'
'Dat is de natuur. Uiteindelijk wordt iedereen opgegeten.'
'Niet als je in een brandende boot ligt.'
'Maar jij bent de eerste van ons die gaat trouwen.'
'Ik?'
'Ja. Ik ga namelijk helemaal niet trouwen. Ik ga later alleen wonen, met een kat om me gezelschap te houden. Dan kan ik doen waar ik zin in heb.'
'Mag ik niet bij je komen wonen?'
'Tot je gaat trouwen.'
'Maar wil je dan ook geen kinderen?'
'Ik weet het niet. Mijn moeder zegt dat het veel te veel werk is, kinderen hebben. En je krijgt er niks voor terug, zegt ze.'
'Jij bent haar enige kind.'
'Ja.'
Gaby staarde haar even aan en wendde toen haar blik af.
'Ik wil wel kinderen,' zei ze vastberaden. 'Vier, en als ik kan kiezen, wat natuurlijk niet kan, dat weet ik wel, dus kijk niet zo naar me alsof ik een klein kind ben dat niet weet hoe de wereld in elkaar zit: twee jongetjes, Oliver en Jack, en twee meisjes, Rosie en Poppy. En een kat, een hond, kippen en een hamster.'
'Als je volwassen bent, wil je geen hamster meer!'
'Hoezo niet?'
'Dat wil je dan gewoon niet meer.'
'O,' zei Gaby verbaasd. Ze kneep haar ogen dicht tegen het zonlicht. 'Soms wil ik helemaal niet volwassen worden. Het is me te ingewikkeld. Ik blijf liever zoals we nu zijn. Lekker in de boomhut boterhammen met banaan eten en plannen maken zonder dat je ze hoeft uit te voeren.'

'Hmm,' mompelde Nancy. Toen ze geeuwde zag Gaby haar amandelen trillen achter in haar schone, roze mond.

'Je weet gewoon niet wat er later gaat gebeuren. Dat is een gek idee. Alles wat voor je ligt, is nog heel wazig.'

'Hier, neem een chocoladekoekje.'

'Maar één ding weet ik wél: wij blijven altijd vriendinnen, hè?'

'Ja, natuurlijk.'

'Tot we negentig zijn.'

'Als we dan nog leven.'

'Zullen we een gelofte afleggen?'

'Wat voor gelofte? Dat we dan nog leven?'

'Dat we vriendinnen blijven zolang we leven.'

'Oké.' Nancy dwong zichzelf om net zo ernstig te doen als haar vriendin, al voelde ze zich een beetje opgelaten en verlegen. 'Ik beloof dat we vriendinnen blijven tot onze dood.' Ze zweeg even. 'Zo waarlijk helpe mij God,' voegde ze eraan toe om het plechtiger te maken.

'Je zegt altijd dat je niet in God gelooft!'

'Doe ik ook niet. Het klonk gewoon beter.'

'Nou, dat vind ik niet. Niet als ik weet dat je het toch niet meent.'

'Ik meen het wel – tenminste, dat we vriendinnen blijven. Maar nu is het jouw beurt.'

'Ja.' Gaby pakte Nancy's hand. Ze zag dat de nagels van haar vriendin afgebeten waren en dat ze kringen eczeem rond allebei haar polsen had, en om de een of andere reden voelde ze zich door die aanblik droevig en volwassen. Ze keek in Nancy's lichtturkooizen ogen. 'Ik beloof trouw dat ik altijd je vriendin zal blijven,' zei ze schuchter en emotioneel. Ze kreeg tranen in haar ogen en haar hart bonkte tegen haar ribbenkast. 'Daar kan niets of niemand tussen komen. Nooit. En geef me nu dat chocoladekoekje maar voordat het smelt.'

1

'Hoe we elkaar hebben ontmoet?' vroeg Gaby, glimlachend naar het jonge gezicht tegenover haar. 'Ach ja, dat was nogal dramatisch. Een ongeluk.'
 'Per ongeluk?'
 'Nee, door een ongeluk. Ik herinner het me nog als de dag van gisteren.'

Ieder stel heeft een verhaal over hun ontmoeting; ze vertellen het aan elkaar en herhalen het daarna, met geïmproviseerde toevoegingen en onderbrekingen, voor familie en vrienden. Hun verhaal was bizar en levendig, verweven met de tragedie van anderen, en wanneer ze het vertelden, keken ze elkaar aan en dachten ze terug aan het laaggelegen weggetje en het donkere fluweel van de nacht, en dan kwam het hun voor alsof zowel zijzelf als de ander figuren waren op een gotisch schilderij. Want ze hadden elkaar niet leren kennen op school of op de universiteit, niet op kantoor of op een feestje, niet via vrienden, een avondcursus of een relatiebureau; ze hadden elkaar niet ontmoet in een trein of een vliegtuig of op het strand; er was zelfs geen sprake geweest van kruisende blikken, een stokkende adem en de wereld die langzamer ging draaien. Zíj hadden elkaar leren kennen door een auto-ongeluk. Hun werelden waren volledig gescheiden geweest en dat zou zo gebleven zijn, ware het niet dat drie dronken studenten in een oude, onverzekerde Rover te snel een scherpe bocht hadden genomen en tegen een oeroude paardenkastanje waren geknald; een boom waarvan de enorme stam maar amper beschadigd was geraakt. De carrosserie van de auto was door de klap als een kartonnen harmonica in elkaar geschoven; de Rover had zich om de boom heen gevouwen in een oorverdovend geknars van scheurend metaal en versplinterend glas, en iemand had een korte kreet geslaakt die vanuit de verte klonk als de roep van een uil. Voor drie mensen was het verhaal die nacht geëindigd – voor de twee passagiers vrijwel onmiddellijk, onder de takken van de boom; voor de bestuurder onderweg naar het ziekenhuis, terwijl hij de namen van zijn vrienden riep – maar voor hen was het begonnen.

In de loop der jaren was Gaby de verschillen tussen hun beider lezingen van het verhaal uit het oog verloren. Connors herinneringen aan hun ontmoeting kwamen haar nu voor alsof ze van haarzelf waren; haar eigen herinneringen waren ook die van hem. Het was bijna griezelig, als een heldere koortsdroom waarin ze zichzelf zag door de ogen van Connor en ze zijn emoties in haar eigen schedel voelde. Was dat nou liefde, vroeg ze zich soms af, wanneer je je eigen persoonlijkheid niet meer kon onderscheiden van die van de ander? De gedachte maakte haar bang, want ze wist niet of ze zichzelf wel zo zou moeten wegcijferen, of ze zich moest laten opslokken door de intimiteit. Soms wilde ze haar eigen, uitgesproken verhaal terug, met een duidelijke verhaallijn en slechts één gezichtspunt. Ze had behoefte aan scherpe kantjes, uit angst dat er anders niets van haar over zou blijven. De nacht dat ze elkaar hadden ontmoet, had Connor haar gevonden en had zij – euforisch, onontkoombaar – zichzelf verloren. Wanneer ze hem hun verhaal hoorde vertellen, voelde ze zichzelf het verleden in tuimelen en dan werd ze overmand door een soort duizeligheid. Was het zo echt gegaan?

Connor reed terug naar Oxford na een bezoek aan zijn ouders, even buiten Birmingham. Zijn vader, een fabrieksarbeider die zijn leven lang had gerookt, had te horen gekregen dat hij longkanker had. Zijn moeder, die altijd het gevoel had dat het leven haar persoonlijk teleurstelde, dronk tegenwoordig ook overdag, met hetzelfde fanatisme waarmee ze het huis schoonmaakte: ze beukte regelmatig in de achtertuin met een bezem op de vloerkleden om het stof eruit te slaan. Connor dacht tijdens de autorit aan zijn ouders; zijn vader had verrassend opgewekt op zijn ziekte gereageerd, bijna vrolijk, en hij had een boosaardige glinstering in zijn ogen gekregen bij zijn gebruikelijke schimpscheuten over Connors politieke opvattingen en zijn met de botte schaar geknipte gevangeniskapsel, terwijl Connors moeder uitgemergelder dan ooit had geleken en haar ogen vlekkerig geel zagen. Hij voelde nog steeds haar vingers op zijn bovenarmen, op de plek waar ze zich aan hem had vastgeklampt bij het afscheid. Hoewel ze pas vijftig jaar was, was ze hem plotseling voorgekomen als een gemeen glurende heks uit een sprookje die hem terugsleurde naar het verstikkende, schemerig verlichte krot uit zijn jeugd. 'Kom gauw weer langs,' had ze hem toegebeten, met de geur van goedkope rode wijn en brandewijn in haar adem, en het had hem grote moeite gekost om zich niet vol afkeer los te trekken.

Onder het rijden probeerde hij niet al te diep na te denken en alleen fragmenten en beelden in losse formaties door zijn gekwelde geest te laten gaan. Het boek dat hij had gelezen over geneesmiddelen in de tropen. De tekst van een lied, hoe ging het ook alweer? *Lying in a burnt-out basement*, nog-wat, nog-wat, *hoping for...* Hoop waarop? Hij wist het niet meer; de woorden schemerden ergens in een hoekje van zijn geheugen en verdwenen uit het zicht zodra hij ze probeerde te grijpen. Het eten bij zijn ouders, vleespastei met lauwe aardappels waar met een vork toefjes van gemaakt waren, en worteltjes uit blik. Zijn lijf jeukte en voelde vies, onrein. Zijn armen en benen waren zwaar van het autorijden. Morgenvroeg zou hij gaan hardlopen, voordat hij naar het ziekenhuis vertrok – om half zeven opstaan, nog voor het helemaal licht was, en dan langs de waterkant rennen terwijl de zon langzaam hoger aan de hemel klom. Een blik op het dashboardklokje leerde hem dat het na middernacht was; nog maar een paar kilometer te gaan, en ginds dook al de vaag oranje gloed van de stad op boven de skyline. Hij had zich nog nooit in absolute duisternis bevonden, en misschien zou die hem angst aanjagen, maar hij dacht dat het donker hem wel zou bevallen: hij vond het vaak uitnodigend en had juist een hekel aan fel licht. Kale gloeilampen, woestijnen, grote vlakten oogverblindende sneeuw.

Sally zou waarschijnlijk al in bed liggen. Hij stelde zich haar donkere haar voor dat uitwaaierde over het kussen, en de rust op haar gezicht. Buiten zijn kamer was het een rotzooi, lawaai, de chaos van een gezamenlijk huishouden, maar binnen was het netjes. Alles had zijn vaste plaats. De deuren van de kastjes waren dicht en zijn studieboeken lagen in stapeltjes op de tafel waaraan hij werkte. Sally bleef vaak bij hem slapen, maar ze waakte ervoor om de orde te verstoren. Op het nachtkastje stond nu waarschijnlijk een glas water, en er lag een strip pillen en misschien een roman of een medisch studieboek, met boekenlegger. Haar kleding lag altijd keurig opgevouwen op de stoel bij de deur. Ze had een mysterieus lachje op haar gezicht wanneer ze sliep, maar zo nu en dan deed ze haar ogen open zodat alleen het wit zichtbaar was, en dan legde Connor onaangedaan zijn duimen op haar oogleden om ze zachtjes weer dicht te duwen, zoals een begrafenisondernemer bij een lijk deed.

Het kostte hem moeite om wakker te blijven, ook al was de reis bijna ten einde en hoefde hij nog maar een minuut of twintig te rijden. Hij wist dat hij even zou moeten uitstappen, en toch reed hij traag en futloos door. De verwarming werkte niet goed, waardoor de lucht die uit het rechterroostertje kwam ijskoud was en die uit het linkerroostertje te warm. Zijn oogleden werden zwaar en de weg leek te flakkeren in het felle licht van zijn koplampen. Hij sperde zijn van inspanning dichtgeknepen ogen open en rekte zijn gezichtsspieren op tot een overdreven, rubberachtige grimas in een poging zijn blik scherp te stellen. Hij ging stijf rechtop zitten en pakte het laatste stukje melkchocolade uit de wikkel die op de stoel naast hem lag, en hij zoog er langzaam op om er langer mee te doen. De zoete smaak gleed zijn keel in; heel even voelde hij zich alert en strekte de weg zich aangenaam helder voor hem uit. Maar wat is het eigenlijk vreemd dat wanneer je weet dat in slaap vallen je dood zou betekenen, het zo moeilijk is om wakker te blijven. Hij beet op zijn lip en kneep even in zijn wang, hard genoeg om de pijn te voelen. Hij verstevigde zijn greep op het stuur. Als de radio had gewerkt, had hij een zender kunnen opzoeken waar hij hard mee kon meezingen, maar hij kreeg er alleen een onaangenaam ruisend gekraak uit, met zo nu en dan een flard losse woorden. Hij deed de raampjes open om de scherpe kou van de herfstlucht binnen te laten, en hoewel hij bij zichzelf had gezworen te stoppen met roken, drukte hij de aansteker in en stak een sigaret op zodra die weer naar buiten sprong. Het puntje gloeide rood toen hij een trek nam, en zijn longen deden pijn. Hij dacht aan de verschroeide longen van zijn vader, aan doodgaan, en nog drukte de slaap zwaar op hem. Ergens vóór hem meende hij een geluid te horen, een donderslag of misschien zelfs een geweerschot, en daarna het krassen van een uil. Hij wreef koortsachtig in zijn ogen toen de weg begon te slingeren en de bomen zich kronkelend naar hem toe bogen.

Een gestalte dook op uit de heg en stoof op zijn auto af. Eerst – nog terwijl hij zijn voet op de rem zette en met een ruk uitweek, met piepende banden en een plotselinge toxische stoot adrenaline – dacht hij dat het een schaduw was, gezichtsbedrog door het donker en zijn vermoeidheid. Hij kon zelfs niet vaststellen uit welke richting het kwam; misschien was het een grote vogel die laag overvloog. Maar toen maakte de gestalte zich los uit het duister. Hij zag dat de figuur schreeuwde en met zwaaiende armen vlak voor de auto stond, binnen en dan weer buiten het felle schijnsel van zijn koplampen. Hij zag hem en was hem weer kwijt, de witte vlek van een gezicht met donkere open mond en gaten waar de ogen moesten zitten, en een wapperende bos haar en een lange rok die omhoog was geknoopt.

'Wat krijgen we nou, verdomme...?'

Vuisten die op zijn raam bonsden. Hij trok aan de handrem en duwde het portier open. Ze viel half naar binnen, onverstaanbaar brabbelend. Hij ving de geur van tabak en parfum op en hoorde het gerammel van de kralen die ze om haar hals droeg.

'O-god-help-een-auto-mensen-ik-denk-dat-ze-dood-zijn-zo-jong-een-ambulance-jezus...'

'Rustig,' zei hij scherp, nu klaarwakker. 'Vertel me alles wat je weet.'

'Auto-ongeluk,' antwoordde ze. Het kostte haar zichtbaar moeite. 'Vlak om de hoek. Ze zijn tegen een boom gereden. Ik weet niet of er nog iemand leeft. De auto is helemaal... Hij zit in elkaar en ik keek naar binnen, maar... O, jezus.' Ze zweeg abrupt.

Zelf kon Gaby zich niet herinneren wat ze tegen hem had gezegd. Ze herinnerde zich zelfs niet meer dat ze had gesproken en op dat moment had ze geen flauw idee tegen wie ze haar woorden richtte: man of vrouw, jong of oud. Ze wist alleen dat ze tegen een auto geleund stond die naar leer, sigaretten en chocolade rook terwijl er achter haar een bloedbad was aangericht.

'Ik zal eens kijken.' Connor stond nu naast de auto, stevig op zijn benen, en zijn hartslag was regelmatig. Hij voelde zich vreemd kalm en zijn stem klonk gezaghebbend. Maar alles gebeurde van een afstand. Zelfs tijdens het spreken en handelen was hij zich bewust van de indruk die hij wekte: de arts die het heft in handen nam gedurende een crisissituatie. Hij voelde zich nobel en tegelijkertijd absurd, een oplichter. Maar de vrouw die voor hem stond leek hem te geloven. Ze werd zichtbaar rustiger van zijn woorden.

Was dat wel zo? Ook dat kon ze zich niet herinneren. Maar het was inderdaad zo dat de man die daar stond een zeker gezag uitstraalde en ze vertrouwde er onmiddellijk op dat hij het van haar over zou nemen. Ze was niet langer alleen in deze krankzinnige nacht met dode mensen.

'Breng me erheen,' zei hij vastberaden.

'Nee! Luister! Je moet bij iemand thuis een ambulance gaan bellen. Ik ben op de fiets. Trouwens, ik geloof dat de ketting gebroken is toen ik gestopt ben.'

'Ik ben arts,' zei hij – op een dag zou hij dat inderdaad zijn, en het uitspreken van die woorden gaf hem een zeker gezag, gaf hem permissie om de touwtjes in handen te nemen. 'Jij kunt beter het alarmnummer gaan bellen, dan blijf ik hier om te kijken of ik iets kan doen. Kun je autorijden?'

'Zo'n beetje,' zei ze. 'Ik bedoel... ja. Ja!'

'Neem mijn auto dan mee. Je moet hier keren. Een kilometer of vijf, zes verderop staan een paar huizen.'

'Probeer die mensen te redden.' Ze plofte achter het stuur, trok het portier dicht en kwam er met haar gestreepte rok tussen; een opzichtige strook felle kleuren die tegen de deurlijst wapperde. Toen reed ze achteruit tegen de aardwal, in een regen van opspattende modder. Vervolgens reed ze met gierende motor vooruit, miste op een haar na de greppel en gaf weer een ruk aan het stuur. De motor loeide en de banden draaiden zich op volle toeren vast in een diepe geul voordat ze weer grip kregen. De auto vloog met een schok naar voren. Ze zat voorovergebogen in haar stoel, haar gezicht vlak boven het stuur. Connor zag haar glinsterende ogen en haar medusahaar, en even was hij verontrust. Ze reed in zijn auto alsof ze een wilde hengst temde: een van beiden moest winnen en de ander zou verliezen. Toen keerde hij haar de rug toe en rende weg in de richting waaruit zij was gekomen. Nu hij alleen was, sijpelde het zelfvertrouwen tamelijk snel weg. Hij was als de dood voor wat hij om de hoek zou aantreffen en had geen idee wat hij moest doen.

'Dus jij was ook bang?' vroeg Gaby later toen ze hun verhaal voor het eerst samen vertelden: ze kozen er details uit en herinnerden zich dingen die al dan niet echt gebeurd waren, maar die na verloop van tijd werkelijkheid zouden worden in hun gedachten. 'Ja, ik was ook bang,' antwoordde hij. 'Doodsbang.'

Op het moment zelf kon hij bijzonder weinig uitrichten. Het was het donkerste uur van de nacht en het tafereel voor hem werd alleen verlicht door de halfvolle maan die laag aan de hemel stond, en enkele speldenpuntjes van sterren. Hij bleef een ogenblik staan en haalde diep adem. Zijn voorhoofd was klam. De auto, om een boom heen gevouwen, was amper nog herkenbaar. De voorkant zat volledig in elkaar en het was onmogelijk voor te stellen dat er nog iemand levend in zou zitten. Maar hij moest gaan kijken, hij kon daar niet als een nutteloze toeschouwer blijven staan. Dus dwong hij zichzelf een paar passen te lopen, turend naar het wrak door half dichtgeknepen, onwillige ogen. Een hand bungelde slap uit het achterraampje, als een roerloze zwaai om hulp, maar verder kon hij niets onderscheiden. De auto had zijn inzittenden ingesloten als een conservenblikje dat vertrapt is met een zware spijkerschoen.

'Hallo,' zei hij toen hij de auto naderde. Hij was blij dat zijn eigen stem vast en kalm klonk. 'Kan iemand mij horen? Er is een ambulance onderweg. Heel even nog.'

De stilte om hem heen was zwaar, afschuwelijk, en hij hield zijn adem in om hem niet te doorbreken. Niets. Alleen het geritsel en geschraap van een blad dat van de boom boven hem viel. 'Ik kom jullie helpen,' zei hij, en hij probeerde het gedeukte achterportier te openen. Geen beweging. Hij pakte de bungelende hand vast en voelde aan de pols terwijl hij probeerde te zien aan welk lichaam hij vastzat, ergens in de ravage binnen in de auto. Hij rook bloed, metalig en zoet, en poep; de lucht bleef in zijn neusgaten hangen. Was dit de geur van de dood? Hij had in zijn eerste studiejaar wel lijken opengesneden, maar die roken alleen naar formaldehyde. Ze waren ingelegd en kleurloos en leken nog maar amper op mensen.

'Hou vol,' fluisterde hij zinloos. Er was geen hartslag voelbaar onder zijn duim. Hij liet de hand voorzichtig los en stak zijn hoofd de auto in, waarbij hij probeerde de grillige glassplinters die nog in het raamkozijn vastzaten te ontwijken. Met zijn hand tastte hij naar een lichaam. Hij voelde een schouder in spijkerjack, een oor en toen zacht, borstelig haar dat hij zich bruin voorstelde, al kon hij het natuurlijk niet weten. Instinctief trok hij zijn hand terug zodra zijn vingers het gezicht aanraakten, glibberig van het bloed. Hij boog zich de duisternis in en luisterde of hij een ademhaling kon horen, gekreun misschien. Niets. Met half dichtgeknepen ogen probeerde hij de gestalten te onderscheiden die samen een kluwen vormden, en hij zag bleek vlees. Hij dwong zichzelf verder de auto in en het lukte hem om een arm aan te raken, maar die was vrij koud en voelde als rubber. Wat verliest een lichaam snel zijn warmte, dacht hij. Hij hoorde zijn eigen hortende ademhaling; alleen die van hem, van niemand anders.

Toen klonk er een geluid, zo zacht dat het een krakende tak had kunnen zijn. Het kwam van buiten de auto, en hij ging moeizaam rechtop staan en spitste zijn oren. Daar was het weer, vlak voor hem, achter het overblijfsel van de motorkap. Had hij maar een zaklamp. Hij graaide in zijn jaszak en viste zijn aansteker eruit, knipte die aan en hield hem op een armlengte afstand. Het blauwe vlammetje flakkerde en heel even zag hij een gezicht dat tegen de versplinterde voorruit van de auto gedrukt was, de geopende ogen glazig. Hij wendde zijn blik af.

'Waar ben je?' riep hij zachtjes, en hij liep naar voren.

De jongeman lag op de aardwal, een paar meter bij de boom vandaan. Zijn been was in een onmogelijke hoek geknakt en zijn romp was donker van het bloed. Maar hij leefde nog. Connor hoorde zijn vage, onregelmatige ademhaling. Hij liet zijn aansteker uitgaan en ging op zijn hurken naast de jongen zitten, in het natte gras tussen de natte brandnetels, en legde een hand op zijn voorhoofd.

'Er komt zo een ambulance,' zei hij. 'Hou vol.'

Hij wist niet wat hij nu moest doen. De jongeman – heel jong, zag hij nu – ademde nog. Mond-op-mondbeademing of hartmassage was niet nodig. Connor trok zijn jas uit en maakte er een kussentje van, dat hij onder het hoofd van de jongen schoof. Het viel hem op hoe dik en donker zijn haar was, en dat hij een pleister op zijn wang had; waarschijnlijk had hij zich gesneden bij het scheren. Connor vond de pleister iets afschuwelijk triests hebben. Zijn overhemd was doorweekt van het bloed.

'Mijn vrienden...?'

'Maak je daar nu maar geen zorgen om.'
'Gary? Dan?'
'Je moet volhouden.'
'Laat me hier niet in het donker achter.'
'Ik ga niet weg. Ik blijf bij je tot de ambulance er is.'

Hij hoorde nu het hoge, gierende geluid van een auto die te hard reed in een te lage versnelling, plotseling gevolgd door piepende remmen en een doffe klap. Hij bleef waar hij was en boog zich over het lichaam dat voor hem lag.

'Waar ben je?' hoorde hij haar roepen, maar hij gaf geen antwoord. Hij wilde niet roepen, geen lawaai maken.

Toen liet ze zich naast hem zakken, en op dat moment kwam de maan boven de bomen uit om op hen beiden neer te schijnen en het tafereel in een spookachtig licht te zetten.

'Ze kunnen ieder moment hier zijn,' fluisterde ze. Alsof het de normaalste zaak van de wereld was bukte ze om de jongeman op zijn voorhoofd te kussen en toen trok ook zij haar jas uit – een nette jas in regencystijl, met een scheur onder de oksel – en legde die over hem heen. Ze nam de hand van de jongen in haar beide handen en hield hem stevig vast. Haar ketting zwaaide als een metronoom boven hem heen en weer en haar haar viel rond zijn gezicht.

O, maar dat herinnerde ze zich nog wel. Het gezicht dat naar haar omhoog staarde, bleek in het maanlicht, met grote, doodsbange ogen die haar aankeken alsof zij alleen hem kon redden. Ze herinnerde zich hoe hij had geroken, de bedompte, eenzame geur van de angst, en ze wist nog hoe klam en plakkerig koud zijn huid had gevoeld. Ze was overmand door een ondraaglijke tederheid, alsof ze zijn moeder, zus en vriendin tegelijk was, en op dat moment zou ze er alles voor over gehad hebben om zijn leven te redden.

'Ik ben Gaby,' zei ze, niet tegen Connor maar tegen de figuur die op de aardwal lag en langzaam zijn ogen liet dichtvallen. 'Het komt goed. Ze zijn onderweg.'

'Hou je ogen open,' drong Connor aan, niet zozeer omdat hij dat als arts had geleerd als wel door het zien van films waarin de politieagent zich over zijn dodelijk gewonde collega buigt en hem bezweert wakker te blijven. Het woord 'wegglijden' drong zich aan hem op.

'Mijn schuld,' jammerde de jongen.

'Niet waar,' zei Gaby. 'Nee, het is niet jouw schuld. Zo mag je niet denken.' Ze veegde zijn voorhoofd af met de onderkant van haar rok; Connor zag dat die gemaakt was van dunne, glanzende stof, maar nu zat hij vol dikke vegen olie en bloed. Er ontsnapte een bloedbel aan de mond van de jongen en Connor pakte een zakdoek en depte hem weg. De jongen maakte een schokkerige beweging en Connor legde een hand op zijn schouder.

'Stil blijven liggen,' zei hij.

'Hou vol,' zei Gaby. 'Hou alsjeblieft vol, lieverd. Alsjeblieft.'

Samen bogen ze zich over de stervende jongen, en ze praatten om de beurt tegen hem, zeiden dat het allemaal goed zou komen en verzekerden hem dat ze bij hem waren. Onzinwoordjes in het donker. Connor voelde zich intens geroerd door de intimiteit van het tafereel, en op hetzelfde moment vreemd kalm, ook al wist hij dat de jongeman voor zijn neus lag te sterven en er achter hen twee doden lagen. Toen werd de stilte verbroken door een sirene en kwamen er blauwe zwaailichten de hoek om. Het was nu een en al resolute bedrijvigheid. Er stonden diverse voertuigen langs de weg. Er werden dringende bevelen geroepen. Felle lampen waren op de plaats van het ongeluk gericht, waardoor die werd verlicht als een filmset, en gestalten met brancards kwamen op hen af gerend.

'Achteruit alstublieft,' zei een man, en Gaby en Connor stonden op en keken toe hoe de gewonde jongen op de brancard werd geschoven en werd meegenomen. Heel even zeiden ze niets meer.

'Zou hij het halen?' vroeg Gaby.

'Ik weet het niet. Misschien wel.' Connor bekeek haar aandachtig in het halfduister. Haar bleke gezicht glinsterde en haar ogen leken enorm. 'Maar hoe is het met jou?'

'Met mij?'

'Je hebt het heel goed gedaan.'

Connor bukte om zijn jas op te rapen. Het leek hem niet gepast om hem aan te trekken, al was het een koude nacht. Hij keek naar Gaby. Ze droeg slobberlaarzen onder haar lange rok, maar daarboven alleen een zwart mouwloos truitje.

'Je zult het wel ijskoud hebben,' zei hij.

'Dat moet wel, ja.' Ze klonk versuft.

'Wil je mijn jas aan?'

'Nee!' Ze sloeg haar armen om zich heen en huiverde hevig. 'In de auto, die lichamen...' zei ze, en toen zweeg ze weer. 'Ik had nog nooit een dode gezien.'

'Ik ook niet, althans, niet zoals nu. Alleen lijken.' Hij wilde erbij zeggen dat het net zoiets was als wanneer je alleen de in folie verpakte kipfilets uit de supermarkt kende en dan opeens bij de slager een pas geslachte kip aan de poten zag hangen, maar hij hield zijn mond. Het zou harteloos klinken.

'Maar je was toch dokter?'

'Niet echt, ik studeer medicijnen.'

'Je gedroeg je wel als een dokter.'

'Ik heb niks gedaan.'

Twee mannen met gele jacks aan, helmen op en enorme metalen tangen in hun handen kwamen naar de auto toe.

'Ik wil dit niet zien,' zei ze.

'Nee,' zei Connor, maar hij kon zijn ogen er niet van afhouden. 'Misschien kunnen we beter gaan. We kunnen hier toch niets doen.'

'Moeten we onze namen niet doorgeven aan de politie of zoiets?'

'Waarschijnlijk wel. Ik weet niet hoe zulke dingen gaan. Maar inderdaad, ik denk dat je gelijk hebt. Laten we nog maar even blijven. Wil je een sigaret?'

'Ja,' antwoordde ze, 'maar eerst wil ik dat je je armen om me heen slaat.'

Dus nam hij haar voorzichtig in zijn armen en ze legde haar hoofd op zijn schouder. Zijn haar kriebelde op haar wang en hij voelde hoe haar volle, zachte borsten tegen hem aan drukten. Zijn T-shirt werd een beetje vochtig en hij begreep dat ze moest huilen – en hij besefte dat hij zelf ook huilde. De tranen stroomden over zijn wangen, zijn mond in, en hij deed geen moeite om ze weg te vegen. Hij kon zich niet herinneren wanneer hij voor het laatst had gehuild en wist niet waarom hij het nu wél deed.

Gaby voelde zijn magere lijf tegen zich aan, zijn sterke armen om haar heen, en het schuren van zijn stoppels op haar wang. Ze voelde zijn tranen; een vreemde man die in haar armen stond te snikken terwijl zij in zíjn armen huilde. Misschien was dat het moment waarop er iets in haar werd losgemaakt; ze viel en wist dat er geen houden aan was, en dat wilde ze ook niet; ze wilde niet uit de cirkel van zijn omhelzing stappen, in de koude nacht waar zojuist drie jongens het leven hadden gelaten. Ze zouden hier altijd zo moeten blijven staan, in deze omhelzing, en elkaar nooit meer moeten loslaten.

'Ik kwam van een soort feestje,' zei Gaby tegen Connors schouder, haar stem gedempt. 'Eigenlijk wilde ik er niet naartoe – ik was een beetje moe en liep achter met mijn werk, en bovendien wist ik dat er een jongen zou komen die ik niet wilde zien. Hoewel dat laatste lang niet zo vervelend bleek te zijn als ik had gedacht. Ik besefte ineens dat ik niks meer om hem geef, en het was alsof er een last van mijn schouders viel. Het feest bleek best aardig te zijn. Er waren een paar leuke mensen. Een of ander maf type deed kaarttrucjes in de keuken. Hij pakte telkens weer een aas als bovenste kaart van het stapeltje, de ene na de andere. Ik snap niet hoe hij dat deed. Ik denk altijd: dat moet ik ook eens leren, maar het komt er nooit van. En ik heb gedanst. Ik ben gek op dansen, jij niet?'

Haar vingers vonden de tranen op zijn wang en veegden ze weg tijdens het praten. 'Maar goed, toen ik terugfietste, voelde ik me heel lekker. Het was donker, de maan scheen en ik was helemaal alleen, tussen twee plekken in, en ik reed zonder te trappen heuvelafwaarts, met de wind en de bomen en verder niets, en ik voelde dat het goed was. Toen zag ik die auto. Zo snel kan het dus afgelopen zijn. Dat klinkt stom, een cliché. Maar voor die mensen is het afgelopen. Uit. Ze reden daar gewoon en waarschijnlijk zaten ze te praten of te lachen en letten ze niet op en toen was het allemaal voorbij. Al hun plannen. Weggevaagd. Onvoorstelbaar. En nu krijgen hun ouders en vrienden en geliefden langzamerhand te horen wat er is gebeurd en dan verandert voor hen ook alles. Misschien gaat op dit moment wel ergens in een slaapkamer de telefoon. Die mensen schrikken wakker en zodra ze zien dat het midden in de nacht is, zouden ze dan weten dat er iets met hun zoon is gebeurd? Mijn moeder zegt altijd dat wanneer je eenmaal een kind hebt, je het altijd in gedachten bij je draagt en dat je ongerust bent wanneer je niet weet waar het is, zelfs als je kinderen allang volwassen zijn. En wij gaan gewoon verder met ons leven, we weten niets van hen. Alleen denk ik dat ik er altijd aan zal blijven denken – althans, dat hoop ik. Dat ben je bijna verplicht, als laatste getuige.'

'Praat je altijd zo veel?' Hij zei het in haar zachte haar en wilde niet dat ze zou ophouden. Haar woorden waren als linten en lapjes zijde die ze om hem heen weefde, om hem te beschermen tegen datgene wat achter hen gebeurde.

'Misschien komt het door de schrik. Hebben ze ze al uit de auto gehaald?'

'Ja. Ze zijn afgevoerd.'

Ze stapte met een zucht uit zijn armen. 'Laten we dan nu die sigaret roken.'

Hij schudde twee sigaretten uit het pakje en gaf haar er een, waarna hij aan het wieltje van zijn aansteker draaide. Bij het licht van het vlammetje zag hij haar gezicht anders: clustertjes sproeten, een volle mond, dikke wenkbrauwen, een veegje mascara onder haar ogen die bijna zwart leken, een moedervlek in haar hals, hoge jukbeenderen en wat lager de glooiing van haar borsten. En zij zag hem: scherpe hoeken en platte vlakken, smalle lippen en uitgeputte ogen.

'Ik weet niet eens hoe je heet.'

'Connor.'

'Connor,' zei ze, en toen nam ze een trek van de sigaret. De rook kringelde rond haar hoofd. 'Wat een rare manier om elkaar te ontmoeten.'

'Daar heb je hem.'

Een politieman kwam op hen af gelopen. Terwijl Gaby haar verklaring aflegde, sloeg Connor haar gade. Haar naam luidde Gabriella Graham, ze was twintig jaar en studeerde aan de universiteit. Ze woonde met vier andere studenten in Jerome Street 22. Ze bewoog haar armen tijdens het praten, boog zich naar de agent toe, wees iets aan en streek ongeduldig haar haar achter haar oren. De auto had haar met hoge snelheid ingehaald en was vrijwel meteen tegen de boom gereden. Er was verder niemand bij betrokken geweest. Ze wist dat twee van hen – de twee in de auto – Gary en Dan heetten, omdat de derde jongen hun naam had geroepen toen hij op de aardwal lag, maar de naam van nummer drie wist ze niet. Ze dacht – en hier wendde ze zich tot Connor voor een bevestiging – dat hij de bestuurder moest zijn geweest, omdat hij had beweerd dat het zijn schuld was. Maar ze wist het niet zeker.

'Wil je een lift naar de stad?' vroeg de agent toen ze klaar waren. De ambulances waren weg; twee mannen in lichtgevende gele jassen zetten pylonen om het wrak heen.

'Dat is niet nodig, mijn auto staat hier,' zei Connor. 'Ik breng haar wel.'

'Als je zeker weet dat je daar nu toe in staat bent...'

'Ik zit met mijn fiets,' zei Gaby. 'En wat jouw auto betreft...'

'Je kunt nu niet gaan fietsen. We proberen hem wel achter in mijn auto te schuiven of zo,' zei Connor. 'Of in de kofferbak met de klep open. Het is maar een paar kilometer.'

'Wat je wilt,' zei de agent.

'Ik heb je auto een beetje haastig geparkeerd,' zei Gaby met een nerveus kuchje. 'Eh... misschien wordt het lastig om hem daar weg te krijgen.'

'Waar zijn de sleutels?'

'Die heb ik geloof ik in het contact laten zitten. Ik weet het niet meer, het is allemaal nogal wazig, maar hier heb ik ze niet, dus...'

'Kom, dan gaan we even kijken.'

'Het probleem is dat ik ze misschien in mijn jaszak heb gestopt en ik heb mijn jas over die jongen heen gelegd, weet je wel? Daar lag hij nog toen ze hem meenamen, hè? Dus misschien zijn jouw autosleutels nu op weg naar het ziekenhuis.'

'Aha,' zei Connor, terwijl hij de wegrijdende politieauto nakeek.

Maar hij besefte dat hij het niet erg vond. Deze keer dacht hij voor de verandering eens niet aan de gevolgen, aan roosters en de beheerste uitvoering van zijn zorgvuldig opgestelde plannen. Het kon hem niet schelen wat er morgen zou gebeuren, want de nacht had de kenmerken van een droom, niet meer gekoppeld aan wat ervoor en erna gebeurde, maar met zijn eigen intrinsieke logica. Hij zou zelfs bijna teleurgesteld zijn geweest door de ontdekking dat de sleutel gewoon in het contact bleek te zitten, ware het niet dat de auto helemaal schuin in een diepe, met brandnetels begroeide geul stond.

'Sorry,' zei Gaby. 'Ik was nogal van slag toen ik hem parkeerde.'

'Parkeerde?' Hij trok sardonisch zijn wenkbrauwen naar haar op en voelde zich plotseling onverklaarbaar vrolijk. 'Hoe ben jij in vredesnaam ooit geslaagd voor je rijbewijs?'

'Dat wilde ik je nog vertellen... Toen ik zei dat ik kon rijden, was ik niet helemaal eerlijk. Ik bedoel, ik kan wel rijden, maar ik heb mijn rijbewijs nog niet gehaald. Niet helemaal.'

'Niet helemaal?'

'Ik ben tot nu toe vier keer gezakt.'
'Misschien had je dat aanbod van die lift toch moeten aannemen.'
'Daar is het nu te laat voor.'
'Ga je fiets dan maar halen.'
'Ik wil je helpen.'
'Helpen?'
'Zeg me niet steeds na, daar krijg ik de zenuwen van.'
'De zenuwen?'

Ze staarde even naar zijn uitgestreken gezicht en lachte toen flauwtjes. 'We zullen moeten gaan lopen,' zei ze. 'Ik neem mijn fiets wel aan de hand mee. Het is maar een paar kilometer.'

'Een kilometer of tien, denk ik.'

'Twee uur,' zei ze. 'Ik loop snel, jij vast ook. Daar lijk je me het type voor.'

'Wat voor type is dat?'

'Gedreven. Gespannen, waarschijnlijk slaap je maar een uur of vijf per nacht en sta je heel vroeg op om te gaan roeien, hardlopen of zwemmen voordat je aan je tien uur durende werkdag begint, met alleen een kop zwarte koffie om je op de been te houden. Heb ik gelijk of niet?'

'Misschien wel.'

'Terwijl ik juist hartstikke lui ben. Ik heb minstens tien uur slaap nodig. Ik kan overal slapen, altijd. En dat doe ik ook. Ik ben een keer in slaap gevallen op het vliegveld, in zo'n bus op weg naar het vliegtuig. Staand.'

'Net een paard.'

'Wist je dat de knieën van paarden vastklikken als ze slapen?'

'Ik kan niet zeggen dat ik dat wist, nee.'

'Een vriend van me heeft een heel grote auto – een voormalige lijkwagen, om precies te zijn. Ik snap niet dat hij het zo'n kick vindt om in een lijkwagen rond te rijden. Hij vindt het *ironisch*, al zie ik er persoonlijk de ironie niet van in – maar goed, ik weet zeker dat hij je morgen wel uit die greppel kan slepen.'

'Ik kom er zelf wel uit,' zei hij.

Connor voelde zich onhandig, zorgelijk, niet goedgebekt, ouder dan zij. Hij meende te weten wat voor achtergrond ze had: een middenklassengezin, waarschijnlijk een tikkeltje apart; liefhebbende ouders die haar altijd hadden overladen met complimentjes, veel broers en zussen, opa's, oma's, peetooms en -tantes, neefjes en nichtjes; een groot, oud, rommelig, krakkemikkig huis met veel lawaai en gelach. Ze was zorgeloos, openhartig, ongecensureerd, lichtvoetig; ze vond het niet erg om onzin uit te kramen en was niet bang om zich belachelijk te maken. Ze was altijd al zichzelf geweest en had de vrouw die ze later zou worden niet zorgvuldig in het leven hoeven roepen. Ze maakte deel uit van een andere wereld, een wereld die voor hem altijd buiten bereik had gelegen, en even voelde hij die bekende, verbitterde verbolgenheid. Maar toen drong het tot hem door dat ze met haar maffe gedrag juist heel bewust goed voor hem was. Ze probeerde hem uit zijn tent te lokken, en haar woorden waren als een kruimelspoor dat ze achter zich aan strooide, in de hoop dat hij haar zou willen volgen. En dat wilde hij; hij wilde het.

Hij was het liefst de hele nacht naast haar blijven lopen, en hij vertraagde bewust zijn pas. Hij had haar fiets aan de hand, en toen ze huiverde, stond hij erop zijn jas om haar schouders te slaan, met de bovenste knopen dicht, als een cape, waarbij hij eerst voorzichtig haar haar opzijschoof. Hij wilde dat ze zich veilig zou voelen bij hem en hij had wel gewild dat ze strompelde, zodat hij haar kon ondersteunen, of dat ze weer zou gaan huilen zodat hij haar in zijn armen kon nemen om haar te troosten. De maan was halfvol, er stonden maïsstoppels op de akkers aan beide kanten van de heggen en aan de horizon waren de contouren zichtbaar van opgerolde balen hooi. In zijn ogen was het een landschapsschilderij, en hij wist dat hij het zich later zou herinneren. Hij liet zijn voetstappen gelijk opgaan met die van haar en hoorde hun gezamenlijke ritme pulseren op de achtergrond van het gesprek terwijl hij haar woorden zorgvuldig opborg. Hij wist dat hij ze tevoorschijn zou halen zodra hij alleen was, en dat hij zou terugkeren naar dat beeld van haar stralende gezicht dat ze naar hem toe keerde. Ze vertelde dat ze drie broers had en dat ze de jongste van het gezin was. Ze zei iets over ene Stefan, maar hij deed alsof hij het niet hoorde. Stefan en Sally hoorden niet bij deze nacht. Hij besefte goed dat zijn aangescherpte gevoelens werden veroorzaakt door de bijzondere omstandigheden – zijn vader was stervende, zijn moeder dronk, hij was moe en overwerkt en er was een auto-ongeluk gebeurd. Gaby was aan hem verschenen als een figuur uit een droom. En net als een droom zou ze met het aanbreken van de ochtend langzaam vervagen en zou hij de draad van zijn gewone leven weer oppakken.

'Wat studeer je?' vroeg hij tijdens het lopen.

'Natuurkunde en filosofie.' Zijn gezichtsuitdrukking moest veranderd zijn, want ze keek hem slinks aan. 'Wat nou? Jij dacht natuurlijk dat ik... eens denken... psychologie studeerde, hè? Of misschien Engels en kunstgeschiedenis.'

'Niet waar!'

'Dat dacht je wel. Het drukke, chaotische meisje.'

'Het was niet mijn bedoeling...'

'Geeft niet. Friemel je altijd zo aan je oorlelletje?'

'Ja.'

'En je bent niet zo'n prater?'

'Ik weet niet. Misschien niet, nee.'

'Omdat je niet wílt praten?'

'Ach...' zei hij, en hij zweeg.

'Ik bedoel, zijn er dingen die je wel zou willen zeggen maar die je niet zo goed kunt verwoorden, of hou je je gedachten gewoon liever voor je? Of is er een select groepje mensen die je wel in vertrouwen neemt?'

'Waar ik een hekel aan heb,' zei hij, 'is iets zeggen wat je belangrijk vindt en dan het gevoel hebben dat degene tegen wie je het zegt niet echt luistert. Althans, niet zoals jij zou willen, als je begrijpt wat ik bedoel. Dan krijg ik het gevoel... Nou ja, daar heb ik een hekel aan. Dan zeg ik liever niks.'

'Op die manier,' zei Gaby. En toen, na een stilte: 'Weet je, Connor, ik heb tegen je gelogen. Ik studeer geen natuurkunde en filosofie, dat zei ik alleen maar om indruk op je te maken. Het is toch Engels en kunstgeschiedenis.'

'Je hoefde helemaal geen indruk op me te maken,' zei Connor. Hij werd bijna dronken van een plotseling geluksgevoel.

'En die auto moest voor mij uitwijken,' zei Gaby.

'Bedoel je...?'

'Hij week uit omdat ik daar fietste. Ik reed midden op de weg, heuvelafwaarts. Hij week uit, slipte en vloog uit de bocht. Dat heb ik niet eens aan die politieagent verteld.'

'Weet je het zeker?'

'Het is mijn schuld.'

'Dat is niet waar,' zei Connor. 'Waarschijnlijk was die jongen dronken en...'

'Probeer me maar niet gerust te stellen. Ik weet het toch wel. Als ik daar niet had gereden op die stomme fiets, hadden zij nu nog geleefd.'

Connor zei niets. Hij liet de fiets met één hand los, pakte Gaby's hand en legde die onder de zijne op het stuur. Hij wist dat ze weer huilde, ook al keek hij niet naar haar, maar voor zich uit, naar de weg die als een lint door de maïsvelden slingerde. Ze liepen in de maat, en in stilte. Hij hoorde de plofjes wanneer hun voeten op de grond neerkwamen. Toen ze naar hun eigen schatting halverwege waren, stopten ze voor een nieuwe sigaret. Ze gingen aan de kant van de weg zitten, met de rug tegen een boom. Gaby trok haar benen op en sloeg de jas steviger om zich heen tegen de kou. De puntjes van hun sigaretten gloeiden.

'Ik had me voorgenomen om nooit meer te roken,' zei Connor. 'Mijn vader heeft longkanker.' Hij had het gevoel alsof hij aangeschoten was, al had hij geen druppel alcohol gedronken, en hij was pijnlijk wakker, ook al had hij ruim twintig uur niet geslapen. Zijn huid tintelde en zijn keel deed zeer.

Gaby keek hem aan, de jas als een tent om haar heen, haar gezicht half verscholen achter haar haren. Ze was nauwelijks meer dan een vage gestalte in streepjes maanlicht. Connor dwong zichzelf om aan Sally te denken, die vol vertrouwen in zijn bed lag te wachten tot hij thuiskwam. Hij zou voorzichtig naast haar kruipen, waarna ze haar armen om zijn koude, vermoeide lichaam heen zou slaan en iets in zijn oor zou mompelen. Hij wist hoezeer hij het had getroffen met Sally. Hij verdiende haar niet. Hij was verknipt en lastig en een bedrieger; hij verdiende helemaal niemand.

'Daar kwam ik vandaan,' zei hij. 'Toen ik jou zag.'

Gaby liet haar sigaret in het zand vallen en zette de hak van haar laars op het rode oogje. Hou verder je mond, hield hij zichzelf voor. Sta op en ga weer lopen. Nu, voordat het te laat is. Maar hij verroerde zich niet.

'Ik dacht dat ik jou droomde,' ging hij verder. 'Misschien droom ik je nog steeds.'

Ook hij liet zijn sigaret vallen, en hij keek toe hoe die nagloeide en doofde. Hij hoorde zijn eigen onregelmatige ademhaling terwijl zij roerloos en half onzichtbaar naast hem zat, en hij stelde zich voor wat er nu zou moeten gebeuren: hij zou zijn hand in haar warrige haar steken, haar gezicht een klein stukje van het zijne vasthouden en verdrinken in het donker van haar ogen. Even zouden ze elkaar blind aanstaren, en dan zou hij haar gretig naar zich toe trekken en zouden ze elkaar zoenen achter het beschermende gordijn van haar haar. Ze zou haar armen om hem heen slaan, onder zijn dunne overhemd, en hij zou zijn handen op haar borsten leggen. En dan... Hij deed zijn ogen half dicht. Toen stak hij zijn hand uit en volgde met één vinger de contouren van haar mond. Hij voelde haar lippen een beetje opengaan, en het patroon van haar ademhaling veranderde. Hij raakte haar wang aan, die nog nat was van de tranen.

'Jezus,' fluisterde hij. 'Wat ben je mooi.'

Opeens zaten ze in een lichtbundel die hen bijna verblindde. Eén moment zag Connor Gaby's gezicht heel duidelijk in de felle koplampen, als een hallucinatie. Toen raasde de auto voorbij, in een regen van opspattende steentjes, een claxon klonk twee keer en de achterlichten verdwenen de bocht om.

Connor ging rechtop zitten en knipperde met zijn ogen.

'Zo, weer wakker,' zei Gaby, en ze klopte losjes het gras en zand van zijn rug. Hij huiverde onder haar aanraking, maar hij trok zich terug.

'Ja, sorry. We moeten gaan.'

'We hóéven niet te gaan.'

'Het is al laat.'

'Dat was het de hele tijd al.'

'Wat ik eigenlijk wil zeggen,' antwoordde hij heel formeel, 'is dat ik een relatie heb.'

'O.'

'Gaby...'

'Je hebt gelijk, we moeten gaan.' Ze stond met één vloeiende beweging op, stak haar hand naar hem uit en trok hem overeind.

'Dank je.'

'We hebben nog heel wat kilometers te gaan voordat we kunnen slapen,' zei ze. 'Het wordt licht nog voordat we thuis zijn. Kom, we gaan.'

Hij kwam niet. Gaby wachtte op hem, dag in, dag uit. Iedere morgen wanneer ze wakker werd, dacht ze: misschien vandaag. Ze besteedde veel aandacht aan haar kleding en bekeek zichzelf nauwlettend in de spiegel, om het gezicht te zien dat hij zou zien. Ze wendde onverschilligheid voor, deed alsof ze niet opschrok zodra er aan de deur werd geklopt of de telefoon ging. Wanneer ze de straat op ging, kostte het haar grote moeite om niet naar hem te zoeken in ieder gezicht dat haar passeerde. Gaandeweg nam de zekerheid die ze aanvankelijk had gevoeld af tot een vage hoop, die uiteindelijk bijna helemaal wegebde. Ze probeerde zichzelf wijs te maken dat het niet erg was – wie was hij nou helemaal? Gewoon een serieuze jongeman die later arts zou worden. Maar hij had gehuild in haar armen en ze kon de tranen nog altijd voelen op haar huid. En hij had heel aandachtig naar haar gekeken, alsof hij haar herkende; ze had zich mooi gevoeld onder zijn bewonderende blik. Hij had zijn duim over haar onderlip laten glijden, met zijn ogen halfdicht, en had gezegd dat ze mooi was. En bijna had hij haar gezoend, het scheelde weinig. Eén verlokkende seconde langer – en nu wenste ze vurig dat ze de klok kon terugdraaien om daar weer met hem te zitten, deze keer zonder iets wat hen stoorde en tegenhield. Ze zag in gedachten zijn ernstige gezicht dichterbij komen, met zijn mond een beetje open, de ogen die in de hare keken, en ze voelde nu nog hoe ze was gesmolten, helemaal klaar voor hem; zoals ze nog steeds smolt wanneer ze alleen maar aan hem dacht. In haar dromen trok ze hem boven op zich, in zich, en liet ze hem niet meer gaan.

Vele malen nam ze het besluit om hem op te sporen. Vele malen weerhield ze zichzelf daarvan omdat ze in haar hoofd weer zijn stem hoorde, die haar tamelijk onbewogen vertelde dat hij een vriendin had. Niets wat hij zou zeggen kon daar verandering in brengen.

Uiteindelijk belde Gaby haar vriendin Nancy wakker, in de vroege uurtjes, om haar hart te luchten. Zodra ze het hardop zei, klonk het heel goedkoop, onbeduidend; ze schaamde zich bijna voor haar eigen woorden. Er was niets gebeurd tussen hen: ze waren samen getuige geweest van de nasleep van een auto-ongeluk en daarna in het holst van de nacht naar huis gelopen; ze hadden elkaar amper aangeraakt en net niet gezoend; hij had gezegd dat hij niet vrij was en hij had haar bij het krieken van de dag achtergelaten zonder meer dan 'dag' te zeggen. Dus waarom was ze dan zo zenuwachtig, ziek van verlangen wanneer ze aan hem terugdacht, waarom voelde ze zich zo leeg en triest omdat hij niet belde? Nancy luisterde zonder haar in de rede te vallen. Gaby zag haar in gedachten zitten aan de andere kant van de lijn, rechtop in bed in haar streepjespyjama, keurig en kalm, ook al was het midden in de nacht en was ze net wakker gebeld.

Gaby hield op met praten. Een paar tellen gonsde de stilte door de telefoonlijn.

'Je bent verliefd,' zei Nancy.

'Inderdaad,' antwoordde Gaby half giechelend, maar ze voelde de tranen prikken. 'Belachelijk, hè? Maar het doet zo'n pijn dat ik me geen raad weet.'

'Je kunt ook weinig doen,' zei Nancy. 'Maar je zult hier toch doorheen moeten.'

'Ik zou willen dat je niet zo ver weg woonde,' zei Gaby. 'Jij bent de enige aan wie ik dit kan vertellen zonder me volkomen dwaas te voelen, en je probeert me niet op te vrolijken met opmerkingen als "de tijd heelt alle wonden".'

'Wat natuurlijk wel waar is.'

'En dat er nog genoeg andere mannen zijn.'

'Klopt ook.'

'Verpest het nou niet.'

'Voel je je echt rot?'

'Eigenlijk wel, ja. Somber, neerslachtig. Ik weet dat het stom is.'

'Ik heb een idee. Zal ik naar je toe komen? Dat kan best, hoor. Morgen?'

'Als je dat maar uit je hoofd laat.'

'Het zit nu al ín mijn hoofd.'

'Dit gaat wel weer over.'

'Maar ik vind het leuk om te komen. Ik mis je. Ik kan vroeg in de avond bij je zijn, is dat goed?'

'Wat zou ik toch zonder jou moeten.'

'Graag gedaan, hoor.'

Tien dagen na het ongeluk stond Connor in Jerome Street voor nummer 22. Hij stond er al sinds acht uur die ochtend en het was nu bijna elf uur. De lucht was grijs, met laaghangende bewolking, en een hardnekkige motregen had zijn kleren doorweekt en plakte zijn haar aan zijn schedel. Hij was nat, had honger en geneerde zich dood. Telkens wanneer hij zichzelf voorhield dat hij moest weggaan, gaf hij zichzelf nog tien minuten, en dan wéér tien. Om half tien was er een slungelige jongen met een lange blonde paardenstaart naar buiten gekomen. En even over tienen was er een vrouw van rond Gaby's leeftijd verschenen, maar ze was lang en slank, met kort haar, een rafelige zwarte spijkerbroek en een leren jack. Geen spoor van Gaby. Boven bleven alle gordijnen dicht. Hij beende de straat uit en weer terug. Als iemand hem nu zag, zou die persoon waarschijnlijk denken dat hij de boel aan het verkennen was voor een inbraak of iets dergelijks. Nee, ze zouden denken dat hij een stalker was – en dat was hij in zekere zin ook: een bespottelijke figuur die zich ophield in deze smalle straat, wachtend op iemand die waarschijnlijk geen moment aan hem had gedacht sinds ze uiteen waren gegaan, in het donker, even buiten de stad, terwijl aan de horizon de eerste vage strook licht verscheen. Hij verplaatste geïrriteerd zijn gewicht van de ene voet op de andere en voelde de straaltjes regenwater zijn nek in glijden. Natuurlijk zou hij gewoon moeten aankloppen en vragen of ze thuis was. Maar hij kon de gedachte niet verdragen dat hij als gast binnengevraagd zou worden en hij haar verbaasd-medelijdende blik zou moeten ondergaan, of beleefd weggestuurd zou worden met de mededeling dat ze er niet was. Of nog erger: dat ze nog in bed lag met degene met wie ze de avond ervoor had besloten het bed te delen.

Hij gaf zichzelf tot kwart over. Daarna zou hij haar uit zijn hoofd zetten. Einde verhaal.

Hij gaf zichzelf tot half twaalf. Geen minuut langer.

Om tien voor half twaalf ging de deur van Jerome Street 22 open en kwam Gaby naar buiten. Hij was al die tijd achtervolgd door haar beeltenis, dag en nacht, en daar stond ze dan: een beetje kleiner dan in zijn herinnering, haar gezicht iets smaller, haar haar de kleur van lichte stroop, haar ogen donker. Ze propte een croissant in haar mond en lachte, en de kruimels vlogen in het rond. Achter haar liep een man, lang en breed en... *fuck him*, dacht Connor, fuck hem en iedereen die er zo uitziet, zo ontspannen en vrolijk en aardig, alsof de hele wereld van hem was en hij het zelf niet eens in de gaten had, terwijl hij, Connor, mager en ernstig was en zo krampachtig naar Gaby verlangde dat hij dacht dat het zijn dood zou worden. Eén moment, toen hij daar stond, begreep hij dat terwijl hij de afgelopen anderhalve week zijn hele leven had omgegooid, Gaby gewoon op dezelfde manier was doorgegaan, zonder ook maar terug te kijken op de nacht van hun ontmoeting. Natuurlijk. Ze stond hier voor zijn neus in een kuitlange paarse jurk met tientallen piepkleine knoopjes en hoge zwarte laarzen eronder, haar haar in vlechtjes en een petje op haar hoofd, en ze werd op de voet gevolgd door een man. Ze glimlachte over haar schouder naar hem, plagend. Toen sloeg ze bezitterig haar arm om hem heen zodra ze op de stoep stonden en ze stopte het laatste stukje croissant in zijn mond.

Connor droeg zichzelf op zich om te draaien en te maken dat hij wegkwam; ze zou niet eens weten dat hij er was, een schriele, natte rat in de goot. Maar hij had het nog niet gedacht of hij deed al een stap in haar richting en ging voor haar staan.

'Connor!' zei ze. 'Ik dacht...' Toen zweeg ze. Ze lachte niet, ze keek alleen maar naar hem.

Connor staarde naar haar gezicht, in haar grote, donkere ogen en probeerde niet te letten op het knappe, glimlachende gezicht van Gaby's metgezel, of op de derde persoon die nu het huis uit kwam.

'Die jongen is dood,' zei hij. 'Ik dacht dat je dat wel zou willen weten.'

'Ik wist het al. Hij is gestorven op weg naar het ziekenhuis. Hij heette Ethan en studeerde bouwkunde. Hij was enig kind. Ik heb zijn moeder ontmoet.'

'Hij had veel te veel gedronken,' zei Connor.

'Ik weet het. Ik heb de politie gesproken. Ik ben er zelf naartoe gegaan,' voegde ze eraan toe.

'Dus dan weet je ook dat dat de oorzaak van het ongeluk is geweest.'

'Zou kunnen.'

'Zeker weten,' drong hij aan.

'Je bent heel aardig voor me geweest,' zei ze formeel.

'Nou...'

'Nou,' herhaalde ze. Ze liep niet weg en hij ook niet. Regendruppeltjes dropen langs zijn nek.

'En ik heb geen relatie meer,' zei hij al even formeel. 'Dat wilde ik je ook laten weten.'

'Aha,' zei Gaby.

'Ik had je met rust moeten laten. Dit slaat nergens op. Belachelijk!' voegde hij er vol zelfhaat aan toe.

'We wilden net naar de wasserette gaan,' zei Gaby, en Connor zag dat de man naast haar twee grote plastic zakken droeg waar inderdaad lakens in zaten. Vieze lakens; hij voelde gal opkomen achter in zijn keel. 'Heb je zin om mee te gaan?'

'Nee, dank je.' Hij spuugde de woorden bijna uit. 'Dat lijkt me geen goed idee.'

'Dit is trouwens Stefan,' zei Gaby. 'Stefan, Connor.'

Stefan. Natuurlijk. Connor knikte bruusk en probeerde zijn lippen te vormen tot iets wat vaag op een glimlach zou lijken, al wist hij dat niemand erin zou trappen.

'Stefan is mijn jongste broer,' zei Gaby. 'Nou ja, hij is ouder dan ik, maar van mijn oudere broers is hij de jongste. Hij logeert het weekend hier.'

'Je broer,' zei Connor. 'O!'

'Hallo,' zei Stefan schuchter, en hij zette de plastic zakken op het trottoir en stak zijn grote hand uit. Connor werd vervuld van een warme genegenheid voor Stefan. Hij pakte zijn hand stevig beet en hield hem te lang vast.

'En dit,' zei Gaby toen een jonge vrouw zich bij hen voegde op het trottoir, 'is mijn beste vriendin Nancy. Ze is hier samen met Stefan. Of eigenlijk is Stefan hier met haar.'

'Nancy,' zei Connor. 'Stefan en Nancy.' Hij keek beiden stralend aan, zijn wangen rood van dwaasheid en vreugde, en ze lachten vriendelijk naar hem terug, Stefan had zijn arm losjes om Nancy's schouder geslagen.

'Gaby?' zei Connor.

'Ja?'

'Is het goed als ik toch meega naar de wasserette?'

'Ik zou niet weten waarom niet. Maar je bent helemaal nat – hoe lang sta je hier eigenlijk al?'

Connor deed zijn mond al open om te zeggen dat hij hier gewoon langsgekomen was en haar toevallig had gezien, maar hij slikte zijn woorden in. Hij was de uitvluchten en de zelfbeheersing van zijn leven zat. Hij wilde zijn ziel voor haar blootleggen en met een schone lei beginnen.

'Drieënhalf uur,' zei hij.

'Drieënhalf uur?'

Connor knikte. Hij was volledig uitgeput van verlangen en kon amper op zijn benen staan. Zijn lijf deed pijn en zijn hart was zwaar gekneusd. Hij wilde haar alleen maar vasthouden en door haar vastgehouden worden. Niets anders was nog belangrijk.

'Een vrouw zou zo verliefd op je kunnen worden,' zei Gaby. 'Hier, draag jij deze tas.'

'Gaby, ik moet je zeggen dat...'

'Nu niet. Vertel dat maar een andere keer.' Eén kwellend moment lang legde ze haar hand zachtjes tegen zijn koortsachtige wang en toen glimlachte ze eindelijk naar hem. 'We hebben alle tijd.'

2

ZE VOND HET NOTITIEBOEK, A4-FORMAAT MET SPIRAAL, IN de roze tas met lovertjes waar Sonia jaren geleden zo dol op was geweest, toen ze nog klein was. De tas was achter in de kledingkast weggestopt, samen met vele paren keurig gesorteerde schoenen, een opgerolde riem met siergesp waarvan ze zich niet kon herinneren hem eerder gezien te hebben, een naaidoos, een jurk die van de hanger was gegleden, een doos vol oude schoolboeken en oefenexamens, een stel pocketboeken (*Tess of the d'Urbervilles* en een beduimelde Agatha Christie-omnibus) en een zwarte vuilniszak vol kleren waar ze uit gegroeid was maar waarvan ze het niet over haar hart kon verkrijgen om ze weg te gooien of af te geven. Het notitieboek was duidelijk verstopt, niet bedoeld om gevonden te worden, laat staan gelezen. Ze was een eerlijke vrouw; ze beriep zich altijd op haar betrouwbaarheid en voelde zich al een beetje schuldig wanneer ze vluchtig een blik wierp op ansichtkaarten die vrienden op de keukentafel lieten liggen. Desalniettemin haalde ze het notitieboek uit de tas. Ze wist dat ze het niet zou moeten doen, maar ze sloeg het open. Het handschrift, in blauwe inkt, was rond, netjes, vertrouwd. De datum stond erboven – 1 september 2005 – en was onderstreept.

Het is drie uur 's nachts, drukkend warm, en ik schrijf je dit ondanks het feit dat ik niet weet wie je bent. Ik weet niet hoe ik je moet noemen, want je hebt geen gezicht of naam. Je zou iedereen kunnen zijn, en dat heb ik al zolang ik me kan herinneren een angstaanja-

gend idee gevonden. Echt angstaanjagend – niet zoals de zenuwen die ik heb voor examens, wanneer ik diep moet inademen om dat gespannen gevoel in mijn borst kwijt te raken. Het lijkt meer op de angst in nachtmerries, zwarte golven die me overspoelen, en zelfs wanneer ik wakker geschrokken ben en weet dat het maar een droom was, duurt het even voordat de angst zakt. Onheilspellend, dat is het woord. Ik voel het de hele dag, als een groot zwart monster dat op mijn rug zit. Ik bedoel, stel dat je... weet ik veel, heel raar bent? Misschien is er wel iets mis met je. Stel dat ik je verschrikkelijk vind, of jij mij? Wij hebben op school een keer met z'n allen zo'n gedachte-experiment gedaan: we moesten proberen om helemaal nergens aan te denken, en dat lukte natuurlijk niet. Als je je best doet om ergens niet aan te denken, denk je er juist aan. Ik doe mijn best om niet aan jou te denken. Ik denk voortdurend aan je. Ik kijk altijd om me heen met de vraag: ben jij dat? Die daar met die jas, die ene met die hond, die kleine die zo schuifelt, die oude, die rijke, die arme, de bedelaar in het centrum van wie alle knopen openstaan en die met uitgestoken hand en een rood gezicht een mengeling is van nederigheid en haat, die niet helemaal spoort en tegen de hele wereld schreeuwt en naar wie niemand wil kijken, alsof ze dan vervloekt zullen worden; degene die me aankijkt en glimlacht, of juist niet, die de blik afwendt... Zelfs terwijl ik dit schrijf, krijg ik een droge mond en gaat mijn hart een beetje sneller slaan.

En ik weet niet eens waarom ik je schrijf. Ach, ik praat natuurlijk vaak genoeg tegen je, in mijn hoofd. Andere mensen praten tegen hun kat of hamster of zo. Mijn vriendin Goldie praat verdorie tegen haar vis, dat heb ik zelf gezien. Dan drukt ze haar gezicht tegen de kom waardoor ze van die bolle ogen krijgt, en ze mompelt wat. Maf. Zelf heb ik een hond, een golden retriever, Max. Ik heb hem al sinds mijn zesde, dus hij is inmiddels behoorlijk oud; hij ligt alleen maar op de veranda en laat veel scheten, en zodra ik bij hem in de buurt kom, zelfs wanneer hij zijn ogen dicht heeft, bonkt hij zachtjes met zijn staart op de grond. Ik heb ook wel eens tegen hem gepraat; dat doe ik wanneer ik het gevoel heb dat niemand anders me begrijpt. Maar het meest praat ik tegen jou. Ik moet je waarschuwen: het is niet altijd even liefdevol wat ik tegen je zeg. Ik zeg vaak dat ik je haat. Kun je iemand die je niet kent haten?

In de vijfde klas hadden we een docente maatschappijleer, mevrouw Sadler. Ze was klein en dik en droeg altijd rokken tot net onder de knie en een vest; vorig semester is ze gestopt met lesgeven omdat ze kanker heeft en ik weet niet of ze nog beter wordt. Ze deed keurig wat er van haar verwacht werd, je weet wel, seksuele voorlichting en verhalen over voorbehoedsmiddelen, dat je eerst een relatie moet hebben en dat je ook nee kunt zeggen zonder je gevoel van eigenwaarde te verliezen; of ze vertelde over drugs, en dat roken het gevaarlijkst van alles is en dat je niet met de anderen mee hoeft te doen. Bla bla bla. Daarna, of misschien juist tijdens die lessen, denk ik, hadden we discussies in de klas. Ik weet niet hoe het kwam, maar er werd gepraat over échte gevoelens, zoals ik de anderen nog nooit heb gehoord. Zelfs degenen van wie ik dacht dat ik ze tamelijk goed kende, of jongens die over gevoelens praten altijd iets voor mietjes vonden. Het was best ontroerend, die jongens met hun stoere kapsels, tatoeages en zo'n stoer loopje, of de meiden met een schuine paardenstaart, nepnagels en een fles wodka in hun schooltas, types die je 'studiehoofd' en 'een sneu type' noemen wanneer je iets anders leest dan domme tijdschriften, of degenen die al sinds hun dertiende aan seks doen – en plotseling realiseer je je dat ze eigenlijk net zo zijn als jij, niet alleen hard en onverschillig, maar bezorgd om bepaalde dingen, en dat ze alleen maar proberen de problemen te verbloemen die ze thuis hebben.

Eén bepaalde week – het ging waarschijnlijk over het weerstaan van de druk van je vriendengroep of iets dergelijks – hadden we het over de behoefte om te weten wie je bent en om je sterk en zelfverzekerd te voelen. Het begon ermee dat mevrouw Sadler zei dat het gevaarlijk is om te proberen indruk te maken op anderen door je anders voor te doen dan je in werkelijkheid bent, en dat dat sowieso niet werkt. Dat je beter jezelf kon zijn, dan zouden anderen je vanzelf gaan respecteren. Maar Theresa zei meteen: 'En als je nu een hekel hebt aan jezelf?' Iedereen wist dat ze zichzelf wel eens sneed met het mesje van haar puntenslijper. Toen deed Alex, de wijsneus, een duit in het zakje door te zeggen dat er volgens hem geen echte 'jij' bestaat, dat je wordt gevormd door alles wat er in je leven gebeurt en dat je zelf kunt bepalen wie je wilt zijn; Lee was het daar niet mee eens en zei dat je volgens hem wordt geboren zoals je bent en dat je daar niet echt wat aan kunt veranderen. Je moet het maar doen met wat je krijgt. Als ik het zo opschrijf, klinkt het nogal voor de hand liggend, maar zo voelde het op dat moment niet.

Ik weet nog dat ik me ineens heel raar voelde, en geërgerd. Ik stak mijn hand op om iets te zeggen en iedereen keek naar me. Toen barstte ik in tranen uit. Geen stille, stijlvolle tranen zoals in jankfilms, die gewoon over je wangen biggelen en niks aan je uiterlijk veranderen – o, nee. Snikkend, snotterig, luidruchtig en lelijk gejank. Ik wist dat ik dikke ogen kreeg, en een rode neus en vlekken in mijn gezicht. Ik voelde dat mijn borstkas probeerde via mijn keel naar buiten te komen en ik trilde over mijn hele lijf. Het was alsof ik binnenstebuiten werd gekeerd en alle rauwe, losse stukjes van mezelf die ik altijd verborgen hou aan de oppervlakte kwamen. Maar ik kon niet ophouden. Ik bléef maar snikken. Mevrouw Sadler droeg Goldie op om me mee te nemen naar de ziekenboeg, waar ik op bed ging liggen en gewoon doorjankte terwijl iedereen liep te redderen en iemand opperde dat ik vast ongesteld was. Dat was ik geloof ik ook. Naderhand wist niemand wat hij tegen me moest zeggen. Ik denk niet dat ik ooit eerder had gehuild op school, ook al zit ik er al sinds mijn elfde op. Zo ben ik niet. (Ik ben het studiehoofd, weet je nog?) Na afloop was ik doodop. Ik kon me amper verroeren. En ik weet niet waar het vandaan kwam, al dat verdriet.

Maar goed, wat ik eigenlijk wil zeggen, is dat ik volgende week jarig ben. 6 september. Misschien is dat de reden waarom ik dit opschrijf in plaats van het in gedachten tegen je te zeggen. Ik word achttien. Achttien jaar. Officieel volwassen, al voel ik me geen volwassene. Dan mag ik drinken (doe ik al), naar iedere film in de bioscoop (doe ik ook al) en trouwen zonder toestemming van mijn ouders (dat zal ik niet doen, dat beloof ik je; waarom zou ik ooit trouwen?). Schulden maken. Gokken. Stemmen (de groene partij, denk ik, maar dat is nog even afwachten). Als ik een man was, zou ik oud genoeg zijn om bij het leger te kunnen gaan en iemand te doden. Terwijl ik in plaats daarvan op de dag dat ik achttien word aan mijn laatste schooljaar begin. Dat klinkt niet erg opwindend, hè?

Maar papa en mama geven een feest voor me in een zaaltje hier in de buurt. Ze stonden erop en zeiden steeds maar dat het een belangrijke dag is en dat ik het verdien dat die goed gevierd wordt, en *ik durf niet te zeggen dat ik er nogal tegen opzie. Ik ben toch al niet zo goed in grote feesten, en als gastvrouw voel ik me natuurlijk verantwoordelijk en maak ik me zorgen of iedereen het naar zijn zin heeft, of het allemaal wel goed zal gaan er geen ongenode gasten zullen komen die met flessen gaan gooien. Ik was liever met een paar vrienden op stap gegaan, een beetje intiemer. Of ergens eten met Alex.*

Ze hebben gelijk, het is een belangrijke dag. Maar niet zoals zij het bedoelen – of misschien bedoelen ze dat juist wel, diep in hun hart, maar kunnen ze het niet opbrengen het hardop te zeggen. We praten er nooit over. Verder bespreken we alles, heel veel woorden om datgene wat niet wordt gezegd te verbloemen. Soms denk ik dat een van ons erover zal beginnen – dan klopt mijn hart in mijn keel en krijg ik een kurkdroge mond – maar dat moment gaat altijd weer voorbij.

Mevrouw Sadler zou zeggen dat ik erover moet praten, en ik weet dat ze gelijk heeft. Ze zou zeggen dat dingen minder eng worden wanneer je erover praat en ik weet dat ze ook daar gelijk in heeft. Ik vraag me af of het schrijven van deze brief aan jou ook telt. Trouwens, het is eerder een soort dagboek. Ik praat min of meer tegen mezelf door tegen iemand anders te praten.

Als ik je alles over mezelf vertel, zodat je dingen over me weet, betekent dat misschien dat ik mezelf ken. Wat Alex ook beweert over het 'zelf' dat niet echt bestaat.

Het begint eindelijk te regenen, zo hard dat het net is of er iemand grind tegen de ramen gooit. Het is erg droog buiten, de grond is helemaal gebarsten na de zomer en het gras is geel, maar morgenvroeg zal alles frisser voelen. Ik vraag me af hoe het daar bij jou is. Ik vraag me af waar je woont. Ik heb het altijd heerlijk gevonden om binnen, in het donker, naar de regen te luisteren. Toen ik negen was, is papa een keer met me gaan kamperen. Alleen wij tweeën met George, één nachtje maar. Ik zeurde er al tijden om en had eindelijk mijn zin gekregen. We bakten worstjes op het wegwerpbarbecuetje en kaartten bij het licht van de zaklamp. Ik had het koud en ging met sokken aan naar bed, met een trui over mijn pyjama. De muggen zoemden en terwijl ik in mijn slaapzak lag, hoorde ik ze bij mijn oor. Die nacht heeft het geregend, geregend en nog eens geregend. Ik weet nog dat ik in dat tentje lag, papa snurkend naast me en George snurkend aan mijn voeten, en terwijl de druppels op het canvas boven mijn hoofd kletterden voelde ik me volkomen veilig. Veilig en geborgen, zoals mijn moeder altijd zegt.

Mama zegt ook vaak dat je beter spijt kunt hebben van de dingen die je hebt gedaan dan van de dingen die je niet hebt gedaan (hoewel ik betwijfel of ze dat echt gelooft; zelf is ze behoorlijk voorzichtig). Ik ga je deze brief niet sturen. Trouwens, ik heb hem niet echt aan jou geschreven. Hoe kun je nou een brief schrijven aan iemand van wie je helemaal niets weet, een afwezigheid? Dit is misschien meer een soort dagboek, een dagboek dat zogenaamd geen dagboek is. Ik heb altijd gezworen dat ik nooit een dagboek zou schrijven, met van die stomme, gênante niemand-begrijpt-hoe-ik-echt-ben gedachten. Het is nu vier uur 's nachts en buiten is het donker en nat, met veel wind. Ik kan me gemakkelijk voorstellen dat er geen mens wakker is, behalve ik. Echt een moment om in je dagboek te schrijven, een moment voor niemand-begrijpt-hoe-ik-echt-ben gedachten.

Maar ik ga proberen contact met je op te nemen. Dat heb ik besloten.

Ik weet niet zo goed hoe ik moet afsluiten. In de laatste brief van Keats, aan de moeder van Fanny en niet aan Fanny zelf omdat hij het te moeilijk vond om haar te schrijven, zei hij: 'I always made an awkward bow.' Hij was niet goed in buigen, in afscheid nemen. Is dat niet ongelooflijk triest? Ik zet gewoon alleen mijn naam eronder.

Sonia.

De laatste vier regels stonden boven aan een bladzijde, met daaronder een lege ruimte. De vrouw aarzelde en sloeg de bladzijde om. Het handschrift werd minder netjes. Zo te zien was het haastig geschreven, of met veel verdriet. Sommige woorden waren woest doorgekrast.

12 SEPTEMBER 2005
Ik heb het gedaan. Ik ben vandaag niet naar school geweest (de allereerste keer dat ik heb gespijbeld, en ik heb alleen gym en wiskun-

de gemist omdat ik een hoop vrije uren had – zo ben ik nou: ik doe iets wat mijn hele leven zal veranderen, maar dan wel op de dag dat ik niet te veel lessen hoef te missen). Het verbaasde me hoe makkelijk het bleek te gaan. Belachelijk makkelijk, na al die jaren. Nu weet ik dus wie je bent. En over een paar dagen zul jij ook weten wie ik ben, of in ieder geval hoe ik heet. Op een dag zal ik je zien. Het is net of ik over een scheur in de weg ben gestapt die meteen daarna is veranderd in een enorme afgrond achter me, zodat ik niet terug kan naar de plek waar ik vandaan kwam. Dat is allemaal voorbij. Mijn jeugd is voorbij, denk ik, en plotseling verlang ik ernaar terug, heviger dan ik ooit ergens naar heb verlangd. Ik kan bijna niet geloven wat ik heb gedaan. Het is alsof ik een afschuwelijke misdaad heb gepleegd. Ik voel me rot, echt beroerd en vreselijk, en ik wil me alleen maar heel klein maken. Ik wil het niet weten. Ik wil het niet weten. Ik wil het niet weten.

De vrouw bleef een paar minuten op het bed zitten en staarde naar de zinnen op het papier. Haar gezicht stond uitdrukkingsloos. Toen sloeg ze het notitieboek dicht en stopte het zorgvuldig terug in de roze lovertjestas. Ze schoof de tas achter in de kast, precies op de plek waar ze hem had gevonden, en deed de kastdeur dicht. Ze klopte de deuk in het beddengoed op de plek waar ze had gezeten weg en liep de kamer uit.

3

Op iedere andere dag zou ze zich anders hebben gedragen. Dit was een datum waar Gaby maanden tegen op had gezien. Ethan en zij waren laat vertrokken – ze waren altijd te laat, de een was nog erger dan de ander – en zodra de voordeur dichtviel, had ze op haar zakken geklopt, in haar grote tas gerommeld, tussen de chequeboekjes, lippenstiften, tissues, pennen, briefjes, tampons, parfum, een notitieboekje, een kam en een heleboel kleingeld en buitenlandse munten, en het was tot haar doorgedrongen dat de huissleutels nog binnen moesten liggen. Sterker nog, ze herinnerde zich nu dat ze ze op de keukentafel had gegooid, tussen de troep van hun ontbijt, toen ze nog een laatste keer om zich heen keek.

'Ach, nou ja,' zei ze schouderophalend. 'Geeft niks, ik heb de autosleutels.' Ze zwaaide ermee.

'Hoe kom je dan straks binnen?'

'Dat zie ik dan wel. Er staat achter vast wel een raampje open of zo. Eigenlijk zou ik de huis- en de autosleutels bij elkaar moeten bewaren, maar aangezien ik ze altijd kwijtraak, is het misschien beter om maar één bos te verliezen en niet allebei. Als je begrijpt wat ik bedoel.'

'Niet echt. Het klinkt mij een beetje onlogisch in de oren,' zei Ethan. 'Portemonnee, bril, telefoon en sleutels – er is vast een freudiaanse verklaring voor. Waar je ook heen gaat, je vergeet altijd een belangrijk deel van jezelf.'

'Gelukkig liggen jouw spullen al in de auto.'

'Precies.'

'Kom op, dan gaan we.'
Ethan hees zijn rugzak over zijn schouder en trok het portier open.
'Goh, wat voelt dit raar,' zei Gaby terwijl ze om de auto heen liep naar de bestuurderskant. 'Eigenlijk zouden we nu iets ritualistisch moeten doen, vind je ook niet?'
'Nee.'
'Het lijkt nog maar zo kort geleden dat…'
'Begin nou niet weer, mam!'
'Sorry! Je hebt helemaal gelijk. Trouwens, je eerste lesperiode is belachelijk kort, maar tien weken of zo. Heb je dit echt allemaal nodig? Het lijkt wel of je gaat emigreren. Wat is dat daar eigenlijk?'
'Een straalkacheltje.'
'Waar heb je in vredesnaam een straalkacheltje voor nodig? En waar heb je dat ding vandaan? Hé, dat is mijn fijnste braadpan! Wat heb je nog meer meegesmokkeld?'
'Mam, het is al laat en als we zo doorgaan…'
'Sorry.' Ze draaide het contactsleuteltje om en de auto schoot met een ruk weg van het trottoir. Een paar boeken vlogen van de berg spullen en vielen op de grond. Ethan zuchtte, zette zijn zonnebril op, leunde achterover en deed zijn ogen dicht. Het zou een onrustig ritje worden.

Ze reden door Londen in de warme glinstering van uitlaatgassen. Alles leek slap en vies, de zomer naderde zijn einde. Gaby zat in haar bekende houding, over het stuur gebogen alsof het buiten donker was en ze moeite moest doen om de weg te kunnen zien. Ze vloekte zachtjes tegen naburige auto's en veranderde zo nu en dan met een ruk van rijbaan. Haar lange rok was een tikkeltje te groot en werd opgehouden door een canvas riem, en ze had haar sandalen uitgetrokken en reed met blote voeten, de teennagels oranje gelakt. Haar haar was losjes in een staart geboden met iets wat eruitzag als een schoenveter en ze droeg lange, bungelende oorbellen. Ethan keek met een schuin lachje naar haar; ze had zich nooit gekleed zoals de meeste andere moeders die hij kende, en toen hij klein was had haar flamboyante voorkomen bij hem gêne en soms grote woede opgewekt. Kinderen hebben graag dat hun ouders onopvallend zijn, onzichtbaar.

Hij herinnerde zich levendig de keer – hij moest toen een jaar of twaalf zijn geweest – dat hij haar erop aangesproken had dat ze op een ouderavond van de middelbare school was verschenen in een lange roodfluwelen jas die ze uit de kast had opgediept en die naar mottenballen rook. 'Jij weet niet wat het is om kind te zijn!' had hij in tranen geroepen. Ze had zich over hem heen gebogen en geantwoord: 'En jij weet niet wat het is om moeder te zijn.' Haar zachte stemgeluid en staalharde blik hadden hem tot zwijgen gebracht; zijn woede was omgeslagen in een vage angst. Hij begreep toen niet precies wat ze bedoelde, en dat wilde hij ook niet weten. Maar tegenwoordig vond hij het leuk hoe ze eruitzag. Haar schaamteloze nonchalance, stijlvol met een zekere vanzelfsprekendheid – maar misschien werkte ze wel heel hard aan haar zigeunerachtige voorkomen en stond ze uitgebreid voor haar hoge, verweerde spiegel in de slaapkamer alle kleren te passen die om haar heen op de grond lagen; draaide ze rondjes om haar spiegelbeeld te bestuderen.

'Wat is er?' vroeg ze toen ze zijn blik op zich gericht voelde.

'Niks.'

'Je zat naar me te kijken. Wat is er?'

'Nee, echt niks.'

'Mijn blouse is scheef dichtgeknoopt.'

'Nee, echt, je ziet er prima uit. Vind je het vervelend om kinderen te hebben?'

'Wat!'

'Ik vroeg of je het vervelend vindt...'

'Ik heb je wel verstaan. Het was een verbaasde kreet, geen vraag. Trouwens, ik heb één kind, geen *kinderen*,' verbeterde ze hem. 'Enkelvoud. Jij.' Ze keek even naar hem. 'En je blijkt ook nog graag alleen te zijn.'

'Oké. Vind je het nooit vervelend om een kind te hebben?'

'Je weet het moment wel te kiezen, Ethan! Laat me eerst de M25 op rijden, dan geef ik dadelijk antwoord.'

'Doe maar gewoon alsof we naar de ijsbaan gaan, die weg ken je. Daarna geef ik je instructies. Waar is de wegenkaart? We hadden van tevoren een route moeten uitstippelen. Dat zou papa ook gedaan hebben. Trouwens,' voegde hij er met een liefdevol lachje aan toe, 'het verbaast me dat hij daar niet aan heeft gedacht voordat hij vertrok. Hij heeft aan bijna álles gedacht. Voor mij lag er zelfs een lijstje met dingen die ik niet moest vergeten.'

'Voor mij ook, maar dat ben ik kwijt. Arme Connor, om opgescheept te zitten met twee mensen zoals wij. Ik denk dat de kaart onder de stoel ligt.'

'Ja, hier. Neem de volgende afslag maar. Die, ja. En dan de A10 volgen tot de snelweg.'

'Goed, of ik het vervelend vind om jou te hebben? Nee, ik kan met een gerust hart zeggen dat ik geen moment spijt heb gehad, zelfs niet toen het heel slecht met me ging.'

'Nee, ik bedoel *mezelf* niet, dat is wat anders,' zei Ethan. 'Zo persoonlijk was de vraag niet bedoeld. Eerder... filosofisch. Je hebt van alles opgegeven. En dan heb ik het niet alleen over een carrière, geld, tijd of al die voor de hand liggende dingen waar ze in de zondagskranten over schrijven. Ik bedoel...' Hij dacht terug aan dat akelige gevoel dat hij had gekregen toen ze hem had aangekeken alsof hij de vijand was, toen ze zei: *En jij weet niet wat het is om moeder te zijn.* 'Ik bedoel stukjes van jezelf.'

'Stukjes van mezelf,' herhaalde ze peinzend. 'Hoe bedoel je?'

'Je weet best wat ik bedoel. Let op, je moet met de wijzers van de klok mee de M25 op draaien, richting M40 en M1.'

'Ik vond het misschien moeilijker dan sommige anderen – neem nu Maggie. Die heeft vijf kinderen. Vijf! En ze heeft een echte baan, heel anders dan ik. Toch bakt ze nog taarten en gaat ze in het weekend met de kinderen zwemmen, en het huis is altijd schoon en mooi. Ze is opgewekt en ziet er hartstikke goed uit. Het lijkt wel of het bij haar allemaal vanzelf gaat – al doe ik haar daar misschien mee tekort; misschien kost het haar wel heel veel moeite maar laat ze dat niet merken.'

'Vind je dat niet irritant?'

'Irritant? Ik kan wel janken.'

'Waarschijnlijk is ze aan de drugs.'

'Ach, ik denk altijd maar: je verliest een aantal dingen, maar je krijgt er veel voor terug.'

'Goh, wat een zen-instelling,' zei Ethan droog.

'Nee, echt. Ik heb ervoor gekozen moeder te worden. Als ik ervoor had gekozen géén moeder te worden, zou ik een heleboel andere dingen verloren hebben.'

'Zoals?'

'Een totaal nieuwe wereld aan gevoelens. En jou – dan zou ik jou verloren hebben, liever.'

'Of degene die ik geweest zou zijn als ik niet, door een kans van één op een miljard, was geweest wie ik nu ben.'

Ze ging er niet op in. 'Natuurlijk zou ik nooit geweten hebben dat ik je verloor, want dan had ik je dus nooit gehad. Dat is het juist: als je geen kinderen hebt, weet je niet wat je precies verliest. Maar toch moet je ergens afscheid van nemen.'

'Of van iemand.'

'Of van iemand.'

'Dat klinkt een beetje treurig.'

'Vind je? Eerder spannend dan treurig.'

'Waarom heb je alleen mij gekregen?'

'Heb je dat ooit vervelend gevonden – dat je enig kind bent?'

'Ik weet niet. Vroeger leek het me leuk om een broertje of zusje te hebben. Je kunt als enig kind wel eens eenzaam zijn. Maar je hebt geen antwoord gegeven op mijn vraag. Waarom heb je alleen mij gekregen?'

'Zo is het nu eenmaal gelopen,' zei Gaby. 'Om te beginnen ben ik... Nou ja, ik ben nogal ziek geweest na je geboorte.' Ze fronste haar voorhoofd en klemde haar handen steviger om het stuur. Heel even werd ze bevangen door herinneringen aan toen, aan de grauwe dagen en lange nachten, de doffe wanhoop. Ze schudde haar hoofd alsof ze zo de gedachten wilde verjagen. 'We hebben het wel geprobeerd, hoor.'

'Bedoel je dat je niet meer zwanger kon worden?'

'Ik heb een paar miskramen gehad. En daarna... Na een tijdje hoefde het van ons niet meer. Jij was al wat ouder en het verschil zou erg groot geweest zijn. Alsof we weer helemaal opnieuw moesten beginnen.'

'Vond je het erg?'

'Wij allebei. Het was een vreemde schok. Onwillekeurig investeer je er zoveel hoop en liefde in. Maar als het dan misgaat, waar rouw je dan om – toch niet om een persoon? Ik denk om de verloren hoop, de verloren mogelijkheid, een versie van de toekomst die niet doorgaat. Het is moeilijk uit te leggen.'

Ethan keek even naar haar en staarde toen weer uit het raampje voordat hij zei: 'Neem nou iemand zoals Stefan...'

'Stefan zou een geweldige vader geweest zijn, als het ooit zo ver was gekomen. Hij is veel onzelfzuchtiger dan ik. Waarschijnlijk zou hij jouw vraag over dingen die je verliest wanneer je kinderen krijgt niet eens begrepen hebben. Hij…'

'Ja?'

'Nee, laat maar.'

'Mam?'

'De dingen lopen niet altijd zoals je denkt, dat is alles.' Ze aarzelde. 'Heb ik je wel eens verteld over Nancy?'

'Mijn peettante Nancy, die ik volgens mij nog nooit heb gezien?'

'Ja, die.'

'Nee, niet echt. Ik bedoel, wel in grote lijnen natuurlijk: dat ze vroeger je vriendin was, en dat ze heel lang iets met Stefan heeft gehad en toen plotseling is weggegaan. Maar ik ken de details niet. Je was nooit erg mededeelzaam over haar en ik wilde niet aandringen.'

'Ze was mijn beste vriendin. Dat klinkt een beetje kinderlijk, hè? Maar ze was echt mijn beste vriendin, van mijn zevende tot vlak na jouw geboorte. Zo'n vriendin heb ik nooit meer gehad.'

'Wat is er dan gebeurd?'

'Ze heeft heel lang iets met Stefan gehad. Iedereen dacht dat ze altijd bij elkaar zouden blijven; daar zag het ook naar uit. Tot ze op een dag zomaar vertrok en nooit meer terugkwam. Gewoon uit ons leven verdwenen. Soms denk ik wel eens dat Stefan er nooit overheen gekomen is.'

'En jij ook niet?'

Ze keek hem even schuin aan en richtte haar blik toen weer op de weg.

'Nee, ik denk het niet. Niet echt. Er gaan weken voorbij dat ik niet aan haar denk, maar dan gebeurt er iets waardoor het weer net zo vers en pijnlijk wordt als toen. Misschien moet ik er nu aan denken omdat dit een bijzondere dag is: doordat jij het huis uit gaat, komt het allemaal weer naar boven. Het is heel lang geleden, maar gek genoeg voelt het als de dag van gisteren. Dat we samen jong waren, Nancy en ik, vol hoop en dromen over ons leven. We zouden tot onze dood bij elkaar blijven. We gingen een hoop plezier maken samen.'

'Dat heb ik nooit geweten.'

'Het was allemaal voorbij voordat jij kon praten.'

'Is er nog meer wat je me niet hebt verteld?'

'Het was geen geheim of zo. Maar wel een zere plek.'

'Het klinkt anders hartverscheurend.'
'Ach,' zei Gaby. 'Ik weet het niet. Misschien voelt het vandaag wel zo. Ik ben nooit zo goed geweest in afscheid nemen.'
Ethan legde luchtig een hand op haar schouder.
'Het is geen afscheid, mam. Eerder: nou, tot gauw.'
'Dat weet ik wel. Sorry.' Ze fronste haar voorhoofd. 'De auto doet een beetje raar. Ruik jij ook een brandlucht?'
'Een beetje. Zit de handrem er nog op of zo?'
'Natuurlijk niet,' antwoordde ze, terwijl ze er voor de zekerheid stiekem even naar keek.

'Dan komt het waarschijnlijk van buiten,' zei hij. Hij haalde een stapeltje cd's uit zijn rugzak, zocht er eentje uit, stopte die in de speler en zette hem hard, en hij leunde achterover in zijn stoel en keek door zijn donkere zonnebril naar de kale akkers die voorbijgleden, goudkleurig en groen onder de zware hemel, en naar het waas van hoge heggen, de langsflitsende rij huizen en de bomen die plotseling een streep schaduw over de warme auto wierpen en toen in de verte verdwenen. Koeien, gouden stoppelvelden, zwaluwen in een rijtje op de telegraaflijnen. Ik ga het huis uit, dacht hij. De woorden bonsden als een refrein in zijn hoofd. Zijn lijf was zwaar van de warmte, en zijn handen die losjes in zijn schoot gevouwen lagen leken van iemand anders te zijn. Hij voelde zijn oogleden zwaarder worden, tot hij ze uiteindelijk liet dichtvallen...

Gaby liet haar blik even op zijn slapende profiel rusten. Zo'n mooi gezicht, dacht ze. Een pluk lichtbruin haar op zijn voorhoofd, dikke, rechte wenkbrauwen boven de ogen die zo donkerbruin waren dat ze zwart leken, bijna blauwzwart; zijn wangen nog bleek en glad, ook al schoor hij zich nu iedere dag, en net zo'n kuiltje in zijn wang als zij had, en een moedervlekje onder zijn linkeroor. Hij was half man en half slanke, mooie jongen; hij had nog dat frisse, een fysieke zoetheid die maakte dat ze haar hand op zijn magere schouder wilde leggen en zijn zachte, sluike haar wilde strelen.

Ze stond zichzelf toe zich hem te herinneren zoals hij was op de foto die thuis op de piano stond: een jongetje van vier in een rood kort broekje, een blauw T-shirt en sandalen. Hij stond voor de plantenkas van zijn tante en hield voorzichtig een kartonnen mandje met tomaten in zijn handen, met een angstige onzekerheid op zijn gezicht, alsof hij geen flauw idee had waar hij was of wie hij om hulp zou kunnen vragen. Een klein ventje dat vroeger zijn zachte handje in de hare legde, ongeduldig van de ene voet op de andere wipte, hoogtevrees had en bang was voor kleine ruimtes, torren en vliegen, koeien, golven, scheuren in het trottoir, grotere jongens, mensenmenigten, clowns, ballonnen, vuurwerk, bang voor het donker, bang om alleen gelaten te worden. Ze bleef 's avonds altijd aan zijn bed zitten, en dan woelde hij met zijn vingertjes door haar haar terwijl ze slaapliedjes voor hem zong; ze probeerde zich de melodieën en woorden uit haar eigen kindertijd te herinneren. Hij wilde niet gaan slapen wanneer ze niet bij hem was en de wacht hield tot zijn handje slap op het kussen viel, de vingers zich ontvouwden, zijn ogen dichtvielen en zijn ademhaling zwaarder werd. Dan pas sloop ze de kamer uit. Nu torende hij boven haar uit. Nu deed hij zelf zijn deur dicht – en op slot. Hij las Connor de les over politiek, vertelde hun bizarre grappen en giechelde met zijn vrienden om muziektrivia en de slechtste filmtitels. Hij speelde piano wanneer hij dacht dat niemand het hoorde, kaarsrecht op het krukje, zijn lange vingers op de toetsen, en dan staarde hij voor zich uit alsof hij in de verte een totaal ander landschap zag.

's Avonds ging hij de deur uit met condooms in de zakken van zijn gerafelde spijkerbroek, en hij rook naar sigaretten en bier en zweet en geheimen; hij staarde haar aan met een ondoorgrondelijke uitdrukking op zijn jonge, romantische gezicht, of hij deed zo aardig tegen Connor en haar dat ze kon voelen dat hij bij haar wegging, dat hij eigenlijk al weg was. Maar toch dacht ze soms terug aan vroeger en dan vroeg ze zich af wat er met dat ernstige, bange kind was gebeurd. Was het eenvoudigweg verdwenen, weggevaagd, of lag het nog ergens op de loer, klaar om hun allemaal weer de stuipen op het lijf te jagen? Zelfs nu nog, jaren later, werd ze soms midden in de nacht wakker en dan moest ze zijn kamer binnensluipen om zich ervan te verzekeren dat hij er nog was, dromerig en mooi op het hoofdkussen. Maar ze moest hem vertrouwen en ervan uitgaan dat het goed met hem ging. Dat was hun pact. Ze mocht haar angsten niet uiten. En vandaag zouden Connor en zij hem loslaten. Eindelijk op eigen benen. Heel even brandden de tranen achter haar ogen en ze knipperde ze verwoed weg.

'Niet doen!' Ethan deed met een ruk zijn ogen open.
'Wat?'

'Zit niet zo naar me te kijken.'
Gisteren had zijn vriendin Rosie, met wie hij de afgelopen vijf maanden door Zuid-Amerika had gereisd, gezegd dat het beter was dat ze uit elkaar gingen, dat ze niet aan een studentenleven moesten beginnen met het gevoel dat ze aan elkaar vastzaten. En vandaag bracht Gaby hem voor de eerste keer naar de universiteit. De achterbank, naar beneden geklapt om ruimte te maken, lag torenhoog opgestapeld met boeken over hedendaagse geschiedenis en westerse filosofie, braadpannen en een wok, rammelend bestek, bekers en borden, een koffiemolen, een straalkacheltje, een tennisracket, een vuilniszak vol lakens en een dekbed, twee koffers met kleren, een mooie laptop die in een zwarte tas tussen de stoel en de achterbank geklemd stond, een bureaulamp, een kleine cd-speler met losse boxen die erbovenop lagen, een gescheurde plastic zak boordevol cd's, waarvan hij er vele had geleend van Stefan en er nooit toe was gekomen ze terug te geven, een kartonnen doos die Connor had volgestopt met theezakjes en koffiebonen, een heleboel pakken gemberkoekjes, een paar blikjes tonijn, een pot Marmite en een pot honing, een plastic fles limoensiroop, potten vitaminepillen en een pak suiker. Een paar jassen – waaronder de mooie, dikke grijze die Connor en zij hem een paar maanden geleden voor zijn verjaardag hadden gegeven – en een donkerblauwe handdoek lagen boven op de schuivende berg spullen. Bij haar voeten stond zijn uitpuilende rugzak vol met losse spullen (een iPod, een boek met twintigste-eeuwse poëzie, een notitieboek dat voor de helft volgeschreven was in zijn onleesbare hanenpoten, een adressenboekje, zijn telefoon, portemonnee, de papieren die hij bij aankomst nodig had, een stokoud etui met kapotte rits, speelkaarten en een schaakspel). En achter op de auto stond zijn fiets; de smalle bandjes draaiden langzaam rond.

'Ben je zenuwachtig?'
Eigenlijk wilde ze vragen of het wel goed met hem ging, maar ze wist dat hij daar geen antwoord op zou geven – je kon uit Ethan geen ontboezemingen lospeuteren; die kwamen bij hem altijd abrupt, onverwachts. Gisteren was hij teruggekomen van zijn afspraak met Rosie met een starre uitdrukking op zijn gezicht, alsof iemand er met een doek ieder teken van leven af had geveegd, en hij had Gaby kortaf het nieuws verteld en haar verboden erop te reageren. Daarna was hij naar

zijn kamer gegaan. Ze had hem de deur stevig horen dichttrekken en de sleutel horen omdraaien. Later die nacht was ze wakker geworden en had ze liggen luisteren naar zijn pianospel. Een simpel melodietje dat steeds werd herhaald; de noten leken glanzend te blijven hangen in het donker om haar heen. Ze wachtte tot de muziek ophield en stapte toen haar warme bed uit, trok een ochtendjas en pantoffels aan en ging naar beneden, naar de keuken. Ethan was er al, in een spijkerbroek maar met bloot bovenlijf. Hij zat aan de tafel naar zijn lange vinger te kijken; ze zag het leren bandje dat hij om zijn knokige pols droeg.

'Zal ik thee zetten?' vroeg Gaby.

'Ik had kunnen weten dat je me zou vinden. Liever warme chocolademelk. Ik kon niet slapen – nog steeds niet, denk ik. Jij ziet er trouwens niet erg wakker uit, ga je niet liever nog even terug naar bed?'

Ze hadden samen chocolademelk gedronken in de warme, helder verlichte keuken terwijl om hen heen alle kamers in knarsende duisternis gehuld waren en de sterreloze nacht tegen de ramen drukte. Ethan had zijn sigaretten tevoorschijn gehaald en Gaby er een aangeboden, en ze had hem aangenomen alsof het niet bijna twintig jaar geleden was dat ze had gerookt. Nee, precies twintig jaar: ze was gestopt toen ze zwanger was van Ethan. Hij stak beide sigaretten aan met dezelfde lucifer, nam een lange trek van de zijne en zei met een lachje: 'Ik had heus niet verwacht dat we zouden gaan trouwen of zo. Eerlijk gezegd wilde ik ook geen verkering meer met haar, het voelde al maanden niet goed. Op de een of andere manier was de betovering eraf – dus natuurlijk is het beter zo. Het zou een opluchting moeten zijn. En zij heeft het uitgemaakt voordat ik de moed bijeengeraapt had, dus ik hoef me niet eens schuldig te voelen. Ik moet er alleen nog aan wennen.' Toen voegde hij eraan toe, abrupt, terwijl hij haar blik vasthield met zijn zwarte, glinsterende ogen: 'Maar evengoed verbaast het me dat het zoveel *pijn* doet.'

'Tja,' had Gaby gemompeld, voordat ze de rook haar zere longen in zoog en werd overvallen door een vlaag duizeligheid die gepaard ging met de plotselinge herinnering aan de tijd dat ze zelf een tiener was en ze zich naar de gekromde hand met een lucifer toe boog, en die eerste scherpe trek nam. Er viel verder niets te zeggen. Als ze haar armen om hem heen zou slaan, zou hij haar waarschijnlijk een schouderklopje geven, alsof hij háár troostte. Dus hadden ze in plaats daarvan een spelletje gedaan (hij won, zoals altijd) en later, toen de grijze dageraad de hemel binnen sijpelde, had ze eieren en spek gebakken – zich ervan bewust dat het een belachelijke laatste strohalm van huiselijkheid was. Dit deed je voor een zoon die op het punt stond het huis uit te gaan: je veranderde in een prentenboekmoeder, je bakte eieren voor hem (ook al was de dooier stukgegaan en het spek aangebrand), zette een pot verse koffie en liet het bad voor hem vollopen; daarna bekeek je zijn kamer nadat hij die had leeggehaald en je staarde naar de lege kasten, de kale planken, het afgehaalde bed, de halflege kleerkast, de lichtere plekken op de muur waar zijn posters hadden gehangen, en naar de afgedankte bezittingen uit zijn kindertijd.

'Of ik zenuwachtig ben?' herhaalde hij nu haar vraag. 'Natuurlijk.'

Hij boog zich naar voren om de radio aan te zetten, maar hield daarbij zijn ogen op de weg gericht. Hij draaide aan de knop tot hij tussen het geruis en gekraak een muziekzender had gevonden die hem beviel. Toen draaide hij het raampje een centimeter of tien open en stak een sigaret op.

'Ik ruik nu écht een brandlucht.'

'Dat is mijn sigaret.'

'Nee, er brandt iets. Het kan niet van buiten komen. Ruik jij het niet? O, god, kijk!'

Er kwamen dikke rookwolken onder de motorkap vandaan.

'Zet de auto aan de kant!'

Ze kwamen walmend tot stilstand in de harde berm en Gaby zette de motor uit. Er kolkte nog steeds rook uit de voorkant van de auto, die zachtjes schudde door de langsrazende vrachtwagens.

'Oei,' zei Ethan na een stilte.

'Zal ik de motorkap opendoen om te kijken?'

'En waar gaan we dan naar kijken? We kennen geen van beiden het verschil tussen een radiator of... een oliecarter,' zei hij fel, gebruikmakend van een woord dat hij uit het diepst van zijn geheugen opdiepte, 'en een dooie das.'

'Daar heb je gelijk in. Ik bel de wegenwacht.'

'Dat is een beter idee.'

'Moeten we niet uitstappen? Dadelijk vliegt hij in brand.'

'Goed, maar pas op voor de auto's. Stap maar aan mijn kant uit.'

Nadat Gaby met haar mobiele telefoon de wegenwacht had gebeld en ze haar hadden beloofd dat er zo snel mogelijk iemand zou komen, zei ze met een klein stemmetje tegen Ethan: 'Ik moet je iets bekennen.'
'Wat dan?'
'Ik denk dat ik wel weet wat er met de auto aan de hand is. Of tenminste, hoe het komt. Ik reed in de verkeerde versnelling.'
'Het is een automaat, die heeft geen versnellingen.'
'Maar wel een extra stand voor wanneer je zwaarbeladen bent en heuvelopwaarts moet.'
'En in die versnelling reed jij?'
'Dat moet haast wel. Ja. Ik zag het toen we stopten.'
'Aha,' zei Ethan. 'Nou, dan lag het daaraan. Zullen we onze picknick nu opeten?'
'Als je wilt. Ja, waarom ook niet. Je vat het wel goed op.'
'Het geeft niet. Er is nu toch niks meer aan te doen. We komen er heus wel. Ik hoop alleen dat de auto niet ontploft. Al mijn aardse bezittingen liggen erin.'
Ze klauterden de helling op en gingen bovenaan zitten, met achter hen miezerige, zwart uitgeslagen struikjes en onder hen de voortdenderende stroom auto's. Gaby haalde de zakjes met kleffe boterhammen tevoorschijn.
'Mooi uitzicht,' zei Ethan.
'Stel dat ze hem niet kunnen maken, wat dan?'
'Ach...' Hij haalde zijn schouders op. 'Dan zullen ze ons moeten wegslepen.'
En hij leunde achterover in het vieze gras.

Gaby merkte wel dat Ethan wilde dat ze wegging. Ze hadden al zijn spullen, in vele etappes, naar zijn kamer gesleept. De man van de wegenwacht had hen geholpen, voordat hij met hun auto was vertrokken. De kamer was vierkant, klein en pas geschilderd, in neutraal gebroken wit. Aan de overkant was een badkamer en een paar deuren verderop een keukentje, aan het eind van de gang vol nieuwe studenten en hun bezorgd kijkende ouders. Gaby glimlachte opgewekt, ving verschillende blikken en zei hallo tegen iedereen die teruglachte. Ze stootte Ethan een paar keer aan om hem op veelbelovende gezichten te wijzen, maar hij reageerde er niet op.

Nu was Ethan teruggelopen om voor hen allebei een kop thee te zetten, en terwijl hij weg was, belde Gaby om te informeren hoe laat de treinen van Exeter naar Londen vertrokken. Daarna ging ze op haar hurken tussen de dozen en vuilniszakken zitten, trok de rits van zijn grootste koffer open en pakte er een stapel gekreukte T-shirts uit.

'Alsjeblieft. Er zit nogal veel melk in. Wat ben je aan het doen?'
'Uitpakken.'
'Waarom?'
'Weet ik veel. Uit moederlijkheid, denk ik.'
'Dat heb ik liever niet. Ik krijg er de zenuwen van. Het komt later wel.'
'Ja, natuurlijk.' Ze grinnikte berouwvol naar Ethan. 'Sorry. Ik drink dit op en dan ben ik weg.'
'Heb je plannen voor vanavond?'
'Afgezien van thuis inbreken, bedoel je? Nee, niet echt. Misschien ga ik wel naar de film of zo. Ik zal eens kijken of er iemand mee wil.' Ze nam een slokje thee. 'En jij?'
'Geen idee.'
'Er is hier genoeg te doen als je wilt, hè?' Ze gebaarde naar de folders die bij aankomst voor hem klaargelegen hadden.
'Tja.'

Dit was duidelijk het geklets over koetjes en kalfjes voorafgaand aan haar vertrek. Ze nam een grote slok lauwe thee en zette de beker vastberaden weg.

'Bel je gauw om te laten weten hoe het gaat?'
'Natuurlijk. Eh... nog even over waar we het daarstraks over hadden...'
'Waar hadden we het over?'
'Je weet wel, over moeder zijn, en of je daar wel eens spijt van hebt.'
'O ja, dat. Ja?'
'Hebben jullie ooit overwogen om mij te laten weghalen?'
'Nee!' Natuurlijk hadden ze dat overwogen. Het was niet wat ze hadden gepland; het was niet wat zíj had gepland. Ze had willen werken, reizen, uitzoeken wie ze werkelijk was, uitkiezen wie ze wilde zijn – zo had ze het altijd gevoeld, en in zekere zin voelde ze het nog steeds zo. Ze wilde niet de verantwoordelijkheid dragen voor iemand anders en haar zorgeloze jonge leventje niet inruilen voor slapeloze nachten,

luiers en onzelfzuchtigheid. En toch had het groeiende leven in haar buik gewoon doorgetikt, als een volmaakt klokje.

'Ik vind het niet erg als het zo is. Maar ik zeg het verkeerd – natuurlijk zou je míj niet hebben weggehaald, maar gewoon een brokje cellen zo groot als een erwt. Heel veel mensen zijn van mening dat een foetus pas bij de geboorte een baby wordt.' Hij stond op en keek uit het raam, met zijn handen diep in zijn zakken. 'Rosie heeft een abortus gehad.'

'O...' Vandaar al die vragen. Gaby probeerde haar stem neutraal te laten klinken, ondanks de scherpe steek van medeleven die door haar heen schoot.

'Een maand of twee geleden.'

'Is het daarom...?'

'Of ze het daarom uitgemaakt heeft? Of ik het daarom niet kon uitmaken, ook al wilde ik dat graag? Dat zou kunnen. Ik weet het niet. Misschien verdroeg ze me naderhand niet meer om zich heen en kon ik mezelf er niet toe aanzetten op te stappen. Niet zolang ze me misschien nog nodig had.'

'Wat vond jij ervan?'

Ethan wreef in zijn ogen. Hij zag er ineens erg jong uit.

'Ik zou er heel veel moeite mee hebben gehad als ze had gezegd dat ze het wilde houden. Jezus, ik wilde geen baby. Dat zou krankzinnig geweest zijn. Het was volkomen duidelijk dat ze abortus zou laten plegen. Het was trouwens ook haar beslissing. Ik had er niet echt iets over te zeggen. Maar het voelde zo raar, het idee dat er iets in haar groeide ook al was er niks van te zien, en als ze niets deed, zou het... Heel verwarrend, vind je niet? Je denkt: mijn hele leven kan veranderen, zomaar ineens. Alleen ging dat natuurlijk niet gebeuren. Ik bazel nu, hè?'

'Dat geeft helemaal niks. Ik ben heel blij dat je me dit vertelt.'

Hij had vader kunnen worden, dacht ze. Mijn kleine jochie. En toen dacht ze: en ik had oma kunnen worden. Absurd.

'Maar het heeft me wel aan het denken gezet. Niet over abortus – daar denk ik nog steeds hetzelfde over. Ik ben er alleen over gaan nadenken. Alles ging zoals het moest gaan, je kent het wel... goede cijfers, een jaartje ertussenuit, een beetje reizen *om mijn horizon te verruimen*, een vaste vriendin, al dat burgerlijke gedoe.'

'En toen dit.'
'Ik weet dat het niet veel voorstelt.'
'Het is niet niks,' zei ze, en ze dacht aan haar eigen miskraam toen Ethan nog heel klein was, aan haar onzekerheid, aan de zorgeloos geplande toekomst die in duigen was gevallen.
'Ik heb geen terminale kanker, ik heb niet te voet de halve wereld over hoeven vluchten en heb mijn ouders niet verloren bij een brand of zoiets dramatisch. Het is geen historische gebeurtenis, gewoon iets kleins wat anderen ook overkomt. En dan mogen ze nog van geluk spreken. Maar gisteravond zat ik te denken hoe onbekend alles nu lijkt, net zoals wanneer je 's avonds autorijdt en je je heel goed moet concentreren omdat je niet weet wat er na de bocht komt. Alles lijkt anders. Je kunt bijna aan niets anders denken. Goh, ik ben doodmoe, zeg.'
Hij schoof het raam open en plotseling werd de kamer gevuld met de geluiden van de straat. Hij stak een sigaret op en inhaleerde diep; ze zag de kuilen in zijn wangen verschijnen. Toen glimlachte hij door de blauwe rook heen naar Gaby.
'Het is goed, hoor,' zei hij. 'Ik red me wel. En jij moet gaan.'
'Ik kan zo lang blijven als je wilt. We zouden een eindje kunnen gaan wandelen en dan ergens iets eten…'
'Nee, ik wil hier aan de slag.'
'Maar…'
'Kom op, mam. Tijd om afscheid te nemen. Ik ben terug voor je het weet, je zult amper de tijd hebben om mijn kamer op te ruimen – als je dat van plan was – voordat ik er weer een troep van kom maken.'
'Heb je genoeg geld?'
'Dit hebben we allemaal al besproken.'
'Oké. Maar als je iets nodig hebt…'
'Ja, ja.'
'En Ethan…'
'Ja?'
'Ik weet niet meer wat ik wou zeggen.'
'Ik wel. Je wilde zeggen: wees voorzichtig, en maak je maar geen zorgen, de tijd heelt alle wonden, werk hard maar niet te hard en bel vaak naar huis, maar niet zo vaak dat jullie bang worden dat ik zielig ben, en eet zo nu en dan iets gezonds, maak nieuwe vrienden, rook

niet te veel en gebruik niet te veel drugs, of helemaal geen drugs, en doe voorzichtig als je gaat fietsen.'
'Je vergeet nog wat: ik hou heel veel van je. En ik ben trots op je. Daar wilde ik mee eindigen. Maar niet ironisch.'
Hij drukte zijn sigaret uit in het raamkozijn en gooide de peuk naar buiten.
'Ik heb een leuke jeugd gehad,' zei hij. 'Niet huilen.'
'Ik ben niet verdrietig, alleen emotioneel. Trouwens, je huilt zelf ook.'
'Ja, natuurlijk.'
Hij sloeg zijn armen om haar heen en tilde haar op tot ze met haar voeten boven de grond bungelde en haar schoen van haar voet schoof en aan haar teen bleef hangen. Toen liet hij haar gaan.
'Tot ziens,' zei hij.

Gaby wandelde door Exeter in de motregen zonder te weten waar ze naartoe ging. Er liepen jonge studenten door de straten, duwend en lachend, in groepjes bij elkaar geklit, en tussen hen in voelde ze zich kleurloos, als een houtskooltekening tussen de olieverfschilderijen. Ze had het gevoel alsof niemand haar kon zien, en dat als ze haar mond zou opendoen om iets te zeggen, niemand haar woorden zou kunnen horen. Haar lijf was zwaar en traag, haar kaakholten deden zeer van de ingehouden tranen en ze had keelpijn. Kon ze Connor nu maar spreken. Ze wilde zijn stem horen om herinnerd te worden aan de wereld waarnaar ze zou terugkeren.

Het station was maar een paar minuten lopen, en toen ze op haar horloge keek, zag ze dat ze de sneltrein naar Londen nog zou kunnen halen als ze opschoot. Maar ze wilde zich niet haasten, of liever gezegd: ze kon haar lichaam niet aanzetten tot meer dan geslenter door de weekenddrukte op straat. Iedere stap leek te lang te duren; ze hoorde haar voeten op het vochtige trottoir neerkomen, en als in een droom schuifelde ze langs winkels en eettentjes. Soms ving ze een glimp op van haar eigen spiegelbeeld, tussen al die andere gestalten, en het verbaasde haar hoe energiek en doelgericht ze eruitzag.

Zonder precies te weten wat ze deed liep ze een zijstraat in en ging bij een donker eetcafeetje naar binnen. De vochtige warmte kwam haar tegemoet, samen met het gesis van een espressoapparaat en het melodieuze getinkel van kopjes. Ze bestelde cappuccino en een amandelbroodje en ging aan een tafeltje bij het raam zitten, waar ze haar jas uittrok en zich installeerde. Ze kreeg bijna het gevoel dat ze zou kunnen slapen – armen op tafel leggen, hoofd erop en ogen dicht. Ze dronk met kleine slokjes van de schuimige koffie, likte de melk van haar lippen, nam een hapje van het zoete broodje en kauwde er heel langzaam op. Wat zou Ethan nu aan het doen zijn? Ze zag weer zijn gezicht voor zich op het moment dat hij haar had verteld over Rosie, en het liefst was ze teruggerend om haar armen stevig om hem heen te slaan en hem te beloven dat het allemaal goed zou komen, terwijl ze wist dat die tijd al jaren achter hen lag. Hij had gezegd dat hij een fijne jeugd had gehad, maar was dat wel zo? Was ze wel een goede moeder geweest – goed genoeg? Ze was chaotisch, vergeetachtig, wispelturig en inconsequent geweest. Ze dacht aan al die momenten van vermoeidheid en irritatie, de keren dat ze had gesnakt naar tijd voor zichzelf; die had ze nu, maar ze wilde het niet meer. Zijn gezicht van nu – ongeduldig en mooi – werd in haar gedachten vervangen door een jongere versie, met vragende rode oogjes. Hij had vroeger kuiltjes in zijn handjes gehad. En een mollig buikje, een lijfje als een zak bloem die in haar armen van vorm veranderde.

Ze nam nog een slok cappuccino om zichzelf te kalmeren, en een hap van het broodje. Er trok een stroom mensen voorbij langs het raam, als figuurtjes in een amateurfilm, korrelig en niet helemaal scherp. Kon ze maar teruggaan naar het begin om het allemaal goed te doen, volmaakt, helemaal opnieuw.

Ethan zat op zijn kamer tussen de vuilniszakken en dozen. Hij zou alles moeten opruimen, maar hij wist dat het er niet van zou komen. Waarschijnlijk zou de hele boel wekenlang midden in zijn kamer blijven staan. Waarom ook niet? Hij kon de kleren die hij nodig had uit zijn koffers pakken en ze in een vuilniszak stoppen wanneer ze vies waren; als de koffers leeg raakten, zou hij naar de wasserette gaan die hij vanuit zijn raam kon zien. Dat leek hem een effectieve aanpak. En boeken en cd's zou hij pakken wanneer hij wilde. Hij ging tegen het bed geleund zitten, haalde zijn iPod uit zijn rugzak, plugde het koptelefoontje in en zette hem aan. '*This is the first day of my life,*' zong een lichte stem in zijn hoofd. '*Remember the time you drove all night just to meet me...*' Hij trok een gekweld gezicht en ging naar het volgende nummer, dronk zijn lauwe thee op en daarna de thee die Gaby had laten staan. Hij zette de twee lege mokken op zijn tennisracket, naast de zak met schoenen, en stak een sigaret op.

Als zijn vader nu hier was, dacht hij, terwijl hij de as sissend in een van de mokken liet vallen, zou hij alles meteen opbergen en een plekje zoeken voor al zijn bezittingen, in een poging er een nieuw thuis van te maken. Ethan zag het fronsende, geconcentreerde gezicht voor zich, de precisie waarmee hij dingen regelde. Hij kon heel doelgericht zijn, zijn vader, zoals veel van de volwassenen die hij kende. Hij beende door zijn dagen alsof ze een weg vormden naar een bekende eindbestemming en hij geen zijstraat mocht inslaan of vertraging mocht oplopen. Maar Ethan genoot juist van het gevoel dat hij tegenwoordig had, het gevoel dat hij zich liet meevoeren op de stroom van de dag; onderuitgezakt in zijn warme kamer, zonder enig benul waar hij naartoe zou moeten gaan en zonder het specifieke verlangen óm ergens naartoe te gaan. Hij zou een café kunnen opzoeken en er blijven tot sluitingstijd, met een biertje in de hand luisteren naar de gesprekken van anderen; hij kon in bad gaan, op een van de identieke deuren op de gang kloppen en daarmee een gebaar maken dat tot vriendschap zou kunnen leiden, of midden in de nacht eten koken, een joint roken, door de stad fietsen met de plattegrond die Gaby in het zijvak van zijn rugzak had gestopt, gaan slapen in deze kleine, warme ruimte of gewoon met opgetrokken knieën blijven zitten en pas opstaan wanneer het donker werd. Alles was mogelijk.

Hij stak nog een sigaret op, zoog de rook zijn longen in en blies een blauwige wolk uit die zich langzaam verspreidde. Hij dacht terug aan het gezicht van zijn moeder toen ze wegging, verkrampt in een poging vrolijk te kijken. Toen pakte hij het spel kaarten uit zijn rugzak. Hij legde de rijen uit en begon aan een spelletje patience, iets wat hij jaren geleden van zijn vader had geleerd. Hij moest het inmiddels honderden, zo niet duizenden keren hebben gedaan. Hij had het eindeloos gespeeld in zijn examentijd – in de hoop dat het geluk zou brengen, als voorteken, een bijgelovig afleidingsritueel. Voor ieder examen moest hij al zijn kaarten uitleggen. En dan waren er die grijze zondagmiddagen geweest, de regenachtige kampeervakanties in Schotland en Wales. Gebakken vis met slappe, zoute frites, natte kleding, en in de klamme tent de speelkaarten die wiebelend op de gekreukte slaapzak balanceerden. Hij legde nog zeven kaarten bovenaan en genoot van de aanblik die ze boden, en van het doffe, plastic-achtige geluid. Als hij één keer uit was, hield hij zichzelf voor, dan zou hij iets gaan doen. Hij zou bij iemand aankloppen, kennismaken met zijn buren, en vrienden bellen die een kamer hadden in een van de andere gebouwen. Zodra de kaarten het zeiden.

Na een hele tijd stond Gaby op, betaalde haar koffie en het broodje, trok haar jas aan en liep het eetcafé uit. Buiten was de lucht donkerder geworden in een poging tot een regenbui. Een paar grote druppels landden op haar wang en in haar haar. Ze ging terug naar de hoofdstraat, versnelde haar pas en liep naar het station. Voordat de trein van 16.22 uur kwam zou ze nog tijd hebben om een tijdschrift of een boek te kopen, en dan zou ze een plaatsje bij het raam uitkiezen en onder het genot van een kopje donkere spoorwegthee naar huis gaan. Ze kreeg er een somber gevoel van, de gedachte om terug te gaan naar haar oude leven, alsof er niets gebeurd was. Ze stelde zich Ethans donkere, lege kamer voor, met vlokken stof in de hoeken en dode vliegen in het raamkozijn, lege plekken op de boekenplanken en de stilte die zwaar in de ruimte hing, als een vieze lucht. Ze had erop gestaan dat Connor zijn lang geplande zeiltocht gewoon zou laten doorgaan, maar nu besefte ze dat hij erbij had moeten zijn op deze bijzondere dag. Na twintig jaar woonden ze weer alleen als stel. Ze hadden samen afscheid moeten nemen van hun zoon en dan op stap moeten gaan, een flinke wandeling maken of in zee gaan zwemmen, dronken worden, zich schandalig gedragen, een kamer nemen in een hotel om te vrijen, of het vliegtuig nemen naar een onbekende bestemming. Alles beter dan braaf terugkeren naar huis, nog een glaasje wijn drinken en op tijd naar bed gaan.

 Ze kocht een enkeltje Londen Paddington. Toen ze om zich heen keek, kwam alles haar vreemd voor en dansten de mensenmassa en het felle licht voor haar ogen. Ze bracht haar vingers naar haar gezicht en voelde dat ze huilde. De tranen stroomden over haar wangen, ze had keelpijn en een loodzwaar hart. En toen werd er iets omgeroepen over de luidsprekers. De trein van 16.18 uur werd verwacht op spoor twee en zou stoppen te Plymouth, Liskeard, Par, St. Austell, Truro,

Redruth, St. Erth en Penzance. Even bleef ze staan, weifelend, terwijl de passagiers in beide richtingen voorbij stroomden. Toen, met haar tweedeklas enkeltje Londen stevig in haar hand geklemd, liep ze naar de trein die haar in tegenovergestelde richting zou voeren en ging in de lege eersteklascoupé zitten. Ze hield haar adem in en drukte haar neus tegen het raam. Er liepen stroompjes condens over het glas naar beneden; buiten schemerden de gestalten in de toenemende regen. Ze voelde de motor onder zich trillen en de mensen op het perron verdwenen geleidelijk toen de trein in de richting van Cornwall begon te rijden, eerst langzaam maar algauw steeds sneller. Achterovergeleund in haar ruime, illegale stoel keek ze langs haar eigen vluchtige weerspiegeling in het natte glas naar de doorweekte groene lapjesdeken van het platteland buiten, dat onder de druipende grijze lucht voorbij stroomde. In de onafgebroken regen leek het landschap op een impressionistisch schilderij, met vlekkerig uitgelopen kleuren en licht, als een landschap in haar eigen hoofd. Er ging een huivering door haar heen, van geluk of verdriet, dat wist ze niet, en ze deed haar ogen dicht. Toen ze ze weer opendeed, keek ze naar haar jongere ik in de vage spiegeling van het raam – degene van wie ze dacht dat ze haar had achtergelaten, maar die wachtte tot ze terugkwam. De trein reed sidderend verder en voerde haar terug naar het verleden.

4

Het was Connors beurt om de wacht te houden. Stefan lag beneden te slapen, onder een oude geruite deken waar zijn voeten uit staken, met een grote hand om de zijkant van zijn gezicht gevouwen, alsof hij zichzelf troostte. Zo nu en dan kromp hij ineen, ging verliggen, werd half wakker. De zee was vannacht tamelijk kalm, met bescheiden golfjes die de boot optilden en weer lieten zakken, op, op en weer neer, als een trage wals. Zelfs in zijn slaap kon Stefan voelen hoe de boot naar voren schoot op de wind en dan even stilviel voordat hij weer vaart maakte. Het was een ritme waar hij van hield en dat hij probeerde op te slaan in zijn lichaam: het asymmetrische rijzen en dalen terwijl het water tegen de boeg klotste en bijna onmerkbaar vibreerde onder de kiel. De oude houten boot kraakte.

Het was het achtste jaar op rij dat de twee mannen samen deze reis maakten. Iedere zomer, na afloop van het universitaire jaar, wanneer Stefan vrij was, staken ze samen met zijn kleine zeiljacht over naar Frankrijk. Daar bracht hij zijn vakantie door, zeilend van haven naar haventje, of zomaar wat rondvarend. Soms kreeg hij bezoek van een vriend, maar meestal koos hij voor het gezelschap van zijn boeken, zijn gedachten, de zoute wind in zijn gezicht en het opspattende water van de golven. En in de herfst, vlak voordat het academische jaar weer zou beginnen, kwam Connor overgevlogen en zeilden ze samen terug het Kanaal over, naar de ligplaats van de boot vlak bij Southampton.

Terwijl hij voelde dat hij weer in slaap begon te vallen, hoorde hij in de verte het gedempte geloei van een misthoorn – te ver weg om zich er druk om te maken. Bovendien was Connor boven aan dek. Stefan zag hem in gedachten op de boeg zitten in zijn oliejas, met één hand aan het roer terwijl hij met half dichtgeknepen ogen het kompas in de gaten hield, en de horizon en het strakgespannen zeil. Het zou prima gaan vannacht. Hij draaide zich op zijn rug, legde zijn onderarm over zijn ogen en werd zijn dromen in getrokken.

De boot klapte tegen een hoge golf en zakte met een huivering terug in de luwte ervan. Connor voelde hem aan het roer rukken. De wind nam toe. Zonder te kijken wat hij deed schonk hij een kop koffie uit de thermosfles in de tinnen kroes en schudde een sigaret uit het pakje. Hij stopte hem in zijn mond en streek met één geoefende hand een lucifer af. Gaby dacht dat hij gestopt was, maar die paar dagen per jaar dat hij met Stefan op zee was, vond hij het lekker om te roken. Vooral wanneer hij 's nachts in zijn eentje aan dek zat en overal om hem heen, aan alle kanten, alleen maar zee was, aan de randen van zijn gezichtsveld overlopend in de lucht. Soms voelde het wachthouden als een hallucinatie, waarin de wereld op zijn kop stond en angstaanjagend was. De golven vormden schuimkoppen en sloegen om in een caleidoscoop van bergen met besneeuwde toppen en kraters, terwijl de lucht boven hem raasde als een donkere, waterige oceaan. Het vloeibare, steeds veranderende landschap leek zijn schedel binnen te stromen en het besef van wie hij was te verdrijven en te doen verdwijnen. Als hij zich liet gaan, zou het net zoiets zijn als sterven. Dan moest hij met zijn ogen knipperen, een grote slok sterke koffie nemen, nog een sigaret opsteken en zichzelf terugsleuren naar de precisie en de soliditeit van het moment.

'Connor Myers,' zei hij hardop. 'Vierenveertig jaar. Arts. Echtgenoot. Vader.' Was dat alles? Zijn leven was een oneindig klein spikkeltje in de oceaan.

Maar normaal gesproken ervoer hij op deze eenzame, uitgestrekte vlakten een helderheid en tevredenheid die hij in het gewone leven zelden voelde. Meestal was er de druk van de dagelijkse verplichtingen (patiënten ontvangen, verhalen aanhoren die hem een hulpeloos gevoel gaven, de toenemende bureaucratie van zijn baan, huishoudelijke klusjes, familiecrises). Alleen hier, tussen hemel en aarde, met de roep van een wulp die door zijn brein spoelde, kon hij zichzelf volledig en helder zien. Hij wist dat hij een zwijgzame man was, dat hij vaak werd vervuld door een plotselinge, hevige woede die hij verborg achter geprikkeld ongeduld. Hij vond het vreselijk om de controle te verliezen. Hij had een hekel aan slordigheid, rommel, dingen die niet volgens plan verliepen. Hij was er niet erg goed in om van de kleine dingen in het leven te genieten. Hij was niet goed, moest hij voor zichzelf toegeven, in gelukkig zijn – maar in leed was hij buitengewoon sterk. Ethan had hem er ooit van beschuldigd een afkeer te hebben van geluk, en hoewel hij het destijds had ontkend, wist hij dat het deels waar was. Geluk was in zijn ogen vaak een vorm van luiheid, van morele apathie of blindheid. Maar misschien, dacht hij nu terwijl hij daar aan dek zat en toekeek hoe de punt van de boot het water in dook en zich dan weer omhoog wroette, misschien had hij diep in zijn hart wel het gevoel dat hij geen recht had op geluk en dat hij het allemaal niet verdiende: zijn mooie, vreugdevolle vrouw en zijn onbedorven, romantische zoon – die nu het ouderlijk huis ging verlaten.

Als hij zoiets tegen Gaby had gezegd, zou ze lachend haar armen om hem heen geslagen hebben en hebben gezegd dat hij een belachelijke puritein vol schuldgevoelens was die zichzelf wilde straffen, en dat het zo niet werkte. Hij kon zich haar zo duidelijk voor de geest halen dat het een paar seconden leek alsof ze bij hem op de boot was; hij zag hoe ze zou staan om de beweging van de golven op te vangen, met haar handen in haar zij, de benen uit elkaar, haar haar in de war door de wind. Ze was goed in gelukkig zijn. Ze beschouwde de mooie momenten als een cadeautje en was er dankbaar voor.

En toch was het onjuist om Gaby te reduceren tot 'gelukkig', alsof ze een onbedorven kind was dat nog vrij was van het chaotische, heimelijke en ambivalente zelfbewustzijn van volwassenen. Ze had haar portie ellende wel gehad. Na de geboorte van Ethan was ze – tot grote schrik van Connor en tot haar eigen schande – weggezonken in een levensgrote, treurige, catatonische postnatale depressie die niemand van haar had verwacht en die maanden had geduurd. Ze spraken er nu nog zelden over. Maar heel even verscheen haar huilende, gezwollen gezicht voor zijn geestesoog en staarde hij liefhebbend het duister in.

Toen, ongevraagd, diende zich een andere herinnering aan. Die was zo levendig dat het bijna leek alsof hij naar een film keek. Ethan, een maand of acht, negen oud, lag in zijn wiegje in de huiskamer en was eindelijk in slaap gevallen, na een urenlange strijd. Ze zaten aan weerskanten van hem, uitgeput. Er stond een halflege fles wijn op tafel en in de haard brandde een vuurtje, dus het moest wel winter geweest zijn. Buiten was het donker. Connor zag de weerspiegeling van de vlammen dansen in het raam. Hij zag zichzelf opstaan en de gordijnen dichtdoen.

'Hij is uitgeteld,' zei hij. 'Arm ventje.'

'Godzijdank,' zei ze met een zucht, en ze liet zich achterover in de bank zakken. 'Ik stond op het punt om cognac in de melk te doen. Soms denk ik dat ik niet geschikt ben voor het moederschap.'

'Hoe kun je dat nou zeggen! Ik wil het niet horen. Na alles wat je hebt doorgemaakt, ben je een ware held.'

'Een held?' Ze proestte het uit.

'Heldin.'

'Held is beter.'

Hij keek glimlachend op haar neer. 'Held.'

Ze staarden elkaar aan, en de glimlach op zijn gezicht maakte plaats voor een blik van verwarring. 'Je ziet er moe uit,' zei hij zachtjes.

'Dat ben ik ook. Doodmoe.'

Alsof alle kracht uit hem weggestroomd was liet hij zich op zijn knieën voor haar zakken en legde zijn hoofd in haar schoot, en ze streelde met haar slanke vingers door zijn borstelige haar. Geen van beiden zei iets, en het was in stilte dat hij zijn hoofd optilde en haar blindelings kuste, haar in de bank duwde en achter haar aan kroop; in stilte dat zij zijn riem losmaakte en hij haar rok omhoog deed. Ze klampten zich aan elkaar vast als drenkelingen, ieder proberend de ander te redden, de ander onder water te trekken.

'O, god,' zei hij in het zachte kuiltje van haar hals.

'Sst, stil nou. Dadelijk wordt Ethan wakker.'

Maar Ethan sliep als een roos, zijn knuistjes gebald en zijn ademhaling zwaar en gelijkmatig. Aan de trilling achter zijn oogleden was te zien dat hij droomde.

Connor knipperde met zijn ogen en schudde zijn hoofd. De beelden verdwenen langzaam; hij keek nog een keer over het ruwe landschap van de zee, met zijn hand op het roer en de schoot netjes opgerold aan zijn voeten. De wind wakkerde aan en de boot vloog met een ruk vooruit. Connor voelde de koele lucht op zijn gezicht. Hij meende de eerste tekenen van de dageraad te zien – een nauwelijks waarneembare streep licht aan de horizon. En toen hoorde hij het blikkerige gerinkel van Stefans oude wekker, en een kreun van Stefan. Algauw zou de zon opkomen en zouden ze her en der andere bootjes om hen heen zien. Morgen was hij weer thuis.

5

HET NOTITIEBOEK ZAT NIET MEER IN DE ROZE TAS MET DE lovertjes. Ze bukte zich de kast in en rommelde tussen de afgedankte kleding en de schoenen. Het lag er niet, en ook niet in de ladekast, tussen het ondergoed of de T-shirts. Ze tilde het matras op – daar verstopten jongens hun pornoboekjes toch altijd? – en keek onder het bed, maar daar trof ze alleen dikke pluizen en een sok aan. Toen keek ze in de schooltas – een groezelige grijze rugzak, vol gekladderd met viltstift, één naad uitgescheurd – en daar vond ze het, ingeklemd tussen een natuurkunde- en een wiskundeboek.

21 SEPTEMBER 2005
Goed, misschien moet ik je wat over mezelf vertellen. Eerst de voor de hand liggende, saaie dingen, en sommige daarvan weet je al. Ik ben achttien. Op school gaat het goed, voornamelijk omdat ik hard werk (ik word altijd 'studiehoofd' genoemd; vroeger vond ik dat vervelend, maar toen heb ik besloten om het als een compliment te beschouwen en dat is het nu eigenlijk ook; mevrouw Sadler zou er een moraal in zien: wees trouw aan jezelf, bla bla bla). Mijn hoofdvakken zijn wiskunde, scheikunde en natuurkunde en mijn vader en moeder vinden dat ik medicijnen zou moeten gaan studeren, maar ik heb altijd wetenschapper willen worden. Misschien zit het in de genen? Ik ben dol op boeken – ik had ook Engels als hoofdvak willen nemen, maar je moet nu eenmaal kiezen. Verder zwem ik in het schoolteam en doe ik al twee jaar mee aan landelijke wedstrij-

den. Borstcrawl is mijn beste slag, maar ik ben ook tamelijk goed in vlinderslag. Ik vind zwemmen heerlijk. Dichter bij vliegen kun je volgens mij niet komen. Soms heb ik het gevoel dat ik in het water het meest mezelf ben. Daar zijn we weer, terug bij het begrip 'jezelf zijn'. Ik fotografeer veel en volgens mij is daar een speciale reden voor, maar dat is een ander verhaal. (Ik heb voor mijn verjaardag van pa en ma een digitale camera gekregen.)

Goed, wat nog meer? Mijn beste vriendin heet Goldie – al is dat natuurlijk niet haar echte naam. Ze heet eigenlijk Emma Locks, maar omdat ze golvend blond haar heeft, noemde iedereen haar vroeger Goldilocks, afgekort Goldie, en dat is zo gebleven. De meeste mensen weten niet eens meer hoe ze echt heet. We kennen elkaar al vanaf dat we vijf waren; ze is bijna een zus voor me, alleen maken we geen ruzie. Ik heb een vriend, Alex. Hij is slim, ironisch en droog, en meestal begrijpt niemand een woord van wat hij zegt. Het klinkt misschien gek, maar ik heb altijd gedacht dat hij van ons tweeën degene is die het zal uitmaken. Op een dag gaat hij er gewoon vandoor en dan vergeet hij me te vertellen dat hij weg is. Misschien vind ik hem juist wel zo leuk omdat hij een beetje een rare is en je niet kunt uitleggen hoe hij in elkaar zit, zelfs niet aan jezelf. Hij eet tussen de middag rauwe rode pepertjes.

Maar dit alles zegt niet veel over mij, hè? Het zou over iedereen kunnen gaan. We hebben op school een keer een oefening gehad bij creatief schrijven: je moest een lijst maken van dingen waaraan je een hekel hebt en dingen waar je van houdt. Ik weet niet meer wat ik er allemaal op had staan, maar ik maak er nu een voor jou – en ik zal proberen eerlijk te zijn.

IK HEB EEN HEKEL AAN: zand tussen mijn tenen, tomatenketchup, ratten, kiezelsteentjes over het water gooien, dierenbevrijders, strings, gebakken appel, kriebeltruien, supermarkten, haren in neuzen en oren, merklabels op de buitenkant van kleding, van die polsbandjes met slogans erop die je het gevoel geven dat je iets doet om de wereld te verbeteren door ze simpelweg te dragen, mensen die denken dat ze radicaal zijn omdat ze een T-shirt dragen met Che Guevara erop, dikke Afrikaanse dictators in witte pakken die in een enorm paleis wonen en kaviaar eten terwijl hun land lijdt onder *oorlog en honger, mensen die vreemde woorden gebruiken om indruk te maken, spuug in mondhoeken, snoeren kerstlichtjes die in de knoop zitten, druilerige zondagmiddagen, op iemand wachten, enveloppen met van dat grijze pluisspul aan de binnenkant, ruitenwissers op een droog raam, het woord 'netwerken' (en 'smoezelig' en 'pieken' en 'uitschot'), een haar in je eten, hondenpoep op de stoep voor mijn deur, november en februari, pretparken, reclameboodschappen via de telefoon, bankafschriften, lauw badwater, politici die droevig kijken tijdens twee minuten stilte, discussies over de vraag of Darwin het bij het rechte eind had, jaloers zijn op vrienden, patchoelieolie, kauwgum (als erop wordt gekauwd en onder tafels en stoelen geplakt), het papperige geluid dat mensen maken wanneer ze een banaan eten, tv-spotjes voor politieke partijen, trifle, de lotto, de opmerking dat je om je voorhoofd te fronsen meer spieren gebruikt dan om te glimlachen, mensen die zeggen: 'Kop op, misschien valt het best mee', mensen die beweren dat ik 'er later wel anders over zal denken', de lucht van bier, zoete popcorn, aardbeiensnoepjes, pleisters in het zwembad, sterretjes in plaats van schuttingwoorden, gebruiksaanwijzingen, goede voornemens met nieuwjaar, sokken die afzakken in mijn regenlaarzen, wakker worden en even niet weten waar je bent, als ik een grap niet snap en toch lach, zweren, Monopoly, het geluid dat ik op de viool voortbracht voordat ik het opgaf, witte chocola die aan je gehemelte plakt, mensen die beweren dat het broeikaseffect niet bewezen is, muziek in liften, pindakaas, gefluister waarvan ik het idee krijg dat het over mij gaat, kopzorgen over mijn gewicht, stukjes eierschaal in mijn mond, kiespijn...*

Ik kan nu niets meer verzinnen, maar er komt vast meer boven zodra ik stop met schrijven.

IK HOU VAN: *de geur van basilicum, de geur van versgemalen koffie, de geur van benzine en nagellakremover, schone lakens, een heel warm bad in de winter, na een heel lange dag, de keren dat het goed gaat met zwemmen en ik me sterk, soepel en precies goed voel, een wiskundige vergelijking die uitkomt, de gedichten van Keats (en van John Donne en WH Auden), vispasteitjes, bosbessenijs, zure appels, de woorden 'plof' en 'zonderling' en 'dwars' en 'voetzoeker', het vel van gepofte aardappelen, huilen in zielige films, schriften met dikke witte bladzijden waar nog niet in geschreven is, de slappe lach krijgen met vriendinnen, in het donker wakker worden, op de klok kijken en dan zien dat ik nog uren mag blijven liggen, mei en begin juni, getijdenpoeltjes, warme avonden, een brief krijgen met de post, de geur van gras na een regenbui, onweer, warme regen, treurwilgen, haardvuur, de kleur groen, Italië, snorkelen, pistachenoten, vers brood uit de oven met veel boter, heuvelafwaarts fietsen (nadat ik eerst omhoog gereden ben), het geluid wanneer je een pluk haar afknipt, goede leraren, de hele nacht opblijven en dan de zon zien opkomen, dansen wanneer je het ritme te pakken hebt en het voelt alsof de muziek door je hele lijf gaat, kersen, de geur van baby's, een radslag maken, mist 's morgens vroeg, potloden slijpen, naakt zwemmen, citroencake bakken, aan korstjes pulken, harde wind, verkiezingen, de Olympische Spelen,* bread-and-butter pudding, *schapenwolkjes, mijn kamer als ik hem net heb opgeruimd en alles op zijn plaats ligt, pipetjes, vreemden die zomaar naar je lachen, grote zachte handdoeken, het bobbelige litteken op mijn wijsvinger van die keer dat ik prikkeldraad vastpakte, witte wijn, New York (ik ben er nooit geweest), uilen...*

Weet je wat ik denk? Ik heb net allebei de lijsten gelezen en volgens mij zegt de lijst met dingen waaraan ik een hekel heb meer over mij dan de 'ik hou van'-lijst. Hoe zou dat komen?
 Maar de echte vraag luidt: wat ga ik nu doen? En het antwoord is dat ik het niet weet. Ik heb nog geen besluit genomen. Voor mijn gevoel is het allemaal zo groots en belangrijk. Bijna onwerkelijk. Alsof het over iemand anders gaat. Niet over mij, over Sonia.

Ze sloeg het notitieboek dicht en stopte het terug in de tas, maar ze bleef nog een hele tijd op het bed zitten en staarde naar haar handen, naar de witte knokkels, tot ze zichzelf weer in bedwang had en de kamer uit liep.

6

'Uw kaartje, alstublieft.'
Gaby gaf haar kaartje.
'Dit is niet voor de eerste klas, mevrouw.'
'Nee, dat weet ik.'
'En trouwens ook niet voor dit traject. Het is voor Londen. U zit in de trein naar Penzance.'
'Ja, dat weet ik. Wat is het hier mooi, hè?'
'Mevrouw?'
'Ik ben in de verkeerde trein gestapt, dat is alles,' zei ze. 'Het spijt me. Zal ik in Liskeard uitstappen?'
'Maar we zijn al gestopt in Plymouth, waarom bent u daar niet...?'
'Ik zat een beetje te dromen. Het is een rare dag vandaag. Mijn zoon – mijn enige kind – is voor het eerst naar de universiteit vertrokken en ik was met mijn gedachten ergens anders. Herinneringen. Maar ik zal niet tegen u liegen... ik wist dat ik in de verkeerde trein stapte.'
'Dat kan ik niet helemaal volgen.'
'Ik ben plotseling ingestapt. Het leek me de juiste keuze, al moet ik zeggen dat ik me nu een beetje dwaas begin te voelen. Hebt u wel eens zoiets gedaan?'
'Nee, dat kan ik niet zeggen.'
'Ik wil wel voor deze rit betalen, als u wilt.'
'Als u bij het volgende station uitstapt, zal ik een oogje dichtknijpen. Gezien de omstandigheden.'
'U bent een heel aardige man,' zei ze hartelijk, en hij begon te blozen en wreef opgelaten over zijn gezicht.

'Maar u zult wel in de tweede klas moeten gaan zitten, tenzij u wilt bijbetalen. Dat komt op...'

'Nee, laat maar. Ik ga wel.'

Maar de trein minderde al vaart en er werd omgeroepen dat ze Liskeard naderden. Toen Gaby het perron op stapte, zag ze dat het al schemerde. De avonden werden korter.

Ze had geen adres of telefoonnummer, alleen de naam van een dorpje een paar kilometer van Liskeard. Ze wilde beslist niet bellen om haar komst aan te kondigen. Dat was uitgesloten. Niks aan de hand, ze zou gewoon een taxi nemen naar Farmoor en daar een beetje rondkijken tot ze haar had gevonden.

Een paar maanden terug had Gaby thuis na het eten languit op de bank gehangen met een glas rode wijn, en met een half oog naar het nieuws gekeken. Er was een reportage over de overstroming die schade had aangericht in diverse dorpen in Cornwall; sommige bewoners hadden zelfs met bootjes uit hun huizen gehaald moeten worden. Een verslaggeefster, die door het bruine, modderige water kloste en er ongepast vrolijk uitzag op de knalrode regenlaarzen die ze duidelijk speciaal voor deze gelegenheid had gekocht, zei: 'Ik sta hier in het pittoreske dorpje Farmoor, waar tientallen huishoudens geëvacueerd moesten worden. Het is een bijzonder schouwspel.' De camera zwenkte naar een straat die was veranderd in een snelstromende rivier waar autodaken en de bovenkant van hekken en lantaarnpalen bovenuit staken, en toen naar het interieur van een huis waarin het water tot halverwege de trap kwam, met een paar treden daarboven een fel kijkende vrouw die een emmer in haar handen had. Toen kwam de lachende verslaggeefster weer in beeld.

En op dat moment was Gaby overeind geschoten op de bank; de wijn klotste over de rand van haar glas. Want terwijl ze zat te kijken, liep er een vrouw op laarzen in een oliejas voorbij. Ze keek vluchtig de camera in, en één onwerkelijk moment had Gaby heel sterk het gevoel dat de vrouw háár recht in de ogen keek – toen wendde ze haar blik af en versnelde haar pas. Voordat Gaby een kreet kon slaken en zich naar de televisie kon buigen was de vrouw al verdwenen, en de verslaggeefster zei nog iets over klimaatveranderingen en verzekeringsmaatschappijen. Maar ze had haar gezien. Het was negentien jaar geleden, en toch was de herkenning scherp en volledig: de hoekige kaken en de indringende ogen met de kleur van een gasvlam, haar houding, de kaarsrechte rug, het hoofd geheven, als een soldaat tijdens een defilé. Dat had ze altijd gehad, als kind al. Mensen hadden haar altijd groter ingeschat dan ze in werkelijkheid was.

Gaby was een paar minuten op de bank blijven zitten, van haar stuk gebracht. Toen dronk ze haar glas wijn leeg, stond vastberaden op en pakte de grote wegenatlas van de boekenplank. In het register zocht ze Farmoor op. En daar lag het, een piepklein stipje in de buurt van Bodmin Moor, een paar kilometer van Liskeard en niet ver van zee. Zonder zichzelf de tijd te geven om erover na te denken belde ze Inlichtingen en vroeg naar het nummer van Nancy Belmont in Farmoor, Cornwall. Sorry, zei de stem aan de andere kant van de lijn, dat is een geheim nummer. Ze had haar dus wel degelijk gezien, ze woonde daar inderdaad. Na al die jaren niet geweten te hebben waar ze was, of ze nog wel in Engeland woonde, zelfs niet of ze nog leefde, had Gaby haar gevonden. Of liever gezegd: ze was aan Gaby verschenen. Ze had haar recht in de ogen gestaard.

Maar dat was nu weken geleden, en Gaby had er niets mee gedaan. Ze had het zelfs niet aan Connor verteld, al wist ze niet goed waarom niet. Ze had geoefend op de woorden – 'Je raadt nooit wie ik op tv heb gezien' – maar ze sprak ze niet uit. Connor had vaak genoeg gezegd dat ze Nancy moest loslaten. Zijn argument luidde, redelijk genoeg, dat wat Nancy's motieven ook mochten zijn, ze met haar gedrag heel duidelijk had gemaakt dat de vriendschap voorbij was. Het had geen zin om te proberen haar van gedachten te doen veranderen; je kon iemand niet smeken je vriendin te zijn of je aardig te vinden. Ze had ook niets tegen Stefan gezegd, want wat had het voor zin? Dus had ze het beeld losgelaten, en het was langzaam weggezonken naar de troebele diepten van haar gedachten, waar het buiten het zicht was blijven liggen.

Maar nu was ze dus in Liskeard, met het impulsieve doel een vriendin op te sporen die geen vriendin meer was, en haar te vragen... Ja, wat eigenlijk? Waarom heb je Stefan op die manier in de steek gelaten? Waarom heb je mij in de steek gelaten? Waarom heb je nooit geschreven? Wat is er gebeurd? Ze wist niet eens meer zo zeker of ze de antwoorden wel wilde weten. Om het nog erger te maken was er nergens een taxi te bekennen. Het werd donker, en even bleef Gaby besluiteloos staan peinzen. Misschien moest ze gewoon de volgende trein terug naar

Londen nemen. Dan zou ze niet al te laat thuis zijn en kon ze uitgebreid in bad gaan en een film kijken of lekker met een boek in bed kruipen.

Maar nog terwijl ze dat dacht, keerde ze het station de rug toe en liep naar het centrum van het dorp. Ze had geen idee welke kant ze op moest – volgens de kaart lag Farmoor ten noordwesten van Liskeard, maar waar was in godsnaam het noordwesten? Connor wist dat soort dingen. Hij zou even zijn voorhoofd fronsen, nadenkend, en dan vastbesloten wijzen. En hij had verdomme altijd gelijk. Dat was buitengewoon irritant – net zoals in de auto, wanneer zij op de kaart niet kon vinden waar ze waren, laat staan waar ze naartoe moesten en welke weg ze moesten nemen, terwijl hij een punt op de bladzijde aanwees en zei: 'We zijn ongeveer hier.' Misschien kon ze de zee ruiken en de geur volgen, of zich op de Poolster richten – als ze wist welke ster dat was. Was het niet die felle die laag aan de horizon stond? Ze tuurde hopeloos met half dichtgeknepen ogen naar de lucht. Ik moet toch eens wat meer leren over de sterrenbeelden, dacht ze, al wist ze natuurlijk dat dat er niet van zou komen.

Ze ging naar binnen bij de eerste de beste pub die ze tegenkwam en baande zich door de sigarettenrook een weg naar de bar.

'Weet u welke kant Farmoor op is?'

'Farmoor, eens denken... Het klinkt bekend.'

'Het is hier vlakbij.'

'Ja... Vicky, weet jij waar Farmoor ligt?'

'Is dat niet dat dorpje voorbij de oude tinmijnen? Dat van de zomer zo zwaar overstroomd is?'

'Ja, dat is het. Ik wist wel dat ik het kende.' Hij boog zich over de bar heen naar Gaby toe. 'Als je het dorp uit gaat, moet je links aanhouden en een kilometer of drie doorrijden. Dan ga je rechtsaf, nog een paar kilometer over een smal weggetje langs de rivier. Het ligt wel een beetje afgelegen, hoor.'

'Dank u wel. Hoe ver is het, denkt u?'

'Valt wel mee. Een minuutje of tien rijden, schat ik.'

Gaby zei maar niet dat ze te voet was en geen auto had. Ze bestelde een glas witte wijn en een zakje geroosterde pinda's en ging aan een tafeltje bij het raam zitten, waar ze van haar wijn nipte en de nootjes een voor een in haar mond stopte en fijnkauwde. Toen stond ze op, zwaaide naar de man achter de bar en vertrok.

Ze had Liskeard al snel achter zich gelaten. Overal om haar heen strekte de heide zich uit, bezaaid met de bleke gestalten van schapen, en boven haar de lucht die zwaar was van de wolken. Een vogel scheerde laag over de grond voor haar en stootte een vreemde, klaaglijke kreet uit. Eén keer meende ze een vos te zien. Ze kreeg zere voeten van het lopen, en blaren, waardoor ze moest schuifelen. Intussen probeerde ze te bedenken wat ze tegen Nancy zou zeggen, maar het had geen zin. Haar gedachten weigerden eenvoudigweg dienst. Ze wist wel dat het zo was, maar ze kon nog steeds niet helemaal bevatten dat ze misschien binnen afzienbare tijd oog in oog zou staan met de vrouw die jarenlang haar beste vriendin was geweest en bijna haar schoonzus was geworden. Ze had zich vaak voorgesteld hoe ze elkaar weer tegen het lijf zouden lopen (een feestje, bruiloft of begrafenis, een moment op straat waarop ze elkaar onverwachts in de ogen zouden kijken) en ze had geoefend wat ze zou zeggen – complete, welluidende toespraken waardoor Nancy zou beseffen wat ze had aangericht, hoeveel pijn ze had veroorzaakt, niet alleen bij Stefan maar ook bij haar. De speech bevatte lange, gloedvolle betogen over het belang van vriendschap en de onvoorwaardelijke loyaliteit ervan. Soms werden de teksten die ze in gedachten opstelde eerder verdrietig dan kwaad uitgesproken, maar vaak vonkten ze van woede. En nu, terwijl ze te voet naar haar op weg was over de hei, kon ze zich er geen woord van herinneren – en al had ze de woorden onthouden, ze wist dat ze er niets aan zou hebben.

In plaats daarvan probeerde ze te denken aan de Nancy van vroeger, maar zelfs dat viel niet mee. Ze merkte dat ze zich haar gezicht als kind of als jonge vrouw opeens niet meer voor de geest kon halen. Ze riep specifieke gebeurtenissen op om te kijken of die het beeld van haar vriendin naar boven zouden halen (hun eerste dag op de middelbare school, toen Nancy was verschenen met kortgeknipt haar en een been in het gips; die keer dat ze samen meededen aan een fietstocht en ze door een ogenschijnlijk ondiepe plas waren gereden die alsmaar dieper werd, tot ze omgevallen waren, gillend van de lach; de keer dat Nancy en Stefan, onhandig en formeel, hadden aangekondigd dat ze, eh... verkering hadden; een van de zeldzame keren dat ze haar vriendin had zien huilen, al had ze nooit geweten waarom, en ze was buitengewoon geroerd geweest door de manier waarop ze haar vingers vastklemde om de drijfnatte, aan flarden gescheurde tissue waarmee ze haar gezwollen ogen had afgedroogd; het feest voor Nancy's eenentwintigste verjaardag, waarop ze een smoking had gedragen en een salsa had gedanst met Stefan, onder luid applaus). Maar Nancy was als de persoon op de foto van wie de gelaatstrekken wazig gemaakt waren. Ze was een vlek geworden. De jaren dat ze elkaar hadden gekend leken samen te vloeien, alle aparte periodes liepen in elkaar over als kleuren verf op een palet. Niets van Nancy was nog scherp in haar geheugen; alles was troebel en ongedefinieerd. Het enige beeld dat helder was gebleven was de glimp die Gaby van haar had opgevangen op televisie, toen ze al bijna twintig jaar een vreemde voor haar was.

Gaby betrapte zichzelf erop dat ze Stefans gezicht voor zich zag, zijn gezicht op de dag dat Nancy bij hem weggegaan was. Dat stond nog scherp in haar geheugen gegrift. Het was een doordeweekse avond geweest. Ethan lag te slapen in zijn kamer, met het vage schijnsel van het nachtlichtje naast hem, en Connor – die zesendertig uur dienst had gehad – lag al zeker een uur in bed. Gaby lag op de bank te lezen (ze wist zelfs nog welk boek: *Innocence* van Penelope Fitzgerald, een mooie roman die ze voor altijd zou associëren met verraad). Buiten stortregende het, maar binnen was het warm en rommelig en ze dronk kleine slokjes van de warme chocolademelk met slagroom die ze – met een heerlijk gevoel van luxe verwennerij – had gemaakt van chocola die ze boven de fluitketel had gesmolten. Ze voelde zich tevreden als een luie kat. Toen was er hard op de voordeur geklopt. Ze had de ceintuur van haar ochtendjas wat strakker aangetrokken, een laatste slok uit haar beker genomen en was gaan kijken wie het was. Stefan had op de stoep gestaan, in de stromende regen, met zijn haar tegen zijn hoofd geplakt. Hij staarde Gaby aan, maar ze had de indruk dat hij haar niet echt zag. Hij trok heel licht zijn wenkbrauwen op, maar daaronder stonden zijn ogen leeg. De huid rond zijn mond was slap en hij zag er opeens oud, kleurloos en wanhopig uit. Gaby had geprobeerd hem te omhelzen, maar hij was roerloos blijven staan in zijn dikke natte jas, zijn armen slap langs zijn lichaam.

Nu ze door de verlaten straat liep, voelde Gaby de oude woede weer in zich oplaaien, waardoor ze haar pas versnelde. Er was één beeld van Nancy van vroeger dat ze zich wél levendig kon herinneren, en dat beeld hield ze vast. Ze was de volgende dag naar Stefans flat gegaan – wat tot die tijd de flat van Stefan en Nancy was geweest – omdat ze van

Stefan wist dat ze Nancy daar zou aantreffen. Nancy had het zo geregeld dat ze haar spullen zou ophalen en haar sleutels zou achterlaten op een tijdstip dat Stefan naar zijn werk was. Het trof Gaby hoe efficiënt Nancy te werk ging: 's avonds had ze haar broer verteld dat ze wegging en de middag daarop vertrok ze al zonder een spoor achter te laten; ze wilde niet eens een sleutel houden voor het geval ze ooit terug zou willen komen. Vijf jaar waren ze samen geweest en ze hadden hun toekomst samen gepland, maar nu wiste ze in één dag tijd alle sporen uit die erop duidden dat ze hier ooit was geweest.

Gaby kwam bijna te laat. Nancy was vroeger bij de flat aangekomen en had er minder tijd nodig gehad dan ze had verwacht, en ze had net de laatste koffer achter in de bestelwagen gezet en stond al met draaiende motor klaar om te vertrekken. Ze droeg een donkere spijkerbroek, sneakers en een zwartleren jack, en een sjaaltje om haar haar gebonden. Ze zag er lenig en gestroomlijnd uit, een beetje piraatachtig. Toen ze Gaby zag, leek ze geschrokken noch schuldbewust. Ze gooide de achterklep van de bestelwagen dicht, wreef haar handen af aan haar spijkerbroek en deed een stapje achteruit.

'Gaby,' zei ze. 'Het leek me beter om het zo te doen. Snel en definitief.'

'Beter?' Gaby verhief haar stem, waardoor Ethan, die in zijn buggy lag te slapen, even wakker schrok. 'Beter?'

'Ja.'

'Makkelijker, bedoel je. Wegsluipen als een dief in de nacht, zodat je niet hoeft te zien hoeveel leed je aanricht.'

'Ik weet wat voor leed ik aanricht.'

'Dat weet je helemaal niet. Je hebt geen flauw idee.'

'Maar het doet er toch niet toe? Medelijden is geen reden om bij iemand te blijven.'

'Waaróm?' had Gaby gevraagd. 'Waarom in godsnaam? Ik dacht dat je van hem hield; hij houdt in ieder geval van jou. Ik dacht dat jullie bij elkaar zouden blijven. Het ging zo goed.'

'Nee, dat ging het niet.'

'Stefan dacht van wel.'

'Stefan zou nog denken dat het goed ging terwijl hij verdronk, alsof hoop kan maken dat het ook echt zo is. Ik weet dat je dol op hem bent. Het is ook een schatje, maar Stefan en jij hebben allebei altijd...'

Gaby keek haar kwaad aan, met open mond. Ethan verroerde zich weer en ze wiegde de buggy zo hard dat Ethan uit protest zachtjes begon te huilen. 'Denk je dat ik hier ga staan luisteren naar wat jij op Stefan en mij aan te merken hebt?'

'Dat is niet mijn...'

'En ík dan?'

'Jij?'

'Was je niet van plan het mij te vertellen? We waren toch vriendinnen? Dat zijn we altijd geweest.'

'Je hebt gelijk, ik had het je moeten vertellen. Maar eerlijk gezegd wist ik niet wat ik moest zeggen, en ik wilde eerst met Stefan praten. Ik had jou later willen schrijven.'

'Schrijven! Een ansichtkaart zeker, zo van: o ja, ik ben weg. Het was leuk om je te kennen.'

'Geen ansichtkaart. Natuurlijk niet. Gaby...'

'En je bent Ethans peettante.'

'Ik denk niet dat hij me zal missen.'

'Heb je een ander? Weg met nummer één, op naar nummer twee?'

Nancy maakte een subtiel gebaar, draaide haar handpalmen naar boven en schudde haar hoofd, maar ze zei niets.

'Dus dat was het dan?'

'Inderdaad.'

'Ik vind het keihard van je.'

'Het leven is...'

'Alsjeblieft, ga nu niet met clichés strooien!' Ze hoorde haar eigen stem, schril van verontwaardiging, en ze zag dat Nancy haar sleutels uit haar jaszak viste, naar de deur van het appartement liep en ze door de brievenbus gooide.

'Zie ik je nog?' vroeg Gaby. 'Je hoeft míj toch niet te dumpen? Je kunt niet doen alsof onze vriendschap na al die jaren zomaar wordt weggespoeld. Of wel dan?'

Het bleef even stil.

'Ik moet gaan, Gaby,' zei Nancy. Haar stem haperde niet.

'Je hebt niet eens gezegd dat het je spijt!'

'Als dat het minder erg maakt: ja, het spijt me. Meer dan je ooit zult beseffen.'

'Nee, dat maakt het niet minder erg.'

De twee vrouwen staarden elkaar aan. Gaby keek toe hoe Nancy in de bestelwagen stapte en de motor liet loeien voordat ze wegreed. Dat beeld herinnerde ze zich nu, Nancy's gezicht achter het glas, onverzettelijk en beheerst. Toen ze naar dat gezicht keek dat door de autoruit van haar werd gescheiden, bedacht Gaby dat Nancy misschien wel altijd iets had gehad wat haar van anderen scheidde – dezelfde karaktertrek die ervoor zorgde dat mensen zich tot haar aangetrokken voelden als metaalvijlsel door een magneet. Ze had de vreemde en aanlokkelijke eigenschap dat ze intiem en tegelijkertijd afstandelijk kon overkomen; ze had iets dubbels. Na die keer had Gaby haar nooit meer gezien.

Misschien heeft Connor gelijk, dacht Gaby nu, terwijl ze stopte om haar sandalen uit te trekken en haar pijnlijke voeten tijdelijk te bevrijden. Nancy was een mythe geworden, door haar afwezigheid gefixeerd in een reeks onbuigzame betekenissen. Ze zou haar nu niet moeten gaan zoeken, want je kunt niet terugkeren naar het verleden. Op die ellendige dag bij Stefans flat waren ze beiden een andere weg in geslagen, en iedere afslag die ze hadden gekozen, iedere beslissing die ze hadden genomen, iedere persoon die ze hadden ontmoet, elk verlies dat ze hadden geleden, de liefde die ze hadden gekregen en de vreugde die ze hadden ervaren zonder de ander, had het verschil tussen hen groter gemaakt. Ze zouden twee opgelaten vreemden zijn die elkaar niets te vertellen hadden.

En toch moest ze Nancy terugzien, om haar van de geest uit het verleden weer te veranderen in een gewone vrouw. Bovendien was Gaby nu zo ver gekomen dat ze wist dat ze niet meer terug kon.

Het was behoorlijk donker tegen de tijd dat ze de rand van Farmoor had bereikt, en ze bleef even stilstaan om te bedenken wat haar volgende stap zou zijn. Het dorp was groter dan ze had gedacht, en het lag aan de rivier die het een paar weken eerder zo desastreus had overspoeld. Het was moeilijk voor te stellen dat dit rustige, donker glinsterende lint water zoveel schade had aangericht, dat de huizen tot voor kort voor de helft ondergelopen waren en het steile boogbruggetje helemaal geïsoleerd had gelegen, als een slang in de kolkende rivier. Gaby had het koud en was moe, uitgeput door de emoties van die dag. Ze huiverde onwillekeurig en trok haar jas dichter om zich heen. De hei strekte zich rondom de huizen naar alle kanten uit en de lichten achter de ramen en de rook uit de schoorstenen maakten het tafereel knus, maar tegelijkertijd schrikbarend afstandelijk.

Gaby liep door een straat die de hoofdstraat moest zijn, al was hij nu uitgestorven, langs verscheidene huizen, de meeste met gesloten gordijnen, zodat ze niet naar binnen kon kijken. Er was een pub, de Green Man, waaruit gelach en stemmen klonken, een eetcafé met de rolluiken dicht en een bordje 'Gesloten' op de deur, een ijzerwarenwinkel, een kruidenier, een krantenkiosk en een postkantoortje. Toen ze op de plek kwam waarvan ze meende dat de opgewekte verslaggeefster met de rode regenlaarzen er had gestaan, bleef ze even staan om om zich heen te kijken, en ze probeerde zich te herinneren uit welke richting Nancy precies was gekomen. Daarna zigzagde ze onzeker heen en weer van de ene naar de andere kant van de straat en zo nu en dan zag ze door een raam een vrouw die Nancy niet was. Na een minuut of twintig klopte ze op de deur van een huis dat 'The Rookery' heette en vroeg aan de man die opendeed of hij wist waar een zekere Nancy Belmont woonde. Dat wist hij niet. Net zomin als het gezin een paar deuren verderop, al zeiden ze dat de naam hun wel bekend voorkwam. Bij het derde huis liet een jonge vrouw weten dat ze dacht dat er in het witte huisje aan de rand van het dorp een Nancy Belmont woonde. Ze wees. 'Die kant op. Geloof ik.'

Dus liep Gaby het dorp uit, over een pad met diepe bandensporen dat naar de hei leidde, tot ze het huis zag. Het was vrijstaand en lag een eindje van het weggetje, midden in een goed onderhouden tuin. Er daalde een angst over haar neer die haar huid deed tintelen en haar hart sneller liet slaan.

Het was een klein huis, meer een *cottage* eigenlijk, aangenaam symmetrisch en met witte stenen muren. De vierkante ramen op de bovenverdieping waren donker, maar beneden brandde licht en de gordijnen waren open. Aan de ene kant van de grijze voordeur groeide een wilde wingerd en aan de andere kant stond een boompje in een pot – Gaby had geen idee wat voor boom het was; daar was ze nooit goed in geweest. Naast het huis knetterde en smeulde een vuurtje in de tuin, en al kon Gaby de vlammen vanachter de heg niet zien, ze zag wel de oranje gloed die er vanaf kwam. Aan de andere kant stonden rozenstruiken, gesnoeid voor de winter. Nancy had altijd veel van gele rozen gehouden – gele rozen, pioenrozen en lathyrus. Ze had een kruidentuintje gehad op het balkon van Stefans flat. Gaby sloop naar voren, heel voorzichtig om geen geluid te maken, en bleef staan op een meter afstand van het hek, dat toegang gaf tot het smalle reepje voortuin, verborgen achter struiken. Ze legde haar wang tegen de stam van een dikke boom, vol weerzin door een gedachte die plotseling bij haar was opgekomen. Waarom ging ze er eigenlijk van uit dat Nancy alleen woonde? Bij het idee dat ze haar met een compleet gezin zou aantreffen steeg het bloed Gaby naar de wangen. Ze zag het al voor zich dat ze kwam binnenvallen en nieuwsgierig werd opgenomen door vele ogen, en Nancy's taxerende, geringschattende blik.

Maar nog terwijl ze dat dacht, verscheen er een gestalte voor een van de verlichte ramen beneden. Gaby hapte naar lucht, sloeg automatisch een hand voor haar mond en deinsde achteruit. Ze werd draaierig van schrik. Nancy stond voor het raam, op ongeveer een meter afstand van Gaby. Eén langgerekt moment dacht Gaby dat ze naar háár stond te kijken. Maar nee, ze keek naar beneden, naar iets wat daar lag, en Gaby besefte dat ze in de keuken stond, aan het aanrecht, waar ze iets aan het mengen was in een grote kom. Haar bewegingen waren kalm en zonder enige haast; Gaby herinnerde zich dat alles wat Nancy deed altijd weloverwogen had geleken. Het was vroeger heel ontspannend geweest om haar de afwas te zien doen – zoals ze eerst het aanrecht leegruimde, de gootsteen liet vollopen met warm water en begon met het bestek en de glazen, dan verderging met de borden en daarna de pannen; hoe ze na afloop de gootsteen naspoelde en de kranen opwreef met een doek tot ze glommen. Nu ging ze met dezelfde kalme vastberadenheid te werk, en Gaby zag dat ze het deeg dat ze had gemaakt aan het kneden was en haar vuisten in het elastische oppervlak duwde. Ze stond volop in het licht, en het was alsof Gaby haar op een groot filmdoek bekeek, haar gezicht volkomen scherp, de uitdrukking duidelijk zichtbaar.

Gaby kon zich niet verroeren. Ze zat op haar hurken in het duister en tuurde naar iedere verandering op Nancy's gezicht. Ze nu en dan liep Nancy weg van het raam, terug het donker in, maar ze kwam steeds terug. Er zat grijs in haar haar en ze had rimpels gekregen rond haar mond en ogen. Haar gezicht was smaller dan in Gaby's herinnering, maar ze stond nog steeds kaarsrecht.

Nancy liep weer weg bij het raam, maar deze keer kwam ze niet terug. Er ging een zijdeur open en ze kwam de tuin in gelopen. Ze veegde haar handen af aan het schort dat ze omhad. Ze bleef een tijdje bij het vuur staan, bukte om de houtjes die van de stapel waren gevallen op te rapen en gooide ze in de vlammen. Toen liep ze weg, de oranje gloed uit, de schaduw in van een boom bij het lage stapelmuurtje dat de tuin begrensde, en ze reikte omhoog naar de takken. Gaby begreep dat ze appels plukte: ze maakte een draaiende beweging bij de steeltjes om te testen of ze rijp waren en verzamelde ze in de plooien van haar schort. Toen ze er genoeg had, ging ze terug naar binnen en deed de deur dicht. Ze verscheen weer voor het raam, deze keer om de appels te schillen.

Gaby ging rechtop staan en haalde diep adem. Zonder zichzelf de tijd te gunnen om erover na te denken of van gedachten te veranderen liep ze kordaat het paadje op, wreef in haar handen om ze te verwarmen, deed het hek open en sloeg op hetzelfde moment haar ogen op naar het keukenraam. Nancy stond er niet meer, en er kwam nu rook uit de schoorsteen. Gaby liep met grote passen naar de voordeur, drukte op de bel en rammelde een paar keer hard met de klopper.

'Goed,' zei ze fel maar zachtjes. 'Nu zullen we eens zien.'

Ze werd vervuld door de woede die jarenlang als een stapel kurkdroog brandhout had liggen wachten en nu vlam had gevat.

In het huis weergalmden voetstappen. De deur ging open.

7

De twee vrouwen stonden oog in oog, op slechts een paar centimeter afstand. Nancy bleef roerloos staan, haar ogen tot spleetjes geknepen alsof ze zich schrap zette voor een felle pijnscheut. Gaby kon voelen dat er een huivering door haar heen ging die van buitenaf niet zichtbaar was. Toen knikte Nancy, alsof ze had verwacht dat Gaby zou komen.

'Verrassing!' riep Gaby strijdlustig.

'Zeg dat wel,' reageerde Nancy droog, maar ze verroerde zich nog altijd niet. 'Al had ik kunnen weten dat je me uiteindelijk zou vinden.' De glimlach die haar gezicht oplichtte en haar lichte ogen warmte gaf, maakte dat Gaby even vergat dat ze vreemden waren. Toen verdween de glimlach en stond haar gezicht weer volkomen onbewogen.

'Je huis ziet er niet uit alsof je last hebt gehad van de overstroming,' zei Gaby luid, en akelig beleefd. 'Maar je woont ook ver genoeg van de rivier, hè?'

'Pardon?' Nancy's ogen leken nu uit de kassen te puilen. 'Ben je hierheen gekomen om naar de overstroming te informeren?'

'Nee, natuurlijk niet. Dat zou pas echt gestoord zijn. Ik ben gekomen om tegen je te zeggen...' Haar stem klonk kwaad en schor. Nee, zo moest het niet. Ze probeerde het nog een keer. Ze ging stijf rechtop staan en slikte iets weg voordat ze begon. 'Ik heb al heel lang grote behoefte om je te laten weten...' Toen zweeg ze, want ze voelde dat de woorden in haar keel bleven steken en dat haar schouders trilden.

'Ach, verdomme!' flapte ze eruit, en ze wreef met haar mouw over haar gezicht om de tranen te drogen. 'Ik loop de hele dag al te janken. Zo had ik het niet gepland.'

Nancy lachte een beetje smalend. 'Je bent geen steek veranderd. Ik zou je overal herkend hebben.' Ze deed een stap achteruit. 'Nu je er toch bent, kun je maar beter binnenkomen.'

Gaby, nog altijd in elkaar gedoken en huilend, schuifelde het halletje in, waar een houten vloer lag en een grote spiegel aan de wand hing, en Nancy deed de deur achter haar dicht. Gaby's gesnik nam langzaam af, totdat ze alleen nog zo nu en dan licht naschokte. Nancy stond naast haar en zei niets, deed geen poging om haar te troosten of op te jagen.

'Sorry,' zei Gaby na een tijdje, en ze wreef met de rug van haar hand over haar snotterige gezicht en deed haar kletsnatte haar achter haar oren.

'Wil je je gezicht misschien even wassen en je opfrissen?'

'Wat? Waarom? Maar het lijkt me wel een goed idee, ja. Ik heb een lange dag gehad.'

'Daar is het toilet. Ik ben in de keuken als je klaar bent.'

'Ja. Goed.'

Gaby deed de wc-deur op slot en leunde er een paar tellen tegenaan in een poging haar ademhaling tot bedaren te brengen. Toen trok ze haar jas uit, liet hem op de grond vallen en trok de riem van haar rok strakker. Ze haalde berustend diep adem en bekeek zichzelf aandachtig in het spiegeltje boven de wasbak. Haar haar was nat en zat hopeloos in de war, als een doorweekt addernest; haar sproeten vormden rode plekken in haar vlekkerige, besmeurde gezicht. Er zaten strepen mascara onder haar ogen, modder op haar kin en een grote groene veeg op haar wang, waarschijnlijk van de boomstam voor de deur waartegen ze had geleund. En ze rook een beetje naar een hond die in de regen heeft gelopen.

'Jeetje,' zei ze. 'Moet je mij zien.' Er borrelde een giechel op, die pijn deed aan haar keel en om dreigde te slaan in een nieuwe huilbui. Ze liet de wasbak vollopen met warm water, schepte er wat van in haar handen en maakte haar vuile gezicht ermee nat om het vuil eraf te wassen. Toen zocht ze in haar tas naar een borstel, maar ze vond alleen een plastic kam, die ze door de klitten haalde tot er tranen in haar ogen brandden en de kam in tweeën brak in haar haar; ze kon de stukken er maar met moeite uit krijgen. Ze deed lippenstift op, al was het effect niet wat ze ervan had verwacht en zag ze er eerder nog havelozer uit. Daarna spoot ze flink wat parfum op. De blaren prikten nu en ze maakte haar sandalen los en keek naar haar rauwe, vieze voeten met de afgebladderde oranje nagellak op de tenen. Ze zag er verschrikkelijk uit, dat was wel duidelijk, van onder tot boven.

Ach, nou ja, dacht ze, en ze rechtte haar schouders, keek nog één keer strijdlustig in de spiegel en deed de deur open.

De keuken lag achter de gang en was duidelijk het grootste vertrek in het huis. Aan de ene kant waren het fornuis, de oven, de koelkast en de geboende houten werkbladen waar Gaby Nancy had zien staan. Appelschillen lagen gekruld in een plastic kom, klaar voor de composthoop, en op een grote houten plank met een schone witte doek erover lag zo te zien het deeg. Alles was sober en absurd netjes, als een illustratie uit een of ander tijdschrift uit de jaren vijftig. Rekjes met kruiden – op alfabetische volgorde, zag Gaby tot haar afschuw – en flessen olie, azijn en specerijen stonden naast het fornuis. Er was een kleine plank met kookboeken. De messen (op volgorde van grootte, dacht Gaby, die steeds meer de neiging kreeg om te gaan lachen) hingen aan een magnetische strip. Alles glom en het licht was heel fel, alsof de keuken Nancy's laboratorium was. Ze dacht aan haar keuken thuis, waar het ondanks Connors inspanningen een puinhoop was: laden propvol met het gekste kookgerei en foldertjes en verjaardagskaarsjes; planken die uitpuilden van de potten en kommen waar stukjes af waren, deksels van verloren Tupperware-bakjes en vergeten rekeningen; het aanrecht dat meestal vol lag met dingen die niet in de keuken thuishoorden (boeken, oorbellen en kettingen op kleurrijke hoopjes, handdoeken, zonnebrillen, Ethans bladmuziek voor de piano, een camera, een kledingborstel, een stuk of wat T-shirts, misschien zelfs make-up, vakantiefolders...); de koelkast die Connor een keer per maand schoonmaakte, met afkeurend opeengeperste lippen, maar die de rest van de tijd zuchtte onder voedsel waarvan de uiterste houdbaarheidsdatum was verstreken, kliekjes afgedekt met huishoudfolie, naar achteren geschoven en vergeten, diverse open, half leeggegeten blikjes maïs of tonijn en flessen melk. Gaby kon zich herinneren dat ze een keer, toen Connor naar een congres of iets dergelijks was, samen met

Ethan 's avonds staand had gegeten, voor de geopende koelkast, waar ze lukraak eten uit hadden gepakt: een kom gestoofde appeltjes, verse ansjovis, een stuk chorizo. Ethan had een paar olijven in zijn mond gepropt en ze weggespoeld met yoghurtdrank; zij had een grote hap genomen uit een rode paprika, gevolgd door een stuk geitenkaas, en daarna had ze het lipje van een blikje bier getrokken.

Aan de andere kant van de keuken, een trapje af, was het licht gedempter en brandde een vuurtje in de kleine haard, waarnaast aan één kant een doorgezakte bank stond en onder het tweede raam een oude, gammele tafel, wit gelakt, met twee stoelen eronder geschoven en een ronde vaas met hondsrozen erop. Aan de ene muur hing een ingelijste zwart-witfoto van de zee die door de zon met licht besprenkeld werd. Gaby nam het allemaal in zich op en tegelijkertijd was ze zich bewust van de aanwezigheid van Nancy. Die droeg een oude spijkerbroek en een beige trui met witte verfvlekken op een van de mouwen, en haar korte haar was achter haar oren gekamd. Geen oorbellen, geen armbanden, geen make-up. Ze roerde in een pan met appels, een glas rode wijn in de hand, en de keuken geurde naar kruidnagel en de rook van het houtvuur.

'Je woont duidelijk alleen,' zei Gaby. 'Heb je nooit eens zin om uit je dak te gaan?'

'Ik woon al jaren alleen,' zei Nancy, zonder in te gaan op de tweede vraag. 'Wil je wijn?'

'Ja.'

'Je ziet eruit alsof je ook wel wat te eten kunt gebruiken.'

'O ja? In welk opzicht? Ach, laat ook maar – ik rammel inderdaad van de honger.'

Nancy schonk wijn in en deed de koelkast open.

'Er zijn nog aardappels en een restje jus. Is dat goed?'

'Net als vroeger op school,' zei Gaby bot. Ze was zich ervan bewust dat ze helemaal de verkeerde toon aansloeg, dat ze kinderachtig deed, maar ze had geen idee hoe ze zich moest gedragen of wat ze moest zeggen. Ze had altijd gedacht dat wanneer ze Nancy eindelijk zou terugzien, alles wat ze had opgekropt vanzelf naar boven zou komen en de woorden eruit zouden stromen; ze zou schreeuwen en huilen en zich gelouterd voelen. Maar iets aan Nancy's ernst en kalmte hield haar tegen. Ze voelde zich onhandig en gevaarlijk vluchtig, als een reactieve chemische stof die op het punt stond drastisch van toestand te veranderen. Zou zij overgaan van vast naar vloeibaar, van vloeibaar naar gas – of zelfs van gas naar een knallende explosie?

'Alsjeblieft. Zal ik het voor je opwarmen?'

'Nee. Het is prima zo.'

Gaby sneed de aardappelen in kleine stukjes en prakte de jus erdoorheen. Zonder te gaan zitten schrokte ze de prak uitgehongerd naar binnen, met grote slokken wijn tussen de happen door. Ze deed geen poging om te praten voordat ze alles op had.

'Ik heb vandaag Ethan naar de universiteit gebracht,' zei ze uiteindelijk. 'Grote dag. Ik had me van tevoren niet gerealiseerd hoe pijnlijk het zou zijn.' Ze keek oorlogszuchtig naar Nancy om te voorkomen dat ze weer zou gaan huilen; het voelde alsof er een zee aan tranen in haar zat. 'Ik heb hem afgezet en afscheid van hem genomen, en een paar minuten lang dacht ik dat ik het niet zou kunnen verdragen; ik dacht letterlijk dat ik in kleine stukjes uit elkaar zou vallen, zoveel pijn deed het. Dat hele deel van mijn leven is nu voorbij, en waarom heb ik niet beseft hoe kostbaar het was? Daarna ben ik zomaar in de trein naar Liskeard gestapt. Ik wist van tevoren niet dat ik het zou gaan doen, het was niet bij me opgekomen. Ik dacht dat ik gewoon naar huis zou gaan, en ineens zat ik in een trein naar het westen.'

'Hoe gaat het met Ethan?' vroeg Nancy.

'Hij is je petekind.'

'Ik vroeg niet wie hij is, ik vroeg hoe het met hem gaat.'

'Ja, dat weet ik. Ik reageer zo fel omdat je probeert terug te keren naar veilig terrein en dat wil ik niet. Bovendien bestaat er tussen ons geen veilig terrein. Geen stevige grond onder je voeten.'

Gaby nam nog een grote slok wijn. Dat was beter. Ze raakte dat afschuwelijke gespannen gevoel kwijt en kwam op dreef.

'Met Ethan gaat het prima, als je het echt wilt weten. En volgens mij wil je dat niet, of hooguit uit een vage nieuwsgierigheid, anders had je wel eerder naar hem geïnformeerd. Het is een schat.' Ze hoorde dat haar stem overdreven sentimenteel werd. 'Mijn lieve enige kind.'

'Je enige?'

'Ja. Dacht je dat ik er nog meer had?'

'Ik... Ja, ik geloof dat ik ervan uitging dat Connor en jij heel veel kinderen zouden krijgen.'

'Een gelukkig gezin. Nee, ik heb miskramen gekregen in plaats van kinderen.'

'Wat erg.'

'Ik dacht vroeger dat het aan mij lag, dat het kwam door mijn gedrag na Ethans geboorte – alsof mijn lichaam en geest tegen me samenspanden en wisten dat ik geen geschikte moeder was. Maar die tijd is voorbij. En voordat je het vraagt: met Connor gaat het ook goed. Oké? Net als met Stefan. Vlekken op zijn stropdas als hij er al een draagt, en hij sleept alles met zich mee in plastic tasjes en vergeet waar hij zijn auto heeft geparkeerd, hij vergeet zelfs zijn eigen verjaardag – maar zijn studenten dragen hem op handen. Ach, zoals je zelf ooit tegen me hebt gezegd, al zul je dat wel niet meer weten, maar ik weet het nog wel: het is een schatje. Maar het gaat goed met hem. Dus dat hebben we gehad.'

'Is hij…?'

'Getrouwd? Nee.'

'Wil je fruit?'

'Wat? Fruit? Nee, maar ik lust nog wel een beetje wijn. Mijn glas is leeg zonder dat ik het heb gemerkt – en dat van jou nog niet. Het is nog halfvol, of moet ik zeggen halfleeg? Afijn, waar het om gaat is dat jij kleine slokjes neemt en ik hele grote, en jij zegt een paar bedachtzame woorden per keer – voornamelijk vragen, trouwens – terwijl ik vijf kwartier in een uur praat. Je zou echt wat sneller moeten drinken op een avond als deze. Het is beter als we allebei half bezopen zijn.'

'Vind je?'

'Nou doe je het weer! "Vind je?" Ja, dat vind ik. Ik ben hier niet gekomen voor een beleefd gesprek, om je in het kort te vertellen wat er allemaal is gebeurd sinds we elkaar voor het laatst hebben gezien.'

'Waarom ben je dan wél gekomen, Gaby?'

Het was de eerste keer dat Nancy haar naam gebruikte; zodra ze hem hoorde, voelde Gaby de sfeer veranderen. Zelfs het licht in de keuken leek zachter te worden om de vrouwen heen, en even bleven ze allebei zwijgend staan en keken ze alleen maar naar elkaars gezicht; rimpels die er vroeger niet waren geweest markeerden de jaren die ze allebei hadden gemist.

'Kom, dan gaan we zitten,' zei ze, en ze pakte haar wijn en liep ermee naar de bank, waar ze met opgetrokken benen plaatsnam, met haar blote, vieze voeten onder zich. Nancy volgde met de fles.

'Waarom ik gekomen ben?' zei ze peinzend. 'Dat weet ik eigenlijk niet. Ik heb altijd gedacht dat ik je zou terugzien. Voor mij was het ondenkbaar dat dat niet zou gebeuren, dat we zouden sterven zonder elkaar nog gezien te hebben. Ik heb je leren kennen toen ik elf was. Dat is meer dan dertig jaar geleden. We zeiden altijd dat we elkaar nog steeds zouden kennen als we oud waren. Weet je nog? Weet je nog wat we elkaar hebben beloofd in de boomhut?'

Nancy knikte.

'Je was er altijd. Je was er toen ik voor het eerst naar school ging, en vergeet niet dat jij míj hebt uitgekozen: je kwam de tweede week naar me toe, zei dat je dacht dat we wel vriendinnen konden worden en je vroeg of ik mijn schoolkluisje met je wilde delen. Je was erbij toen ik voor het eerst ongesteld werd, toen ik mijn eerste vriendje kreeg en toen ik werd gedumpt – dat vind ik zo'n rotwoord; wij gebruikten het nooit, hè? Wij zeiden altijd "de bons krijgen". Maar goed. Examens, feestjes, winkelen, koken, lijnen, alles. Je was altijd bij ons thuis, je bleef logeren, we maakten samen huiswerk, overhoorden elkaar, vertelden geheimpjes, giechelden, huilden – je was het zusje dat ik nooit heb gehad maar altijd, altijd graag heb gewild.'

'Gaby...'

'Nee, hou je mond. Luister. En ik zie – nou ja, zag – mezelf ook als jouw zusje. Vooral toen je moeder zich zo vreemd begon te gedragen, toen ze steeds met andere mannen op stap ging en zo. Wij waren eigenlijk jouw gezin, je woonde praktisch bij ons. Als ik aan mijn jeugd denk, hoor jij daarbij. Ze zeggen vaak dat wanneer een huwelijk stukloopt, een van de pijnlijkste dingen is dat je niemand meer hebt om je herinneringen mee te delen. Dat alle dingen die je samen deed niet meer bestaan. Maar volgens mij geldt dat ook voor vriendschappen. In ieder geval voor die van ons. Het was net of jij, toen je ineens opstapte, de helft van mijn leven uitwiste. Het voelde bijna alsof die helft nooit had plaatsgevonden. Tegen wie moest ik nu "weet je nog?" zeggen? Wie begreep de onderliggende betekenis, de stomme verborgen grapjes? Je kent dat fijne gevoel toch wel, dat je een zin hoort of iets ziet en dat je met één blik op een ander weet wat hij denkt, en die ander weet wat jij denkt. Maar dat heb je niet met veel mensen, en ik dacht dat ik het met jou had. Dat jij het met mij had. Ik dacht dat het onvoorwaardelijk was. Het enige gebied in mijn leven waar ik me compleet zeker over voelde.'

Ze kieperde het glas achterover en nam een enorme slok, nu helemaal ongeremd en op volle toeren; de stijfheid en angst waren weggenomen door de wijn en de tranen. Ze voelde zich vloeibaar vanbinnen, alle gevoelens, herinneringen en niet-ontloken verlangens kwamen klotsend samen in een donkere, aanrollende golf van emotie. Ze zou de hele nacht door kunnen praten. Ze zou voor altijd door kunnen praten. Ze kon het verleden veranderen en de toekomst een nieuwe koers geven, puur en alleen door de lavastroom van haar woorden.

'Alsjeblieft, Gaby...'

'Luister nou, oké? Toen je pas iets met Stefan had, vond ik dat heel raar. Ik was bang dat onze band minder hecht zou worden. Je loyaliteit lag ergens anders; je zou me niet meer in vertrouwen nemen – in ieder geval niet over je liefdesleven. En ik dacht dat mijn relatie met Stefan er ook door zou veranderen, terwijl je weet hoe we met elkaar omgaan. Het was altijd wij samen tegen de rest van de wereld – al heeft dat schatje van een Stefan natuurlijk helemaal geen vijanden, hè? Zo is hij niet. Misschien ben je daarom wel bij hem weggegaan. Misschien is hij gewoon veel te goed voor deze wereld. Hij reageerde niet eens verbitterd of kwaad op je vertrek – alleen verbijsterd en ongelooflijk verdrietig. Het was alsof het licht uitging – hij ging op dezelfde voet verder, met alles, alleen zat er geen leven meer in. Maar ik dwaal af. Nog wat wijn, alsjeblieft. Waar het om gaat... Ik weet niet meer wat ik wilde zeggen. O ja: de gevolgen voor onze relatie. Het ging goed. Niet dan? We vingen het heel goed op, vond ik. Eerst was ik als de dood dat een van jullie het zou uitmaken, maar na een tijdje zette ik dat vanzelf uit mijn hoofd. Jullie relatie leek zo stabiel, zo goed.

Ik hoor mezelf praten en ik weet dat het allemaal idioot moet klinken. Je zit daar maar te zwijgen, waardig en beheerst, en ik sputter als een IJslandse geiser. Maar toen ik hierheen liep, heb ik besloten dat ik geen moeite ga doen om beheerst over te komen en te doen alsof het allemaal niks voorstelt. Je kent dat wel, mensen die in het openbaar struikelen, en al bloeden ze als een rund of is hun enkel zo dik dat ze amper kunnen lopen, ze springen bibberend overeind en houden vol dat er niks aan de hand is, dat het niets voorstelt, want om de een of andere reden is het gênant om te zeggen dat het ontzettend veel pijn doet. Snap je wat ik bedoel? Nou?'

Ze stond plotseling op, liep naar het raam, drukte haar verhitte voorhoofd tegen het koele glas en keek de donkere nacht in. Ze kon de weerspiegeling van haar eigen gezicht zien, het laantje en de boom waar ze zich schuilgehouden had, en verderop niets dan duisternis. Achter haar knapperde het haardvuur.

'Waarom ik gekomen ben?' Ze draaide zich weer om naar Nancy. 'Waarom? Eerlijk gezegd heb ik verdomme geen flauw idee. Nee, echt niet, niet zoals jij het bedoelt. Ik besefte ineens dat het moest. Ik wilde niet dat je zomaar zou vervagen tot een verre herinnering en dat je voor niemand meer belangrijk zou zijn. Ik wíl juist dat je belangrijk bent, snap dat dan. Ik wilde me gekwetst voelen, al zou ik intussen volwassen genoeg moeten zijn om te accepteren dat het allemaal heel lang geleden is en dat ik toen nog een jonge dwaas was. Nu ben ik een dwaas van middelbare leeftijd en ik wil niet dat de tijd alle wonden heelt. Vreselijk vind ik dat. Flauwekul. En ik wilde zien of jij het ook belangrijk vond. Ik kon de gedachte niet verdragen dat jij mij, ons, zomaar vergeten was terwijl ik er steeds aan moet denken. Ik wilde dat jij je ook rot voelde. Ik heb lang op deze dag gewacht. Op dit moment.'

'Als je mij ook eens wat laat zeggen...'

'En ik moest weten waarom je op die manier vertrokken bent, en waarom je nooit teruggekomen bent.'

'Ik denk...'

'Ik verwachtte steeds dat je zou terugkomen. Nog wat wijn, graag.'

'Ik verwachtte zelf ook dat ik terug zou gaan.'

'Echt?'

'En toch leek het me onmogelijk – steeds onmogelijker naarmate de jaren verstreken.' Nancy sprak zacht en langzaam, en ze keek niet naar Gaby maar staarde in de verte. 'Ik ben altijd iemand geweest die alle schepen achter zich verbrandt. Ik ben goed in opnieuw beginnen. Dat heb ik altijd in me gehad, dat weet jij net zo goed als ik. Zelfs toen ik nog heel jong was. Als iemand me beledigde of kwaad maakte, als ze me onjuist behandelden, was het afgelopen.'

'Maar nu was jíj degene die anderen onjuist behandelde.'

'Precies. Dat maakte het des te onontkoombaarder om opnieuw te beginnen.'

'Dus ging je er gewoon vandoor.'
'Zo zou je het kunnen zeggen.'
Gaby wreef over haar gezicht. De triomfantelijke woede was gezakt en ze was opeens moe. De ene helft van haar lichaam was warm van het vuur, de andere kant nog een beetje kil. 'Maar Nancy, juist het weglopen is wat je verkeerd hebt gedaan. Niet dat je het uitmaakte met Stefan. Dat was voor hem natuurlijk verschrikkelijk, een alledaagse tragedie, maar verder niet verkeerd, geen misdaad.'
'Zo voelde het wel. Alsof ik een misdaad pleegde.' Nancy richtte haar turkooizen blik strak op Gaby; haar stem klonk nuchter.
'Dus sloeg je op de vlucht?'
'Zoiets, ja.'
'En kwam je nooit meer terug.'
'En ik kwam nooit meer terug.' Nancy schonk nog wat wijn in haar eigen glas, hield het even omhoog en tuurde er met half dichtgeknepen ogen naar voordat ze een slok nam. 'Ik wist niet wat ik moest doen.'
'Had je een ander?'
'Nee. Het lag aan mij.'
'Ben je lesbisch? Is dat het?'
'Nee, ik ben niet lesbisch. Verder nog wat?'
'Heb je kinderen?'
'Nee.'
'Wilde je ze niet?'
'Zo is het wel genoeg.'
'Nou? Ben je gelukkig?'
'Gelukkig?'
'In je leven.'
'Ik weet niet wat dat is.'
'Ben je wel eens verliefd geweest?'
'Gaby…'
'Wat nou? Is dat een verkeerde vraag? Ik ben helemaal uit Londen hierheen gekomen. Waarom mag ik je dat verdorie niet vragen?'
'Ja, ik ben wel eens verliefd geweest en ja, ik heb samengewoond met mannen en ja, nu ben ik alleen.'
'En…?'
'En wat? Ja, ik heb aan je gedacht. Wil je dat horen? Voel je je nu beter? Ik heb aan je gedacht, Gaby. Zo, jij je zin.'

Ze boog zich naar voren en pookte het vuur op. De vlammen laaiden op en wierpen grillige schaduwen in de keuken.
'Weet je wat jouw probleem is, Gaby?'
'Ik heb een heleboel problemen, maar die zul jij wel niet bedoelen. Je gaat het me vast vertellen, hè?'
'Jouw probleem is dat je denkt dat je alles beter kunt maken.'
'O.' Gaby keek naar haar handen; ze zag dat er nog vuil onder haar nagels zat. Connor had vaak hetzelfde over haar gezegd, en zelfs Ethan had wel eens kritiek geleverd op het feit dat ze altijd volhield dat ze hem kon helpen wanneer er iets vervelends was gebeurd in zijn leven.
'En soms,' ging Nancy verder, 'wordt het er niet beter op wanneer je probeert te helpen. Je kunt het ook erger maken door je ermee te bemoeien.'
'Bemoei ik me nu met jou? Is het voor jou niet meer dan dat?'
'Er zijn nu eenmaal dingen die je niet kunt veranderen.'
'Wat wil je nou zeggen? Dat onze vriendschap voorbij is? Dat weet ik heus wel. Ik wil alleen begrijpen hoe dat komt.'
'Wat kan ik er nog meer over zeggen? Misschien valt er verder niets te begrijpen.'
Gaby voelde een pijnscheut tussen haar ogen. 'Wou je zeggen dat we er zelfs niet over gaan praten?'
'De hele nacht janken en schreeuwen en onze ziel blootleggen, bedoel je?'
'Ja, godverdomme, dat bedoel ik! Doe niet zo sarcastisch.'
'Het was niet mijn bedoe...'
'Dat was het wel. Dus zo zie jij het, hè? Dat is jouw samenvatting van wat er is gebeurd. "Misschien valt er verder niets te begrijpen." Ik ga hier weg en dan is er niets veranderd, alles blijft zoals het was. *Maar ik wil het begrijpen!*'
'Gaby...'
'Zit niet te Gaby'en, op dat geduldige toontje van je.'
'Het spijt me.'
'Nee.' Gaby wreef met een zucht in haar ogen. 'Het ligt aan mij. Ik ben een beetje overspannen. Soms word ik niet goed van mezelf.'
'Wil je nog wijn?'
'Dat kan ik beter niet doen.'
'Zal ik dan thee zetten?'

'Ik zei dat ik het beter niet kan doen, niet dat ik geen wijn meer hoefde. Maar vooruit, thee is ook goed.'

'Wat vindt Connor ervan dat je hier bent?' vroeg Nancy terwijl ze de ketel liet vollopen met water en hem op het fornuis zette.

'Hij weet niet dat ik hier ben. Hij zit op een boot midden op het Kanaal met Stefan. De boot is van Stefan, ze zeilen terug uit Frankrijk, dat doen ze elk jaar. Morgen komen ze aan in Southampton, maar hij komt maandag pas thuis, want ze moeten de boot eerst nog winterklaar maken. Dat is meer informatie dan je wilde hebben, hè?'

'Geeft niet. Dus ze zeilen samen?'

'Ja. Hij zal het wel stom van me vinden als ik het hem vertel.'

Gaby keek vanaf de bank toe hoe Nancy water op de theezakjes goot en twee mokken uit de kast pakte. De woede was weer verdwenen. Ze voelde zich vredig en op een prettige manier afstandelijk, en de warmte van het vuur maakte haar slaperig.

'Wat doe je eigenlijk?' vroeg ze.

'Ik? Ik ben hoofdonderwijzeres op een lagere school hier in de buurt.'

'Maar je studeerde rechten!'

'Ik ben opnieuw begonnen, zei ik toch. Het leek me dankbaarder werk. En jij?'

'Ach, ik... Van alles. Ik heb me nooit echt bij één ding gehouden. Na de geboorte van Ethan heb ik een hele tijd niet gewerkt, alleen wat losse dingetjes. Ach, toen was jij er nog, dus dat weet je. Het was een ellendige tijd. Ik geloof dat het lang geduurd heeft voordat ik besefte wat voor enorme schok het was. En toen die miskramen. Alles werd nogal warrig. Ik heb een heleboel dingen niet al te best aangepakt. Op dit moment werk ik voor een bedrijfje, een soort eenmansbedrijfje, dat culturele vakanties samenstelt voor mensen uit het buitenland. Het zijn voornamelijk Amerikanen, maar niet altijd. Je kent het wel, Stratford en een paar toneelstukken van Shakespeare, in en om Londen, plus galerieën en soms nog een literaire wandeling. Ik vind het leuk werk, maar ik ben nogal chaotisch. Ik heb de vreselijkste fouten gemaakt. De creatieve en sociale kant gaan best goed – misschien hebben ze me daarom gehouden. Ik beslis wat die mensen zouden moeten bekijken en probeer te regelen dat het gezelschap de regisseurs of acteurs mag ontmoeten. Je zou dus kunnen zeggen dat ik iets met toneel doe, zoals ik op mijn elfde zei dat ik later wilde gaan doen, al kwam het toen niet in me op dat er een groot verschil is tussen zeggen en doen. Maar ik bezoek in ieder geval een hoop voorstellingen.'

'Dat heb je altijd gedaan.'

'Ja.'

Nancy overhandigde haar een beker thee en Gaby ging wat rechter in de bank zitten, met haar handen om de beker gevouwen.

'En Connor?'

Ze nam een slokje thee. 'Connor is nog steeds arts, natuurlijk. Ongelooflijk fanatiek. Hij is gespecialiseerd in pijnbestrijding; dat is een groot nieuw terrein en hij is een van de experts. Sterker nóg, hij is directeur van een speciale kliniek midden in Londen die pas geopend is.'

'De wetenschap van het lijden,' zei Nancy.

'Ja, zo zou je het kunnen zeggen – alleen is het niet zomaar een wetenschap, dat maakt het juist fascinerend. Pijn zit in de hersenen. Het is erg subjectief. Connor heeft zich pasgeleden beziggehouden met een onderzoek dat aantoont dat wanneer je tegen de ene groep vrijwilligers zegt dat hun pijn matig is en tegen de andere groep dat die ernstig is, de matige groep daadwerkelijk aanzienlijk minder pijn vóélt – dat is te zien aan het patroon in hun hersenen. Onvoorstelbaar, toch? Dat is één kant van het verhaal, maar aan de andere kant is het heel prozaïsch: proberen mensen te helpen die vreselijk veel pijn hebben, soms jarenlang, tientallen jaren. Hij werkt ook met slachtoffers van martelingen. Ziet de vreselijkste dingen. De verhalen die hij me vertelt... Je zou gek kunnen worden als je denkt aan alle wreedheid in deze wereld. Vergeleken met zijn werk vind ik dat van mij vaak frivool en dom.'

'We kunnen niet allemaal met martelslachtoffers werken.'

'Dat weet ik natuurlijk ook wel.'

'Bij mij op school zit een jongetje dat uit Tsjetsjenië komt, Ari. Zijn ouders hebben hier asiel aangevraagd, maar zijn twee broertjes zijn achtergebleven in Tsjetsjenië, als ze tenminste nog leven. Toen ze hier aankwamen, praatte hij niet. Geen woord, hoe hard we ook ons best deden. Hij heeft een heel aandoenlijk gezichtje, met van die enorme ogen waarmee hij je aanstaart. Het heeft weken geduurd voordat hij zelfs maar "Hallo" zei of zijn eigen naam uitsprak. In het speelkwartier stond hij in een hoekje met zijn armen over elkaar, doodstil – het maakte niet uit of het ijskoud was of regende. Hij was altijd superbeleefd. Ik vraag me dikwijls af wat hij heeft gezien, wat hij in zijn binnenste met zich meedraagt. Een paar maanden geleden was hij op schoolreisje. Het was avond, en hij keek naar de sterren en de maan en toen zei hij opeens: "Dat zijn dezelfde maan en dezelfde sterren als in mijn land." Die gedachte leek hem zielsgelukkig te maken.'

'Hartverscheurend,' zei Gaby. Ze dacht: het is negentien jaar geleden dat ik een gesprek heb gevoerd met Nancy Belmont.

'Het is al laat,' zei Nancy. 'Ik weet niet hoe het met jou is, maar ik ben doodop. Ik neem aan dat je blijft slapen?'

'Ik weet niet. Daar had ik nog niet over nagedacht.' Ze keek op haar horloge en zag dat het één uur was. Sinds de vorige ochtend had ze nauwelijks een oog dichtgedaan. 'Ik hoop dat alles goed is met Ethan,' zei ze, en de gedachte aan haar zoon die helemaal alleen in zijn kleine kamertje zat, omringd door zijn nog niet uitgepakte spullen, vulde haar ogen weer met tranen. 'Er was ooit een vrouw... Ze was getrouwd met een beroemd musicus, maar ik kan niet op haar naam komen. Toen al haar kinderen het huis uit waren, reed ze naar een brug, gaf haar autosleutels aan een paar jongeren, die arme schapen, en sprong naar beneden. Zomaar. Waarschijnlijk wist ze niet meer wie ze was toen ze niet meer nodig was als moeder.'

'Ja, dan kun je beter midden in de nacht naar mij op zoek gaan en tegen me schreeuwen.'

'Misschien wel, ja.'

Ze glimlachten voor het eerst echt naar elkaar.

'Ik zal je de logeerkamer wijzen. Wil je een tandenborstel? Ik heb nog een paar van die dingen die je op lange vluchten krijgt, die bewaar ik voor dit soort gelegenheden – niet dat ik dit vaak meemaak, overigens.'

'Graag.' Gaby gebaarde naar haar kleine tas. 'Zoals je ziet reis ik met weinig bagage. Ik heb niet eens sleutels bij me.'

'Deze kant op. De trap is nogal steil, dus pas op dat je niet uitglijdt.'

Nancy ging Gaby voor naar een kamertje met een schuin dak. Het bed stond onder het raam, met een nachtkastje ernaast en daarop een leeslampje dat veel licht gaf. Aan de tegenoverliggende wand hing één boekenplank die vol stond met boeken – op het eerste oog allemaal over pedagogie – en op de grond daaronder stond een rij schoenen:

twee paar hoge wandelschoenen, waarvan één relatief nieuw en het andere gebarsten en versleten, en espadrilles, sportschoenen en een paar grijze suède klompen. Daarnaast stonden twee grote kartonnen dozen en een dossierkast.

'Ik zal een handdoek voor je halen. De badkamer is hiernaast; de warme kraan gaat nogal moeilijk open.'

'Dank je wel.'

'Nou, welterusten dan maar.'

'Welterusten.'

Nancy deed de deur dicht en Gaby bleef alleen achter. Ze ging op het bed zitten en sloot haar ogen. Haar hoofd tolde in een caleidoscoop van beelden en gedachten en ze kon geen onderscheid meer maken tussen verdriet en opwinding, frustratie en een zekere triomf omdat ze hier toch maar mooi was. Ze wist niet of ze blij was dat ze op dit bed zat, in deze vreemde kamer, midden in de nacht, of dat ze er simpelweg naar verlangde om thuis te zijn.

Ze pakte haar mobiele telefoon uit haar tas en belde Connor. Ze wist dat hij niet zou opnemen – hij had geen bereik, ergens ver weg op de boot. Maar ze zou in ieder geval zijn stem horen die haar liet weten dat hij niet kon opnemen.

'Connor,' zei ze tegen de voicemail. 'Met mij. Het is goed gegaan vandaag.' Ze dacht aan de auto die kapot bij de garage stond terwijl ze zelf bij Nancy was in een afgelegen dorpje in Cornwall, en ze aarzelde. 'Min of meer,' voegde ze er zwakjes aan toe. 'Ik vertel het je wel als je terug bent. Ik wilde alleen even zeggen dat ik aan je denk. O ja, als je me belt wanneer jullie in Southampton zijn aangekomen, ben ik waarschijnlijk niet thuis. Niet ongerust zijn, ik spreek je gauw. Hou je taai.' Ze zette haar mobiel uit, waarvan de batterij bijna leeg was, en stond op.

Nadat ze haar tanden had gepoetst en haar gezicht gewassen ging ze terug naar de logeerkamer, trok al haar kleren uit en liet ze op een slordige hoop op de grond liggen.

De gordijnen waren open en de streep lucht was behoorlijk donker. Gaby zag haar naakte spiegelbeeld, en heel even had ze de indruk dat ze naar iemand anders keek. Ze trok de gordijnen dicht en stapte in bed. Het laken voelde koud op haar huid en ze kroop diep weg onder het dekbed, met opgetrokken knieën en haar armen om zich heen geslagen. Ze staarde voor zich uit in het kale kamertje. Toen deed ze het leeslampje uit.

In Londen was het nooit helemaal donker en nooit helemaal stil. Hier voelde de dikke, zware duisternis als een deken die over haar heen was gegooid. Gaby sperde haar ogen open en probeerde een contour te ontwaren in de inktzwarte leegte, een lichtere tint zwart. Niets. Ze kneep haar ogen een paar tellen stijf dicht en opende ze toen weer. Geen verandering. Zo is het om blind te zijn, dacht ze. En doof. Geen uil die riep, geen kat die miauwde, geen auto in de verte die haar geruststelde dat ze niet van de rand van de wereld was getuimeld. Ze hoorde zelfs de wind niet in de bomen. Alleen haar eigen ademhaling. Toen deed ze haar ogen weer dicht en wachtte tot de slaap eindelijk kwam.

8

'Ik weet wat we doen,' zei de student die had verteld dat hij Mal heette en op wiens kamer ze met z'n allen zaten. 'Laten we op stap gaan en dronken worden.'

'Nee,' zei de studente die Riva heette, als Ethan het tenminste goed had verstaan, 'laten we samen gaan koken.'

'En daarna op stap gaan en dronken worden.'

'Waarom wil je per se dronken worden?' vroeg Lucy, die een kamer pal naast die van Ethan had.

'Dat lijkt me gewoon een goede manier om het ijs te breken.'

'Er is geen ijs,' zei Ethan, en nog terwijl hij het zei, bedacht hij hoe pijnlijk flauw en nietszeggend het klonk. Hij haalde grijnzend zijn schouders op, stak nog een sigaret aan en keek de kleine kamer rond, naar alle onbekende gezichten. Zouden ze ooit vrienden worden? Hij zag wel wat in Harry, die nog geen woord had gezegd en onderuitgezakt in een hoek zat, met zijn lange jas nog aan, ook al was het bloedheet in de kamer. En Renee uit Parijs, met donker haar, donkere ogen, een onregelmatig gebit en nicotinevlekken op haar vingers. Hij gaf haar een sigaret en de verschaalde rooklucht in de ruimte werd nog zwaarder.

'Wie kan er koken?' vroeg de schuchtere Indiër wiens naam Ethan niet had gehoord.

'Ik heb een wok!' riep Lucy. 'We gooien er van alles in en dan zien we wel.'

'Ik vind...' begon Riva vastberaden. Ze had duidelijk een plan.

'Ik heb van mijn tante een kookboek voor mijn verjaardag gekregen,' zei Mal. *'Koken is plezier voor één.'*
Er steeg een bulderend gelach op. De deur ging open en er kwamen twee jongens binnen met een plastic zak vol blikjes bier, die ze uitdeelden. Ethan trok het zijne open en keek toe hoe het wolkje schuim naar buiten kwam. Hij wist niet of hij bij nader inzien wel zin had om hier te zitten. Dacht iedereen er zo over? Zaten ze te lachen, te praten en zogenaamd plezier te maken terwijl ze zich intussen afvroegen of ze niet ergens anders naartoe moesten gaan? Hij ving Harry's blik en ze glimlachten naar elkaar. Ethan nam een grote teug lauw bier en voelde dat hij zich ontspande. Hij kon maar beter rustig blijven zitten en kijken wat de avond zou brengen.

Vier uur later, in de snijdende wind die de laatste sporen regen met zich meevoerde, liep Ethan door de straten van Exeter met een groepje van zo'n twaalf medestudenten. Harry was op zeker moment afgehaakt, net als Riva, maar er waren weer anderen bij gekomen tijdens de uitgebreide kroegentocht die ze uiteindelijk hadden gemaakt. Mal was dronken en vervelend, Lucy dronken en sentimenteel – ze had haar armen om de schouders van Ethan en de schuchtere Indiër geslagen en strompelde tussen hen in, struikelend over haar eigen voeten en over haar woorden. Iets over een vriendje dat haar had laten zitten en waarom ze toch altijd op de verkeerde types viel, en dat de studierichting die ze had gekozen misschien te hoog gegrepen was. Ethan luisterde niet echt meer, niet naar haar en niet naar de anderen. Hij was zelf ook een beetje dronken en alles om hem heen leek vertraagd, als in een droom. Zijn gedachten waren wazig en hij had geen zin om te praten. Hij wilde naar bed, maar had niet de energie om zich van Lucy los te maken en er in zijn eentje vandoor te gaan.
Trouwens, hij had geen flauw idee waar hij was. Niet meer in het historische stadscentrum waar ze waren begonnen; ze kwamen nu langs een verlaten parkeerterrein waar alleen een rij glas- en papierbakken stond. Mal en een andere jongen klommen op een van de bakken (alleen voor groen glas) en begonnen een schijngevecht. Ze duwden elkaar, wankelden en vonden hun evenwicht weer.
'Kom op!' riepen ze, en een paar anderen uit de groep voegden zich bij hen. Mal sprong onhandig naar de volgende bak (alleen voor hel-

der glas) en die daarnaast (papier). Al snel volgden acht studenten zijn voorbeeld. Hun voeten roffelden op het metaal en hun schorre, uitgelaten stemmen werden steeds luider. Het deed Ethan denken aan een stel zeemeeuwen die boven een terugkerende vissersboot cirkelen. Hij haalde voorzichtig Lucy's arm van zijn schouder, zodat ze hulpeloos om de nek van de Indiër bleef hangen.

'Ik moet gaan,' zei hij, en hij vertrok.

Hij liep in de richting van de torenspits van de kathedraal in de verte, blij met de wind in zijn gezicht tijdens het lopen. Zijn voetstappen weergalmden. In de verte kon hij de geluiden van Mal en zijn gezelschap nog horen, maar die stierven al snel weg. Binnenkort, dacht hij, zou hij eens een dagje naar de kust gaan; die was per slot van rekening vlakbij. Heel even stond hij zichzelf toe aan zijn vader te denken, op een boot omringd door hoge golven. Zou zijn vader ook aan hem denken en zich afvragen hoe het met hem ging, of zou hij zitten piekeren over pijn en de problemen van de mensheid?

Ethan slenterde door een smal straatje met aan beide kanten oude huizen en boven hem een strook donkere lucht. In de meeste huizen was het licht uit en het gebied voelde haast verlaten. Hij kwam bij een pleintje waar hij op een laag muurtje aan de kant ging zitten en zijn sigaretten tevoorschijn haalde. Hij rookte langzaam, opgelucht dat hij weer alleen was, en terwijl hij daar zat kwam de maan boven de daken van de huizen uit en stond nu boven hem, bijna vol, met een dunne sliert wolken ervoor. Het pleintje vulde zich met het geheimzinnige schijnsel. Hij staarde naar de maan en de tranen brandden achter zijn ogen, al had hij niet het gevoel dat hij treurig was.

Daar, in de stilte van de nacht, hoorde hij voetstappen zijn kant op komen, in de straat waar hij zelf net had gelopen. Hij bleef in elkaar gedoken op het muurtje zitten, in het donker, en zag een jonge vrouw dichterbij komen. Ze liep snel, met lichte tred, haar schouders naar achteren. Haar lichte jas viel vanaf haar middel open en danste zachtjes mee bij iedere stap; haar rok golfde bij elke soepele pas die ze zette. Het uiteinde van haar smalle sjaal wapperde als een wimpel achter haar aan. Ethan keek naar haar en durfde bijna geen adem te halen toen ze dichterbij kwam. Nu kon hij haar gezicht zien, een jonge, zachte ovaal in het maanlicht; haar lichte haar was uitbundig hoog opgestoken, met losgeraakte plukjes die langs haar wangen vielen, en haar hals kwam als een zuil boven het reepje sjaal uit. Ze bewoog zich soepel en sierlijk, als een kat of een ballerina, met haar kin in de lucht, en het was alsof haar voeten over de grond gleden. Haar ogen – hij kon niet zien of ze blauw of groen of grijs of bruin waren – staarden in de verte. Haar lippen vormden zo'n vaag glimlachje dat hij zich kon vergissen; misschien keek ze wel ernstig. Vanaf de plek waar hij zat, zwijgend en volkomen roerloos, leek het alsof zij de bron was van het licht dat om haar heen viel.

Ze gleed langzaam voorbij aan de overkant van de straat, zonder zijn kant op te kijken. Ethan wachtte tot ze uit het zicht was; de as viel van zijn sigaret. Hij werd vervuld van een melancholische vervoering en staarde naar de plek waar ze had gelopen. Hij wist dat hij een hopeloos romantische dwaas was, een sentimentele idioot die was gedoemd tot slapeloosheid, teleurstelling en te veel sigaretten. Het kon hem niets schelen.

9

Het was kil toen Gaby wakker werd, met dat onmiskenbare vleugje herfst in de lucht. Ze ging rechtop in bed zitten, trok het dekbed op tot onder haar kin en sloeg haar armen om haar knieën. Haar mond was droog en haar hoofd voelde zwaar, en ze was nog half verstrikt in haar droom, waardoor het even duurde voordat ze wist waar ze was. Haar horloge gaf aan dat het bijna negen uur was. Ze schoof de gordijnen een stukje open en tuurde naar buiten, en ze slaakte nog net geen kreet bij de aanblik van de kleuren die zich uitstrekten voor het huis. De groene hei ging in de verte over in de blauwe, woeste zee; de lucht was staalgrijs, met kleine lapjes turkoois die erdoorheen braken; de zon bleekgeel, nog laag aan de hemel, met stralen die tussen de bomen door schenen. Lage mistflarden maakten het pad naar het huis bijna onzichtbaar, maar ze zouden al snel oplossen en het beloofde een heldere dag te worden.

Terwijl ze daar stond te kijken verscheen op het pad iemand op een fiets. Het was Nancy, die door de mist reed waardoor alleen haar bovenlichaam zichtbaar was. Het was een ouderwetse fiets; Gaby zou gezworen hebben dat het dezelfde was die Nancy twintig jaar geleden had gehad. Hij was effen grijs, met een gehavende rieten mand aan het stuur, met daarin een handdoek en daarbovenop een aantal grote witte paddenstoelen. Nancy zat rechtop, zoals ze altijd op haar fiets had gezeten. Haar rug was recht, en ze zag er verheven en op een vreemde manier heel waardig uit. Haar haar, zag Gaby nu, was nat en haar wangen waren rood van inspanning. Ze bleef staan kijken hoe

Nancy afstapte en bukte, kennelijk om haar huissleutel te pakken onder een grote kei die net binnen het hek lag.

Gaby deed de gordijnen dicht en ging nog even met haar hoofd op het kussen liggen. Toen zwaaide ze haar benen uit het bed en keek om zich heen op zoek naar haar kleren. Ze waren weg, maar er lag een blauwe flanellen ochtendjas aan het voeteneind van haar bed, en op de grond stond een paar pantoffels. Nancy moest binnengekomen zijn toen zij nog sliep en ze voor haar klaargelegd hebben. Ze trok de ochtendjas aan en schuifelde naar de badkamer terwijl ze beneden de voordeur open en dicht hoorde gaan. Er was geen spiegel, alleen een medicijnkastje boven de wastafel, dat ze uit nieuwsgierigheid openmaakte om naar de inhoud te gluren. Vitaminepillen, paracetamol, pleisters, een scheersetje met extra mesjes, twee rollen verband, een thermometer, een ketting van in elkaar gehaakte veiligheidsspelden, een potje vaseline, een pot dagcrème (niet tegen rimpels, zag ze, zoals ze zelf gebruikte, ook al vond ze zulke dingen eigenlijk flauwekul), drie ongebruikte stukken zeep (teunisbloem), twee deodorantrollers (naturel), shampoo en conditioner voor normaal haar, een extra tube tandpasta, flossdraad, een potje lippenzalf, mascara, een paar lippenstiften en een doosje Tampax. Weer werd ze getroffen door de enorme ordelijkheid van Nancy's leven, die zo sterk contrasteerde met haar eigen slordigheid (haar medicijnenkastje, dat Connor al maanden niet meer had opgeruimd omdat hij er niet aan toegekomen was, was een warboel van losse spullen, uiteenlopend van oude medicijnen die de vuilnisbak in moesten tot tientallen miniflesjes shampoo en bodylotion die ze uit hotelkamers had meegenomen). Hier stond alles keurig op zijn plaats; alles had een functie.

In de hoek was een kleine douchecabine, en ze liet de ochtendjas op de grond glijden, stapte naar binnen en draaide de kraan open. Er kwam een dikke straal koud water uit die langzaam warm werd. Ze waste haar haar twee keer met de shampoo die ze op het metalen plankje aantrof, spoelde het grondig uit en zeepte zich in. Ze zag ertegen op om naar beneden te gaan en wilde het zo lang mogelijk uitstellen, omdat ze zich slecht op haar gemak voelde. Zou Nancy vriendelijk doen, of koel en efficiënt, zoals ze vaak kon zijn? Zouden ze weer met elkaar praten, of was het vuur van die nacht gedoofd en was er alleen wat as overgebleven? En als Nancy vroeg wat Gaby's plannen waren, wat zou ze dan antwoorden? Want wat waren haar plannen eigenlijk? Zou ze vanochtend met de eerste trein vertrekken of wilde ze langer blijven, nu ze hier toch was? Uiteraard kon ze niet zomaar afscheid nemen en weggaan, maar hoe kon ze hier blijven terwijl ze niet was uitgenodigd en waarschijnlijk niet welkom was? De waarheid was dat ze zelf niet wist wat ze wilde, dat ze haar eigen stemming niet begreep; ze was fel en geërgerd en tegelijkertijd lui en lusteloos. Huiverend trok ze de ochtendjas weer aan. Ze had keelpijn. Misschien word ik wel ziek, dacht ze hoopvol, een vage ziekte zonder pijn die maakte dat ze een paar dagen in bed moest liggen, verzorgd zou worden en geen beslissingen hoefde te nemen. Maar ze wist dat het gewoon de druk van alle emoties was.

De geuren uit de keuken bereikten haar nu: koffie, versgebakken brood en de rook van het haardvuur. En inderdaad, toen ze de keuken binnenkwam, had Nancy een vuurtje gemaakt – dat nog niet veel warmte gaf – en stond ze achter het fornuis in een pan met gebakken paddenstoelen te roeren. Een klein, rond witbrood stond op een metalen rekje en het water begon net te koken.

'Ik heb onderweg wat parasolzwammen geplukt,' zei Nancy, zonder zelfs maar om te kijken. 'Ik wilde als ontbijt geroosterd brood met gebakken paddenstoelen maken.'

'Lekker,' zei Gaby. 'Onderweg? Waar ben je geweest dan?'

'Ik zwem iedere morgen in zee. Die is maar anderhalve kilometer verderop.'

'Ook in de winter?'

'Juist in de winter.'

'Mijn god, wat gezond.'

'Ik vind het fijn.'

'Ik zeg altijd dat ik nodig moet gaan sporten. Het lijkt wel of iedereen die ik ken ineens hardloopt.' Ze hoorde de opgewekte, nietszeggende woorden uit haar mond komen – hou je kop, hield ze zichzelf voor. Hou nou eens één keer je mond en laat een ander aan het woord.

'Connor gaat bijna iedere dag hardlopen,' ging ze hulpeloos verder, terwijl ze toekeek hoe Nancy kokend water op de gemalen koffie goot. 'Al is er een sneeuwstorm. Hij ziet er gelukkig uit als hij hardloopt; zijn gezicht staat tevreden en hij krijgt een soort verende tred.'

Zwijgt, ellendeling, houdt uwe mond! Maar ze praatte maar door, als middel tegen de stilte van datgene wat vanochtend onmogelijk te zeggen leek. 'Maar telkens wanneer ik het probeer, weet ik weer waarom ik het nooit doe. Ik ben amper begonnen of ik denk: o ja, nou weet ik weer hoe het voelt. Mijn benen worden loodzwaar en mijn longen doen pijn; ik lijk wel een roestige oude vrachtwagen. En zelfs wandelaars halen me in.'

Ze hield eindelijk haar mond, doodmoe van zichzelf.

'Koffie?'

'Hmm, graag.' Ze ging bij het raam staan en staarde naar buiten.

'Ga toch zitten, de paddenstoelen zijn bijna klaar. Er is één plekje waar ik ze in deze tijd van het jaar altijd kan vinden.'

Gaby ging aan de houten tafel zitten.

'Mijn kleren,' zei ze.

'Ik heb ze gewassen toen je in bed lag, ze hangen over de verwarming. Ze zullen zo wel droog zijn – misschien zijn ze het al.'

'Bedankt, maar dat had je niet hoeven…'

'Hier, opeten nu het nog warm is. Koffie met melk en suiker was het toch, hè?'

'Klopt. Dit is heerlijk.'

'Goed zo.'

'Maar ik moet je zeggen dat ik me een beetje raar voel. Erg raar.'

Nancy gaf geen antwoord. Ze sneed uiterst geconcentreerd haar toast met paddenstoelen in stukjes. Toen prikte ze een van de stukjes aan haar vork en stopte het in haar mond.

'Ik heb raar gedroomd,' zei Gaby toen ze zich plotseling haar droom herinnerde. 'Ik was aan het inpakken voor Ethan, maar ik pakte steeds kleren van toen hij een stuk jonger was. Niet zo moeilijk te verklaren, hè? Ik zou willen dat ik eens leuke dromen had. Heb jij leuke dromen?'

'Ik droom nooit,' zei Nancy, en ze stopte het volgende stukje brood in haar mond.

'Iedereen droomt, alleen kun je het je niet altijd herinneren.'

'Nee, sommige mensen dromen niet. Er is een vrouw die na een beroerte nooit meer heeft gedroomd. Het kan geen kwaad.'

'Jij hebt toch geen beroerte gehad, of wel? Je móét dromen!'

'Misschien onthoud ik ze gewoon niet.'

'Bedoel je dat je je nooit een droom hebt herinnerd? Helemaal nooit?'
'Nee.'
'Niet één keer?'
'Nee.'
'Ben je nooit wakker geworden met het idee dat de beelden je net ontglipten – waardoor je op zijn minst wist dat zich iets had afgespeeld in je hoofd?'
'Nee.'
'Vind je dat niet erg?'
'Je zei net zelf dat de meeste dromen akelig zijn, of minstens frustrerend.'
'Maar dan nog mis je iets bijzonders, vind je niet? Die levendige warboel van beelden. Het is een fijn gevoel om toch een glimp op te vangen van wat je bezighoudt – anders is het een angstaanjagende leegte. Als je niet droomt, is het alsof je ophoudt te bestaan. Volgens mij zijn kinderen daarom soms zo bang om te gaan slapen.'
'Wil je nog koffie?'
'Ik vraag me af wat het betekent,' zei Gaby.
'Waarom zou het iets betekenen?'
'Dat moet wel. Alles heeft een betekenis.'
'O ja?'
'Misschien wíl je je dromen niet onthouden.'
Nancy keek op van haar ontbijt en trok haar wenkbrauwen op.
'Of misschien word je nooit wakker in de droomfase van je slaap en alleen daarná – ze zeggen dat je je dromen pas herinnert als je in de droomfase wakker wordt. Maar het is natuurlijk onmogelijk dat je je hele leven lang nooit tijdens een droom bent ontwaakt.'
Er viel een stilte. Gaby had het gevoel dat ze te ver was gegaan en iets ongepasts had gezegd, maar ze wist niet wat dat dan was. Net als de avond ervoor had ze het gevoel dat ze hulpeloos heen en weer werd geslingerd tussen intimiteit en vervreemding; het gevoel dat ze te dichtbij kwam of juist te veel op afstand bleef, en ze wist niet hoe ze zichzelf moest corrigeren. Ze voelde zich ellendig, en om dat te verhullen stond ze abrupt op en liep weer naar het raam.
'Gaby.' Nancy's stem klonk plotseling mild.
'Ja.'

'Jij kunt er niets aan doen.'
Gaby begreep niet precies wat ze daarmee bedoelde. Ze drukte haar voorhoofd tegen het raam en staarde naar buiten. De mist was vrijwel verdwenen, op een paar nauwelijks zichtbare dunne flarden na die lapjes chiffon vormden op het gras, waar de spinnenwebben dampend glinsterden in de zon.
'Dit is nooit de bedoeling geweest,' zei ze na een hele tijd.
'Zeg, ik moet over een uur weg.'
'Weg?' Gaby draaide zich stomverbaasd om. Nancy's gezicht stond vriendelijk, en dat maakte het allemaal nog moeilijker. 'Waarnaartoe?'
'Ik ga een paar dagen met een groep kinderen van school mee op kamp in Frankrijk, als begeleidster. Dat doe ik ieder jaar.'
'O.'
Ze probeerde haar gezicht in de plooi te houden, maar ze wist dat Nancy zou kunnen zien dat ze zich vreselijk voelde en dat de vernedering wild en chaotisch door haar heen kolkte. Ze was een open boek, dat zei Connor zo vaak, terwijl hij met een soort medelijdende tederheid naar haar keek. Maar ze wilde geen open boek zijn, ze wilde zijn zoals Connor kon zijn, of zoals Nancy nu was: alles discreet in keurige hokjes verdeeld, onbereikbaar voor nieuwsgierige blikken, veilig weggeborgen met haar eigen geheimen, onkenbaar, aanlokkelijk, waardevol.
'Dus, eh...' Nancy maakte de zin niet af en stak alleen haar handen uit, met de binnenkant naar boven gedraaid; een gebaar dat Gaby herkende van dertig jaar geleden.
'Ik moet gaan.'
'Ja, dat denk ik ook.'
'Oké.'
'Red je het wel?'
'Waarom zou ik het niet redden?'
'Het spijt me.'
'Maar we zien elkaar toch wel weer als je...?'
'Het spijt me,' zei Nancy weer. Het klonk zo definitief.

Toen Gaby weer beneden kwam, in haar eigen kleren die gekreukt maar droog waren en naar wasverzachter roken, stonden Nancy's koffer en een leren aktetas bij de deur en had Nancy zich omgekleed van een spijkerbroek met trui in een donkere rok met een zijdeachtige zwarte regenjas. Ze droeg er platte suède laarzen onder en had haar haar uit haar gezicht geborsteld. Ze zag er, dacht Gaby, aangenaam zakelijk en aantrekkelijk intimiderend uit. Niet iemand met wie je een loopje kon nemen, bij wie je kon uithuilen of die zich liet uithoren over haar privéleven.

'Ik heb een taxi voor je gebeld,' zei Nancy. 'Ik had je wel een lift willen geven naar het station, maar ik moet de andere kant op en ik heb niet veel tijd. Er gaat over drie kwartier een trein.'

'Mooi. Dank je wel.'

'Wil je brood mee voor onderweg?'

'Nee, ik koop in de trein wel iets.'

'Dan pluk ik een paar appels voor je, goed?'

Zonder het antwoord af te wachten liep ze de tuin in. Gaby ging op de bank bij de haard zitten. Ze legde haar handen in haar schoot en staarde in de vlammen. Dit was het dus. Er was eigenlijk niets veranderd. Ze had Nancy gevonden, ze had in haar bijzijn gehuild en haar met moeite een paar uitspraken ontfutseld – maar meer ook niet. Ze had zich vaak een voorstelling gemaakt van hun hereniging en ze dacht dat ze iedere variant wel had gehad – haat, verdriet, woede, berouw, bekentenissen of een verbluffende onthulling. Maar in al die scenario's *gebeurde* er iets en werkte hun ontmoeting als keerpunt. Een deur werd geopend, een wereld veranderde. Nu besefte Gaby dat ze over een paar minuten zou vertrekken, terug naar Londen, naar haar oude leventje, en dan zou deze vreemde onderbreking haar langzamerhand voorkomen als een droom, zonder context en zonder duidelijke betekenis.

'Hier,' zei Nancy, en ze gaf haar twee winterappels.

Gaby stopte ze in haar tas. Ze zag Nancy steels op haar horloge kijken.

'Ik hoop dat je kamp goed verloopt.'

'En ik hoop dat jij een goede terugreis hebt. Zei je nou dat Connor vanavond terugkomt?'

'Morgen. Ergens in de middag. Dan heb ik nog de tijd om een beetje op te ruimen voordat hij thuiskomt. Hij vindt het vreselijk als het een troep is en ik ben bang dat ik nogal wat rommel heb achtergela-

ten toen ik vertrok.' Ze dacht aan de ontbijtresten die nog op de keukentafel stonden en alle spullen die Ethan op het laatste moment toch niet had meegenomen en die door het hele huis slingerden.
 Ze hoorde een auto stoppen.
 'Dat zal je taxi zijn.'
 'Ja.' Gaby stond op en streek vruchteloos met haar handen over haar gekreukte rok. 'Nou, dan zal ik maar dag zeggen.'
 'Dag,' zei Nancy. Ze hield de voordeur voor Gaby open.
 'Maar we zien elkaar toch nog wel?' Haar stem klonk kleintjes en klaaglijk.
 'Pas goed op jezelf.' Nancy deed alsof ze de vraag niet had gehoord.
 'Ik heb een vriend die het verschrikkelijk vindt als je dat zegt. Hij zegt altijd: "Neem maar lekker veel risico's."'
 'Gaby, de taxichauffeur...'
 'En ik ben het met hem eens. Dat wordt mijn motto. Of nee, nu ik erover nadenk: maak vooral slapende honden wakker. Ja, dat is het.'
 Nancy begon onverwachts te lachen, zonder een spoortje ironie of verbittering.
 'Goh, ik heb je toch wel gemist,' zei ze, alsof ze het niet kon laten. Toen sloot haar gezicht zich weer, en haar uitdrukking werd beleefd en afstandelijk.
 'Moet je horen, Nancy, we zouden kunnen...'
 'Straks mis je je trein nog.'
 'Die trein kan me niks schelen.'
 'Doe Connor en Stefan de groeten van me.'
 'De *groeten*? Is dat alles?'
 'Bedankt voor je komst.'
 'Maar we hebben nog niet eens...'
 Nancy zoende Gaby vlug op beide wangen, duwde haar vastberaden de drempel over en deed de deur dicht. Gaby hoorde het slot achter zich klikken en ze liep schoorvoetend naar de taxi die voor de deur stond te wachten. Ze stapte in, kwam met haar rok tussen het portier en drukte haar gezicht tegen het raampje om naar het huis te kijken. Maar er was niemand die terugkeek, geen hand die naar haar zwaaide. Nancy was weg.

'Het station, was het toch?'
'Hm?'
Was dat het nou? Was dat alles?
'Wilde u naar het station?'
'Het station? O ja, klopt.'
Ze had Nancy niet eens haar adres gegeven, of haar telefoonnummer – dat niet in de gids stond. Ze waren heel beleefd en akelig definitief uit elkaar gegaan.
'Gaat u iets leuks doen?'
'Pardon?'
'Of u nog iets leuks gaat doen.'
'Ik weet het niet.'
Ze staarde naar de dikke witte nek van de chauffeur, flubberig onder zijn dunne grijze haar.
'Weet u dan zelf niet waar u naartoe gaat?'
'Jawel, ik ga naar Londen.'
'Woont u daar of gaat u er een paar dagen naartoe?'
'Wat zegt u?'
'Ik vroeg: woont u in Londen?' De chauffeur riep de woorden hard, langzaam en geërgerd, alsof ze een dove buitenlander was.
'Ja. Sorry, maar ik geloof dat ik van gedachten veranderd ben.'
'Ik zou nooit in Londen willen wonen. Het is leuk voor een weekendje, maar niet om er te wonen.'
'Ik heb me bedacht.'
'Bedacht?'
'Stop alstublieft. Ik ga niet. Laat me er hier maar uit.'
Hij kwam met piepende remmen tot stilstand en draaide zich naar haar om. 'Moet u horen...'
'Ik betaal u wel wat de rit gekost zou hebben. Hier, laat de rest maar zitten.'
Gaby stopte hem een aantal bankbiljetten in de hand zonder te weten of te willen weten hoeveel ze hem gaf.
'Gaat het wel goed met u, als ik vragen mag?'
'Prima, ik moet er alleen uit.'
'Hier?'
'Ja.'

Gaby liep op een drafje terug naar het huis, half struikelend. Ze schatte dat Nancy er nog wel een kwartiertje zou zijn, en al had ze geen idee wat ze zou gaan zeggen, ze kon het niet verdragen om met die kille, welgemanierde woorden uit elkaar te gaan: *Doe Connor en Stefan de groeten van me!* Dan kon je nog beter tegen elkaar tekeergaan en elkaar bespugen. *Bedankt voor je komst!* Nee, zo kon ze onmogelijk weggaan.

Ze vloog de hoek om, de smalle eenrichtingsweg in. Een vlucht kleine vogeltjes vloog kwetterend op uit de heg en verdween. Haar ademhaling was haperend en ze had zulke felle steken in haar zij dat ze haar hand ertegen moest drukken. Bij het hek haalde ze een paar keer diep adem, deed haar onwillige haar achter haar oren en beende naar het huis. Ze klopte hard op de deur en liep afwachtend een stapje achteruit. Ze klopte nog eens, en toen een derde keer. Ze bukte om door de brievenbus te gluren, maar ze zag alleen een lege strook houten vloer. Toen liep ze dwars door het bloembed heen, haar sandalen besmeurend met dikke klodders nat zand, en tuurde met haar gezicht tegen het glas door ieder raam naar binnen. Niemand te zien.

'Nancy!' riep ze naar de kamers boven. En daarna harder: 'Nancy!'

Ze liep om het huis heen en vroeg zich af waar Nancy haar auto parkeerde. Er was geen garage, maar achter het huis, waar de smalle weg overging in een voetpad, was een parkeerhaventje met bandensporen.

'Dan moet ze al weg zijn,' zei Gaby hardop. 'Verdomme. En nu heb ik ook nog mijn trein gemist.' Ze schopte met haar sandaal tegen een kei en kromp ineen van de pijnscheut die volgde. 'Alweer. Idioot die je bent. Stomme, stomme idioot.'

Ze liep terug naar het huis en bleef even naar de lege ramen staan kijken, en naar de schoorsteen waar nog wat rook uit kringelde. Het was allemaal voor niets geweest, dacht ze, en even wist ze zich geen raad – met haar vermoeide lijf en haar loodzware hart, en met alle herinneringen die ze nu weer terug zou moeten stoppen. Ze wreef met haar hand over haar gezicht en voelde zich lelijk en onhandig van verdriet. Toen, zonder goed te beseffen wat ze deed, maakte ze het hek open en bukte om onder de kei te kijken die er vlak achter lag. De sleutel die ze Nancy eerder die ochtend had zien pakken lag er weer, en ze raapte hem op, veegde hem af aan haar rok, liep het pad over en maakte de voordeur open. Hij kraakte zachtjes en heel even hield Gaby haar adem in, voor het geval Nancy toch thuis zou zijn. Maar het huis was onmiskenbaar verlaten, alle lichten waren uit en het vuur smeulde na in de haard. De ontbijtspullen waren afgewassen en stonden in het afdruiprek; de twee stoelen waren netjes onder de tafel geschoven en de hondsrozen lagen in de groenbak, samen met de zanderige steeltjes van de parasolzwammen.

Een paar minuten lang bleef Gaby midden in de kamer staan zonder te weten wat ze moest doen. Toen ging ze abrupt op de bank zitten en trok haar jas en haar sandalen uit. Ze wiebelde met haar tenen en genoot van het clandestiene genoegen dat haar vervulde: ze was in Nancy's huis, alleen en onuitgenodigd, als een inbreker. Ze zag dat ze modderafdrukken op de vloer had achtergelaten en bedacht dat ze niet moest vergeten ze te verwijderen voordat ze wegging.

'Wat nu?' Ze leunde achterover met haar hoofd in het kussen. 'Koffie, denk ik.'

Na de koffie, met melk die ze had opgewarmd in een pannetje dat ze daarna had schoongeschrobd, afgedroogd en op precies dezelfde plek teruggezet, stond Gaby zichzelf toe uitgebreid alles te bekijken wat ze niet had kunnen bekijken toen Nancy erbij was. Eerst ging ze voor de boekenkast staan, en ze liet haar ogen van titel naar titel gaan. Gedichten van WH Auden, W.B. Yeats, Louis MacNeice, Sylvia Plath, Thomas Hardy, John Donne – allemaal schrijvers van wie Nancy als tiener al had gehouden. Diverse boeken over bomen, vogels, vlinders en veldbloemen. Drie planken met alfabetisch gerangschikte romans, van Chinua Achebe tot Edith Wharton. Een groot woordenboek, een synoniemenboek, een wereldatlas en een wegenkaart van Groot-Brittannië, een allegaartje aan naslagwerken en een halve plank met kookboeken, die er allemaal beduimeld uitzagen. Verderop stonden biografieën en geschiedenisboeken, en terwijl ze daar stond te kijken, voelde Gaby een verraste huivering door zich heen gaan: *De Wederdopers* van Stefan Graham en *Het leven van John Dee*, Stefans eerste boek. Ze pakte ze allebei van de plank, hield ze even in haar handen en bladerde ze door. Dus Nancy had boeken van Stefan gekocht. Ze dacht nog aan hem, al die jaren later, al wist Gaby niet of het uit nieuwsgierigheid, nostalgische overwegingen of misschien zelfs spijt was. Ze zette de boeken terug, de ruggen weer gelijk met de rest, en bukte zich naar de onderste plank, die uitpuilde van de landkaarten. Ze haalde er lukraak een paar tussenuit: een van zuidelijk Suffolk en een van West-Sicilië. Ze waren dun en gescheurd bij de vouwen, en Gaby dacht aan de versleten wandelschoenen in de logeerkamer.

Nadat ze de foto van de zee nog eens goed had bekeken bleef ze staan bij een andere, veel kleinere foto die half verscholen in een nis bij de haard hing. Gaby herkende hem onmiddellijk: het was er een die Nancy altijd had gehad, al zo lang ze zich kon herinneren. Het was een zwart-witopname van een jonge man op het strand, in een T-shirt met opgerolde mouwen en een wijde broek, met aan zijn hand een heel klein meisje in een zwempakje met ruches, haar beentjes gedraaid terwijl ze met haar voetjes in het zand wroette. Gaby wist dat de man Nancy's vader was, die was gestorven vlak nadat de foto was genomen. Het meisje was Nancy zelf. Er was nooit een soortgelijke foto geweest van Nancy met haar moeder, die nog tientallen jaren was blijven leven en waarschijnlijk nog steeds leefde. Nancy had haar eens verteld dat ze zichzelf graag beschouwde als een echt vaderskind, al had ze hem natuurlijk nauwelijks gekend en had ze alleen een beeld van hem in het leven geroepen dat ze graag als voorbeeld voor zichzelf gebruikte. Haar moeder daarentegen was degene die ze pertinent niet had willen worden: slank en opgepoetst en popperig knap, met een parmantige, uitbundige charme; ze had verhoudingen of vluchtige affaires gehad met bijna alle mannen die ze kende. Iedere nieuwe man werd haar redder, degene die van haar zou houden, haar zou beschermen tegen het kwaad. Ze was griezelig veerkrachtig: de ervaring leerde haar nooit om op een teleurstelling te rekenen. Gaby had altijd gedacht dat Nancy's morele onwrikbaarheid, haar onveranderlijke besef van wie ze wás, het gevolg was van de vernederende buigzaamheid van haar moeder. Ze leunde wat dichter naar de foto toe om de gezichten beter te bekijken. De man glimlachte in de camera, maar zijn dochter keek naar hém op, haar gezicht glimmend van trots. Het was een uitdrukking die Gaby in al die jaren dat ze Nancy had gekend nooit bij haar had gezien.

Vervolgens ging ze naar de koelkast. Ze had het altijd leuk gevonden om bij andere mensen in de koelkast te kijken en die van Nancy stelde haar niet teleur: hij was wel erg netjes, maar toch enigszins onverwachts. Naast de gebruikelijke dingen als scherpe cheddarkaas, plakjes gerookte bacon, potjes crème fraîche en Griekse yoghurt, halfvolle melk, sla, tomaten, een komkommer, lente-uitjes, druiven, eieren (scharrel natuurlijk), een paar rode pepertjes, een pot groentebouillon, paddenstoelen in cellofaanverpakking, ongezouten boter en een fles witte wijn, lagen er op een van de planken ook verscheidene filmrolletjes, waardoor Gaby bedacht dat Nancy de foto van de zee wel eens zelf genomen kon hebben. Verder lag er een geel, papperig zacht pakje dat bij nadere inspectie een soort badgel bleek te bevatten die koel bewaard moest worden.

En in de eierdoos zat behalve drie eieren een brokje in folie verpakte cannabis.

Dus: Gaby wist dat Nancy fotografeerde, wandelde, boeken van Stefan las of ze op z'n minst kocht, en wiet rookte.

Ze keek op het prikbord bij de deur, waar Nancy uitnodigingen, geheugensteuntjes, krantenknipsels en een paar ansichtkaarten op had gehangen. Ze wist dat haar gesnuffel steeds onacceptabeler werd. In de koelkast kijken is één ding, maar het is heel wat anders om een kaart van het prikbord te halen en hem te lezen, vooral nadat je als een inbreker het huis binnengekomen bent, natuurlijk. Maar dat deed ze nu dus; ze bekeek eerst de kaart met een schilderij van Caravaggio erop, waar op de achterkant de volgende woorden op gekrabbeld waren: 'Denk aan je. Hoop dat jij ook aan mij denkt.' De kaart was afgestempeld in Rome. Toen las ze er een uit Edinburgh, in hetzelfde handschrift: 'Fijn dat je het me hebt verteld. Zie je vrijdag.' Deze was ondertekend, maar de naam was onleesbaar.

Aan de bovenkant van het prikbord hing een schoolfoto – honderden kinderen, gerangschikt van groot naar klein, met in het midden, tussen de andere leraren, strak voor zich uit starend, Nancy. Ernaast hing een pasfoto van een meisje van een jaar of zestien; ze had donker haar en een vastberaden mond, en de opstandige, vluchtige blik die je zo vaak in paspoorten ziet. Schoolroosters, folders van een klassiek concert in Newquay en een handwerkbeurs, een uitnodiging voor een feest, een boodschappenlijstje in Nancy's handschrift, met keurig doorgestreepte artikelen, een overlijdensbericht van ene Fenella Stock, meubelmaakster, die tachtig jaar was geworden, en daaronder een krantenartikel van twee kolommen breed, dubbelgevouwen. De kop luidde: 'De poorten van de pijn.'

Gaby trok de punaise eruit en liep met het artikel naar het raam. Zelfs in haar verwarring ging het even door haar heen dat ze de week erop naar de oogarts moest. Het zou niet lang duren voordat ze een leesbril nodig had – die ze natuurlijk overal zou laten liggen. Ze las met half dichtgeknepen ogen de kleine lettertjes en haar blik vloog met sprongen over de alinea's. Het was een artikel over een pas ontdekte aandoening, Reflex Sympathetic Dystrophy (RSD), een vorm van hevige chronische, onbestrijdbare pijn. Halverwege de tekst stond een citaat van dokter Connor Myers van de London Pain Clinic: 'Pijn is lang genegeerd door artsen en onderzoekers. Het is frustrerend, een soort medisch falen waar we vaak een hekel aan hebben. Bovendien is pijn subjectief: iedereen heeft zijn eigen pijngrens en die is meestal niet meetbaar. Tot een paar jaar geleden bestond er zelfs geen specialisatie op dit gebied. Maar nu beginnen we steeds meer te ontdekken over de biologische kant van pijn. RSD, een maladaptieve vorm van pijn, kan een goed hulpmiddel zijn om beter inzicht te krijgen in bepaalde fundamentele aspecten van het zenuwstelsel.'

Haar handen beefden, en het papier trilde zo hevig dat ze de tekst bijna niet meer kon lezen. Heel zorgvuldig hing ze het knipsel op dezelfde plek terug en prikte de punaise er weer in. Dus nu wist ze dat Nancy wandelde, fotografeerde en wiet rookte, dat ze Stefans boeken las én dat ze krantenartikelen over Connor uitknipte en op haar prikbord bewaarde. Gaby voelde een lichte huivering, als een lichte elektrische schok, langs haar ruggengraat trekken, maar ze kon het gevoel dat erachter schuilging niet plaatsen. Was het enthousiasme? Blijdschap? Bezorgdheid? Medelijden? Nancy was hen dus helemaal niet vergeten. Ze had meedogenloos alle schepen achter zich verbrand, maar toch had ze over de rivier achteromgekeken naar het land dat ze voorgoed achter zich had gelaten, en dat deed ze twintig jaar later nog steeds.

Gaby was eerst niet van plan om naar boven te gaan, net zoals ze niet van plan was geweest om uit de taxi te stappen en terug te keren naar het huis, om de sleutel te pakken en zichzelf binnen te laten. Ze was een toeschouwer van haar eigen gedrag, dat haar verontrustte – nee, met ontzetting vervulde. Later zou ze zichzelf voorhouden dat het allemaal was gebeurd als in een droom die ze geen halt had kunnen toeroepen, en ze liep inderdaad erg traag, alsof ze hallucineerde, naar Nancy's slaapkamer. Die was groot en licht en rook scherp naar properheid, open haard, citroen en dennengeur. Er stond een grote ladekast, een houten kledingkast met een spiegel op de deur, en onder een van de ramen een bureau. Er lag geen vloerbedekking, maar de houten vloer ging grotendeels schuil onder een dik, gebroken wit tapijt, waar Gaby haar tenen in begroef terwijl ze om zich heen stond te kijken. Het grote bed stond voor het raam; het witte dekbed was teruggeslagen en Gaby meende nog te kunnen zien waar Nancy had gelegen. Ze deed de kleerkast open, zodat ze haar eigen spiegelbeeld voorbij zag zwiepen, en liet haar hand langs de kleding glijden die erin hing: jurken, rokken, degelijk en chic, blouses, een opflakkering van kleur tussen de ingetogen grijs- en bruintinten. Ze pakte een blauwe zomerjurk, hield hem zichzelf voor en trok de deur naar zich toe om in de spiegel te kijken. Als ze hem aantrok, zou ze dan meer op de bezitster ervan lijken? Maar waar Nancy slank, netjes en gestructureerd was, was zij chaotisch en gespeend van scherpe lijnen. Zelfs in haar slanke perioden wist ze nog mollig over te komen. Al deed ze nog zo haar best om er elegant uit te zien, ze bereikte nooit het chique, gebeeldhouwde effect van andere vrouwen. Ze had de neiging om zich in laagjes te hullen – zoals nu, in een topje met dunne bandjes met daaroverheen een vestje en daar weer overheen een blouse. De eerste keer dat Connor haar had uitgekleed en hij het ene na het andere bloesje had moeten losknopen, had hij het vergeleken met het pellen van een ui zonder ooit de kern te bereiken. Ze hing de jurk terug in de kast en deed die dicht, waarna ze weer de kamer in keek.

    De vier kussens lagen uitnodigend aan het hoofdeinde. Ze ging op de rand van het bed zitten en keek door het raam naar het gras dat nog dampte in de ochtendzon. Ze ging verzitten en voordat ze het wist lag ze met haar hoofd in de zachte kussens. Het laken voelde koel aan op haar zere voeten en ze merkte dat haar ledematen zich ontspanden. Vanuit deze positie kon ze een andere grote zwart-witfoto zien hangen aan de muur tegenover het bed, een opname van een grote V-formatie vogels in de lucht. Het was alsof ze in de ruimte staarde. Ze deed haar ogen dicht tegen de draaierigheid en een paar tellen lang zag ze de vlucht vogels in haar oogleden gebrand, met lichtcirkels eromheen. Ze hield zichzelf voor dat ze heel even zou blijven liggen en dan discreet zou vertrekken; uiteindelijk had ze niemand kwaad gedaan. Ze draaide zich op haar zij, trok haar benen op, drukte haar gezicht in het kussen en viel in slaap.

10

ZE ONTBETEN ALTIJD UITGEBREID OP DE LAATSTE DAG AAN boord. Het was begonnen met eieren en spek, maar in de loop der jaren had Stefan zijn repertoire uitgebreid en nu serveerde hij, bezweet, rood van inspanning en heel triomfantelijk, ook gegrilde tomaten, worstjes, champignons, bloedworst en bonen, en de troep die hij daarbij maakte deed nauwelijks onder voor de rotzooi die Gaby veroorzaakte tijdens het koken. Connor drukte haar vroeger altijd op het hart dat als je de boel opruimde voor je begon en je tussendoor alles bijhield, het uiteindelijk een stuk gemakkelijker werd, maar daar was hij lang geleden mee opgehouden. Hij berustte nu in de verwoesting die ze in schrikbarend korte tijd kon aanrichten. Stefan had kennelijk dezelfde kookgenen als Gaby: hij gebruikte vreselijk veel energie en maakte een heel drama van een gekookt ei of een salade. Meestal was Connor aan boord de kok – en degene die opruimde en afwaste. Hij kookte graag en deed het met de toewijding van de autodidact. Hij kocht kookboeken, knipte recepten uit tijdschriften en volgde die nauwgezet op, verzamelde tips van vrienden en was trots op zijn verzameling oliën en zijn eigen bijzondere, vlijmscherpe messen. Doordeweeks had hij er zelden tijd voor, maar in het weekend kon hij er gerust een hele dag aan besteden: eten kopen op de markt en het thuis klaarmaken. Gaby zei vaak dat hij het zichzelf gemakkelijk moest maken, dat hij best een ei kon bakken of iets bestellen, maar hij vond het ontspannend om een ingewikkelde maaltijd te bereiden. Hij had in gedachten het eten al gepland dat hij de volgende avond voor zichzelf en Gaby zou klaarmaken: Marokkaanse kip met saffraan, kaneel, gember en ingelegde citroenen. Hij zag zichzelf al, uitgerust en net uit bad, in schone kleren, tegenover Gaby aan tafel zitten. Plotseling verscheen haar gezicht haarscherp voor zijn geestesoog: het littekentje op haar lip dat wit werd als ze lachte en de plukjes haar die over haar met sproetjes bezaaide, vlekkerige, gulle gezicht krulden.

Er waren maar twee kleine gaspitjes op de boot, zodat sommige ingrediënten afgekoeld en gestold waren tegen de tijd dat ze op een bord belandden. De dooier van Connors spiegelei was kapotgegaan en kleverig uitgelopen over de plas kleffe bonen. De toast was aangebrand en het worstje was roze aan de ene kant en zwart en opengebarsten aan de andere kant. De oploskoffie was bitter en lauw. Maar het deed er niet toe, want de twee mannen waren uitgehongerd en moe na een paar nachten met weinig slaap en lange dagen in de wind. Ze zaten aan dek met het bord op schoot, slaaprimpels in hun rode gezichten en een zure ochtendadem, en ze aten zwijgend en veegden hun mond af met hun mouw. Een paar uur eerder hadden ze aangemeerd in de haven, en aan weerskanten van hen dobberden andere bootjes; het geklapper van de zeilvallen en de stemmen van de bemanning dreven over het kalme water naar hen toe. De boot wiegde zachtjes onder hen.

Connor vond het fijn dat Stefan makkelijk urenlang kon zwijgen. Het was bijna een ongeschreven wet dat ze in de dagen die ze ieder jaar samen doorbrachten nooit praatten over werk, politiek, hun persoonlijke opvattingen of zelfs hun privéleven. Hun gewone bestaan verdween naar de achtergrond en werd vervangen door de besloten, gecompliceerde wereld van de boot, omringd door de onverschilligheid van de zee. Ze praatten over het weer, de voorspelling voor de volgende dag, de wachtrondes van die nacht, de staat waarin de motor verkeerde, de lenspompen en het optuigen van het grootzeil, de spinnaker en de fok. Ze legden knopen, schoten touwen op, repareerden beschadigde scheepskisten en vervingen zittingen, schrobden het dek en tuurden zo nu en dan op de zeekaart die uitgespreid op tafel lag. Wanneer ze langs de kust zeilden, één oog op het dieplood gericht, keken ze naar de kleine vissersdorpjes en verlaten stranden; op open zee wezen ze elkaar op vogels of schepen aan de horizon, en ze gaven commentaar op de vorm van de wolken of de manier waarop de zon zilveren vlekjes over het water uitstrooide. Ze keken naar de windvlagen die de golven veranderden in een rimpelend donker vlak. Ze schonken eindeloze bekers koffie en glazen whisky voor elkaar in. Als ze 's avonds aanmeerden in een haventje, deden ze vaak een spelletje schaak of backgammon voordat ze in hun smalle kooien kropen en luisterden naar het gekraak van de spanten van de boot en het kabbelen van het water tegen de boeg. Maar nu, niet langer op zee, voelden beide mannen weer de druk van het gewone leven. Tijdens het ontbijt dachten ze aan afspraken en taken, aan de mensen die ze moesten spreken en de telefoontjes die gepleegd moesten worden. Connor had al geprobeerd Gaby te bellen, maar thuis kreeg hij het antwoordapparaat en haar mobiel was uitgeschakeld.

Hij keek naar Stefan die tegenover hem zat, met zijn bord op schoot. De lok donkerblond haar viel over zijn gezicht, maar hij zag er tevreden uit terwijl hij zijn half rauwe, half verbrande worstje zat te eten. Connor vroeg zich af waar hij aan dacht. Zelfs na twintig jaar vond hij zijn zwager nog raadselachtig. Op het eerste gezicht leek hij heel eenvoudig: een openhartige, dromerige, onhandige man die geen greintje slechtheid in zich had. Stefan had zichzelf door de haat en nijd van het studentenleven geloodst door ze gewoon niet te zien, zoals een boot kalm over een zee vol onzichtbare, verzonken ijsbergen vaart en op een millimeter na doorboord wordt. Hij was royaal tegenover zijn collega's en hielp zijn studenten met een gulle, vaderlijke goedheid. Hij kreeg veel aandacht van gretige vrouwen die over hem wilden moederen, maar ook dat leek hem zelden op te vallen. Hij kon volledig opgaan in zijn eigen gedachten, in het boek dat hij aan het lezen was of de periode die hij bestudeerde, waardoor de buitenwereld niet meer bestond. Gaby maakte zich er wel eens zorgen om dat hij soms dagenlang niet at, gewoon omdat hij er niet aan dacht, maar Connor had ook meegemaakt dat Stefan twee keer vlak achter elkaar lunchte omdat hij was vergeten dat hij al had gegeten. Bij tijd en wijle droeg hij volkomen ongepaste kleding: een grijze, nette pantalon met een bruin colbert erop naar een vergadering, dikke truien in de zomer of dunne T-shirtjes midden in de winter. Aan zijn kleren ontbraken regelmatig knopen of ze rafelden aan de onderkant, maar hij kocht nooit nieuwe. Bijna alles wat hij droeg was aangeschaft door Gaby en hun moeder. Hij schoor zich vaak niet en liep dan rond met dikke, rossige stoppels; een paar keer had hij zelf zijn haar geknipt met een keukenschaar, waarna hij met een scheve, ongelijke pony rondliep. Hij kon erbij lopen als een zwerver. Zijn studeerkamer was bijna onmogelijk te betreden: boeken wankelden in hoge stapels of lagen omgevallen in hopen op de grond, en de deur werd gebarricadeerd door folders, brieven, gescheurde mappen en vergeelde kranten. Op de universiteit waar hij werkte stond hij bekend om zijn rommelige werkkamer en zijn gewoonte om te vergeten dat hij college moest geven (zoals hij er bij familie en vrienden om bekendstond niet te komen opdagen bij afspraken). En toch was het werk dat hij in die puinhoop voortbracht levendig en duidelijk, was er alom bewondering voor zijn colleges – die hij zonder aantekeningen of spiekbriefjes gaf – en werden de boeken die hij had geschreven geprezen vanwege hun wetenschappelijke helderheid.

Maar Connor had lang gedacht dat er iets anders speelde onder de uiterlijke vriendelijkheid van zijn zwager, en tijdens de dagen die ze samen doorbrachten op Stefans boot sloeg hij hem voortdurend gade. Hoewel Stefan uitgebreid en vol enthousiasme zijn ideeën kon bespreken, praatte hij nooit over zijn gevoelens, of zelfs maar over de vriendschappen of relaties in zijn leven – en hij gebruikte zelden het woord 'ik', alsof hij zichzelf probeerde uit te vlakken. Connor had hem wel zien huilen om films of boeken, en een keer in Pisa toen ze voor een schilderij stonden, maar nooit om iets wat er in zijn eigen leven was gebeurd. En hij kon zich maar één gelegenheid herinneren waarbij Stefan zijn kalmte had verloren, lang geleden: Connor had op een regenachtige zomeravond uit het raam gekeken en gezien dat Stefan woest met een paraplu uithaalde naar een struik bij hen voor de deur, keer op keer. Stefans gezichtsuitdrukking was hem altijd bijgebleven, verwrongen van woede en vernederde wanhoop. Maar Stefan had niet geweten dat iemand hem zag, en een paar minuten later, aan de keukentafel met Gaby en Connor, was hij weer net zo aardig en opgeruimd geweest als altijd.

Dat beeld had Connor al die jaren achtervolgd, en wanneer hij het niet uit zijn gedachten kon verjagen, ging er een koude rilling door hem heen en voelde hij zich afschuwelijk. Want Stefan had een zekere hopeloosheid over zich waar Connor zijn vinger niet achter kon krijgen, omdat er niets van terug te vinden was in zijn opgewekte gedrag of zelfs zijn gezichtsuitdrukking. Het was alsof de zon was ondergegaan en Stefan voortaan in het schemerdonker stond. En al zou hij het nooit toegeven tegenover Gaby wanneer zij precies hetzelfde beweerde, Connor wist dat hij niet zo was geweest toen ze elkaar voor het eerst ontmoetten, al die jaren geleden voor het studentenhuis van Gaby, toen Connor ervan uitgegaan was dat Stefan haar vriend was in plaats van haar geliefde broer. Maar toen was Stefan natuurlijk ook nog samen met Nancy geweest, en hij had een blije dankbaarheid uitgestraald. Er was iets in hem veranderd op de dag dat ze bij hem wegging. Optimisme was overgegaan in een soort gretigheid; vreugde in opgewektheid, geduld in gelatenheid. Het was te vergelijken met een kamer waar het licht uitgaat: hoewel er verder niets verandert, wordt de sfeer ingetogener. Of misschien zocht Connor wel naar een patroon dat er niet was, zag hij iets zorgelijks in wat uiteindelijk een eenvoudige, ongecompliceerde, ongedifferentieerde tevredenheid was.

'Wat doe jij dinsdag rond deze tijd?' vroeg hij.

'Dinsdag? Dat is…'

'Morgen, als we thuiskomen, is het maandag,' zei Connor behulpzaam.

'Juist. Even denken. Ik geloof dat ik dinsdag een faculteitsvergadering heb. Daar staat me vaag iets van bij. Het begin van het academische jaar, je weet wel. Altijd een hoop vergaderingen. Ik denk dat ik mijn hele loopbaan als docent zou kunnen vullen zonder één dag college te geven of onderzoek te doen met alleen maar vergaderen over colleges en onderzoek. Soms ga ik erheen en zeg ik geen woord, alleen "dank u wel" wanneer ik thee en koekjes krijg. Altijd van die dubbele chocoladekoekjes met een laagje crème ertussen.'

'Die krijgen wij ook bij vergaderingen.'

'Vreselijke dingen.'

'Vind je? Ik heb er eigenlijk nooit een uitgesproken mening over gehad.'

'Ik verlies altijd de helft als ik ze in mijn thee doop, en dan moet ik er met een lepeltje naar vissen en wordt het een knoeiboel. Hé Connor, dit is onze laatste avond aan boord tot volgend jaar. Gaan we in de pub eten of kook je?'

'Jij mag het zeggen.'

'Ik zou het wel fijn vinden als je kookt. Niet te ingewikkeld. Wat dacht je van biefstuk? Biefstuk met brood en rode wijn.'

'Ik kan naar de slager in de stad gaan die op zondag open is.'

'Soms denk ik midden in de winter ineens aan de boot die helemaal alleen, leeg in de werf op me ligt te wachten. Maar... wat doe jij?'

'Ik?'

'Dinsdag. Wat wacht er op jou als je terugkomt? Behalve Gaby, natuurlijk.'

'O, een paar patiënten. En besprekingen, denk ik. Brieven, formulieren die ingevuld moeten worden, e-mail doornemen. Bureaucratische dingen.'

'Hmm. Hoef jij je spek niet meer? Want dan wil ik het wel. Dank je. Word je er nooit eens somber van?'

'Van mijn werk?' Connor dacht aan een patiënt van nog niet zo lang geleden, die bij een ongeluk allebei zijn benen had verloren. Het was een man van middelbare leeftijd, succesvol en welbespraakt; hij had altijd de controle gehad over zijn leven. Maar toen Connor hem voor het eerst zag, kon hij alleen nog communiceren door te huilen of kreten uit te stoten, als een baby die nog niet kan praten. Het was alsof hij de pijn was gewórden, alsof hij erin woonde; niets aan hem kon afstand nemen en zijn toestand van buitenaf observeren.

'Artsen luisteren vaak niet naar hun patiënten,' zei Connor nu tegen Stefan; het was niet echt een antwoord op zijn vraag, maar hij volgde zijn eigen gedachtestroom. 'Vooral wanneer hevige pijn het vermogen van de patiënten heeft aangetast om te beschrijven wat ze doormaken. Dan worden ze gezien als een onbetrouwbare informatiebron van hun eigen ervaring; alsof de objectieve wetenschap de antwoorden in pacht heeft. Zo dacht ik er vroeger ook over. Maar pijn is niet te traceren. Pijn is beweeglijk en huist op heel verschillende manieren in verschillende lichamen. Dat is niet zomaar een kwestie van dapperheid of stoïcisme of iets dergelijks. Jouw pijn is niet de mijne, die is uniek. Je moet afgaan op de stem van de mens die erachter zit. Dat heb ik in de loop der jaren geleerd.'

Toen de man aan wie hij moest denken, met de geamputeerde benen, weer kon praten en kon beschrijven wat hij voelde, was dat een teken van zijn herstel. De pijn was er nog, maar nam hem niet langer volledig in beslag. Connor dacht aan het gehuil en het geschreeuw dat hij als arts had gehoord, aan de vreselijke geluiden die mensen maken wanneer ze zware pijn lijden. Al het andere verdwijnt; er blijft geen verhaal over om te vertellen. Ze kunnen alleen nog kreunen als een gewond dier.

'Pijn vlakt al het andere uit,' zei hij. 'Het is erg eenzaam. Je kunt het niet delen. Ik heb ooit een gesprek gevoerd met een filosofe die iets zei waar ik nooit bij stilgestaan had, in al die jaren dat ik op dit vakgebied werk. Ze zei dat pijn niet is gericht op iets van buitenaf – ik bedoel, je bent bang *voor* iets of iemand, je houdt *van* iemand, maar pijn voel je alleen maar. Je kunt het niet koppelen aan iets buiten jezelf. Denk je eens in hoeveel mensen pijn hebben, onzichtbaar, opgesloten in hun lijf. Als je in de metro zit, zit er waarschijnlijk op een meter afstand iemand die pijn lijdt, en toch heb je daar geen benul van. Dat is toch een raar idee, dat er een enorm gat gaapt tussen hun realiteit en de jouwe? Dat gat kun je niet dichten, maar als arts kun je het wel een klein beetje minder eenzaam maken door het in ieder geval te erkennen, al zijn dokters daar vaak niet erg goed in – soms zou je zelfs denken dat ze eerder het tegenovergestelde doen. En je kunt eraan bijdragen om de pijn te verminderen of zelfs te laten verdwijnen, al is het waar wat Tsjechov ooit heeft gezegd: waar honderden remedies bestaan, kun je er zeker van zijn dat er geen genezing mogelijk is. We kunnen tegenwoordig dingen die de mensen zich zelfs tien jaar geleden nog niet hadden kunnen voorstellen... En stel je voor dat je tweehonderd jaar geleden had geleefd, of in jouw periode, vijfhonderd jaar geleden. Stel je de meest alledaagse gebeurtenissen voor, een stuitligging bijvoorbeeld, of kiespijn.' Er viel een stilte. Stefan staarde fronsend voor zich uit, in gedachten verzonken. Connor pakte het laatste stukje worst en stopte het in zijn mond. Hij kauwde langzaam en spoelde het weg met een restje koude koffie.

Zelf had hij nooit hevige of zelfs maar matige fysieke pijn doorstaan. Hij had ooit zijn kruisbanden gescheurd bij het skiën en zijn vinger opengehaald toen hij groente aan het snijden was, zijn verstandskiezen waren getrokken, hij had katers en keelpijn gehad, en een flinke griep. Maar de pijn die hij als arts dagelijks zag was hem volkomen vreemd en onvoorstelbaar, een vreemd land waarvan hij wist dat hij er ooit naartoe zou moeten. Toen hij Gaby tijdens de weeën had gezien, was hij geschokt geweest door haar geschreeuw, gejammer en haar obscene gevloek (Gaby had niet eens geprobééérd zich in te houden; de openlijke uiting van haar pijn was ontzagwekkend ongeremd geweest), door haar gekronkel en gespartel op het bed, als een vis op het droge, en het meest van alles door haar gezicht, waarop hij alle mogelijke stemmingen gezien meende te hebben, maar dat hem totaal vreemd was geweest, met grommend opgetrokken lippen.

'Ik ga zo biefstuk halen,' zei hij nu.

'En hoe zit het met niet-fysieke pijn?' vroeg Stefan opeens, terwijl hij zich naar Connor toe draaide.

'Aha.'

'Wat je net zei, geldt dat daar niet voor?'

'Dat weet ik niet,' antwoordde Connor. Hij stond op en veegde de kruimels van zijn kleding. 'Ik ben arts, geen geestelijke.'

11

WAAR WAS ZE IN VREDESNAAM? ZE HEES ZICHZELF MET moeite overeind, ging zitten en knipperde met haar ogen tegen de banen licht die schuin door het raam naar binnen vielen. Even was alles slechts een bleek waas, maar langzaam kreeg het vorm. Een bed, foto's, een kleding- en een ladekast; buiten achter het raam een stenen muurtje, gras, stekelige boompjes en in de verte de zee. Ze had geslapen met één hand onder haar hoofd, en nu sliep haar hand. Ze wreef haar vingers over elkaar, zwaaide haar benen uit bed en stond op, verkreukeld en versuft, met een vieze smaak in haar mond, en ze stommelde de kamer door als een passagier met jetlag die een nieuwe tijdzone betreedt.

In de badkamer kwam ze tot de ontdekking dat Nancy haar wegwerptandenborstel al in de pedaalemmer had gegooid: ze had haar aanwezigheid weggepoetst zodra Gaby haar hielen had gelicht. Gaby viste de tandenborstel uit de pedaalemmer, poetste verwoed haar tanden, gooide de borstel weer weg en maakte haar gezicht nat met koud water. Toen pas keek ze op haar horloge, met half dichtgeknepen ogen om zich ervan te verzekeren dat ze zich niet vergiste. Het was bijna half drie; ze had urenlang liggen slapen op Nancy's bed. En inderdaad, ze zag nu dat de zon buiten een flink stuk opgeschoven was aan de hemel: hij stond laag, geel als een eierdooier, en strekte zijn lange vingers uit over de hei en sijpelde door de bomen. Gaby zocht haar mobiel en scrolde door het adressenboek op zoek naar het nummer van de spoorwegen. Ze informeerde naar de treinen van Liskeard naar Londen die middag en kreeg te horen dat ze niet meer reden, wegens werkzaamheden aan het spoor. Werden er dan bussen ingezet, vroeg ze. Er was er één naar Plymouth, maar die was twintig minuten geleden vertrokken. De volgende trein van Liskeard naar Londen reed pas de volgende ochtend.

Gaby bleef op haar gemak boven aan de trap staan en vroeg zich af wat ze zou doen – hoewel ze dat tegelijkertijd al wist, net zoals ze wist dat ze het niet zou moeten doen, dat het niet goed was. Ze zou hier blijven, in Nancy's huis. Ze zou in de logeerkamer slapen en het dekbed naderhand precies zo terugslaan als het nu teruggeslagen was. Ze zou inkopen doen in het dorp, aangenomen dat de winkel open was op zondagmiddag, en straks de sporen van haar maaltijd wissen, alles keurig op zijn plaats terugzetten en het kleinste vlekje wegboenen. Ze zou geen enkel spoor achterlaten en morgen de voordeur uit glippen, hem op slot doen en de sleutel buiten onder de kei leggen. Niemand zou er iets van merken. Het zou haar geheime nachtje zijn, veilig weggeborgen in haar binnenste.

Allereerst moest ze eten kopen, want ze rammelde nu al van de honger en ze wilde Nancy's voorraadkastjes niet plunderen. Ze pakte beneden in de hal haar jasje, maar omdat ze het zo koud had, trok ze er een jas van Nancy over aan, en ze stopte de sleutel en haar portemonnee in de zakken. Als een dief sloop ze het huis uit, met nerveuze blikken om zich heen, en ze liep met ferme pas naar het centrum van Farmoor, langs de pub en de antiekwinkel, naar de kruidenier annex slijterij die ze de vorige avond had gezien. Die was verrassend goed bevoorraad voor een dorpswinkeltje, met verse groente en zelfgebakken brood, en hij was nog open, al was de vrouw achter de toonbank aan het opruimen en draaide ze terwijl Gaby nog binnen was het bordje op de deur van 'open' naar 'gesloten'. Gaby kocht een bruin stokbrood, vier tomaten, een pakje ham, kaas uit Cornwall, een potje oploskoffie, een halve liter melk en een fles wijn. Ze was al bijna de deur uit toen ze zich omdraaide en een pakje sigaretten kocht: tien Silk Cuts met een doosje lucifers. Toen ze terugliep over het smalle weggetje dwarrelden er vanuit de bomen een paar blaadjes door de lucht, en ze stak haar hand uit om er een te vangen, in de hoop dat het geluk zou brengen.

Ze zou willen dat het avond was, zodat ze in het huisje kon gaan zitten met haar picknick en de wijn om naar het donker wordende landschap te kijken, en naar de sterren die langzaam zichtbaar werden, een voor een. Het was pas drie uur en ze was onrustig, vervuld van niet-gebruikte energie. Ze liep de tuin in, waar het vuur van gisteravond nog nasmeulde en warmte gaf, en daar stak ze haar eerste sigaret op. De lichte duizeligheid was lekker, en tegen de appelboom geleund inhaleerde ze de rook terwijl ze naar de zee staarde. Ze wilde de golven in lopen, het zoute water in haar ogen voelen, naar lucht happen van de kou en uitkijken over het niets. Voordat ze zich kon bedenken ging ze weer naar binnen om Nancy's badpak en handdoek te zoeken, die nog enigszins vochtig over de verwarming bleken te hangen. De fiets stond in het schuurtje achter het huis, en ze rolde het badpak in de handdoek en legde die in het mandje. Toen ze het hek door was legde ze de sleutel van de voordeur weer onder de steen, hees haar rok op en vertrok, hobbelend over de boomwortels en losse stenen op het pad. Ze wist niet precies waar ze naartoe moest, maar ze reed gewoon in de richting van de zee, die uit het zicht verdween toen ze een steile heuvel afreed en daarna weer opdook, glinsterend in de zon. Uiteindelijk stapte ze af en liep met de fiets aan de hand over een pas geploegde akker – waarbij grote kluiten modder aan haar sandalen bleven hangen – en zette hem tegen een hek waar ze zelf overheen klom; ze hield er een scheur in haar rok en een snee in haar kuit aan over. Maar daar was eindelijk de zee, onder een steile rotsoever vol gemene doornstruiken die in haar haren en haar blouse bleven haken toen ze naar beneden klauterde, naar een vlak gedeelte tussen de rotsen, te klein en met te veel losse steentjes om de naam strand te verdienen. Golfjes kabbelden op de kust en lieten een slingerende ketting van zeewier achter.

Er was niemand die haar kon zien. Gaby trok haar kleren uit; ze hoorde een knoop van haar blouse springen en haar rok scheurde nog verder. Haar huid was bleek met kippenvel, en de kolkende zee zag er onuitnodigend uit, net als de dreigende rotsen aan weerskanten. Maar ze herinnerde zichzelf eraan dat Nancy dit iedere ochtend deed en liep met grote passen naar het water, met een pijnlijk gezicht toen de scherpe steentjes in haar voetzolen priemden en een geschrokken gilletje zodra de eerste golf over haar voet krulde en zich terugtrok. Nog een paar passen en ze stond tot aan haar bovenbenen in het water; ze maakte zinloze sprongetjes telkens wanneer een stukslaande golf haar dreigde te bereiken en vouwde haar armen voor haar lichaam om haar borsten af te schermen.

'Ik tel tot drie en dan ga je,' droeg ze zichzelf op. 'Eén, twee, drie...' Maar toch ging ze pas kopje-onder en begon ze pas te zwemmen toen ze niet meer kon staan. Haar ogen brandden en ze kreeg een mondvol water binnen. Toen ze spartelend bovenkwam, zag ze dat de onderstroom haar al een heel stuk in de richting van de rotsen had gevoerd. Ze zwaaide met haar armen in een vage poging tot borstcrawl, maar ze was geen goede zwemmer, een mooi-weer-dobberaar in het ondiepe, en nu rukte de zee aan haar en voelde ze onder haar voeten de koudere stroming. Ze probeerde te gaan staan en merkte dat ze al te diep was. Ze draaide zich om tot ze naar de kust keek, al was dat moeilijk omdat de zon in haar gezicht scheen. Daar was het reepje strand, haar kleren, verfrommeld op een hoopje, en de helling waar ze naar beneden was geklauterd. Een gemeen golfje klotste in haar gezicht, in haar brandende ogen. Ze sputterde en kreeg nog meer water binnen, verblind door het zout. Zwemles op school, de andere meisjes met hun gestroomlijnde lichamen en strakke zwarte badmutsen, die met de armen omhoog en de handen naast elkaar zonder spetteren het water in doken, een keurig gat in dat ontstond zodra hun lange, spitse vingers het oppervlak raakten en zich weer sloot met het verdwijnen van hun parallel tegen elkaar gedrukte voeten. Daarna vormden ze schimmige gestalten die over de bodem van het zwembad gleden en steeds van vorm veranderden, als onderwatervogels. En dan zij: haar haar dat aan alle kanten onder de knellende badmuts uit piepte, haar vingers gespreid, precies zoals haar was gezegd dat het níet moest, haar lichaam zacht en vol, en met open mond in een zwijgende lach van schaamte over haar eigen onhandigheid, armen en benen alle kanten op, en zilverkleurige watergordijnen om haar heen, gevolgd door de plotselinge turkooizen stilte van de onderwaterwereld. Als ze toen beter haar best had gedaan, zou ze nu niet in moeilijkheden zijn geraakt. Ze hield haar vingers bij elkaar, maaide door het kolkende water en trappelde wild met haar voeten. Connor stond nu waarschijnlijk aan dek, tussen zware trossen touw en enorme zeilen die opgevouwen en opgeborgen moesten worden. Ethan – waar zou Ethan nu zijn? Was er iemand die aan haar dacht, precies op dit moment? De zon was een gele bol die ergens in haar schedel bungelde en de lucht vormde een glinsterende staalplaat boven haar; de golven smeten haar alle kanten op. Even dacht ze dat ze daar ter plekke zou sterven en nooit gevonden zou worden; ze zouden zelfs niet weten waar ze moesten gaan zoeken. Zwaaien had geen zin, ze verdronk. Er was niemand die haar kon zien. Toen raakten haar voeten de bodem en stond ze opeens tot aan haar middel in het water. Nog niet eens tot haar middel – ze had al veel eerder kunnen gaan staan. Al die tijd had ze paniekerig liggen spartelen terwijl de grond vlak onder haar voeten was. Ze hoestte half snikkend en waadde door de zuigende branding naar de kant, waar ze struikelend het water uit strompelde. Toen ze bij haar stapel kleren kwam, keek ze om naar de zee. De golven waren laag, de rotsen bescheiden en vanaf hier zag het er allemaal heel tam en gemakkelijk uit.

Met Nancy's handdoek om zich heen geslagen bleef ze een tijdje staan, rillend van de kou en van schrik, klappertandend. Toen wreef ze zichzelf droog, en ze trok een pijnlijk gezicht omdat het zand op haar huid schuurde. Ze wrong haar haar uit en wikkelde de handdoek er als een tulband omheen. De zee was ver genoeg landinwaarts getrokken om haar kleren met een lichte nevel te bestuiven, zodat ze nat en zanderig waren. Ze kreeg ze bijna niet aangetrokken over haar koude, vochtige huid, en de bandjes van haar sandalen schuurden ruw over de blaren op haar pijnlijke voeten. Dit was achteraf gezien niet zo'n goed idee geweest. Toch zag de zee er van een afstand heel mooi uit, groenblauw en uitnodigend en kalm.

Gaby's rok scheurde op de terugweg nog verder toen hij tussen de ketting van de fiets kwam. Haar haar striemde tegen haar wangen. Het water droop langs haar hals naar beneden. Ze was blij dat ze weer bij het huis was en draaide met gevoelloze vingers de deur van het slot. De sleutel legde ze vast terug onder de kei, want ze had hem niet meer nodig voordat ze de volgende ochtend zou vertrekken. Toen ze de hal in liep, liet ze een spoor van water achter. Ze schopte haar sandalen uit en liep naar boven, naar de logeerkamer, waar ze zich uitkleedde en de ochtendjas aantrok die ze al eerder had gedragen. Vervolgens spoelde ze al haar kleren uit en hing ze over de verwarming, samen met het badpak en de handdoek. Ze zette een ketel water op, goot wat bij een zakje kruidenthee en liet het bad helemaal vollopen met warm water en een flinke scheut lavendelschuim.

O, wat was dit heerlijk. Ze kneep haar neus dicht, liet zich onder water glijden en bleef liggen zo lang ze kon. Dit was haar soort water, warm en geurig, water waar haar vingertoppen rimpelig van werden. Ze zou hier kunnen blijven liggen tot het donker werd, de kraan weer aanzetten met haar grote teen zodra het water afkoelde, door het raampje bekijken hoe de dag overging in de avond terwijl haar huid smolt...

Later zou ze zich niet kunnen herinneren wat er daarna was gebeurd; het was een caleidoscoop van beelden en gevoelens die in haar hoofd rondtolden, glinsterend, en voortdurend een ander patroon aannamen. Had ze een glas shiraz ingeschonken, of was dat pas nadat ze de eerste kartonnen doos in de logeerkamer had opengemaakt en de inhoud eruit had gehaald: enveloppen, mapjes met bankafschriften en rekeningen, bundels brieven – allemaal zorgvuldig gerangschikt, sommige met label en datum. Was ze in de tuin gaan zitten met een sigaret, toekijkend hoe de rook de lucht in kringelde en uiteendreef, onder de sterren die laag aan de hemel stonden, of had ze eerst de foto's bekeken, een voor een? Het waren er zo veel, een album van een heel leven tot nu toe, en het had iets ontzettend emotioneels om een vertrouwd gezicht onder haar vingers ouder te zien worden. Ouder en misschien minder gelukkig, of was dat wat er nu eenmaal gebeurde met een gezicht dat de jeugd achter zich liet en de jaren vergaarde in de rimpels rond de ogen en de vouwen bij de mond? Foto's van Nancy met haar vader, met haar moeder, met andere kleine kinderen – neefjes en nichtjes misschien, al had Nancy daar nooit iets over verteld – en met andere, haar onbekende volwassenen.

Met een schok die haar de adem benam keek Gaby plotseling ook naar haar eigen leven, haar eigen ouder wordende gezicht, want daar op de foto zat ze met Nancy en Cindy Steringham op de schommels in de speeltuin achter hun oude huis. En hier stond ze arm in arm met Nancy, in korte broek en T-shirt. Even was ze weer in Brighton, op die dag lang geleden. En een paar foto's verder zag ze zichzelf met Nancy en Gaby's hele gezin; haar moeder ging gedeeltelijk schuil achter een enorme hoed die haar het voorkomen van een gangster gaf, haar vader was onscherp en haar drie lange broers stonden grijnzend voor hen. Stefan, Anthony en Max. Wat zagen ze er allemaal jong uit, hoopvol en jongensachtig. Max was nu bankier, Anthony autoverkoper en

Stefan gaf geschiedenis aan een universiteit en droeg nooit twee dezelfde sokken. Nancy stond kaarsrecht op de foto, met haar kin in de lucht in een houding die Gaby zo goed van haar kende, en ze keek doordringend naar de fotograaf, wie dat ook geweest mocht zijn. Tieners waren ze toen, met rode lippen en oorbellen en een veel bewustere manier van poseren. Er waren foto's bij waar Gaby bijna niet naar kon kijken, omdat de herinneringen die ze opriepen zo sterk waren dat ze het gevoel kreeg dat haar keel werd dichtgeknepen. Aha, daar was Stefan weer, nu niet langer als een van Gaby's broers, maar eindelijk als Nancy's vriend. Gaby wist dat veel van de foto's waren genomen door Nancy zelf; ze kon het zich zelfs nog herinneren, tot het klikje van de camera toe. En langzaam maar zeker zag ze zichzelf uit de foto's verdwijnen, of naar de zijlijn schuiven. Nu was het Stefan – op het feest voor haar eenentwintigste verjaardag, in zwembroek, bij de diploma-uitreiking met een fles champagne in de hand, op een terrasje in een vreemde stad en zelfs onscherp op de fiets. En regelmatig stonden Stefan en Nancy samen op de foto, in een groepje of met z'n tweeën: een officieel stel, hand in hand of naar elkaar glimlachend. En nu ze ze bekeek, de ene na de andere, viel het Gaby op dat Nancy op verschillende foto's de camera in keek, met geheven hoofd en een strakke blik, terwijl Stefan naar háár keek. Het was twintig jaar geleden, maar Gaby kon aan zijn gezicht zien hoe tevreden hij was. Hij voelde zich veilig. Zelfs nu nog deed het pijn om ernaar te kijken, met de wetenschap hoe het was afgelopen.

Er waren diverse foto's bij van Gaby en Connor. Wat was hij toch sterk en gedreven toen hij jong was, dacht Gaby terwijl ze naar haar slanke, donkere echtgenoot keek; vol scherpe lijnen en hevige verlangens. Hij lachte zelden op foto's, maar er was er één bij waarop hij naar de jongere, grinnikende Gaby keek met een blik van gekwelde verrukking, alsof hij bang was dat ze zou verdwijnen; op andere keek hij kwaad naar de camera, alsof die een bedreiging vormde. Ze herkende die uitdrukking nog altijd, hoewel Connor naarmate hij ouder werd had geleerd sommige van zijn gevoelens te verbergen en een toonbaar gezicht op te zetten voor de buitenwereld. Ze kwam bij een foto die haar in elkaar deed krimpen: Ethan die als piepklein baby'tje ingebakerd bij haar op schoot lag te slapen. Maar was zij dat echt? Ze leek wel een pop die naar haar beeltenis was gemaakt. Haar gezicht was pafferig, dof en bleek tussen twee gordijnen van vet haar, haar uitdrukking star, de schouders afhangend. Ze had zichzelf toegestaan te vergeten hoe vreselijk ellendig haar postnatale depressie was geweest, maar deze foto haalde alles weer haarscherp naar boven.

En toen, abrupt, kwam Gaby niet langer op de foto's voor, en Connor en Stefan evenmin. Ze waren uit Nancy's leven verdwenen alsof ze er nooit in voorgekomen waren, en in hun plaats verschenen vreemden. Gaby voelde haar ogen branden van de ingehouden tranen. Hoe had het kunnen gebeuren? Hoe konden al die blije, lachende gezichten, die serieuze hartstocht, zomaar verdwenen zijn? De foto's die volgden hadden een betere vlakverdeling en compositie, alsof Nancy een acceptabele versie van haar leven had gecreëerd zonder de slordige onderdelen, tot Gaby uiteindelijk keek naar de zorgvuldig geselecteerde prints van een digitale camera, vaak in zwart-wit, veelal landschappen waarop geen mens te zien was. Maar daar – en daar, en daar nog een keer – was een jonge man. Nancy fotografeerde hem kennelijk graag ongemerkt, op één foto zelfs van achteren; je zag alleen het donkere haar dat over zijn nek en brede schouders viel terwijl hij met zijn gezicht naar de kabbelende zee stond. Ze bekeek iedere afdruk zorgvuldig en bestudeerde de dikke wenkbrauwen, het open gezicht en de glimlach die in iedere wang een kuiltje maakte. Nancy's geliefde dus.

Ze had in ieder geval een glas wijn gedronken ná de foto's, waarschijnlijk te snel, met koele, dorstige slokken, en ze had nog een tienersigaret gerookt, het raam wijd open om de rook te laten verdwijnen in de herfstlucht. Gaby was slap van de honger, dus maakte ze een dikke sandwich klaar van het stokbrood, waar ze slordig zoveel ham, kaas en tomaat in propte als ze kwijt kon en ze besmeerde het geheel rijkelijk met de mosterd die ze in een van de kastjes vond. Ze keek om zich heen in de keuken en de huiskamer en zag dat ze haar eigen, typische rommel had gemaakt, maar ze had nu even geen zin om daar wat aan te doen. Dat kwam later wel. Ze at staand; ze propte het brood naar binnen, kauwde hongerig en spoelde het weg met nog meer wijn.

Toen ze uitgegeten was ging ze terug naar de dossierkast en de dozen, en ze nam de wijn mee. Ze wist dat ze zich schandalig gedroeg, maar ze werd gedreven door het sterke gevoel dat ze Nancy zou kunnen vinden tussen de documenten van haar leven, en dat ze zo het vluchtige verleden zou kunnen begrijpen. Daarna zou ze er eindelijk van bevrijd zijn. Want ze was iets kwijtgeraakt toen Nancy haar in de steek liet – niet alleen die vriendschap, maar daarmee ook een bepaalde zekerheid, de wetenschap dat iemand van haar hield zoals ze was zonder dat ze zich hoefde te bewijzen. Mensen die gebukt gaan onder de dood van een echtgenoot of onder een scheiding praten daar vaak eindeloos over, alsof ze het verlies draaglijker kunnen maken door het te verwoorden. Maar volgens Gaby was het net zo pijnlijk om verlaten te worden door je beste vriendin, en toch was er geen gepaste manier om daarom te rouwen of om het te uiten. Connor had nooit helemaal begrepen hoe zij het had ervaren – en hoe kon hij dat ook begrijpen? Hij had geen 'beste vriend'. Wel tientallen collega's en kennissen, en bij ieder van hen kon hij een andere kant van zichzelf kwijt. Maar Gaby had altijd het gevoel gehad dat Nancy haar als geheel zag. Nancy was vroeger de enige persoon op de hele wereld voor wie Gaby zich niet in allerlei bochten wrong om het haar naar de zin te maken. Ze zeiden altijd dat ze elkaar nog zouden kennen als ze negentig waren, en het verlies van die relatie, die van hun kindertijd had moeten voortduren tot aan hun oude dag, tot hun dood, was Gaby altijd blijven achtervolgen – en nu pas, nu ze hier in Nancy's leven zat te snuffelen, besefte ze hoezeer.

 De envelop waar 'Will' op stond maakte ze niet open, en ze legde alle mappen opzij waar de eigendomspapieren van het huis, informatie over de hypotheek, levensverzekering en autoverzekering in zaten. Ze keek amper naar de bankafschriften; ze merkte alleen op dat ze – zoals ze wel had verwacht – in chronologische volgorde opgeborgen waren. Eén la was ingeruimd voor Nancy's werk en ook daar besteedde Gaby geen aandacht aan, maar ze sloeg wel een schetsboek met harde kaft en dik papier open. Op de eerste bladzijde stond een pentekening van Nancy's huis, op de tweede een half voltooide aquarel van een kerk. Er waren vele vellen met zeemeeuwen, uiterst nauwkeurig getekend. Gaby sloeg de bladzijden langzaam om en stopte toen ze bij een reeks woorden kwam, gerangschikt als een gedicht, maar zo klonk het niet toen ze het hardop las: 'Soms is het moeilijk om je door de dagen heen te slepen, of in elk geval niet eenvoudig. Dat vermogen moet ik ergens kwijtgeraakt zijn. Als ik naar andere mensen kijk, vraag ik me af hoe het kan dat zij er ogenschijnlijk zo gemakkelijk doorheen rollen. Wat zou zich afspelen achter hun opgewekte gezichten? Doen we allemaal alsof? Zitten we allemaal vol geheimen en leugens? Of ben ik de enige?' Gaby las het nog een keer, in zichzelf, en sloeg toen de bladzijde om naar het gekrabbelde portret van een gezicht dat ze niet kende. Op het tegenoverliggende vel stond een fijnere tekening van een deur met bewerkte panelen, en daaronder was geschreven: 'Ik sluit deze deur.' Daarna weer zeevogels, met kromme snavels en lange, dunne poten, en een laatste pentekening van een mannelijk lichaam, zittend en voorovergebogen, zodat alleen zijn achterhoofd, de geribbelde ruggengraat en de gespierde, gestrekte armen zichtbaar waren.

Gaby schoof het schetsboek van zich af en schonk nog een glas wijn in. Ze nipte er langzaam van, met haar rug tegen het bed geleund, de ogen gesloten en een toenemende vermoeidheid die haar hoofd in bezit nam. Nancy had gezegd dat ze nooit droomde, maar dat kon niet waar zijn. Iedereen droomde. Ze richtte haar aandacht op Nancy's schoolrapporten. Wat was ze een goede leerling geweest – docenten die Gaby 'lui', 'onberekenbaar' en 'slordig' hadden genoemd, gebruikten voor Nancy kreten als 'een voorbeeld voor de anderen'. Maar schoolrapporten geven zelden iemands geheimen prijs. Gaby kreeg er al snel genoeg van om alle jaren door te bladeren en de niet-aflatende vooruitgang van haar vriendin te volgen, compleet met onderscheidingen, medailles en speciale eretaken.

Toen kwamen de brieven. Het waren er heel veel, in afzonderlijke bundeltjes met dik elastiek eromheen. Gaby pakte een van de bundels en gluurde in de eerste envelop. Het handschrift was krabbelig, de blauwe inkt vervaagd, en ze zag dat de brief niet was gericht aan Nancy maar aan een zekere Emily; de 'E' was rond en de staart van de 'y' vormde een streep onder de naam. Er stond een datum boven: 19 april 1958. De handtekening onderaan was moeilijk te lezen, maar Gaby nam aan dat het brieven van Nancy's vader aan haar moeder waren, ver voor Nancy's geboorte geschreven. Ze stopte de bundel terug en pakte lukraak een andere, die veel dunner was. Hij was van ene Janet, die vanuit New York veel te gedetailleerd schreef over haar bezoek aan het Frick Museum. De volgende kwam uit Mexico, en deze keer was het een minilezing over de muurschilderingen van Diego Rivera. Gaby had nooit van Janet gehoord en ze kon zich niet voorstellen waarom Nancy dergelijke hoogdravende epistels bewaarde. Er waren een paar brieven van Marcus – waarschijnlijk een oude vlam, want tussen de alinea's met nieuws stonden lieve woordjes. Hij miste Nancy, zei hij; hij dacht aan haar gezicht op het kussen. Gaby las slechts één van zijn brieven. Ze vond het gek dat er mannen zoals Marcus in Nancy's leven waren geweest zonder dat zij daarvan had geweten.

Met een tintelend gevoel van onrust herkende ze haar eigen handschrift als elfjarige, en ze pakte haar eigen brieven aan Nancy uit de la. Ze kon zich niet herinneren er zoveel geschreven te hebben, maar toch lagen ze hier allemaal en kon ze zichzelf volgen van kind – de letters rond, ongeoefend en vol inktvlekken – tot tiener en uiteindelijk twintiger. Er waren ansichtkaarten bij van zomervakanties in Wales en Bretagne, en één keer in Spanje, met beschrijvingen van blauwe zeeën, de allerlekkerste crêpes en stormen die de hele camping omvergeblazen hadden. Er waren brieven bij uit het buitenland, op dichtgeplakt luchtpostpapier, en vanaf de universiteit. Ze vertelde Nancy over dingen die ze zich nu niet meer kon herinneren: feesten, cijfers, jongens en vakantieplannen. Over Connor. Ze maakten afspraken. En tot slot, op één kant van een vel gebroken wit, uit een schrift gescheurd papier, schreef ze in grote, bijna onleesbare letters: 'Nancy, *please, please, please, please* neem contact met me op. Alsjeblieft.' Zonder naam eronder. Ze had de brief naar het adres van Nancy's moeder gestuurd en nooit geweten of hij zelfs maar was aangekomen. Maar hier lag hij, en Nancy had er nooit op gereageerd.

Stefans brieven las ze niet; ze ervoer het als dubbel verraad waartoe ze zichzelf niet kon aanzetten. Ze wierp slechts een blik op de datum erboven om te kijken of hij Nancy nog had geschreven na haar vertrek, en toen ze het bundeltje terugstopte vond ze één losse brief, die ze bijna had overgeslagen omdat hij getypt was en er formeel uitzag, en bovendien kreeg ze zo langzamerhand een rotgevoel over haar gesnuffel en voelde ze de eerste onheilspellende steken van een migraineaanval boven haar linkeroog. Ze zou de brief dus gemakkelijk over het hoofd gezien kunnen hebben – met de tekst die luidde en bleef luiden, hoe vaak ze er ook naar keek, hoe dikwijls ze haar ogen ook stijf dichtkneep en ze weer opendeed:

Beste Nancy Belmont,
Zoals u wel zult weten ben ik een paar dagen geleden achttien ge-

worden, en u zult zich wel afgevraagd hebben of ik iets van me zou laten horen. Tenminste, u hebt uw gegevens achtergelaten bij het Adoptie Contactregister, en ik ook. Dus heb ik een aantal dagen geleden uw naam en adres gekregen en het was aan mij of ik daar gebruik van wilde maken. Ik geloof dat ik u graag zou willen ontmoeten. Er zijn vragen waarop ik graag antwoord wil weten. Zou u me op bovenstaand adres kunnen schrijven om me te laten weten of u me nog altijd wilt zien? Ik weet niet wanneer – we wonen ver bij elkaar uit de buurt en bovendien denk ik niet dat ik er al aan toe ben. Belt u me alsjeblieft niet op of iets dergelijks. Dat zou niet goed voelen. En mijn ouders weten niet dat ik contact met u opneem.

Ik kijk ernaar uit iets van u te horen.
Met vriendelijke groet,
Sonia Hamilton.

12

25 SEPTEMBER

Als kind waren er altijd twee dingen die ik voelde. Om te beginnen had ik een schuldgevoel: ik voelde me verschrikkelijk schuldig, maar ik wist niet waarover. Dat gebeurde meestal 's nachts, waardoor ik soms niet durfde te gaan slapen. Dan werd ik wakker in het donker, en mijn hart ging zo tekeer dat het uit mijn borstkas leek te barsten en ik had het gevoel dat ik iets heel ergs had gedaan. Als ik maar eenmaal wist wat het was, dacht ik dan – was ik gemeen tegen iemand geweest, had ik gelogen of gestolen of geroddeld achter de rug van een vriendin? – dan zou het gevoel wel weggaan, of op zijn minst een beetje zakken, tot het een hanteerbaar balletje was in plaats van een dikke deken van mist. En als ik wist hoe het kwam, kon ik er iets aan doen; mijn daad opbiechten of mijn excuses aanbieden. Boetedoening, dat is het woord. Dan kon ik boete doen, zoals de katholieken dat moeten wanneer ze gebiecht hebben. Mijn vriendin Lorrie is katholiek en ook al gelooft ze eigenlijk niet meer echt, ze gaat nog altijd graag biechten; ze zegt dat ze zich daarna zo lekker 'schoon' voelt. Toen ik klein was, maakte ik mama tijdens zulke nachten wel eens wakker en dan kwam ze bij mijn bed zitten en legde haar hand op mijn voorhoofd om te voelen of ik koorts had. Ik probeerde haar uit te leggen wat het was, maar er viel weinig over te zeggen, behalve: 'Ik voel me schuldig.' Misschien hebben heel veel mensen daar last van. Ik weet het niet. Ik heb er nooit echt met iemand over gepraat. Het overkomt me nog wel eens, maar niet meer zo vaak. Het lijkt wel een soort voorgevoel, of eigenlijk meer een gevoel achteraf, over iets wat al gebeurd is. Misschien is het een onheilspellend gevoel over mezelf. Misschien komt het door wie ik ben, of door wie ik niet ben. Misschien heb ik wel iets monsterlijks waar ik niets van weet, schuilt er iets in me dat op een dag tevoorschijn zal komen, als een gevangene die zich van zijn ketenen heeft ontdaan.

Het andere gevoel dat ik altijd heb gehad, is het gevoel dat ik wacht. Ik wacht tot er iets gebeurt, alsof het leven nog niet echt begonnen is of zo. De laatste tijd begin ik me af te vragen of ik al die tijd op jou heb gewacht. Ik heb geprobeerd er met Alex over te praten en hij zei dat het gewoon existentiële angst is, en dat dat bij het leven hoort. Daar heb ik wat aan, zeg.

26 SEPTEMBER
Je bent mijn moeder niet; als je dat maar niet denkt. Een mens kan maar één moeder hebben en ik heb er al een. Ze is misschien niet bloedmooi of superintelligent of schatrijk of wat dan ook, maar ze is mijn moeder en ik wil geen andere, wie het ook mag zijn. Maar ik ben wel jouw dochter. Dat zal ik altijd blijven.
PS Ik heb je antwoord gekregen. Erg zakelijk. Ach, wat had ik dan verwacht?

13

Het was een rotzooi in huis, stelde Connor geïrriteerd vast toen hij zijn tas in de hal zette, bleef staan om de post op te rapen en vervolgens op weg naar de keuken over een berg wasgoed heen moest stappen. Het aanrecht stond vol vuile vaat, de asbakken zaten vol uitgedrukte peuken en op tafel lagen de resten van een uitgebreid ontbijt, samen met Gaby's huissleutels. De lucht was bedompt; hij draaide de tuindeur van het slot en duwde hem open, waarbij hij zag dat Gaby de was aan de lijn had laten hangen. Hij had haar gesproken toen Stefan hem eerder die dag naar huis bracht. Haar stem klonk krakend door haar mobiele telefoon en ze zei dat ze in de trein zat. Sterker nog, voegde ze eraan toe: ze zat in de restauratiewagen, waar ze havermoutpap at en uitkeek over de groene weiden, met koeien die in de motregen lagen. Connor had stomverbaasd gevraagd waar ze was, waar ze vandaan kwam en wanneer ze thuis zou komen – en waarom ze in godsnaam in de trein zat terwijl ze zijn auto had meegenomen. Maar ze had hem in de rede gevallen en gezegd dat ze hem heel slecht kon horen, en even later was de verbinding verbroken. Toen Connor het nog een keer probeerde, was haar telefoon uitgeschakeld.

Het was duidelijk, hoewel haar sleutels op tafel lagen, dat ze niet meer thuis was geweest sinds ze Ethan zaterdagochtend naar de universiteit had gebracht. Alle tekenen wezen op een haastig vertrek. Kastjes stonden open en overal lagen spullen die Ethan op het laatste moment niet had meegenomen. Boven was hun bed onopgemaakt en stond de deur van de kledingkast op een kier, met een kleurrijke berg kleren van Gaby op de grond ernaast. Connor fronste zijn wenkbrauwen. Hij had zich voorgesteld dat hij zou binnenkomen in een warm, opgeruimd huis, met Gaby die glimlachend haar hand op zijn schouder legde, vroeg hoe zijn week was geweest en hem vertelde over de hare. Toen hij de keukenkraan opendraaide, kwam er alleen koud water uit, dus zette hij de boiler aan en begon op te ruimen voordat Gaby terugkwam; alles moest op zijn vaste plaats staan voordat hij morgenochtend weer ging werken. Al zuchtte hij diep toen hij aan zijn taak begon, Connor hield van schoonmaken. Hij vond het prettig om de rommel te lijf te gaan en orde te scheppen. Hij ging methodisch te werk: zette de wasmachine aan, stapelde de vuile vaat op naast de gootsteen in afwachting van warm water, en intussen bracht hij zijn tas naar boven en pakte eerst zijn eigen kleren uit voordat hij die van Gaby terughing in de kast. Aan Gaby's kant van het bed stond een lege bonbondoos en op de grond lag een kruik; Connor zag haar in gedachten lekker warm achterovergeleund in de kussens liggen en truffels eten. Maar waar was ze toch? Hij schudde het dekbed en de kussens op. Afstoffen, stofzuigen, de gootsteen laten vollopen met warm water, afwasmiddel erbij, eerst het bestek en daarna de borden, schalen en pannen, Ethans spullen terugbrengen naar zijn kamer, cd's terug in de hoesjes en de boeken weer in de kast: rommel in huis gaf hem het gevoel dat hij de controle kwijt was, maar opruimen maakte dat weer goed. De wasmachine bromde en de rij glazen stond glanzend op het aanrecht. Alles schoon en netjes, de stoelen onder de tafel geschoven, kranten bij het oud papier, de mandarijnen die hij gisteren had gekocht in een schaal. Dadelijk zou hij zichzelf belonen met een kopje thee en daarna ging hij verderop in de straat kip kopen voor het avondeten dat hij had gepland. En dan uitgebreid in bad en zich scheren. Maar hij wilde dat Gaby thuiskwam. Toen hij de koelkast opendeed, werd hij vol in zijn maagstreek getroffen door een kuipje geitenkaas.

Hij zag haar het eerst, in de magnolia naast het huis. Heel even zei hij niets en bleef alleen maar staan kijken, met een eigenaardig geluksgevoel. Ze lag als een kat op een dikke tak, haar gescheurde rok gedraaid om haar blote benen en haar haar opgestoken.

'Ik had de keukendeur voor je opengelaten toen ik boodschappen ging doen, voor de zekerheid.'
'Connor, je bent er weer!'
'Blijkbaar wel, hè?'
'Ik had er willen zijn toen je thuiskwam.'
'Kom nu die boom maar uit.'
'Ik weet niet of dat lukt. Omhoog is altijd gemakkelijker dan naar beneden. Dat staat ook in die boekjes over wandelen en klimmen, weet je wel: zorg ervoor dat iedere stap die u zet omkeerbaar is.'
'Zal ik je een handje helpen?'
'Graag.'
Hij zette de tas met boodschappen neer en stak zijn armen uit, en ze gleed van haar hoge zitplaats af. Haar kuit schraapte langs de tak.
'Dit is niet zoals ik het me had voorgesteld,' zei hij, met zijn armen nog om haar heen geslagen en zijn gezicht in de geur van haar haar. Ze rook naar houtvuur en zout, en ze zag er bleek en moe uit.
'Ik weet het, sorry. Ik had het ook anders gewild. En het zal wel een ontzettende troep zijn geweest toen je thuiskwam; ik had alles willen opruimen, maar het is zo... Laten we binnen verder praten. Wat ben je bruin. Was het leuk? Heb je me gemist? Ik jou wel.' Ze zweeg plotseling en zoende hem vol op zijn mond. 'Het was heel raar,' zei ze. 'Je weet wel, met Ethan, en... Nou ja.'
'Kom, laten we niet buiten blijven staan. Ja, het was inderdaad een ontzettende puinhoop in huis; Ethan en jij zijn allebei even erg. Gaat het goed met hem? Ik heb veel aan hem gedacht. Jammer dat ik er niet bij was.'
'Vind ik ook.'
'Ik had er moeten zijn. En natuurlijk heb ik je gemist. Wat heb je allemaal uitgespookt?'
'Hoezo?'
'Waar ben je geweest?'
'Ja, ik...'
'En waar is mijn auto?'
'O ja.'
'Gaby?'
'Die staat in de garage.'
'Maar...'

'In Exeter.'
'In de garage in Exeter. Wat is er gebeurd dan? Heb je een ongeluk gehad? Zie je er daarom zo slecht uit?'
'Niet echt een ongeluk. Zal ik thee zetten?'
'Gaby...?'
'Hij is onderweg min of meer opgeblazen.'
'Hoe bedoel je, opgeblazen?'
'Ik reed in de verkeerde versnelling. Die voor aanhangers en zo.'
'O, fuck.'
'Sorry.'
'Hoe kun je zulke dingen toch altijd dóén?'
'Sorry,' zei ze nog een keer, haar stem een beetje bibberig.
'Telkens weer.'
'Ik weet het. Ik zei al tegen Ethan dat je wel woest zou zijn.'
'Vind je het gek?'
Gaby wreef in haar gezicht.
'Nee,' zei ze vermoeid. 'Natuurlijk niet. Ik word ook gek van mezelf. Connor, luister, ik vind het echt heel vervelend. Meer kan ik er niet van zeggen. We kunnen een auto huren op kosten van de verzekering tot hij gerepareerd is, en als hij klaar is ga ik hem natuurlijk zelf halen.'
'Als je gewoon even je verstand had...'
'Er moet een nieuwe motor in, zeiden ze.'
'Jezus.' Hij ging aan de tafel zitten, kneep met duim en wijsvinger in zijn oorlelletje en keek haar fronsend aan. 'Ben je daarom zo lang weggebleven?'
'Nou, nee. Dat is nogal een lang verhaal; ik kan het niet in één zin samenvatten. Het blijft maar door mijn hoofd malen en ik moet... Als jij nou in bad gaat, zet ik thee en dan hebben we het er straks wel over. Dan kun je me ook over je week vertellen, goed?'
'Oké.'
'Laten we onze eerste avond samen niet bederven. Er zijn wel belangrijkere dingen dan een kapotte auto.'
'Hmm.'
'Connor...'
'Ja?'
'O, niks. Je bent hartstikke vies. Ga maar in bad, dan breng ik je thee.'

'Dank je wel.'
'Ik kan je niet vertellen hoe blij ik ben dat je er weer bent.'

In de trein had Gaby de data op een rijtje gezet. Er was geen ontkomen aan: Nancy was zwanger geweest toen ze vertrok. Stefan moest vader zijn – een vader die niet wist dat hij vader was; een vader die geen vader was. Of had hij het wel geweten? Nee, dat was uitgesloten; dat zou heel onlogisch zijn. Hij had van Nancy gehouden, haar aanbeden als een verliefde dwaas. Zij was bij hem weggegaan omdat ze tot de ontdekking was gekomen dat ze niet genoeg van hem hield om te blijven. Waarschijnlijk was de zwangerschap het laatste zetje geweest. Maar waarom had ze niet voor abortus gekozen? Wat had haar bezield om een kind op de wereld te zetten en het vervolgens weg te geven? Nancy was helemaal niet gelovig; integendeel, ze was altijd een fel voorstandster geweest van abortus. Gaby begreep er niets van. Terwijl ze aan de keukentafel zat te wachten tot het water kookte, met haar hoofd in haar handen, voelde ze de gedachten rondtollen: een woest kolkend schuim van half gevormde ideeën en half herinnerde woorden. Wat had Nancy tegen haar gezegd over Stefan, met die matte stem en haar turkooizen blik strak op Gaby gericht? Bij Stefan weggaan had 'misdadig' gevoeld. Dat zal best, dacht ze nu bitter. Jij droeg zijn kind en je wist hoe graag hij vader wilde worden.

Het water kookte. Ze zette thee en bracht een beker naar boven, waar Connor doodstil in bad lag, met zijn ogen dicht en het water zacht kabbelend aan zijn zijden. Waar zij zachter en ronder was geworden, was hij met het verstrijken van de jaren magerder geworden, met gespierde benen en duidelijk zichtbare ribben. Gaby keek naar zijn bruine onderarmen, zijn bruine nek en zijn roodverbrande gezicht, en naar het schrikbarend witte lijf met het krullende haar dat over zijn buik naar beneden liep. Zijn geslacht deinde zachtjes heen en weer in het water. Toen ze de beker op de rand van het bad zette, gingen zijn ogen open. Hij keek haar aan en glimlachte, en ze bukte zich door de stoom van het badwater en kuste hem op zijn natte wang.

'Wat heb je toch lange wimpers,' zei ze.
'Daarmee kan ik beter mijn ogen dichtdoen.'
Dat deed hij, en hij liet zich verder het water in glijden.

Ze had nooit naar Farmoor moeten gaan. Ze had Nancy niet moeten opsporen en niet mogen denken dat ze op de een of andere manier het recht had om haar uit te horen, om haar geheimen te ontfutselen. En ze had al helemaal niet in haar huis mogen inbreken, als het ijdele, domme meisje in het kasteel van Blauwbaard, en haar spullen doorzoeken in de hoop dat er een simpel antwoord zou opduiken op de vraag die haar al die jaren dwarsgezeten had. Nooit, nooit, nooit. Want nu wist ze het en dat kon ze nooit meer ongedaan maken, ze kon de klok niet terugdraaien en niet níét in die trein stappen, dat huis binnensluipen, die brief tevoorschijn halen en de paar getypte woorden lezen. Ze wist het nu, en de wetenschap vergiftigde haar. Ze voelde de schadelijke stoffen naar binnen sijpelen, haar hele lichaam door, ieder hoekje en gaatje van haar hersenpan in, waar ze het verleden bezoedelden en de toekomst aantastten. Ze wist iets waarvan ze niet het recht had het te weten, en wat moest ze nu doen? Ze had zoveel méér gekregen dan ze had gewild, en nu verstikte het haar. Ze wist niet hoe ze het Connor moest vertellen, hoe ze moest beginnen – want dan zou ze het geheim aan hem hebben doorgegeven, als een virus dat ook hem zou besmetten. En Stefan? Had hij niet het recht om het te weten? De gedachte sneed haar de adem af van paniek. Want nu, door haar domheid en haar dwaze gedrag, had ze een ongewenste macht die ze onmogelijk kon aanwenden. Het geheim bewaren had zijn eigen consequenties, want daarmee zou ze haar broer inzicht in zijn eigen leven onthouden, en als hij er ooit achter kwam en dan zou horen dat zij het al die tijd had geweten, hoe zou hij dat dan vinden? Maar het idee om tegen hem te zeggen 'Ik denk dat je een dochter hebt' kwam haar onmogelijk wreed voor. Trouwens, hij had geen dochter; Nancy had haar weggegeven.

Dus vertelde Gaby het niet aan Connor, in ieder geval niet die avond. Ze praatte snel over de reden van haar late terugkeer heen – de auto, mompelde ze, en problemen met de trein op zondag, je weet hoe dat gaat, en ze zei dat ze onderdak had gevonden in de buurt van Exeter; het was niet helemaal gelogen, maar haar hart bonkte door het verraad en het verbaasde haar dat Connor het niet merkte. Ze aten Marokkaanse kip en praatten over Ethan en over Connors boottocht met Stefan, over alles wat de week die voor hen lag voor hen in petto had. Ze waren allebei doodop, en na het eten en het nieuws gingen ze naar bed. Connor zette de wekker op zeven uur, draaide zich op zijn zij, legde een hand op Gaby's heup en viel in slaap. Maar Gaby lag nog een hele tijd wakker en staarde voor zich uit in het donker.

14

NA HET EERSTE STRUCTUURLOZE WEEKEND vatte Ethan een zekere routine op, of eigenlijk werd die hem opgelegd door zijn lesrooster, werkgroepen en de essays die hij al meteen moest schrijven. Hij was altijd een avond- en nachtmens geweest, en de meeste deadlines haalde hij in de vroege uurtjes, in een blauw waas van sigarettenrook, de inhoud van zijn kamer om hem heen verspreid. Hij had zijn spullen nog steeds niet uitgepakt en het werd steeds moeilijker om een plekje te vinden waar hij kon werken. Zo nu en dan verhoogde hij een stapel boeken en gooide hij wat kledingstukken terug in zijn koffer; de aantekeningen die hij tijdens colleges en in de bibliotheek maakte stopte hij in een kartonnen doos, en hij nam zich voor er op een dag, binnenkort, systeem in aan te brengen. Mappen met verschillende kleuren, dacht hij. Markeerstiften. Als hij meer tijd had, en meer zin, als hij eenmaal gesetteld was op zijn nieuwe kamer.

Er was nog niet echt een centraal punt in zijn leven, maar dat vond hij niet erg. Hij hield zichzelf voor dat dat nog wel zou komen. Hij leerde mensen kennen op de geschiedenisfaculteit, ging naar feestjes, fladderde van het ene naar het andere vriendengroepje en sloot aarzelend vriendschappen, en als hij terugkwam op zijn kamer at hij koude bonen, zo uit het blik, en hij dronk blikjes bier of wijn uit de fles. De andere bewoners bij hem op de verdieping zag hij weinig, al kwamen ze elkaar zo nu en dan tegen op de gang, de badkamer of in de keuken. De enige persoon van die eerste avond met wie hij privé omging was Harry, die sarcastisch, intelligent en buitengewoon cynisch was. Ze hadden samen een paar keer gesquasht en nu had Harry hem uitgenodigd om met een paar vrienden bij een Mexicaans restaurant te gaan eten. Harry had daarbij laten vallen dat het voor zijn verjaardag was, dus kocht Ethan een boek voor hem over mathematische paradoxen en ethische dilemma's dat Connor en hij heel goed vonden. Hij had geen pakpapier, dus stopte hij het in een papieren zak die hij in een hoek van zijn kamer vond en schreef er aan de buitenkant met grote letters 'Happy Birthday' op.

Het verbaasde hem hoeveel kleren hij kennelijk had gedragen sinds hij hier was. Zijn vuile was lag op een hoop bij de deur en er was bijna niets schoons meer om aan te trekken. Hij zocht in zijn koffer naar een overhemd dat hij een paar maanden eerder van zijn moeder had gekregen, klopte het uit en trok het aan. Onder het bed vond hij een paar sokken. Bij gebrek aan een kam of borstel haalde hij zijn vingers door zijn haar. Zijn stoppels begonnen zo langzamerhand meer op een onbevredigende baard te lijken, maar hij had geen tijd om zich te scheren. Harry had gezegd dat hij er om acht uur moest zijn en hij was al aan de late kant.

Hij was inderdaad te laat, en tegen de tijd dat hij bij het restaurant aankwam, zaten al er vijftien of twintig mensen aan de te krappe tafel achterin, jonge mannen en vrouwen die samen al diverse flessen wijn soldaat gemaakt hadden, druk en vrolijk, met rode konen. Harry wenkte hem, sloeg in een voor zijn doen ongebruikelijk sentimenteel gebaar van vriendschap zijn armen om Ethan heen en probeerde hem aan zijn vrienden voor te stellen, van wie velen, zo maakte Ethan uit zijn verhaal op, bij hem op school hadden gezeten.

Maar hij hoorde de namen niet meer en zag de gezichten niet langer. Alles werd een waas; de stemmen een vaag, storend geroezemoes op de achtergrond. Want daar zat ze – de naamloze 'zij' die met zulke soepele passen langs Ethan was gelopen op die eerste avond, zij wier helder verlichte gezicht sindsdien niet uit zijn gedachten was geweest. Hij staarde naar haar, op weg naar zijn stoel op de hoek van de tafel. Ze had een egaal, bleek, ovaal gezicht dat nog witter leek door haar zwarte blouse; herfstachtig kastanjebruin haar en grote, grijsgroene ogen. Ze deed Ethan denken aan maanlicht en koele, geheime schaduwen. Hij vond dat ze iets mysterieus uitstraalde, iets wat haar onderscheidde van het drukke lawaai en de verhitte, grijnzende gezichten om haar heen.

'Ik heb jou gezien,' probeerde hij te zeggen, maar hij werd overstemd.

'Ga zitten,' riep iemand, en er werd een stoel voor hem bijgeschoven en een groot glas goedkope wijn ingeschonken.

Hij liet zich op de stoel zakken en kon haar nu bijna niet meer zien. Hoe heette ze? Wie was ze? Hij zou bijna denken dat ze, eenmaal buiten zijn gezichtsveld, in het niets zou verdwijnen, als een geestverschijning. Er werd een toast uitgebracht op Harry en iedereen hief het glas. Schalen tortilla's en taco's werden met een klap op tafel gezet. Ethan wendde zich tot de persoon links van hem en probeerde te glimlachen.

'Ik ben Ethan,' zei hij.

'Hallo. Amelia,' antwoordde ze.

'Ik ken hier niemand, behalve Harry. Vertel eens wie het allemaal zijn.'

Ze zei lachend dat hij het nooit zou kunnen onthouden, maar toch somde ze iedereen op, als een litanie. De namen overspoelden hem. Harry natuurlijk, en Daisy en Faith, Boris uit Los Angeles, Cleo en Chloe en twee keer Dan, Coralie uit Frankrijk, Mick, Lorna, Penny, Morris en de Ierse Maeve.

'Lorna, zoals Lorna Doone,' zei Ethan suf.

'Pardon?'

'Nee, niks. Helemaal niks.'

Ethan had in het begin moeite om de juiste woorden te vinden, maar ineens, zonder tussenliggende fase, veranderde hij in een enigszins dronken spraakwaterval. Hij praatte hard, zodat Lorna hem zou opmerken. Hij stond op om nog een toast uit te brengen, zodat Lorna naar hem zou kijken. Hij vertelde moppen om haar aan het lachen te maken, begon over politiek zodat ze zou weten dat hij niet oppervlakkig was en gaf Harry halverwege de avond zijn cadeautje, omdat hij wilde dat Lorna zou zien wat hij had uitgekozen. Hij bestelde nog een fles wijn, alleen maar omdat hij dan over de tafel heen kon leunen, over de restanten van het eten heen, om haar glas bij te schenken, haar te zien opkijken en haar dankjewel te horen zeggen, met een zachte, heldere stem die als vers, zoet water in de brakke verwarring van zijn gedachten terechtkwam. Later zou hij niet meer weten wat hij tegen haar had gezegd. Hij had geen trek in eten, maar hij dronk wijn en rookte te veel sigaretten; op een bepaald moment had hij er zelfs twee tegelijk in zijn hand.

Toen iemand – Tom of Dan of Boris – voorstelde om naar zijn kamer te gaan en daar de avond voort te zetten, stemde Ethan gretig in. Natuurlijk mocht er nog geen eind aan de avond komen. Hij zag zichzelf in gedachten op de grond zitten, op slechts een paar centimeter afstand van haar, en hij stelde zich voor hoe hij zogenaamd per ongeluk haar hand zou aanraken. De gedachte alleen al voerde een elektrisch schokje door zijn lichaam.

Maar wat gebeurde daar? Harry ging niet mee, en Lorna ook niet. 'We zijn een beetje moe,' zei Harry. *We?* De terloopse intimiteit van dat 'we' was als een emmer ijs die over Ethans verhitte hoofd werd leeggegooid; iedere fantasie werd weggespoeld en hij was meteen broodnuchter en voelde zich beroerd. Harry hielp Lorna in de lichtgrijze jas die ze had gedragen toen Ethan haar die eerste keer zag, en toen wikkelde hij haar sjaal voor haar om haar hals. Ze stak haar kin omhoog zodat hij er beter bij kon, met een vaag lachje. Ethan had willen brullen als een beest toen Harry met Lorna het restaurant uit liep. Even later kwamen ze hand in hand langs het raam, hun vingers verstrengeld en hun passen in hetzelfde ritme.

Bij Tom op de kamer ging Ethan door met drinken, maar de alcohol bezorgde hem alleen maar een zware, blikkerige hoofdpijn en verergerde de zure smaak in zijn mond. Hij rookte een joint, en nog een, om afstand te kunnen nemen van de pijn. Hij leunde achterover tegen een kussen. Er werd tegen hem gepraat en hij gaf antwoord. Ze lachten en hij lachte mee. Er kwamen nieuwe mensen binnen. Het was nu erg druk op de kamer. Er was muziek en hij liet zichzelf overeind trekken om te dansen, even maar. Iemand kuste hem en hij kuste gehoorzaam terug. Het werd al licht, druilerig en grijs, toen hij terugging naar zijn kamer, waar hij drie glazen kraanwater dronk voordat hij in zijn klamme, rokerige kleren op het onopgemaakte bed ging liggen. Hij trok zijn kussen over zijn gezicht, sloot zijn bloeddoorlopen ogen en droomde in de draaiende kamer over Lorna.

15

Drie hele weken lang zei Gaby niets en deed ze niets met haar ontdekking. Haar leven ging gewoon op de oude voet verder. Ze ging elke dag naar haar werk en twee of drie avonden per week naar een toneelstuk, meestal met een vriend of vriendin. Ze sprak met mensen af en praatte en lachte met hen alsof er niets was gebeurd. Las boeken, ging wandelen op de hei, roddelde aan de telefoon, belde Ethan om te vragen of het goed met hem ging, begon op dinsdagavond met twee vriendinnen met tekenles, probeerde tevergeefs om te gaan hardlopen, gaf een feestje voor Connors verjaardag en bakte zelfs twee grote chocoladetaarten. Connor en zij zagen elkaar 's morgens vroeg en 's avonds laat; ze vertelden elkaar hoe hun dag was geweest en vielen samen in slaap, hun lichamen tegen elkaar. Iemand die naar haar keek zou niet gemerkt hebben dat vanbinnen haar hele wereld op z'n kop stond. Ze kwam tot de ontdekking dat ze een dubbelleven zou kunnen leiden: ze kon lachen, praten en luisteren, en toch voelde ze constant een schaduw boven zich hangen, een grote angst. Soms vroeg ze zich af of het geheim, wanneer ze het gewoon in haar binnenste zou laten liggen, als een pakketje dat in een diepe put is gegooid, langzaam zou wegteren en oplossen. Of het over pakweg twee jaar misschien niet langer in zijn huidige vorm zou bestaan, of het zich dan eenvoudigweg gemengd zou hebben met de rest van wat er in haar hoofd omging. Zoals zout, of een oplosbare bittere stof. En als dat gebeurde, zou dat dan betekenen dat ze er voorgoed door aangetast was, dat haar hele aard en karakter veranderd waren door het lezen van die brief?

In die drie weken zag ze Stefan regelmatig. Hij kwam een keer eten toen Connor moest overwerken. Stefan stond voor de deur met een fles witte wijn en een bos dahlia's: hij bracht altijd bloemen mee als hij kwam eten. Die overhandigde hij zijn zus met een verlegen buiginkje, en wanneer ze hem dan uitbundig bedankte, trok hij een verbaasd gezicht. Hij vertelde haar over zijn nieuwe boek, waarvoor hij aarzelend met de eerste opzet was begonnen; zij bracht hem op de hoogte van een nieuw project dat ze pasgeleden was gestart met een bevriende regisseur, om onverbeterlijke spijbelaars bij het theater te betrekken.

'Het zou wel eens ontzettend leuk kunnen worden. Al moeten we natuurlijk eerst sponsors zien te vinden,' zei ze, terwijl ze aldoor aan Nancy dacht, en aan Nancy's dochter.

Plotseling ervoer ze het geheim dat al die tijd stil in haar binnenste had gezeten als stoom die onder hoge druk kwam te staan. 'Denk je wel eens aan Nancy?' vroeg ze abrupt, en ze wipte achterover op haar stoelpoten en meed zijn blik.

De vraag bleef even in de lucht hangen. Stefan speelde met een piepklein sliertje sla op zijn bord.

'Nancy,' herhaalde hij peinzend, alsof hij zich probeerde te herinneren wie ze ook alweer was.

'Ik weet dat het lang geleden is, maar...'

'Het is inderdaad lang geleden.'

'Achttien jaar. En twee derde.'

'O ja?'

'Ja. Nou?'

'Zo nu en dan,' zei hij vaag. 'Ze woont bij mij op zolder, zal ik maar zeggen.'

'Op zolder?'

'Of in de rommelkamer. Ergens in mijn geheugen, weet ik veel. Dingen verdwijnen niet zomaar, hè? Al raken ze wel eens zoek in die vreemde, onmetelijke ruimte van je brein. Moet je je voorstellen hoeveel ik me níét herinner terwijl ik het me toch nog kan herinneren, als je begrijpt wat ik bedoel. Als jij een naam noemt, of een gebeurtenis uit het verleden, dan ga ik op zoek, trek een paar laatjes open of til een dekseltje op en dan vind ik het weer.'

Gaby zuchtte. Hij zou niets loslaten.

'Wat ik soms storend vind,' ging Stefan verder, 'is dat je ook herinneringen kunt aantreffen die er eigenlijk niet zijn. Als ik tegen jou zeg: "Weet je nog, mijn blauwe jasje?" dan ga jij in je geheugen graven en kom je uiteindelijk wel een verborgen blauw jasje tegen, ook al heb ik er nooit een gehad. Het was namelijk bruin. Hypothetisch gesproken natuurlijk, want ik heb wel degelijk een blauw jasje. Althans, ik geloof van wel.'

'Je had het vanavond aan. Denk je niet dat het door Nancy komt dat je nooit iemand anders hebt leren kennen?' vroeg Gaby vasthoudend.

'Ik leer voortdurend nieuwe mensen kennen.'

'Je weet best wat ik...'

'Hoe weet je of ik op dit moment niet een vriendin heb?'

'Heb je die dan?'

'Niet als zodanig. Maar je moet je niet zoveel zorgen om me maken. Ik red me prima. Ik vind het fijn om alleen te zijn. Volgens mij ben ik niet gemakkelijk om mee te leven. Zullen we een film opzetten? Ik heb een paar dvd's meegebracht.'

'Oké, ik vraag al niks meer.'

'Ik heb geen moeite met je vragen.'

'Je hebt alleen geen zin om erop te antwoorden.'

'Er valt niks te antwoorden. Het is een kwestie van geduld. Ik weet dat je geen liefhebber bent van geduldig afwachten, maar de pijn slijt uiteindelijk vanzelf.'

Het probleem was dat Gaby het adres dat in Sonia's brief stond had onthouden. Hoe harder ze haar best deed om het te vergeten, hoe beter ze het zich herinnerde, tot het in haar geheugen gegrift stond. Ze zag het nu weer voor zich, boven aan de bladzijde: Willow Street 52, Stratford-upon-Avon. En het ergste was dat ze regelmatig in Stratford moest zijn voor haar werk. De volgende dag bijvoorbeeld: ze had een afspraak met een acteur die haar groepje zou toespreken over de probleemstukken van Shakespeare voordat ze 's avonds naar *Measure for Measure* zouden gaan, en Gaby wilde ook alvast een restaurant uitzoeken voor haar gezelschap. Ze zou overdag in haar eentje in Stratford zijn – en tijd genoeg hebben.

En zo liep ze de volgende ochtend om half elf in een keurige straat in een buitenwijk van Stratford, met aan weerskanten platanen. De deur van nummer 52 was donkerblauw, met een koperen klopper in de vorm van een vos. Er stond een auto voor het huis, maar binnen zag ze geen teken van leven. Sterker nog: het leek wel of de hele straat uitgestorven was.

Ze zou gewoon moeten omdraaien en zich met haar eigen zaken bemoeien. Ze had hier niets te zoeken, het voelde niet goed. Maar nog terwijl ze dat dacht, voelde ze die bekende opwinding, als een luchtbelletje dat ontstaat op de bodem van een glas en langzaam flonkerend naar de oppervlakte stijgt. Ze deed een stap naar voren, stak haar hand uit alsof ze wilde aanbellen en bleef toen stokstijf staan. Nee, dit was verkeerd, helemaal verkeerd. Terwijl ze daar stond, vol afschuw over haar eigen dwaze ingeving, ging de deur open en stond ze oog in oog met een vrouw van middelbare leeftijd, een paar jaar ouder dan zij, maar dikker, met kort grijs haar en een bril aan een koordje om haar nek. Ze droeg het soort jas – dik en vormeloos – dat vrouwen van middelbare leeftijd onzichtbaar maakt, maar ze had sterke gelaatstrekken en pientere grijze ogen. Ze reageerde enigszins verbaasd op Gaby's aanwezigheid.

'Kan ik iets voor u doen?'
'Nee, sorry. Ik ben verkeerd.'
'Aha. Op welk nummer moet u zijn?'
'Drieënveertig,' zei Gaby op goed geluk.
'Dit is tweeënvijftig.'
'Ja. Stom van me.'
De vrouw keek haar aan en trok haar wenkbrauwen op.
'Dan ga ik maar,' zei Gaby, en ze liep langzaam achteruit. 'Sorry.'
Ze liep verdwaasd weg, trillend door haar eigen roekeloosheid. Toen ze omkeek, zag ze de moeder van Sonia in een rode auto stappen en in de tegenovergestelde richting wegrijden. Het was een koude dag, met een felle wind en regen in de lucht. Dode bladeren dwarrelden rond haar voeten. Ze stopte huiverend haar handen in haar jaszakken en trof daar de laatste sigaretten uit Farmoor aan. Zonder erbij na te denken stak ze er een in haar mond, ging met haar rug naar de wind staan, schermde het vlammetje af met haar hand en stak de sigaret aan. Ze voelde de vertrouwde duizeligheid toen ze diep inhaleerde. Deze rook ik op en dan ga ik, dacht ze. Maar toen ze langzaam terugliep door de korte straat, zag ze dat er in het huis waar Sonia woonde op de bovenverdieping een gordijn opening, en ze bleef staan. En nu,

terwijl ze daar stond te staren, zag ze een jonge vrouw met donker haar voor het raam staan, uitkijkend over de verlaten straat. Gaby hapte geschrokken naar adem en wendde zich snel af, al voelden haar ledematen zwaar en bewoog ze zich voort alsof ze onder water liep. Ze had Sonia gezien. Ze wist het zeker. En nu ze haar had gezien, was Sonia echt geworden en tastbaar – vlees en bloed in Willow Street, niet langer slechts een flikkerend beeld in Gaby's hoofd.

Een jongen passeerde haar vanuit de andere richting; ze ving een glimp op van een haviksneus en heel lichte ogen die haar vluchtig aankeken. Toen was hij weg en stond ze opeens aan het einde van de straat, waar hij uitkwam op een drukkere weg vol winkels en eetcafétjes. Bij de kruising was een overdekte bushalte met klapstoeltjes; Gaby plofte op een stoeltje en trok trillend haar jas steviger om zich heen. Haar benen werkten niet meer naar behoren. Ze had een droge mond. Zo bleef ze een tijdje zitten wachten tot haar ademhaling weer normaal werd, en daarna rookte ze nog een sigaret, genietend van de vage pijn in haar longen wanneer ze diep inhaleerde. Er spetterden een paar regendruppels tegen het raam van de bushalte en de lucht werd nog donkerder. Ze had een paraplu moeten meenemen; ze zou beslist nat worden.

Toen ze opstond om weg te gaan kon ze het niet laten om even achterom Willow Street in te kijken. Er kwam een jong stelletje haar kant uit gelopen; ze raakten elkaar niet aan, maar ze liepen heel dicht bij elkaar druk te praten, en toen ze dichterbij kwamen, realiseerde Gaby zich met een schok dat het de jongen met de lichte ogen was, met het meisje dat ze voor het raam had zien staan. Sonia – de dochter van Nancy en Stefan, de onverwachte tijdbom die in Nancy's leven tikte – kon haar ieder moment passeren. Gaby drukte een hand tegen haar hart. Het was een mager, soepel meisje met x-benen, en ze droeg een felgekleurd rokje met een legging eronder, en All Stars en een bomberjack. Ze had donker stekeltjeshaar en een scherpe kaaklijn, net als Nancy. Ze droeg een zilveren knopje in haar neusvleugel en een grote ring om haar duim, waardoor ze eruitzag als een stoer elfje. Haar ogen waren turkoois-blauw. Toen ze lachte om iets wat de jongen zei, veranderde haar hoekige gezicht op slag. Ze slenterden voorbij zonder acht te slaan op de regen die op hun blote hoofden kletterde. Gaby hield haar adem in. Als ze een hand uitstak, zou ze haar kunnen aanraken. Ze kon haar naam roepen en dan zou het meisje zich omdraaien. Toen ze hen voorbij zag lopen, voelde ze een traan over haar wang haar mond in lopen. Ze hadden nu losjes elkaars hand vast en Gaby zag dat ze stopten voor een koffiezaak even verderop in de straat. Hij zei iets en zij knikte. Toen kuste hij haar op de mond en ze ging alleen naar binnen.

Gaby bleef zitten kijken naar de regen die over de ramen stroomde. Haar maag voelde hol; misschien had ze honger. Ze dacht erover om *fish and chips* te gaan eten voordat ze naar haar bespreking ging, vroeg in de middag, iets klefs, zout en vet, troostvoedsel. Ethan en zij hadden vaak fish and chips gehaald wanneer Connor er niet was; samen knus voor de tv met de warme, vochtige zakken op schoot, ieder een blikje bier erbij. Gaby vroeg zich af wat hij nu aan het doen was. Gek dat je er niet bij stilstaat dat ze langzaam bij je weggaan. De dag van vertrek besluipt je zachtjes, maar ineens nadert hij met grote, dreunende passen. Ooit had ze alles over zijn leven geweten; hij was een deel van haar geweest. Wanneer hij huilde, gaf ze hem eten of een schone luier; wanneer hij zijn armpjes uitstrekte, knuffelde ze hem; wanneer hij viel, tilde ze hem op om hem te troosten. Ze bracht hem 's morgens te voet naar school en haalde hem 's middags weer op, en ze wist precies welke lessen hij die dag had. Hij vertelde haar zijn geheimen; dan kroop hij bij haar in bed, bracht zijn mond vlak bij haar oor en fluisterde wat er in zijn binnenste zat, tot ze het gevoel had dat het ook in háár binnenste zat. Dat was langzaamaan veranderd. Hij pakte haar hand niet meer. Noemde haar nooit meer 'mammie'. Hij vertelde haar niet langer alles. Deed zijn deur op slot. En nu leefde hij helemaal in een andere wereld. Hij had vrienden die ze nooit zou ontmoeten, interesses die ze nooit met hem zou delen. Binnenkort zou hij een andere plek zijn thuis noemen, terwijl 'thuis' voor haar nooit meer hetzelfde zou zijn.

Ze was er blij om. Natuurlijk was ze daar blij om. Maar ook bedroefd. Er was iets voorbij wat nooit meer terug zou komen. Ze begreep nu dat ze er beter op voorbereid had moeten zijn; ze had moeten oefenen voor dit moment in haar leven en andere interesses en plannen moeten bedenken om de leegte te vullen die ze nu voelde. Een van haar vriendinnen had zich, toen haar dochter een jaar geleden het huis uit was gegaan, met bijna verontrustend enthousiasme op allerlei nieuwe projecten gestort en haar avonden en weekenden gevuld met pianolessen, een cursus Italiaans en een of andere extra inspannende vorm van yoga. Ze weigerde weg te kwijnen, zei ze. Gaby was er altijd van uitgegaan dat zij ook zo zou zijn – ze was beslist niet van plan om een zeurpiet te worden, zo'n verlaten moeder die zich liet leiden door melodramatisch verlangen naar vroeger. Zodra Ethan het huis uit ging, zou ze wel kijken wat ze ging doen, wie ze wilde worden. Deuren die altijd gesloten waren geweest zouden voor haar openzwaaien en ze zou een wereld van nieuwe mogelijkheden betreden. Ze had de kans op zelfvernieuwing altijd heel aantrekkelijk gevonden. De ene fase in haar leven was voorbij, maar er begon ook een nieuwe. Dus waar was ze nu mee bezig? Waarom zat ze bij een bushalte in een buitenwijk van Stratford, bespioneerde ze de dochter van haar voormalige vriendin en snuffelde ze in het verraderlijke, onbegrijpelijke verleden? Haar gedrag sloeg nergens op.

Ze stond op en liep vastberaden de stromende regen in. Vrijwel onmiddellijk was ze doorweekt. De mensen liepen snel, met gebogen hoofden onder hun paraplu's. Gaby haastte zich langs de bloemenzaak en een winkeltje waar tweedehands kleding werd verkocht voor een goed doel, langs de pub. En langs de koffiezaak. Nee, niet langs de koffiezaak. Ze bleef met een ruk staan bij de ingang en probeerde naar binnen te kijken, onder de druipende luifel. Natuurlijk had ze al die tijd geweten dat ze de deur open zou doen en daarbinnen zou gaan schuilen, dat ze haar drijfnatte jas aan de kapstok zou hangen, haar natte haar zou uitschudden, dat ze de geur van koffie en gebak zou opsnuiven en om zich heen zou kijken op zoek naar Sonia.

Sonia zat niet aan een van de tafeltjes. Ze stond achter de bar met een wit schort aan en bediende het espressoapparaat, waarvan verschillende tuitjes sisten en schuimden. Gaby aarzelde even en nam toen plaats op een hoge barkruk. Het meisje keek even naar haar.

'Ik kom zo bij u,' zei ze. Ze had een beetje een rollende r.

Gaby bekeek haar eens goed. Ze droeg een blauw T-shirt met knoopjes onder het schort; haar schouders waren smal, met scherpe sleutelbeenderen, maar ze had zachte, ronde borsten en een gladde hals, en even moest Gaby denken aan Ethan, slungelig en met een haast vanzelfsprekende elegantie. Ook haar haar was nat van de regen, waardoor het bijna blauw leek. Ze had een rechte neus en dikke, donkere wenkbrauwen boven Nancy's ogen. Ze gaf over de bar heen een cappuccino door aan een klant en Gaby zag haar knokige polsen en lange vingers, met afgebeten nagels.

'Wat wilt u drinken? Hier, een paar servetjes, u bent drijfnat.'
'Lief van je. Doe maar warme chocolademelk.'
'Komt eraan.'
'Met slagroom.'
'En marshmallows?'
'Nee... Ach, waarom ook niet.'
'Goed zo.' Sonia glimlachte onverwachts naar haar over de bar heen, een brede lach die haar witte, rechte tanden ontblootte. Haar driehoekige gezicht straalde en ze was bijna mooi.
'En doe er ook maar een stuk carrotcake bij.'
'Oké.'
'Mag ik jou ook een chocolademelk aanbieden? Zo te zien heb je zelf ook in de regen gelopen.'
'Dat is aardig van u, maar ik neem straks wel wat.'

Ze draaide zich om om Gaby's bestelling in orde te maken en Gaby keek van achteren toe, met haar ellebogen op de bar en haar hand onder haar kin.

'Alstublieft.'
'O, dat is vast heel slecht voor me.'

Ze nam kleine slokjes van de schuimige drank en voelde het dikke, romige vocht haar keel in glijden waarna ze een hapje van de cake nam. Het meisje lette niet op haar; ze droogde espressokopjes af en zette ze terug op de plank. Misschien was het Sonia helemaal niet en zag Gaby aanwijzingen die er helemaal niet waren. Ze wachtte tot het meisje een andere klant zijn spinaziecroissant had gegeven en boog zich toen naar voren.

'Ik ben Gaby,' zei ze. Het kwam er luider uit dan ze had bedoeld, eerder een schreeuw dan gemompel.

'O... eh, hallo.'

Gaby voelde zich net een oude man die het aantrekkelijke serveerstertje probeerde te versieren. Ze slurpte nog een keer van haar chocolademelk om haar gêne te verbergen en veegde de melksnor van haar bovenlip voordat ze zei: 'Het is de bedoeling dat je nu zegt hoe jíj heet.'

'Wilt u mijn naam weten?'

'Tenzij je het liever niet zegt.'

Het meisje keek haar even aan, met licht gefronste wenkbrauwen, en ze beet nerveus op haar onderlip.

'Sonia,' zei ze toen.

'Sonia? Aha.'

'Ja. Hoezo? Waarom vraagt u dat?'

'Niks. Zomaar. Maar het is een mooie naam.'

Deze keer was de blik die Sonia haar toewierp er een van lichte paniek, alsof Gaby misschien wel gestoord en gevaarlijk zou kunnen zijn. Ze bekeek zichzelf door de ogen van het jonge meisje – een vrouw van middelbare leeftijd in natte kleren, wanhopig op zoek naar gezelschap – en voelde haar hele gezicht rood worden en gloeien, haar hele lijf zelfs, maar ze zette door. Alles was meegenomen, een glimp, een gebaar, een bepaald lachje. Dan zou ze het weten.

'En werk je hier al lang, Sonia?'

'Pardon?'

'Ik vroeg of je hier al lang...'

'Ja, ik verstond het wel, ik vroeg me alleen af waarom u het wilt weten. Sorry, dat klinkt bot. Ik ben vandaag gewoon moe, afwezig. Nee, niet zo lang, ik zit nog op school. Ik heb nu herfstvakantie, maar ik ben aan het sparen om straks een jaar te kunnen reizen.'

'Waar wil je naartoe?'

'Waar ik naartoe wil?' Sonia trok aan haar oorlelletje en haar gezicht begon te stralen bij de gedachte aan het jaar dat voor haar lag; zo zag ze er jonger uit, een kind nog maar. 'Nou, eigenlijk overal, maar eerst...'

Ze begon iets te vertellen over Afrika, Botswana, een project voor vrouwen met hiv waarvoor ze zich al had aangemeld, maar Gaby luisterde niet. De woorden gleden haar bewustzijn in en uit. Het eetcafé werd wazig en danste voor haar ogen; ze knipperde verwoed met haar ogen, maar alles bleef onscherp en even dacht ze dat ze zou flauwvallen. Haar hele lijf tintelde, alsof ze kippenvel had op iedere centimeter van haar lichaam, haar voorhoofd was klam en ze had het gevoel dat alles vanbinnen warm en vloeibaar borrelde, alsof al haar vaste delen waren opgelost tot een ware zondvloed. Alleen haar hart bleef over, gezwollen en reusachtig, bonkend als een hydraulische pomp. De handen op de bar, dat waren haar handen, maar ze zagen eruit als die

van een vreemde, en zo voelden ze ook. Ze drukte met twee vingers op haar lippen; het was haar mond, maar hij was gevoelloos en leek wel van rubber, en ze wist zeker dat als ze zou proberen te praten, er alleen onverstaanbaar gebrabbel uit zou komen, met een stem die niet langer de hare was. Ze staarde naar de grond tussen haar voeten en die leek onvoorstelbaar ver weg. Als ze nu viel, zou ze in tien stukken uiteenspatten.
'Gaat het wel goed met u?'
'Hmm,' wist ze uit te brengen, en ze voelde dat ze probeerde te glimlachen; haar gezicht trok er scheef van. Sonia staarde haar aan met een gezicht als een kubistisch schilderij; alles wat zo vertrouwd was, werd vervormd tot iets volkomen vreemds.
'Bent u ziek? U ziet lijkbleek.'
'Ik ben niet...'
'Wilt u even liggen? Of liever een glaasje water?'
Water. Gaby dacht aan een bron, een stroompje, koel en helder diep water. Ze greep de rand van de bar en kneep er hard in. Haar ademhaling kwam met horten en stoten. Toen was de wereld plotseling stabiel en was ze weer zichzelf, omringd door beelden en geluiden die ze kon aanraken en benoemen. Dit was een mes, dit een bord, dit een kopje. Het meisje tegenover haar was Sonia. Alles was gedistilleerd in dat ene gebaar; de glimp waarnaar ze had gezocht en die ze nu altijd zou zien, die korte flits van het besef dat binnen één hartslag een woest licht over haar hele wereld had geworpen, waardoor het tamme landschap plotsklaps onheilspellend leek, vol donkere, bewegende schaduwen. Ze keek naar het bezorgde jonge gezicht en die lichte ogen met de lange wimpers.
'Sonia,' zei ze.
'Zal ik iemand bellen?'
'Nee. Ik voelde me gewoon even niet lekker.'
Sonia legde een slanke, koele hand op de hare; haar armband drukte op Gaby's huid.
'Nee, zei ik!'
Gaby trok met een ruk haar hand terug en stond op. Ze wankelde even en wachtte naast haar kruk, met één hand op de bar, tot ze zeker wist dat ze in een rechte lijn naar de kapstok zou kunnen lopen waar haar jas hing. Die was nog nat; waarschijnlijk had ze hier maar een

paar minuten gezeten. Ze bedacht hoe gek het was dat een paar minuten het effect konden hebben van een scheur die door je leven liep; het moment waarop je brak. Ze dacht aan een vriendin van haar, Helena, van wie het tweede kind was overreden door een bus: maanden nadat het was gebeurd, had ze geobsedeerd herhaald dat die ene seconde alles had veranderd, alsof ze het ongedaan kon maken door erover te praten, alsof ze zo de klok kon terugdraaien naar die plek en dat moment, om een hand op de schouder van haar zoontje te leggen en hem bij zich te houden toen de bus voorbij raasde. Eén seconde eerder of later, zei ze steeds, en er zou niets gebeurd zijn. Na een kleine huivering over wat er mis had kunnen gaan, zou het leven gewoon verdergegaan zijn.

Maar het was niet het toeval dat de scheur in Gaby's leven had veroorzaakt; het was Gaby zelf, die met de hardnekkigheid van een ijverige politieagent had geweigerd de oude geheimen te laten schuilgaan in de verre uithoeken van het verleden. Ze had Nancy's kind gevonden en nu vroeg ze zich af of ze het al die tijd had geweten, niet met haar hoofd maar in haar bloed, in haar botten en daar waar de zenuwen bij elkaar kwamen en de poorten van de pijn zich openden.

Al die gedachten flakkerden in haar hoofd, als lichtvlekjes die dansen op het zeeoppervlak, voordat ze bij de deur van de koffiezaak kwam. Door de ruit zag ze dat de mensen die langsliepen, ineengedoken onder hun paraplu, zo vervaagd werden door de strepen regen dat ze haar onwerkelijk voorkwamen. Ze liep het trottoir op en kantelde haar hoofd naar achteren om de koele druppels te voelen, op haar wangen, haar oogleden, langs haar hals naar beneden, tot al haar lagen kleding drijfnat waren. De moedeloze vermoeidheid die ze soms voelde omdat ze zichzelf moest zijn overviel haar nu, en ze bleef minutenlang simpelweg in de stromende regen staan, met haar ogen dicht, en dacht aan niets anders dan nat zijn.

16

24 OKTOBER

Ik vraag me af of ik hiermee zal stoppen als ik je eenmaal heb ontmoet. Ik schrijf je alleen omdat je nu nog niemand bent, of iedereen, een onbeschreven blad, mijn diepste gedachten, mijn ideaal, de vrouw van wie ik hou, de vrouw die ik haat, de vrouw die mij is, die me heeft gemaakt en verloren en aan wie ik heb gedacht vanaf het moment dat ik van haar bestaan wist. Als ik heel eerlijk ben, zijn er momenten waarop ik wil dat je je beroerd zult voelen zodra je me ziet. Ik wil dat je beseft wat je bent kwijtgeraakt toen je me weggaf.

Ik ben behoorlijk nerveus over onze ontmoeting – jij ook? – en ik probeer steeds te achterhalen waarvoor ik nu zo bang ben, hoe het komt dat ik iedere nacht badend in het zweet wakker word. Stel dat ik je een vreselijk mens vind, of gewoon saai en irritant, iemand die ik niet wil kennen? Misschien ben je wel heel dik, met vet haar en hangwangen, en ontzettend dom en ordinair. Of net als die dorre, preutse schooljuffen met kraaloogjes die wel eens koffie komen drinken in de zaak waar ik werk en die me bekijken alsof ik Jezabel ben, alleen omdat ik een kort rokje draag of een neuspiercing heb. Ik weet het, dat klinkt gemeen en oppervlakkig, maar ik schrijf het alleen aan jou – aan mezelf dus – omdat ik wil proberen te vertellen hoe ik er echt over denk en niet hoe ik erover zou moeten denken. Of stel je voor dat je zo'n opgepoetst glamourtype bent, dat je alles wat je ooit hebt doorstaan en gevoeld en alles waarin je gelooft verbergt achter zo'n dikke korst make-up en dat ik niet tot je kan doordrin-

gen, wat dan? Of als je heel erg rechts bent? Of racistisch? Of strenggelovig, zodat je alles waarvan ik hou als een zonde beschouwt, en alles waarover ik wil praten voor jou verboden terrein is? Als je mijn echte moeder was – ik bedoel zoals mama, ook al is ze dat niet, als je begrijpt wat ik bedoel – dan zou ik met je opgegroeid zijn en zou ik je waarschijnlijk nemen zoals je bent. Misschien waren er nog wel dingen die ik niet zou accepteren, maar ik zou er anders tegenaan kijken en er anders over oordelen. Maar stel dat ik je zie en ik vind je meteen saai, lelijk of gewoon niet leuk, wat zegt dat dan over mij? Per slot van rekening kom ik uit jou voort. Jij hebt me gemaakt. Ik heb jouw genetische code.

Maar er is iets waarvoor ik nog banger ben dan voor de mogelijkheid dat ik je niet mag. Stel je voor dat je het er op de een of andere manier verschrikkelijk moeilijk mee hebt dat je me kwijtgeraakt bent, dat je me weer in je leven wilt hebben, dat je wilt dat ik familie van je word, wat zal ik dan voelen? En als ik je een leuk mens vind, echt heel leuk? Stel je voor dat je veel op me lijkt en dat ik meteen een band met je voel – wat betekent dat dan? Ik wil niet het gevoel krijgen dat je mijn echte moeder bent, want ik heb al een echte moeder en die heeft mijn hele leven van me gehouden, iedere seconde dat ze me kende, en ze heeft voor me gezorgd en me nooit in de steek gelaten. Haar liefde was onvoorwaardelijk.

Dat horen moeders toch ook te doen, onvoorwaardelijk van hun kinderen houden? Ik heb het haar behoorlijk moeilijk gemaakt – misschien wel meer dan wanneer ze mijn biologische moeder was geweest, omdat ik constant wilde dat ze zou bewijzen dat ze net zo veel van me hield. Ik heb driftbuien en puberaanvallen gehad en ik kan bot, chagrijnig en gesloten zijn. Toch was ze altijd even standvastig. Dat vind ik zo'n mooi woord, 'standvastig'; ik krijg er tranen van in mijn ogen, misschien omdat ik altijd verschrikkelijk veel behoefte heb gehad aan iemand die standvastig achter me stond. Jij wilde me niet, je hebt me weggegeven toen ik nog maar een paar uur oud was, je hield niet van me – niet eens voorwaardelijk. Je was niet meer dan een afwezigheid, een heel sterke afwezigheid, net als God. Maar zij was er voor me. Ze was geduldig, altijd in de buurt en ze vroeg er nooit wat voor terug, niet eens dankbaarheid of liefde. Ik geloof dat ik nu pas, nu ik op het punt sta om jou te ontmoeten, be-

sef wat ze voor me heeft gedaan. Dus mocht ik het gevoel krijgen dat jij mijn 'echte' moeder bent, mocht ik mezelf in je herkennen, wat zegt dat dan over mijn gevoelens voor mijn 'ware' moeder? Raak ik haar dan kwijt?

Laatst was er tijdens mijn werk in het koffiehuis een vrouw van wie ik dacht dat jij het zou kunnen zijn, want ze gedroeg zich heel vreemd en stelde allerlei vragen. Zodra ik dat dacht, besefte ik natuurlijk dat het niet waar kon zijn, want ik denk niet dat jij zo stom zou zijn om pal voor mijn neus te gaan zitten en je voor iemand anders uit te geven, vlak voor onze officiële ontmoeting. Dat zou nergens op slaan. Maar ik vroeg het me wel even af. Ik keek naar haar en dacht: is dat mijn moeder? Ze was heel leuk, al was ze ook een beetje raar, een stuk jonger dan mama, maar niet zo jong als ik me jou had voorgesteld (ik heb altijd gedacht dat je nog een tiener was toen je mij kreeg, misschien zelfs pas een jaar of veertien), en een beetje chaotisch, romantisch en warrig. Als ze lachte, lachte haar hele gezicht mee. Ik betrapte me erop dat ik best had gewild dat ze mijn moeder was, deels omdat ze er leuk uitzag en deels omdat ze totaal niet op me leek, ze was bijna mijn tegenpool.

Ik probeer steeds te bedenken wat ik je allemaal wil vragen als we elkaar eindelijk spreken. Al zo lang ik me kan herinneren heb ik je in gedachten allerlei vragen gesteld, en ik wil ze niet vergeten omdat ik toevallig nerveus ben. Ik wil niet dat ik bepaalde dingen niét aan je vraag terwijl ik ze wel wil en moet weten. Ik wil antwoorden, ook als die pijnlijk voor je zijn.

Waarom heb je me weggegeven?

Hoe oud was je toen?

Was het een moeilijke beslissing?

Vond je het erg? (Heb je gehuild, wilde je me houden, hield je van me toen ik eenmaal geboren werd en ik niet langer een abstract idee was maar echt jouw kind? Of had je juist een hekel aan me omdat ik je leven verpestte?)

Zijn er dingen die ik over jou zou moeten weten? (Zoals: heb je erfelijke ziektes of afwijkingen, zitten er geestesstoornissen in de familie, of zelfmoord en dergelijke, ben je op bepaalde gebieden uitzonderlijk begaafd of juist niet, heb je rare karaktertrekjes die ik ook zou kunnen hebben? Dat soort dingen.)

*Heb je vaak aan me gedacht? Hoe vaak? Voel je je schuldig? Heb je spijt? (Ik weet niet zeker of ik die vraag wel echt wil stellen.)
Lijk ik op je?*
En dan is er nog een heel andere categorie vragen die zo'n beetje bij elkaar horen: wat voor opa en oma heb ik? Heb ik broers of zussen? Weten ze van mijn bestaan en zo ja, vinden ze het erg en willen ze me leren kennen – of zien ze daar heel erg tegen op? Wie zijn er nog meer op de hoogte van mijn bestaan? Kom ik voor in het leven van andere mensen, weten ze dat ik er ben en praten ze over me, geven ze iets om me – of ben ik vergeten en weggeborgen, als een akelig geheim? Ik, het Verboden Gespreksonderwerp.
En oké dan, hier komt de grote vraag, en misschien weet je het antwoord niet of is het net als bij multiple choice en twijfel je. Wie is mijn vader? (Dan beginnen natuurlijk alle bovenstaande vragen opnieuw, deze keer aan hem gesteld.) Ik heb altijd aan jou gedacht, niet aan hem, maar nu ik weet dat ik je zal ontmoeten, duikt hij ook ineens op in mijn leven. Het is alsof je al die tijd pal voor hem hebt gestaan en hem uit mijn zicht hebt gehouden, en nu ben je een stapje naar voren gelopen en is hij eindelijk gedeeltelijk zichtbaar geworden.

Er zijn nog andere vragen die ik zou willen stellen, maar dat zal ik nooit doen, want je zou er geen antwoord op kunnen geven, en als je dat wel zou doen, zou ik je erom haten omdat je het recht niet hebt. Zoals: ben ik knap? Ben ik slim? Heb ik iets bereikt in het leven? Kom ik goed terecht? Kun je trots op me zijn?
Ik stop ermee; het is al laat, ik ben moe en ik moet morgen weer vroeg op om in het koffiehuis te gaan werken.

26 OKTOBER
Een paar uur geleden heb ik het papa en mama verteld. Dat had ik al veel eerder moeten doen. Het probleem was dat hoe langer ik wachtte, hoe moeilijker het werd om iets te zeggen. Ik had ze zelfs nooit verteld dat ik je ooit wilde ontmoeten. Waarschijnlijk wisten ze dat wel. Achteraf gezien denk ik dat ze me steeds de kans hebben gegeven om erover te beginnen, maar dat ik het niet kon, alsof het een vorm van verraad was. Heel gek: ik heb altijd geweten dat ik ge-

adopteerd ben. Ik ben er nooit achter gekomen, er is geen specifiek moment geweest waarop ik het te weten kwam. Waarschijnlijk hebben ze het de allereerste dag al tegen me gezegd, toen ik nog een rimpelig baby'tje was, en zijn ze het daarna blijven herhalen. En toch hebben we er nooit echt over gepraat, en met mijn vrienden heb ik het er ook nooit over. Ze weten het natuurlijk wel. Ik heb het nooit verzwegen, integendeel zelfs. Het is het eerste wat ik vertel wanneer ik iemand ontmoet, alsof ik het maar achter de rug wil hebben. Ik flap het er meteen uit. Toen Alex vroeg of ik met hem uit wilde, zei ik: 'Ik ben geadopteerd, hoor.' Nog voordat ik ja zei – alsof hij zijn mening over me zou bijstellen zodra hij het wist. Maar we bespreken het nooit. Ik weet niet waarom niet. Misschien wachten ze tot ik erover begin en wacht ik juist op hen.

Dus heb ik het ze verteld. Tijdens het eten. Bloemkool met kaassaus – ik had gekookt. Ik ben aan het oefenen voor wanneer ik het huis uit ga; ik ben goed in dingen met een wit sausje, pasta en verschillende eiergerechten, en ik maak de laatste tijd veel marinades voor kipfilet, bijvoorbeeld limoen met rode peper of knoflook-gember. Maar goed, ik heb het dus verteld. Ik deed wat ik altijd doe als ik ertegen opzie om iets te vertellen: ik liet het plompverloren vallen in het gesprek en wachtte wat er zou gebeuren. We hadden het over mijn weekend, wat ik zou gaan doen, en ik zei: 'Ik heb contact gehad met mijn biologische moeder.' Het klonk heel officieel. Er viel een stilte. Papa nam een heel grote hap bloemkool met kaas en staarde me aan zonder te kauwen, met wangen als een hamster.

Maar mama stond op en kwam om de tafel heen naar me toe gelopen. Het leek een eeuwigheid te duren; ze moest de stoelen met veel lawaai opzijschuiven en haar voeten tikten op het zeil. Ze glimlachte heel rustig en ik besefte dat ze lang op dit moment had gewacht en dat ze vast had geoefend hoe ze het moest aanpakken. Ze had haar haar gewassen maar niet geföhnd, zodat het tegen haar hoofd plakte, en ze was niet opgemaakt en droeg geen oorbellen of zo, alleen een oude rode spencer die ze al heeft zo lang ik me kan herinneren, en een grijze ribfluwelen broek die lubbert van ouderdom. Ze zag er heel gewoon en eenvoudig en vertrouwd uit, en toen ze bij me was sloeg ze haar armen om me heen en de spencer kriebelde op mijn huid en mijn wang werd nat van haar haar. Ik barst-

te in tranen uit en toen moest zij ook huilen, en we omhelsden elkaar jankend en daarna ook giechelend, iets wat we al heel lang niet meer gedaan hadden, en papa zat daar maar te kijken met zijn bolle wangen en grote ogen.

Weet je, ze zagen er ineens allebei heel oud en verslagen uit en ik voelde me jong en sterk. Het was afschuwelijk.

Daarna hadden we het er niet meer over. We snoten onze neus, droogden onze tranen en keken elkaar schaapachtig aan. Papa zette een pot thee, en we doopten onze koekjes erin en visten de gevallen stukjes eruit met een lepeltje. En we kaartten urenlang, al onze lievelingsspelletjes, die we al spelen sinds ik heel klein was. Het deed me denken aan de kampeervakanties met de tent en later met de caravan, en aan achttien jaar Kerstmis en regenachtige zondagen. We wilden geen van drieën naar bed. Buiten was het donker en het waaide hard; we hoorden de wind in de bomen en de regen tikte tegen het raam. Maar binnen was het lekker knus, samen aan de keukentafel met bekers thee terwijl de vaatwasser bromde en papa deed alsof hij ontzettend slecht was in kaarten (hij is er ook niet zo goed in), en mama met haar waterige lachje en rode ogen. Ik keek ernaar alsof ik het allemaal voor de eerste keer zag: de oude mokken met theevlekken, het versleten zeil, de koektrommel met de rozen erop, de houten tafel vol krassen van onze gezamenlijke maaltijden en aan de muur de foto van mij op mijn eerste schooldag. De hond lag onder de tafel met zijn kop op mijn voet, zachtjes piepend in zijn slaap. De klok aan de muur tikte en stond zoals altijd zeven minuten voor. Ik wilde dat ik weer een klein kind was, toen alles nog simpel en veilig was; als er iets misging, wist ik dat mijn ouders het konden oplossen. Ik wenste dat jij niet bestond.

17

VELE DAGEN EN WEKEN LANG HAD ETHAN RONDGEHANGEN op de universiteit, zijn overhemd half openhangend, zijn haar ongekamd, schoenveters los, tas open, een blos op zijn wangen en zijn mond in een flauw, verstrooid lachje terwijl hij met zijn blik voortdurend op zoek was naar een glimp van Lorna. Hij dacht voortdurend aan haar. Zodra hij slaapdronken wakker werd, vormde haar gezicht zich in zijn gedachten, en het werd mooier met iedere dag dat hij haar niet te zien kreeg. Tijdens colleges schreef hij als een verliefd jochie van dertien haar naam met schuine, spitse letters in zijn verder lege aantekenblok. Lorna Vosper. Hij omcirkelde de woorden en vroeg zich af waar haar achternaam vandaan kwam. Terwijl hij essays schreef over de opkomst van de dictator in de moderne geschiedenis dacht hij aan haar glimlach. 's Avonds dwaalde hij over straat, met zijn iPod ingeplugd en een shagje bij de hand, in de hoop een glimp van haar op te vangen. Hij haalde Harry over om iedere dag met hem te gaan squashen, voor het geval Lorna ook zou komen, en wanneer ze er weer niet was, sloeg hij lusteloos alle ballen mis en botste tegen de wanden op. Hij schuimde eetcafés en pubs af, boekwinkels, de bibliotheek en dameskledingzaken, en wanneer hij haar niet zag, slenterde hij weer naar buiten. Het enige waaraan hij dacht was dat hij haar moest terugzien – maar ze had verkering met zijn vriend en hij wist dat een weerzien zijn verlangen alleen maar zou vergroten en hij zich er nog ellendiger door zou gaan voelen. Het was bijna onverdraaglijk om te bedenken dat al die gekwelde gevoelens en zijn hopeloze hoop voor niets waren en er niks zou gebeuren. Maar het gaf niet, want hij wilde zichzelf kwellen en verlangen naar de onbereikbare Lorna. Hij at niet en kon niet slapen; hij lag op zijn bed en liet zich door muziek overspoelen; ieder woord ging over hem of over haar. Aan een vleugel van de muziekfaculteit speelde hij Debussy en Chopin; zijn vingers kenden de noten ook al kenden zijn hersenen ze niet; hij herinnerde zich wat hij niet wist.

Op zondagochtend laat lag hij nog in bed, groggy, toen er op zijn deur werd geklopt. Hij kreunde en deed moeizaam zijn ogen open. De avond ervoor was hij naar een feestje geweest en daarna waren ze met een heel stel naar zijn kamer gegaan, waar ze tot in de vroege uurtjes hadden zitten roken, drinken en pokeren. Hij herinnerde zich vaag de smak geld die hij had verloren, en de smerige Chinese brandewijn die iemand had meegebracht en die hij uit een theekopje had gedronken. De kamer stond vol schoteltjes met as en peuken, en zijn bureau was bezaaid met lege en halfvolle glazen met diverse dranken. Zijn kleren lagen in een hoop naast zijn bed en midden in de kamer stonden vuilniszakken met wasgoed. Overal lagen cd's en zijn stapels boeken waren omgevallen. Op zijn stoel lag een paar felgekleurde damespumps en daarnaast een steelpan met de aangekoekte resten van een blik bonen. Zelfs Ethan kon zien dat de troep uit de hand gelopen was.

Hij deed zijn ogen weer dicht, maar het geklop begon opnieuw, langer en harder, en iemand riep: 'Hé Ethan, ik weet dat je er bent!'

Harry's stem. Ethan ging rechtop zitten en zwaaide zijn benen uit bed, rakelings langs een kom cornflakes die er al dagen stond, en zijn voeten landden op een half voltooid werkstuk over Mussolini.

'Ik kom al!' riep hij.

Hij droeg alleen een boxershort, dus trok hij een grijs T-shirt aan voordat hij zich voorzichtig een weg baande door de kamer.

'We hebben behoefte aan koffie!' riep Harry. 'Schiet eens op.'

Het meervoud viel Ethan pas op in de seconde voordat hij de deur opendeed. Harry en Lorna stonden voor zijn neus, glimlachend en fris. Ze rook naar bloemen, bedacht hij slaapdronken.

'O,' wist hij uit te brengen, terwijl hij een stap terug deed om hen de stinkende chaos te laten betreden. Hij stond te trillen op zijn benen; hij voelde kruimels en vuil onder zijn blote voeten.

'Jezus, Ethan, ik wist dat je een sloddervos was, maar dit is waanzin,'

zei Harry, en het klonk bijna alsof hij ervan onder de indruk was.
'Komen we ongelegen?' vroeg Lorna. Waren dat de eerste woorden die ze ooit tegen hem had gesproken? Ze had een beetje een hese stem; hij liet de paar lettergrepen op zich inwerken terwijl hij gelukzalig naar haar lachte.
'Nee, hoor,' zei hij. 'Kom binnen, kom binnen.' Hij zag zichzelf in de kleine spiegel: een groezelig T-shirt, boxershort, zijn haar half voor zijn ogen en een stoppelbaardje. Hij keek om zich heen naar de puinhoop in zijn kamer. Toen ging zijn blik weer naar Lorna, met haar golvende haar en roomblanke huid. 'Ik wilde net gaan opruimen,' zei hij, en hij stommelde naar het raam om de gordijnen open te doen. Door het binnenvallende licht leek de troep nog erger. Hij wrikte het raam open, schopte de uitpuilende zakken met vuile was aan de kant en pakte de pumps en de steelpan van de stoel.
'Ga zitten. Hier of op het bed.' Hij griste een berg kleding weg en trok het dekbed recht. 'Ik ga koffiezetten. Willen jullie allebei koffie? Jij ook, Lorna?'
Zo. Hij had haar naam uitgesproken. Toen hij haar aankeek glimlachte ze naar hem en ze zei iets terug.
'... dus wilden we met z'n allen naar zee gaan,' zei Harry. 'Marco heeft een oude auto. Over een half uur bij hem, heb ik afgesproken. Heb je tijd?'
Ethan dacht aan het werkstuk waarvoor hij na lang aandringen uitstel had gekregen tot de volgende dag. Hij dacht aan zijn afspraak met vrienden om later die dag naar de bioscoop en uit eten te gaan, en aan het beloofde telefoontje naar zijn ouders.
'Ja, ik heb tijd.'
'Mooi zo,' zei Lorna. Ze ging op zijn bed zitten en trok haar jas uit. Ze droeg er een groen truitje onder; ze had gladde, sterke armen, met een felgekleurd armbandje om haar linker- en een mannenhorloge om haar rechterpols. Haar spijkerbroek was oud, met kapotte knieën, en ze droeg er versleten basketbalschoenen onder. Ethan staarde gebiologeerd naar haar. Alles aan haar leek mysterieus: het piepkleine moedervlekje onder haar oor, haar haar dat zo zacht was, in een donkere tint kastanjebruin die een schaduw op haar ovale gezicht wierp. 'Jij was toch laatst bij dat etentje? Ik wil al heel lang een keer officieel kennismaken met Harry's squashvriend.'

'Ik had je al een keer gezien,' begon Ethan met verstikte stem. 'Voordat we elkaar die eerste keer ontmoetten. Ik…'

Hij voelde dat hij bloosde; niet zomaar een rode blos op zijn wangen, maar een brandende gloed van top tot teen. Hij voelde het zweet boven zijn wenkbrauwen; zijn gezicht stond in brand en zijn hele lijf voelde als een boiler waarvan de thermostaat op hol geslagen was. Harry en Lorna keken allebei naar hem, Harry met een ironisch lachje, en hij voelde zich alsof hij spiernaakt voor hen stond, een open boek, jammerlijk doorzichtig. Hij had haar net zo goed hardop zijn liefde kunnen verklaren.

'Koffie,' wist hij eindelijk uit te brengen, en hij wendde zich van hen af om zijn wangen te laten afkoelen door de binnenstromende herfstlucht. 'Melk en suiker? En ik kan maar beter iets aantrekken.'

'Misschien wel.' Lorna lachte naar hem en zijn wangen gloeiden weer.

Hij viste een spijkerbroek, overhemd en zijn toilettas van de grond en liet hen alleen achter op zijn kamer. In de badkamer poetste hij zijn tanden en gorgelde verwoed met mondwater, waarna hij zichzelf aandachtig in de spiegel bekeek. Zijn stoppels waren al bijna een echte baard, maar als hij zich nu zou scheren, zou hij nog gretiger en belachelijker overkomen dan toch al het geval was, en bovendien was zijn scheermesje bot en zou hij zich ongetwijfeld snijden, zodat hij piepkleine stukjes tissue op de wondjes zou moeten plakken. Hij haalde alleen even een nagelborsteltje door zijn ongekamde haar en gooide een plens koud water in zijn gezicht. Daarbij staarde hij naar zichzelf in een poging zijn gezicht te zien zoals een vreemde het zou zien – Lorna bijvoorbeeld. Zijn spijkerbroek zat los; hij moest afgevallen zijn. Toen hij zijn overhemd aantrok, vloog er een knoop af.

Tegen de tijd dat ze bij de kust kwamen, was het koud en motregende het. Ze liepen langs de grillige vloedlijn, dronken bier uit flesjes en kaatsten steentjes over het water. Harry en Marco deden een wedstrijdje. Lorna ging in kleermakerszit in het natte zand zitten en huiverde lichtjes. Ethan trok zijn jas uit en bood haar die aan.

'Doe niet zo gek. Het is ijskoud.'
'Ik heb het warm.'
'Echt? Dat is je anders niet aan te zien.'

'Neem hem nou maar aan. Wil je een sigaret?'
'Oké.'
'Ze zitten in mijn jaszak.'
Ze haalde het geplette pakje tevoorschijn en gaf het aan hem. Hij tikte er twee sigaretten uit.
'Wat zit er nog meer in je zakken?'
'Niks bijzonders. Waarschijnlijk alleen een paar zakdoekjes.'
'Muntjes, lucifers... en wat is dit? Een horloge zonder bandje. Vreemd. Het loopt een uur achter.'
'Over een paar weken wordt de klok toch een uur teruggezet.'
'En een pen. O, kijk eens, hij lekt. Alles zit onder de inkt.'
'Geeft niks.'
Ze bogen zich naar elkaar toe, zodat hun hoofden elkaar bijna raakten toen hij een lucifer afstreek achter zijn gekromde hand. Toen ze zich ernaartoe bukte, was Ethan maar een paar centimeter verwijderd van haar kruin. Hij rook haar shampoo en deed zijn ogen dicht, zonder te ademen en zonder iets te zeggen. Harry en Marco leken ver weg, over de golven gebogen met hun platte steentjes.
'Heerlijk, het geluid van de golven,' zei ze dromerig. 'Ik ben gek op de zee. Zo lekker eindeloos. Vind je niet?'
'Ja.' Hij moest toch wel meer kunnen zeggen. Want hij was inderdaad gek op de zee – die enorme golven, de glinsterende kalmte, de zilte geur en snijdende wind, het geluid zoals het uit de verte klonk en het geheimzinnige van alles wat diep onder water zwom of over het oppervlak scheerde of er krijsend boven cirkelde. Tijdens recente reizen had hij diverse nachten op het strand geslapen, diep in zijn slaapzak weggedoken; hij zou nooit vergeten hoe de maan boven de oceaan had gehangen en haar zilveren vingers over het donkere water uitstrekte, en hoe dichtbij en groot de sterren hadden geleken. Moest hij dat nu tegen haar zeggen? Nee.
'*Milly and Molly and Maggie and May*,' begon hij, terwijl hij het zand door zijn vingers liet lopen, '*went down to the sea one day to play, and Milly befriended*... Nee, dat klopt niet. Mijn moeder zei het vroeger altijd, maar ik weet niet meer hoe het gaat. Dat is het probleem met gedichten, ik vergeet ze steeds. Als ik er een vanbuiten leer, duwt het alle andere uit mijn hoofd. Maar het einde weet ik nog wel.'
'Hoe gaat dat dan?' Haar haar viel voor haar gezicht.

'*For whatever we lose, like a you or a me, it is always ourselves we find by the sea.*'
'Wie heeft dat geschreven?'
'Dat weet ik ook al niet meer.'
'Het is mooi, maar ook wel vreemd. Ik krijg er een beetje kippenvel van.'
'Blij-droevig,' zei Ethan.
'Zoiets, ja.'
'Alles waar je gelukkig van wordt, moet ook iets droevigs hebben.'
Ik ben nu heel gelukkig, zei hij niet, en toch ben ik zo droevig dat ik wel zou kunnen janken.
'Wist je,' zei hij in plaats daarvan, 'dat er nu meer mensen leven dan alle mensen bij elkaar die ooit hebben geleefd?'
'Bedoel je dat we met méér zijn dan al onze voorouders bij elkaar? Zou dat waar kunnen zijn?'
'Ik heb het ergens gelezen. En wist je dat de Chinese Muur helemaal niet te zien is vanaf de maan?'
'Nee, dat wist ik niet. Maar wist jij dat stof hoofdzakelijk uit dode huid bestaat?'
'Of dat het universum oneindig is, maar wel begrensd? Dat we de sterren zien zoals ze miljoenen jaren geleden waren? Misschien zijn ze inmiddels wel verdwenen.'
'Ik heb een paar jaar geleden de zonsverduistering meegemaakt,' zei Lorna. 'Het was geen heldere dag; voor professionele eclipsfanaten was het waarschijnlijk een lichte teleurstelling. Maar ik vond het... vreemd en angstaanjagend; het deed me denken aan doodgaan en dood zijn. De vogels stoppen echt met vliegen en de haan kraaide. Alles werd koud en roerloos en grijs, en toen werd het donker. Behoorlijk donker en stil. Ik was met mijn familie en neefjes en nichtjes. Niemand zei iets. Geen enkel geluid. Volgens mij hielden we allemaal onze adem in. En toen gleed de zon weer achter de maan uit en begonnen de vogels weer te vliegen; de lucht werd weer warm en het was voorbij. Maar heel even... leek het alsof het leven opgehouden was. O, doodeng.' Ze lachte even.

Ethan schoof door het zand zijn vingers naar haar toe, maar hij raakte haar niet aan. Hij geloofde niet in liefde op het eerste gezicht en hij geloofde niet in zielsverwantschap. Hij wist dat dit gevoel op een dag zou verdwijnen en dat hij er later spottend en geamuseerd op zou terugkijken. Hij hield zichzelf voor, en hij wist dat het waar was, dat de kwelling zou afnemen; het was gewoon de toevoer van chemische stoffen in zijn lichaam. Maar zijn hart deed pijn en het voelde als liefde. Hij wilde alleen maar zijn armen om haar heen slaan en de hare om zich heen voelen en zijn ruwe wang tegen haar bleke, gladde gezicht drukken.

'Vroeger,' zei hij met een stem die licht trilde, 'toen ik klein was, acht of negen nog maar, ben ik met mijn ouders naar het verre noorden geweest. Mijn vader gaf een lezing in Stockholm en daarna zijn we een paar dagen boven de poolcirkel geweest. Mijn moeder wilde er heel graag naartoe op de kortste dag van het jaar. Ze wilde het noorderlicht zien. Dat hebben we niet te zien gekregen, ook al liet ze ons de hele nacht opblijven om erop te wachten, maar het was wel heel bijzonder. Ontzettend koud, dampend, snijdend koud, bijna alsof je wakker werd in een ijsoven. Ik zal nooit vergeten hoe het voelde toen ik naar buiten ging. Alles wat niet in dikke lagen kleding was ingepakt bevroor. Mijn wimpers en mijn haar veranderden in ijs, er hingen ijspegels aan mijn neus en mijn adem bevroor in de lucht. En het had dus donker moeten zijn. Er was geen zon, alleen de maan, de hele dag door – de dag die geen dag werd. Maar door de sneeuw straalde alles in het blauwe licht. Lunaire schoonheid,' zei hij, en toen hij zijn ogen naar haar opsloeg hoorde hij zijn eigen zin, absurd poëtisch en beladen met te veel betekenis, en vervolgens hoorde hij zichzelf zeggen: 'Hoe heb je Harry eigenlijk leren kennen? Ben je verliefd op hem?'

Lorna sloeg haar ogen neer, liet haar haar weer voor haar gezicht vallen en deed alsof ze het niet had gehoord. '*In a cold, cold night,*' zei ze, half zingend met haar hese stem. 'Zou jij liever doodgaan van de hitte of van de kou?'

'Van de kou is beter,' zei Ethan op gezaghebbende toon. 'Daar word je traag en dromerig van, en heel vredig. Het is net zoiets als sterven in je slaap.'

'Traag, dromerig en vredig klinkt goed.' Ze glimlachten naar elkaar en wendden toen allebei hun blik af.

Dat zou Ethan zich herinneren wanneer hij later terugkeek op die middag en hij ieder detail probeerde te reconstrueren. Hij wist niet meer precies wat hij had gezegd – en eerlijk gezegd had hij voornamelijk gezwegen – of waarover Harry, Marco en Lorna hadden gesproken. De terugreis zette hij uit zijn hoofd; hij had in het donker naast Marco voorin gezeten terwijl Lorna en Harry samen achterin zaten, zwijgend, en toen hij omkeek zag hij Lorna's hoofd op Harry's schouder liggen en Harry's hand op Lorna's bovenbeen. Hij wist waar ze naartoe zouden gaan nadat ze hem bij zijn kamer hadden afgezet, en wat ze zouden gaan doen. Daar mocht hij niet aan denken: het bruine haar dat over haar blote huid viel, of de deining van haar borsten in het donker van de gesloten gordijnen. Nee. Hij concentreerde zich op die paar fijne, niet-ironische momenten op het strand, ineengedoken met hun sigaretten, elkaar afschermend van de wind. Hij wist nog altijd niet veel van haar, maar hij had haar van dichtbij zien glimlachen, haar parfum ingeademd, en haar haar langs zijn gezicht voelen strijken.

'Mam?' zei hij. 'Mam? Bel ik je wakker?'
Gaby wist meteen dat er iets aan de hand was. Zijn stem klonk zo jong.
'Nee, hoor,' loog ze, en ze hees zichzelf overeind en trok het dekbed om zich heen. Connor kreunde en draaide zich op zijn rug. 'Is er iets?'
'Nee, het gaat prima met me. Ik weet dat je me een paar keer hebt gebeld en ik bel zomaar even, om hallo te zeggen. Eh... hallo!'
Gaby tuurde naar de wekkerradio. Tien over half een. 'Is er echt niks?'
'Echt niet. Het gaat goed.'
'Ook met je studie?'
'Min of meer. Ik moet nog wel wat inhalen. Ik ben een werkstuk aan het schrijven waar ik waarschijnlijk nog wel de hele nacht zoet mee ben, maar dat geeft niet. Ik ben niet moe. Soms vind ik dat wel lekker, een paar nachten overslaan. Daar krijg ik een bruisend hoofd van.'
'Is dat positief?'
'Het is interessant.'
'En verder?'
'Prima.'
'Heb je al mensen ontmoet met wie je vrienden zou kunnen worden?'

'Ja, hoor. Althans, een paar.'

'Ik zal binnenkort de auto wel moeten ophalen. Dan kunnen we misschien ergens gaan lunchen.'

'Leuk.'

'Het huis is heel stil en leeg zonder jou. Ik kan er maar niet aan wennen.'

'Over een paar weken ben ik weer thuis. Dan zet ik de muziek heel hard, hou je uit je slaap en breng bergen vuile was mee.' Hij keek om zich heen in zijn kamer. 'Ik zou eigenlijk naar de wasserette moeten gaan.'

'Ik durf er niet aan te denken hoe je kamer er nu uitziet. Heb je je spullen nog wel uitgepakt?'

'Niet als zodanig.'

'Niet als zodanig, hmm. Kook je vaak?'

'Nou, "koken" is een groot woord voor het opwarmen van bonen uit blik en voedsel uit pakjes.'

'Maar verder gaat het goed met je?'

'Dat heb je nou al een paar keer gevraagd. Het gaat goed. Ik ben niet eenzaam en niet uitgehongerd. Ik spuit geen heroïne en ik werk aan mijn studie, min of meer, en ik vind het nog leuk ook. Ik heb het naar mijn zin en leer het hier langzamerhand kennen, zodat ik weet wat ik doe.'

'Mooi zo. Heel goed.'

'Ik ben vandaag naar zee geweest.'

Gaby hoorde een lichte verandering in zijn stem. 'O?' zei ze voorzichtig. 'Wat leuk. Met wie?'

'O, gewoon een paar vrienden. Harry – over hem heb ik je geloof ik wel eens verteld. En ene Marco, die kende ik nog niet. En Lorna.'

'Lorna,' herhaalde Gaby.

'De vriendin van Harry.'

Gaby trok liefhebbend een pijnlijk gezicht in de telefoon. Daarom belde Ethan dus. Hij was een jongen van gebroken harten en uitersten.

'En hoe gaat het met jou en papa? Alles goed daar?'

'Connor is een beetje overwerkt.'

'Zoals gewoonlijk.'

'En ik heb ook te hard gewerkt. Niet alleen met de culturele groepen – Rufus en ik proberen dat project met die spijbelende kinderen van

de grond te krijgen. Dat is heel leuk, en ik denk dat een dergelijke uitdaging goed voor me zou zijn. Een avontuur.'
 'Maar verder gaat het wel goed met je? Niet verdrietig of zo?'
 'Ik ben niet verdrietig, lieverd.'
 'Echt niet?'
 'Echt niet.'
 'Ik kijk net pas op de klok. Je sliep wel, hè?'
 'Dat geeft helemaal niks. Jij mag me altijd bellen.'
 'Sorry. Ik had gewoon een beetje… Je weet wel, zo'n zondagavondgevoel.'
 'Ik zou willen dat ik in mijn vingers kon knippen om bij je te zijn.'
 'Hmm. Zelfs jij zou mijn kamer nu niet willen zien. Als ik mijn werkstuk af heb, ga ik echt gigántisch schoonmaken.'

Hij ging met drie zakken kleding en beddengoed naar de wasserette en keek een uur lang suf vanaf het bankje toe hoe alles schuimend rondtolde. Toen ging hij terug naar zijn kamer, maakte zijn bed op, pakte de rest van zijn kleren uit en zette zijn schoenen in paren onder in de kast. Hij gooide alle asbakken leeg, viste borden, kommen en bekers onder zijn bed vandaan en waste ze af in de keuken. Hij maakte stapeltjes van alle losse vellen volgekrabbeld papier; mappen zou hij later wel kopen. Hij zette de ramen wijd open en zoog de kruimels en troep van de vloerbedekking. Hij veegde zelfs de wasbak schoon met een prop wc-papier. De kamer was nog steeds niet brandschoon, maar hij was in ieder niet meer smerig.
 Toen ging Ethan zich douchen en scheren en trok hij kleren aan die nog warm waren van de droger. Hij zette koffie, ging met een sigaret voor het raam zitten en keek toe hoe de rook de koude lucht in kringelde en verdween. Nu kon Lorna op bezoek komen. Hij was er klaar voor.

18

'Nancy?'
'Daar spreekt u mee.'
Nancy wist meteen wie ze aan de lijn had, maar ze wilde het haar zelf horen zeggen.
'Met Gaby. We moeten iets afspreken.'
'Ik geloof niet...'
'Het is geen verzoek. Ik móét je spreken.'
Er viel een stilte. Gaby zag in gedachten het fronsende gezicht van Nancy voor zich terwijl ze de situatie probeerde in te schatten; Nancy dacht aan het verhitte, emotionele gezicht van Gaby.
'Goed dan. Wanneer?'
'Zodra jij kunt. Ik ben flexibel. Noem maar een dag en dan spreken we ergens in het midden af. Wat is het midden tussen Cornwall en Londen? Ik kan ook naar jou toe komen. Wat jij wilt.'
'Nee, luister. Ik moet dinsdag naar Birmingham voor een congres over jongens en hun leesgedrag. Als het jou uitkomt, zouden we in de lunchpauze kunnen afspreken. Volgens mij is het maar een uurtje van Londen en...'
'Dinsdag in Birmingham, prima. Waar?'
'Je zou naar het hotel kunnen komen.'
'Nee. Op het station, dat lijkt me het beste. Daar zal wel een restauratie zijn. Ik zie je om half een aan het einde van perron 1, oké? Zal ik je mijn mobiele nummer geven?'
'Hoeft niet. Ik zeg toch dat ik kom.' Nancy zweeg even. 'Ik weet

trouwens dat je in mijn huis bent geweest. Je bent nooit erg goed geweest in opruimen. Dat had je niet moeten doen.'
'Half een, dinsdag.'
De verbinding werd verbroken.

Zaterdag ging Gaby schaatsen met twee vriendinnen. Ze was nog uitgelatener en roekelozer dan anders en viel dertien keer; de laatste keer verzwikte ze haar enkel, zodat ze naar de kant moest hobbelen en daar ging zitten kijken. 's Avonds gaven Connor en zij een etentje. Gaby stak kaarsen aan, zodat de kamer een mysterieuze gloed kreeg. Mooi aangekleed in een lange zijden rok en een blouse met wijd uitlopende mouwen waarvan ze was vergeten dat ze hem had zat ze in het licht van de druipende kaarsen, en ze at met smaak en dronk vele glazen witte wijn; aan het einde van de avond declameerde ze zonder haperen *The Highwayman*, van begin tot eind, onder luid applaus. Iedereen was het erover eens dat ze uitstekend in vorm was. Zondag bleef ze lang in bed liggen, half slapend onder de chaos van haar verfrommelde dekbed, waar ze luisterde naar Connor die in de keuken de bende van de vorige avond aan het opruimen was en daarna de trap op liep naar zijn werkkamer – de *ping* van zijn computer die werd aangezet. Ze hoefde hem niet te zien om te weten hoe hij eruitzag terwijl hij geduldig de pannen afwaste, het aanrecht en de tafel schoonveegde en vervolgens naar zijn bureau liep met die alerte blik op zijn smalle, pientere gezicht. Toen ze opstond, maakte ze voor hen beiden roereieren op geroosterd bruinbrood met boter, en ze las de zondagkranten en ging naar het tuincentrum, waar ze veel te veel geld uitgaf aan tulpenbollen om te planten voor de lente. 's Avonds las ze *Jane Eyre*, een boek dat ze al zeven of acht keer had gelezen en waarvan de vertrouwdheid en de ingehouden woede iets geruststellends hadden. Ze ging tamelijk vroeg slapen, maar even na middernacht werd ze wakker gebeld door Ethan, en ze hoorde al na één lettergreep dat hij het moeilijk had. Na het telefoontje lag ze nog een hele tijd wakker en dacht ze aan haar zoon. Als het ook maar enigszins mogelijk was geweest, zou ze zich hebben aangekleed om midden in de nacht naar Exeter te gaan. Maandag ging ze vroeg naar haar werk en kwam ze laat thuis. Connor was er nog niet, en ze ging uitgebreid in bad, waste haar haar, lakte haar nagels, dronk een glas tomatensap met peper en ging een tijdje in de leegte van Ethans kamer zitten, die nog altijd naar hem rook, ook al stond het raam al dagen open. Ze ging zonder avondeten naar bed, rolde zich op tot een balletje en sloeg haar armen om zichzelf heen. Connor zei altijd dat niemand graag in bed lag met zijn armen buiten de dekens. Iedereen moest zich in zijn slaap beschermen met zijn handen, zei hij, dat was het menselijk instinct. Dinsdag nam ze de trein naar Birmingham en precies om half een stond ze aan het einde van perron 1.

Ze gingen op harde stoelen in de stationsrestauratie zitten, die grensde aan de drukke vertrekhal, gevuld was met een blauwe tabakswalm en naar oude, verbrande koffie rook. In de holle, galmende ruimte moesten ze hard praten om zich verstaanbaar te maken en zo nu en dan dwong de aankondiging van een vertrekkende trein hen tot een ongemakkelijke stilte. Nancy had haar dikke jas niet uitgedaan; boven de hoog opgezette kraag was haar gezicht bleek en vermoeid. Het viel Gaby op dat ze een paar grijze haren had, en lijntjes boven haar bovenlip en diepe groeven naast haar mond. Hoe heeft het kunnen gebeuren, dacht ze, hoe konden die twintig jaar zo snel voorbijgaan? Waar zijn de jonge vrouwen gebleven die we nog maar zo kort geleden waren, de meisjes met hun platte boezem? Samen in een hangmat in de tuin, doezelig van de warmte, kleverig van de limonade, giechelend heen en weer wiegend onder de groene bladeren, genietend van de zon. Ze hadden elkaar geheimen verteld en samen plannen gemaakt; zorgeloos de toekomst tegemoet.

'Goed,' zei ze nu. Het verbaasde haar hoe kalm ze zich voelde, eindelijk had ze de touwtjes in handen. 'Sonia.'

Nancy vertrok geen spier. Ze pakte haar thee, die een oranje kleur had, en zette hem weer neer zonder ervan gedronken te hebben. Ze bedacht dat Gaby, met haar haar in een strak staartje en zonder een spoortje make-up, er nog nooit zo goed uitgezien had.

'Dus je hebt haar brief gelezen.'

'Ja.'

'Ik had al zo'n vermoeden. Dat is niet erg netjes van je.'

'Weet ik, maar toch heb ik het gedaan. Ik kan het niet meer ongedaan maken – ook niet wat ik nu weet. Dat is het probleem met de tijd: het is eenrichtingsverkeer.'

Nancy keek haar strak aan. 'Oké, wat weet je precies, oude vriendin van me? Dat ik een kind heb gekregen toen ik jong was. Heel lang geleden.'

'Ja, het is inderdaad lang geleden,' zei Gaby zachtjes. Ze stelde de woorden zo lang mogelijk uit en liet zichzelf meevoeren met dit wonderlijk rustgevende moment, voordat ze de volgende stap zette op de eenrichtingsweg. In de stationshal liepen mensen gehaast voorbij met kranten, aktetassen en rugzakken, allemaal op weg naar elders. 'Achttien jaar.'

Nancy zei niets. Buiten kondigde een vervormde stem galmend een vertraging aan. Excuses voor het ongemak.

'Je had voor abortus kunnen kiezen.'

'Dat had gekund, ja.' Haar mond stond vastberaden.

'Maar in plaats daarvan koos je ervoor om stiekem een dochter te krijgen en haar weg te geven.'

Nancy zei niets.

'Ik kan me niet voorstellen hoe dat moet voelen. Een zwangerschap en een bevalling doorstaan en haar dan loslaten.'

'Waarschijnlijk niet, nee.'

'Nou ja, wel een beetje... omdat ik Ethan heb. En zelfs toen ik zo ziek was, hield ik ongelooflijk veel van hem. En dan waren er natuurlijk nog de miskramen.' Ze wachtte een paar tellen. 'Ik was zwanger toen je wegging. Die dag dat we elkaar gesproken hebben, was ik zo misselijk dat ik het al vermoedde. Ik ben meteen naar huis gegaan om een test te doen, en de uitslag was positief. We zijn dus een paar maanden tegelijk zwanger geweest, al was jij natuurlijk verder dan ik. Daar heb ik de afgelopen tijd vaak aan gedacht.'

'Gaby, als je...'

'Sst, luister nou. Natuurlijk dacht ik, toen ik die brief van Sonia las, aan Stefan. Maar ik heb het hem niet verteld, als je je dat soms afvroeg. Ja, natuurlijk heb je je dat afgevraagd. Connor ook niet. Is dat gek? De twee mensen aan wie ik alles vertel. Je zou verwachten dat ik het niet voor me kon houden. Je kent dat gevoel wel, wanneer er een geheim binnen in je zit en je voelt het steeds maar groter en groter worden daar in het donker, tot je zeker weet dat het eruit móét. Zo klinkt het als een zwangerschap, nu ik erover nadenk. Maar goed. Ik liep dus rond met dat geheim. Jouw geheim. Wat een geheim. Heb jij het anderen verteld? Heb je na mij vriendinnen gehad bij wie je je hart kon uitstorten? Of was je net als koning Midas en fluisterde je je geheim in een gat in de grond, in de hoop dat het zou verschrompelen en je op een dag het gevoel zou hebben dat het niet meer bestond? Als het mij was overkomen, zou ik het op een dag niet meer voor me hebben kunnen houden, maar het is mij niet overkomen – en jij bent totaal anders dan ik. Daarom hield ik ook zoveel van je, denk ik, omdat jij alles bent wat ik niet ben. En je hebt altijd goed geheimen kunnen bewaren.

Maar goed, ik heb ze dus niets verteld. Nog niet. Telkens wanneer ik Stefan zag, was ik bang voor wat het met hem zou doen, zelfs na al die jaren nog. Hij heeft altijd kinderen gewild, een gezin, en hij is zo eenzaam en verslagen. Soms denk ik dat hij vreselijk triest is onder zijn opgewekte buitenkant. Het klinkt idioot, maar omdat ik het Stefan niet heb verteld, kon ik het Connor ook niet vertellen. Op de een of andere manier kon ik dat niet. Ik was helemaal vol van dat vernietigende geheim en ik wilde het niet aan anderen doorgeven. Ik wist niet wat ik aan moest met de kennis die ik plotseling bezat.' Ze giechelde onverwachts en nam een grote slok van haar afgekoelde koffie. 'Ik zal je zeggen, Nancy, dat ik een paar vreemde weken achter de rug heb. Ik voelde me net een belachelijke spion die vermomd rondsloop en zich voor mij uitgaf. Ongelooflijk dat niemand er iets van heeft gemerkt. Misschien is er niemand die me zo goed kent als ik altijd heb gedacht. Misschien moet ik eens wat minder naïef en romantisch worden ten opzichte van relaties. Wat zei jij ook alweer altijd? Uiteindelijk is iedereen alleen.'

'Dus besloot je met mij te gaan praten,' spoorde Nancy haar met afgemeten stem aan om door te gaan. Ze zat kaarsrecht in haar stoel, met haar handen voor zich op tafel. Als je haar zo zag zitten, zou je denken dat ze aan het vergaderen was.

'Nee, eigenlijk niet.'

'Niet?'

'Nee. Ik ben Sonia gaan zoeken.'

Er klonk een onderdrukte kreet en de tafel schudde; kleine golfjes verspreidden zich over de oranje thee. Nancy klampte haar handen ineen. Gaby zag de knokkels wit worden. Nancy zei niets. Haar gezicht was lijkbleek en mager; de rimpels rond haar mond vielen extra op en ze leek plotseling ouder en kleiner. Gaby kreeg bijna medelijden met haar. Bijna.

'Ik dacht dat ik het zou weten als ik haar zag,' zei Gaby.
'Weten?' wist Nancy fluisterend uit te brengen.
'Ja. Of Stefan de vader is. Ik was ervan overtuigd dat ik het zou kunnen zien. Heb jij haar al ontmoet?'
'Nee,' bracht Nancy hijgend uit. Ze boog zich naar voren, haar gezicht verwrongen van pijn. 'Ze was er nog niet aan toe. Hoe kon je zomaar...'
'Wees maar niet bang, ik heb me niet aan haar voorgesteld of zo. Ik wilde haar alleen zien. En natuurlijk is Stefan niet de vader, hè?'
'Ik weet het niet.' Het kwam er schor uit. 'Ik weet niet wie de vader is, Gaby. Ik weet het niet.'
'Ik wel. Stefan is het in ieder geval niet. Dat had ik natuurlijk al die tijd kunnen weten, of op z'n minst dat je daaraan twijfelde. Misschien wel, misschien niet. Is dat het? Ik had beter moeten weten. Waarom zou je er in godsnaam vandoor gegaan zijn en alle banden verbroken hebben als hij de vader was geweest? Wat zei je ook alweer, laatst? Dat het voelde alsof je een misdaad had gepleegd.' Ze leunde met een zucht achterover in de stoel. 'Gek, maar toen ik Ethan laatst naar de universiteit bracht, hebben we een heel goed gesprek gehad. Echt heel goed – zo'n gesprek waarop je niet durft te hopen, maar dat soms gewoon ontstaat en dan weet je meteen hoe bijzonder het is. Hij zei dat hij als kind soms had gewild dat hij een broertje of zusje had gehad om hem gezelschap te houden.'
'Gaby, alsjeblieft.'
'Wacht even. Sonia is een leuk kind. Ze heeft jouw ogen, weet je dat? Dat kon je natuurlijk niet zien op het pasfotootje dat ze je heeft gestuurd. En jouw kaaklijn. Daar zou ik haar meteen aan herkend hebben. En ik durf te wedden dat ze net zo koppig is als jij. Ik lees in de krant steeds weer theorieën over genetica. Vroeger dacht ik – waarschijnlijk omdat ik het wílde denken – dat we zelf kunnen kiezen wie we worden, maar veel wetenschappers zeggen dat het bijna volledig genetisch bepaald is, alsof we een computer zijn die is geprogrammeerd en we in werkelijkheid helemaal niet vrij zijn, dat denken we maar – en zelfs die veronderstelling hoort bij het computerprogramma, als je begrijpt wat ik bedoel. Vlak voor de geboorte van Ethan begon mijn linkerbeen heel erg te trillen; toen ik dat aan mijn moeder vertelde, zei ze dat zij precies hetzelfde had gehad voor haar bevallin-

gen – bij ons alle vier. Zelfs dat trillen was genetisch bepaald. En Ethan... Ik voelde me zo met hem verbonden dat het soms leek alsof hij onzichtbaar was; ik keek ín hem, niet naar hem. Maar nu hij ouder is en een eigen leven leidt, zie ik mezelf heel duidelijk in hem – of ik zie zijn gezicht in de spiegel wanneer ik naar mezelf kijk. Hij lijkt niet erg veel op zijn vader, niet van uiterlijk en niet van karakter. Vroeger vond ik dat wel eens vervelend voor Connor; er waren momenten waarop hij een buitenbeentje leek als we met z'n drieën waren: donker, nauwgezet, emotioneel en tobberig, in zichzelf gekeerd en afhankelijk. Dat weet je nog wel.'

Ze zweeg en hield even haar adem in. De voorwerpen om haar heen leken heel helder en toch ver weg; het was alsof Nancy getekend was, onwerkelijk. Ze hóéfde het niet te zeggen. Ze kon hetzelfde doen als wat Nancy had gedaan: het geheim in zichzelf verzegelen en alle gaten waardoor het zou kunnen ontsnappen dichtstoppen. Tot dit moment was er diep vanbinnen nog een deel van haar geweest dat zich had verzet tegen de openbaring die dag in Stratford, een deel van haar dat er een verhaaltje van maakte, een droom die zou verdwijnen zodra ze wakker werd. Ze wist dat het hardop uitspreken ervan tegen Nancy de woorden zou verplaatsen naar de buitenwereld en ze tastbaar zou maken, openbaar en onontkoombaar. Dus wachtte ze. Ze keek met glanzende ogen naar Nancy, en toen voelde ze hoe de woorden in haar binnenste werden gevormd en deed ze haar mond open.

'Maar Sonia lijkt wel op Connor.'

In de stilte die viel verkondigde een zware, luide stem dat de trein uit Worcester later zou binnenkomen. Nancy zat roerloos tegenover haar, alsof de woorden haar hadden betoverd. Zelfs haar handen op het tafeltje bewogen niet. Misschien hield ze haar adem in.

Na een hele tijd zuchtte ze zachtjes.

'Echt waar?' vroeg ze. 'Lijkt ze op hem?'

Dus ik had gelijk, dacht Gaby. Ik dacht dat ik het wist, maar nu weet ik het zeker. Geen haarscheurtje van hoop meer. Ik heb gelijk, mijn echtgenoot en mijn beste vriendin zijn minnaars geweest. Pal voor mijn neus, in mijn eigen huis, terwijl ik ziek was en zij voor me zorgden en ze me beschermden tegen het kwaad, en natuurlijk had ik geen enkel vermoeden want ik hield van hen, en ik wist dat ze allebei van mij hielden; zelfs nu nog kan ik me herinneren dat ze van me hielden en ik weet dat dat geen leugen is. Ze waren mijn veiligheid. Mijn thuis.

'Nou en of,' zei ze tegen Nancy, glimlachend. 'Ze is net zo mager en donker als hij. Ze mag dan jouw kaaklijn hebben, de vorm van haar gezicht heeft ze van hem, en al heeft ze jouw ogen, ze heeft zijn wenkbrauwen en lange donkere wimpers. En...' Gaby begon met een piepklein lachje dat overging in een snik, die ze onderdrukte. 'Ze trekt zelfs op precies dezelfde manier aan haar oorlelletje. Toen ik dat zag... Maar dat is niet het enige. Het lijkt wel of ze doorweven is met Connor-achtigheid. Toen ik het eenmaal wist, kon ik hem bijna in haar voelen. Datgene waardoor ik voor Connor ben gevallen, gevallen alsof ik van een hoge rots stortte, zijn stekelige kwetsbaarheid die maakt dat ik mijn armen om hem heen wil slaan om hem bij te staan – dat heeft zij ook, ik weet het zeker. Wacht even. Ogenblikje.'

Ze rommelde in haar enorme tas en haalde een nieuw pakje sigaretten tevoorschijn, stak er een op, zoog de rook diep in haar longen en blies langzaam uit.

'Ik ben pasgeleden weer begonnen met roken. Misschien geeft het me het gevoel dat ik iemand anders zou kunnen zijn, een vreemde die ik nog maar net ken. Ik heb geen flauw idee wat daar geruststellend aan zou moeten zijn, maar toch is het zo. Maar goed, ik heb nog maar twee dingen te zeggen. Of eigenlijk te vragen. Dan ben ik klaar. Uitgepraat. Wilde Connor bij me weggaan?'

'Gaby, als je ook maar enig idee had hoe...'

'*Wilde Connor bij me weggaan?*'

'Dat zijn dingen die je aan Connor zou moeten vragen, niet aan mij.'

'Wees maar niet bang, dat doe ik heus wel. Ik wilde het alleen eerst even aan mijn ex-beste vriendin vragen. Nou?'

'Nee. Néé. Jij bent degene van wie hij altijd heeft gehouden. Dat is nooit gestopt.'

'Praat me niet van "houden van". Mijn andere vraag luidt: weet hij van Sonia's bestaan?'

'Nee. Absoluut niet.'

'Hij weet niet dat hij nog een kind heeft?'

'Nee. Toen ik wegging, had ik hem niet eens verteld dat ik zwanger was. Hij heeft het nooit geweten.'

Gaby begon te giechelen, al deed het pijn aan haar keel en prikten haar ogen.

'Dan staat hem een grote verrassing te wachten. O, jee.'
'Gaby...'
'Hou je kop.'
'Alsjeblieft, lieve Gaby. Het is lang geleden.'
'Dat weet ik – maakt dat het minder erg of juist erger? Wat heeft het voor zin om dat te zeggen? Niets zeggen. Niet tegen me praten.'
'Ik heb geen woorden om je...'
'Hou dan je mond. Wat heb ik trouwens aan woorden?'

Er waren natuurlijk nog wel meer vragen. Nog terwijl Gaby daar zat te kijken naar Nancy tegenover haar aan het tafeltje, vulden ze haar hoofd. Wat zou ze tegen Connor zeggen, en wat zou ze doen? Wat ging ze Stefan vertellen? Zou Sonia Connor ook willen ontmoeten, en hij haar? En Ethan, moest hij het ook weten? Haar hart kromp ineen bij de gedachte aan haar zoon. Moest hij het weten? Hij had nu een halfzusje, natuurlijk moest hij het weten. Wat zou hij zeggen? Wat zou hij denken? Haar oude leventje, dat haar ooit had dwarsgezeten omdat het zo doodgewoon en voorspelbaar was, kwam haar nu heerlijk voor. Heerlijk en onecht; simpel en onwaar; gelukkig, alleen maar omdat ze zelfvoldaan was geweest en zich had gewenteld in onwetendheid.

Wat viel er nog meer te ontdekken, vroeg ze zich met een vlaag van misselijkheid af, want per slot van rekening was dit wat het hele leven uiteindelijk moest zijn: één grote schertsvertoning waarin iedereen zijn ware gevoelens en geheime daden verbergt achter de aanvaardbare buitenkant van zijn publieke zelf. Het is allemaal noodzakelijke nep: we houden het hoofd boven water door te doen alsof we iets voelen wat we niet voelen, alsof we iemand aardig vinden die we niet aardig vinden, alsof we verlangen naar iets waarnaar we niet verlangen en zijn wie we niet zijn. Het is niet alleen een kwestie van steeds een andere kant van jezelf laten zien, afhankelijk van het gezelschap waarin je verkeert. Het gaat verder dan dat. Gaby dacht aan vrienden die ze eigenlijk helemaal niet leuk vond en met wie ze zelfs niet het beste voorhad; ze dacht aan de keren dat ze had gelogen tegen Connor, uit aardigheid of op zijn minst vanuit de wens om niet ónaardig te zijn; ze dacht aan de manier waarop ze had geprobeerd de wereld voor zich te winnen met haar gespeelde spontaniteit. Allemaal bedrog, dacht ze –

en we houden niet alleen anderen voor de gek, maar ook onszelf, net zo lang tot we geloven in onze eigen leugens en in de argumenten die we gebruiken om ons gedrag goed te praten. Terwijl ze daar aan het tafeltje zat en toekeek hoe een dikke duif de stationshal door strompelde, leek de wereld te druipen van die hypocrisie en wreedheid waarvan we het grootste deel van de tijd wel móéten doen alsof we ze niet zien, want als we ze wel zagen, zou dat ondraaglijk zijn.

Haar beste vriendin was met haar man naar bed geweest. Het was een cliché, een monsterlijk stereotype van verraad. Haar beste vriendin had een kind van háár man op de wereld gezet. Dit overkwam andere mensen; als je een dergelijk verhaal in een damesblad las, beschouwde je het als een akelige tragedie, een wrede farce.

'Gaby...' zei Nancy.

Gaby dwong zichzelf om haar blik weer scherp te stellen op Nancy's geschokte, pijnlijk vertrokken gezicht.

'Hoe kon je? Jij was altijd de deugdzame van ons tweeën. We keken allemaal tegen je op. Je wist precies wat goed was en wat fout – een beetje zoals Connor, eigenlijk. Ik was wisselvalliger; van mij wist je nooit zeker of ik niet iets stoms zou doen, maar jij deed dat nooit. Jij was de rots in de branding, degene van wie we allemaal verwachtten dat je je netjes gedroeg. Toen je wegging, dacht ik dat ik iets verkeerds gedaan had. Het moest aan mij liggen. Ik hield zo veel van je. En dan dit... dit...' Ze struikelde over haar woorden en wachtte even voordat ze weer naar Nancy opkeek. 'Hoe kon je zoiets doen?'

Nancy schraapte haar keel. Haar gezicht bewoog krampachtig en in haar hals klopte een blauw adertje. Toen ze begon te praten, klonk haar stem droog en schor. 'Ik ga je niet vragen me te vergeven. Wat ik heb gedaan was onvergeeflijk, dat weet ik. Ik zal niet proberen goed te praten wat er is gebeurd of proberen de pijn die je moet voelen te verminderen...'

'O, schei toch uit, Nancy, je staat niet in de rechtbank! Je hoeft geen toespraak te houden over abstracte zaken als vergiffenis en schuld, en ik ben geen rechter of jurylid. Ik ben het, Gaby, weet je nog wel? We gebruikten vroeger dezelfde tandenborstel.'

'Oké, oké, je hebt gelijk. Misschien klink ik zo omdat ik je al die tijd in gedachten vaak heb toegesproken, al had ik gehoopt dat ik het nooit echt zou hoeven doen. Ik wilde dat je het nooit te weten zou komen. Dat leek me het minste wat ik voor je kon doen.'

Gaby viel haar abrupt in de rede.

'Ik geloof niet dat ik hier nu over wil praten. Ik kan het niet. Ik heb er eigenlijk wel genoeg van. Ik moet weg, nadenken.'

'Natuurlijk.'

'Ik weet het niet, Nancy.'

'Wat weet je niet?'

'Ik weet het gewoon niet. Ik weet het niet, ik weet het niet, ik weet het niet. Ik weet helemaal niks. Ik weet niet wat dit betekent. Ik weet niet wat er zal gebeuren. Ik weet niet meer wie ik ben of wat mijn leven is. Ik ben moe. Ik wil naar huis.'

Maar bij het woord 'huis' kreeg ze tranen in haar ogen. Het had niet meer dezelfde betekenis, het viel met een zachte, doffe dreun in haar hart. Thuis was altijd de plek geweest waar Connor en Ethan waren. Maar Ethan was weg – en Connor was voor haar veranderd. Ze zag in gedachten het bleke, aandachtige gezicht van haar man voor zich; zoals hij keek wanneer hij aan zijn bureau zat en fronsend voor zich uit staarde; zoals hij zich gedroeg tegenover iemand die pijn had – vakkundig, maar ook heel geïnteresseerd. Hij mocht dan prikkelbaar en lastig zijn, hij was ook aardig en eerzaam, hij gaf om andere mensen en hij was *echt*. Ze was er altijd trots op geweest dat zij degene was die hij had uitgekozen om van te houden.

'Je hoort nog wel van me,' zei ze, en ze stond moeizaam op. Ze voelde zich lomp en onhandig. De grond leek te bewegen onder haar voeten. De muren kwamen op haar af en het lelijke gele licht bonkte in haar schedel.

Nancy stond ook op.

'Ik zie Sonia binnenkort.'

'Je hoort nog van me, zei ik.'

'Zal ik je mijn e-mailadres geven? Dat is misschien het makkelijkst.'

'Goed.'

Ze wisselden e-mailadressen uit. Gaby stopte het strookje papier in haar jaszak, bij haar treinkaartje.

'Nou...' zei Nancy. Ze deed de knopen van haar jas dicht en pakte haar aktetas.

'Nou...' zei Gaby.

'Red je het wel?'

'Red ik het wel?' herhaalde ze.

'Kom je wel goed thuis?'
'Ja hoor, ik kom goed thuis.'
Ze draaide zich op haar hakken om en liep de stationsrestauratie uit, de donkere, hoge hal in waar de geluiden weerkaatsten tegen de muren, met het geroezemoes van de stemmen om haar heen. Onder zich hoorde ze haar hakken scherp tikken en in het raam zag ze haar spiegelbeeld: haar meedeinende jas en haar lange haar. Het verbaasde haar hoe sterk en beheerst ze eruitzag en ze stak glimlachend een hand naar zichzelf op, als begroeting en tevens vaarwel.

19

Connor liep hard. Hij was begonnen bij de uitgang van het ziekenhuis en rende nu de weg af richting Kings Cross, jogde op de plaats bij de stoplichten en zigzagde tussen de voetgangers door. Langs de winkel met schaakborden, over de hoofdweg vol luid toeterende auto's. De ijskoude motregen viel op zijn blote onderarmen.

Hij liep vier keer per week hard, zonder uitzondering. In sneeuwstormen en hittegolven, op vakantie en wanneer hij ziek was; heuvelopwaarts, langs kanalen, op sportterreinen, door velden en parken, langs de zee en over bergruggen. Hij deed het al sinds zijn zestiende, en soms dacht hij aan de afstanden die hij had afgelegd en de hellingen die hij in de kuiten had. Hij had het onmogelijke gevoel dat al zijn gelopen tochtjes nog ergens in hem huisden. Als hij een keer moest overslaan, kreeg hij de kriebels en werd hij bevangen door een rusteloze, opstandige woede waarvan hij wist dat die belachelijk was, maar die hem desalniettemin in zijn greep kreeg. Dinsdags had hij een uur lunchpauze en dan liep hij altijd een traject van tien kilometer door Regents Park; na afloop had hij nog net tijd om snel te douchen en dan zat hij om twee uur weer schoon en monter achter zijn bureau.

De eerste anderhalve kilometer was altijd het zwaarst. Dan waren zijn spieren nog stijf en zijn gedachten gespannen. Maar langzamerhand kwam hij los. Zijn passen werden groter en soepeler; zijn hoofd, dat gevuld was geweest met neurotische lijstjes en hinderlijke zorgen, maakte ruimte en kreeg meer lucht; beelden tolden door hem heen en de ideeën waarmee hij had geworsteld ontvouwden zich veel gemakkelijker, alsof ze dichtgeslibd waren maar nu loskwamen. Hij ontweek een fietser en liep de hekken door, het park in. Hij vond zijn ritme. Op sommige dagen voelde hij zich traag en log, maar dit was een goede dag om te lopen: hij was licht en snel; de energie stroomde glashelder door hem heen. Hij dacht aan de patiënten die hij die middag zou zien en de lezing die hij de volgende dag zou geven; die moest hij vanavond thuis schrijven. Hij dacht aan Ethan en vroeg zich af waarom hij na het vertrek van zijn zoon nog amper met hem had gesproken. Gaby wel natuurlijk; ze vulde de communicatie voortdurend aan met e-mail, sms'jes en ansichtkaarten met twee onleesbare woorden erop gekrabbeld. Ze had hem nog niet echt losgelaten en ze miste hem door allerlei details: de dichte slaapkamerdeur, de avonden die ze nu alleen doorbracht, terwijl ze voorheen samen met Ethan was geweest. Haar energie was omgezet in een soort rusteloosheid, en het was Connor opgevallen dat ze afwezig was, meer dan anders. Soms, wanneer hij iets tegen haar zei, staarde ze hem alleen maar vragend en wazig aan, alsof ze niet wist wie hij was of waarom hij tegenover haar zat. Er ging een scherp schuldgevoel en een enorme tederheid door hem heen wanneer hij aan zijn vrouw dacht, alsof zijn hart gekneusd was. Het was nu twintig jaar geleden dat ze elkaar hadden ontmoet. Haar ruimhartigheid en beminnelijkheid van toen waren een geschenk geweest dat hem had vrijgekocht, en hij had niet gedacht dat hij het haar ooit zou kunnen terugbetalen, en nooit beseft dat ook zij de behoefte had om gekoesterd te worden. Het mysterieuze van die begintijd mocht dan verdwenen zijn, weggesleten door jarenlang gebruik, er was wel een nieuwe intimiteit voor in de plaats gekomen. Hij had nachtenlang naast haar geslapen en haar lichaam opengescheurd zien worden door de geboorte van hun kind. Hij kende iedere plooi in haar vel, iedere oneffenheid van haar huid. Hij had haar gezien met vet haar en dikke ogen, was getuige geweest van haar uitgelaten en haar treurige buien, had geleden onder haar slordigheid, haar neiging alles te herhalen en te overdrijven, haar vergeetachtigheid, luiheid en de uitbarstingen van enthousiasme die hem, pietje-precies als hij zelf was, volkomen willekeurig voorkwamen. Wanneer ze praatte, wist hij wat ze tussen de regels door bedoelde; hij zag haar een pijnlijk gezicht trekken of ineenkrimpen waar dat voor anderen niet waarneembaar was. De jaren samen waren opgestapeld in ieder woord. Maar ze had zijn leven verlicht. Ze had om hem gelachen wanneer hij zichzelf te serieus nam. Zijn vrienden en collega's waren gevallen voor haar charme. Ze maakte hem aan het lachen. Hij had veel lol met haar gehad. Met hen allebei, zijn zoon en zijn vrouw. Soms was het geweest alsof ze als duo op de wereld waren gezet om hem mateloos te irriteren maar ook grote vreugde te bezorgen. Hij herinnerde zich een avond waarop ze beiden doodernstig aan tafel hadden gezeten met een theedoek op hun hoofd, of de keer dat Gaby de radio had aangezet en Ethan op tafel was gaan dansen, met een theatrale intensiteit die Connor even gênant als ontroerend vond. Hij had er met Gaby tussenuit moeten gaan op de dag dat Ethan het huis uit ging, besefte hij nu, of op z'n minst iets dramatisch en emotioneels moeten doen. Ze had altijd veel waarde gehecht aan rituelen en hij begreep inmiddels dat ze die nodig had in haar leven.

Het hield op met motregenen; vóór hem klaarde de lucht op en er had zich een filmpje zweet op zijn voorhoofd gevormd. Hij passeerde een paar mannen die traag over het pad jogden, en daarna een hazewind die stond te snuffelen aan een poedel die op zijn rug lag en onderdanig met zijn korte pootjes spartelde. Hij voelde zijn hart snel maar regelmatig kloppen.

Connor was van mening dat de meeste mensen te hard oordeelden over anderen en te mild over zichzelf. Er was, door een heel leger therapeuten en pseudotherapeuten, genoeg geschreven over schuldgevoelens, maar te weinig over het ontbreken daarvan. Ethan en hij hadden vaak gediscussieerd over het vermogen van de mens om zijn eigen gedrag goed te praten tegenover zichzelf – en anderen de schuld in de schoenen te schuiven en zich onbegrepen te voelen, ondanks de vreselijkste wandaden. We hebben allemaal een sterk afweermechanisme dat voorkomt dat we onze eigen fouten al te scherp zien. Nu hij voor zijn studie de geschiedenis van de twintigste eeuw onder de loep nam, had Ethan zich – met de bezieling van een tiener die de wereld wil verbeteren – gestort op wreedheden die waren begaan met onvermoeibare eigendunk. Dichter bij huis dacht Connor aan een geval dat Gaby en hem nog niet zo lang geleden had beziggehouden. Iemand bij hen uit de buurt, Mary, een oude vrouw, woonde destijds alleen en had geen familie. Ze was in de loop der jaren steeds vergeetachtiger geworden en zwierf over straat in vieze kleren die veel te groot waren voor haar krimpende lichaam, en ze had altijd een vaag, verdwaasd lachje op haar gezicht. Het was duidelijk dat ze niet meer voor zichzelf kon zorgen, maar een bejaardentehuis was een schrikbeeld voor haar en ze werd kwaad zodra iemand erover begon. De buurt was te hulp geschoten en had een rooster gemaakt om bij toerbeurt voor haar te koken en haar huis schoon te maken, met haar te gaan wandelen, voetje voor voetje van de ene lantaarnpaal naar de volgende, en ervoor te zorgen dat haar rekeningen op tijd betaald werden. Gaby was iedere dinsdagavond naar haar toe gegaan om een boterhammetje te roosteren en te luisteren hoe Mary pianospeelde met haar reumatische vingers. Toen was Mary gestorven, zonder testament, en het had weken geduurd voordat haar verre familie was opgespoord, een welgesteld echtpaar uit Reading dat, voor zover Connor wist, Mary nooit had ontmoet of zelfs van haar bestaan had geweten. Het huis had, hoewel het sinds de jaren vijftig niet meer was opgeknapt, aardig wat geld opgebracht, maar toen de buurtbewoners de erfgenamen hadden geschreven om een bijdrage te vragen voor Mary's grafsteen (ze had uitgebreide instructies achtergelaten voor haar begrafenis), luidde het antwoord dat het niet 'gepast' was om daaraan mee te betalen. Gaby was zo woedend geweest over hun hooghartige egoïsme (het woord 'gepast' was de druppel geweest) dat ze het weekend erop naar het huis van de erfgenamen was gegaan om hen erop aan te spreken. Ze was sputterend van verontwaardiging thuisgekomen en had hem verteld dat ze stellig in de verontwaardigde overtuiging verkeerden dat ze niets verkeerd deden; ze beschouwden zichzelf als fatsoenlijke, brave burgers die altijd hun plicht deden. Sterker nog: aan het eind van het gesprek leken ze zichzelf te zien als slachtoffers van deze dolgedraaide vrouw met haar verhitte gezicht die zomaar hun zondagsrust had verstoord met haar beschuldigingen, en ze hadden gedreigd de politie te bellen.

Maar Connor had zelf ook dingen gedaan waarvan hij zichzelf niet meer toestond eraan te denken. Zo dacht hij bijvoorbeeld bewust nooit aan Nancy. De herinnering was als een schaduw op een röntgenfoto die hij niet nader wilde onderzoeken, al was hij zich er wel van bewust. Hij zag het, maar koos ervoor om niet te kijken. Hij dacht niet meer aan wat er was gebeurd, maar hij was het niet vergeten. Zo nu en dan werd hij getroffen door een soort ademloosheid, en dan begreep hij dat hij zich herinnerde wat er al die jaren geleden tussen hen was voorgevallen, maar de herinnering en het schuldgevoel doken op zonder zijn toestemming, als iets ondergronds dat nooit aan de oppervlakte komt en ongezien schade aanricht.

Hij was bij de roeivijver aangekomen. Boven hem vlogen eenden, luidruchtig klapwiekend. Een mooie jongeman met een vlassig baardje stond gehurkt bij het pad, met zijn handen naar voren gestrekt in een of andere oosterse oefening. Connor verlengde zijn passen en versnelde; hij wilde zichzelf uitputten. Hij dacht aan de middag en avond die voor hem lagen. Hij mocht niet vergeten de papieren mee naar huis te nemen die hij nodig had voor zijn lezing. Misschien moest hij er eens met Gaby tussenuit gaan. Marokko. IJsland. Een ver, vreemd land. Alleen zij tweeën, samen aan een tafeltje zitten, zich ontspannen met haar glimlach en alles tegen haar zeggen wat hij op zijn hart had, hoe vreemd en onbeduidend het ook mocht zijn. Behalve dat ene.

20

Gaby was altijd onder de indruk van mensen die precies leken te weten wat de bedoeling van hun leven was. In televisieinterviews hoorde ze kunstenaars en schrijvers zonder haperen hun eigen ontwikkeling beschrijven: de weg die ze aflegden en de keuzes die ze maakten leidden allemaal naar het huidige moment. Ze wezen keerpunten aan, verdeelden hun ervaringen onder in bepaalde periodes, bedankten personen die veel invloed op hen hadden gehad, verklaarden hoeveel impact hun leed en hun triomfen hadden gehad op hun opvattingen en wereldbeeld, en konden precies aangeven in welk opzicht ze waren veranderd en waarom. Ze hadden een uitgesproken mening en hielden daaraan vast. Ze konden zichzelf van een afstandje bekijken en begrijpen, en over zichzelf vertellen alsof het een vastomlijnd verhaal was. Soms meende ze iets bedrieglijks of zelfgenoegzaams te bespeuren in hun welsprekende zelfanalyse, maar meestal was ze er gewoon jaloers op. Ze wist niet wat de bedoeling van haar leven was en ze had geen idee in welk opzicht ze was veranderd en wie ze was geworden. Ze had niet zozeer een uitgesproken mening als wel uitgesproken emoties, en wanneer ze probeerde zichzelf te bestuderen, zag ze een niet-ongelukkige warboel. In haar verleden kon ze geen patroon ontdekken; het was eerder een draaiende caleidoscoop van herinneringen; tussen de felgekleurde patronen kolkte duister alles wat ze uit haar hoofd had gebannen. Misschien, zo dacht ze, had die zee aan vergetelheid haar wel net zozeer gevormd als de afgeschermde en zorgvuldig bewaakte geheugenflarden. Ze had in ieder geval vaak het gevoel dat ze een groot deel van haar leven doorbracht in een staat van ongearticuleerde emotie.

Misschien was haar hulpeloze gevoel van niet-weten veroorzaakt door een te stabiele achtergrond. Ze had een ontheatraal gelukkige jeugd gehad. Men zegt dat je je vooral de plotselinge veranderingen in je jonge jaren herinnert, de crises en verliezen, maar zulke veranderingen had Gaby niet gekend. Ze kwam uit een doorsnee gezin, tamelijk welgesteld, blank, bevoorrecht. Haar ouders waren niet gescheiden, ze leefden allebei nog en woonden in het huis waar zij was geboren. Haar drie broers waren altijd heel beschermend geweest ten opzichte van haar, de jongste van het gezin, het enige meisje. Ze was nooit gepest, misbruikt of met de nek aangekeken. Ze had eigenlijk geen mislukkingen gekend, maar ook geen triomfen. Haar ouders hadden voor haar gezorgd, haar geholpen, haar aangemoedigd en in haar geloofd. En bovenal: ze hadden van haar gehouden.

Ze had verhalen gelezen over vluchtelingen van veertien die in hun eentje te voet hele continenten doorkruist hadden om een nieuwe thuisbasis te zoeken; over kinderen van elf die zorgden voor hun alcoholverslaafde moeder en vier broertjes en zusjes; over kindsoldaten in Angola. De grootouders van een van haar beste vriendinnen op de lagere school hadden Auschwitz overleefd. Een ander vriendinnetje was heel arm geweest. De vader van Nancy was gestorven toen ze nog heel jong was en haar moeder had zich getroost met seks en woede. Gaby's buren kwamen uit Macedonië en Brazilië en hadden ervoor gekozen ergens anders opnieuw te beginnen. Ethans goede vriend Ari was op zijn dertiende uit Kongo gevlucht met niets anders dan de kleren die hij bij vertrek aanhad en een bijbel. Een collega van Connor, die hem adviseerde bij zijn werk met slachtoffers van martelpraktijken, was een jonge arts uit Irak die zelf was gemarteld toen hij nog geen twintig was en die als gevolg daarvan aan één oog blind was. Al deze mensen, met hun littekens en de reis die ze hadden afgelegd, waren zich bewust van wie ze waren en het leven dat ze achter de rug hadden. Terwijl zij, Gaby, die als kind al had geleerd te beseffen in wat voor bevoorrechte positie ze zich bevond, het gevoel had dat ze dat niet wist. Daarvoor had ze het te goed getroffen en was ze te weinig op de proef gesteld. De enige breuk in haar leven was haar postnatale depressie geweest, maar zelfs die kwam haar nu vaag voor, eerder een donker waas dan een gebeurtenis die haar had veranderd: als ze nu op die tijd terugkeek, kon ze zich geen specifieke gebeurtenissen of beelden herinneren, alleen de doffe druk van de tijd; de hemel rustte zwaar op haar schouders en ze had steeds het gevoel gehad dat ze onmogelijk het komende uur zou kunnen doorkomen, laat staan de hele dag. Ze had altijd gedacht dat ooit het moment zou aanbreken waarop het haar allemaal duidelijk werd, maar er was eerder sprake van het tegendeel. Hoe ouder ze werd, hoe minder ze wist.

Connor was zo niet, dacht ze nu in de trein die haar terugbracht naar Londen, terwijl ze aan haar bittere, gloeiend hete koffie nipte en haar mond verbrandde. Hij keek terug op zijn jeugd als iets waaraan hij was ontsnapt; hij had zich ontworsteld aan de armoede en ellende en had zijn eigen wereld opgebouwd. Dat was zelfs te zien aan de manier waarop hij zich kleedde – soepele, sobere pakken en effen, dure overhemden; zijn leren, handgemaakte schoenen die hij 's morgens liefdevol poetste – en de manier waarop hij uitgebreid kookte en nauwgezet recepten opvolgde, alsof er een ramp zou gebeuren wanneer hij een keer uitschoot met de gember of sojasaus. Hij was eigenhandig omhoog geklauterd naar zijn leven van hard werken en zorgvuldig geplande vrije tijd. Hij zorgde ervoor dat hij gewapend was met informatie; zijn opinies waren het product van zorgvuldig nadenken en misten de roekeloze, soms dwaze spontaniteit van die van Gaby – zij was mild, onlogisch, bezield en tegenstrijdig.

Althans, bedacht ze terwijl ze haar nog halfvolle koffiebekertje onder haar stoel schoof, zo had het geleken. Alles was anders geworden; de grond was onder haar voeten weggezakt en ze werd duizelig van haar eigen hachelijke situatie. Het deed haar denken aan de keren dat ze als kind koorts had gehad en het was geweest alsof haar bed kantelde, alsof ze op de grond zou vallen, die ook nog eens leek te kolken als de zee. Het enige wat ze had gewéten, in haar wereld van niet-weten, was dat Connor haar trouw was. Als jongeman die zich moeizaam naar zijn nieuwe ik toe werkte, had hij voor haar gekozen. Zij had haar hand naar hem uitgestoken en hem de laatste paar sporten van de ladder op getrokken en in haar armen genomen. Ze herinnerde zich precies hoe hij zich in die eerste paar maanden dat ze samen waren in haar had begraven, met een wanhopige en dankbare hartstocht.

Ondanks de benauwde warmte in de trein had Gaby het koud. Ze legde haar voorhoofd tegen het besmeurde raam en voelde de trillingen als een elektrische stroom door zich heen gaan. Dadelijk zou ze weer thuis zijn, en ze had geen idee wat ze zou doen. Telkens wanneer ze eraan probeerde te denken, werden haar gedachten traag en kon ze niets anders dan domweg naar buiten staren, naar de groene akkers en de huisjes die voorbijflitsten, en zich laten wiegen door de bewegingen van de trein. Ze ging wat rechter in haar stoel zitten en probeerde zich te concentreren. Naast haar viste een heel dikke man het laatste stuk gefrituurde kip uit een kartonnen doos en zette zijn tanden erin. Gaby zag het vet langs zijn kin druipen.

Ze stelde zich het tafereel voor: Connor en zij samen aan de keukentafel met een glas wijn, tot zij haar enorme steen in die poel van huiselijke rust zou gooien en zou afwachten tot de golven zich naar alle kanten verspreidden: 'Ik geloof dat wij moeten praten.' Nee, onmogelijk. Of ze zou, zodra hij de deur opendeed, uit het donker op hem af duiken en hem keihard in zijn gezicht slaan. Nee. Ze zou in bed gaan liggen huilen tot hij naar haar toe kwam en zijn armen om haar heen sloeg, en dan zou ze snikkend vertellen wat ze wist en hem vragen hoe hij zo lang had kunnen leven met wat hij haar had aangedaan, zonder er ooit met een woord over te reppen. Ze kon ook alle borden en glazen voor zijn voeten stukgooien. Hem te lijf gaan met een mes. Ze zou hem bellen ('Trouwens, ik weet dat je een verhouding hebt gehad met Nancy') of een brief schrijven ('Beste Connor, je hebt een dochter...') en die voor hem achterlaten terwijl zij in het licht van de lantaarns over straat zwierf. Ze zou niets zeggen en afwachten – maar waar wachtte ze dan op? Ze zou stomdronken worden van de lauwe, pure gin en de boel kort en klein slaan. Ze zou weglopen. Ze zou het hem vergeven. Ze zou het hem nooit vergeven. Ze zou bij hem weggaan. Blijven. Ze zou rustig en verstandig reageren (onmogelijk), begripvol (ha!), waanzinnig (dat leek er meer op). Ze zou zijn gezicht openkrabben, hem pijn doen, hem aan het huilen maken, in haar armen nemen, troosten. Ze had geen flauw idee wat ze zou doen en wist niet wat ze wilde. Ze wist alleen wat ze niet wilde – daar, nu, in de denderende trein op weg naar Londen zitten terwijl de nacht over het verleden viel en de toekomst voor haar neus in een diepe afgrond stortte.

Toen Gaby en Connor hun hoge, smalle huisje in een straat vol hoge, smalle huisjes in het noorden van Londen betrokken, hadden ze eerst alle scheidingswanden afgebroken die de vorige bewoner op de begane grond had geplaatst, zodat ze een lange, frisse doorzonkamer kregen met een houten vloer, doorleefde banken, lage tafeltjes, een piano en felgekleurde kleden. Gaby – die was opgegroeid in een wirwar van spaarzaam verlichte kamertjes boordevol geheimzinnige rommel – had het altijd een heerlijke kamer gevonden, met het licht dat vredig op de vloerplanken en de witte muren viel. Hoeveel troep ze ook meebracht, de kamer bleef rustig en was nooit overvol. Ze had vaak opgekruld met een boek op de bank gezeten of tevreden zitten doezelen, als een kat op een zonnig plekje, terwijl Ethan uur na uur pianospeelde. Maar nu bedacht ze plotseling dat haar huis te veel leek op een plaatje uit een woontijdschrift in plaats van een plek waar ze thuis was. Toen ze vanaf het station binnenkwam, bleef ze even in de lichte ruimte om zich heen staan kijken. De spullen die ze al die jaren om zich heen had gehad kwamen haar nu vreemd voor, en zelf voelde ze zich als een slonzige vreemdeling die was gestrand tussen het middenklassencomfort en de zorgvuldig gecreëerde stijl. Dit ben ik niet, dacht ze, terwijl ze daar stond te staren: de schilderijen aan de muur, de dahlia's in een glazen vaas op het tafeltje, de ingelijste foto's van hen drieën op de schoorsteen – wat waren ze toch een klein gezinnetje, zo naast elkaar met hun publieke glimlach. Het was een frauduleuze poging om iemand te zijn die ze niet was, een volwassen, stijlvolle vrouw, zelfs een tikkeltje intimiderend. Ze pakte de doorschijnende jaden schaal die Connor een paar jaar geleden had meegebracht uit Japan en bekeek hem aandachtig. Hij was heel mooi, dacht ze, heel teer. Ze liet hem op de grond vallen en keek toe hoe hij in vele glinsterende stukken uit elkaar spatte. Toen ging ze op haar knieën zitten en raapte de scherven een voor een op; ze prikten in haar handpalmen toen ze ermee naar de keuken liep om ze in de pedaalemmer te gooien. Niemand zou het ding missen.

Ze keek om zich heen in de keuken. Van bijna ieder voorwerp kon ze zich nog herinneren waar en wanneer ze het hadden gekocht, van de grote theepot (Devon, toen Ethan nog in de buggy zat en Connor een jonge arts was) tot aan de groene glazen (Praag, twee jaar geleden). Er was een keukendeur die naar de lange, smalle tuin leidde; ze schoof de grendel open en liep het tapijt van vochtige, gespikkelde bladeren en nat gras op en keek om zich heen op zoek naar tekenen van haar nalatigheid: het gras was te lang en de laatste rozen werden bruin. De meeste appels waren uit de boom gevallen en lagen in een roodbruine cirkel op de grond. Heel anders dan het onberispelijke tuintje van Nancy, dacht ze zuur, en ze ging op het natte bankje zitten en haalde het pakje sigaretten tevoorschijn dat ze op weg naar huis had gekocht. Even was ze bang dat Connor zou ontdekken dat ze rookte, en daar moest ze schor en bitter om lachen Dat was wel haar minste zorg. Ze streek een lucifer af, zoog de rook diep in haar longen, blies uit en keek toe hoe de slierten rook de verlaten lucht in kringelden. Haar hoofd was eigenaardig leeg. Ze zat alleen maar te wachten tot ze zou weten wat ze ging doen.

De beslissing werd voor haar genomen. Toen ze terugkwam in de keuken zag ze dat het antwoordapparaat knipperde, en toen ze op 'play' drukte was de eerste stem die ze hoorde die van Connor. Ze schrok ervan. Heel even dacht ze dat hij zijn daad zou opbiechten.

'Hoi, met mij. Ik kom net terug van het hardlopen en ik wil je er even aan herinneren dat je broers vanavond komen, dus we zijn met z'n zevenen. Ik probeer op tijd terug te zijn. Zal ik eten halen of heb je al boodschappen gedaan? Ik breng in ieder geval een paar stukken goede kaas mee, dan hoef je geen toetje te maken. Ik hoop dat je een fijne dag hebt gehad. Tot straks. O ja, de auto kan opgehaald worden bij de garage in Exeter. Maar daar hebben we het nog wel over.'

Nee, ze had geen boodschappen gedaan, want ze was het volkomen vergeten. Na een eerste stuiptrekking van paniek – Connor en Stefan samen bij haar aan tafel, uitgerekend vandaag – bespeurde ze een bizarre opluchting bij zichzelf; ze was zelfs opgetogen. Nu hoefde ze geen besluit te nemen, ze kon het uitstellen tot morgen en de rest van de dag besteden aan de boodschappen, in bad en dan nog een beetje in huis rondscharrelen voordat ze kwamen. Ze kon Connor ontlopen zonder dat het zou opvallen en Stefan troosten zonder dat hij ooit zou weten dat hij werd getroost. Nog één avond doen alsof alles normaal was. Ze zou drinken, lachen, stokoude familieanekdotes uitwisselen en iedereen overhalen om tot veel te laat te blijven. Ze leefde helemaal op; het enthousiasme borrelde omhoog vanuit haar borstkas.

Ze merkte dat ze rammelde van de honger, en bij nader inzien kon ze zich niet herinneren wanneer ze voor het laatst fatsoenlijk had gegeten. Vandaag niet en gisteren ook niet. Misschien was ze wel broodmager en tragisch mooi geworden, ieder nadeel had immers z'n voordeel. Ze deed de koelkast open en pakte er een halfvol pak halfvolle melk uit, die ze naar binnen klokte zonder een glas te gebruiken. De melk gutste over haar jas, en toen ze klaar was veegde ze haar mond af met haar mouw. Ze peuterde het huishoudfolie van een kommetje dat op een van de plankjes stond, viste een gehaktballetje dat betere tijden had gekend uit de tomatensaus en stopte het in haar mond. Ze knaagde op een slap geworden worteltje. Dat was beter. Ze tuurde dieper in de koelkast om te zien wat er nog meer stond. Parmezaanse kaas, het restant van het gestoofde konijn dat Connor zaterdag had klaargemaakt, een eierdoos zonder eieren en vele yoghurtjes waarvan de uiterste houdbaarheidsdatum allang was verstreken. Ze peuterde het dekseltje van een van de potjes, doopte haar vinger erin en zoog er bedachtzaam aan. Aardbei – gadver. Wat kon ze koken? Het was maar een eenvoudige maaltijd voor de dinsdagavond. Kip, ze was goed in kip. Maar de vorige keer dat haar broers en hun vrouwen waren komen eten had ze ook al kip gemaakt, en de keer daarvoor waarschijnlijk ook. Vis dan. Was er nog vis? Ze trok het deurtje van de vriezer open: twee zalmfilets, de gerookte paling die Connor had meegebracht uit Amsterdam, een zak erwtjes, ijsklontjes en diverse flessen sterke drank. Daar zou ze niet ver mee komen. Ze moest toch boodschappen doen.

Het was zo'n onberispelijke late-herfstmiddag geworden, fris en helder. Gaby liep langzaam de straat uit en genoot van de zon op haar gezicht en van de duwende, lachende kinderen die net uit school kwamen en in luidruchtige groepjes naar huis liepen. Ze ging naar de buurtslager en vroeg hem om advies.

'Je kent me,' zei ze. 'Iets eenvoudigs wat niet kan mislukken. Maar geen kip.'

'Lamshaasjes,' zei hij. 'Ze zijn al gemarineerd en hoeven alleen nog een half uurtje in de oven. En ik heb er muntsaus bij.'

'Ideaal.'

In de winkel ernaast kocht ze sla en een zak limoenen; bij de bakker drie stokbroden. Toen ging ze naar de bloemist, waar ze in de vochtige groene winkel de geuren opsnoof. Er stonden emmers met rozen, chrysanten, fresia's, dahlia's, lelies, irissen, groen varenblad en paarse takken. Ze koos twee bosjes fresia's en een bos gele rozen.

'Had u het zo?' vroeg de bloemist.

'Ja. Nee. Nee, wacht. Doe ook maar van die herfstasters. Dan heb ik het.'

'Zal ik ze bij elkaar doen?'

'O, en van die slappe roze bloemen. Ik vergeet altijd hoe ze heten.'

'Lyceanthus.'

'Die bedoel ik. Die vind ik prachtig. Doe daar ook maar twee bossen van.'

'Hebt u iets te vieren?'

'Niet bepaald.'

Ze slenterde naar huis met de tassen met boodschappen in de ene hand en de enorme bos bloemen triomfantelijk in de andere. Af en toe hield ze stil om van hand te wisselen en haar gezicht te begraven in de geur van het boeket. Er krulde een vreemd lachje om haar mond. Wanneer ze dacht aan de avond die voor haar lag, sloeg haar hart over.

Eerst maakte ze een vuurtje van het hout dat Connor al had klaargelegd in de haard. Het kostte haar evengoed vele pogingen om het goed brandend te krijgen; de kamer vulde zich met rook en ze moest de ramen openzetten.

In de keuken veegde Gaby alle kranten en brieven die op tafel lagen op een hoop en deed die in een kartonnen doos, waarna ze de tafel dekte voor zeven personen: drie stellen en Stefan, de enige eenling in het gezelschap. Ze zette de bloemen in vazen en karaffen en verspreidde die over de keuken en huiskamer, en ze zocht in diverse laden tot ze genoeg kaarsen had.

Een lang, heet bad, tot haar vingertoppen gerimpeld waren en haar hoofd tolde. Ze waste haar haar, wreef het droog met een handdoek, kneedde de krul erin met haar vingers en ging toen in haar ochtendjas voor het raam staan kijken hoe het licht buiten langzaam verdween; aan de horizon was nog een paarse streep te zien. De volle maan, zo flets dat hij nauwelijks zichtbaar was, stond aan de hemel. Wat moest ze aan? Ze trok kledingstukken uit haar kast, hield ze tegen zich aan voor de spiegel en gooide ze stuk voor stuk op de grond, tot ze tot aan haar enkels in een berg kleren stond. Uiteindelijk koos ze voor een rok met felgekleurde strepen en een wikkeltruitje met wijde mouwen en een fluwelen onderkant, waarna ze zich versierde met kettingen en armbanden in zuurtjeskleuren. Ze zag eruit, stelde ze tevreden vast, als een waarzegster op de kermis. Nancy zou zoiets nooit dragen, die was streng, karig en smaakvol. Naar de spiegel toe gebogen trok ze lijntjes om haar ogen, deed blusher op haar jukbeenderen, spoot wat parfum achter haar oren en op haar polsen, in haar decolleté en haar vochtige haar. Lipgloss; ze drukte een tissue tegen haar lippen en zag de rode afdruk van een dikke zoen.

Tijdens het koken schonk ze een half glaasje rode wijn voor zichzelf in. Maar een half glas was niet toereikend. Het was net genoeg om een komkommer te snijden en de sla in een bak te doen. Ze had er nog een nodig om de knoflook te persen, het vlees te kruiden en de saladedressing te maken. Ze was erg langzaam óf de tijd ging ineens sneller, want het was al half acht en er werd op de deur geklopt. Ze wist dat het Stefan was; die roffelde altijd met hetzelfde ritme: langzaam-snel-snel-langzaam. *Slow-quick-quick-slow*, was dat een foxtrot? Hij stond met een verstrooid lachje op de stoep, alsof hij niet zeker wist of hij aan het juiste adres was.

'Stefan!' riep ze uit, en ze trok hem van de koele avond de warmte van haar omhelzing in. 'Ga lekker bij het vuur zitten, dan schenk ik wat te drinken voor je in. Geef mij je jas maar. Wat een mooie bloemen.'

'Je hebt er al aardig wat, zie ik,' zei hij, om zich heen kijkend. 'En wat zie je er... eh, feestelijk uit. Ben ik soms iemands verjaardag vergeten?'

'Volgende week ben je zelf jarig.'

'Dat telt niet.'

'Zal ik een lekkere caipirinha voor ons maken?'

'Wat is dat?'

'Een Braziliaans drankje met limoen, rum en gemalen ijs. Ik heb het vorige week ergens gedronken en ik vond het zo lekker dat ik daarna een fles van die speciale rum heb gekocht, maar dat was ik alweer vergeten. Tot nu.'

'Het is vandaag toch dinsdag, hè?'

'Ja, hoezo?'

'Ik weet niet, het lijkt me meer iets voor een vrijdag.'

'Laat je toch een keer gaan.'

'Goed dan,' zei hij weifelend. 'Een kleintje dan. Ik ben met de auto.'

'Laat hem hier staan en neem een taxi. Of je vraagt een lift aan Max. Jij mag de limoenen uitpersen. Ze liggen hier, en daar staat de citruspers. Ik doe het ijs.'

Gaby wipte de ijsklontjes uit de houder, wikkelde ze in een theedoek, pakte een hamer uit de gereedschapslade en begon verwoed op de klontjes te meppen. Er kwamen deukjes in het houten werkblad en de schilfers ijs vlogen in het rond.

'Misschien gaat het beter met een deegroller.'

'Dit werkt prima. Er is iemand aan de deur, doe jij open?'

Max en Anthony kwamen de keuken binnen met hun vrouwen Paula en Yvette. Ze trokken hun jas uit en bewonderden luidruchtig de bloemen en de kaarsen. In hun sobere, doordeweekse kleding keken ze naar Gaby, die met het ijs in de weer was als een smid met zijn aambeeld. Haar lange mouwen bungelden over het natte werkblad en haar haar viel voor haar verhitte gezicht.

'Zo,' zei ze na een hele tijd. 'Dat is wel genoeg. Geef me die glazen even. Ik denk dat er een handjevol ijs in moet; kijk, zo. Kom eens met het limoensap, Stefan. Een beetje suiker erbij; je kunt er zelf meer in doen als je dat lekker vindt. En tot slot...' Ze pakte een lange, smalle fles uit de vriezer. 'De rum.' De fles was gemeen koud; ze goot snel een scheut in elk glas.

'Proost,' zei ze, en ze tikte haar glas tegen de andere en hield het omhoog.

'Waar drinken we op?'

Het was Connor, die glimlachend in de deuropening stond. Hij had zijn jas nog aan en zijn wangen gloeiden van de kou. Gaby vond hem steeds knapper worden naarmate hij ouder werd; zijn haar was zilver gekleurd bij de slapen en zijn gezicht was slank en expressief. Als jongeman had hij iets groens en onervarens gehad, maar nu zat hij beter in zijn vel en straalde hij een zekere autoriteit uit. Ze keek hoe hij zijn beide zwagers de hand schudde en Yvette en Paula op de wang zoende.

'Je bent precies op tijd,' zei ze toen hij zich bukte om haar te kussen. Zijn mond miste de hare en schampte haar wang. Ze rook zijn aftershave en voelde de lichte stoppels op zijn kaak. 'Hier, je drankje. Waar we op drinken? Waar dan ook op, overal op. Moet je altijd een aanleiding hebben? Kies jij er maar een.'

'Even denken,' zei hij, en hij zette de zak met kaas weg en knoopte zijn jas open. 'O, ja.' Hij herinnerde zich dat hij tijdens het hardlopen aan Ethan had gedacht en hief zijn glas. 'Op dierbare afwezigen,' zei hij met een half ironische ernst, terwijl hij Gaby's blik probeerde te vangen.

'Perfect!' Gaby tikte haar glas tegen het zijne en keek naar zijn kin, en naar de knoop van de stropdas die ze hem jaren geleden had gegeven. 'Op dierbare afwezigen. Waar ze ook mogen zijn. Wie het ook mogen zijn.' Ze voelde dat ze nu al in vuur en vlam stond; ze zou niet meer moeten drinken. Vanavond niet. Ze schoof haar glas bedachtzaam van zich af, buiten bereik. Een paar minuten later had Paula het leeggedronken.

'Op dierbare afwezigen,' herhaalden alle anderen plichtsgetrouw.

De rest van de avond schakelde Gaby zichzelf in en uit, als een mobiele telefoon die door gebieden reist waar geen bereik is. Later zou ze zich van bepaalde gedeelten nauwelijks iets kunnen herinneren. Ze hadden het natuurlijk over hun moeder gehad – zoals altijd tegenwoordig, want Samantha Graham werd steeds vergeetachtiger. Wat vele jaren lang een onschuldige warrigheid had geleken, onontkoombaar op hogere leeftijd, begon een soort grote verdwijntruc te worden. Beetje bij beetje raakte ze delen van zichzelf kwijt – hele stukken geheugen verdwenen, samen met een groot deel van haar vocabulaire en haar besef van de toekomst. Hun vader hield vol dat hij best voor haar kon zorgen, maar al klaagde hij niet, het was duidelijk dat het steeds moeilijker werd. Gaby nam niet echt deel aan de discussie, maar ze wist wat er gezegd moest zijn en wat ze zelf gezegd zou hebben, want het was altijd hetzelfde wanneer ze bij elkaar kwamen. Max vond dat hun moeder vroeg of laat naar een verzorgingstehuis moest, want het zou niet lang meer duren voordat hun vader het niet meer aankon, en ze konden beter vooruitkijken dan instinctief en chaotisch reageren wanneer het eenmaal zover was; Anthony zei dan fel dat ze niet zomaar voor hun ouders konden beslissen en dat zij niet bepaalden wat het beste voor hen was; Stefan luisterde perplex naar alle anderen en herhaalde hun opvattingen in andere bewoordingen om ieders standpunt te verduidelijken; Gaby stond erop dat hun ouders bij haar en

Connor zouden komen wonen wanneer dat nodig was. Ze wilde er niets van weten dat haar geliefde moeder naar een tehuis moest, zelfs niet als ze op een dag niet meer zou weten waar ze was – of zelfs wie ze was. Ze reageerde kwaad, emotioneel en zelfs bot wanneer Max rustig alle mogelijkheden op een rijtje zette of wanneer Anthony haar erop wees dat hun ouders misschien helemaal niet bij Gaby wilden wonen en dat het nog altijd hún beslissing was. Hun partners stonden langs de lijn en gooiden zo nu en dan de bal terug het veld op wanneer die weggeschopt was. Iedereen wist van tevoren wat er gezegd ging worden en ook dat er geen oplossing uit zou komen, maar toch moest de discussie gevoerd worden. Connor was altijd scheidsrechter, dus Gaby nam aan dat hij dat ook die avond was geweest. Ze kon het zich niet herinneren. Ze wist alleen nog dat hij steeds naar haar had gekeken en had geprobeerd haar blik te vangen, maar ze had geweigerd erop te reageren. Ze diende het lamsvlees op en keek toe hoe Connor voor iedereen rode wijn inschonk. Ze kreeg geen hap door haar keel; het vlees was net leer en het stokbrood net karton; de sla smaakte helemaal nergens naar.

Het was vreemd om daar te zitten en er toch niet te zijn; in haar lichaam en erboven zwevend. Ze wist iets wat niemand anders wist, en zodra het naar buiten kwam, zou het hun leven veranderen. Ze kon het geheim bijna voelen in haar binnenste, gestaag tikkend. Zo nu en dan stelde ze zich voor dat ze haar mond zou opendoen en terloops zou opmerken: 'O ja, Connor, ik heb laatst je dochter gesproken.' Wat zouden ze dan zeggen? Wat zou er gebeuren met hun gezichtsuitdrukking? Als ze dacht aan Stefans gebruikelijke stralende lach die wegstierf, kromp haar hart ineen. Naarmate de avond vorderde werd ze steeds banger dat ze het echt zou gaan zeggen; ze proefde de woorden in haar mond en soms kon ze zich bijna voorstellen dat ze ze hardop zou uitspreken. Uiteindelijk beperkte ze zich tot een paranoïde zwijgen en sloeg ze zelfs haar hand voor haar mond om te voorkomen dat ze de waarheid eruit zou flappen. Ze zat stilletjes ineengedoken terwijl de gevoelens door haar heen flitsten: angst, woede, verdriet, schuldgevoel, paniek, liefde.

'Gaat het wel goed met je?' mompelde Connor op zeker moment, toen hij over haar heen gebogen stond om haar bord af te ruimen.

'Prima,' antwoordde ze luid en opgewekt. 'Uitstekend. Hoezo?'

Misschien moest ze maar eens naar bed gaan, dacht ze met een blik op de onaangeroerde kaas op haar bord. Misschien moest ze zich oprollen en een potje gaan liggen janken en iemand anders de rotzooi laten opruimen. Ze prikte met de punt van haar mes in haar geitenkaas en voelde de woorden weer omhoogkomen, tot ze achter in haar keel bleven steken als een niet te onderdrukken misselijkheid.

De vele kaarsen flakkerden en wierpen vreemde schaduwen op ieders gezicht, waardoor ze iets mysterieus kregen. Het kaarsvet droop en stolde. Toen – na het gerinkel van de koffiekopjes en iets over een volgende afspraak en dat het erg lekker en gezellig was geweest, maar morgen moest er gewerkt worden, en iets over de avonden die steeds donkerder, kouder en langer werden – vertrokken ze; ze pakten hun jassen, kusten Gaby op haar wang, sloegen hun armen zo stevig om haar heen dat Gaby zich heel even weer tastbaar en echt voelde, en deden de deur open. De nacht was koud en helder en de bijna volle maan stond hoog aan de hemel. De wereld was zilver met zwart. Gaby zwaaide hen uit, haar wijde mouw wapperend als een vlag en haar kunstmatige glimlach onwrikbaar; Connor kwam achter haar staan, sloeg zijn armen om haar middel en legde zijn kin op haar hoofd, zoals hij al zo vaak had gedaan. Als ze terugkeek op de jaren van hun huwelijk zag ze hen samen op die drempel staan, om afscheid te nemen van gasten en daarna samen terug naar binnen te gaan. Haar ogen brandden. De angst kroop onder haar huid. Nu. Het kon ieder moment gebeuren.

21

De deur ging dicht. Ze waren alleen in het huis dat te groot voor hen was. Ze haalde diep adem en wachtte tot ze zou horen wat ze moest zeggen.

'Ga jij maar naar boven.' Connor legde liefdevol zijn hand op haar schouder. 'Ik ruim wel op. Je ziet er moe uit.'

'Vind je?'

Ze wist nog steeds niet hoe de woorden zouden luiden. Eén krankzinnig moment stelde ze zich voor dat ze helemaal niets zou zeggen, dat ze dit voorgoed in zichzelf verborgen zou houden. Zou dat een edelmoedige daad van zelfopofferende vergiffenis zijn of juist verfoeilijk omdat het zo schijnheilig en zogenaamd deugdzaam was? Maar dat zou ze toch nooit doen. In voor- en tegenspoed, ze wist dat ze de pin uit de granaat zou trekken.

'Het zal de anderen niet opgevallen zijn, maar ik zag het. Voel je je wel goed?'

'Ik... ik voel me inderdaad een beetje raar.'

Ze stonden onder aan de trap en hij voelde met zijn warme hand aan haar voorhoofd. Zijn bezorgde lachje maakte de kraaienpootjes bij zijn ogen dieper.

'Je voelt een beetje warm aan. Misschien word je ziek.'

'Nee.'

'Zal ik je thee op bed brengen?'

'Nee.'

'Gaby?'

'Ja.'
'Ik weet dat je Ethan mist en dat we er niet genoeg over hebben gepraat. Ik had het druk, maar dat is geen excuus. Ik had bij je moeten zijn en meer aandacht voor je moeten hebben. Daar heb ik vandaag over nagedacht tijdens het hardlopen.'

Hij houdt van me, dacht ze. Daar heb ik nooit aan getwijfeld en dat doe ik nog steeds niet. Hij heeft altijd van me gehouden en voor me gezorgd. Wat er verder ook is gebeurd, dat blijft overeind.

'Nee. Ik bedoel… nee, dat is het niet. Connor…'

'We zouden samen op vakantie moeten gaan. Met z'n tweetjes, zonder Stefan, zonder Ethan, zonder vrienden met liefdesverdriet en eenzame kennissen.'

'Ik. Ik moet…'

'Ik weet het – naar bed jij. We hebben het er morgen wel over. Ik kom zo, maar je hoeft niet op me te wachten.'

'Maar…'

'Hup, wegwezen!'

Hij legde zijn hand op haar onderrug en gaf haar een zacht duwtje. Gaby liep de eerste treden van de trap op, haar hand stevig op de leuning. Haar hectische euforie van het begin van de avond was compleet verdwenen en er was een verdwaasd, onwerkelijk gevoel voor in de plaats gekomen. Ze poetste haar tanden, waste haar gezicht, smeerde crème tegen veroudering waarvan ze wist dat die niet hielp onder haar ogen, haakte haar oorbellen los, deed de kettingen en armbanden af en trok haar flamboyante kleding uit. Normaal gesproken sliep ze naakt, maar nu trok ze een oud flanellen nachthemd aan en deed haar haar losjes in een staart voordat ze zich zwaar op het bed liet ploffen. Ze had het koud en haar handen trilden. Ze staarde naar zichzelf in de lange spiegel op de kledingkast. Ze leek wel een vrouw op het toneel, dacht ze, die wachtte tot het doek opging en het drama kon beginnen. Met gevouwen handen luisterde ze naar Connor beneden. Natuurlijk kon ze niet schreeuwen, krijsen, de ruiten ingooien, zijn gezicht openkrabben of huilen. Ze moest hem eenvoudigweg vertellen wat ze wist.

En toen hoorde ze Connor de trap op komen, lichtvoetig. Ze wist dat hij naar haar zou glimlachen en zijn stopdas zou lostrekken zodra hij de deur door kwam.

Toen hij de kamer in liep, bedacht hij hoe mooi Gaby was. Zonder make-up, zonder opsmuk, op het voeteneind van het bed in een oud gestreept nachthemd, haar volle bos haar in een staartje, als een schoolmeisje. Eén bloot been was onder haar gevouwen en ze had haar handen in elkaar geslagen alsof ze zat te bidden, en hij kon onder het flanel de welving van haar borsten zien. Ze zag er vredig uit, en hij werd vervuld van blijdschap en dankbaarheid.

Ze keek hem aan. Haar gezicht stond ernstig.

'Je hoort in bed te liggen,' zei hij. 'Het is al na middernacht.'

'Nee. Niet voor… dit.'

'Wat is er? Ben je ziek?'

'Nee, Connor, ik ben niet ziek.'

Nu het moment was aangebroken was Gaby volkomen kalm.

'Wat is er?'

'We moeten praten. Misschien kun je beter gaan zitten.'

Hij ging naast haar op het bed zitten en pakte haar hand.

'Je maakt me bang,' grapte hij.

Maar ze trok haar hand terug.

'Ik moet je iets vertellen. Ik weet niet hoe ik het moet zeggen en ik weet dat ik er eerder over had moeten beginnen, toen ik nog maar een paar dingen had ontdekt, fragmenten en momenten, en nog niet het hele verhaal.'

'Welk hele verhaal? Waar heb je het over?'

'Toen ik Ethan naar Exeter heb gebracht en de auto in de prak heb gereden, was ik om een andere reden zo laat terug. Ik weet niet wat me bezielde, maar ik heb in een opwelling de trein naar Liskeard genomen.'

'Liskeard?'

'Ja. In Cornwall. Ik ben erheen gegaan omdat ik een paar maanden eerder op het journaal een reportage had gezien over de overstroming in een dorpje vlak bij Liskeard. Farmoor heet het. En toen zag ik Nancy. Ze waadde door de straat, die in een rivier was veranderd. Ik herkende haar meteen.'

Ze keek Connor aan en hij wendde zijn blik niet af. In de stilte die zo zwaar was dat ze hem bijna kon aanraken, hoorde ze haar eigen hart kloppen.

'Ik heb Nancy nooit kunnen vergeten,' zei ze. 'Ik snapte niet wat ik verkeerd had gedaan. Het bleef me achtervolgen. Nou ja, dat weet je.

Jij zei dat ik haar moest loslaten, toch? Misschien had je gelijk, al was dat waarschijnlijk om de verkeerde reden. Maar ik laat nooit los, hè? Daar ben ik niet goed in. Dat is mijn vloek. Onze vloek. De vloek van iedereen die me ooit heeft gekend. Ik ben haar gaan opzoeken en het was behoorlijk pijnlijk. Ik voelde me... Hoe zal ik het zeggen? Het verlies kwam in volle hevigheid terug. Ik voelde me eenzaam en verlaten en tegelijkertijd een idioot. Maar goed, als dat alles was, zou ik het je uiteraard wel verteld hebben, en dan had jij me getroost. Dat zou het einde van één verhaal zijn geweest. Maar daar heb ik het niet bij gelaten. Ik ben bij haar blijven slapen, en de volgende ochtend heeft ze me min of meer buitengezet omdat ze weg moest en... nou ja, ik ben teruggegaan. Het was zo abrupt geëindigd en ik wilde geloof ik het laatste woord hebben. Je kent dat wel. Dus ben ik teruggegaan, maar ze was al weg. Toen heb ik iets vreselijks gedaan. Ik heb mezelf binnengelaten. Ik ben nog een nacht en een dag in haar huis gebleven. Ik heb op haar bed gelegen. Ik...' Ze zuchtte diep. 'Je denkt nu te weten wat ik ga zeggen, hè? Ik weet niet waarom ik dit allemaal nodig heb om tot de kern van het verhaal te komen. Ik heb daar rondgesnuffeld. Brieven gelezen en zo. Er was een brief bij van ene Sonia.'

Connors gezicht bleef uitdrukkingsloos. Ze wendde haar blik af en zei toonloos: 'Sonia is Nancy's dochter.'

Ze draaide haar gezicht weer naar hem toe nadat ze de woorden had geuit en toen keken ze elkaar strak aan. Connor vertrok geen spier.

'Ze is nu achttien, dus kon ze Nancy opsporen. Ik dacht natuurlijk aan Stefan. Op dat moment meende ik dat hij het middelpunt van het verhaal was, en dat is hij misschien ook bijna, maar niet zoals ik dacht. Ik kan niet verklaren waarom ik het je niet heb verteld toen je terugkwam van het zeilen. Het was te groot, op de een of andere manier, als een voorwerp dat zo enorm en zo dichtbij is dat je niet kunt zien wat het is. Hoe dan ook, ik dacht dat ik het je zou vertellen, maar ik kon het niet. Misschien wisten mijn bloed, mijn botten en mijn weggestopte herinneringen toen al wat mijn hoofd nog niet wist. Ik ben Sonia gaan opzoeken. Ze heeft net zulke bijzondere ogen als Nancy, turkoois. Maar in andere opzichten lijkt ze sprekend op jou.'

Een schor geluid ontsnapte aan Connors keel. Hij stak zijn handen naar voren, met de handpalmen naar boven, alsof hij haar iets aanbood.

'Vandaag heb ik Nancy weer gezien. We hebben gepraat.'
'Gaby,' wist hij uit te brengen, bijna hijgend.
'Nu begrijp ik het allemaal. Achteraf zie ik een heleboel dingen een stuk duidelijker. Alles heeft een andere betekenis gekregen. Ik weet dat je een verhouding met Nancy hebt gehad toen ik ziek was. En jij moet weten dat ze een kind heeft gekregen. Een dochter.'

Ze zweeg. Zo bleven ze een tijdje zitten, en ze voelde de vreemde behoefte om haar hoofd in zijn schoot te leggen en te gaan slapen. Connor zei niets; zijn gezicht was nog steeds ondoorgrondelijk en zijn lichaam verstijfd. Gaby dacht dat hij bij het minste duwtje zou omvallen als een ontwortelde boom. Ze werd bevangen door medelijden; ze wilde haar armen om zijn gekrompen lijf heen slaan, hem zachtjes wiegen en hem alvast troosten voor de ellende die hem te wachten stond.

'Dat was het,' zei ze na een hele tijd. 'Maar ik weet eigenlijk niet hoe het nu verder moet. Wat gaan we doen, Connor? Hoe pakken we dit aan?' Ze wachtte even en zei toen: 'Maar als je zegt dat het lang geleden is, dan kan ik je nu vast vertellen dat ik de deur uit loop en nooit meer terugkom.'

'Niet doen,' wist hij uit te brengen.

'Wat niet?'

Maar hij had geen woorden meer. Ze stond op en keek naar hem, hoe hij daar roerloos en aangeslagen op het bed zat.

'Ik ga op Ethans kamer slapen,' zei ze zachtjes. 'Probeer jij ook te slapen. We kunnen hier nu niet over praten. Hoor je me wel, Connor? O, wat is dit idioot.'

Ze knielde voor hem neer, maakte de veters van zijn keurig gepoetste brogues los en trok ze uit. Toen ze zijn huid aanraakte, veerde hij geschrokken op. Ze trok zijn katoenen sokken uit en gooide ze in een hoek van de kamer. Deed zijn loshangende stropdas af en liet die door haar vingers op de vloer glijden, waar hij zich opkrulde als een slang. Heel voorzichtig maakte ze de knoopjes van zijn overhemd los en trok het uit, waarbij de mouwen binnenstebuiten keerden. Hij leek magerder en bleker dan de vorige avond. Ze maakte het haakje en de rits van zijn broek los.

'Ga staan,' zei ze, en hij ging staan.

Ze trok zijn broek uit, waarbij ze zijn voeten een voor een optilde.

Hij stond voor haar, trillend over zijn hele lichaam, alsof er elektriciteit door hem flikkerde. Hun blikken ontmoetten elkaar, en toen ze hem aankeek wist ze dat ze allebei dachten aan andere keren dat ze hem op deze manier had uitgekleed, om daarna zijn boxershort naar beneden te trekken en hem in haar mond te nemen, tot hij kreunde alsof hij pijn had.

'Ga liggen,' zei ze, en ze leidde hem naar het bed, sloeg het dekbed open en stopte hem onder. Zijn haar stak zwart af tegen het kussen en zijn gezicht staarde haar aan.

'Niet doen,' zei hij weer.

'Slapen, Connor,' droeg ze hem op. 'We praten er morgen wel over, als het een beetje gezakt is.'

Ze knipte het leeslampje uit en liet hem daar achter terwijl ze naar Ethans kamer schuifelde. Het bed was niet opgemaakt, dus wikkelde ze zichzelf in een deken en ging op het matras liggen. Ze had koude voeten, ook al was de rest van haar lijf warm. Ze trok haar knieën op en sloeg haar armen er stevig omheen. De gordijnen waren open en ze kon de heldere, glinsterende lucht zien, met de sterren die boven de schoorstenen pulseerden, en zelfs de vage nevel van de Melkweg. Dit was de allereerste nacht in hun huwelijk dat ze wel samen onder één dak sliepen maar niet in hetzelfde bed. Ze kende stellen van wie een van beiden de logeerkamer opzocht wanneer de kinderen tussen hen in kropen, wanneer een van de twee ziek was of te hard snurkte, of vroeg uit bed moest. Dat hadden zij nooit gedaan. Ze waren naast elkaar blijven liggen bij koorts, slapeloosheid of ander ongemak. Nu lag Connor maar een meter of wat verderop en hij sliep natuurlijk ook niet. Ze zag hem in gedachten met wijd open ogen glazig voor zich uit liggen staren in de donkere kamer. Wat dacht hij nu? Wat voelde hij?

22

Connor staarde naar de streep blekere duisternis tussen de gordijnen. De woorden van Emily Dickinson die hij ooit had overgeschreven en op het prikbord van zijn studeerkamer had gehangen om hem te helpen bij zijn werk schoten hem nu te binnen: '*After great pain, a formal feeling comes.*'

'Een formeel gevoel,' fluisterde hij voor zich uit. Was dat de juiste beschrijving van die duistere, ongevormde angst die hem in zijn greep had?

Wanneer Connor zijn studenten college gaf over pijnbestrijding, wees hij er eerst op dat pijn niet te meten is, niet in woorden uit te drukken, onzichtbaar. Omdat het een subjectieve ervaring is die je niet met anderen kunt delen, isoleert pijn de patiënt en berooft hem of haar vaak van zijn spraakvermogen. Mensen die zware pijn lijden keren terug naar hun dierlijke kant: ze brullen en janken en jammeren, maar ze praten niet. Nu hoorde Connor zichzelf janken als een gewonde hond. Hij hoorde gekreun uit zijn mond komen en moest denken aan alle mannen, vrouwen en kinderen die bij hem op consult waren geweest en die precies datzelfde geluid hadden gemaakt.

Zoals de meeste artsen gebruikte hij voor zijn patiënten een vragenlijst die enkele tientallen jaren geleden was opgesteld, om iets interns om te zetten in een externe realiteit, om de onverwoordbare kwelling om te zetten in woorden, meestal door het gebruik van vergelijkingen en metaforen. Hij leerde zijn studenten dat dat de eerste stap was om de patiënt van zijn kwelling te verlossen. De McGill Pain

Questionnaire was tamelijk eenvoudig; Connor kende hem inmiddels bijna helemaal uit zijn hoofd. De lijst verdeelde pijn in categorieën en vervolgens iedere categorie in oplopende niveaus van pijn. Voor pijnaanvallen kon de patiënt kiezen tussen 'opflikkerend', 'flitsend', 'schietend', 'kloppend', 'bonzend' en tot slot 'barstend'. Voor krampende pijn liepen de opties uiteen van het milde 'drukkend' tot het extreme 'snoerend'. De bekende woorden schoten nu door zijn hoofd: vlammend, kwellend, misselijkmakend…

Welke termen waren het meest van toepassing op het gevoel dat hem nu in zijn greep had als een fysieke kwelling? Kloppend. Drukkend. Knagend. Indringend. Schrijnend. Zwaar. Verstikkend. Het was als een hongerig, stinkend beest met scherpe tanden dat in zijn binnenste alle zuurstof verbruikte, aan zijn ingewanden knaagde en zijn arme hart afschraapte. Hij probeerde regelmatig te ademen, zoals hij zijn patiënten zo vaak opdroeg, maar toch kwam zijn ademhaling met horten en stoten. Hij probeerde buiten de allesverterende pijn te treden en er van een afstand rustig naar te kijken, maar hij werd terug naar binnen geklauwd en vervuld van een nieuw gevoel van afschuw en schaamte.

Als je mensen vraagt hun pijn weer te geven op een schaal van één tot tien, geven de meesten – zelfs degenen die het uitbrullen – het cijfer zeven. Zeven voor bonkende migraine, zeven voor vlammende kiespijn en zeven voor kanker die doorgedrongen is tot diep in de botten, daar waar de pijnstillers niet kunnen komen. Dat is niet uit dapperheid, maar omdat ze zich altijd een nóg ergere pijn kunnen voorstellen. Ze hebben het einde van de schaal nog niet bereikt.

Zeven, dacht hij. Dit gevoel krijgt een zeven, hetgeen betekent dat er ook een acht, negen en tien zouden kunnen zijn. Wat zou een tien opleveren? Zou hij een tien voelen wanneer Gaby bij hem wegging, Ethan hem haatte en Stefan weer diep ongelukkig zou worden? Of was dat niet meer dan een acht? Kon er iets erger zijn dan alles verliezen waarvan hij hield? Was er altijd méér?

De getijdenstroom aan emoties die door Connor heen raasde maakte dat hij zich lichamelijk beroerd voelde. Het was alsof hij binnenstebuiten werd gekeerd, en hij trok het kussen tegen zich aan en krulde zich eromheen. Hij wilde huilen, maar de tranen waren bevroren in zijn binnenste en kwamen niet naar buiten. Hij sloot zijn ogen en bleef stil liggen luisteren naar de geluiden van de nacht buiten; toen hij zijn ogen weer opendeed, keek hij naar de groene cijfers van zijn digitale wekker die doorklikten. Om 2:29 ging hij rechtop in bed zitten, want hij wist dat hij toch niet zou kunnen slapen en hij kon niet langer in bed blijven liggen. Hij deed het leeslampje aan, knipperde met zijn ogen tegen het plotseling felle licht en zwaaide zijn benen uit bed. Het was kil, en hij voelde een angstaanjagende leegte om zich heen. Hij keek uit het raam; onder de smetteloze maan stonden de huizen in het donker. Er liep een kat door de straat onder hem, met zijn staart in de lucht, en Connor kon de gele ogen zien.

Hij trok de ochtendjas aan die hij afgelopen lente van Gaby had gekregen, niet voor zijn verjaardag of als kerstcadeau; omdat ze hem zo mooi had gevonden, had ze hem impulsief gekocht. Hij was lang en weelderig paars, en ze zei dat Connor net een middeleeuwse ridder was als hij hem aanhad. Hij trok de jas stevig om zich heen, stak zijn voeten in de pantoffels die aan het voeteneind van het bed stonden en liep zachtjes de kamer uit. Voor de deur van Ethans kamer bleef hij een paar tellen staan en luisterde met ingehouden adem, maar hij hoorde niets. Misschien sliep ze, of misschien lag ze gewoon met haar ogen open te wachten tot het ochtend werd. Toen hij naar beneden liep, leunde hij zwaar op de trapleuning om zijn gewicht op te vangen en hij spitste zijn oren voor het gekraak van de vloerplanken.

Het haardvuur smeulde nog na. Connor bleef even staan om zijn handen te warmen voordat hij naar de keuken ging en een ketel water opzette. Hij zette de boiler vast aan voor het geval Gaby vroeg zou opstaan en in bad zou willen en maalde koffiebonen (met twee theedoeken over de molen om het lawaai te dempen). Terwijl hij wachtte tot het water kookte, ruimde hij de vaatwasser uit die hij een paar uur eerder had aangezet en borg de pannen en schalen op die in het afdruiprek stonden. Hij wilde niet dat Gaby dat 's morgens zou moeten doen. Een van de glazen hield hij apart om voor zichzelf een flinke scheut whisky in te schenken. De koffie die hij daarna zette was zo sterk dat hij even een gezicht trok, en de whisky brandde in zijn keel. Hij nam de beker en het glas mee naar boven, naar zijn werkkamer, en deed de deur achter zich dicht. Er hing een grote zwart-witfoto van Gaby aan de muur tegenover hem, jaren geleden genomen door een bevriende fotograaf. Het was zomer en ze zat in kleermakerszit buiten op het gazon, in een oude spijkerbroek en een wit T-shirt, met blote voeten en een kettinkje om haar enkel. Een los plukje haar in haar hals. De foto was onverwachts genomen; ze keek niet in de camera maar naar iemand buiten beeld, met een verrukte lach. Haar linkerhand was uitgestoken in dat uitbundige welkomstgebaar dat Connor zo goed kende. Hij ging aan zijn bureau zitten, met zijn kin op zijn hand geleund, en keek naar zijn vrouw. Hij was vergeten hoe prachtig ze kon zijn, hoe warm en gul, met dat rommelige lichtbruine haar en haar brede, oprechte lach.

Hij wist niet hoe lang hij daar zo had gezeten, maar toen hij op de klok keek was het drie uur geweest. Hij dronk zijn inmiddels lauwe koffie op, goot het laatste beetje whisky door zijn keel, deed de computer aan en zette zijn leesbril op. Voordat hij begon te typen schraapte hij zijn keel alsof hij aan een lezing begon.

'Lieve Gaby,' tikte hij, en hij wiste de woorden weer.

'Mijn allerliefste.' Nee. *Delete*.

Of: 'Ik kan niet slapen, dus ik dacht: laat ik het een en ander op papier…' Delete.

'Achttien jaar heb ik met dit vreselijke geheim geleefd, en nu je het weet…' Delete.

'Slaap je nu, of ben je wakker, net als ik, mijn allerliefste Gaby…'

Hij zette de computer uit, pakte een vel papier en zijn vulpen – die hij voor zijn veertigste verjaardag van Ethan had gekregen maar die hij zelden gebruikte – uit de la van zijn bureau. In zijn kleine, nette handschrift begon hij te schrijven.

'Het is drie uur 's nachts en ik schrijf je deze brief omdat ik met je moet praten. Misschien lig je nu wakker en eigenlijk zou ik naar boven moeten gaan, naast je gaan zitten en dit persoonlijk tegen je zeggen, maar daar ben ik niet goed in. Bovendien ben ik bang. Bang om je nog meer te kwetsen, bang om je te verliezen – als ik je nog niet kwijt ben – en gewoon bang. Ik weet dat ik me vreselijk heb gedragen en dat ik je pijn heb gedaan (de laatste persoon ter wereld die ik pijn wil doen). Ik wil niet dat deze brief het nog erger maakt, maar ik zal proberen duidelijk en eerlijk te zijn.

Er zijn twee dingen, en in mijn hoofd probeer ik ze gescheiden te houden, in ieder geval voorlopig. Ten eerste is er mijn verhouding met Nancy, bijna negentien jaar geleden. Ten tweede het feit dat ik plotseling tot de ontdekking kom dat ik een dochter heb. Of liever gezegd, dat ik de biologische vader ben van een jonge vrouw van wie jij zegt dat ze Sonia heet. Dat wist ik tot vanavond niet. Ik heb Nancy niet meer gesproken of op wat voor manier dan ook contact met haar gehad sinds haar vertrek. En voor ik verderga, wil ik je zeggen dat ik voor of na deze ene keer nooit een andere verhouding heb gehad. Ik ben zelfs nooit in de verleiding geweest. Jij bent mijn eerste en enige grote liefde. De belangrijkste ambitie in mijn leven is jou gelukkig te maken en goed genoeg voor je te zijn.'

Connor wreef in zijn ogen en keek naar de woorden. Hij liep met zijn glas terug naar de keuken om nog wat whisky in te schenken. Daarna zocht hij in Gaby's enorme leren tas tot hij het pakje sigaretten had gevonden waarvan hij wist dat ze het er verstopt had en schudde er een paar uit. Terug in zijn werkkamer stak hij een sigaret op en nam een slokje whisky voordat hij verderging met schrijven.

'Mijn verhouding met Nancy – als je iets wat een paar dagen heeft geduurd en waarvan ik de rest van mijn leven spijt heb gehad een verhouding kunt noemen – heeft plaatsgehad toen jij ziek was na de geboorte van Ethan. Dat is geen excuus, integendeel. In de tijd dat jij me het hardst nodig had heb ik je bedrogen. Ik wil graag beschrijven hoe het is gegaan. Toen ik Nancy leerde kennen, mocht ik haar graag omdat jij van haar hield. Al snel ging ik haar nog leuker vinden omdat ik kon zien dat zij ook van jou hield. Daarna mocht ik haar gewoon graag. Pas toen jij ziek was en ze zo vaak bij ons in huis kwam om voor jou te zorgen en mij te helpen met Ethan, vond ik haar voor het eerst ook seksueel aantrekkelijk.'

Connor kraste 'seksueel' door tot het niet meer te lezen was en maakte er 'op een andere manier' van. Hij zoog de rook diep in zijn pijnlijke longen en nam nog een grote slok whisky.

'Ik was doodmoe, heel emotioneel, in de war en bang door wat er met jou gebeurde. Nancy ook, denk ik, al kan ik natuurlijk niet namens haar spreken. We zijn drie keer met elkaar naar bed geweest, verspreid over een periode van twee weken. Ik wist meteen dat ik iets verschrikkelijks deed, en zij ook. Het was geen kwestie van genot, verlangen of liefde. Ik weet niet of je me kunt begrijpen als ik zeg dat ons schuldgevoel, dat ons ervan had moeten weerhouden, ons in werkelijkheid paradoxaal genoeg in elkaars armen dreef. We waren medeplichtigen. Ik haatte mezelf, walgde van mezelf, en de enige persoon met wie ik die gevoelens kon delen was zij, omdat ze hetzelfde voelde. Ik weet niet of dat onzinnig klinkt. Ik weet niet eens meer of ik het zelf wel begrijp; misschien is het gewoon een idiote redenering om het voor mezelf goed te praten. Het was al snel voorbij en ik was opgelucht toen ze een paar weken later zo abrupt vertrok, al wist ik dat jij het heel erg zou vinden – wat natuurlijk ook het geval was. Ik weet dat ik door met Nancy naar bed te gaan niet alleen jou heb bedrogen en ons huwelijk in gevaar heb gebracht; het is dubbel verraad omdat ik je ook je liefste vriendin heb afgenomen en de kansen op geluk van je broer heb aangetast. Ik heb het je nooit verteld omdat ik niet kon verdragen hoeveel ellende ik jullie allebei daarmee zou bezorgen. Ik weet nog steeds niet of dat de juiste keuze is geweest. In de loop der jaren zijn er vele momenten geweest dat ik er bijna over begon; telkens wanneer we heel close waren en ik me realiseerde dat ik een groot deel van mezelf achterhield. Op zulke momenten had ik het gevoel dat ik mijn eigen bron had vergiftigd. Ergens wilde ik het je vertellen omdat ik hoopte dat je het me zou vergeven (ik kan het mezelf niet vergeven), maar dat leek me een egoïstische reden. Sinds die tijd heb ik geprobeerd een goede echtgenoot te zijn – wat een belachelijk ouderwetse uitspraak, maar ik kan geen betere formulering bedenken. Ik ben altijd zielsveel van je blijven houden.'

Connor stak nog een sigaret op. De blauwe rook kringelde om zijn hoofd. Hij meende iets te horen op Ethans kamer, maar toen hij ernaar luisterde, was er niets meer.

'Dan is er nog het feit dat Nancy blijkbaar Sonia op de wereld heeft gezet en dat ik de biologische vader ben. Eerlijk gezegd, Gaby, weet ik niet wat ik met die informatie aan moet. Mijn hoofd wordt volkomen leeg zodra ik erover wil nadenken. Toen ik net in bed lag en ik het probeerde te bevatten, kon ik mezelf alleen maar vragen stellen. Verandert het iets aan wat ik heb gedaan, negentien jaar geleden? Maakt het mijn daad erger? En dan zijn er nu natuurlijk nog andere vragen, zoals: wil ze me ontmoeten? En zo ja, zal ik dat wel doen? Moet ik met Nancy gaan praten? Ik besef dat het in zekere zin vragen zijn die jij niet kunt beantwoorden, maar als ik er niet met jou over praat, weet ik niet wat ik er zelf van moet denken. Ik ben stuurloos. Het idee dat ik jou niet zou hebben om me raad te geven en te troosten maakt me banger dan ik onder woorden kan brengen.'

Connor had hoofdpijn. Hij legde zijn pen neer en las door wat hij had geschreven. Het kwam hem jammerlijk ontoereikend voor: hij verwoordde alleen de buitenste randen van zijn gedachten en niet die duistere draaikolk in het midden. Slechts een fractie van zijn schuldgevoel kwam erin naar voren. Hij zag dat het buiten al lichter werd; aan de horizon verscheen een smal reepje grijs en de sterren doofden. Hij pakte de pen weer op.

'Het is nu bijna licht en ik ga de deur uit. Ik weet nog niet waarheen, maar ik wil er niet zijn als je wakker wordt, voor het geval je me niet om je heen wilt hebben. Ik kom voor de middag terug en hoop dat je er dan nog bent, zodat we fatsoenlijk kunnen praten.'

Hij wilde schijven: 'Ik kan niet leven zonder jouw liefde', maar dat zou overkomen als een beroep op haar sympathie of medelijden. Hij wilde schrijven: 'Ga niet bij me weg.' Hij aarzelde en staarde naar de volgeschreven vellen papier die voor hem lagen.

'Jij bent de fijnste vrouw die ik ooit heb gekend.'

Verder kon hij niets bedenken, dus zette hij er alleen nog zijn naam onder, stopte de brief in een envelop, schreef er 'Gaby' op en schoof hem onder de deur van Ethans kamer door. Toen trok hij gehaast zijn joggingbroek en een hardloopshirt met lange mouwen aan, stopte zijn portefeuille en sleutels in zijn diepe zak en ging het huis uit.

23

Gaby werd wakker van het geluid van de dichtvallende voordeur. Haar lichaam wist het eerder dan haar hoofd; ze voelde een zware druk op haar borst en een holle leegte in haar maag. Ze kon bijna niet geloven dat ze zomaar had kunnen slapen. Ze had Connor naar beneden horen gaan, en een paar minuten later naar zijn werkkamer. Bijna had ze besloten om zich daar bij hem te voegen, want het was ondraaglijk om in bed te liggen wachten tot het ochtend werd. En nu keek ze op haar horloge, dat ze had vergeten af te doen, en bleek het al bijna zes uur te zijn en vormde het raam een lichtgrijze vlek in de kamer. De maan was weg, net als de sterren, maar de zon stond nog niet boven de horizon. Op het platteland zouden de haantjes nu kraaien op de erven. Ze hoorde buiten de eerste vogels zingen. Haar keel deed pijn, alsof ze een handvol spelden had ingeslikt, en haar benen jeukten van de ruwe deken waaronder ze had geslapen.

    Ze rolde uit bed en bleef even in het midden van de kamer staan. Op de grond bij de deur lag een witte rechthoek die, toen ze er een paar passen naartoe was gelopen, een envelop bleek te zijn. Ze raapte hem op en draaide hem een paar keer om zonder hem open te maken. Toen legde ze hem behoedzaam op de tafel die Ethan als bureau had gebuikt en liep met een duf hoofd naar de badkamer. Daar staarde ze machteloos naar haar dikke ogen en droge lippen en maakte haar gezicht nat met koud water. Ze kon voelen dat er buiten haar niemand in huis was en werd vervuld van een troosteloosheid die maakte dat ze zich oud, kwetsbaar en eenzaam voelde.

In hun slaapkamer was het bed leeg en het dekbed opgetrokken tot over de kussens. Ze ging even zitten, opeens buiten adem, en sloeg haar armen in een troostend gebaar om zich heen. Op het nachtkastje aan Connors kant lagen alleen twee boeken, allebei met boekenlegger, en een medisch tijdschrift; haar nachtkastje lag zo vol dat ook de vloer bezaaid was met alle boeken die ze binnenkort wilde lezen, de tijdschriften die ze nog niet had opgeruimd en notitieblokjes met vergeten lijstjes. Ze dwong zichzelf met een zucht om op te staan, trok haar ochtendjas aan en ging terug om de envelop te pakken. Ze stak haar vinger onder de dichtgeplakte flap, haalde de vellen papier eruit en keek naar Connors vertrouwde schuinschrift. Maar de woorden dansten voor haar ogen. 'Het is drie uur 's nachts,' kon ze nog net ontcijferen. Ze nam de brief mee naar beneden, naar de keuken, waar het opgeruimd en netjes was en geurde naar de vele bloemen die ze gisteren had gekocht. De vaatwasser was leeggeruimd, het aanrecht schoongemaakt en de boiler stond al aan. Ze zette een grote pot thee en ging aan tafel zitten, met een mok tussen haar handen en de brief voor zich uitgespreid. De damp maakte haar gezicht vochtig terwijl ze de brief heel langzaam las, woord voor woord, en daarna nog een keer.

Toen ze klaar was, wist ze niet wat ze met zichzelf moest aanvangen. Het was pas half zeven 's ochtends. In de huizen overal om haar heen lagen de mensen in diepe slaap. Buiten waren de lantaarnpalen nog aan. Ze liet het bad vollopen, maar zodra ze erin lag wilde ze er weer uit. Ze trok haar ochtendjas weer aan en maakte een geroosterde boterham met marmelade, maar na één hap gooide ze hem in de vuilnisbak. Ze pakte de telefoon om haar werk te bellen en zich ziek te melden, maar toen hij overging drong het tot haar door dat er natuurlijk nog niemand was, dus sprak ze een vaag, verontschuldigend bericht in op het antwoordapparaat met de belofte dat ze later terug zou bellen. Ze viste het pakje sigaretten uit haar tas en rookte er eentje op tot aan het filter. Toen stond ze vastberaden op, pakte het strookje papier met Nancy's e-mailadres erop uit de zak van de jas die ze de vorige dag had gedragen en liep ermee naar Connors computer, die zij ook gebruikte wanneer ze hem nodig had. Ze klikte op 'nieuw bericht' en tikte Nancy's adres in. 'Ik heb het Connor gisteren verteld,' schreef ze, en ze drukte op 'verzenden' voordat ze zich kon bedenken. Ze dacht aan Stefan. Hij zou het moeten weten. Het was nu in gang gezet en niemand kon het nog tegenhouden. Connor zou met Nancy gaan praten en misschien Sonia ontmoeten, Stefan zou achter de waarheid komen, en daarna Ethan ook. Het geheim was over de rand gestroomd en liep nu alle kanten op.

Ze trok een bruine ribfluwelen broek aan met een dikke, vormeloze trui; de oudste, saaiste kleren die ze kon vinden. Ze werd doodmoe van de aanblik van haar felle, drukke kleding in de kast. Al die moeite, zoveel theatrale opsmuk en uiterlijk vertoon, en waarvoor? Ze stak haar haar op in een streng knotje. Het was nog geen zeven uur. Voor het raam staarde ze wezenloos naar de straat die zich langzaam vulde met figuurtjes: mannen en vrouwen die vroeg naar hun werk gingen en met ferme passen door de kou liepen; een tiener op een fiets, met een tas vol kranten over zijn schouder. De postbode liep over het pad naar hun voordeur en even later hoorde Gaby de post op de grond vallen in het halletje. Ze ging op bed liggen en vouwde haar handen achter haar hoofd.

Connor liep hard. Door Camden, via Kentish Town Road naar de Heath. Hij rende zo snel als hij kon, tot zijn borst er pijn van deed. Kite Hill op en daarna naar de overkant, waar je je bijna op het platteland zou wanen. De hekken waren nog maar net open en er was vrijwel niemand, alleen een paar mensen die hun hond uitlieten, een zwerver die zijn slaapzak achter zich aan sleepte en een jongen die op een bankje zat dat was geschonken ter nagedachtenis aan 'onze lieve Gail, die dol was op deze plek'. Connor rende langs het water, waar de eenden en duiven opvlogen, en langs de tennisbanen. Het was niet genoeg. Hij begon opnieuw aan het circuit, met brandende kuiten en zere knieën. De zwerver was verdwenen, maar de jongen op het bankje zat nog steeds zomaar wat te zitten, en Connor vroeg zich af waarom hij zo leek te peinzen. Terwijl hij langzaam overging in wandeltempo, bij de uitgang van de Heath, keek hij op zijn horloge. Het was even over zevenen. Hij kon nog niet teruggaan; misschien sliep Gaby nog en hij wilde haar de tijd geven om zijn brief te lezen en zich voor te bereiden op zijn terugkeer. Hij had het gevoel dat hij nu heel goed op zijn tellen moest passen. Hij wist nog precies hoe voorzichtig Gaby en hij met elkaar omgegaan waren aan het begin van hun relatie, hoe ze zich hadden ingesteld op de stemming van de ander, in het besef dat ze elkaars hart in handen hadden. Later was dat natuurlijk minder geworden. Ze hadden ruzies gehad waarin ze elkaar grove beledigingen naar het hoofd slingerden, ze hadden de ander voor lief genomen en behandelden elkaar niet meer als dierbare, kwetsbare wezens. Maar al met al voelden ze beiden hoe kameraadschappelijk robuust hun huwelijk was: ze plaagden elkaar, lachten elkaar uit en hielden niet altijd even veel rekening met elkaar, maar daar hadden ze zelden problemen mee. Nu had Connor het gevoel dat hij terug bij af was, bij die tere kwetsbaarheid van het begin, wanneer het hart een blauwe plek is en de liefde een open wond.

Verderop in de straat was een eetcafeetje waar Gaby en hij in het weekend wel eens kwamen omdat je er maaltijdsoepen, vegetarische stoofschotels en grote salades kon eten, en 's zomers zagen ze op het terrasje de wereld aan zich voorbijtrekken. Hij liep er nu heen, en hoewel het bordje 'gesloten' op de deur hing, zag hij dat er binnen een vrouw bezig was met de voorbereidingen om de zaak te openen. Het zweet op zijn voorhoofd koelde af tijdens het wachten; de warmte van het hardlopen ebde langzaam weg. Maar de clichés klopten: het maakte inderdaad verschil dat het donker had plaatsgemaakt voor daglicht en het hielp wel degelijk om je in te spannen tot je lijf er zeer van deed.

De vrouw draaide 'gesloten' om naar 'open' en Connor ging het knusse interieur van donker hout, witte muren, banken en fauteuils binnen. Hij vroeg om een glas water, dat hij staand aan de bar opdronk, en een cappuccino; toen hij haar fronsende blik zag, voegde hij er een kaneelbagel met rozijnen aan toe. Hij ging aan een tafeltje bij het raam zitten en deed zo lang mogelijk over zijn koffie, nippend aan de schuimlaag. Hij scheurde een stukje van de bagel, maar kon het niet weg krijgen. Het werd drukker in de zaak, en Connor wenste dat hij een boek of krant had, zodat hij kon doen alsof hij zat te lezen. In plaats daarvan staarde hij uit het raam naar de mensen die naarstig voorbij beenden en bedacht hoe lang het geleden was, jaren al, dat hij zomaar had zitten niksen. Alles wat hij deed, van werken tot koken, was gepland en diende een doel. Zelfs wanneer hij ging wandelen deed hij dat snel en efficiënt en treuzelde hij zelden. Dat alles leek nu een andere wereld. De tijd, die normaal gesproken zo snel ging, kroop nu voorbij; zijn doel was teruggebracht tot één huiselijk punt. Gaby.

Om acht uur legde hij een flinke fooi op het tafeltje en liep het eetcafé uit. Hij stopte onderweg om een krant te kopen, die hij onder zijn arm klemde nadat hij de koppen had gelezen. Hij overwoog om bloemen mee te nemen van het stalletje voor het metrostation, maar Gaby had het huis gisteren al omgetoverd in een bloemenwinkel en bovendien zou het de omvang van wat hij had aangericht reduceren – de berouwvolle echtgenoot die zijn vrouw een bosje bloemen overhandigt. Sorry schat, hier heb je iets om het goed te maken.

Bij de voordeur zocht hij in zijn zakken naar zijn sleutels, maar hij bedacht zich en klopte als een vreemde aan.

24

9 NOVEMBER
Ik sta op het punt om je te bellen. Papa en mama zijn naar de bioscoop en ik ben alleen thuis. Ze vroegen of ik meeging, maar ik zei dat ik moe was. Ik denk dat ze wel een vermoeden hadden, maar ze drongen niet aan. Ik geloof niet dat ik het nog langer kan uitstellen. Een paar minuten geleden had ik bijna gebeld, ik had het nummer zelfs al gedeeltelijk ingetoetst, maar toen heb ik gauw de hoorn erop gegooid. Ik moet goed nadenken over de eerste woorden die ik tegen je ga zeggen. Ik moet oefenen om ze hardop uit te spreken, op de juiste toon – zelfverzekerd maar niet te hard – zodat ik niet alleen maar stotter en naar woorden zoek, zoals ik wel eens doe wanneer ik nerveus ben. Ik weet dat het niet belangrijk is – ik bedoel, ik hoef heus geen indruk op je te maken of zo. Waarom zou ik me er in godsnaam druk om maken wat jij van me vindt? Hallo, mag ik Nancy Belmont van u? Mijn naam is Sonia. Heel simpel. Maar misschien ben je er niet eens.

Later
Ik heb het dus gedaan. Ik sta te trillen op mijn benen, alsof ik al tijden niets heb gegeten. Je nam vrijwel meteen op en zei alleen 'ja?', kortaf, en even kon ik niets uitbrengen. Toen ik eindelijk begon te praten, had ik een hopeloos piepstemmetje. Ik moet geklonken hebben als een kind van negen. Maar ik wist mijn zinnetje toch stamelend uit te brengen. Ik geloof dat ik had gewild dat je opgewonden

en zenuwachtig zou klinken, maar dat was totaal niet het geval. Het was eerder alsof je een zakelijke afspraak maakte, snel en efficiënt. Ach, dat is misschien wel goed – ik wilde absoluut geen emotioneel gesprek over hoe raar het allemaal is, bla, bla, bla. Maar eerlijk gezegd gaf je me niet echt een warm gevoel. Je zult het allemaal wel van tevoren uitgedacht hebben. Je kwam meteen met plaatsen waar we konden afspreken, en misschien was het inderdaad verstandig om vooraf te bepalen hoe lang we elkaar zullen zien, zodat het niet alsmaar voortkabbelt en we geen van beiden weten wanneer we moeten opstappen. Het voelde een beetje alsof ik naar de tandarts moest of een wiskundeproefwerk had of zoiets. Een uurtje, laat in de ochtend, op de trap van het British Museum. En nu loop ik me steeds af te vragen wat ik moet aantrekken. Is dat niet stom? Alex moest eens weten. Hij heeft een bloedhekel aan ijdel gedoe. Maar volgens mij is het gewoon een manier om te bedenken wie ik wil zijn wanneer we elkaar zien, als je begrijpt wat ik bedoel. Ik moet me voorbereiden: zal ik cool en punkachtig zijn, netjes en verzorgd of emotioneel en kwetsbaar? Ik ben benieuwd of jij dat ook hebt, al klonk je zo niet door de telefoon. Je klonk alsof je precies weet wie je bent en ik durf te wedden dat je iets degelijks en duurs zult dragen waardoor ik me, wat ik ook heb gekozen, plotseling goedkoop en helemaal verkeerd gekleed zal voelen. Ik voel me nu al onhandig. Ik ga vast koffie knoeien en zitten mompelen en huilen.

12 NOVEMBER
Gisteren zijn Alex en ik een heel eind gaan wandelen met George. George kan niet meer zo hard lopen; hij is te oud en te dik en volgens de dierenarts heeft hij ook artritis. Maar het was een fijne wandeling. Het waaide heel hard, de blaadjes dwarrelden voor ons uit, er waren grote zwermen vogels en het licht was zwaar en theatraal. Ik heb hem verteld wat er allemaal gebeurd is tussen ons. Hij wist nog van niets omdat ik het mijn ouders nog niet had verteld en het voelde niet goed dat hij het wel zou weten en zij niet. Zijn reactie was interessant. Toen papa en mama hoorden dat ik contact met je had gezocht, kon ik merken dat ze een beetje gekwetst waren omdat ik het zo lang had verzwegen, al hebben ze dat nooit zo gezegd. Maar met Alex was het precies omgekeerd. Hij vindt het geweldig als

mensen geheimzinnig zijn en onverwachts uit de hoek komen. Hij zegt dat iedereen geheimen zou moeten hebben en bepaalde delen van zichzelf verborgen moet houden. Nou ja, hoe dan ook, hij was helemaal in zijn nopjes en onder de indruk van mijn nieuws. Soms denk ik wel eens dat hij nooit in me geïnteresseerd zou zijn geweest als ik niet geadopteerd was. Ik ben niet zomaar een meisje uit een buitenwijk van Stratford, dochter van een bibliothecaresse en een boekhouder, dat in een halfvrijstaand huis woont en een oude hond heeft; ik ben tevens iemand met een mysterieuze achtergrond, iemand die overal vandaan zou kunnen komen en iedereen zou kunnen zijn.

Ik heb geprobeerd hem duidelijk te maken dat ik liever geen raadsel voor mezelf wil zijn, maar volgens mij dringt het niet echt tot hem door. En hij begrijpt er al helemaal niets van dat ik het doodeng vind om je te ontmoeten, dat ik mezelf misschien wel zal moeten herdefiniëren; hij zou het een fantastisch avontuur vinden om zich te moeten herdefiniëren. Juist het niet-weten vind ik vreselijk aan mezelf – en hij houdt ervan. Nee, 'houden van' is niet de juiste benaming. Het zijn woorden die hij nooit gebruikt, en zelfs wanneer hij heel lief voor me is, lukt het hem nog om daarbij zijn wenkbrauwen op te trekken en met een veelbetekenend lachje naar me te kijken – alsof alles omlijst moet worden met de wetenschap dat hij altijd een beetje ironisch is, een beetje theatraal. Hij staat erg wantrouwend tegenover de liefde – dat vindt hij een sentimenteel woord, een vies woord, meestal een leugen en bijna altijd een valstrik; volgens hem doen mensen de vreselijkste dingen uit naam van de liefde. Ik denk dat als ik zou zeggen 'ik hou van jou' hij al op de vlucht zou slaan voordat ik er 'grapje!' aan kon toevoegen. Ik zeg het ook niet, maar dat is niet uit angst dat hij ervandoor zal gaan. Ik zeg niet dat ik van hem hou omdat ik zelf niet weet wat ik voel. Soms, als ik hem naar me toe zie lopen op straat met die haakneus van hem, gretig en kwetsbaar (god, hij zou niet moeten weten dat ik hem zo beschrijf, en dat maakt hem nog aandoenlijker), dan maakt mijn hart een sprongetje en wil ik hem alleen maar heel dicht tegen me aan drukken en hem beschermen. Is dat liefde? Of is dat gewoon de manier waarop vrouwen over mannen denken? Vrouwen willen dat mannen hen nodig hebben, en mannen zijn als de dood voor vrouwen die hen nodig hebben. Daar had ik het gisteren over met Goldie: een van de grootste beledigingen van een man aan het adres van een vrouw is dat ze 'te afhankelijk' is. Als hij dat zegt, heeft hij gewoon genoeg van haar. Wreed eigenlijk; hoe meer je van iemand houdt en hoe harder je hem nodig hebt, hoe kleiner de kans dat het wederzijds is. Auden heeft eens geschreven dat je óf degene bent die liefde geeft, of degene die liefde ontvangt. Ik weet niet waarvoor ik zou kiezen. Geen van beide. Ik wil dat het gelijk opgaat. En waarom zou dat niet kunnen? Volgens mij houden papa en mama evenveel van elkaar; ze doen niet sentimenteel over de ander. Als je naar hen kijkt, denk je niet meteen: goh, wat een liefde. Maar ze hóren gewoon bij elkaar en ze kennen elkaar door en door. Soms maken ze elkaars zinnen af en ze hebben gezamenlijke verhalen uit al die jaren dat ze samen zijn. Ik moet er niet aan denken wat er zou gebeuren als een van de twee zou sterven en de ander alleen achterbleef. Voor mijn gevoel is het onmogelijk dat een van hen weer alleen en onafhankelijk zou zijn. Het is alsof hun eigen gewoontes en rituelen een soort veilig muurtje om hen heen hebben gevormd – en dat is waarschijnlijk ook mijn muurtje, nu ik erover nadenk. Ik las vandaag een citaat in de krant, in een artikel dat is geschreven door een vrouw die na zo'n veertig jaar haar man heeft verloren: 'Ik ben rijk in alles wat ik heb verloren.' Ik moest er een beetje van huilen.

 Ik denk dat ik het Goldie vandaag ook ga vertellen. Het voelt fijner als mensen die dicht bij me staan weten wat er aan de hand is. Bovendien kan zij me dan kledingadvies geven!

25

'Hoe is het met Lorna?'
Ethan probeerde het nonchalant te laten klinken; hij flapte de vraag eruit terwijl hij zijn koffie naar zijn mond bracht en nam een grote slok nog voordat haar naam goed en wel over zijn lippen was, waarna hij druk in de weer ging om een sigaret op te steken. Harry en hij hadden net fanatiek gesquasht (zoals gewoonlijk had Harry gewonnen) en hij hoopte dat de rode blos die naar zijn hoofd steeg zodra hij Lorna's naam noemde, kon worden toegeschreven aan de inspanning.
'Prima.' Harry pakte de chocoladekoek die hij had gekocht, brak hem doormidden en stak de helft in zijn mond. Zijn volgende woorden klonken gedempt en binnensmonds. 'Ze is een paar dagen weg geweest, naar haar vader.'
'O?' Ethan staarde aandachtig in zijn kopje.
'Ze gaat heel vaak naar haar vader, behoorlijk irritant vind ik dat. Maar haar moeder is gestorven en ze is de oudste van vier zusjes. Volgens mij voelt ze zich een beetje schuldig omdat ze niet meer thuis woont. Ze heeft een heel sterk verantwoordelijkheidsgevoel.'
Dat laatste kwam er nogal sarcastisch uit, maar Ethans hart ging als een razende tekeer bij de gedachte dat Lorna een dode moeder had, en een eenzame vader en drie jonge zusjes die beschermd moesten worden. Hij zuchtte gelukzalig en stelde zich voor hoe hij samen met haar naar een klein, krakkemikkig huisje zou gaan waar de koelkast leeg en de verwarming kapot was. Hij zou voor hen koken, schoonmaken, de moederloze meisjes troost en vreugde brengen en kranig gezelschap

zijn voor de vader. Hij zou hen allemaal redden en daardoor zou zij van hem houden.

'Al lang?' vroeg hij.

'Al lang wat?'

'Is haar moeder al lang dood?'

'O, weet ik veel. Een jaar of zo. Kanker, geloof ik – dat is het meestal, hè? Ze praat er niet veel over. Ik kwam er pas achter toen ze laatst aan de telefoon haar jongste zusje probeerde te kalmeren.'

'Arm kind,' zei Ethan zachtjes, teder.

'O, jee,' zei Harry hoofdschuddend, en Ethan voelde zich plotseling ongemakkelijk onder zijn smalende blik.

'Wat nou?'

'Niks, niks. Gewoon "o, jee".'

'Ik snap niet wat je bedoelt.'

'Ha!'

Ethan dronk zijn koffie op, drukte zijn sigaret uit en zocht in zijn zakken naar kleingeld.

'Ik zal maar eens gaan. Richelieu roept.'

'We moeten een vriendinnetje voor je zoeken.'

'Ik hoef geen vriendin.'

'Wel waar. Je hunkert ernaar.'

'Gelul.'

'Je kwijnt helemaal weg. Je rookt te veel.'

'Moet je horen wie het zegt.'

'*Ik hoor gezang in een lege zaal,*' zong Harry met een komisch hoog stemmetje, zonder acht te slaan op de starende blikken.

'Hou op.'

'*Ik zie bloesem, maar de bomen zijn kaal.*'

'Ik ga nu echt.'

'*Ik ben gelukkig, kijk, ik straal.*'

'Zo kan ie wel weer.' Ethan stond op.

'Ze is geen droomvrouw, Ethan.'

'Wie? Waar heb je het over?'

'Ze is niet eens zo verschrikkelijk mooi.'

'Ik zie je nog wel. Maar waarom heb je eigenlijk verkering met haar als je haar niet mooi vindt?'

'Dus je weet wel degelijk waar ik het over heb. Lorna ziet er aardig uit, maar niet zoals... die Elizabeth met wie jij college hebt, bijvoorbeeld. Bloedmooi. Trouwens, ze vindt je leuk. Waarom vraag je niet of ze een keer wat met je gaat drinken?'

Ethan staarde Harry aan. Elizabeth was lang en opvallend, met donker haar, maar ze haalde het niet bij Lorna. Er vonkte een sprankje hoop in hem op: als Harry Lorna niet mooi vond, had hij niets bij haar te zoeken. En als hij zo nonchalant over haar praatte, alsof ze inwisselbaar was in plaats van uniek en bijzonder, verdiende hij haar zeker niet.

'Nou, dag,' wist hij nog uit te brengen.

'Maar wel handjes thuis, hè Ethan?'

'Ik zou nooit... Ik zou nooit proberen...' Hij maakte zijn zin niet af en staarde Harry aan. De sfeer tussen hen was plotseling kil.

'Ik heb heus wel gezien hoe je met haar omging die dag op het strand. Dicht tegen haar aan gekropen lieve woordjes in haar oor fluisteren.'

'Niet waar!' Ethan reageerde ontzet op Harry's versie van het verhaal, waarin die paar minuten met Lorna – die hij sindsdien in gedachten vele malen opnieuw had beleefd – werden gereduceerd tot iets ranzigs. 'We hebben gepraat, meer niet.'

'Ja, ja. Daarom vraagt ze sindsdien zeker steeds naar je.'

'Je bent mijn vriend, Harry! Zo ben ik niet,' zei Ethan, en intussen sloeg hij de woorden op voor later: ze had naar hem gevraagd. Wilde dat zeggen dat ze hem leuk vond?

'Ik waarschuw je maar even, voor alle zekerheid.'

'Dat is niet nodig.'

'Mooi. Dan is het duidelijk.'

'Duidelijk.'

Ze kwamen elkaar toevallig tegen bij de boekwinkel. Ethan bracht er vaak vele uren door. Hij pakte boeken die hem interessant leken van de plank en las ze staand, tegen een van de zuilen geleund, met zijn jas en sjaal nog aan. Zo had hij eerder die week *Homage to Catalonia* helemaal gelezen, en een behoorlijk groot deel van een eigenaardig boek over zout. Vandaag was hij gevlucht voor de regen en de wind, de warme, knusse zaak in. Hij had het koud en was moe – misschien werd de kou veroorzaakt door de vermoeidheid – en verveelde zich. Hij had geen plannen voor de rest van de dag en wilde nog niet naar zijn kamer, omdat hij wist dat hij toch niet zou gaan studeren en alleen zou zitten piekeren, koude bonen of noedelsoep uit een pakje eten en te veel roken.

Hij pakte een bundel met korte verhalen van Raymond Carver uit de kast, en een psychologieboek over de betrouwbaarheid van intuïtie. Hij liep ermee naar een plek verderop in de winkel, waar hij geen last zou hebben van de wind telkens wanneer de deur openging. Bij de kinderboeken, in een hoekje achter in de zaak, zag hij een plank die voor de helft was gevuld met de kleurrijke boekjes van Dr. Seuss, en hij pakte er glimlachend een paar tussenuit. Vreemde figuren met kraaloogjes, verontwaardigd of verbaasd, lachende vissen, schildpadden en langharige, langpotige, spichtige bastaardhondjes en zwerfkatten die een hoge rug opzetten. Dat vrolijke rijm, van de hak op de tak. *De kat met de hoed.* Hij sloeg het boek open en zocht een plaatje op waarvan hij zich herinnerde dat hij het zich herinnerde, van twee kinderen die treurig door het raam naar buiten keken, naar de regen. Er kwam een kat langs die op zijn achterpoten liep, met glinsterende ogen, om de boel op z'n kop te zetten en iedereen aan het lachen te maken. *'Maak je niet dik,' zei de kat met de hoed. 'We hebben plezier en dat is goed,'* stond erbij. Dat zei zijn moeder vroeger altijd, en dan keek ze lachend over haar schouder naar zijn vader, die met gefronst voorhoofd toekeek. Toen Ethan het boek doorbladerde, was het alsof zijn vroege jeugd terugkwam. Diep ingestopt in bed met zijn moeder naast hem, haar mouwen opgerold en met pantoffels aan haar voeten. *Groene eieren met ham*, het boek waar hij vroeger gek op was. En daar stond *Slurfje past op het ei*, het verhaal over een geduldige olifant die een ei uitbroedde voor een vogel die haar rol als moeder niet serieus nam, en uiteindelijk, na vele bladzijden tegenspoed, kwam er een olifant-vogeltje uit het ei. Zijn vader zei altijd dat het boek eigenlijk over stiefvaders ging: het is de liefde die telt, niet je biologische afkomst. Zijn moeder had hem al deze boeken voorgelezen toen hij nog heel klein was, steeds opnieuw. Ze hadden hele stukken vanbuiten gekend en er waren fragmenten die hij zich nog altijd herinnerde, alsof ze op zijn harde schijf stonden. Waarschijnlijk zou hij op zijn sterfbed nog steeds *Dit is Hotse Heuvelrug. Klim maar op zijn heuvel, vlug!* kunnen opdreunen. Hij sloeg *Een vis, twee vissen, heel veel zeevissen* open, zocht het rijmpje op en mompelde het hardop voor zich uit. '*Hotse-botse, heen en terug...*'

'Hobbelt het? Het kan nog erger. Dit is Botse Zevenberger. *Botse hotse-botst al vlug zeven keer hoger dan Heuvelrug,*' viel een stem hem bij. 'Citeer je altijd hardop rijmpjes, Ethan?'

Hij draaide zich om, met open mond en een vuurrood hoofd.

'Lorna.'

'Want in dit geval durf ik de strijd wel aan. *Ik wil ze niet hier, ik wil ze niet daar...*'

'*Ik lust ze niet, neem jij ze maar...*'

'Oké... *Ik wil ze nergens, Ik-ben-Bram, jouw groene eieren met ham...*' De rest weet ik niet meer. Alleen *Mjamm, groene eieren met ham! Wat zei ik, beste Ik-ben-Bram?*'

'*Dat ik die niet lustte? Ben je mal? Die lust ik altijd en overal!*'

Ze stopten, grinnikten naar elkaar en wendden toen hun blik af, plotseling verlegen en onhandig.

'Hoi,' zei hij zachtjes.

'Dus jij houdt ook van Dr. Seuss?'

'Mijn moeder las ze me altijd voor. De dingen die je als kind leuk vindt vergeet je nooit, hè? Die blijven je altijd bij.'

'Mijn moeder las ze mij ook altijd voor,' zei Lorna. 'En waarschijnlijk lees ik ze op een dag weer voor aan mijn kinderen, als ik tenminste kinderen krijg. Je geeft het door.' Ze pakte een van de boekjes uit zijn hand en keek naar het omslag met Thidwick de eland erop. 'Maar Thidwick moest van mij vroeger altijd een geit zijn in plaats van een eland.'

'En dan rijmde het natuurlijk niet meer.'

'Waarschijnlijk niet.'

'Ik vind het heel erg, van je moeder,' zei Ethan onhandig.

'Dank je.'

'Is het lang geleden?'

'Een jaar, ongeveer. Is dat lang of kort? Ik weet het niet.'

'Dat is het rare van tijd in zulke situaties. Hij gaat langzaam en snel tegelijk. Maar ik vind een jaar niet lang.'

'Ze is een hele tijd ziek geweest voordat ze stierf. We wisten wat er ging komen, alsof de Jagannath langzaam de heuvel over kwam denderen – maar je bent er nooit écht op voorbereid, ook al denk je van wel. Zijzelf in ieder geval niet. Ze dacht dat ze het wel zou volhouden tot wij allemaal klaar waren met school, en ze zei altijd dat ze erop stond om minstens één kleinkind te hebben voordat ze stierf.'

'Wat erg,' zei Ethan. 'Had je een hechte band met haar?'

'Ja. Maar op het laatst was het anders – ik kon geen opstandige puber meer zijn toen ik wist dat ze dood zou gaan, dus in een bepaald opzicht vertelden we elkaar veel minder dan we anders gedaan zouden hebben. Ik dacht dat ik haar in bescherming moest nemen, en nu pas vraag ik me af of ze míj niet liever had beschermd. Ze kreeg bijna geen kans meer om een echte moeder voor me te zijn, dus in een bepaald opzicht was ze er al niet meer voordat ze er echt niet meer was, of zoiets. Ik weet niet. Waarom vertel ik jou dit allemaal? Ik ken je amper. De meeste mensen vragen er niet naar, die mompelen maar wat en beginnen gauw over iets anders.'

'Je zult haar wel vreselijk missen.'

'Zeg, ga je die boeken nog kopen?'

'Sorry, het was niet mijn bedoeling om…'

'Ik wil gewoon niet gaan staan huilen in een boekwinkel, dat is alles.'

'Oké. Nee, ik was niet van plan ze te kopen. Ik lees ze hier alleen.'

'Mag dat zomaar?'

'Volgens mij ziet het personeel het niet eens. Ik vind het fijn hier tussen de boeken; de geur en al die hoekjes en stille plekjes. En het idee dat er honderdduizenden ideeën, plaatjes en feiten zijn opgeslagen en je maar een bladzijde hoeft op te slaan om ze te vinden.'

'Dan zal ik je verder met rust laten.'

'Nee. Nee, luister, Lorna…'

'Ja?'

'Zal ik een van de Dr. Seuss-boeken voor je kopen? Voor de herinneringen.'

'Doe niet zo gek.'

'Nee, echt. Tenzij je ze nog hebt natuurlijk.'

'Dat niet, maar…'

'Laat me er dan een voor je kopen. Eentje waaruit je later je kinderen kunt voorlezen.'

'Ethan!'

'Ik wil het graag. Echt. Laat me nou.' Hij pakte er in zijn enthousiasme een heleboel van de plank en stak ze naar haar uit. 'Welke vind je het leukst?'

'Goed, je mag er een voor me kopen, maar alleen als ik er een voor jou mag kopen.'

'Maar...'

'Graag of niet.'

'Goed, dan neem ik het aanbod aan.' Hij maakte een buiginkje en ze lachte naar hem met die mooie mond, en haar mooie amandelvormige ogen straalden en hij zag hoe egaal en licht haar huid was en hoe teer haar sleutelbeen en... Hij hapte naar adem. 'Welke kies je?'

'O, dat is moeilijk.'

'Neem er dan twee. Drie. Zoveel als je wilt!'

'Ik kies toch *Een vis, twee vissen*.'

'Goed.'

'En welke wil jij?'

'Dezelfde.'

'Dezelfde?'

'Ja.'

'Maar dan kunnen we onze boeken niet aan elkaar uitlenen.'

'Was dat dan de bedoeling? Dan neem ik een andere. Natuurlijk. Eh... *Slurfje past op het ei*.'

'Mooi, ik hoopte al dat je die zou nemen.'

'Echt waar?'

Hij had haar bijna ter plekke in zijn armen genomen.

Ze gingen in de rij voor de kassa staan en overhandigden elkaar daarna tamelijk formeel hun boeken.

'Dank je wel,' zei Ethan gewichtig.

'Jij ook bedankt.' Lorna aarzelde. 'Heb je zin om ergens koffie te gaan drinken?'

'O...' Hij dacht aan Harry en hoorde weer zijn woorden: 'Handjes thuis.' Hij zag Harry's kille blik voor zich. 'Ik geloof niet dat ik nu...'

'Geeft niks.' Ze wendde zich half van hem af. 'Het was zomaar een idee.'

'Nee! Heel graag, juist.'

'Als je het te druk hebt...'

'Nee, ik heb het niet druk. Helemaal niet. Niks te doen. Koffie, lekker. Verderop in de straat is een heel leuk zaakje. Ik kom er vaak. Ze hebben er heerlijke chocoladetaart. Die eet ik wel eens als ontbijt.'

Toen hij buiten op straat naast haar liep dacht hij bij zichzelf, terwijl zijn hart bijna barstte van doodsbenauwde trots, dat de mensen die hen zagen best eens zouden kunnen denken dat ze bij elkaar hoorden. Haar schouder raakte lichtjes de zijne; haar rechterhand kwam bijna tegen die van hem aan; kleine plukjes haar dansten langs zijn wang. Hij keek omlaag en paste zijn snelheid aan tot ze in hetzelfde ritme liepen. In het cafeetje nam hij een dubbele espresso, en zij bestelde cappuccino en een stuk chocoladetaart voor hen samen. Ze gingen tegenover elkaar in een donker hoekje in het rokersgedeelte zitten, achter in de zaak. Hij keek naar het randje schuim op haar bovenlip en de kruimel taart op haar wang, en daarna naar haar handen, die op een paar centimeter afstand van de zijne op tafel lagen. Als hij die van hem een stukje opschoof, kon hij haar zó aanraken. Als zij ging verzitten, zouden hun knieën elkaar misschien raken.

Hij rechtte zijn rug en bood haar een sigaret aan.

'Nee, dank je. Straks misschien.'

Straks – kwam er een straks dan? Hij stak zijn eigen sigaret op, zoog de rook diep in zijn longen en tikte de niet-aanwezige as in de asbak, waarna hij in zijn koffie staarde alsof er iets heel boeiends in te zien was, terwijl hij wachtte tot zijn hart zou stoppen met bonzen.

Ze praatten over andere boeken waarop ze als kind gek waren geweest (voor hem *Phantom Tolbooth* en later de trilogie *Het gouden kompas*, voor haar de Moem-boeken van Tove Jansson en *Het witte paardje* – en boeken van Michael Morpurgo en van David Almond, en later thrillers van Agatha Christie om in bed te lezen). Ze vertelden over hun 'tussenjaar' na de middelbare school (hij: door Oost-Europa gereisd, deels met andere mensen – en hij vertelde er niet bij dat 'andere mensen' maar één persoon betekende: Rosie – en deels alleen, eindigend in Moskou; zij: de laatste dagen van haar moeders leven en daarna een periode van rouw, waarin ze bij de buurtsupermarkt had gewerkt en voor haar vader en haar zusjes had gezorgd). Ze wisselden bands uit die ze goed vonden, stelden een lijstje op van de vijf slechtste films van het jaar, waren het erover eens dat de planeet vergiftigd werd en bespraken de betekenis van dromen, en ze kwamen tot de ontdekking dat ze allebei hielden van Thais eten en sushi. En plotseling zag Ethan dat het al donker was buiten; de wereld was gevaarlijker geworden. Hij mocht Harry's woorden niet vergeten, want anders zou hij zich nu zo naar haar toe kunnen buigen om de welving van haar wang te strelen. Hij balde zijn vuist.

'Hoe lang zitten we hier eigenlijk al?' vroeg hij.

'Weet ik niet. Moet je weg?'

'Nee, dat niet, maar...'

'Mag ik dan nu die sigaret?'

Hij schudde er een uit het pakje en streek een lucifer af. Zijn vingers trilden, en toen ze haar handen eromheen vouwde om het vlammetje af te schermen, keken ze elkaar even aan over de oranje gloed heen. De rest van haar gezicht was te dichtbij en daardoor wazig, maar haar ogen kon hij heel duidelijk zien; zijn eigen gezicht werd erin weerspiegeld. Hij boog zich naar haar toe en voelde haar adem op zijn huid, en zijn eigen bonkende hart; hij voelde een kreun omhoogkomen in zijn keel.

Abrupt maakte hij zijn hand los van de hare, stak zijn eigen sigaret aan, blies hard en nadrukkelijk het vlammetje uit en ging wat verder van haar af zitten.

'Ik moet zo gaan,' zei hij kordaat.

'O... oké.'

'Studeren. Ik loop achter.'

'Studeren,' herhaalde ze. 'Aha.'

'Wat ga jij vanavond doen?'

'Nou... ik heb eigenlijk met Harry afgesproken.'

Het was de eerste keer dat Harry's naam viel en Ethan voelde zichzelf in elkaar krimpen.

'Leuk,' zei hij.

'Maar ik dacht dat we misschien...' Ze zweeg.

'Wat?'

'Nee, laat maar.'

'Harry is een prima kerel.'

'Ja.'

'Leuk,' zei Ethan nog eens, deze keer harder. Hij hoorde zichzelf op een belachelijk amicaal, vaderlijk toontje zeggen: 'Een van de aardigste mensen die ik ken.'

'Hij mag jou ook heel graag,' zei Lorna plichtsgetrouw.

'Mooi,' zei Ethan. Hij vermorzelde zijn sigaret in de asbak. 'Dat is heel mooi. Om vrienden te hebben.'

'Ethan?'
'Ja?'
'Wat is er?'
'Wat er is? Niks. Helemaal niks. Waarom zou er iets zijn? Er is niks aan de hand. Echt niet.'
'Je doet ineens een beetje...'
'Een beetje...?'
'Ik weet niet.'
'Nou, zeg het maar.'
'Een beetje raar, gewoon. Heb ik iets verkeerds gezegd of zo?'
'Nee! Echt niet! Hoe kom je daar nou bij? Ik moet gaan, dat is alles. Studeren. Ik loop ontzettend achter. Ik denk steeds dat als ik de hele nacht doorwerk, ik 's morgens wel weer op schema zal liggen, maar ik ben zo doodop dat het helemaal uit de hand begint te lopen.'
'Ga je de hele nacht studeren?'
'Dat zeg ik nu. Maar waarschijnlijk schrik ik morgenvroeg wakker en besef ik dat ik uren heb liggen slapen en weer niks heb gedaan. Ik kan nu echt beter gaan.'
Hij stond op en trok zijn jas aan. Lorna ging ook staan en schuifelde tussen haar stoel en het tafeltje uit.
'Het was leuk,' zei ze, plotseling verlegen. 'Dank je wel.'
'Ja,' zei hij. 'Heel leuk. Lorna...?'
'Ja?'
'Sorry dat ik zo raar deed. Het komt...'
'Ja?'
'Niks.' Hij deed de deur open. 'Ik geloof dat we allebei een andere kant op moeten.'
'Is dat zo?'
'Ja.' Hij stond onhandig te schuifelen. 'Nou, eh... tot ziens dan maar.'
'Tot ziens. Tenzij je nog met me naar de film wilt. Of ergens wat gaan eten? Voordat je de hele nacht gaat zitten studeren, bedoel ik.'
'Nee!'
'Oké. Het was maar een idee.'
'Ik bedoel... dat gaat niet.'
'Geeft niet – de boodschap is duidelijk.'
'Lorna, je begrijpt het niet. Ik zou het graag doen. Dolgraag.'

Ze haalde haar schouders op, plotseling koeltjes. 'Nou ja, een andere keer misschien.' En ze draaide zich om om weg te lopen.

'Jezus, Lorna!' Door de woede in zijn stem draaide ze zich weer naar hem toe. 'Ik kan het niet doen omdat ik het te graag wil.' Ethan voelde al zijn wilskracht uit zich wegstromen, als water dat eindelijk de dijk doorbrak. De woorden gutsten naar buiten. 'Begrijp je het dan niet? Ik wil alleen maar bij jou zijn, ik word er gek van. Ik droom verdomme over je. Lach niet, ik weet dat het stom is maar het is niet anders. Maar jij gaat met Harry en Harry is mijn vriend, dus ook al zou je voor mij maar een fractie voelen van wat ik voor jou voel... Nee, niets zeggen, *niets zeggen* en kijk niet zo naar me; ik weet dat het niet zo is, natuurlijk niet, maar al was het wel zo, dan kon ik nog niet met je uitgaan, want hij vertrouwt me. Nou ja, misschien vertrouwt hij me niet, maar dat zou hij wel moeten doen – hij zou erop moeten vertrouwen dat ik nooit... nooit... Ik weet dat jij het toch niet wilt, ik ga nergens van uit, ik hoop niet dat je denkt... O, god, Lorna, zeg dat ik mijn mond moet houden. Ik ben zijn vriend.'

'Honderd procent trouw,' zei Lorna.

Ze ging glimlachend op haar tenen staan om hem een zoen op zijn wang te geven, net naast zijn mond. En toen, voordat hij goed en wel besefte wat er gebeurde, liet ze hem daar staan en liep ze weg. Hij keek haar na; de rechte rug en lichte tred van die eerste avond, haar zachte haar glanzend in het licht van de lantaarnpaal, tot ze opging in de andere gestalten op straat en uiteindelijk uit het zicht verdween. Hij stond daar nog steeds te staren en stelde zich voor dat ze zich zou bedenken, dat ze zou terugkomen, haar armen onder zijn jas zou laten glijden en zich stevig tegen hem aan zou drukken.

Na een hele tijd keek hij zuchtend op zijn horloge. Het was tijd om aan het werk te gaan, zoals hij had gezegd. Hij zou de hele nacht opblijven omdat hij zich niet kon voorstellen dat hij nu zou kunnen slapen. Hij zou te veel roken en te veel oploskoffie drinken, met brandende ogen van vermoeidheid en emotie. Hij werd ziek van haar afwezigheid en zijn eigen dwaasheid. Ziek van hoop en verlies.

'Hallo? Hallo, lieve Ethan. Ik hoop dat je dit gauw afluistert. Het lijkt wel of je mobieltje nooit aanstaat. Ik ben van plan om morgen de auto te komen halen en dan wilde ik je mee uit lunchen nemen. Of 's avonds ergens gaan eten. Of allebei, wat jij wilt. Laat me zo snel mogelijk iets horen, want ik moet morgen al vroeg de deur uit, maar als ik je niet kan zien, kom ik niet. Je zult het wel druk hebben met je studie en zo, dus ik wil je niet tot last zijn, maar ik zou het wel héél leuk vinden om je te zien. Ik hoop dat het goed met je gaat. Gaat het goed met je? Bel me. Dag. O ja, Ethan: wat zal ik voor je meebrengen? Misschien iets te eten, of zijn er soms spullen die je vergeten bent en die je nodig hebt – ik ratel te lang door, hè? Sorry, ik ga nu ophangen. Dag lieverd, pas goed op jezelf.'

Toen Ethan het bericht hoorde, stelde hij zich zijn moeder voor op het moment dat ze het had ingesproken: de plukjes haar die aan het eind van de dag altijd losgeraakt waren uit haar haarspelden, en de gebaren die ze maakte terwijl ze sprak – waarschijnlijk liep ze met de telefoon door de kamer. Hij voelde een lichte steek van heimwee. Hij wilde hier niet zijn, op deze rommelige kamer met kruimels op het vloerkleed en een vuilnisbak vol bier- en bonenblikjes; hij wilde niet de hele nacht opblijven om zijn geschiedeniswerkstuk af te maken, niet met zijn kleren aan in slaap vallen en wakker worden in een huis vol andere studenten die hij alleen zo nu en dan toevallig tegen het lijf liep. Hij wilde niet verliefd zijn op de vriendin van zijn vriend. Hij wilde helemaal niet verliefd zijn. Het was te vermoeiend en verwarrend. Hij wilde weer kind zijn en lekker thuis wonen, op de kamer die hij bijna zijn hele leven had gehad, tussen zijn vertrouwde spulletjes. Hij wilde zijn vader kunnen horen op zijn werkkamer, waar hij achter de computer zat te werken of naar zijn geliefde Bach luisterde, en zijn moeder die zong onder de douche, beneden zat te lachen met vriendinnen of hem riep om te komen eten. Hij keek op zijn telefoon hoe laat het was. Acht uur. Wat zouden ze nu aan het doen zijn? Waarschijnlijk stond zijn vader te koken, sneed hij rode pepertjes in smalle reepjes, maalde zorgvuldig kardemom en komijn in zijn vijzel, pelde en hakte knoflook, altijd zonder haast; de geurige damp steeg op naar zijn geconcentreerde gezicht en zo nu en dan nam hij een slokje wijn uit het glas dat hij bij de hand had. En zijn moeder zat waarschijnlijk met een boek op de bank, of misschien in een warm bad met veel schuim en kaarsen ernaast. Als hij nu thuis was, zou hij met haar kaarten of aan de piano zitten en zijn vingers over de toetsen laten gaan. Hij zou onder schone lakens slapen en wakker worden met de geur van versgemalen koffie.

Zittend op het bed, met zijn jas nog aan, toetste hij het nummer in.
'Hallo, Ethan.' Ze klonk buiten adem.
'Mam, sorry. Ik hoorde je bericht net pas.'
'En? Ben je er morgen?'
'Ja. Hoe laat denk je hier te zijn?'
'Ik pas me aan jou aan. Als ik een vroege trein neem, kan ik er zijn wanneer het jou het beste uitkomt. Maar als je morgen geen tijd hebt kan het ook een andere keer. Wat jij het liefst hebt.'
'Nee, morgen is prima.'
'Goed, morgen dus. Waar zullen we afspreken?'
'Je zei iets over lunchen. Wil je dat nog steeds?'
'Natuurlijk. Zal ik naar je kamer komen?'
'Bel me gewoon even als je er bent, dan zien we wel.'
'Oké. Gaat het goed met je?'
'Jawel.'
'Echt goed? Je klinkt nogal bedrukt.'
'Mam, het gaat goed. Ik ben misschien een beetje moe.'
'Wat zal ik voor je meebrengen?'
'Ik kan niets bedenken.'
'Marmelade misschien? Of koffie? Heb je nog koffie? Of anders kant-en-klaarmaaltijden. Koekjes?'
'Weet je wat, verras me maar.'
'Doe ik. Wat ga je vanavond doen?'
'Studeren.'
'Maar verder gaat...'
'Mam, het gaat goed. Echt waar. We praten morgen verder.'
'Ja, dat is goed. Ik bel je zodra ik er ben. Succes met studeren.'
'Dank je. Tot morgen.'

Hij verbrak de verbinding en ging met zijn handen achter zijn hoofd op het bed liggen. Over een paar minuten zou hij opstaan, sterke koffie zetten en met zijn laptop aan zijn bureau gaan zitten. Nee, niet aan zijn bureau, dat lag vol met stapels boeken, mappen, kleren, bekers, losse vellen papier en cd's. Hij deed zijn ogen dicht en stond zichzelf toe om te denken, een paar seconden maar, aan het gevoel van Lorna's lippen op zijn huid. Haar gezicht flikkerde op achter zijn oogleden.

Hij werkte de hele nacht door; hij dronk koffie tot zijn hoofd ervan tolde en rookte sigaretten tot hij er pijn van in zijn keel en borst kreeg. Hij deed de oortjes van zijn iPod in en nam zijn telefoon niet op. Hij at twee oudbakken koekjes om op de been te blijven. Even voor half zeven was hij klaar. Hij sloeg zijn werk op op de geheugenstick, schakelde de laptop uit en klapte hem dicht. Hij voelde zich eerder leeg dan moe; zijn lijf deed pijn alsof hij heel lang had hardgelopen. Toen hij de gordijnen opendeed, zag hij dat het buiten al licht was. De lucht was bleek turkoois, met minuscule wolkenflarden die als witte runen langs de horizon liepen. Hij wreef in zijn ogen, zette het raam open en leunde naar buiten om de frisse wind op zijn prikkende huid te voelen.

Toen trok hij zijn schoenen aan, en de jas die hij op een hoop op de grond had laten liggen, en ging de verlaten straat op. Zijn voetstappen weerkaatsten in de stilte. Bij iedere windvlaag dwarrelden de bladeren geruisloos uit de bomen. In de takken van een ervan, die al bijna helemaal kaal was voor de winter, zaten een stuk of tien vogeltjes, ineengedoken als kleine balletjes, heen en weer wiegend als ongeplukt fruit. Ethan liep een hele tijd door. Hij wist niet precies waar hij naartoe ging of waar hij aan dacht. Het enige wat hij wilde was frisse lucht in zijn longen en in zijn koortsachtige brein. Na een hele tijd stopte hij bij een wegrestaurant voor een baconsandwich en een kop thee, die hij staand aan de bar naar binnen werkte. De bacon was zout, het brood net plastic en de thee zo sterk dat Ethan een vies gezicht trok. Maar hij merkte dat hij ervan opknapte; het gevoel dat hij geïsoleerd was van de rest van de wereld werd minder. De vage stroom melancholische emoties werd aangescherpt tot nieuwe gedachten. Toen hij op zijn horloge keek, zag hij dat hij moest opschieten als hij zich nog wilde douchen en omkleden voordat hij naar college ging.

26

'Je hebt je spullen nog steeds niet uitgepakt!'
'Niet als zodanig. Maar ik heb wel opgeruimd voordat jij kwam.'
'Fijn,' zei Gaby weifelend, en ze keek om zich heen in de kamer. 'Je bent afgevallen.'
'Dat wilde ik net tegen jou zeggen.' Hij nam zijn moeder kritisch op. Haar gezicht was smaller geworden, waardoor haar ogen groter leken en haar jukbeenderen scherper. En het was alsof haar kleren losser zaten, voor zover hij dat kon beoordelen. 'Gaat het wel goed met je? Ben je soms ziek geweest?'
'Ziek? Nee, hoor. Misschien komt het doordat ik het zo druk heb gehad – of omdat ik minder toetjes heb gegeten sinds jij weg bent. Trouwens, voor een vrouw is het altijd fijn om af te vallen,' zei Gaby opgewekt. 'Je weet wat ze zeggen in Hollywood: je kunt nooit te rijk of te slank zijn.'
'Nou, op de plaatsen waar ík voor mijn plezier kom zeggen ze dat niet. Wat zit er in die doos?'
'Grabbel maar.'
Hij maakte de doos open en stak zijn hand erin.
'Hazelnoot-chocoladekoekjes,' zei hij. 'Sardientjes. Tonijn met mayonaise. Gelatinepudding – waarom heb je gelatinepudding voor me meegebracht?'
'Niet dat je hem zult maken... maar het is een goede energiebron. Een paar hapjes en je kunt er weer tegen. Ik ben vanmorgen vertrokken voordat de winkels opengingen, dus ik heb thuis een willekeurige greep in de keukenkastjes gedaan.'

'Het lijkt wel Kerstmis. Gedroogde chilipepertjes. Wat moet ik daar nou mee? Denk je soms dat ik hier kóók? Papa's zelfgemaakte marmelade – lekker. Marmite. Ik heb nog een grote pot Marmite. Met deze erbij kan ik vooruit tot mijn afstuderen. Pure chocolade. Maïs. Pasta. Pastasaus. En wat is dit nou?'

'Geen idee. Wat is het?'

'Harissapasta. Wat is harissapasta?'

'Dat heeft Connor gekocht, geloof ik.'

'Misschien kun je het dan beter mee terug nemen.'

'Onzin. Het is voor jou.'

'Maar wat moet ik ermee? Het ruikt vreemd.'

'Ik weet het niet. Volgens mij is het iets uit het Midden-Oosten of zo. Je moet het ergens bij doen.'

'Waarbij, bij bonen uit blik? Bij de koffie? Neem maar weer mee, mam. Hoe is het trouwens met papa?'

'Wel goed.'

'*Wel* goed?'

'Gewoon goed. Hij heeft het druk, maar het gaat prima met hem.'

'Geef hem een dikke zoen van me.'

'Doe ik. Waar zullen we gaan lunchen?'

'Misschien kunnen we naar de kade lopen. Het is daar heel mooi, echt iets voor jou. En er zitten leuke eetcafeetjes. Je wilt toch geen chique tent, hè?'

'Zie ik eruit alsof ik naar een chique tent wil?'

'Niet echt.'

'Mam?'

'Hmm?'

Na de lasagne en het stokbrood met kruidenboter, die ze allebei op geen stukken na op konden, had Gaby erop gestaan om Ethan te trakteren op een grote punt kwarktaart. Ze voelde zich een tikkeltje beter toen ze hem zag eten, minder uitgehold door al het vreemde. Maar Ethan at niet meer dan een klein hapje en legde toen zijn vork neer.

'Mag ik je iets vragen?'

'Natuurlijk. Al weet ik niet of ik het antwoord heb.'

'Stel dat ik iemand leuk vind, maar dat ze al een vriend heeft, wat moet ik dan doen?'

'Wat je moet *doen*?'
Ethan pakte zijn vork weer op, keek er aandachtig naar en drukte hem toen zachtjes in de taart, waardoor er vier gaatjes in kwamen.
'Ja. Ik bedoel, moet ik het er maar gewoon bij laten? Ja, hè?'
'Vindt ze jou ook leuk?'
'Ik weet het niet. Het zou kunnen. Op een bepaald moment dacht ik ineens van wel, maar misschien heb ik me vergist en vindt ze me niet leuk op de manier zoals ik haar leuk vind, is ze gewoon aardig tegen me en zie ik daar dingen in die er niet zijn.'
'En haar vriend... is die relatie serieus?'
'Nee. Althans... volgens mij niet. Niet van zijn kant, tenminste. Zo is hij niet. Daar is hij te... afstandelijk voor. Voor hem is alles een spelletje.'
'Dus je kent hem?'
'Eh... ja. Ik ken haar via hem. Het is mijn vriend Harry.'
Hij zag Gaby duidelijk schrikken. 'Een vriend van je?'
'Ja. Oké, oké, kijk niet zo bedenkelijk. Ik moet het hier gewoon bij laten. Dat wist ik eigenlijk al, ik had het jou niet hoeven vragen. Misschien is het gewoon mijn manier om je over haar te vertellen. Niet dat er iets te vertellen valt. Er is niks gebeurd. Er gaat ook niks gebeuren. Alleen... ik vind haar leuk. Dat heb ik al tijden niet gehad. Ik weet dat het vanzelf overgaat, maar dat kan ik me niet voorstellen.'
'Weet ze dat je haar leuk vindt?'
'Ja,' zei Ethan wrang. 'Ik heb het er min of meer uitgeflapt, hoewel ik dat helemaal niet van plan was. Maar waarschijnlijk wist ze het toch wel. Ik ben zo'n stomkop.'
'Nee, dat ben je niet.' Ze wachtte even en zei toen: 'Maar vriendschap is wel belangrijk.'
'Dat weet ik.'
'Doe niks waar je je achteraf beroerd over voelt.'
'Nee.'
Hij keek haar aan, met zijn ellebogen op tafel en zijn kin in zijn handen.
'Maar van de andere kant...' zei ze.
'Ja?'
Gaby had het liefst haar armen om hem heen geslagen, om zijn gekreukte leren jack heen. Ze wilde zijn lieve, vertrouwde gezicht in haar

handen nemen en zeggen dat het allemaal goed zou komen, dat ze daar persoonlijk voor zou zorgen. Terwijl ze naar hem keek, werd ze getroffen door herinneringen aan al die andere keren dat hij zo voor haar had gezeten, helemaal in de put, en hij haar om hulp had gevraagd. Als hij een nachtmerrie had gehad, wanneer hij was gevallen en een kapotte knie had, toen de jongens op school hem hadden geduwd op het schoolplein en hem hadden uitgelachen omdat hij bang was, en de keren dat hij zich rot, verdrietig en waardeloos had gevoeld. Een kind van twee kun je helpen; je kunt het optillen en troosten. Bij een kind van vier kun je met de leraar van school of de ouders van de pestkoppen gaan praten. Wanneer je kind zeven jaar is, neemt je vermogen om je in zijn zaken te mengen al af, hoezeer je je daar ook aan vastklampt. Nog later kun je niets anders meer doen dan toekijken en luisteren en er voor hem zijn. Toen Ethan klein was, was hij verlegen en dromerig geweest en had Gaby haar hart vastgehouden omdat hij niet zo'n dikke huid had als andere kinderen, of hun wereldwijsheid en veerkracht. Zelfs nu, als jongeman die zo zelfverzekerd en populair leek, was hij in haar ogen nog altijd onervaren en kwetsbaar. Hij kon zich laten meeslepen op de golven van grote vreugde of worden ondergedompeld in diepe ellende, en tegen geen van beide was hij opgewassen. Maar misschien denken alle moeders dat wel van hun zoons, dacht ze – misschien hebben zelfs de coolste, stoerste, door het leven geharde tienerjongens thuis een bezorgde moeder die bang is dat hij het slachtoffer zal worden van de hardvochtigheid van deze wereld.

Door de afgelopen paar weken had Gaby het gevoel gekregen dat ook zij volledig van haar huid ontdaan was, blootgesteld aan de felle gruwelen van de wereld. Ze hield zichzelf voortdurend voor dat wat haar was overkomen verwaarloosbaar was in vergelijking met de ontreddering in het leven van anderen – vele jaren geleden was haar een verwonding toegebracht die nu, als een granaatscherf, aan de oppervlakte kwam. Maar hoewel ze de gebeurtenissen probeerde te bagatelliseren, verkeerde ze tegelijkertijd in een staat waarin alles haar pijn kon doen, de lichtste aanraking en het kleinste woordje. Ze moest voortdurend oppassen dat ze niet diep gekwetst werd. Ze kon al ineenkrimpen door de fronsende blik van een vreemde. De aanblik van een moeder met haar peuter aan de hand, om maar wat te noemen, of een wandelend stelletje dat naar elkaar lachte, bezorgde haar een hopeloos nostalgische bui, hoewel ze zichzelf tegelijkertijd van een afstand kon bekijken en wist dat ze belachelijk sentimenteel was. Ze kreeg tranen in haar ogen wanneer ze las over verre oorlogen of foto's zag van rouwende ouders. Toen ze uit eten ging met een vriendin die pas haar moeder had verloren, hielden ze boven hun zalm elkaars hand vast terwijl de dikke tranen over hun wangen biggelden. Een muziekfragment kon haar vervullen met zulke pijnlijke verlangens dat ze de stilte verkoos, hoewel in die stilte haar gedachten door haar hoofd tolden en kolkten en ze werd bestookt met beelden die ze juist op afstand probeerde te houden. Maar boven alles voelde ze die hopeloze, beschermende liefde voor Ethan, die maakte dat ze haar armen voor haar buik sloeg en zichzelf zachtjes heen en weer wiegde. Hij dacht dat hij hun enige kind was en nu zou hij tot de ontdekking komen dat dat niet zo was, niet echt; hij beschouwde hun huis als een veilige haven en zou nu merken dat er onder het spiegelgladde wateroppervlak grillige rotspunten schuilgingen.

Ze keek naar zijn vermoeide gezicht en zijn afgebeten nagels – en de verslagen afhangende schouders – en boog zich over de tafel heen om de kraag van zijn jasje recht te trekken en een denkbeeldige haar van zijn revers te plukken.

'Ik moet je eerlijk zeggen, Ethan, dat ik het ook niet weet. Ik weet het gewoon niet. Dit soort dingen is zo ingewikkeld.' Ze zocht naar de juiste woorden, die plotseling allemaal even gevaarlijk leken. 'Je kunt niet op het advies van anderen afgaan, want dat wordt altijd beïnvloed door hun eigen herinneringen en bijbedoelingen. Je zult zelf moeten beslissen wat goed voor je is – wat jou gelukkig zal maken. En om diverse redenen waar ik nu niet op in wil gaan, ben ik wel de laatste aan wie je dit moet vragen.'

'Oké. Sorry, maar ik denk niet dat ik deze taart op kan.'
'Geeft niks.'
'Ik moet zo gaan.'
'Natuurlijk. Ik zal de auto maar eens gaan ophalen.'
'Papa was zeker woest?'
'Een beetje geërgerd, en dat begrijp ik goed.'
'Het zou leuk geweest zijn als hij vandaag meegekomen was.'

Gaby draaide in een hulpeloos gebaar haar handpalmen naar boven. 'Zijn werk,' zei ze.

Dat was een leugen. Voor het eerst in zijn leven verwaarloosde Connor zijn werk. Hij nam halve dagen vrij om bij Gaby te zijn. Hij had de wekker uitgezet en op zijn helft van het bed urenlang naar de muur liggen staren. Maar vandaag niet. Vandaag ging hij naar Nancy toe. Hij had Gaby haar brief laten lezen die, al was hij alleen aan hem geadresseerd, duidelijk voor hen beiden was bedoeld. Nancy zette daarin duidelijk uiteen hoe zij de situatie zag, en ze verklaarde dat ze binnen afzienbare tijd Sonia zou ontmoeten en dat ze graag van tevoren de implicaties met hem wilde doornemen. Ze was ervan overtuigd dat Sonia zou willen weten wie haar biologische vader was en ze moest weten hoe Connor – en Gaby – daartegenover stond. Verder schreef ze dat ze het zou kunnen begrijpen als Connor haar niet wilde ontmoeten of als hij Gaby wilde meebrengen. Maar nadat Gaby de brief zorgvuldig had doorgelezen zei ze tegen Connor dat hij natuurlijk alleen moest gaan. En dat Sonia uiteraard moest weten wie hij was; nu het geheim aan het licht gekomen was, was het ondenkbaar om het haar niet te vertellen. Ze wist – ze wisten allebei – dat dat hoogstwaarschijnlijk betekende dat Sonia ook Connor zou willen ontmoeten. En misschien wilde ze Ethan ook leren kennen – zelf had ze geen broers of zussen en per slot van rekening was hij haar halfbroer.

'Werk,' herhaalde Ethan, en hij haalde ironisch zijn schouders op. 'Zoals altijd.'

'Hij wil graag naar je toe komen. Hij mist je.'

'Echt waar?'

Ineens voelde Ethan de tranen achter zijn ogen prikken. Hij knipperde ze verwoed weg en balde zijn vuisten.

'Ja, natuurlijk, wat dacht je dan? Hij is gek op zijn zoon.'

'Sorry. Ik weet niet wat me vandaag bezielt. Je hebt de verkeerde dag gekozen om te komen. Morgen, of gewoon een andere keer, zou ik een totaal ander mens zijn. Ik ben moe. Ik heb niet geslapen. Maar het gaat goed met me. Ik vind het hier leuk, echt. Ik doe nu alleen stom, dat gaat wel over.'

'Dat weet ik wel.' Ze legde haar handen over zijn vuisten. 'Vermoeidheid kan vaak aanvoelen als verdriet.'

'Juist.'

'En verliefdheid ook, natuurlijk.'

'Erg geheimzinnig allemaal. Zullen we gaan? Nu ik de hele nacht op mijn werkstuk heb zitten zwoegen, wil ik het niet te laat inleveren.'

Bij de deur van het eetcafé omhelsden ze elkaar stevig. Ze snoof de geur op van zijn zweet, sigaretten, zijn haar, aftershave, zijn nabijheid.

'Pas goed op jezelf,' zei ze met een brede, opgewekte glimlach, en ze liepen ieder een andere kant op.

27

15 NOVEMBER

Het is gek, maar vandaag ben ik er heel rustig onder – of eigenlijk niet echt rustig, maar eerder standvastig (prachtig woord; mijn ouders zijn standvastig). Onze ontmoeting, bedoel ik. Het feit dat ik meer over mezelf te weten zal komen. Er zijn mensen die van me houden, dat weet ik; daar heb ik jou niet voor nodig. Dus ik geloof dat ik er wel zo'n beetje klaar voor ben, voor jou, en na al het getob, na al die tijd dat ik overal iets achter zocht en ik mezelf kwelde met denkbeeldige taferelen en dramatische uitkomsten, voel ik me nu op de een of andere manier klein en schoon en ongecompliceerd, als een kind dat net is schoongeboend in bad en daarna met een grote, zachte handdoek om zich heen geslagen voor het haardvuur is gezet.

We zullen wel zien.

28

CONNOR STOND VOOR DE HOGE, SMALLE SPIEGEL EN PRObeerde de blauw-met-zilveren stropdas te strikken die hij van Gaby had gekregen. Zijn vingers trilden een beetje; hij kreeg de knoop niet helemaal goed, en juist vandaag kwam het hem uiterst belangrijk voor dat alles perfect was; zijn witte overhemd gestreken, zijn gezicht gladgeschoren, aftershave op, zijn schoenen gepoetst en zijn haar gekamd. De afgelopen dagen had hij er tegen zijn gewoonte onverzorgd en ongeschoren bijgelopen, maar nu voelde het alsof alleen de nauwgezetheid van zijn voorbereidingen hem op de been hield en hij zonder het sobere pak en zijn zorgvuldig gestrikte das volledig in duigen zou vallen. Hij keek zichzelf even in de ogen en wendde toen snel zijn blik af. Hij wilde dat magere, gespannen gezicht niet zien, het gezicht dat in de loop van de jaren zoveel lijntjes en rimpels had gekregen en dat zij over minder dan een uur zou aanschouwen. Hoe zou ze er zelf uitzien? Hij had het Gaby niet gevraagd en Gaby had het hem niet verteld. Hij probeerde zich de jonge vrouw die hij had gekend voor te stellen – de felle ogen in het gebeeldhouwde gezicht – en er twintig jaar bij op te tellen, zoals ze tegenwoordig met computers konden om het verstrijken van de jaren na te bootsen: groeven rond haar mond, rimpels tussen haar wenkbrauwen, de vastberaden kaken wat slapper, het slanke, strakke lijf zwaarder, haar haren grijs. Misschien was ze wel dik en degelijk geworden, met brede heupen en één zachte boezem waar vroeger haar stevige borsten hadden gezeten, of juist heel mager, een en al botten en los vel, knokig en hard. Hij moest

denken aan zijn lang geleden gestorven moeder en huiverde.
En wat zou zij zien? Hij keek nog een keer op en deze keer dwong hij zichzelf om het gezicht in de spiegel aandachtig te bekijken. Hij was mager, alsof de tijd hem had bijgeschaafd. De schedel onder zijn huid. Er zaten fronsrimpels op zijn voorhoofd en fijne lachrimpeltjes rond zijn ogen, die bloeddoorlopen waren na een paar nachten weinig slaap. Hij boog zich dichter naar de spiegel toe en drukte op de minuscule rimpeltjes in zijn wangen, alsof hij ze glad probeerde te strijken. Zijn donkere wenkbrauwen begonnen zilver te kleuren, zijn haar werd grijs en dunner. Hij had vullingen in zijn mond. Zijn gezichtsvermogen was afgenomen en hij had een bril nodig om te lezen of te schrijven. Heel even zag hij glashelder de jongeman die hij was geweest toen hij Gaby en Nancy leerde kennen: een gespannen veer vol energie, verlangen en brandende hoop. En hij zag ze voor zich, de twee mooie jonge vrouwen, arm in arm naar hem lachend in de zon die stralend aan de denkbeeldige hemel stond en hun zachte haar en egale huid bescheen. Hij voelde hun blikken op zich gericht en zelfs nu nog, na zovele jaren en zoveel spijt, voelde hij dat hij bloosde van plezier onder hun plagende, milde blikken. Connor drukte kreunend zijn voorhoofd tegen de spiegel. Toen rechtte hij zijn rug en liep langzaam naar de trap. Gaby was al vertrokken voor haar lunch met Ethan en het ophalen van de auto, dus het was stil in huis. Normaal gesproken genoot hij van de zeldzame keren dat hij alleen thuis was, maar deze keer vervulde het hem met een onheilspellende angst. Zo zou het zijn als ze voorgoed weg was: stil, de lucht drukkend, zijn voetstappen luid op de trap, de kamers leeg en levenloos, alle gewoontes die ze in de loop van hun huwelijk samen hadden opgebouwd zinloos; die zouden hem alleen nog herinneren aan alles wat hij was kwijtgeraakt.
Beneden maakte hij zijn gebruikelijke ontbijt klaar: twee uitgeperste sinaasappelen (die hij gebruikte om de Omega-3 en vitamine E-tabletten in te nemen die hij nauwgezet slikte, al had hij er weinig vertrouwen in dat ze de ouderdom en het verval konden tegenhouden), geroosterd bruinbrood met marmelade (vorig jaar zelf gemaakt) en een grote beker koffie met warme melk. Hij zette de radio aan voor een beetje gezelschap, maar nadat hij een paar woorden had gehoord van een gladde, clichés spuiende politicus zette hij hem snel weer uit. Daarna ging Connor aan tafel zitten, met zijn ontbijt voor

zijn neus. Hij keek er minutenlang naar voordat hij de beker aan zijn mond zette en voorzichtig een slokje koffie nam. Hij zette de beker weer neer, veegde zijn mond af aan een servet en bleef toen doodstil zitten, zijn handen aan weerskanten van het bord, de amberkleurige capsules vlak boven de duim van zijn linkerhand. Uiteindelijk stond hij op, schoof het brood en de pillen in de vuilnisbak, zette het glas sinaasappelsap in de koelkast en goot de koffie door de gootsteen.

Hij had met Nancy afgesproken voor het Tate Modern; als het mooi weer was konden ze langs de rivier lopen en bij slecht weer zouden ze een cafeetje opzoeken. Connor vond het belangrijk dat ze elkaar zouden treffen op een plek die voor geen van beiden herinneringen opriep. Hij vertrok op tijd en ging te voet, want hij moest er niet aan denken om vanochtend in een overvol metrorijtuig te moeten staan, en bovendien wilde hij zich voorbereiden op de ontmoeting. Het had die nacht geregend, maar nu was het een frisse, mooie dag. De zon veranderde de natte straat in een stroom van licht. Vogels werden heen en weer gewiegd door de takken van de kale bomen, die piepkleine glinsterende druppeltjes op het trottoir lieten vallen. Connor liep stevig door – door Camden, naar Kings Cross en daarna via Blackfriars langs de rivier verder. Er was veel verkeer, maar de rivier was rustig en goudbruin. De mensen die de brug overstaken vormden donkere silhouetten tegen de hemel en er kabbelden kleine golfjes tegen de oever.

Nu – met een blik op zijn horloge om zich ervan te vergewissen dat hij ruim op tijd was – vertraagde hij zijn pas en dwong zichzelf om te denken aan datgene wat er voor hem lag. Niet alleen zou hij Nancy over een paar minuten zien, maar daarna moest hij het Ethan en later ook Stefan vertellen, zoals Gaby en hij hadden afgesproken. Jarenlang was Connor degene geweest die bekentenissen en smeekbeden van anderen had aangehoord. Hij had in zijn spreekkamertje zitten luisteren naar patiënten die hem de verhalen van hun leven en hun lichaam vertelden. Hij had hun verteld wat zich in hun lichaam afspeelde en hen in de ogen gekeken wanneer hij vertelde dat het geen goed nieuws was. Hij had ze zien huilen, een hand op hun schouder gelegd en zich naar hen toe gebogen met een tissue of een glas water, had mensen advies, troost en hulp geboden. Hij was een goede arts. Net als een priester was hij er tot het allerlaatste moment. Maar nu was hij niet de kalme, betrouwbare autoriteit, maar een uitgeputte, treurende smekeling, vol woekerende zonden die hij zijn hele volwassen leven diep in het donker had weggeborgen. Hij had zich smetteloos en verstandig voorgedaan, tot hij het zelf bijna geloofde, maar nu was eindelijk de tijd gekomen om zijn wandaden en schuldgevoel voor de voeten te leggen van de mensen van wie hij hield en hun vonnis af te wachten. Hij probeerde zich voor te stellen hoe hij Ethan in de ogen zou kijken en hem zou vertellen dat er ergens een halfzus van hem rondliep. Of Stefan – wat zou Stefan zeggen, Stefan die alleen het beste van anderen zag en een argeloze bewondering had voor Connor. Stefan zou waarschijnlijk niet kwaad op hem worden; zijn schuchtere gezicht zou worden overschaduwd door verdriet, of door de verslagenheid en vernedering die hij met terugwerkende kracht voelde. Connor kende die blik. Hij vermoedde dat zijn zwager 's nachts in de kleine uurtjes zijn leven overdacht en het als een mislukking beschouwde. Stefan was een niet-echtgenoot, een niet-vader. Hij was een eenzame, dromerige academicus die in een rommelig huisje woonde en overhemden droeg die zijn zus voor hem kocht, met studenten die hem een 'teddybeer' en een 'schatje' vonden. En misschien was hij, Connor, wel de veroorzaker van Stefans stille verdriet.

Hij bleef staan en staarde over de brede Theems naar een langsvarende boot. Een paar weken geleden hadden Gaby en hij samen 's avonds laat over deze brug gelopen. Ze waren blijven staan op het hoogste punt en hadden naar beneden gekeken, naar een plezierboot vol dansende mensen; in het midden, op een rond podiumpje, stond een vrouw in glitterjurk te zingen in een microfoon. Ze hoorden de muziek, gedempt. Tegen de reling geleund hadden ze samen naar het langzaam voorttuffende feest gekeken, tot er alleen nog een lichtbolletje in de verte zichtbaar was. Connor had zijn hand op Gaby's onderrug gelegd en zij had hem glimlachend aangekeken en zijn hand gepakt. Connor, enig kind uit een ongelukkig gezin, vond het nog steeds heel bijzonder, de manier waarop een goed huwelijk langzaam vervuld raakte van gedeelde ervaringen, dezelfde herinneringen in twee verschillende gedachtewerelden. Maar dat kameraadschappelijke moment op de brug lag in een verleden waarvan hij nu was gescheiden door een gapend gat. Destijds had hij niet beseft hoe kostbaar het was.

Connor liep met een stroom mensen mee de Millennium Bridge over. Hij kneep zijn ogen tot spleetjes en tuurde naar de ingang van het grote gebouw waar zij op hem zou wachten, maar hij zag haar niet. Hij frunnikte aan de knopen van zijn jas om te controleren of die goed dichtgemaakt was, schraapte zijn keel en dwong zichzelf om rustiger te ademen. Toen hij de brug af liep, meende hij haar een meter of wat verderop te zien staan, maar toen realiseerde hij zich dat de vrouw naar wie hij stond te kijken vooraan in de twintig was, zoals Nancy toen hij haar voor het laatst had gezien.

Ze was er nog niet; hij was ook een paar minuten te vroeg. Hij stopte zijn handen in zijn zakken, boog zijn hoofd een beetje in de wind en wachtte af – en zo zag ze hem daar staan, roerloos, zijn gezicht strak en beheerst. Ze bleef even naar hem kijken en liep toen naar hem toe. Hij draaide zich om.

'Hallo, Connor.'

'Nancy.' Zijn stem haperde. Hij had een kiezeltje in zijn keel, een enorme baksteen in zijn maag en een waas voor zijn ogen.

'Je bent nauwelijks veranderd,' zei ze.

'Jij ook niet,' antwoordde hij formeel, en hij vroeg zich af of ze elkaar een hand moesten geven of op de wang kussen.

Hij had geprobeerd zich voor te stellen hoe ze eruit zou zien, maar in zijn gedachten had haar gezicht steeds een woeste schoonheid of juist een theatrale boosaardigheid gehad. Hij had haar kaaklijn scherper gemaakt, haar ogen fel als een soldeerbrander, haar haar glanzend als een helm. Nu ze voor hem stond was ze kleiner dan in zijn herinnering, en minder bijzonder. Ze had een doorleefd gezicht, een kort, net kapsel en haar ogen – die hem strak aankeken – waren minder doordringend dan hij ze had geschetst. Ze droeg een zwarte jas met ceintuur en een sjaaltje in gedempte tinten groen en goud. Toen hij naar haar keek verscheen Gaby's beweeglijke, wanhopige, vreugdevolle gezicht voor zijn geestesoog. Een enorme opluchting overspoelde hem en maakte hem duizelig: hij voelde niets voor deze vrouw. Liefde noch haat, verlangen noch afkeer. Ze was een vreemde voor hem en hij kon zich bijna niet voorstellen dat hij ooit snikkend in haar armen had gelegen.

'Zullen we een eindje gaan lopen?' vroeg ze, en hij knikte.

Ze wisten geen van beiden hoe ze moesten beginnen, al hadden ze allebei op dit moment geoefend. Minutenlang liepen ze zwijgend naast elkaar langs de oever van de rivier. Na een hele tijd nam Connor het woord.

'Je had het me moeten vertellen.'

'Vind je? Nu het uitgekomen is, is dat natuurlijk makkelijk gezegd. Maar als niemand erachter was gekomen – als Gaby niet ineens bij mij op de stoep had gestaan, laat staan in mijn persoonlijke spullen had zitten snuffelen – was het misschien beter geweest dat ik al die tijd niets heb gezegd.' Ze zweeg even en maakte een bruusk gebaar. 'Shit, ik begin meteen verkeerd, Connor. Ik heb nachtenlang wakker gelegen om over deze ontmoeting na te denken en ik wil je allereerst zeggen dat het me spijt.'

'Dat zou ík moeten…'

'Laat mij eerst het woord doen, daarna mag jij.'

'Goed, ga je gang.'

'Het spijt me, in vele opzichten. Het spijt me wat wij hebben gedaan, dat is altijd zo geweest en zal altijd zo blijven. Het was verkeerd. Eigenlijk moet ik dat natuurlijk niet tegen jou zeggen, jij bent niet degene die ik kwaad heb berokkend – en andersom ook niet. Wij hoeven elkaar niets te vergeven; wij zijn niet de slachtoffers. Dat waren Gaby en Stefan – en dat zijn ze nog steeds. Ik spreek alleen mijn enorme spijt uit. Het spijt me ook dat ik zwanger ben geraakt en het jou niet heb verteld. Toen ik eenmaal had besloten het kind te houden… Hoewel "besloten" niet het juiste woord is, maar laat ik het nu even gebruiken. Dus toen ik had besloten het… haar te houden, had jij het recht om het te weten. Dat zie ik nu in. Maar op dat moment vond ik andere dingen belangrijker dan jouw recht om het te weten. Gaby bijvoorbeeld. Ik wilde niet… Ik moest er niet aan denken…' Ze beet op haar lip en staarde een tijdje strak voor zich uit over de rivier om zich te herstellen.

'Het spijt me ook dat het heeft moeten uitkomen. Ik dacht dat dit geheim bij mij zou eindigen en dat niemand anders het ooit te weten zou komen. Ik had besloten het bij me te dragen tot aan mijn dood. Maar waar ik wel over nagedacht heb, Connor, is dat het bestaan van Sonia onze daad niet erger maakt.'

'Dat weet ik niet.'

'Het maakt de zaak alleen ingewikkelder.'

'Het komt nu allemaal terug.'
Nancy keek even naar hem en fronste haar voorhoofd. 'Je bent echt niets veranderd,' zei ze toen, bijna liefdevol. Connor kromp ineen door haar toon.

'Het wil zeggen dat we het verleden niet achter ons kunnen laten,' zei Connor. Het kostte hem moeite om zijn stem onder controle te houden. Zijn ademhaling was onregelmatig; dit deed hem denken aan het gevoel dat hij vroeger had wanneer hij in het openbaar moest spreken. 'We kunnen ons er nooit meer van losmaken. Misschien geldt dat altijd voor het verleden, hoezeer je ook je best doet om het te verbergen. Maar in dit geval...'

'In dit geval zijn anderen er de dupe van.'

'Ja,' zei Connor.

'En dan is Sonia er nog.'

'Sonia,' herhaalde Connor. Hij keek Nancy niet aan. Hij moest recht voor zich uit kijken, naar de kronkelende rivier en de vele bruggen, torens en herkenningspunten van de stad. Nancy en hij hadden een dochter, van hen maar niet van hen. Hij moest zichzelf tot de orde roepen.

'Ik zou zeggen,' begon hij op zakelijke toon, 'dat we het nu over Sonia moeten hebben. Het is uiteraard niet aan ons om te bepalen wat de gevolgen zullen zijn voor Gaby, Stefan en Ethan. Ik heb alles met Gaby besproken en we zijn het erover eens dit ik het binnenkort zal moeten vertellen, maar dat is mijn zaak, niet de jouwe.' Zijn stem klonk nu bot. 'Tenslotte speel jij geen rol in hun leven. Ze kennen je niet eens meer.'

'Dat klopt.'

'Maar over Sonia moeten we het wel hebben.'

'Wil je haar foto zien?'

'Hè?' Hij bleef met een ruk staan en keek haar kwaad aan. 'Wat?'

'Ik heb een fotootje van haar bij me. Wil je dat zien?'

'Een foto van Sonia? Nee. Nee, die wil ik niet zien.'

'Oké, dan niet.'

'Lijkt ze...?'

'Op jou? Ja, ik vind van wel. En Gaby zag meteen dat jij de vader was, zoals je weet.'

'Ja. Goed, laat maar zien.'

'Weet je het zeker?'

'Laat maar zien, zei ik.'

Nancy pakte haar portemonnee uit haar tas, deed een ritsje open en haalde er een pasfoto uit. Ze gaf hem aan Connor. Hij wendde zich van haar af om ernaar te kijken. Donker stekeltjeshaar, een hoekig gezicht, opstandige blik. Connor schrok van de enorme trots die door hem heen ging.

'Dank je wel,' zei hij toen hij de foto teruggaf.

'Ik zie haar straks.'

'Vandaag?'

'Ja.'

'O.'

'Connor, waarschijnlijk zal ze dan naar je vragen. Misschien wil ze je naam weten. Wil ze je ontmoeten. Dat zou ik ook willen als ik haar was. Heb je erover nagedacht of je…?'

'Ja.' Zijn stem was schor. 'Ik bedoel, ja, ik heb erover nagedacht en ja, je mag haar over me vertellen als ze naar me vraagt.'

'En als ze je wil zien?'

Connor slikte.

'Ja,' zei hij. 'Maar…'

'Maar?'

'Niet met jou erbij.'

Nancy lachte sarcastisch en in één klap was hij terug in de tijd dat hij niet meer dan gewoon bevriend was met deze vrouw. Ze zaten met z'n vieren aan tafel; Gaby wierp gierend haar hoofd in haar nek en Nancy stootte haar sardonische lachje uit, terwijl Stefan stralend naast haar zat. Wat een gelukkige tijd was dat, dacht hij nu.

'Je bedoelt dat je niet wilt dat we als alternatief gezinnetje bijeenkomen? Natuurlijk niet, dat wil ik ook niet.'

'Goed.'

'Dus ik mag haar je adres geven?'

'Ja.'

'Weet…?'

'Of Gaby van mijn beslissing weet? Natuurlijk. Zij is degene die erop aandrong. Ze is heel integer.'

'Vast.'

'Nancy?'

'Ja?'
'Waarom heb je het me niet verteld?'
'Ik weet het niet.'
'Zo makkelijk kom je er niet van af.'
'Jawel. Ik zou het je niet kunnen zeggen. Het is zo lang geleden. Trouwens, wat heeft het voor zin om het te weten? Wat maakt het voor verschil? Het is allemaal achter de rug.'
'Zo simpel voelt het anders niet.' Hij schreeuwde het bijna uit. 'Je bent jaren geleden vertrokken, uit ons leven verdwenen. Ik dacht dat ik je nooit meer zou zien, dat ik nooit meer zou hoeven denken aan wat er is gebeurd. En dan opeens... dit. Het slaat in als een bom in ons rustig leventje. Alles is overhoopgehaald. Alles. En ik weet niet wat de juiste keuze is. Ik heb het geprobeerd met een gedachte-experiment. Wat lach je nou? Is het zo lachwekkend? Ik heb mezelf de vraag gesteld dat als God op deze situatie zou neerkijken, wat dan volgens hem de juiste beslissing zou zijn. Moreel gezien. Maar kennelijk weet God het ook niet. Moet ik Sonia ontmoeten of niet? Moet ik het Ethan en Stefan vertellen of niet? Moet ik hier met jou praten en wandelen of niet? Als ik voor de een het juiste doe, kwets ik de ander. Het is alsof ik in een dikke mist rondloop en niet weet waar ik heen ga. Alles is zo...' Hij wreef over zijn gezicht. 'Ik weet het niet,' zei hij toen. 'Ik weet het niet meer. Ik weet niet wat ik moet denken, ik weet niet wat ik moet voelen en ik weet niet wie ik ben.'
'Het spijt me,' zei ze somber, en Connor haalde zijn schouders op.
'Waarom heb je niet voor abortus gekozen?' vroeg hij vermoeid.
'Zodat jij dit probleem nu niet had gehad, bedoel je?'
'Nee, natuurlijk bedoel ik dat niet. Ik begrijp het alleen niet. Je was altijd zo'n fel voorstandster van abortus.'
'Dat ben ik nog steeds. Alleen misschien wat minder fel.'
'Nou?'
'Ook dat weet ik niet. Ik dacht dat ik het zou doen, maar ik stelde het steeds uit. Dat begreep ik zelf ook niet. Ik heb ermee gewacht tot het te laat was voor de eenvoudigste ingreep – en daarna wachtte ik nog langer. En toen... toen heb ik het kind laten komen omdat er geen andere keus meer was. Misschien wilde ik mezelf straffen.'
'Maar je hebt het nooit willen houden?'
'Haar.'

'Haar. Heb je haar nooit willen houden?'
Ze draaide zich met een ruk naar hem toe en legde een hand op haar buik alsof de herinnering aan haar zwangerschap fysiek in haar aanwezig was. 'Wat denk je nou, Connor? Natuurlijk had ik haar verdomme willen houden. Heb je enig idee hoe het voelt om een zwangerschap en een bevalling te doorstaan en dan je kind weg te geven? Dat verlies was zo heftig, zo... Laat maar. Het is verleden tijd. Het echte antwoord is dat ik niet wist wat ik anders had moeten doen. Het was jouw kind. Er was niemand van wie ik zoveel hield als van Gaby. En Stefan kwam op de tweede plaats – dacht ik toen. Dat hadden we allemaal kapotgemaakt, en ik wist niet wat ik moest. Ik stond er alleen voor.'

Connor keek naar haar. Het strenge gezicht leek gebroken, en plotseling had hij niet meer het gevoel dat ze een vreemde voor hem was. Toen hij de groeven in haar gelaat en het grijs in haar haar zag werd hij vervuld van een zware, melancholieke genegenheid. Hij legde zijn hand op haar schouder.

'Het spijt mij ook,' zei hij eenvoudig. 'Het spijt me heel, heel erg dat je dit allemaal hebt moeten doormaken. En ik ben blij dat ik het nu weet. Ondanks alles besef ik dat ik er blij om ben.'

Toen pakte ze zijn hand en liepen ze samen verder over het pad, zonder iets te zeggen. Hij voelde haar warme vingers tussen de zijne.

'Hoe laat heb je met haar afgesproken?' vroeg hij na een tijdje.

'Over anderhalf uur.'

'Dan al! Waar? Toch niet hier?' Hij kreeg ineens een visioen van het meisje dat hen zo zag lopen, hand in hand. Hij liet Nancy's vingers los en stopte zijn handen weer in zijn zakken.

'Nee, niet hier. Mag ik je iets vragen?'

'Ga je gang.'

'Hoe is het met Gaby?'

'Ze is... ik weet niet. Rustig.'

'Rustig?'

'Inderdaad, dat is niks voor haar, hè? Rustig en praktisch. En bijna... medelijdend. Ze heeft met me te doen.'

'O!' Nancy beet op haar lip en keek hem aan.

'Waardoor ik me beschaamd voel.'

'Komt het wel goed... tussen jullie?'

'Ik weet het niet. Soms denk ik: het is allemaal zo lang geleden en we hebben het zo fijn gehad sinds die tijd. Hoe kan het dan níét goed komen? Maar andere keren denk ik dat er iets kapot is wat nooit meer hersteld kan worden, hoe hard ik ook mijn best doe. Het voelt niet goed om jou dit te vertellen.'

'Dat begrijp ik. Sorry, ik had het niet moeten vragen.'

'Nee, jij kunt er niets aan doen. Ik ga nu, ik moet werken.'

'Connor?'

'Ja.'

'Je bent geen slecht mens, weet je.'

'Tot ziens,' zei hij. Hij zag dat ze tranen in haar ogen had. 'Ik weet niet of we...'

'Ik ook niet. Veel sterkte met alles.'

'Jij ook. Hou je taai.'

'Ik hield van je,' zei ze heel snel toen hij bij haar vandaan liep, en ze stopte snel haar vuist in haar mond.

Hij draaide zich om.

'Wat zei je?'

'Niks,' wist ze uit te brengen. 'Je moet nu gaan. Dag.'

Hij liep langs de rivier en ze keek zijn magere gestalte na, in die donkere overjas, tot hij opging in de drukte.

Connor bleef doorlopen tot hij zeker wist dat ze hem niet meer kon zien en bleef toen staan. Hij had geen idee wat hij voelde, behalve dat hij misselijk, leeg en moe was. Hij verliet de oever van de rivier en liep naar St Paul's Cathedral, waar hij even bleef staan zonder ook maar het flauwste benul te hebben wat hij moest doen. Misschien zou hij naar binnen moeten gaan, knielen in de koude, imposante ruimte, zijn hoofd buigen en bidden. Maar hij bad nooit. Hij had geen God, nooit gehad ook. Hij geloofde alleen in zichzelf, al sinds hij een klein jongetje was dat probeerde te ontsnappen aan de harde wereld die zijn ouders hem hadden bezorgd. Wat zou hij moeten zeggen tegen God? Maak dat het niet is gebeurd, maak dat Gaby weer van me houdt zoals vroeger, maak dat Ethan me nooit hoeft te zien als de man die zijn moeder pijn heeft gedaan, maak dat Stefan een gelukkig leven heeft, maak me iemand anders, draai de klok terug, maak het verleden ongedaan, maak dat alles weer goed komt zoals het nooit meer goed kan komen.

Er was een stalletje waar koffie werd verkocht en Connor vroeg om cappuccino. Toen hij de kartonnen beker kreeg, sloeg hij zijn handen eromheen en voelde de warmte terugkeren in zijn vingers. Hij maakte het plastic dekseltje open en boog zich over het schuim om het van de koffie te likken. Toen schuifelde hij een paar passen verder naar een houten bankje en ging zitten, in de beschutting van de kathedraal, en deed zijn ogen dicht. Hij zag het gezicht van Nancy als veertigjarige voor zich, en dat van Gaby. En toen hun jongere gezichten. Zijn wangen waren nat; hij voelde aan zijn gezicht en merkte dat hij huilde. De zoute tranen prikten op zijn huid. Hij zette zijn nog halfvolle koffiebeker op de grond, leunde voorover op het bankje en legde zijn gezicht in zijn handen. De tranen drupten tussen zijn vingers door en hij voelde zijn schouders schokken. De jammergeluidjes kwamen van heel diep in zijn binnenste, als de eerste waarschuwingstekenen voor een zware aardbeving. Het gejammer werd luider en nu schudde zijn hele lijf. Hij was zich er vaag van bewust dat er waarschijnlijk mensen langs het bankje liepen die nieuwsgierige blikken wierpen op deze goed geklede man van middelbare leeftijd die als een klein kind zat te snikken. Het kon hem niet schelen. Hij drukte zijn hoofd dieper in de kom van zijn handen en verbleef in zijn eigen warme, natte duisternis. Zijn keel brandde en zijn borst schrijnde. Zijn ogen deden pijn, en achter zijn gesloten oogleden zag hij nog steeds de gezichten van de mensen van wie hij hield, een privéfilm van zijn eigen kwelling.

'Stil maar,' hoorde hij iemand zeggen; het klonk meer als het geritsel van bladeren dan als een stem.

Er lag een hand op zijn gebogen hoofd, zijn haar werd gestreeld. Eén krankzinnige seconde dacht hij dat het zijn moeder was, die hem troostte zoals ze nooit had gedaan toen hij klein was. Zijn gesnik zwol aan.

'Stil maar.'

Uiteindelijk hief hij zijn gezicht van zijn handen en keek met waterige, bloeddoorlopen ogen om zich heen. Er zat een vrouw naast hem op het bankje. Ze was heel klein en stokoud en haar lichaam was gestoken in een dikke, veel te grote jas die was dichtgesnoerd met een stuk touw, en aan haar voeten droeg ze aftandse pantoffels. Ze had een absurd hoedje op, eerder een groezelige tulband, en haar rimpelige, verweerde gezicht deed Connor denken aan een ui. Haar blauwe kraaloogjes keken hem aan.

'Hallo, jongen,' zei ze. 'Gooi het er maar uit.'

'Sorry.'

'Als je wilt huilen, moet je huilen, anders word je van binnenuit opgevreten,' zei ze. 'Billy en ik kunnen soms ook een lekker potje huilen samen, hè Billy?'

Connor keek verbaasd om zich heen en zag toen dat er een klein, vies hondje tussen haar benen verscholen zat, dat tussen de panden van haar jas door gluurde.

'Soms zit ik de hele dag op dit bankje,' zei de vrouw, 'zonder dat er ook maar iemand naar me kijkt. Ze lopen voorbij en hun blikken gaan dwars door me heen. Ik ben onzichtbaar. Ze gooien zelfs vuil voor mijn voeten. Eén keer slingerde iemand zijn appelkroos op mijn schoot en hij draaide zich niet eens om om sorry te zeggen. De mensen zijn tegenwoordig zo onbeleefd. Ik ben Mildred May Clegg, ik heb een naam. Die heeft mijn moeder me achtentachtig jaar geleden gegeven, maar er zijn dagen dat ik voor een etalage ga staan waar ik mezelf in de weerspiegeling van de ruit kan zien, alleen om mezelf ervan te overtuigen dat ik er nog ben. Dan zeg ik: "Hallo, Mildred May." Soms zwaai ik naar mezelf. De mensen denken dat ik niet goed bij mijn hoofd ben. Ze lopen met een grote boog om me heen. Maar met mijn hoofd is niks mis, hè Billy? Vraag het maar aan Billy, die weet er alles van. Honden zien meer dan mensen. Billy ziet het meteen als iemand niet deugt. Dan gromt hij of hij deinst achteruit. Maar jou vindt hij aardig. Kijk, hij kwispelt, dat is een duidelijk teken dat hij je mag. Het doet er niet toe hoe ze erbij lopen, soms zijn ze heel chic gekleed en praten ze netjes, maar hij weet hoe ze vanbinnen zijn. Dat kunnen mensen niet, hè? Althans, niet veel mensen. Ik wel, vind ik zelf. Ik heb ook jaren kunnen oefenen. Vroeger zong ik, toen ik jong was. Dat zou je niet zeggen, hè? Ik ben niet altijd zo geweest, hoor. Ik was een mooi meisje, ik zong en iedereen zei dat ik het ver zou schoppen. Maar het leven verloopt niet zoals je denkt, hè? De drank heeft me de das omgedaan, of de dood. Eerst de dood en toen de drank. Dat was de volgorde, al is die sindsdien wat onduidelijk geworden, maar dat geeft niet, want niemand vraagt er nog naar. Vroeger trokken de mensen het zich nog aan, dan zeiden ze: "Mildred, je moet jezelf tot de orde roepen." Ze zullen wel gelijk gehad hebben. Ik bedoel, als je jezelf niet snel tot de orde roept, weet je niet meer hoe het moet. Sindsdien zit ik op dit bankje naar de mensen te kijken. Na een tijdje wordt het net zoiets als naar de rivier kijken. De gezichten stromen voorbij, en meestal zie je ze niet eens. Een stroom mensen,' zei ze hoofdschuddend, en ze knipoogde naar hem. 'Gewoon een voorbijtrekkende stroom mensen.'

Connor staarde haar aan met zijn brandende ogen.

'Maar sommigen zie je wel. Die springen eruit. Ze kijken je aan en na een tijdje zitten ze in je hoofd. Als ik doodga, sterven er een heleboel mensen met mij.'

'Wilt u misschien een kop koffie?' vroeg hij heel beleefd. 'Of iets te eten?'

'Billy wil wel een donut van daarginds.' Ze wees naar het stalletje waar Connor zijn cappuccino had gehaald.

'Een donut voor jullie allebei dan maar?'

'En eentje voor jou, jongeman. Je moet goed eten. Heb je geen moeder?'

'Nee.'

'Iedereen heeft een moeder nodig. Ik ben ook ooit moeder geweest, weet je dat?'

'O, ja?'

'Van mijn kleine Danny.'

'Wat is er gebeurd?' Hij vroeg het heel voorzichtig.

'Mijn vader zei altijd dat je nooit iemand kunt bezitten. We zijn een tijdje hier en dan verdwijnen we. Spoorloos.'

'Het spijt me.'

'Wat een tranendal, jongen. Geeft niks, hoor.'

'Ik heb een zoon. Ethan,' zei Connor. 'Hij is negentien. Hij is nu het huis uit.'

De dikke tranen rolden weer over zijn wangen.

'Voor mij met appel, voor Billy met jam.'

'Komt voor elkaar.'

Connor kocht drie donuts in papieren servetjes en liep ermee terug naar het bankje. Hij ging naast Mildred May zitten, zo dichtbij dat hun bovenbenen elkaar raakten en hij de stank van alcohol kon ruiken.

'Alstublieft.'

De oude vrouw nam de jamdonut aan en hield hem voor haar benen. Billy kwam uit de beschutting van haar jas gekropen, pakte de donut en trok zich weer terug. Toen brak ze haar eigen donut doormidden, stopte het eerste stuk in haar getuite mond en at het smakkend op. Ze haalde een glazen flesje met een heldere vloeistof tevoorschijn uit een van haar zakken, nam een flinke slok en borg het weer op. Connor nam een hapje van zijn eigen donut. Het was jaren geleden dat hij er een had gegeten; er ging iets troostends van het zoete, gefrituurde deeg uit.

'Zo,' zei Mildred May. 'Zal ik nu voor je zingen?'

'Dat sla ik niet af,' zei Connor.

'Voor wat hoort wat, zeg ik altijd. Jij hebt ons donuts gegeven.'

Ze stond op, liet Billy onder haar enorme jas uit kruipen en ging met haar gezicht naar Connor toe staan zonder zich iets aan te trekken van de blikken van de voorbijgangers, hun snerende opmerkingen en onderdrukt gelach. Met één hand op haar hart haalde ze diep adem, deed haar mond open en begon te zingen. Haar stem beefde en soms ebde hij bijna helemaal weg, om daarna luider te worden dan voorheen. Haar ogen straalden. Billy stond jankend naast haar. Ze zong 'My Bonny Lies Over the Ocean' en daarna een lied dat 'Foggy Foggy Dew' heette. Ze zong met onvaste, gebroken hoge stem 'Early One Morning', om weer opnieuw te beginnen met 'My Bonny', maar toen liet haar stem het afweten. Alle liederen gingen, elk op zijn eigen manier, over afwezigheid en hartzeer. Connor keek naar haar nietige ronde lijfje, het gerimpelde, afgeleefde gezicht rond haar blauwe kraaloogjes en de getuite lippen, als een koorknaap in vervoering. Ze strekte haar vieze handen in de lucht en keek langs hem heen naar een punt in de verte dat alleen zij kon zien. Misschien stond ze op de bühne, was ze weer een jonge vrouw met de wereld aan haar voeten, of zong ze voor haar verloren Danny. Misschien was ze nooit zangeres geweest en had ze nooit een zoon gehad; misschien had ze het leven dat ze had verloren wel nooit gehad.

Toen ze uitgezongen was, applaudisseerde Connor luid en ze maakte een buiginkje. Achter hen stond een groepje tienermeisjes hulpeloos te giechelen. Connor en Mildred May trokken zich er niets van aan.

'Dank u wel,' zei hij, en hij stond op, nam haar beide handen in de

zijne en hield ze een hele tijd vast. 'Dat was me een groot genoegen.'
'Iedereen moet vreugde brengen zoveel hij kan,' zei ze. Ze hijgde een beetje en had rode vlekken in haar gezicht. 'In deze kille, akelige wereld.'
'Inderdaad,' zei hij. 'Mag ik u nog eens komen opzoeken?'
'Je kunt Billy en mij hier bijna elke dag vinden,' zei ze. 'Meestal. En je hebt geen uitnodiging nodig, hoor.'
'Ik kom zeker, daar kunt u op rekenen.'
Hij bukte om haar op haar hangwangen te kussen. Ze stak haar hand uit en streek zijn haar van zijn voorhoofd.
'Het komt wel goed met jou,' zei ze.
'Ja?'
'Natuurlijk. Of niet soms, Billy?'

29

Stefan zat in de keuken, onder het kale peertje, achter een enorme dubbele boterham die hij had belegd met alles wat hij in de koelkast had kunnen vinden: chorizo waarvan de uiterste houdbaarheidsdatum was verstreken, mozzarella (idem dito) en cheddar, een paar blaadjes sla, tomaat, mayonaise, piccalilly, mosterd en wat oude augurken. Maar al na één grote, druipende hap had hij hem van zich af geschoven voor later. Hij was knopen aan het oefenen met zo'n twintig stukken glad, geelwit touw, met omwonden uiteinden om te voorkomen dat ze gingen rafelen. Daar legde hij de verschillende knopen in, een voor een. Hij was begonnen met de eenvoudigste, die nu op een rijtje onder zijn boterham lagen: de halve steek, de weversschootsteek, de achterknoop, de dubbele hielingsteek en de mastworp. Die kon hij bijna met zijn ogen dicht leggen; de uitdaging was om ze lekker soepel en zo symmetrisch mogelijk te maken. Nu oefende hij zijn paalsteek: hij maakte een lus vlak bij het einde van het touw, haalde het uiteinde erdoorheen alsof hij een halve steek wilde maken en trok toen het andere eind eromheen en terug door de lus. Zo, dat was makkelijk. Hij legde het resultaat naast de andere knopen.

Toen trok hij een blikje bier open en likte het schuim weg voordat hij een lauwe slok nam. De rondtorn met twee halve steken, de trompetsteek – daar had hij vaak moeite mee. Een stuwadoorsknoop, een knijpsteek en een slipsteek, een vissersknoop en een oudewijvenknoop, een chirurgijnsteek en een dubbele ankersteek. Zo tikte de tijd voorbij. Een voor een legde hij ze voor zich neer. Een marlpriem en een ingewikkelde werpankersteek. Hij eindigde met een verbeterde bloedknoop, waarvoor hij twee heel dunne touwtjes gebruikte, draadjes bijna. Hij draaide ze tien of twaalf keer in elkaar, schoof de middelste lusjes een stukje opzij, wurmde de twee uiteinden erdoorheen en gaf er een stevige ruk aan. Met een tevreden zucht bekeek hij het strakke rolletje en legde het zorgvuldig onder aan zijn netwerk van knopen.

Hij pakte de boterham op, met twee handen om te voorkomen dat het beleg eruit zou vallen, deed zijn mond zo wijd open als hij kon en nam een ferme hap, gevolgd door een slok bier. Toen pakte hij het boek dat hij aan het lezen was, voorzichtig om er geen vetvlekken op te maken. Als Gaby een boek las, sloeg ze het zo ver open dat de rug brak. Je kon het altijd aan de boeken zien als zij ze had gelezen: ze waren beduimeld en zaten vol vlekken, en ezelsoren om bepaalde passages aan te duiden. Ze las zoals ze at, gulzig en aandachtig. Hij zou haar hele leven tot nu toe in kaart kunnen brengen met de beelden van alle keren dat ze verdiept was geweest in een boek: hoog in een boom; wijdbeens op het gras met een boek op haar knie; languit op de bank of in een fauteuil, zo nu en dan naar een chocolaatje tastend aan tafel met haar hoofd in haar handen; in bad, waar de damp de bladzijden slap maakte. Ze kon zich helemaal verliezen in een boek. Je moest keer op keer haar naam roepen voordat ze je hoorde en opkeek, alsof ze heel ver weg was, haar blik afwezig. Hij fronste zijn voorhoofd bij de gedachte aan zijn zus. Er zat haar iets dwars. Hij zou willen dat ze hem over haar zorgen vertelde in plaats van te proberen hem in bescherming te nemen.

De boterham was te dik; het werd een knoeiboel. Bovendien was het brood oud en droog. Stefan liet het liggen en ging naar de zitkamer, die tevens dienstdeed als zijn werkkamer. Overal lagen stapels boeken – hij kon geen boekwinkel binnengaan zonder vele exemplaren te kopen en bracht vaak uren door in tweedehandszaakjes, waar hij vergeten essaybundels of ramsjromans van voor de oorlog opdiepte, en hij kon zich er nooit toe zetten boeken weg te gooien. Op en rond zijn bureau lagen vele vellen volgekrabbeld lijntjespapier. Hij herinnerde zichzelf eraan dat hij werkstukken moest nakijken, e-mail beantwoorden, lang verwaarloosde vakliteratuur lezen, een vergadering en een hoorcollege voorbereiden en een verhandeling bestuderen over radicale godsdiensten in de middeleeuwen. Een groot deel van zijn leven speelde zich af in het verleden, in een wereld van woorden en opvattingen, en soms vroeg hij zich af hoe het zou zijn om te maken te hebben met mensen en dingen, met de puinhopen van het dagelijks leven. Hij dacht aan Connor die zijn hand op de buik van een patiënt legde of iemands huid aftastte op zoek naar de bron van de pijn. Hij dacht aan al zijn familieleden die hun kinderen hadden verzorgd toen ze nog baby's waren; hoe ze prakjes in die kleine mondjes hadden gestopt en het kwijl hadden weggeveegd met de punt van een slabbetje; hoe ze ze een schone luier hadden omgedaan: behendig beide enkeltjes in één hand, het beweeglijke lijfje optillen, de rode bolle billetjes afwegen en insmeren met dikke zalf. Hij had het natuurlijk ook wel eens gedaan, voornamelijk bij Ethan toen Gaby zo ziek was, maar altijd met een zekere afkeer, onbekwaam en bang voor zijn eigen onhandigheid. Nancy had hem lachend weggeduwd. Hij hoorde het haar nog zeggen: 'Je bent een hopeloos geval.' Met een lachje. 'Laat mij maar even.'

Hij wist dat hij in veel opzichten inderdaad een hopeloos geval was. Hij was vaag en dromerig en de praktische kanten van zijn leven dreven zijn hoofd uit als oplossende wolken; hij liet dingen vallen en beschadigde van alles, morste en vergat afspraken. Hij kon knopen leggen, zeekaarten lezen en een boot om een landpunt heen zeilen zonder scherpe rotspunten te raken, maar hij struikelde over zijn eigen schoenveters en raakte zijn sleutels kwijt. Hij kon twaalfde-eeuwse teksten lezen en wist alles van het leven van molenaars in Somerset, maar hij begreep niets van het leven van zijn collega's – vol rivaliteit, affaires en subtiele intriges.

De telefoon ging. Het was Gaby.

'Stefan? Ik bel je toch niet wakker?'

'Wakker? Hoe laat is het dan?'

'Half twaalf.'

'Ik dacht dat het een uur of negen was. Gek, die lange donkere avonden, je verliest je gevoel voor tijd. Ik wel, in ieder geval. Hoe gaat het met je? Is er iets?'

'Nee, het gaat prima. Er is alleen iets waar ik met je over wil praten. Connor en ik samen, eigenlijk.'

'Oké.'

'Niet nu, niet door de telefoon. Kom je naar ons of zullen wij naar jou toe komen?'

'Vanavond nog?'

'Nee, zo dringend is het nu ook weer niet. Het is gewoon... toch wel wat.'

Stefan keek om zich heen. Hij dacht aan zijn keuken, waar het enige opgeruimde plekje het netwerk van knopen was dat op tafel lag.

'Ik kom wel naar jullie toe. Goed? Wanneer?'

'Heb je morgenavond iets?'

'Volgens mij wel. Ik geloof dat ik een etentje heb. Wacht, dan kijk ik even in mijn agenda. Waar is mijn agenda? Ik kan hem niet vinden. Ik weet zeker dat ik hem... O, wacht even, dan kijk ik in mijn aktetas. Aha. Nee, morgen lukt niet, helaas – al kan ik die afspraak best met een smoes afzeggen.'

'Nee, dat moet je niet doen. Overmorgen dan?'

'Donderdag? Ik denk het wel. Er staat iets bij donderdag gekrabbeld, maar dat kan ik absoluut niet ontcijferen. Wat kan dat nou zijn? Staat er nou Persephone? Nee. Maar goed, ik weet vrijwel zeker dat ik donderdag kan.'

'Zeven uur?'

'Misschien wordt het iets later, want ik zie hier dat ik die middag in York moet zijn. Maak er maar half acht van.'

'Half acht dan. Eet je mee?'

'Oké.'

'Stefan?'

'Hmm?'

'Ik wil alleen even zeggen dat ik heel veel van je hou.'

'O... eh, ja. Dank je. Eh, je weet toch dat ik...'

Maar ze had al opgehangen.

30

18 NOVEMBER

Toen ik vandaag terugkwam was het al donker. Het wordt nu heel vroeg donker, en heel laat licht. Vreselijk. De hele treinreis heb ik maar zo'n beetje zitten kijken, met mijn gezicht tegen het raam gedrukt, naar de ondergaande zon die langzaam verdween. De horizon was lichtpaars en er stond een heel bleke maan, als een vage stencilafdruk. Ik keek naar de voorbijglijdende akkers, huizen, auto's, bomen, de plotseling opduikende kanalen en de voetpaden die kronkelend in de verte verdwenen – en stukje bij beetje werd het donker. Eén keer kwam er een trein die dezelfde kant op reed naast ons rijden, en een paar minuten lang was het net of allebei de treinen stilstonden. Ik staarde door het raam de andere, verlichte coupé in en daar zat een meisje van ongeveer mijn leeftijd een boek te lezen. Ze keek op en zag me naar haar staren, en even kruisten onze blikken elkaar en lachte ze naar me alsof we vriendinnen waren en we elkaar op een dag weer zouden zien. Toen wendde ze haar blik af. Het was heel gek.

Ik had gedacht dat ik de hele terugreis zou moeten denken aan de dag die achter me lag, maar dat was helemaal niet zo. Er kwamen juist allerlei herinneringen naar boven. De gekste dingen, waarvan ik niet eens wist dat ik me ze nog herinnerde, zoals die keer dat ik in de tuin zat met Kelly, een vriendinnetje van de basisschool, en we tandartsje speelden, met bakstenen als patiënt. Daar prutsten we aan met theelepeltjes en we zeiden dat ze niet mochten huilen. Of toen ik met papa in zee ging zwemmen; ik weet niet hoe oud ik toen was, maar ik herinner me nog wel dat hij achteruit de golven in liep terwijl hij mijn handen vasthield en de branding tegen zijn benen sloeg. Of die keer dat ik met griep in bed lag. Ik had het heel warm, was misselijk en voelde me raar; het leek wel of de kamer draaide en ik dacht telkens dat er slijmerige, trillende keien op de grond lagen. Mijn mond zat onder de zweertjes. Mama had soep gemaakt en die moest ik met een rietje opdrinken, en ze zei steeds dat ik citroenlimonade moest drinken. Ik weet nog precies hoe haar hand voelde op mijn gloeiende voorhoofd: koel en zacht, en hij rook naar zeep en handcrème.

Ik weet niet waarom ik je dit allemaal vertel. Het kan je natuurlijk niks schelen. Misschien probeer ik je duidelijk te maken wat ik voelde nadat ik vandaag bij je weggegaan was, omdat je je terug begint te trekken en ik een leegte voel op de plek waar je eerst zat, en ik bang ben en je terug probeer te halen. Maar je moet weten dat je nu ik je heb ontmoet niet meer in mijn hoofd zit, zoals daarvoor. Je bent nu buiten me, een persoon, je eigen zelf, vlees en bloed. Mijn vlees en bloed.

Toen de trein weer in Stratford aankwam, was ik bijna niet uitgestapt. Ik wilde blijven zitten en me naar het noorden laten voeren, naar al die plaatsen waar ik nooit ben geweest en die niet meer zijn dan namen die uit de luidsprekers komen; ik wilde uit het raam blijven kijken tot we weer ergens stopten. Maar natuurlijk stapte ik uit; ik had al die tijd geweten dat ik dat toch wel zou doen. Ik ben te voet naar huis gegaan, ook al had mama gezegd dat ik haar moest bellen en dat ze me zou komen halen, hoe laat het ook werd. Maar ik was er niet aan toe om haar iets te vertellen. Ik wilde mijn dag niet beschrijven of naar een manier zoeken om die betekenis te geven. Want ik wist niet wat die betekenis was. Ik wilde alleen maar op de bank kruipen met een deken om me heen en een kom warme soep of zoiets, en naar domme tv-programma's kijken en niets zeggen, zonder iemand die bezorgd naar me keek of zo nu en dan een hand op mijn knie legde.

Het was een zonnige dag geweest, maar die avond was het koud. Er stond geen zuchtje wind. Normaal gesproken vallen zulke dingen me niet op, maar het was zo'n stille avond dat het leek alsof ik mijn normale wereld uit was gestapt, een zwart-witfoto in – of eigenlijk niet helemaal zwart-wit: de maan, die eerst zo flets was geweest, stond laag, was gigantisch en had een heel mooie kleur geel. Precies zoals je de maan als kind tekent: een ronde, gele bol.

Maar goed, ik liep dus langzaam naar huis. Het was behoorlijk donker, al was het nog niet zo laat, en er was bijna niemand op straat. Mijn voetstappen weerkaatsten. Goldie vindt het eng om over straat te lopen als er verder niemand op de been is, maar ik niet. Ik hou van het donker. Het voelt geheimzinnig en beschermend. Je kunt je erin verstoppen. Je erin hullen als in een fluwelen mantel en je veilig voelen. Aan het begin van onze straat bleef ik staan. Het was allemaal zo vertrouwd en toch kwam alles me vreemd voor.

Toen ik bij ons huis aankwam en ik door het raam naar binnen keek, zat mama op de bank naar de televisie te staren, maar hij stond niet aan. Ze zat daar maar. Ik kon wel huilen om haar gezicht; ze keek zo verdrietig. Maar ze moet gevoeld hebben dat ik daar stond, want ze keek op en ik zag haar gezichtsuitdrukking veranderen. Ze deed haar best om opgewekt en kalm over te komen, alsof het een heel gewone dag was en ik gewoon uit school kwam of zo – wat normaal gesproken natuurlijk ook het geval was geweest, als ik niet naar jou toe was gegaan. Ze stond op, trok haar rok recht en veegde haar handen eraan af. Ik wist dat ze waarschijnlijk uren zo had zitten wachten tot ik haar zou bellen. En ik wist ook dat ze me nooit zou vertellen waaraan ze allemaal had zitten denken terwijl ze daar zat. Goldies moeder vertelt haar alles: hoe haar vader tegen haar schreeuwt wanneer hij dronken is, dat ze een tijdje is gepest op kantoor en dat ze zich geen raad weet van de geldzorgen. Goldie weet alles van de vriendjes die haar moeder heeft gehad voordat ze Goldies vader leerde kennen. Goldie zegt dat haar moeder haar probeert te behandelen als een vriendin, maar zij wil juist behandeld worden als een dochter: zij wil op haar kop krijgen, getroost worden en regels hebben om zich aan te houden of om te overtreden. Mijn moeder vertelt me nooit zulke dingen en ze laat het nooit merken als ze zorgen heeft. Nu ik erover nadenk, heb ik haar zelden zien huilen. Ze beschermt me. Dus toen ik vanavond haar gezicht zag, was het alsof ik een glimp opving van een totaal ander mens.

Ze deed open met haar opgewekte gezicht en omhelsde me –

maar het was geen omhelzing die te lang duurde of verstikkend was. Ik wist dat ze haar uiterste best deed om het precies goed te doen; waarschijnlijk had ze dat gepland toen ze daar voor de zwarte, zwijgende tv zat. Toen zei ze dat er gembercake was, vers uit de oven, en ze vroeg of ik een plakje wilde, met een kopje thee. Ik kon het niet over mijn hart verkrijgen om te zeggen dat ik geen trek had, dus ging ik in de keuken zitten terwijl ze thee zette en over ditjes en datjes babbelde zodat ik niets hoefde te zeggen. Toen zette ze de cake voor me neer, die nog warm en vochtig was van de oven, en schonk een kop thee voor me in. Ze kwam tegenover me zitten en vroeg: 'Wil je me vertellen hoe het is gegaan?'

Ik wist niet wat ik moest zeggen, waar ik moest beginnen. Ik wendde mijn blik af, prikte wat in de cake en stopte een paar kruimeltjes in mijn mond.

Ze zei: 'Je hoeft me niets te vertellen als je dat niet wilt. Ik zal niet aandringen. Als je maar weet dat je altijd bij me terechtkunt. Er is niets wat je me niet kunt vertellen, ik kan alles hebben.' Toen stond ze op, gaf me een zoen op mijn wang en begon heel druk het aanrecht en de tafel schoon te maken, hoewel die al brandschoon waren. Ik voerde de cake onder de tafel aan George en ik weet zeker dat mama het heeft gezien, maar ze zei er niets van, alleen: 'Waarom ga je niet lekker in bad?'

Ik wil haar alles vertellen, maar hoe bespreek je je moeder met je moeder?

Dus ging ik in bad. Boven in de badkamer kon ik de etensgeuren ruiken: tonijnschotel. Dat wilde ik vroeger altijd eten wanneer ik me rot voelde, en nu maakte ze het voor me klaar. Daarna hoorde ik de voordeur open- en dichtgaan: papa was thuis. Ik hoorde hem beneden met mijn moeder praten, en al kon ik niet verstaan wat ze zeiden, ik wist dat ze het over mij hadden.

Later ging ik naar de keuken en zei dat ik er nog niet goed over kon praten, niet omdat ik het niet wilde, maar omdat ik moe was en me leeg voelde; ik wist zeker dat ik niks meer te zeggen had. Ik vertelde dat het goed gegaan was en dat we het er binnenkort wel over zouden hebben. Dat ik heel, heel veel van haar hield en dat papa en zij altijd mijn vader en moeder zouden blijven. Daar zou nooit iets aan veranderen.

Wat valt er verder te zeggen?
   Dat je mijn gezicht hebt, mijn ogen, en dat ik mezelf zie als ik naar je kijk? Het klinkt stom en voor de hand liggend, maar dat gevoel heb ik nog nooit gehad en het was alsof ik daarmee iets heel belangrijks had gemist. Ik kon wel janken – niet alleen voor mezelf, maar ook voor papa en mama omdat ik het zelfs maar dácht, terwijl zij altijd hun best hebben gedaan om me alles te geven wat een ouder zijn kind kan geven. Het enige wat ze me niet konden schenken, was dat oergevoel van 'een eigen ik' – die van generatie op generatie wordt doorgegeven, voortgezet en herhaald. Ik ben opgegroeid met het gevoel dat ik uniek was, alleen, iemand die bij nul was begonnen, en ineens heb ik gezien dat ik een schakeltje ben in een lange ketting die helemaal teruggaat tot in het verleden en die – als ik zelf kinderen krijg, wat ik wel hoop – doorloopt tot in de toekomst. Maar papa en mama maken daar geen deel van uit. Ik ben met jou verbonden.
   Dat je me het hele verhaal hebt verteld? Dat had ik eigenlijk niet verwacht, en ik wist niet of ik wel tot in detail wilde horen hoe ik ontstaan ben en waarom je me hebt weggegeven. Maar ik vroeg ernaar en jij vertelde het me. Je zult van tevoren wel hebben bepaald wat je zou gaan zeggen, want je bleef maar doorpraten. Je maakte een echt verhaal van de gebeurtenissen, met een begin, een midden en een eind. Vriendschap, een kortstondige verhouding met de man van je vriendin, veel schuldgevoelens, je vertrek – en toen ik. Daar kom ik uit voort, uit die heftige, tragische puinhoop die iedereen heeft beschadigd: de vriendin, haar man, haar broer en jou. Je was kalm en feitelijk en deed geen beroep op mijn medeleven en dat is fijn; het was respectabel van je en toonde aan dat je aan mij dacht in plaats van aan jezelf. Maar tegelijkertijd voelde ik me er ongemakkelijk onder, omdat je je gedroeg zoals een moeder zich hoort te gedragen, terwijl ik je niet als mijn moeder wil zien.
   Dat ik een vader heb? Ik bedoel, natuurlijk heb ik ergens een vader, maar op de geboorteakte stond 'vader onbekend' en ik was ervan uitgegaan dat ik er nooit achter zou komen wie hij is. Maar ook in dit geval vroeg ik ernaar en vertelde je het me. Zo simpel was het. Ik weet zijn naam, leeftijd en beroep. Ik heb zijn adres en telefoonnummer. Ik weet dingen over zijn leven en ik weet dat hij op me

lijkt. Of ik op hem. Zijn haar, zijn voorhoofd, zijn gezichtsuitdrukking. Hij weet inmiddels van mijn bestaan. Hij wacht tot ik contact met hem opneem.

Dat ik een halfbroer heb? O god, wat een raar idee, ik ben er blij om maar vind het ook doodeng, ik weet niet precies waarom. Hij is jouw petekind, maar je hebt hem al achttienenhalf jaar niet gezien. Je weet niet eens of hij je naam nog wel kent, en hij weet niets van mijn bestaan, maar je denkt dat daar binnenkort verandering in zal komen. Arme jongen. Arme jullie allemaal. Heb ik er verkeerd aan gedaan?

Dat ik niet weet wat ik van je vond? Je deed heel koel en beheerst toen we elkaar zagen, maar ik dacht dat dat uit fatsoen was, of klinkt dat erg wazig? Dat is de sterkste indruk die ik van je heb gekregen: je integriteit, dat je iemand bent in wie mensen vertrouwen hebben, zelfs al vinden ze je misschien niet zo aardig. Dat je nooit iemand zult laten vallen en altijd woord zult houden. Dat je geen blad voor de mond neemt en je er niets van aantrekt wat anderen ervan vinden. Een sterke vrouw. Misschien een beetje hard. Een beetje triest. Maar het kan best zijn dat ik dat verzin, omdat ik weet wat je hebt doorgemaakt. Ik kon zien dat het voor iemand zoals jij pijnlijk moet zijn dat je je zo hebt gedragen, dat je je vriendin en je vriend zo hebt belazerd. Je zult je wel verschrikkelijk schuldig gevoeld hebben.

Wat vond jij van mij? Besef je wel dat ik zo nerveus was dat ik bijna geen woord kon uitbrengen? Mijn buik borrelde, mijn tong plakte aan mijn gehemelte en mijn mond was kurkdroog. Had je in de gaten dat ik je wilde omhelzen, slaan, dat ik wilde wegrennen? Ik wilde dat je trots op me was en tegelijkertijd mocht ik me daar van mezelf per se niet druk om maken. Zag je dat het me moeite kostte om niet te gaan huilen? Niet om iets wat je zei, maar door alles bij elkaar. Wij samen. Ik keek naar mijn handen op het tafeltje en toen naar de jouwe, en ze waren hetzelfde. Ik keek in je ogen en zag de mijne. Ik luisterde naar je stem en die vertelde mijn verhaal. Ik heb zo lang op dit moment gewacht, bijna mijn hele leven, en nu het is aangebroken weet ik niet meer wat ik ermee moet. Ik had gedacht dat het heel anders zou voelen.

Het is half vier 's nachts, de dode uren. Ik zit al ontzettend lang te *schrijven. Mijn handen zijn verkrampt en mijn vingers zitten onder de inktvlekken. Ik ben eigenlijk wel uitgeschreven maar ik wil niet stoppen, want dan ben ik helemaal alleen en het duurt nog uren voordat het ochtend is en ik weet niet wat ik moet doen. Ik kan niet slapen, nu niet, en ik wil niet dromen.*

31

ETHAN KWAM DE COLLEGEZAAL UIT EN DEED ZIJN FIETS VAN het slot. Het was half vier en hij had de nacht ervoor weinig geslapen – de nachtelijke studeersessies begonnen een gewoonte te worden. Maar hij was niet meer moe; eerder vervuld van een rusteloze, kolkende energie. Om zes uur die middag had hij met vrienden afgesproken in de pub, en hij wist niet wat hij tot die tijd moest doen. In andere omstandigheden zou hij Harry opgespoord hebben om hem over te halen tot een partijtje squash – maar nu had hij geen zin in Harry's gezelschap, en bovendien was die waarschijnlijk samen met Lorna, en hááŕ wilde Ethan zeker niet zien, in ieder geval niet wanneer ze bij Harry was, en niet na hun laatste ontmoeting. Zijn wangen gloeiden zodra hij eraan dacht en zijn hart begon onaangenaam te bonzen.

Hij moest weg. Hij stapte op zijn fiets en begon te trappen, al had hij geen idee waarheen. Het maakte hem ook niet uit. Het enige wat hij wist, was dat de wind in zijn gezicht blies en dat zijn benen zeer deden van de inspanning. Al snel liet hij Exeter achter zich en was hij op het platteland terechtgekomen. Als hij omkeek, kon hij in de verte de stad zien liggen, met de enorme kathedraal en de breed uitlopende rivier, en hij vond het een gek idee dat hij daar zou kunnen lopen, in de smalle straatjes, ongedurig door zijn romantische, onbeantwoorde liefde. Het licht werd minder en hij kon voelen dat de schemering snel zou invallen. Het heldere groen van de weilanden en het diepe goudbruin van de bomen werd al gedempt in het afnemende daglicht. Hij had een dun jasje aan, en geen handschoenen, en hij kreeg het nu al koud, al gloeide zijn gezicht van inspanning.

Hij sloeg willekeurig links en rechts af en fietste op volle snelheid over smalle weggetjes met aan weerskanten heggen, diep over zijn stuur gebogen. Hij zag niets anders dan de weg voor hem. Akkers en boerderijen flitsten voorbij. Wollige schapen, koeien met lange hoorns. Auto's die de andere kant op reden. Wegwijzers waarop dorpjes met onbekende namen werden aangeduid. Kruispunten waarvoor hij bleef staan om voor de richting te kiezen die er het minst druk uitzag, het minst bebouwd, het veelbelovendst.

Uiteindelijk stopte hij en stapte af. Hij had tranen in zijn ogen van de wind en kon er niet meer omheen hoe donker het al was en hoe koud hij het had. Hij blies zijn vingers warm, die spierwit waren door zijn ijzeren greep op het stuur, en stampte tegelijkertijd met zijn voeten. Hij keek om zich heen en had geen flauw idee waar hij was, zelfs niet welke richting hij op ging of hoeveel kilometer hij al had gefietst. Toen hij op zijn horloge keek, bleek het bijna zes uur te zijn; hij zou nu door een goed verlichte, drukke straat naar de pub moeten lopen waar zijn vrienden op hem wachtten. Er stonden al bleke sterren aan de hemel en de zon was achter de horizon verdwenen. Vloekend viste hij zijn mobiele telefoon uit zijn fietstas en zette hem aan, maar had vergeten hem op te laden en de batterij was leeg.

Voor zijn gevoel was dit een godvergeten uithoek. Het pad lag laag en hij had geen idee waar het was begonnen of eindigde; hij kon zich ook niet herinneren hoe vaak hij links en rechts af was geslagen. De hoge heggen benamen hem het zicht. Met zijn fiets aan de hand liep hij door tot hij bij een hek kwam, maar dat bood alleen uitzicht op een lappendeken van akkers die zich uitstrekten tot aan de horizon.

Hij stapte weer op en fietste terug in de richting waar hij vandaan was gekomen, maar het netwerk van weggetjes was net een doolhof en al na een paar minuten wist hij vrijwel zeker dat hij een lus had gemaakt en nog verder van de hoofdweg naar Exeter verwijderd was geraakt. En wat erger was: het werd steeds moeilijker om iets te zien. Het landschap om hem heen had al zijn kleur verloren en was donkergrijs; de bomen vormden vage clusters tussen de haag, en de weg kronkelde bij hem vandaan.

'Ik ben verdwaald,' zei hij hardop, en plotseling voelde hij zich onverklaarbaar vrolijk. Hij reed snel een heuveltje op. Boven aangekomen zette hij zijn fiets tegen een boomstronk en klom op het hek ernaast. Hij pakte zijn sigaretten uit de zak van zijn spijkerbroek, en pas na een paar pogingen lukte het hem er een aan te steken. Hij inhaleerde diep en liet toen de rook de duisternis in kringelen en verdwijnen. Terwijl hij daar zat, koud, moe en opgejaagd, werd hij plotseling vervuld van een enorme vreugde die ook iets heel melancholisch had. Hij voelde dat hij de kern raakte van de zin van het leven, waar geluk en verdriet samenkomen en het gevoel van wie en wat je bent vervaagt – en tegelijkertijd wist hij dat het belachelijk was, infantiel en overdreven.

Daar, zittend op de koude stang van het hek, zag hij ineens dat er in het niet veel lager gelegen dal lichtjes twinkelden. Hij gooide zijn sigaret in het vochtige gras, sprong van het hek en stapte weer op zijn fiets om de weg te gaan vragen. Vreemd genoeg viel het niet mee om de lichtjes terug te vinden, want ze verdwenen zodra hij heuvelafwaarts reed. Pas nadat hij een paar keer een doodlopend zandpad ingereden was, kwam hij eindelijk uit op de oprit van een huis waar op de benedenverdieping licht brandde. Op het modderige terrein ervoor stonden een tractor met enorme banden en diverse landbouwwerktuigen, en aan de zijkant was een schuur met een golfplaten dak, dus nam Ethan aan dat het een boerderij was, al was die erg klein en vervallen. Een grote hond blafte woest toen hij dichterbij kwam en stoof op hem af, een enorme gedaante met blikkerende tanden en witte ogen.

'Brave hond,' zei hij nerveus toen hij remde en afstapte.

Het beest bleef op een paar centimeter afstand grommend staan en blafte met tussenpozen onheilspellend om hem te waarschuwen. Ethan verroerde zich niet.

'Wie is daar?' klonk een stem.

'Sorry dat ik u stoor,' zei Ethan, al zag hij niemand. 'Ik ben een beetje...'

'Wat? Kom eens tevoorschijn, zodat ik je kan zien.'

Ethan deed een stapje in de richting van het huis. De hond ontblootte zijn tanden en gromde nu echt dreigend.

'Uw hond... zou u hem kunnen roepen?'

'Hij doet geen vlieg kwaad.'

Ethan zette nog een stapje. De hond zakte een beetje door zijn ach-

terpoten, alsof hij zich schrap zette om hem te bespringen.
'Braaf,' zei Ethan met een hoog, angstig stemmetje. 'Brave hond.'
'Nou, nou. Kom eens hier, Tyson.'
'Tyson? Is hij genoemd naar…?'
'Wees maar niet bang, hij is hartstikke braaf.'

De man die het erf af kwam lopen was lang en mager, met lang wit haar dat naar achteren wapperde en holle, pokdalige wangen.

'Tyson, hier!' zei hij streng, en hij gaf een ruk aan de halsband van het beest.

'Dank u wel. Ik ben geen honden gewend.'
'Wat kan ik voor je doen?'
'Ik ben de weg kwijt,' zei Ethan. 'Ik moet terug naar Exeter, maar ik zie nergens bordjes… althans, niet naar plaatsen die ik ken.'
'Dan ben je een aardig eindje van huis.'
'Ja.'
'En het is donker.'
'Ja. Ik had niet in de gaten dat het al zo laat was.'
'Kom binnen,' zei de man. Hij draaide zich om en liet de hond los, die meteen het erf over stoof.
'Maar ik wilde alleen vragen hoe ik terug moet fietsen.'

De man gaf geen antwoord. Hij ging Ethan – nog altijd met zijn fiets aan de hand – voor het erf over.

'Nee, echt,' zei Ethan. 'Het is heel aardig van u, maar als u me gewoon wilt uitleggen…'

'Vooruit maar,' zei de boer, en hij deed de deur open van een soort bijkeuken vol oude jassen, modderige laarzen en een plank met een heleboel zaklantaarns erop. 'Zet je fiets hier maar neer en kom binnen.'

'Ik geloof niet…' begon Ethan, die zich afvroeg of hij soms in een griezelverhaal terechtgekomen was, 'dat ik tijd heb om…'

Maar hij was al binnen en de deur viel achter hem dicht.
'Kijk toch eens hoe je erbij loopt,' zei de boer. 'Kom, naar binnen.'

De keuken zag eruit alsof er sinds de jaren vijftig niets meer aan was veranderd, met een erg laag plafond en gelig bruine muren waarvan Ethan niet zou kunnen zeggen of ze in die kleur geschilderd waren of dat die het gevolg was van vele jaren rook en vet. Tegen een van de muren stond een klein ouderwets fornuis met een allegaartje aan potten en pannen erboven, en aan de afvoerbuis hingen sokken te drogen. In de haard brandde een vuurtje.

'Zal ik water opzetten? Geef je voeten wat rust en ga lekker bij het vuur zitten om weer op temperatuur te komen.'

'Echt, ik hoef niets te drinken,' zei Ethan, die bij de keukendeur bleef staan en vanaf de andere kant van het vertrek wantrouwend in de gaten werd gehouden door de hond. 'En ik ga ook niet zitten. Ik wil alleen weten hoe ik terug kan komen op de hoofdweg naar Exeter.'

'Reginald,' zei de man met het witte haar. 'En jij bent...?'

'Ethan.'

'Dus je komt niet hier uit de buurt, Ethan?'

'Nee, ik...'

'Uit Londen, zou ik denken.'

'Dat klopt.'

'Mijn vrouw kwam ook uit Londen. Enfield.'

'O,' zei Ethan.

'Ze is vijf jaar geleden gestorven. Kanker. Ze had wel pijn, maar daar bleef ze mee rondlopen. Toen ze eindelijk naar de dokter ging was er niets meer aan te doen. Kijk niet zo benauwd. Ik maak iets warms voor je en dan breng ik je met mijn truck naar Exeter. Wat zeg je daarvan?'

'Nee! Dat hoeft niet, echt niet. Ik kwam alleen de weg vragen. Ik zou u niet tot last willen zijn.'

'Tot last?'

'Ja.'

'Hoe denk je dat ik mijn avonden doorbreng?'

'Nou...'

'Ik wacht tot ze om zijn, tot het bedtijd is. Een jong iemand zoals jij in mijn keuken brengt weer een beetje leven in de brouwerij, ook al zie je eruit als een verzopen kat.'

'Het is erg aardig van u,' zei Ethan zwakjes. Hij liep naar het vuur en ging ervoor zitten, met zijn handen uitgestoken naar de vlammen. De hond kwam aangesjokt en plofte neer aan zijn voeten. 'Ik ben u heel dankbaar.'

'Doe met vreugd een ander aan wat gij wenst aan u gedaan, zeggen ze toch? Als ik in mijn eentje rondfietste en de weg kwijt was, zou ik ook willen dat iemand me hielp.'

'De goedheid van vreemden,' zei Ethan, en hij hoorde het zijn moeder zeggen, alsof ze daar pal naast hem stond.

Reginald keek hem aan. 'Precies,' zei hij. 'Dat bedoel ik.'

'Dank u wel.' Ethan aaide voorzichtig de flank van de hond. Tyson hief even slaperig zijn kop en legde hem meteen weer op zijn poten.

De hitte flakkerde op Ethans ene wang en zijn been aan de kant van het vuur gloeide onder zijn spijkerbroek. Reginald zette een beker sterke thee op de leuning van zijn stoel. Hij vouwde zijn handen eromheen. De vermoeidheid sloeg in volle hevigheid toe.

'Goed, gebakken eieren met spek of roerei? En ik heb nog een stukje ham in de ijskast liggen.'

'Nee, echt...' Hij keek naar Reginalds afgetobde gezicht. 'Roerei dan. Maar niet te veel, hoor.'

'Ik heb nooit gekookt toen mijn vrouw nog leefde. Nu doe ik het graag. Het geeft invulling aan het einde van de dag. Vooral wanneer je alleen bent. Ik kan van alles klaarmaken. Laatst heb ik zelfs een runderpastei gemaakt, maar daarvan heb ik het grootste deel aan Tyson moeten geven. Je hebt niet veel nodig in je eentje.'

Hij zette een kleine koekenpan op het fornuis en deed er boter in, die even siste.

'Hebt u kinderen?' hoorde Ethan zichzelf vragen vanuit de drukkende vermoeidheid die hem omringde.

'Een zoon in Amerika.' Reginald brak twee eieren in de pan en begon verwoed te roeren. 'De truc is om ze langzaam gaar te laten worden. Dat heb ik in een tijdschrift gelezen. Moet je je voorstellen, ik volg recepten uit een tijdschrift op! Hij doet iets met reclame, iets waar ik niks van begrijp. Hij belt me één keer per week, soms komt hij hierheen en ik ben een paar keer naar hem toe geweest, al heb ik liever dat hij naar mij toe komt. Hij heeft twee kinderen en een stiefzoon. Het zijn lieve kinderen, maar ze worden tegenwoordig zo snel groot, hè? En ze hebben zoveel spullen. Computers, fietsen, televisie op de slaapkamer, een drumstel... Geroosterd brood erbij?'

'Nee, dank u, alleen ei.'

'Het is pas echt lekker op warm geroosterd brood met boter.'

'Nou, graag dan.'

'Ik besefte niet dat ik gelukkig was, totdat ik het niet meer was.'

'Dat spijt me,' zei Ethan onhandig.

Als Gaby hier was, zou ze wel weten wat ze moest zeggen, in deze keuken die bol stond van eenzaamheid.

'Je vindt het allemaal vanzelfsprekend. De mensen denken dat het niet erg is als oude mensen doodgaan. Niet dat ze oud was: achtenzestig pas. Dat is tegenwoordig niet oud, of wel soms?'

'Nee, dat lijkt me niet.'

'We hadden best een goed huwelijk. Ups en downs. Nu denk ik vaak aan alles wat ik nooit tegen haar heb gezegd.'

'Dat zal ze vast wel…'

'Sinds haar dood is mijn haar nooit meer geknipt.'

'Echt niet? Waarom niet?'

'Ik weet het niet. Ik liet het iedere maand knippen, zonder uitzondering. Mijn zoon zegt steeds dat ik naar de kapper moet. Hij vindt dat ik er… hoe zegt hij dat ook alweer? Sjofel, dat ik er sjofel uitzie. Onverzorgd, als een ouwe zwerver. Daardoor maakt hij zich zorgen om me.'

'Ik vind het mooi staan,' zei Ethan. Dit was veiliger terrein.

'Echt?'

'Ja, het is cool.'

Reginald lachte schor. 'Dit is de eerste keer dat iemand me cool noemt.'

'U bent net een rocker,' zei Ethan. 'Of een oude zeerot.'

'Dat moet ik mijn zoon vertellen. Hier, je eieren zijn klaar.'

'U zou het zo af en toe in een staart kunnen doen, als u er last van hebt.'

'Een paardenstaart?'

'Ja.'

'Hmm.'

'Of een sikje laten staan.'

'Een baard?'

'Alleen op uw kin, zo'n smal sikje. Hmm, het ei is heerlijk.'

'Niet te gaar?'

'Nee.'

'Of te rauw?'

'Nee, precies goed. Daar was ik echt aan toe.'

'Je was ook niet gekleed op een fietstocht.'

'Ik had er niet bij nagedacht.'

'Problemen met je vriendin?'

'Ja.' Hij nam een grote hap ei. 'Of nee... ze is niet eens mijn vriendin. Gewoon een meisje.'

'Je bent verliefd op haar.'

'Zo erg dat ik er beroerd van word.'

Reginald begon te lachen; zijn verweerde gezicht veranderde in een landkaart van rimpels en fronslijnen.

'Ik ben net mijn moeder, die kan ook geen afstand nemen en de zaak rustig bekijken. Ik ben niet goed in wachten tot het vanzelf overgaat; ik moet nú iets doen, anders word ik gek.'

'Wat zou je kunnen doen dan?'

'Dat is het nou juist. Niks. Alleen heel hard fietsen tot ik verdwaald ben.'

'En dan kom je hier terecht.'

'Inderdaad. Mag ik even van uw toilet gebruikmaken?'

'De trap op en dan links.'

Ethan zette zijn bord op de grond naast de stoel en hees zichzelf overeind. De trap was steil en smal, de vloerbedekking kaal. Het was een vreemd gevoel om in het huis van een vreemde te zijn, een volslagen onbekende, terwijl het buiten donker werd en de wind over de hei raasde. En toen hij in de gebarsten ovalen spiegel boven de wasbak naar zijn eigen gezicht keek, leek hij wel iemand anders: jong en opgejaagd, met een bezorgde blik in zijn ogen.

Toen hij terugliep, keek hij naar de smalle huiskamer aan de andere kant van de trap.

'Ik zie dat u een piano hebt,' riep hij naar de keuken.

'Mijn vrouw speelde wel eens wat,' zei Reginald, die naast hem kwam staan op de trap en ook de huiskamer in keek. 'Gewoon eenvoudige deuntjes. Hij is al jaren niet meer aangeraakt. Speel jij piano?'

'Ik doe mijn best.'

'Wil je een poging wagen?'

'Nee, nee!' zei Ethan, maar hij liep de armetierige huiskamer in, die kil en ongebruikt aanvoelde, en deed de stoffige klep van de piano open. Hij liet zijn vingers over de vergeelde toetsen gaan. Vele gaven geen enkel geluid, andere alleen een dof getokkel en weer andere klonken blikkerig of vals. Ethan ging op het krukje zitten en sloeg de eerste noten aan van het *Intermezzo* van Schumann dat hij twee jaar geleden voor zijn examen had gespeeld. Als iemand hem gevraagd zou hebben of hij het stuk nog kende, zou hij 'nee' geantwoord hebben, maar zijn vingers herinnerden zich wat zijn hoofd allang was vergeten, net zoals hij de tekst van Dr. Seuss weer had geweten zodra hij hem hardop uitsprak.

Het raakte hem wel, de gedachte dat die gammele piano daar jarenlang onaangeroerd had gestaan, in een kamer waar overduidelijk ook in geen maanden iemand was geweest. De laatste vingers die deze toetsen hadden beroerd waren waarschijnlijk die van Reginalds gestorven echtgenote geweest. Wat had ze gespeeld? Eenvoudige deuntjes, zei hij. Ethan ging over van het *Intermezzo* naar 'My Old Man Said Follow the Van', en nog voordat het vrolijke deuntje gestalte had gekregen begon hij aan 'How Many Roads Must a Man Walk Down'. Toen stopte hij abrupt, deed het deksel van de piano dicht, veegde met zijn overhemd het stof eraf en stond op.

'Zouden we nu kunnen gaan?' vroeg hij toen hij terugkwam in de keuken.

'Ik kan nog een kopje thee zetten.'

'Ik moet echt weg,' zei Ethan, en hij probeerde de behoeftigheid in de ogen van de oude man niet te zien.

'Jij mag het zeggen.'

Ethan bukte zich om Tyson over zijn snuit te aaien. De hond keek weer slaperig op en liet zijn kop weer op zijn poten zakken.

'Het is inderdaad een braaf beestje.'

'Wat zei ik je? Je moet niet op het uiterlijk afgaan.'

'U bent heel aardig voor me geweest.'

'Je mag gerust nog eens terugkomen.'

'Hmm,' mompelde Ethan, die wist dat hij het niet zou doen en zich nu al schuldig voelde.

'Ik ben 's avonds meestal wel thuis.'

'Oké.'

'Als je weer eens beroerd wordt door dat meisje.'

'Ik hoop het niet,' zei Ethan lachend. 'Ze zeggen dat de tijd alle wonden heelt.'

'Dat zeggen ze, ja.'

'Bent u het er niet mee eens?'

'De tijd en whisky.'

'Dat zal ik onthouden.'

'De tijd, whisky en bezig blijven. Je moet altijd bezig blijven. Nooit stoppen. Het maakt niet uit wat je doet, als je maar het onderste uit de kan haalt.'

'Juist.'

'Chocolade helpt ook.'

'Chocolade.'

'Dat geeft troost. En een lang, warm bad.'

'Chocola, whisky, bezig blijven en een bad nemen.'

'Inderdaad. Je moet de tijd zien te doden. Toen mijn vrouw stierf, zat ik de eerste maanden alleen maar te wachten tot de tijd verstreek. Ik werd elke morgen vroeg wakker en dan lag de dag als een woestijn voor me. Eén grote, uitgestrekte vlakte met niets anders dan verdriet, en ik wist niet hoe ik die moest doorkomen. Het kwam niet eens bij me op om van rouw te spreken – ik wist alleen dat ze dood was en dat ik het nu alleen moest zien te stellen. Dag in, dag uit. Wat moest ik ermee, met al die dagen die maar doorgingen zonder dat het einde in zicht kwam? Toen ik jong was, wenste ik dat de tijd langzamer zou gaan en dat ik niets hoefde te doen, net zoals jij nu ook zult wensen, maar toen ik eenmaal tijd genoeg had, vond ik het verschrikkelijk. Al die dingen die je samen doet zonder erbij stil te staan. Gewoontes waaraan je je ergert. Wie zet 's morgens thee? Wie doet de afwas? Wie laat 's avonds de hond uit? Hoe dik smeer je jam op je brood? Welk deel van de krant mag je als eerste lezen? De dingen die je je beiden herinnert van vroeger. Stomme grapjes. Samen die kleine dingetjes meemaken. Bij elkaar zitten zonder te hoeven praten. Afspraken maken. Zelfs het gekibbel hoort erbij. Als dat allemaal wegvalt, ontstaat er een enorm gat dat je moet vullen. En niet alleen met herinneringen en tranen.'

Ze stonden bij de deur en keken elkaar aan.

'Dus je moet bezig blijven,' zei Ethan zwakjes. Hij zou willen dat hij de juiste woorden had, woorden die werkten als een warme deken op een koude dag, als zon in de winter, koud stromend water in de eindeloze woestijn die Reginald had beschreven.

'En een hond nemen,' zei Reginald, die zich snel herstelde en erbij probeerde te lachen. 'Honden zijn goed voor eenzame oude mannen zoals ik.'

'Honden, bezig blijven, whisky, een warm bad,' somde Ethan op. Hij legde zijn hand op de deurknop. 'En je haar laten groeien misschien?'
'En wat je daarstraks zei.'
'Ik?'
'De goedheid van vreemden.'
'O, ja.'
'Kom, dan breng ik je terug. Je moest maar eens lekker in je bed kruipen.'

Toen hij op zijn kamer kwam, zag hij het briefje niet dat onder zijn deur door was geschoven. Het was een reepje papier dat uit een schrift was gescheurd, en het ging half schuil onder de stapel aantekeningen die hij de vorige nacht had gebruikt. Dus las hij niet wat erop stond: '19.30 u: ik ben aan de deur geweest, maar je was er niet. Als je me wilt zien, bel me dan z.s.m. Lorna xxx.' Hij kroop in bed, legde het kussen over zijn vermoeide ogen en viel in slaap als een patiënt die onder narcose wordt gebracht voor een operatie – wegzinkend in een diepe put van bewusteloosheid.

32

Stefan wist dat er iets mis was zodra hij de voordeur door kwam en zag hoe netjes het huis was. Dat was niets voor Gaby. Zelfs nadat Connor een kamer grondig had schoongemaakt, wist zij er nog onmiddellijk haar stempel op te drukken: een sjaaltje op de grond, schoenen onder aan de trap, een tas die ze had omgekieperd op de keukentafel of een paar niet-afgewassen bekers op de schoorsteenmantel. Het leek wel of schone ruimtes haar stoorden en ze er een rommeltje van moest maken, een klein beetje maar, om zich prettig te voelen. Maar vanavond was de huiskamer smetteloos en in de keuken was alles brandschoon en opgeruimd. De oranjebruine chrysanten die Stefan had meegebracht stonden te stralen op de verder lege tafel. Zelfs de koelkast, die Gaby opendeed om een fles wijn te pakken, was halfleeg en smetteloos. Het was alsof Connor en Gaby voor lange tijd naar het buitenland zouden vertrekken en ze het huis achterlieten voor vreemden.

'Gaan jullie weg?' vroeg hij.

Gaby keek hem verbaasd aan. 'Niet dat ik weet.'

'Het is hier zo opgeruimd.'

'O, bedoel je dat. Ja, verrassend, hè? Wijn?'

'Graag.'

Eerst was Gaby van plan geweest om weg te gaan wanneer Stefan kwam. Het leek haar voor Connor makkelijker om hem te vertellen wat er was gebeurd als zij er niet bij was, en misschien zou het voor Stefan ook prettiger zijn. Maar dit ging haar net zo goed aan. Zij maakte deel uit van het verhaal. En ze wilde er zijn om Stefan te troosten, mocht dat nodig zijn. Connor wilde sowieso dat zij erbij was – niet om het zichzelf gemakkelijker te maken, eerder het tegendeel. Hij leek vastberaden zichzelf niet te sparen, als een middeleeuwse geselbroeder die de pijn verwelkomde. Dus was ze na haar werk naar haar ongewoon schone, opgeruimde huis gegaan, had haar jas aan de kapstok gehangen in plaats van hem zoals gewoonlijk over een stoel te gooien, en had ze op de twee mannen gewacht. Connor had gezegd dat hij zou koken, al kon Gaby zich niet voorstellen dat er vanavond iemand een hap door zijn keel zou kunnen krijgen. Ze had hetzelfde holle, misselijke gevoel waarmee ze nu al weken rondliep. Haar kleren slobberden om haar lijf en haar gezicht, dat normaal gesproken straalde van gezondheid en levenslust, was mager. Als ze in de spiegel keek, schrok ze soms van de vrouw van middelbare leeftijd die ze daar zag. Ze werd er woest van om zichzelf zo te zien: iemand die had geleden, met holle wangen, het slachtoffer van een ramp. Het was niets voor haar om haar gretigheid en enthousiasme te verliezen. Ze probeerde gewoon door te gaan zoals ze gewend was en chocolade te eten in bad, maar de kommen pasta die ze klaarmaakte kreeg ze niet weg en de grote glazen wijn schoof ze na één blik van zich af. Ze lakte haar teennagels, deed rode lippenstift op, droeg lange, rinkelende oorbellen, haar fleurigste kleding en belachelijke schoenen. Maar niets kon de verandering die in haar had plaatsgehad verhullen.

Connor was thuisgekomen met zalmfilets en paarsgroene broccoli. Hij had haar op haar wang gezoend en gevraagd hoe haar dag was geweest. Ze had een beker earlgreythee voor hem gezet en naar zijn dag geïnformeerd. Ze waren erg beleefd tegen elkaar, voorzichtig en schuchter. Terwijl hij de aardappels in dunne schijfjes sneed en ze met zout, zwarte peper en klontjes boter dakpansgewijs in een ovenschaal legde, ging zij de tuin in, want ze wilde niet naar hem gaan zitten kijken zoals ze voorheen altijd deed – vragen stellen en plagend met hem flirten, waar hij altijd heel lief en een beetje beteuterd op reageerde.

Buiten was het donker en koud. Het was een mooie dag geweest, de zoveelste in een lange reeks, en de avond was helder en kalm, met veel sterren. Ethan had haar ooit verteld dat de nachtelijke hemel aantoont dat het universum oneindig is, maar wel begrensd, want als dat niet zo zou zijn, zouden we alleen verblindend licht zien. Ze had het toen niet begrepen en snapte er nu nog niks van. Ze keek naar de sterren en probeerde de Grote Beer of het Zevengesternte te ontdekken, maar ze zag alleen de Poolster, vlak boven de schoorstenen en de bomen. Naar de hemel staren maakte haar altijd draaierig en een klein beetje bang. Ze vroeg zich af wat al die heftige emoties van de afgelopen weken voor zin hadden gehad als ze uiteindelijk niet méér was dan een speldenpuntje in een melkwegstelsel dat op zich al te verwaarlozen was. Die moeizame, wanhopige zoektocht naar geluk, harmonie en een zinvol bestaan – terwijl om ons heen de miljoenen sterren gewoon blijven stralen, genadeloos ver weg en onbereikbaar. We verlangen, hebben lief, haten en kibbelen en bedriegen en huilen – en over een tijdje verdwijnen we voorgoed, zonder een spoor achter te laten, alsof al die tranen en al die vreugde er nooit zijn geweest. Zelfs de mensen die ons kennen vergeten ons algauw, en dan worden ook zij uitgedoofd. Wat is het eigenlijk gek om je zo druk te maken terwijl je zo weinig voorstelt, en uiteindelijk helemaal alleen te sterven en te verdwijnen naar een plek waar niemand je kan volgen. Ze huiverde en liep terug naar het huis. Door het raam zag ze Connors gezicht, en ze dacht aan die keer dat ze naar Nancy had staan kijken, Nancy die in de keuken uiterst geconcentreerd deeg stond te kneden.

Ze ging weer naar binnen. Connor had de broccoli in de pan gedaan en de zalm in een ovenschaal, bedekt met een laagje gemberpulp, geperste knoflook en grof zeezout. Ze kon de aardappelen al ruiken. Op tafel stonden drie glazen en een schaaltje olijven. Alles was klaar. Het zag er beschaafd en uitnodigend uit. Nu alleen Stefan nog – en op dat moment ging de bel. Ze liep langzaam naar de voordeur, in het besef dat hij daar zou staan met die glimlach op zijn gezicht en een bos bloemen in zijn hand. En inderdaad, hij stond erbij alsof dit een gewone dag was. Ze kusten elkaar en hij gaf haar met een onhandig buiginkje de bloemen en veegde zijn voeten aan de deurmat.

'Connor!' riep Gaby naar boven voordat ze haar broer voorging naar de keuken. 'Stefan is er.'

Connor had op zijn eerste zin geoefend, maar toen hij hem eindelijk uitsprak – na een snel achterover gekieperd glas witte wijn en een handjevol olijven – kwam zijn tekst er hoogdravend en onoprecht uit.
'Al zolang ik je ken, hou ik van je als Gaby's broer en mijn vriend, maar ik heb je ook onrecht aangedaan.'
Zo. Het lag nu tussen hen drieën in. Gaby keek van broer naar echtgenoot en vervolgens naar haar wijnglas. Ze draaide het rond tussen haar vingers tot ze het hoorde piepen. Stefan wierp Connor een welwillende, nieuwsgierige blik toe, maar hij zei niets. Connor slikte.
'Toen Gaby ziek was…' begon hij, maar hij stopte meteen weer, legde zijn hand op zijn hart en trok een pijnlijk gezicht.
'Ja?'
'Toen ze depressief was na de geboorte van Ethan,' zei hij, zonder naar de gezichten tegenover hem te kijken, 'heb ik iets gedaan wat heel erg verkeerd was en waar ik altijd spijt van heb gehad. Het was verkeerd ten opzichte van Gaby en verkeerd ten opzichte van jou.'
Er viel een stilte. Gaby hoorde het gedrup, drup, drup, van de keukenkraan. Connor haalde nog een keer diep adem voor de volgende zin, maar Stefan was hem voor.
'Ik weet het.'
'Nee, Stefan, luister nou even. Ik… met Nancy…'
'Ik weet het,' zei Stefan nog een keer. Het klonk tamelijk rustig.
'Wist je het al?' fluisterde Gaby.
Hij draaide zijn gezicht naar haar toe. 'Ja. Het spijt me.'
'Maar hoe…' begon Connor.
'Bedoel je dat je het al die tijd hebt geweten?'
'Eigenlijk wel, ja,' zei Stefan.
'Hoe dan?' wist Connor uit te brengen.
'Ik heb jullie gezien.'
'O, nee!'
'Ik had met Nancy bij jullie thuis afgesproken, maar mijn vergadering ging niet door, dus kwam ik eerder. Ik zag jullie samen door het raam.'
'Maar je hebt er nooit iets van… Ik heb het nooit geweten.'
'Ik ben weggegaan en op de afgesproken tijd teruggekomen.'

'Je hebt het me nooit verteld,' zei Gaby, en ze leunde naar voren en pakte zijn onderarm stevig beet. 'Waarom niet, verdomme? Al die jaren!'

'Tja.' Stefan knipperde met zijn ogen en nam een slok wijn. 'Dat is een lastige vraag. Er zijn vele antwoorden op, en sommige zijn belangrijker dan andere. Weet je dat ik bijna niet kan geloven dat ik dit gesprek nu voer? In mijn gedachten hebben we het al zo vaak uitgepraat. Ik wilde erover beginnen maar ik zag er ook tegen op, en dat laatste het meest, denk ik, want telkens wanneer ik vond dat ik het met jullie moest bespreken, kon ik het niet. Ik kon het gewoon niet. Eén antwoord op jouw "waarom niet?" is dat je destijds zo in de put zat en zo zwak was dat ik het je toen natuurlijk niet kon vertellen, en later... later was het te laat en zag ik niet in wat het nog voor zin had, behalve als een tamelijk wrede vorm van openheid. Daarnaast dacht ik – hoopte ik – dat als ik niets zou zeggen en ik nooit iets zou laten blijken, het vanzelf wel op de achtergrond zou verdwijnen en we op de oude voet verder konden gaan: Nancy en ik en jullie samen. Wat ook min of meer gebeurde. Daarna maakte ik mezelf wijs dat het aan Connor en Nancy was om te beslissen hoe het verder moest, en ik probeerde te doen alsof ik niet per ongeluk hun geheim had ontdekt. Het was iets wat ik nooit had mogen zien, alsof ik het dagboek van een ander had gelezen. En eigenlijk was het gemakkelijker dan ik had gedacht. Het verdween inderdaad op de achtergrond en ik vergat het min of meer.'

Hij fronste zijn voorhoofd en keek hen aan. 'Nee, dat is misschien niet helemaal waar. Ik vergat het niet, ik heb het nooit kunnen vergeten, maar de herinneringen werden een soort achtergrond van mijn leven in plaats van de levendige, pijnlijke beelden die me in het begin naar de keel vlogen. Je zou kunnen zeggen dat ik ermee leerde leven en uiteindelijk vergat ik haast hoe het had gevoeld voordat ik het wist, voordat ik jullie samen had gezien en voordat Nancy bij me wegging. Het was een ander leven; en een andere ik die dat leven leidde. Ben ik een beetje te volgen?'

Hij staarde Connor aan en beet op zijn lip.

'Eén keer was ik er bijna over begonnen. Nancy was bij me weg en Gaby en jij leken weer in rustig vaarwater te verkeren; ze was weer de oude Gaby.' Hij glimlachte ontwapenend naar haar. 'Sorry, niet *ze...*

jij. Jij leek weer gelukkig. Ik had die avond in mijn eentje op mijn kamer gezeten en een paar glazen wijn gedronken. Ik geloof dat ik nogal had zitten piekeren en opeens vond ik het ondraaglijk dat jij, Connor, die zich zo schandalig had gedragen en zoveel ellende had aangericht, daar ongestraft mee weg kon komen terwijl ik...' Hij haperde even. 'Ik, die zo mijn best had gedaan om het iedereen naar de zin te maken, nog steeds ongelukkig was, en alleen. Het was alsof alles wat ik had opgekropt terwijl ik deed alsof er niets aan de hand was, tegenover mezelf en anderen, nu eindelijk naar buiten kwam. Ik had het gevoel dat ik uit elkaar zou barsten door die enorme woede en wanhoop als ik niets deed. Toen ben ik het hele eind naar jullie huis gerend. Ik weet nog dat het heel hard regende en ik werd drijfnat, en toch hield ik het gevoel dat er een enorm vuur in me woedde. Maar bij jullie huis aangekomen gebeurde er iets geks. Ik hoorde Gaby lachen. Ze heeft – jij hebt – zo'n leuke lach. En ik kon het niet. Ik was nog steeds kwaad en voelde me rot, maar ik kon mezelf er letterlijk niet toe brengen om haar geluk op het spel te zetten.'

Hij glimlachte.

'Dus toen heb ik maar met mijn paraplu op de struik in jullie tuin in staan hakken,' zei hij. 'Ik geloof niet dat die het ooit te boven is gekomen. Daarna klopte ik aan, jullie lieten me binnen en we hadden samen een gezellige avond.'

Dat heb ik gezien, dacht Connor. *Ik heb je die avond gezien. Ik had het kunnen weten. Ik had het moeten snappen.*

'Het punt is,' zei Stefan, 'dat jullie gelukkig waren, dacht ik. Ik kreeg het gevoel dat ik de juiste beslissing had genomen, zoals de tijd leerde. Jullie waren toch gelukkig?'

'Ja!' riep Connor gekweld uit.

Hij keek naar Gaby.

'Ja,' stemde ze in, treurig en stilletjes. 'Ja, we waren gelukkig.'

'Ik snap het niet,' zei Connor. 'Ik snap er niks van. Ik dacht... ik heb altijd gedacht... Jezus, Stefan, háátte je me niet?'

'Natuurlijk niet.' Stefan keek oprecht geschokt.

'Waarom niet? Ik haatte mezelf wel.'

'Dat wist ik. Ik zag het. Misschien kon ik het daarom niet,' zei Stefan. Hij keek naar Gaby en vroeg: 'Gaat het wel?'

'Ja,' zei ze. 'Min of meer. Beter nu jij er bent.'

Connor zag hoe ze naar elkaar glimlachten alsof er verder niemand in de kamer zat. Hij schonk een tweede glas wijn voor zichzelf in, nam een flinke slok en stond toen abrupt op, liep de deur uit en trok die achter zich dicht. Stefan stond al half op om hem achterna te gaan, maar Gaby hield hem tegen.

'Laat hem maar,' zei ze. 'Hij komt wel terug. Hij staat op instorten.'
'Ja?'
'Ja.'
'En jij? Heb jij ook op instorten gestaan?'
'Nee,' zei ze. 'Nee, ik geloof het niet. Ik maakte me zorgen om jou. Ik voel me al wat rustiger nu ik weet dat jij het weet, al begrijp ik niet precies waarom. En hoe is het met jou? Je handen trillen.'

Hij hield ze voor zich uit. 'Inderdaad. Maar het gaat best, Gaby. Je begrijpt toch wel waarom ik niet...?'

'Ja, ja, dat begrijp ik. Telkens wanneer ik erover nadenk, heeft het een andere betekenis. In het begin kwam het heel dichtbij, te dichtbij om het goed te kunnen overzien, en het was heel pijnlijk. Nu lijkt het juist heel ver weg.'

'Hoe ben je erachter gekomen?'

'Dat is een lang verhaal – dat, nu ik erover nadenk, aantoont dat ik me heb gedragen zoals jij al die jaren geleden besloot je níet te gedragen. Ik ben gaan speuren en snuffelen, ben bij haar langsgegaan en heb allerlei oude geheimen opgediept. Kortom, ik heb me schandalig gedragen omdat ik er niet tegen kon het niet te weten. Je weet hoe ik ben, ik moet altijd alles oprakelen. Dat zei Nancy toen ik bij haar was, en ze heeft gelijk. Zodra ik íets wist, moest ik ook alles weten. De doos van Pandora. Alles kwam eruit, alles wat zonder mijn bemoeienis onder het deksel was blijven zitten. Maar luister eens, Stefan, er is nog meer aan de hand.'

'Nog meer?'

'Ja. Wacht, hier moet Connor bij zijn.'

'Hoezo, nog meer?'

'Er is een reden waarom we dit nu met jou bespreken in plaats van het onder ons te houden – en het voor jou te verzwijgen zoals jij het al die tijd voor ons hebt verzwegen, waardoor we niet wisten dat jij het al wist. Het is net als met die poppetjes die allemaal in elkaar passen, weet je wel? Jij wist het en ik wist het, maar ik wist niet dat jij het wist en jij wist niet dat ik het wist... jezus, mijn hersenen kraken, Stefan.' Haar gegiechel ging over in een snik.

'Wat is er dan nog meer, Gaby?'

'Wacht even, daar is Connor al. Gaat het?'

Connor zag lijkbleek, maar hij knikte en ging zitten.

'Sorry,' zei hij. 'Wat er nog meer is, Stefan, is dat Nancy een kind heeft gekregen.'

Gaby keek naar Stefans gezicht toen hij het nieuws hoorde en ze zag zijn uitdrukking: vol afschuw en tegelijkertijd hoopvol.

'Van Connor,' zei ze. Te snel, om de hoop de kop in te drukken.

'Aha. Op die manier. Ja.'

'Ze heeft het bij de geboorte afgestaan.'

'Haar,' zei Connor.

'Haar. Sonia. Ze is nu achttien en...'

'Ja,' zei Stefan weer. Hij knipperde met zijn ogen, pakte zijn leesbril uit zijn zak en begon die te poetsen met de onderkant van zijn overhemd. 'Ja, oké.'

'Ze heeft contact gehad met Nancy en ze weet van Connor; waarschijnlijk wil ze hem ook nog ontmoeten. En Ethan... Ze moeten allebei weten dat ze een broer of zus hebben. Dus moesten we het jou natuurlijk ook vertellen.'

Stefan zette de bril op en tuurde er uilachtig overheen. Hij graaide in zijn zak en haalde er een stuk dun, gespikkeld touw uit dat hij ronddraaide in zijn hand.

'Bedankt dat jullie het me hebben verteld,' zei hij formeel terwijl er in zijn behendige vingers een knoop ontstond.

'Zeg me alsjeblieft hoe je je nu voelt,' zei Gaby nadrukkelijk. 'Alsjeblieft, lieve Stefan.'

'Ik weet het niet,' zei Stefan. Er verscheen een diepe denkrimpel in zijn voorhoofd. 'Een beetje verbouwereerd misschien. Maar het gaat wel. Ja, echt. Althans, dat geloof ik. Het moet nog tot me doordringen. Ik heb zó lang met een andere versie van het verleden geleefd. Dus Nancy heeft een dochter? Ik heb nooit... En je weet zeker dat Connor de vader is?'

'Ja.'

'Goh. Sonia, zei je?'

'Inderdaad,' zei Gaby. Ze pakte zijn friemelende handen en klemde ze tussen de hare. 'Gaat het een beetje?'

'Hmm? Met mij? Jawel. Maar hoe is het met jou? Dit moet een enorme schok voor je zijn geweest.'

'Doe niet zo verdomd Engels en beleefd!' schreeuwde Connor plotseling, en hij sloeg zo hard met zijn vuist op tafel dat de glazen rammelden. 'In godsnaam, Stefan, wees niet altijd even aardig en vergevingsgezind! Ik kan er niet meer tegen.'

'Sorry,' zei Stefan.

'Nou doe je het weer. Schreeuw tegen me, sla me, alles is beter dan die schrikbarende vriendelijkheid van je.'

'Dat kan ik niet,' zei Stefan. Hij legde de knoop op tafel. 'Dit is trouwens een vissersknoop. Die is heel moeilijk, ik heb er lang op geoefend. Volgende zomer zal ik je hem leren, Connor, als we samen op de boot zitten. Het gen om te schreeuwen ontbreekt bij mij.'

Connor kreunde.

'Dat is waar,' zei Gaby. 'Net als het gen om te slaan.'

'Dit is niet noodzakelijkerwijs een deugd,' zei Stefan. 'Er zijn mensen die het een noodlottig gebrek noemen.'

'Maar wat doen we nu?' vroeg Connor.

'Drinken?' stelde Gaby voor. Ze schonk alle glazen bij. Opeens werd ze bevangen door een onverklaarbare hilariteit en ze had het gevoel dat er een diepe kreet uit haar mond zou komen zodra ze die opendeed, als het lachen van een hyena.

'Eten?' zei Stefan.

'Wil je nu éten?' Connor staarde hem met glazige ogen aan.

'Ik ruik dat er iets in de oven staat waar ik trek van krijg.'

'Dat is Connors aardappelschotel. Zal ik het folie er afhalen, zodat er een bruin korstje op komt?'

'Als je wilt,' zei Connor dof.

'En dan de zalm in de oven zetten?'

'Ja. Bovenin.'

'Komt voor elkaar. En de broccoli?'

'De broccoli?'

'Zal ik die opzetten?'

'Ik wilde hem stomen,' zei Connor. 'Dat doe ik wel. Ga jij maar zitten.'

'Misschien moeten we whisky of rum nemen, iets sterkers dan wijn. Wat vind jij, Stefan?'

'Ik ben met de auto.'
'Je kunt zo niet rijden. Je hebt nu al te veel gedronken. Blijf vannacht maar hier slapen.'
'Ja?'
'Ja.'
'Zouden jullie niet...?'
'Wat?'
'Misschien zijn jullie liever alleen.'
'Nee, hoor,' zei Gaby. 'Nee, je blijft slapen. Hier, drink je wijn op.'
'Jullie zijn allebei gek, weet je dat?' zei Connor. Hij voelde zich ineens niet goed, of misschien was hij gewoon te moe om zijn ogen open te houden. Hij wilde alleen maar wegkruipen in een donkere, stille kamer, het dekbed over zijn hoofd trekken en honderden uren slapen.
'In positieve zin?'
'In zeer positieve zin. Ik geloof dat ik even moet gaan liggen. Houden jullie de zalm in de gaten?'
'Voel je je wel goed?' vroeg Stefan.
'Ik weet het niet. Raar. Een beetje...' Hij legde een hand op zijn voorhoofd en merkte dat het klam was van het zweet. Zijn benen trilden en zijn keel brandde. 'Ik geloof dat ik ziek ben. Slechte timing. Ik sla niet op de vlucht, hoor. Sorry. Voor alles. Het spijt me echt verschrikkelijk.'

'Soms stel ik me voor dat ik op mijn sterfbed lig. Ik heb geen pijn of zo. Als ik het voor me zie, is het allemaal heel vredig en plechtig. Ik ga gewoon langzaam dood. Ik weet wel dat die kans klein is; waarschijnlijk lig ik in werkelijkheid te kronkelen van pijn en angst en vloek en schreeuw ik alles bij elkaar. Maar goed, ik heb me altijd voorgesteld dat Connor en Ethan aan weerskanten van het bed zouden zitten en mijn hand vasthielden.'
Ze nam nog een grote slok whisky en liet die in haar keel branden.
'Het verleden wordt gevormd door vele verborgen zaken,' zei Stefan, en ook hij nam een grote slok whisky. Hij praatte ook een beetje met dubbele tong. 'Je denkt dat je je leven en jezelf kent, maar dat is een illusie. Als historicus heb ik vaak het gevoel dat ik door een kijkgaatje naar een heel klein deel van de geschiedenis kijk. Zo is het met

het leven ook. Het grootste gedeelte is vrijwel niet te zien. En dat is misschien maar beter ook.'

'Maar wie weet ben ik alleen,' ging Gaby verder. 'En de laatste tijd denk ik wel eens dat dat misschien niet eens zo erg is. Ethan en Connor kunnen toch niet bij me blijven als ik die laatste drempel over ga, hè? Hoe denk jij er eigenlijk over?'

'Hoe ik erover denk?'

'Over doodgaan.'

'Daar denk ik niet aan.'

'Nooit?'

'Ik denk nooit aan doodgaan, maar wel aan dood *zijn*.'

'Jakkes! Nee, dat kan ik niet. Daar protesteren mijn hersenen tegen. Dat is bijna fysiek onmogelijk, om te bedenken dat je niet meer zou leven om te kunnen denken. Om aan helemaal niets te denken.'

'Ik stel me voor hoe ik weer word opgenomen door de aarde en de lucht. Om te eindigen als een regendruppel.'

'Een regendruppel!'

'Ja. Wat nou?'

'Weet ik veel. We hebben niet veel van Connors maaltijd gegeten, hè?'

'Hoe is het nu met hem?'

'Volgens mij is zijn lijf helemaal leeg van het overgeven.'

'Misschien is het een virus.'

'Misschien maakt hij zichzelf wel letterlijk ziek. Nee, ik meen het.'

'Komen jullie hier samen wel uit?'

'Daar kan ik je geen antwoord op geven. Ik ben niet woedend. Ik voel me niet verraden zoals het geval zou zijn geweest als ik het destijds had geweten. Ik ben gewoon... Ik weet het niet, Stefan. Er is iets veranderd, dat is alles wat ik ervan kan zeggen.'

'Natuurlijk.'

'Nog een beetje whisky?'

'Ik heb al erg veel gedronken.'

'Mag ik je wat vragen?'

'Wat dan?'

'Denk je dat het door Nancy komt dat jij nooit hebt samengewoond of getrouwd bent?'

'Ik ben niet ongelukkig, hoor.'

'Dat bedoelde ik ook niet.'
'Dat bedoelde je wel. Jij denkt dat ik iets heb gemist.'
'Is dat niet zo?'
'Er zijn hooguit wegen die ik niet heb ingeslagen.'
'O?'
'En ik had altijd gedacht dat ik kinderen zou krijgen.'
'Dat weet ik.'
'Maar ik heb neefjes en nichtjes. Dat is voor mij genoeg. Over neefjes gesproken…'
'We wachten tot hij thuiskomt in de kerstvakantie. Dat is al over een paar weken. We zouden het hem niet vertellen als… Nou ja, hij heeft een halfzus. Zij zal hem op een dag wel willen ontmoeten, en vroeg of laat komt hij er toch achter, dus leek het ons beter om het nu te vertellen.'
'Je hoeft er geen groot, tragisch bericht van te maken.'
'Dat weet ik. Maar het zal wel raar voor hem zijn.'
'Natuurlijk.'
'Het is voor ons allemaal raar, toch?'
'Heel raar. Heb je er al met anderen over gesproken?'
'Nee. Zelfs als ik dat had gewild, dan zou ik nog gewacht hebben tot jij het wist. Ik vind het geen prettig idee dat andere mensen iets over jou weten wat je zelf niet eens weet, als je begrijpt wat ik bedoel.'
'Ja, dat begrijp ik.'
'Wil je haar nog ooit terugzien?'
'Nancy? Daar heb ik niet over nagedacht – al jaren niet meer. Vroeger dacht ik vaak dat ik haar op straat tegen het lijf zou lopen, of dat ze ineens tegenover me zou zitten. Het leek me onmogelijk dat ze zomaar verdwenen was en we elkaar nooit meer zouden zien.' Terwijl Gaby naar hem zat te luisteren, trof het haar dat ze nu opeens wel konden praten over iets wat ze al die jaren zo zorgvuldig gemeden hadden. 'Maar langzamerhand,' ging Stefan verder, 'is dat veranderd, tot ik me juist niet meer kon voorstellen dat ik haar wél zou zien. Ze zou nu een vreemde voor me zijn.' Hij aarzelde even en vroeg toen: 'Hoe… is ze nu?'
'O, in veel opzichten is ze niks veranderd. Wel ouder geworden natuurlijk, en het is een schok om iemand na al die jaren terug te zien. Alsof je een sprong in de tijd maakt. Dan pas besef je dat je zelf ook

een stuk ouder bent geworden, en hoeveel tijd er is verstreken en dat je niet meer jong bent. Maar ze is slank en stijlvol, ironisch en scherp, en bij haar vergeleken is iedereen om haar heen... gewoontjes, als je begrijpt wat ik bedoel. Ik in ieder geval wel.'

Stefan knikte.

'En ze kan nog steeds heel streng overkomen en dan onverwachts glimlachen. Dat was heel raar, ik was woest op haar, woest en gekwetst, en ondanks dat betrapte ik mezelf erop dat ik haar goedkeuring zocht. Nee, niet echt goedkeuring. Erkenning. Ze geeft mensen erkenning. Snap je? Als zij naar je kijkt, krijg je het gevoel dat ze je echt ziet. Dat heb je niet met veel mensen. Vroeger voelde ik me een beter mens wanneer ik bij haar was. Meer mezelf.'

'Ze hield van je,' zei Stefan. 'Ik was wel eens jaloers op jullie samen.'

'Jij was jaloers op ons, ik was jaloers op jullie, Connor was wel eens jaloers op ons en nu ben ik soms jaloers op hen, in ieder geval achteraf. Pfff, ik weet het niet, Stefan, ik weet niet eens meer of het me wat kan schelen. Ik ben het beu om erover na te denken. Vroeger dacht ik dat ze van me hield, en ik hield van haar. Misschien nog steeds. Kun je houden van iemand die je niet langer kent?'

'Natuurlijk wel,' zei Stefan. 'Je kunt toch ook houden van iemand die dood is? Of van iemand die heel ver weg is.'

Hij schonk nog wat whisky in beide glazen en tikte het zijne tegen dat van Gaby.

'Maar is het niet gewoon de herinnering waar je van houdt?'

'Ach, je zou kunnen zeggen dat liefde altijd uit vele aspecten bestaat – en je herinnering is een groot aspect. Alles wat je in het verleden voor elkaar betekende. In zekere zin maakt de herinnering dat we zijn wie we nu zijn; zonder ons geheugen zouden we een onbeschreven blad zijn. Dat is zo eng aan geheugenverlies: het is een beetje alsof je jezelf verliest.'

'Inderdaad.'

'Gaan we vannacht eigenlijk nog wel naar bed?'

'Ik weet het niet. Ik moest maar eens bij Connor gaan kijken.'

Gaby ging de trap op naar hun slaapkamer en duwde de deur open. De kamer rook vaag naar braaksel en ze liep naar het raam om frisse lucht binnen te laten. Toen bukte ze om het dekbed verder over Connor heen te trekken, tot over zijn schouders. Hij verroerde zich even en mompelde iets, en Gaby legde even haar hand op zijn donkere haar.

'Kom, we gaan kaarten,' zei ze toen ze weer de huiskamer in kwam.

Stefan kreunde.

'Toe nou, een paar potjes maar.'

'Jij bent zo fanatiek en je wint toch altijd. Al sinds je een kind van negen was.'

'Juist omdat ik zo fanatiek ben. Als jij je wat drukker zou maken, zou je veel beter spelen.'

'Jouw nagels zijn scherper dan de mijne. En ik heb altijd het vermoeden gehad dat je vals speelt.'

'Ik speel niet vals!'

'We zijn dronken.'

'Spreek voor jezelf. Ik niet, ik ben broodnuchter.'

'Eén spelletje dan.'

'Ik kaartte veel met Ethan.'

'Je zult hem wel missen.'

'Ik heb altijd gedacht dat Connor en ik iets geks zouden gaan doen als Ethan het huis uit ging. Iets avontuurlijks, weer helemaal zorgeloos, iets mafs en onverstandigs doen zoals dat eigenlijk nooit kan als je kinderen hebt. Maar in plaats daarvan ben ik als een kip zonder kop gaan spitten in het verleden en heb ik een hoop pijn en ellende veroorzaakt.'

'Niet veroorzaakt, ontdekt.'

'Ik weet het niet, Stefan. Denk jij niet dat het ontdekken ervan alles verandert? Het is net als wanneer je iets hardop zegt: het wordt echter, concreter. Je kunt er niet meer omheen.'

'Hmm.'

'Moet je mij nou horen. Ik roep altijd dat je moet zeggen wat je denkt en dat je de consequenties van je daden moet aanvaarden, maar misschien kun je sommige dingen beter niet oprakelen. De waarheid is keihard.'

'Dat ben ik met je eens, maar volgens mij doe jij dat niet.'

'Nee?'

'Waar zijn de kaarten?'

'Ik haal ze wel even. Schenk nog wat whisky in. Hoeveel ik ook drink, het lijkt wel of ik maar niet dronken word.'

'Wil je dat dan, dronken worden?'

'Dat niet eens, maar ik wil wel dat er iets in me knapt. Ik had gehoopt dat de whisky daarvoor kon zorgen, maar ik geloof niet dat het werkt.'
'Je wilt dat er iets knapt?'
'Of verdwijnt. Dat het weggebrand wordt.'

33

Ethan vond het briefje twee dagen later, toen hij te laat dreigde te komen voor een college en vergeefs in zijn spullen rommelde op zoek naar een paar schone sokken, waarbij hij zich voornam om die middag écht naar de wasserette te gaan. Toen hij de stapel aantekeningen opzijschoof, zag hij haar naam staan zonder dat het tot hem doordrong. Pas daarna, in een soort vertraagde reactie, griste hij het van de grond en hield het in het licht: '19.30 u: ik ben aan de deur geweest, maar je was er niet. Als je me wilt zien, bel me dan z.s.m. Lorna xxx,' las hij. Hij baande zich een weg naar het raam, trok de gordijnen open en las het briefje nog een keer, nu hardop.

Wanneer kon dat geweest zijn? De vorige avond om half acht was hij hier geweest. En de avond ervoor ook, dat wist hij zeker. Ja, toen was hij pas later de deur uit gegaan, om een uur of negen. Dat betekende dat ze langsgekomen moest zijn op de avond dat hij verdwaald was met de fiets en hij in het huis van Reginald terechtgekomen was. Maar dan zou ze vast denken dat hij haar niet wilde zien! Ze zou denken dat hij het briefje had gelezen en niet eens de moeite had genomen om te reageren.

Maar hij had haar telefoonnummer niet; dat had hij haar nooit durven vragen. Voordat hij de tijd kreeg om erover na te denken belde hij Harry, die vrijwel onmiddellijk opnam.

'Hoi, met Ethan.'

'Ethan. Wou je soms gaan squashen of zo?'

'Nee, ik kan niet. Sorry.'

'Een andere keer dan,' zei Harry achteloos.
'Ik wilde je alleen om het telefoonnummer van Lorna vragen.'
'Ach, je meent het.'
'Ja.'
'En waarom dan wel?'
'Ik moet haar iets vragen, dat is alles.'
'Je moet haar iets vragen. Ja, dat zal best.'
'Harry, luister...'
'Je weet dat het uit is, hè?'
'Nee, dat wist ik niet. Dat vind ik heel... Ik bedoel, jezus! Gaat het wel goed het met je?'
'Waarom zou het niet goed met me gaan?'
'Zomaar. Ik...'
'Nou?'
'Ik wist het niet.'
'Nee.'
'Mag ik haar nummer of niet?'
'Nee.'
'Nee?'
'Ik heb het niet meer. Gewist.'
'O.'
'Jezus, Ethan! Je weet toch waar ze woont? Ga het haar gewoon vragen.'
'Vragen...?'
'Wat het ook mag zijn.'
'Juist.'
'Ik vind het prima, hoor.'
'Wat?'
'Wat er ook uit voortkomt. Mij maakt het niet uit.'
'Bedoel je...?'
'Ik bedoel,' zei Harry op trage, sarcastisch geduldige toon, 'dat ik er geen bezwaar tegen heb als je iets met Lorna begint. Ze was niet de liefde van mijn leven en nu is het uit.'

Ethan mompelde al half dat er helemaal niets tussen hen was, maar Harry viel hem in de rede.

'Ook goed. Ik zeg alleen dat ik er geen moeite mee heb. Je bent mijn vriend.'

'Harry?'
'Ja.'
'Ik... je weet wel. Bedankt. En idem dito.'
'Idem dito? Idem dito!'
'Jij bent ook mijn vriend.'
'Dat lijkt er meer op. En nu opschieten jij.'

Ethan trok twee verschillende vieze sokken aan, en een overhemd dat wel schoon was maar onder in zijn tas gepropt zat en flink verkreukeld was. Hij haalde zijn hand door zijn haar en streek even over de stoppels op zijn wangen. Toen pakte hij zijn mobiel, portefeuille en de sleutel van zijn fietsslot en rende zonder jas de straat op, zonder te merken hoe koud het was. Hij liet zijn sleutels vallen en vloekte. Voor zijn gevoel telde nu iedere seconde; als hij onmiddellijk naar Lorna zou gaan, zo spoedig mogelijk, dan zou het misschien allemaal goed komen, maar een tikkeltje later en de schaal zou naar de andere kant kunnen uitslaan, in zijn nadeel.

Het kostte hem niet veel tijd om het studentenhuis waar ze woonde te bereiken. Hij remde zo hard dat hij slipte, zette zijn fiets op slot tegen een lantaarnpaal en vloog naar binnen, waar hij de trap met twee treden tegelijk nam. Maar toen hij op een meter afstand van haar deur was, bleef hij met bonzend hart staan. Wat zou hij zeggen? Stel je voor dat ze helemaal niets had bedoeld met dat briefje, wat dan? En nu hij erover nadacht: natuurlijk had ze daar niets mee bedoeld. Waarom had hij in godsnaam méér gezocht achter de paar terloopse woorden die ze onder zijn deur door had geschoven? Slechts de kwelling van de hoop had er meer dan een vriendschappelijk gebaar van gemaakt. Hij deed een stap achteruit, blozend om de fout die hij bijna had gemaakt, ook al was er niemand die hem zag. Secondenlang bleef hij daar staan, in tergende onzekerheid, en hij nam in gedachten de mogelijkheden door. Hij kon nu weggaan en zo de vernedering en de pijn ontlopen, of hier blijven en ontdekken wat hij al wist: dat ze niet verliefd op hem was. Maar als ze dat wél was, wat dan? Als ze hetzelfde voor hem voelde als hij voor haar? De herinnering aan haar kus tintelde na op zijn wang. Het was maar een kus. Een kus op zijn wang. Hoeveel mensen, mannen en vrouwen, kuste hij niet op de wang bij wijze van begroeting of afscheid? Iedereen. Waarom moest hij zich dan inbeelden dat

Lorna's kus méér was geweest dan een afscheidszoen? Hij geloofde niet dat zij net zo over hem dacht als hij over haar, maar hij wilde zich vastklampen aan de onzekerheid. Het niet zeker weten liet ruimte open voor twijfel, voor dagdromen en waanideeën die, hoe pijnlijk ze ook mochten zijn, hem nog altijd beter leken dan de doffe zekerheid die hem zou treffen als ze hem eenmaal had afgewezen.

Hij liep nog een stap achteruit. In de verte hoorde hij een stem. Twee stemmen. Ze kwamen zijn kant uit, de trap op. O god, dadelijk zag Lorna hem hier voor haar deur staan. Wat moest hij dan zeggen? Hoi, ik was toevallig in de buurt...

Twee jonge vrouwen kwamen de hoek om. Ze bekeken hem toen ze dichterbij kwamen en een van hen lachte vriendelijk maar tamelijk ongeïnteresseerd. Hij probeerde te doen alsof hij druk bezig was: haalde zijn mobiel tevoorschijn en deed alsof hij een nummer intoetste. Bracht het zwijgende toestel naar zijn oor en zei: 'Ja? Met mij.' Ze liepen door en verdwenen om de hoek, uit het zicht. Ethan stopte de telefoon weer in zijn zak, trok een gezicht om zijn eigen idiote gedrag en beende naar Lorna's deur. Zonder de tijd te nemen om erover na te denken klopte hij drie keer, hard, en deed een stapje achteruit. Hij streek zijn haar uit zijn ogen, trok aan de kraag van zijn overhemd en rechtte afwachtend zijn rug.

Het was geen moment bij hem opgekomen dat Lorna er misschien niet zou zijn, ook al was het midden op de ochtend, midden in de week, midden in het semester. Hij klopte nog een keer, harder. Nee, er was niemand op haar kamer. Hij legde zijn oor tegen het hout en luisterde. Niets. Toen hij zich omdraaide kwam er iemand de gang op gelopen, fluitend en met zijn tas zwaaiend.

'Zoek je Lorna?'

'Ja. Ik was in de buurt en...' Ethan liet zijn stem wegsterven.

'Ze is er niet.'

'Ik weet het.'

'Ik bedoel, ze is vertrokken.'

'Vertrokken?' herhaalde Ethan.

'Gisteren. Ze zei iets over haar familie. Haar zusje was ziek of zoiets.'

'Wanneer komt ze terug?'

'Geen idee.'

'O. Waar wonen ze?'

'Haar familie?'
'Ja.'
'Ik zou het niet weten. Nee, wacht even. Ik geloof dat ze zei dat het ergens in de buurt van Bath is. Ja, want we hebben het nog over de Romeinse baden gehad en toen zei ze dat ze daar nog nooit was geweest, ook al woonde ze er zo dichtbij. Hoezo?'
'Zomaar. Dank je wel.'
Ethan ging terug naar zijn fiets en vervloekte zichzelf omdat hij Lorna's telefoonnummer niet had. Hij reed naar het station, en daar aangekomen belde hij Inlichtingen om het nummer van Vosper te vragen, voorletter onbekend, in de buurt van Bath. Er was maar één Vosper in dat gebied, ene Jonathan; wilde hij meteen doorverbonden worden? Nee, zei hij paniekerig. Nee, maar hij wilde graag het adres, om na te gaan of het wel de juiste persoon was. Hij herhaalde de woorden van de telefoniste – Tye Cottage, End Road, Ofden, Bath – en prentte ze in zijn geheugen voordat hij ophing en met zijn fiets aan de hand het stationsgebouw binnenging. In Bristol Temple Meads moest hij overstappen, maar al met al zou de reis nog geen anderhalf uur duren. Hij kocht een retourtje voor de trein die over vijfendertig minuten zou vertrekken, informeerde of hij zijn fiets mocht meenemen en ging toen een dubbele espresso halen, waaraan hij zijn mond brandde en waar hij licht van in zijn hoofd werd. Het drong nu pas tot hem door hoe koud hij het had in zijn dunne overhemd en hij was een beetje duizelig van vermoeidheid en van de honger, maar de gedachte aan eten maakte hem misselijk. Hij kocht een krant en stapte in de trein naar Bristol, koos een stoel uit en keek toen op zijn telefoon hoe laat het was. Zijn college was inmiddels afgelopen. Het volgende begon over een uur. Er klonk een fluitsignaal en de trein reed het station uit.
Ethan probeerde de krant te lezen, maar al snel merkte hij dat hij zich niet kon concentreren. Het had net zo goed een vreemde taal kunnen zijn. Toen hij uit het raam keek zag hij dat het blauwe licht buiten al zilvergrijs begon te worden. Het was halverwege de middag, zijn tweede college was inmiddels begonnen. Hij zou nu aantekeningen moeten maken terwijl de wijzers van de klok de tijd wegtikten en de dag buiten vergleed. Maar in plaats daarvan... Hij wilde er niet over nadenken wat hij nu aan het doen was. Hij leunde met zijn hoofd

achterover in de stoel en voelde de beweging van de trein in zijn hele lichaam. Hij had altijd graag met de trein gereisd: door de raampjes kijken naar het onbekende landschap dat voorbijsnelde, half nadenken en half wegdromen; de gedachten door zijn hoofd laten drijven als flarden vroege ochtendmist in een dal.

Hij keek met een schuin hoofd naar de onbekende werelden die hij passeerde. Een kanaal met een voetpad erlangs, dat kaarsrecht in de verte verdween. Een bos, de helft van de bladeren al van de bomen gevallen, mysterieus in het donker. Een eenzaam huis waar rook uit de schoorsteen kwam en beneden al licht brandde achter de ramen. Een wei met koeien. Een rij met precies dezelfde huizen waarvan de tuinen aan het spoor grensden: toen hij een klein jongetje was, had het hem altijd prachtig geleken om bij een spoorlijn te wonen en 's nachts de treinen langs te horen denderen, op weg naar wie-weet-waar. Een lange rij verlichte wagons in het donker vervulde hem nog steeds met het verlangen om ook te vertrekken, op reis te gaan naar een verre bestemming met één lichte tas en een briefje in zijn zak. Die heerlijke eenzaamheid, met een vleugje heimwee en verlangen. Zijn moeder was ook dol op reizen. Ze zei altijd dat ze niets fijners kon bedenken dan in een willekeurige trein stappen en maar zien waar ze uitkwam. Hij had haar gevraagd of ze het wel eens echt had gedaan, maar toen had ze hoofdschuddend 'nee' geantwoord en lachend gezegd dat Connor en zij dat binnenkort nog wel zouden doen. 'Let maar eens op,' had ze gezegd. 'Als jij het huis uit bent, worden wij echte zwervers. Wij draaien de volgorde om: vastigheid en verantwoordelijkheid in onze jeugd, en op onze oude dag worden we roekeloos. Ja toch, Connor?' Zijn vader had geheimzinnig gelachen, het lachje waarmee hij wilde zeggen: 'Ik zeg niets.'

In Bristol had Ethan maar een paar minuten de tijd om over te stappen op de trein naar Bath; een paar minuten om te overwegen rechtsomkeer te maken naar Exeter. Maar hij haalde nog een beker koffie en hield die voorzichtig in zijn ene hand terwijl hij met de andere zijn fiets de tweede trein in sjorde. Hij dronk met kleine slokjes en probeerde zich niets van zijn zenuwen aan te trekken. De dag was bijna om, en toen hij uit het raam keek zag hij zijn eigen gezicht terugstaren, en heel even stond hij zichzelf toe om zich te verliezen in zijn spiegelbeeld, waar het landschap buiten doorheen schemerde.

In Bath kocht hij een plattegrond waarop hij al snel het gehucht Ofden had gevonden, en zelfs End Road, die er in noordelijke richting vandaan liep. Het was niet ver, een paar kilometer. Hij had geen licht op zijn fiets, dus toen hij de stad uit reed, fietste hij in een schemerduisternis waarin alle gestalten ondoorgrondelijk werden: een man met bochel bleek een boompje, wat hij aanzag voor een schuurtje bleek een kreupelbosje te zijn en een enorm paard of grote stier was uiteindelijk niets anders dan een hooiberg. Hij rilde nu van de kou en het was te donker om zijn plattegrond te raadplegen, dus vertrouwde hij op zijn geheugen: hij volgde het weggetje tot hij bij een bord kwam waarop was aangegeven dat Ofden links van hem lag.

Het dorpje waar Lorna woonde was niet meer dan een groepje huizen langs de weg, sommige groter en ouder dan de rest, een eindje van de weg gelegen, met voor- en achtertuinen. Hij bleef staan in wat voor zijn gevoel het centrum moest zijn, met een driehoekje gras en een piepklein postkantoortje waarvan de stalen rolluiken neergelaten waren. Ethan was van plan geweest een bos bloemen, een fles wijn of een doos bonbons te kopen; hij had zichzelf in gedachten al voor de deur zien staan met een cadeautje voor Lorna's zieke zusje, als een soort binnenkomer in de familie. Maar het was duidelijk dat hij hier niets zou vinden. End Road was een afslag naar links vanaf de weg die het dorp uit liep, en na een paar honderd meter fietsen kwam hij bij een grindpad vol kuilen dat uitkwam bij een krakkemikkig grijs huis met grote ramen en een trapje dat naar de voordeur leidde. Op de bovenverdieping was het donker, maar beneden brandde licht achter de gesloten gordijnen. Hij liep met zijn fiets aan de hand naar het openstaande houten hek en zag daar de naam van het huis staan: Tye Cottage.

Ethan haalde diep adem, schraapte zijn keel alsof hij een officiële mededeling ging doen en liep langzaam het tuinpad op. Hij meende een gedaante te zien voor een van de ramen en vroeg zich af of het Lorna misschien was, en bij de gedachte alleen al brak het zweet hem uit. Hij zette zijn fiets tegen een boom naast het huis, schudde even zijn hoofd en liep naar de voordeur. Daar pakte hij de koperen klopper, roffelde er hard mee en hoorde het geluid door het huis galmen. Toen deed hij een paar passen achteruit.

Hij hoorde blote voeten op een tegelvloer, de deur zwaaide open en daar stond een meisje van een jaar of acht, negen, dat hem fel aankeek.

Ze was klein en mager en droeg haar donkere haar in twee strakke vlechtjes. Ethan keek naar haar smalle gezichtje, de priemende ogen en rode wangen, en naar haar knokige knieën onder het korte ribfluwelen rokje.

'Hallo,' zei hij.

'Ja?' Ze had een verrassend harde stem voor zo'n klein lijfje.

'Ben jij de zieke?'

'Dat is Polly. Kom maar mee,' zei ze, en ze pakte zijn hand en trok hem met een ruk de drempel over, het huis in.

'Nee, luister even... Sorry, ik weet je naam niet.'

'Phoebe.'

'Luister, Phoebe.' Hij zette zich even schrap om haar tot staan te brengen. 'Ik kom voor je zus.'

'Dat weet ik.'

'Weet je dat?'

'Kom nou maar,' zei ze. Haar vingers waren warm en klam toen ze hem door de sjofele hal meenam naar de gestoffeerde trap. Ethan hoorde in een kamer links daarvan stemmen, maar het meisje trok hem ervandaan.

'Deze kant op,' zei ze, en boven aan de trap ging ze naar links, een gangetje in, en ze bleef staan voor een deur met een bordje waarop in grote groene letters stond: 'Verboden toegang. Eerst kloppen a.u.b.'

Phoebe klopte niet. Ze duwde de deur open met haar voet en schoof Ethan naar binnen. De gordijnen waren dicht en er brandde geen licht, en even stond Ethan daar in het donker, in de zurige lucht, en hij probeerde iets te onderscheiden. Aan de ene kant stond een smal bed met een bureautje ernaast, onder de grijze rechthoek van het raam. Aan de andere kant een kledingkast, en iets wat een stoel of kruk zou kunnen zijn.

'Phoebe?' Hij keek om zich heen.

Phoebe was verdwenen. Hij deed een stapje terug en in het bed ging iemand rechtop zitten.

'Wie is daar?' Een zacht, schor stemmetje.

'Sorry,' stamelde Ethan. 'Ben je ziek?'

'Bent u de dokter?'

'Ik ben Ethan.'

'Wie is Ethan?'

'Ik kwam voor…'

'Ik ken geen Ethan. Waar is de dokter?'

'Ik ga al. Ga maar liggen, lekker slapen. Sorry dat ik je wakker heb gemaakt. Ik dacht…'

'Papa! Lorna!' Het meisje in het bed zwaaide met haar arm en maaide daarbij het glas om dat op het nachtkastje stond, waardoor het in een boog door de kamer vloog, een plens vloeistof achterlatend. 'Kom eens!'

Het kind deinsde bang achteruit in bed, tot ze tegen de muur aan zat.

'Stil maar, Polly. Ik doe niks. O, ga nu niet huilen.'

'Wat is er? Polly, ik kom eraan.'

Ethan kende die zachte, lage stem. Hij kreunde even en deed een stap opzij toen Lorna haastig de kamer binnenkwam en naast het bed van haar zusje neerknielde. Ze zag hem niet staan, en hij keek in stilte toe hoe ze haar hand op Polly's voorhoofd legde.

'Het was maar een droom,' zei ze. 'Een koortsdroom.'

'Er was een man in mijn kamer. Hij stond naar me te kijken.'

'Ik haal even een doekje. Ga maar lekker liggen. Kijk nou eens, je citroendrankje is omgevallen. Ik zal een nieuw glas pakken, je moet veel drinken.'

'Ik wil mama.'

'Dat weet ik, lieverd. Maar ik ben er nu.'

'Er was een man.'

'Nee, wees maar niet bang.' Ze stopte het meisje in. 'Je hebt naar gedroomd.'

'Nee,' zei Ethan. 'Het was geen droom. Ik ben het, Lorna.'

Polly slaakte een schorre kreet, begon ongecontroleerd te hoesten en klampte zich vast aan Lorna, die moeite had om op de been te blijven.

'Ethan? Ben jij dat?'

'Ik wilde haar niet laten schrikken.'

'Ethan?' herhaalde ze, en ze streek een paar plukjes haar uit haar gezicht; door dat ijdele, typische vrouwengebaar kreeg Ethan even hoop. 'Maar wat doe jij hier in…?'

'Ik wilde je helpen.'

'Hoezo?'

'Wie is die man? Wat komt hij doen?' jammerde Polly.
'Sst, het is al goed.'
'Ik zei toch dat het geen droom was. Ik zei het je!'
'Het is toch geen droom?' vroeg Lorna aan hem.
'Ik had je briefje niet gezien.'
'Hè?'
'Wat is daar aan de hand?' vroeg een stem op de gang, en de deur ging weer open. Er stormde een ander meisje – een tiener deze keer, voor zover Ethan het kon zien – de kamer binnen. Ze had haar jas nog aan en een rugzak over haar schouder geslingerd, en ze werd op de voet gevolgd door Phoebe. 'O,' zei ze toen ze Ethan zag. 'Hallo.'
'Hallo.'
'Ik ben Jo.'
'Ethan.'
'Hij stond ineens in mijn kamer,' zei Polly vanuit het bed. 'Naar me te kijken.'
'Ik kom net uit school en Phoebe zei dat de dokter er was. Toen hoorde ik gegil, alsof er iemand werd vermoord.'
'Ik geloof dat ik...'
'Lorna zei dat ik het had gedroomd. Ze geloofde me niet.'
'Maar volgens mij verwachtten we de dokter ook helemaal niet, en bovendien kun je zelfs in het donker zien dat jij geen dokter bent. Of wel?'
'Nee,' zei Ethan.
'Nee,' herhaalde Lorna.
'Waarom heb je dan tegen me gelogen?' vroeg Phoebe.
'Het was een misverstand. Ik wilde niet...'
'Ach, laat maar zitten,' zei Jo. 'Het geeft niet. Gaat het vandaag een beetje beter met je, Polly?'
'Ik heb een zere keel, pijn op mijn borst en in mijn klieren, zere ogen en een zere mond en...'
'Dat komt door dat gegil van je. Je moet gaan slapen.'
'Ik heb genoeg van al dat slapen en trouwens, als ik mijn ogen dichtdoe gaat alles draaien en dat is eng. Ik wil iets doen.'
'Zal ik je voorlezen?' vroeg Ethan, die een licht gevoel in zijn hoofd had gekregen.
'Wat kom je hier in mijn kamer doen?'

'Wat? O, ik was toevallig in de buurt en toen dacht ik... Nee, eerlijk gezegd heb ik geen flauw idee wat ik hier kom doen. Je had me net zo goed echt kunnen dromen. Of misschien droom ík jullie wel.'

Lorna kwam naast hem staan, zo dichtbij dat hij haar glanzende haar zou kunnen strelen of haar slanke hand in de zijne zou kunnen nemen.

'Hij is een vriend van me,' zei ze tegen Polly.
'Dan hoeft hij nog niet zomaar mijn kamer binnen te komen.'
'Het spijt me.'
'Dan is het goed.'
'Dank je wel.'
'Nee, ik bedoel, dan is het goed dat je me voorleest.'
'Polly...'
'Nee, ik doe het graag,' zei Ethan. 'Mag het licht dan wel aan?'
'Een klein lampje, anders doet het pijn aan mijn ogen.'

Ethan liep naar haar nachtkastje. Hij voelde zich log en verlegen toen hij bukte om het schemerlampje aan te doen. Even werd hij erdoor verblind, en toen hij zich omdraaide, zag hij de andere zusjes in silhouet. Zodra ze weer vorm kregen, zag hij dat hij naar Lorna stond te staren. Ze leek klein – kleiner dan Jo, die er lang en sterk uitzag, blakend van gezondheid – en bijna gewoontjes. Haar haar zat in een slordige paardenstaart, ze droeg geen make-up of sieraden en zag er moe uit, met paarse wallen onder haar ogen. Ze had een oude spijkerbroek aan, en een grijze mannentrui waarvan de mouwen opgerold waren. Ze was op blote voeten. Ethan dacht dat hij nog nooit van zijn leven iemand had gezien die er zo puur en prachtig uitzag, en het liefst was hij voor haar voeten neergeknield.

'Hé! Uit welk boek ga je voorlezen?'

Hij ging voorzichtig naast het meisje op het bed zitten, met zijn rug naar de anderen toe. Haar haar was vet en ze had rode vlekken op haar wangen; haar ogen gloeiden.

'Wat wil je horen?'
'Weet ik niet.'
'Hoe oud ben je?'
'Tien.'
'Dat wordt al wat.'
'En jij?'

'Bijna twintig.'

'Dat is twee keer zo oud als ik.'

'Precies. Wat dacht je hiervan?' Ethan pakte het bovenste boek van de stapel die naast het bed lag.

'Goed.'

Hij begon te lezen, zich heel sterk bewust van Lorna die bij de deur naar hem stond te kijken. Het was een *fantasy*-verhaal dat zich afspeelde in een duister moeras, bevolkt door allerlei vreemdsoortige beesten met een ingewikkelde achtergrond en lange namen, en al snel raakte hij de draad kwijt. De woorden kwamen wel, maar zijn gedachten dwaalden af. Hij hoorde hoe eerst Jo en Phoebe, hard fluisterend, en later ook Lorna de kamer uit liepen en de deur met een zachte klik achter zich dichtdeden. Hij hoorde voetstappen de trap af gaan. Stemmen. Vlak daarna viel er een lichtbundel door het raam naar binnen en kwam er buiten een auto aangereden, knerpend op het grind. Hij las over giftige bessen en meisjes die gedachten konden lezen, over baby's met dichtgevouwen vleugeltjes op hun schouderbladen en honden met rode ogen en een druipende tong. Toen hij een zacht, schor gesnurk hoorde hield hij op, en hij legde het boek weg en keek naar Polly. Haar mond hing een stukje open en er liep een dun straaltje speeksel over haar kin. Hij veegde het weg met de punt van zijn overhemd, stond op en trok het dekbed op tot over haar schouders. Daarna deed hij het licht uit en sloop op zijn tenen de kamer uit.

In de gang bleef hij even staan. Pal onder hem klonk een mannenstem, en even verderop een televisie; ingeblikt gelach. Langzaam liep hij de trap af, de betegelde hal in, en hij aarzelde voor de deur waarachter hij stemmen hoorde.

'Blijft hij slapen?' vroeg de man.

Ethan klopte aan en duwde de deur open, die uitkwam in een grote keuken, opgesierd met natte lakens. Lorna zat aan een houten tafel uien te snijden en tegenover haar worstelde haar vader met een kurkentrekker en een fles wijn.

'Hallo,' zei Ethan. Hij zag dat Lorna een witte blouse had aangetrokken en haar haar had geborsteld. Ze had lange oorbellen in en lipgloss opgedaan. Ik ken haar amper, dacht Ethan; ik heb haar pas een paar keer gesproken. Wat doe ik hier? Hij durfde haar bijna niet aan te kijken.

'Dus jij bent de geheimzinnige bezoeker die hier in huis zoveel verwarring heeft gezaaid.' De man draaide zich naar hem om en bestudeerde hem met Lorna's ogen. Ethan probeerde zijn blik vast te houden. Hij was stevig gebouwd en zag er verfomfaaid uit, met een afgedragen grijs vest, een ongestreken overhemd, een T-shirt waarvan de hals kapot was en pantoffels aan zijn voeten. Zijn haar, dat zilvergrijs was bij de slapen, viel tot over zijn kraag.

'Ik ben Ethan.'

'Jonathan Vosper. We hadden je niet verwacht.'

'Nee. Het zit zo, ik ben een vriend van Lorna van de universiteit en ik was toevallig in de buurt, dus ik dacht dat het wel leuk zou zijn om even langs te komen en te kijken hoe het met haar... met jou, bedoel ik, ik wil niet in de derde persoon over je praten, Lorna... Ik kwam kijken hoe het met je ging. Het was niet mijn bedoeling om te storen, maar...'

'Maak je geen zorgen, we zijn blij dat je *toevallig* in de buurt was,' zei Jonathan Vosper met een lachje.

Ethan werd vuurrood en stamelde iets onverstaanbaars.

'Hou je van curryschotels?'

'Ik? Ja, ik ben dol op curry.'

'Heet?'

'Heel heet,' zei Ethan dapper.

'Heet,' zei de vader tegen Lorna. 'Dan gaan we voor heel heet. Zelfmoordcurry.'

'Blijf ik eten dan?'

'Ja, toch?'

'Lorna?' Ethan raapte al zijn moed bij elkaar. 'Blijf ik eten?'

Ze keek heel ernstig naar hem op en er ging een golf van enorme vreugde door hem heen. Natuurlijk kende hij haar wel. Hij kende haar al vanaf de allereerste keer dat hij haar zag.

'Ik weet het niet,' zei ze.

'Het lag onder mijn kleren. Het is ook zo'n troep op mijn kamer.'

'Hou je van Monopoly?' vroeg Jonathan Vosper.

'Nee, afschuwelijk. Lorna?'

'Jammer dan. Ik wil voor het eten weer eens een keer Monopoly spelen, dat is al zo lang geleden,' zei Lorna's vader.

'Kunnen we niet een eindje gaan lopen, Lorna?'

'Het is al donker en Lorna moet curry voor ons maken. We leven nu al tijden op gepofte aardappelen en pasta.'
'Lorna?'
'Ja,' zei ze. Ze stond op, waste haar handen, droogde ze grondig af en legde ze op haar vaders schouders. 'Na het eten spelen we Monopoly, pap. Goed?'
'Het is koud buiten.'
'Neem maar een glaasje wijn.'
'En de curry dan?'
'Ik kom straks terug.'
'Maar...'
'Pap!'
Hij trok een gezicht en wreef over zijn hangwangen.
'Sorry.'
Ethan liep achter Lorna aan de keuken uit, het halletje in. Ze pakte een jack van de kapstok, trok het aan en gaf hem een dikke leren jas.
'Wat gaan jullie doen?' Phoebe stond boven aan de trap.
'Wandelen.'
'Het is donker, je ziet niks buiten.'
'Dat weten we.'
'Mag ik mee?'
'Dat gaat niet,' zei Ethan, en hij deed de voordeur open en voelde meteen de bijtende kou.
'Je bent niet eens dokter.'
'Dat klopt.'
'Dus jij bepaalt niet wat ik wel en niet mag. Trouwens, ik vroeg het niet aan jou. Lorna?'
'Nee,' zei Lorna.
'Maar...'
Ze deden de deur dicht om het gejengel niet te hoeven horen.
Buiten liepen ze zij aan zij zonder elkaar aan te raken, tot ze uit het zicht waren van het huis en eventuele tegen het raam gedrukte gezichten. Buiten de lichtcirkel die de woning verspreidde, verderop op de smalle weg, was het behoorlijk donker. De lucht was helder en bezaaid met zilver, maar de maan was niet te zien. De bomen helden aan weerskanten over het pad, als schaduwen. Ethan luisterde naar het geluid van hun voetstappen. En naar de wind in de bomen, als golven die stuksloe-

gen op de kust. Hij luisterde naar zijn bonzende hart. Hij moest nu snel iets zeggen of doen, anders zou de hoop die zijn knieën deed knikken, hem kriebels in zijn buik gaf en zijn ademhaling liet haperen omslaan in een andere emotie – zekerder, degelijker. Maar voorlopig liep hij alleen maar dromerig naast Lorna zonder naar haar te kijken, maar hij voelde hoe ze naast hem liep, hoe ze zich bewoog als een danseres.

'Lorna,' zei hij uiteindelijk. 'Ik... Je moet het eerlijk zeggen als je me een idioot vindt.'

'Je bent een idioot,' zei ze.

'Ik vond je briefje onder de rotzooi bij mijn deur. Een paar uur geleden pas, ik had het helemaal niet gezien. Ik had je nummer niet, en toen ik Harry belde zei hij dat het uit was tussen jullie en toen ben ik naar je kamer gegaan en daar zei iemand dat je naar je familie was en ik moest... ik móést... ik ben je gaan zoeken, ben naar het station gegaan en heb de trein genomen en je vader en je zussen zullen ook wel denken dat ik gek ben, misschien ben ik dat op dit moment ook wel een beetje want ik ben zo verliefd op je dat alles pijn doet en brandt en gloeit en als je niet snel je armen om me heen slaat dan stort ik in en barst ik in snikken uit. Alsjeblieft.'

'Je hoeft niet in snikken uit te barsten,' zei ze. 'Of in te storten.'

Ze legde een hand op zijn schouder en draaide hem naar zich toe. In het donker staarden ze elkaar aan. Hij kon haar donkere, zachte haar nog zien, haar stralende ogen, haar bleke, lange hals. Hij stak zijn hand uit en raakte met één vinger haar wang aan.

'Je bent toch geen droom, hè?'

'Volgens mij niet.'

'Want als dit een droom is...'

'Ethan, moet je altijd zoveel praten?'

'Nee,' zei hij. 'Nee.'

Hij at van de garnalen-*vindaloo* tot hij er tranen van in zijn ogen kreeg, dronk rode wijn, vertelde verhalen en moppen, plaagde Phoebe, smeekte om anekdotes over Lorna als kind, kletste erop los van blijdschap, rende de trap op met een citroendrankje voor Polly, deed de afwas, hielp Jo met haar Spaanse woordjes, speelde Monopoly met Lorna's vader en maakte hem gelukkig door in recordtijd spectaculair bankroet te gaan.

Later lag hij op de slaapbank in de huiskamer onder een dun, bobbelig dekbed naar de rij ingelijste familiefoto's op de vensterbank te kijken. Hij zag Lorna als baby, als peuter met halflang steil haar en twee ontbrekende voortanden; hij zag haar groeien. Samen met haar moeder, haar vader, zusjes, haar konijn, als tweede van rechts op een grote familiefoto: hij zou haar overal herkend hebben. In korte broek op sandalen met een ijsje in de hand, op rubberlaarzen met een beugel, in een strakke spijkerbroek en een T-shirt waarin haar prille borstjes zichtbaar waren. Als tiener, al net zo kaarsrecht als ze nu stond, met dezelfde stralende lach op haar egale, ovale gezicht. Op een andere foto stond ze met haar zusjes om hun moeder heen, die er inmiddels uitgemergeld en oud uitzag door haar ziekte.

Hij hoorde hoe boven het toilet werd doorgespoeld, een kraan open- en dichtgedraaid werd en deuren dichtvielen. Hij deed het licht uit, legde zijn hoofd op het kussen en wachtte met wijd open ogen in het donker tot hij eindelijk haar voetstappen heel zachtjes de trap af hoorde komen.

34

1 DECEMBER
Alex heeft het gisteren uitgemaakt. Hij zei dat hij 'vrij' wilde zijn, en hij dacht dat ik dat ook wilde. Ik had willen zeggen: 'Vrij om er met Odette vandoor te gaan, bedoel je?' maar eigenlijk hoefde ik het niet te weten; ik weet voorlopig genoeg. Ik wil nu gewoon verder met mijn leven zonder dat mijn hoofd vol zit met nieuwe, spannende, treurige en pijnlijke dingen. En ik had ook nog willen zeggen dat 'vrij' gewoon een ander woord is voor 'eenzaam', maar ook dat heb ik natuurlijk niet gezegd – want eerlijk gezegd kwam ik daar pas op toen hij al weg was en ik kon hem moeilijk achterna rennen, hè, alleen omdat ik het laatste woord wilde hebben. Bovendien zou hij toch weer zijn antwoord klaar hebben gehad. Ik haalde alleen maar mijn schouders op en zei: 'Oké.'
En het is ook oké. Ik denk dat hij gelijk had, dat we niet aan elkaar vast moeten zitten nu voor ons het leven net begint en er een hele nieuwe wereld aan onze voeten ligt. Ik bedoel, ik ben er niet bepaald blij mee dat ik gedumpt ben – mijn moeder vindt 'gedumpt' een wreed en afschuwelijk woord; toen ik haar vroeg hoe ze het dan noemden toen zij zo oud was als ik nu ben, zei ze 'de bons krijgen'. Is dat dan minder erg? Ik heb een beetje een somber, triest zondagsgevoel – en het is nog zondag ook, met grijs weer en het soort kou dat in je botten gaat zitten. Maar het is mijn trots die gekrenkt is, niet mijn hart. Als je verliefd op iemand wordt, kun je je niet voorstellen dat je ooit niet meer met die persoon samen zult zijn. Ik bedoel, je

denkt heus niet dat het voor eeuwig is, niet als je nog op school zit, maar het einde is ook niet in zicht. Zodra het einde in zicht komt, is het eigenlijk al voorbij, hoe hard je ook je best doet om jezelf ervan te overtuigen dat het wel goed komt. Ik had al gezien dat het einde in zicht was voor Alex en mij, alleen had ik niet in de gaten dat het al zo dichtbij was. Of verzin ik dat nu gewoon om mezelf op te beuren?

Ik heb het mama meteen verteld. Vroeger zou ik het misschien een tijdje verzwegen hebben, maar ik vond dat ik voor de komende jaren wel genoeg verzwegen had. Ik weet altijd precies wat er door haar heen gaat. Ik zag, in die fractie van een seconde voordat ze me stevig maar niet te lang omhelsde, dat ze erover nadacht hoe ze medeleven kon tonen zonder het verhaal op te blazen tot een enorme tragedie. Ze zocht naar de juiste balans: ik mocht me niet eenzaam gaan voelen omdat ze me niet begreep, maar me ook niet ergeren omdat ze overdreef. Ze zei dat die stomkop geen ogen in zijn kop had en dat hij niet besefte hoe ontzettend hij het met me getroffen had. 'Fuck Alex,' zei ze met die opgewekte stem van haar, en ik was zo verbaasd dat ik bijna van mijn stokje ging. Mijn moeder vloekt nooit. Toen verviel ze weer in haar oude rol door een pot thee voor ons samen te zetten en de chocoladekoekjes te pakken. Chocolade helpt als je een beetje down bent. Chocolade, gepofte aardappelen met veel boter, rijstepap, roerei op bruine toast en koekjes om in de thee te dopen.

Ik bedenk ineens iets. Ik richt me niet meer tot jou (behalve nu natuurlijk, maar dat telt niet). Nu ik je heb gevonden, is het net alsof je langzaam verdwijnt en kracht verliest. Misschien komt het doordat je niet langer een soort geest uit het verleden bent die me dag en nacht bezighoudt. Je bent echt, en gewoon, ongeveer even groot als ik. Een vrouw die fouten heeft gemaakt. Ik zou degene die je eerst was bijna gaan missen, want op de plaats waar je toen zat, zit nu een soort gat. Je was als God voor me, onzichtbaar en almachtig, en ik kon tot je bidden en je vervloeken en me afvragen of je echt bestond en mezelf wijsmaken dat ik niet verantwoordelijk was voor mijn eigen leven, met alle bijbehorende fouten. Is dat nou volwassen worden? Dat je niet langer een ander de schuld kunt geven?

Morgen ga ik naar Goldie en om te studeren voor onze proefexamens – ze zijn al over twee weken en ik loop behoorlijk achter. Daarna neem ik ontslag bij het koffiehuis. Het is binnenkort Kerstmis, maar voor die tijd wil ik hem ontmoeten, mijn... hoe zal ik hem noemen? Mijn biologische vader, Connor, dr. Myers. En misschien mijn halfbroer, Ethan, als hij mij ook wil zien natuurlijk. Ik krijg het helemaal warm bij de gedachte dat ik een halfbroer heb. Hoe zou hij eruitzien? Lijkt hij op mij? Ik ben benieuwd hoe hij denkt, wat hij weet. Of hij het weet. Ik vraag me af of hij niet een enorme hekel aan me heeft.

LATER
Ik heb al mijn moed verzameld en hem gegoogled. Dokter Connor Myers. Ik kreeg honderden hits, waarvan ik er maar een paar heb bekeken, want de meeste waren specialistische websites over dingen waarvan ik nog nooit gehoord heb, ook al ben ik zelf wetenschapper – of wil ik dat graag worden. Misschien heb ik dat van hem. Misschien ben ik wel goed in wiskunde en natuurkunde omdat hij dat ook is.

Ik weet nu in ieder geval dat ik op hem lijk. Dat had Nancy al gezegd, maar daar had ik weinig aandacht aan besteed. Ik dacht dat het haar manier was om zich van me te distantiëren: als ik op hem leek, leek ik niet op haar, afgezien van mijn ogen natuurlijk. Toen zag ik zijn foto. Hij is dun en heeft donker haar, met hoge jukbeenderen en een indringende blik, dat kun je zelfs vanaf de computer voelen. En zelfs ík herkende mezelf in dat gezicht. Het was een heel vreemde ervaring – verontrustend. Deze man aan wie ik eigenlijk nooit heb gedacht (waarom niet? Waarom dacht ik onophoudelijk aan mijn biologische moeder en zelden aan mijn biologische vader?) blijkt nu mijn gezicht te hebben. Of eigenlijk moet ik natuurlijk zeggen dat ik zijn gezicht heb.

Hij heeft een hoop titels en heeft vele publicaties op zijn naam staan, met namen als: 'RSD: Het zenuwstelsel en de consequenties' en 'Pijn-neurotransmitters en de effecten', waarin sprake is van 'neuroplasticiteit' en 'allodynie' (dat heb ik opgezocht: dat is wanneer zelfs een zuchtje wind of een druppeltje water helse pijnen kan veroorzaken). Maar er waren ook links bij naar algemenere artike-

len. Een daarvan ging over de opening van een pijnkliniek en er was een interview met hem bij uit The Guardian over martelingen. Hij zei dat ze van de mens een instrument maken, dat ze 'het wezen van de mens vernietigen' en 'pijn zichtbaar maken'. Hij deed uitspraken als: 'De pijn wordt de wereld', 'Het lichaam heeft een geheugen' en: 'Het begrip self is te splitsen in subject en object'. Ik begreep het niet helemaal; het was net als met sommige onderwerpen bij natuurkunde die je met man en macht probeert vast te houden omdat je weet dat je ze helemaal kwijtraakt als je ze even loslaat, net zoals je droom je ontglipt na het wakker worden. Ik weet nu al niet goed meer wat hij zei, al voel ik dat het wel ergens in mijn hoofd is opgeslagen en ik het kan terughalen als ik me alert en slim voel, om er alsnog mee aan de slag te gaan. Aan het eind van het artikel citeerde hij Primo Levi: 'Wie eens gefolterd is, blijft altijd gepijnigd.' En Emily Dickinson: 'After great pain, a formal feeling comes.' Ik betrapte mezelf erop dat ik hem heel graag zou willen ontmoeten – niet als mijn biologische vader, maar gewoon als een man die heel interessant werk heeft verricht en die een hoofd vol ideeën heeft waar ik nooit bij stilgestaan heb.

Ik betrapte me er ook op dat ik hoopte dat ik op hem leek. Is dat een gevaarlijke gedachte? En wat zouden papa en mama ervan vinden als ze wisten dat ik er zo over denk? Misschien blijkt hij wel heel nors en droog te zijn, zoals die griezel van een Casaubon in Middlemarch, maar zo klinkt hij helemaal niet.

Er stond niets in over Ethan of zijn vrouw.

Zijn vrouw, de vriendin van Nancy, de moeder van Ethan. Ik had nog niet aan haar gedacht. Nancy heeft me zelfs niet verteld hoe ze heet. Al die tijd heb ik mezelf als het middelpunt van dit verhaal gezien, maar natuurlijk speelt er nog een heel ander verhaal waar ik totaal geen weet van heb en waarin ik slechts zijdelings voorkom. Mijn verhaal draait om het ontdekken waar ik vandaan kom, maar dat van haar draait om verraad – en daar ben ik slechts het symptoom van. Het arme mens. Ik hoop dat ze het aankan.

35

AAN HET EIND VAN DE EERSTE WEEK VAN DECEMBER, TOEN de bomen kaal waren en de grond hard was, toen er van de dagen slechts een paar vrekkige uurtjes over waren, legde Gaby haar handen op Connors schouders en kuste ze hem op beide wangen voordat ze hem zachtjes naar de voordeur duwde.

'Gaby...' begon hij, maar ze legde hem sussend het zwijgen op.

'Stil nou maar. Je gaat niet naar de slachtbank, je gaat je dochter ontmoeten.'

'Je weet toch hoeveel ik van je...'

'Vooruit, of wil je soms te laat komen?'

'Nee.'

Hij keek zo verslagen dat ze zwichtte. 'Kwel jezelf niet zo,' zei ze zachtjes. 'Daar word je nog gek van. Ik wil dat je gaat, dat je haar leuk vindt en dat zij jou leuk vindt. Dat je haar vragen beantwoordt en eerlijk tegen haar bent, want anders heeft het toch geen zin? Ze is bezig met een zoektocht – naar zichzelf, naar haar ware ik, en jij moet haar daarbij helpen.'

'Misschien wel, ja.'

'Ik weet het wel zeker. Ik bedoel, je hebt ingestemd met een ontmoeting, dan moet je het ook met volle overtuiging doen.'

'Het voelt alsof ik jou opnieuw bedrieg.'

'Dat doe je niet. En zo voelt het voor mij niet.'

'Zeker weten?'

'Zeker weten.'

'Maar...'
'Je komt zo echt te laat.'
'Ik hou van je.'
'Dat weet ik.'
'Zal dit altijd tussen ons in blijven staan?'
'Zo moet je het niet zien. Het is veel ingewikkelder dan... Kom op, Connor, dit is niet het moment om dat te bespreken. Je staat op het punt om Sonia te ontmoeten.'
'Ja, dan ga ik maar.'
'Ja.'
'Nou... dag.'
'Dag.'
'En... Gaby?'
'Wegwezen!'
'Ben je straks thuis?'
'Natuurlijk. Ik loop heus niet weg.'
'Soms ben ik bang dat ik thuiskom en dat je dan...'
'Connor! Dit is echt idioot. Ga nou!'

Toen hij zich bukte om haar te kussen, wendde ze haar gezicht half af, zodat zijn lippen haar wang raakten en niet haar mond. Ze was niet kwaad, ze was niet jaloers, ze voelde zich niet de vrouw die onrecht was aangedaan, ze wilde hem niet straffen, ze wilde niet dat datgene wat al die jaren geleden was gebeurd als een schaduw over hun leven bleef liggen – en toch voelde ze dat hun relatie was veranderd, en ze wist niet hoe ze de oprechte, rotsvaste liefde die altijd zo vanzelfsprekend had geleken kon terughalen. En met hem vrijen – ze kon zich niet voorstellen hoe dat ooit weer zou moeten gebeuren. Een vreselijke verlegenheid had hen beiden in zijn greep. Ze had een paar weken op Ethans kamer geslapen. Connor had nooit geprobeerd naar haar toe te komen en ze had het nooit van hem verwacht. Hij zou wachten tot zij de eerste stap zette. Uiteindelijk was ze weer in hun eigen kamer gaan slapen, maar het had net zo goed een aparte ruimte kunnen zijn: ze lagen stokstijf ieder aan hun eigen kant van het bed, bang om de ander per ongeluk aan te raken. Soms pakte hij haar hand, soms raakte ze zijn schouder of zijn warme, pezige rug aan wanneer ze hem welterusten wenste, of ze boog zich over hem heen om hem op zijn wang te kussen. Maar de meeste avonden gingen ze toch al op verschillende tijden naar bed. De donkere en stille periodes van de nacht, waar ze zich in het verleden samen in gehuld hadden, waren eenzaam en leeg geworden. Soms werd Gaby in de kleine uurtjes wakker, en als ze dan lag te luisteren naar Connors ademhaling, verlangde ze ernaar om haar armen om hem heen te slaan en haar gezicht in zijn nek te begraven. Maar ze deed het nooit.

'Zal ik iets eenvoudigs meebrengen voor het avond...' hoorde ze hem nog zeggen toen ze de deur dichtdeed, omdat ze zijn zenuwachtige getreuzel niet langer kon verdragen.

Tegen de voordeur geleund hoorde ze zijn voetstappen het pad af gaan. Toen liep ze naar de keuken en deed de koelkast open. Die was schoon en kaal, met alleen een pak halfvolle melk en een fles wijn in de deur en een stuk kaas, een doos eieren en een paar potjes kruiderijen op de planken. Ze bleef er even naar staan kijken, deed de koelkast weer dicht en liep langzaam de trap op om zich klaar te maken voor de dag. Ze trok een spijkerbroek en een vuurrood truitje aan, stak haar haar op en deed lange, rinkelende oorbellen in. De winter stond voor de deur – de tijd van open haard, kaarsen en toetjes. Misschien moest ze nieuwe kleren kopen. Fluweel, kasjmier, iets met kraaltjes of lovertjes, iets waar ze een beetje van opfleurde. Of handschoenen en een sjaal met strepen. Ze deed haar best om niet aan Kerstmis te denken, ook al was ze er altijd dol op geweest, ondanks Connors gemopper en zijn atheïstische afkeer ervan. Hij hield het graag simpel en stelde ieder jaar opnieuw voor om geld te schenken aan een goed doel en naar het Lake District te vertrekken voor een wandelvakantie; ieder jaar maakte ze inderdaad geld over aan een goed doel, waarna ze de grootste boom kocht die in de huiskamer paste en hem volhing met smakeloze ballen en prullaria, en glitters die zich langzaam over de vloerbedekking verspreidden; ze maakte geurballen van sinaasappelen met kruidnagels en hing die op in de keuken, kocht adventkalenders en *christmas crackers* en veel te veel cadeautjes, die ze uitbundig inpakte en versierde met lint waarvan ze de uiteinden met een schaar omkrulde, ze vulde de kasten met *mince pies*, dadels en chocolaatjes, gaf regelmatig een borrel die het huis vulde met dronken stemmen, nodigde eenzame vrienden uit voor eerste kerstdag, zong de hele dag uitbundig en vals kerstliedjes, droeg kleding met glitters, make-up met glans en straalde zoveel feestelijkheid uit dat zelfs de kleinste bijeenkomst iets bijzonders werd. Maar dit jaar voelde ze dat enthousiasme niet. Ze zag ertegen op en werd al moe van het vooruitzicht. Ze wist niet hoe ze, zoals ze zich nu voelde, de hele poppenkast zou moeten doorstaan. Plotseling kwamen al die jaren van kinderlijk plezier haar schril en onecht voor.

Maar zo mocht ze niet denken. Vandaag was ze vastbesloten om hard te werken, contact op te nemen met vriendinnen en de uren te vullen met activiteiten die zouden voorkomen dat ze ging zitten piekeren over Connors ontmoeting met Sonia. Het was koud buiten. De schitterende herfst was overgegaan in een grijze, koude winter; de deskundigen voorspelden een korte periode van strenge vorst. Ze trok laarzen en een jas aan, handschoenen, een sjaal en een muts die ze over haar oren trok, en ging de straat op. De hemel was troebel wit en de huizen en bomen hadden hun kleur verloren. Terwijl ze naar het metrostation liep, haalde ze haar telefoon tevoorschijn en belde haar vriendin Sal om af te spreken voor de lunch. Ze probeerde Ethans nummer, maar kreeg de voicemail – waarschijnlijk lag hij nog in bed. Ze zag hem in gedachten liggen, met één arm voor zijn gezicht geslagen, zijn mond een stukje open en zijn lange wimpers gesloten.

Gaby hield haar goede voornemen vol tot halverwege de middag. Ze had de hele ochtend hard gewerkt – de saaie bureauklusjes als dossiers bijwerken en achterstallige e-mail doornemen – en daarna een uur met Sal doorgebracht in een bistrootje vlak bij kantoor, vragen ontwijkend waarop ze geen antwoord wilde geven, quasi-opgewekt. Maar om drie uur, toen ze alle belangrijke mailtjes beantwoord had, dringende telefoontjes naar schouwburgen had gepleegd en ze de bodem van het bakje met inkomende post had bereikt, werd ze overvallen door zo'n hevige, adembenemende neerslachtigheid dat ze er zelf van schrok. Ze greep zich vast aan de rand van haar bureau, legde haar hoofd neer en wachtte tot het zou zakken – en dat was het moment waarop Gilbert, haar baas en tevens vriend, vals fluitend binnenkwam. Hij droeg een donker pak met een flamboyante, dandy-achtige stropdas en een hoed, en hij had zijn jas over zijn arm geslagen. Zijn buik hing over zijn broeksband en zijn wangen waren rood van de kou, en misschien door zijn uitgebreide lunch. Het fluiten bestierf op zijn lippen toen hij Gaby zo zag zitten. Hij hing zijn jas over de stoel en gooide de hoed op zijn bureau.

'Wat is er met jou aan de hand?'

'Niks.'

'En dat moet ik geloven?'

'Echt, er is niks.'

Gilbert stak protesterend een hand op. 'Gaby, je mag gerust zeggen dat ik me met mijn eigen zaken moet bemoeien, maar probeer me alsjeblieft niet wijs te maken dat er niets aan de hand is. Ik ben niet achterlijk. En ook niet blind. Je bent al weken terneergeslagen. Ik dacht eerst dat het misschien een vrouwenkwestie was – je weet wel, van die raadselachtige dingen waar ik niets van begrijp. Maar er is meer aan de hand, hè? Er zit je iets vreselijk dwars.'

'Gil, ik...'

'Je hoeft het me niet te vertellen. Als je maar weet dat ik er voor je ben.'

'Dat weet ik.'

'Je laat niks los, hè?'

Gaby keek hem aan. Ze deed haar mond al open om nog een keer te zeggen dat er niets aan de hand was, gewoon een winterdepressietje, toen ze zich bedacht.

'Heb je zin om een eindje te gaan wandelen?' vroeg ze.

'Prima. We kunnen naar het park gaan, als je wilt.'

'Het is makkelijker om iets te vertellen wanneer je de ander niet hoeft aan te kijken.'

'Je gaat toch niet dood? Je hebt toch geen kanker of zo?'

'Nee!'

'Of Connor?'

'Nee, Gil.'

'Ethan, het heeft iets te maken met Ethan. Drugs of...'

'Met Ethan is alles goed.'

'Godzijdank. Nou, vooruit, pak je jas, dan zijn we weg.'

Eenmaal op straat sloeg hij een arm om Gaby heen en paste zijn tempo aan het hare aan. Ze besefte ineens dat het lang geleden was dat iemand haar had omhelsd, en ze leunde dankbaar tegen zijn stevige, warme lijf en snoof de zware mengeling van sigaretten, wijn en aftershave op.

'Nou?' zei hij.

Ze slikte. 'Nou...'

Het kostte haar niet veel tijd: het verhaal duurde niet langer dan twee rondjes om het park en de weg terug naar kantoor, bij invallende schemer, ook al begon ze bij haar jeugd, toen ze haar beste vriendin Nancy had leren kennen, en ging ze gestaag verder met de parallel lopende verhalen van hun vriendschap en haar huwelijk. Gilbert kon goed luisteren. Hij viel haar niet in de rede, bromde alleen zo nu en dan instemmend om haar te laten merken dat zijn aandacht niet verslapte, of verstevigde even zijn greep om haar schouder.

'En dat was het zo'n beetje,' zei ze ten slotte. 'Hier ben ik dan.'

'Hier ben je dan.'

'Maar waar is hier? Ik weet niet meer waar ik ben. Zo kan ik niet leven. Ik voel me heel afstandelijk. Vooral ten opzichte van Connor. Ik bedoel, we hebben gepraat en gehuild en we zijn ongelooflijk eerlijk tegen elkaar geweest – maar tegelijkertijd ben ik heel ver weg en bekijk ik mezelf van een afstand. En hij is zich daar terdege van bewust: zelfs wanneer ik mijn uiterste best doe om warm en hartelijk te zijn, merkt hij dat ik er met mijn gedachten niet bij ben. En ik weet niet of dat ooit nog over zal gaan.'

'Wat wil je zelf?' vroeg Gilbert.

'Ach... willen. Ik wil weer dingen willen. Ik wil Connor willen. Ik wil mijn leven willen.'

Ze liepen even zwijgend verder.

'Wat vind jij dat ik zou moeten doen?'

'Ik geloof niet dat je nu op het advies van een ander zit te wachten, Gaby. Daar is dit te belangrijk voor. Maar misschien moet je een tijdje weggaan. Geen proefscheiding of zo, dat bedoel ik niet, maar er even tussenuit om een frisse kijk op de gebeurtenissen te krijgen.'

'Zou dat helpen, denk je?'

'Ik weet het niet. Misschien wel.'

'Maar de kerst komt eraan. Ethan komt bijna naar huis. Ik kan nu niet zomaar weggaan.'

Gilbert grinnikte. 'Jawel hoor, dat kan best.'

'En het is een drukke tijd op het werk.'

'Ach, werk,' zei hij achteloos. 'Maak je daar maar geen zorgen om.'

'Echt? Zou je het niet erg vinden?'

'Niemand is onmisbaar.'

'Dat is waar.'

'Behalve in een huwelijk.'

'Misschien.'

'Ik heb een huisje waar je naartoe zou kunnen gaan.'

'Dat meen je niet! Waarom weet ik daar niks van?'

'Omdat ik er nooit naartoe ga. Het is van mijn broer geweest, hij heeft het me nagelaten toen hij stierf. Sol en ik kwamen er wel eens voordat we uit elkaar gingen, maar niet zo vaak. We waren geen klussers, en eerlijk gezegd is het nogal vervallen.'

'Dat geeft niet.'

'En behoorlijk afgelegen – er is geen telefoon en het wordt verwarmd door een niet al te efficiënte oude houtkachel. Ik zeg steeds dat ik er echt wat mee moet doen, verkopen of opknappen – of allebei. Maar het is er nooit van gekomen, dus staat het daar maar te staan. Met een beetje werk zou je er iets heel moois van kunnen maken.'

'Waar is het?'

'Bij de grens met Wales.'

'Nat, dus.'

'Nou en of,' zei Gilbert enthousiast. 'In deze tijd van het jaar is het er nat, koud en grijs, de tuin is overwoekerd door brandnetels, de wind giert 's nachts door de schoorsteen, de pannen vallen van het dak en het water dat sputterend uit de kraan komt is roestbruin. Heel authentiek, als je ervan houdt.'

'Het klinkt ideaal.'

'Het zou me niet verbazen als er muizen onder het dak zitten.'

'En vleermuizen?'

'Vast wel. Maar het uitzicht is adembenemend en in de verre omtrek vind je niets anders dan weilanden, paadjes en bos.'

'Heerlijk.'

'Afijn, Gaby... als je wilt, kun je er zo naartoe. Maar misschien neem je liever een paar dagen een hotelletje in Frankrijk.'

'Nee. Als ik wegga, wil ik graag naar jouw huisje.'

'Ik hoor het wel als je een beslissing hebt genomen. Je hoeft me niet vooraf in te lichten.'

Toen Gaby thuiskwam, was Connor er al. Hij zat aan de keukentafel, nog in de pantalon van zijn pak, maar met zijn stropdas los en de mouwen van zijn overhemd opgerold. Hij was met twee handen een grote biefstuk aan het platslaan. In een karaf op het aanrecht stond een bos gele rozen, nog in het papier.

'Hallo,' zei Gaby vanuit de deuropening. 'Wat ga je maken?'

Hij stopte met platslaan en stond op om zijn handen af te spoelen onder de kraan. Zijn glimlach was gespannen en onzeker.

'Hallo. Ik wilde vanavond gewoon ciabatta met biefstuk en rucola eten, met een goede rode wijn erbij. Oké?'

'Lekker.'

'Dan kunnen we praten, Gaby.'

'Ja.'

'Nee, serieus, we moeten praten. Ik zal je natuurlijk over vandaag vertellen en al je vragen beantwoorden. Maar dat is niet alles. Dit heeft echt een wig tussen ons gedreven. Nee, luister, jij hebt het fantastisch opgevangen. Je had niet begripvoller en eerlijker kunnen reageren. Toch heb ik het gevoel dat we samen in een koude schaduw staan. Dat is de enige manier waarop ik het kan omschrijven.'

'Het is heel goed gezegd,' zei Gaby zachtjes.

'Nu zie ik pas in hoe gelukkig ik met je was.'

'En ik met jou.'

'Dit klinkt verschrikkelijk, als een treurzang op iets wat verloren gegaan is. We mogen dit niet verloren laten gaan, Gaby. We moeten het terughalen... O, natuurlijk weet ik ook wel dat het nooit meer precies hetzelfde kan worden. We kunnen niet zomaar een vergeetpilletje innemen om te wissen wat we nu allebei weten. Maar als ik heel eerlijk ben, zijn er in de loop van de jaren tijden geweest dat ik zélf bijna vergeten was wat ik heb gedaan. Het leek wel of het om iemand anders ging, niet om mij. Ik weet dat dat klinkt alsof ik het wil goedpraten, maar zo bedoel ik het niet.'

'Maar door Sonia kan dat ook niet meer, hè?'

'Natuurlijk. Sonia.'

'Zullen we bij haar beginnen?'

'Wil je een glas wijn?'

'Nog niet.'

'Oké.'

Ze gingen tegenover elkaar aan tafel zitten. Connor keek naar zijn handen terwijl hij sprak.

'We hebben elkaar maar even gesproken. Een uurtje. We zijn koffie

gaan drinken in dat tentje vlak bij het ziekenhuis. Je weet wel.'
'Ja, ik ken het.'
'Ze was aan de late kant – of ik aan de vroege. Allereerst wilde ze weten...'
'Nee. Hoe zag ze eruit?'
'Je hebt haar gezien, je weet hoe ze eruitziet.'
'Ik wil weten hoe ze er in jouw ogen uitziet. Wat je voelde toen je haar zag; je eerste indruk en gedachten.'
'O.' Connor zweeg even. 'Ze is prachtig.'
Gaby had het gevoel alsof iemand haar hart uit haar lijf had gerukt en er keihard in kneep, maar ze hield haar blik strak op Connors afgewende gezicht gericht.
'Om te zien, maar ook... Het is een prachtmeid. Jong en slim en heel leergierig. We hebben het een groot deel van de tijd over mijn werk gehad. Ze wil exacte vakken gaan studeren. Ze is duidelijk erg intelligent, maar ze heeft ook een enorme intellectuele honger, alsof ze jarenlang heel veel tekortgekomen is. In dat opzicht deed ze me aan... eh...' Hij zweeg abrupt.
'Aan jezelf denken.'
'Dat wilde ik zeggen, ja.'
'Je was trots op haar.'
Connor keek naar zijn vrouw, zijn gezicht vertrokken van medelijden.
'Ik geloof het wel, ja.'
'Op je dochter.'
'Ze is mijn dochter niet. Daar was ze heel duidelijk over; het was een van de eerste dingen die ze zei. Dat ze mijn dochter niet is en dat ik haar vader niet ben. Ik ben haar genetische donor.'
'Ja.'
'Gaby, je vroeg er zelf naar.'
'Juist. Wat, eh... vroeg ze allemaal?'
'Ze had een lijst vragen die ze van tevoren had opgeschreven. Een beetje verontrustend. Ze wilde bijvoorbeeld weten of er ziektes in de familie voorkomen, of genetische afwijkingen, dat soort dingen. Ik heb haar verteld over de kanker van mijn vader en de verdachte knobbels die ik zelf een paar jaar geleden in mijn darmen heb gehad, en over het alcoholisme van mijn moeder. En ik heb ook gezegd dat ik

een lichte neiging tot depressiviteit heb en dat ik die bestrijd met hardlopen. Het was allemaal opmerkelijk emotieloos.'
'En verder?'
'Eh… ze vroeg of ik wel besefte hoeveel we op elkaar lijken.'
'En besefte je dat?'
'Ja. We trekken zelfs allebei…'
'Dat weet ik.'
'Ja, natuurlijk. En ze vroeg hoe het was gegaan.'
'Tussen jou en Nancy.'
'Ja.'
'En dat heb je haar verteld.'
'Maar niets wat ik jou niet heb verteld. Ze wilde weten of ik ooit een vermoeden heb gehad van haar bestaan. Ik denk dat ze voor zichzelf een bevestiging wilde van Nancy's verhaal.'
'Hmm.'
'Ze vroeg naar Ethan. Ze wil hem leren kennen.'
'Ja, natuurlijk.'
'Volgens mij vindt ze het een fantastisch idee dat ze een halfbroer heeft.'
'Wat heb je gezegd?'
'Dat ik het er met mijn gezin over zou hebben.'
'En met je gezin bedoel je Ethan en mij?'
'Ja.'
'Juist. Nou, met mij heb je het er al over gehad, dus ik laat het aan Ethan en jou over. Dat lijkt me het beste. Jullie willen vast niet dat ik je voor de voeten loop.'
'Gaby…'
'Het is goed. Misschien kun je naar Ethan toe gaan, ergens met hem gaan eten of zo.'
'Ik wilde eigenlijk wachten tot hij thuiskomt.'
'Ik laat het aan jou over. Zullen we nu een glas wijn nemen?'
'Natuurlijk.'
Hij stond op en maakte de fles open die hij had klaarstaan, schonk voor hen beiden een half glas in en tikte dat van hem proostend tegen het hare.
'Op ons,' zei hij.
'Heeft ze nog naar mij gevraagd?'

'Naar jou?'

'Dat slaat ook nergens op; waarschijnlijk is het niet eens bij haar opgekomen. Maar ik vroeg me gewoon af of ze iets over me had gezegd.'

'Ze zei dat ze hoopte dat dit onze relatie niet zal verwoesten. Dat is ook een manier om naar je te informeren, in zekere zin.'

'Hmm. En wat heb jij haar gevraagd?'

'O, of deze hele ervaring haar een beetje heeft verzoend met haar achtergrond, dat soort dingen,' zei Connor vaag.

'En verder?'

'Ze wilde weten of we elkaar vaker zouden zien en ik zei dat dat vast niet lang zou duren.'

'Wat wil dat zeggen, "niet lang"?'

'Ik weet niet. Vóór het nieuwe jaar.'

'Zo snel al! Goh.'

'Niet zo heel snel. Een paar weken…' Hij zweeg.

'Goh,' zei ze nog een keer, en ze nam nog een slok en fronste haar voorhoofd. 'Ze heeft nu een plek in je leven, hè?'

'Ik weet het niet, Gaby. Echt, ik weet het niet. Maar ik zal niets doen wat jij niet wilt, dat beloof ik je.'

'Bedoel je dat je toestemming van me wilt?'

'Zo wil ik dat niet zien. Ik heb het gevoel dat we samen in deze vreemde situatie terechtgekomen zijn en dat we als partners dit soort beslissingen nemen.'

'Maar we zijn op dit punt niet samen, hè? Natuurlijk niet. Hoe zou dat kunnen?'

'Luister, ik weet dat dat in zekere zin klopt, maar ik bedoel dat we een manier moeten vinden om hier samen doorheen te komen.'

'Dat weet ik.'

'Waar zullen we beginnen?'

'Om te beginnen ga ik weg.'

Connor schrok zichtbaar; er klotste wijn uit zijn glas op tafel.

'Ik moet even weg van de puinhoop die we ervan gemaakt hebben.'

'Natuurlijk,' zei hij somber. 'Wanneer wil je vertrekken?'

'Ik zat te denken… morgen?'

'Morgen!'

'Gil blijkt een huisje te hebben vlak bij de grens met Wales dat ik mag gebruiken. Zo lang als ik wil.'

'Maar morgen al...?'
'Ja.'
'Je gaat bij me weg, hè?'
'Ik weet nog niet wat ik doe. Maar ik kan hier nu niet blijven.'

36

Het was een van die dagen waarop het geen moment echt licht wordt, en toch voelde Gaby een onverwachte opwinding toen ze in de auto over het smalle weggetje reed, onder een boog van in elkaar verstrikte kale boomtakken. Bijtende wind, een paar felle buien en een grijze, dreigende hemel: hier kwam ze voor, voor deze uitgestrekte leegte in groen, doorweekt grijs en kolkend bruin, waar ze alleen kon zijn. Ze wierp een blik op het papier met Gilberts nauwkeurige aanwijzingen, geschreven in zijn mooie schuinschrift. Na een paar kilometer op deze weg moest ze linksaf een geasfalteerd pad in, en dat deed ze, een bruggetje over, langs een brak riviertje, en toen ze de bocht om kwam en het asfalt overging in kiezels en zand, zag ze het huisje liggen, half verscholen achter de bomen, bijna onzichtbaar door de leigrijze tinten.

Gilbert had niet overdreven. Het was inderdaad afgelegen. Vanaf hier was geen enkel ander onderkomen te zien, tenzij je de ingestorte grijze muren meetelde van wat eens een schaapskooi geweest moest zijn, op de licht glooiende helling achter het huisje. En zelfs van buiten zag het huis er vervallen uit. De raamkozijnen waren rot, het metselwerk moest gevoegd worden, er groeide mos in de goot en de vieze ramen waren besmeurd met vogelpoep. De tuin, die doorliep tot aan het water, was overwoekerd met onkruid, waardoor de oude rozenstruiken en andere planten bijna niet meer te zien waren. Toch was het een mooi huis, laag en grijs, met asymmetrische ramen. Aan de zijkant liep een stenen trapje naar een rechte houten deur waarvan Gaby wist dat die toegang bood tot een rommelhok-annex-houtopslag. Op de gammele veranda stond een bankje en de muren waren bedekt met klimop. Gaby kon zich voorstellen hoe het huis eruit zou zien als het opgeknapt was, wanneer er licht brandde en rook uit de schoorsteen kringelde – een grijs toevluchtsoord in de wilde schoonheid waardoor het werd omringd.

Ze stopte voor de deur, stapte uit de auto en deed de kofferbak open. Ze had een oud leren koffertje met een tekenblok en verf meegenomen, maar verder alleen het hoogst noodzakelijke: wc-papier, beddengoed en een handdoek, twee victoriaanse romans en wat kleding – een extra spijkerbroek, een paar blouses, een warme trui, een lange sjaal, dikke sokken, wandelschoenen, nachtgoed, pantoffels en een lichtgevend gele regenjas met puntcapuchon die meer op zijn plaats was geweest bij een visser op de Noordzee. Vlak voor haar vertrek had Connor erop gestaan haar ook nog proviand mee te geven. Hij was komen aanzetten met twee flessen rode wijn en een fles witte, met kurkentrekker voor het geval er in het huisje geen zou zijn, verscheidene vacuümverpakkingen baguettes die dagenlang houdbaar waren en die alleen even in de oven hoefden, een bakje boter – voor een derde gevuld – een pot marmelade die hij vorig jaar zelf had gemaakt, een zak groene appels, een eetrijpe mango, een reep van zijn lievelingschocolade, een portie lasagne die hij achter in de vriezer had gevonden, een halve liter melk, havermout voor het ontbijt, met bruine suiker om erover te strooien, gemalen koffie, assam- en groene thee en tot slot een oude kruik voor het geval het koud was in het huisje. Ze had geprotesteerd dat er heus wel winkels en eettentjes in de buurt zouden zijn en dat ze niet al te lang zou wegblijven, maar hij had zo zijn best gedaan, met zijn armen vol voedsel, dat ze hem maar zijn gang had laten gaan.

Met een tas in haar hand en een laken en dekbed onder haar arm geklemd liep ze naar de voordeur en viste de sleutels die Gilbert haar had gegeven uit haar zak. Pas na vele pogingen gaf het slot mee, en de deur werd tegengehouden door de berg brieven en folders op de mat. Binnen was het bijna net zo koud als buiten, en de muffe lucht bleef in haar neusgaten hangen. Ze zette haar tas neer en ging terug naar de auto om de doos met eten te halen. Toen pas keek ze om zich heen. De voordeur kwam rechtstreeks uit in de huiskamer, waar een paar zachte, fijne banken stonden, een bureautje en een boekenkast, en in de hoek was een houtkachel. Naast de huiskamer was de keuken, met schots en scheve kastjes en een piepklein fornuis; het raam bood uitzicht over de glooiende lappendeken buiten.

Gaby bekeek Gilberts instructies. Ze zocht de plugkraan, monteerde hem, draaide hem open en was belachelijk trots op zichzelf toen er oranjebruin water uit gutste. Ze vond de schakelaar van de elektriciteit en jawel: licht vulde de kamers. Toen ging ze naar buiten en liep het stenen trapje aan de zijkant van het huis op, sjorde met veel moeite de enigszins kromme deur open en tuurde de donkere ruimte in, en pas op dat moment herinnerde ze zich dat Gilbert haar had aangeraden een zaklamp mee te nemen. Maar ze zag de houtblokken al die tegen de muur opgestapeld lagen, en ze nam er zoveel mee als ze kon dragen en ging terug het huis in. Ze kon zich niet herinneren wanneer ze voor het laatst zelf een vuurtje had aangelegd; dat deed Connor altijd. Er lag een stapel vergeelde kranten op tafel; ze maakte stevige proppen van de pagina's en legde die onder in de houtkachel. Nu had ze aanmaakhoutjes nodig. De twijgjes en afgevallen takjes buiten waren allemaal nat, maar in het hok naast de keuken – een soort bijkeukentje met twee vishengels die tegen de muur stonden en planken vol met allerlei geheimzinnige blikjes en pakjes – vond ze een doos met houtjes die duidelijk voor dit doel bestemd waren. Daar maakte ze een mooi afdakje van boven haar papierproppen. Zo. Nu kon ze haar vuurtje maken – alleen besefte ze ineens dat ze geen lucifers had. Niet in haar zakken en niet in haar tas, ook al had ze onderweg bij een benzinestation een pakje sigaretten gekocht. Niets te vinden, in het hele huis niet, al trok ze alle laatjes open en holde ze de smalle trap op om te kijken of er misschien een doosje lucifers op een van de slaapkamers lag. Gaby vloekte en probeerde haar gevoelloze vingers warm te blazen. Toen ging ze terug naar de auto, draaide het contactsleuteltje om en drukte de aansteker in. Toen hij weer naar buiten klikte hield ze er een strak opgerold stuk papier tegenaan tot het vlam vatte, vouwde haar handen er beschermend omheen en rende terug naar binnen. Het vlammetje ging uit toen ze de keuken in kwam, en ze liep nog een keer naar de auto. Deze keer stak ze een sigaret aan en gebruikte die om de papierproppen in de kachel in brand te steken. De vlammetjes likten eraan en na een tijdje begonnen de houtjes te gloeien en vatten ze vlam. Gaby legde er zorgvuldig drie blokken hout overheen, als een wigwam. De vlammen werden kleiner en doofden langzaam.

Twee keer herhaalde ze het hele proces: ze zag de vlammen oplaaien en weer doven. Het moest toch gemakkelijker kunnen? Als dat dikke mannetje op televisie in de ijskoude wildernis een kampvuur kon maken door wat takjes over elkaar te wrijven en de vonken aan te wakkeren tot het houtschaafsel brandde, dan moest zij toch een vuurtje kunnen maken in een speciaal voor dat doel ontworpen houtkachel? En eindelijk, bijna een uur later, brandde de kachel inderdaad, maar hij gaf geen warmte. De rook steeg niet op maar kwam door de glazen deurtjes naar buiten gesijpeld en vulde de hele kamer. Gaby trok en draaide wat aan de twee handvatten aan de onderkant waarvan ze vermoedde dat ze iets te maken hadden met het bijstellen van de luchttoevoer. De rook werd nog dikker, dus draaide ze ze weer in de oorspronkelijke positie, zette de deurtjes van de kachel open en liet de rook de kamer in kolken.

Gelukkig was de oven een gewone elektrische, met draaiknop, en de waterkoker had een stekker en een aan/uit-knop. Ze vulde hem met water en zocht in de doos van Connor naar de theezakjes. In een van de kastjes stond een theepot met beschadigde tuit en een onverwacht mooi theeservies – tere porseleinen kopjes en schoteltjes. Ze liep met haar thee naar de huiskamer, ging op een van de banken zitten en dronk met kleine slokjes. Het was vier uur. De grijze dag liep op zijn eind en de lange avond strekte zich voor haar uit. Ze wist niet goed wat ze ermee moest en pakte, vervuld van een plotselinge behoefte om met iemand te praten, haar telefoon uit haar zak om Stefan te bellen. Maar ze had hier geen bereik – en er was geen vaste telefoonaansluiting. Als ze met iemand wilde praten, zou ze met de auto ergens naartoe moeten rijden waar ze kon bellen. Even kreeg ze een akelig voorgevoel, en het ratelende geluid van de wind leek opeens onheilspellend. Toen hees ze zichzelf van de doorgezakte bank, deed de gordijnen in de keuken en de huiskamer dicht en borg de etenswaren uit de doos op in verschillende kastjes. Ze ontdekte dat Connor twee grote dozen lucifers had ingepakt en ze bedankte hem in stilte voordat ze haar tas en het beddengoed naar boven ging brengen.

Een van de slaapkamers was groot, met vaste vloerbedekking, en er stond een tweepersoonsbed, een grote kledingkast waarin een stapel dekens en kussens lag, en een boekenplank met een uiteenlopende verzameling paperbacks erop. Het raam keek uit op de oprit. De andere slaapkamer was veel kleiner en kaler, met witgekalkte muren, ongelakte houten vloerplanken en een vaal, versleten tapijt. De houten kast, waarvan de twee laden leeg waren op een Europese stekker en drie stokoude mottenballen na, was het enige meubelstuk in de kamer, op een eenpersoonsbed na. Maar het raam bood uitzicht op de heuvels, en Gaby besloot voor deze kamer te kiezen. Ze maakte het bed op en legde haar boeken op de ladekast: *David Copperfield* en *Middlemarch*, de twee dikste boeken die ze die ochtend had kunnen vinden. Zelfs al zou ze haar hele verblijf lang niets anders doen dan lezen, dan zou ze er nog genoeg aan hebben. Ze deed haar schoenen en jas uit, trok pantoffels en een extra trui aan, zette haar toilettas in het badkamertje en ging weer naar beneden, met zware voetstappen op de trap om de stilte te doorbreken.

Het was gek, dacht ze, om in een huis te zijn waar geen andere mensen waren, geen telefoon, radio of tv, geen cd-speler en zelfs geen dingen als een vaatwasser of wasmachine, waarvan het brommende geluid nog de geruststelling van huiselijke routine konden geven. Ze floot een vals deuntje en zei toen hardop, om de stilte te doorbreken: 'Oké, je hebt dit zelf gewild, dus kun je er maar beter het beste van maken.'

Wat ze nu wilde was een zwaar melancholische, nostalgische bui, zodat ze over haar leven kon mijmeren en tot de ontdekking kon komen hoe betekenisvol het was. Ze had genoeg van de schrale, wankele neerslachtigheid van de afgelopen weken, ze wilde beginnen aan een periode van onverdeeld verdriet, woede, hoop en liefde. Terug in de keuken brandde het vuur inmiddels gestaag en het gaf warmte. Toen ze er op haar knieën voor zat deed ze haar ogen dicht en voelde de warmte op haar wangen. Minutenlang verroerde ze zich niet. Buiten hoorde ze de regen heviger worden; de druppels leken op haar schedel te kletteren, en plotseling sprong ze op. Ze rende naar de huiskamer, waar haar wandelschoenen en regenjas nog op de grond lagen. Ze trok ze haastig aan, deed de deur open en liep het slechte weer in.

Er stond geen maan, er waren geen sterren te zien en het was ijskoud. De regen striemde op haar wangen en de druppels ketsten als kogels af op de modderige oprit. De wind zwiepte haar haren tegen haar huid. Vrijwel meteen voelden Gaby's handen ruw en begonnen haar kin, neus en oren te gloeien. Ze zette de capuchon van de regenjas op en liep in de richting van de heuvels. Haar schoenen zakten diep weg in de dikke modder. Ze klauterde over een glibberig hekje, bevrijdde zichzelf uit hardnekkige doornstruiken en struikelde over een konijnenhol, maar ze stapte stevig door, tot ze ver genoeg op de heuvel was om het huisje te kunnen zien liggen. Vanuit de verte zag het er knus uit; overal brandde licht en er kwam rook uit de schoorsteen. Ze klom hoger en het huisje werd kleiner, niet meer dan een wazige pluk licht in de donkere regen. Ze was doorweekt. Het leek wel of de regenjas speciaal gemaakt was om de regen in trechters naar verschillende plekken op haar lichaam te loodsen; het water gutste haar nek in en liep vanuit het gootje aan de onderkant haar spijkerbroek binnen, die ongemakkelijk aan haar benen plakte. Haar schoenen stonden vol water en maakten bij iedere stap een soppend geluid. De regen stroomde over haar wangen en droop van haar neus. Haar oren klopten van de kou en in haar ogen welden tranen op, die dik en kleverig aanvoelden door de lage temperatuur. Verschillende keren struikelde en viel ze, en bij elke val in het ijs en de modder werd ze vrolijker. Ze had honger, ze was doorweekt, had het steenkoud, was moe en alleen en bang. Maar verder ging het prima met haar.

Gaby ging pas om zeven uur terug naar het huisje. Zodra ze binnen was stroopte ze haar kletsnatte lagen kleding uit en rende ze de trap op om haar haar droog te wrijven en haar dikke ochtendjas aan te trekken. Toen ging ze naar de keuken, legde nog een paar houtblokken op het kwijnende vuurtje en blies erin om het aan te wakkeren. Wat zou ze die avond eens eten? Ze trok de koelkast open en bekeek de spullen die Connor haar had meegegeven. Morgen, dacht ze, zou ze de lasagne nemen, maar vanavond wilde ze eieren met spek, met stokbrood om te soppen en een paar bekers sterke thee om alles weg te spoelen. Ze herinnerde zich de blikjes in de bijkeuken, en toen ze ging kijken vond ze er een met bonen. Het werd steeds beter: Connor had een hekel aan bonen en Gaby kon zich niet herinneren wanneer ze ze voor het laatst had gegeten. Misschien zou ze haar eten zelfs meenemen naar bed, met een stapel dekens op het dekbed, de kruik aan haar voeten en *David Copperfield* opengeslagen voor zich.

En dat deed ze. Ze liet de gordijnen van de slaapkamer open zodat ze uit het raam kon kijken vanaf haar positie in bed, met een heleboel kussens in haar rug, de kruik onder haar voeten en op schoot een bord bacon met een druipend ei met kapotte dooier en de kleffe oranje bonen eroverheen, die ze samen met stukjes beboterde baguette aan haar vork prikte. Het regende nog steeds, en diep onder het dekbed weggekropen, met haar ogen dicht, had het getik op het raam iets geruststellends. Het was het laatste wat ze hoorde voordat ze in slaap viel.

Ze schrok wakker, verward. Waar was ze? Ze keek uit het raam en vroeg zich af of er soms een ander geluid was geweest dan de regen en de wind dat haar had gewekt, en net toen ze weer bijna insliep, werd ze opgeschrikt door een gedachte die haar een luide kreun ontlokte. Ineens wist ze dat ze het portier van de auto open had laten staan toen ze de aansteker had gebruikt om binnen vuur te maken. Dat was uren geleden, dus de accu zou inmiddels wel leeg zijn. Ze wist dat ze de auto dicht zou moeten gaan doen, maar er lag een dikke laag dekens op het bed en haar plekje was heerlijk warm geworden door haar lichaam, dus kroop ze nog wat dieper onder het dekbed en sloeg haar arm voor haar ogen om ieder spoortje licht buiten te sluiten.

Ze kon daar niet blijven liggen en de accu helemaal leeg laten lopen. In gedachten stond ze op, trok haar ochtendjas aan, haastte zich de trap af en trok haar schoenen aan. Het zou maar een minuutje duren, nog niet eens, om op te staan en de auto af te sluiten. Als ze het meteen had gedaan, had ze nu al weer terug in bed gelegen. Ze zou tot tien tellen en dan zichzelf dwingen om dit heerlijke nestje te verlaten. Nog vijf tellen erbij. Eén, twee, drie... Traag van de slaap. Zware ledematen. Ogen diep in de kassen. Een woud van dromen lag voor haar. Wat was slaap toch een vreemd land. De wind rukte aan het raam en de regen tikte in een staccato ritme op het glas. Heel even nog. Eén keer diep ademhalen, in en uit, langer. Dan zou ze gaan. Als Connor er nu was, zou hij het voor haar doen. Maar Connor was er niet. Er was niemand. Zij was hier ook niet, niet echt, ze zweefde door de lucht, deinde in donker water. Te laat. Vertrokken.

37

Ze had keelpijn en haar ogen, klieren, oren, neus- en bijholtes, borst en hoofd deden zeer. Spierpijn in haar hele lijf. Haar huid gloeide. Ze strompelde uit bed, de trap af en naar buiten, de motregen in om het portier van de auto dicht te gooien, ook al wist ze dat hij niet meer zou starten; zelfs het lampje boven de spiegel brandde niet meer. Bovendien drong het tot haar door, toen ze terug naar bed ging, dat ze de wegenwacht niet kon bellen om haar te komen redden, want ze had geen bereik met haar mobiele telefoon. Nou ja, dat was van later zorg. Voorlopig voelde ze zich slap en doodziek en wilde ze alleen maar onder het dekbed kruipen en haar ogen weer dichtdoen. Connor had vaak genoeg gezegd dat je geen kou kon vatten of griep kon krijgen door nat buiten te lopen, dat het virussen waren die in de lucht zaten, maar toch had Gaby het gevoel dat ze dit te danken had aan haar wandeling door de elementen van gisteren.

Ze sliep de hele ochtend, omringd door zware koortsdromen, en stond toen op om naar het toilet te gaan en nieuw heet water in haar kruik te doen. Ze sliep met tussenpozen de hele middag en ontwaakte alleen zo nu en dan uit wilde dromen waarin van alles misging. Een daarvan speelde zich af in een enorme, schaars verlichte kledingzaak in Oxford Street waar Connor kennelijk zijn spreekkamer had, maar ze kon hem niet vinden. In een andere was ze thuis, maar voor de deur was een rivier overstroomd en het water gutste door de keuken. Dan was er nog iets met een beker vol mieren die ze moest leegdrinken, maar telkens wanneer ze hem oppakte kropen ze over haar gezicht, haar oren en neus in. Ze werd hoestend en sputterend wakker. Haar keel zat vol glasscherven, haar klieren klopten en er gingen pijnscheuten door haar trommelvliezen; als ze rechtop ging zitten, vlamde de pijn door haar schedel.

   Ze zette een kop groene thee voor zichzelf en kroop weer in bed. Soms was ze warm en klam en andere keren ijskoud en klam. Het dekbed raakte verstrikt, tot ze rechtstreeks onder de kriebeldeken lag en haar huid begon te jeuken. Ze wenste dat ze nog een klein meisje was en haar moeder schone lakens, koele washandjes, zachte handdoeken en kopjes bouillon kwam brengen. Connor zorgde altijd heel goed voor haar wanneer ze ziek was. Hij ging niet lopen redderen, zoals ze bij hem wel deed, maar hij was er voor haar. Ik heb een zorgzame man, dacht ze bij zichzelf, en de hete tranen welden op in haar ogen. Ze huilde een paar minuten, sniffend en zwaar bedroefd, en toen snoot ze haar neus in de prop papier die ze van de wc had meegenomen.

   Het werd donker buiten. De grijze dag was voorbij en het werd weer avond. Ze deed opnieuw haar ogen dicht en dommelde weg terwijl er allerlei beelden door haar hoofd flitsten. Ze zag Ethan, Connor, Stefan en Nancy voor zich. Ze keken naar haar, wachtten op haar. Ze zag zichzelf alsof ze naar een film van haar eigen leven keek. Ze stond zichzelf toe om terug te denken aan de tijd dat ze Nancy had leren kennen, dat felle, pientere kind met haar scherpe kaaklijn en lichte ogen. Als een lynx. Vroeger deden ze een spelletje waarbij ze mensen verdeelden in katten en honden. Ethan en zij waren beslist honden: onstuimig, onvoorwaardelijk, onhandig, emotioneel, kwetsbaar, vol vertrouwen en dwaas. Maar Connor en Nancy hadden meer van een kat: beheerst, rationeel en een tikkeltje afstandelijk, enigszins verwijderd van de rest van de wereld, die ze door samengeknepen ogen bekeken. Alleen, dacht Gaby toen ze zich omdraaide in bed en een koel plekje zocht op het kussen, leek het wel of de afgelopen weken Connor hadden veranderd in een hond, die haar de hele dag met trouwe spaniëlogen volgde.

   Toen ze weer op haar horloge keek was het tien uur. Zodra ze overeind kwam bonsde haar hoofd, en bij het slikken was het alsof er naalden in haar keel werden gestoken. Ze had een ontzettend vieze smaak in haar mond, die kurkdroog was. Ze liep naar de donkere, koude keuken en dronk drie glazen water, waar zoveel ijzer in zat dat het naar bloed smaakte. Buiten was het opgehouden met regenen, maar ze hoorde de druppels nog uit de bomen vallen. Verder was het stil.

Om drie uur werd ze opnieuw wakker in haar smalle bedje. Ze bleef doodstil liggen en ademde zo oppervlakkig mogelijk, en ze kon het donker bijna voelen. Haar armen, benen en borst deden zeer. Haar huid jeukte en voelde afschuwelijk. Er kon hier niemand bij haar komen en de auto stond als een roerloze homp staal voor de deur. Ze draaide zich om naar de donkere rechthoek van het raam en ging weer slapen.

De volgende ochtend om negen uur zwaaide ze haar benen uit bed en stond voorzichtig op. Ze voelde de ijzeren bal weer door haar hoofd zwiepen en tegen haar rechterslaap bonken. Het licht deed pijn aan haar ogen. Ze wankelde de paar passen naar de badkamer, leunde tegen de wasbak en probeerde niet in de spiegel te kijken, maar ze kon er niet omheen. Haar haar was slap en haar gezicht lijkbleek en vervormd. Het leek wel of één oog lager zat dan het andere en er zaten enorme kringen omheen, alsof ze net een zwembrilletje had afgezet. Haar lippen waren kleurloos en gebarsten.

'Tjonge,' probeerde ze te zeggen. Haar stem was zwaar en schor; ze klonk totaal niet als zichzelf. Ze begon weer te huilen, maar ze hield meteen weer op omdat ze te weinig kracht had voor tranen.

Ze kroop de trap af. In de keuken vormde haar adem wolkjes en er stonden ijsbloemen op het raam. De aanblik van het vette bord van twee avonden terug maakte haar misselijk. Onder in de houtkachel lag een hoopje papierachtige as, maar Gaby kon de energie niet opbrengen om Connors lucifers te pakken en weer een vuurtje aan te leggen. Dat kwam later wel. Voorlopig zette ze alleen water op voor een nieuwe kop groene thee.

Om vier uur ging ze weer naar beneden, deze keer om de kruik weer te vullen en thee met een biscuitje te halen, al at ze daar maar een hapje van.

Om één uur 's nachts werd ze wakker met een hol gevoel van de honger, en ze dacht aan Connors groentelasagne in de koelkast. Uiteindelijk ging ze naar beneden, zette de oven aan, warmde de lasagne op, deed een klein beetje op een bord en nam dat mee naar bed. Met de kussens in haar rug en een laag dekens over het dekbed heen keek ze naar het eten. De geur van gesmolten kaas maakte haar slap van verlangen. Ze at een paar hapjes en voelde dat ze zwaar op haar maag vielen, maar de simpele daad van goed voedsel tot zich nemen gaf haar een tevreden gevoel. En toen ze naar buiten keek, zag ze dat de lucht helder was, met glinsterende sterren en een bolronde maan die laag en groot boven de heuvel stond. Het zou morgen een prachtige dag worden.

De dagen die volgden zouden later net een droom lijken, helemaal los van het verleden en de toekomst. Gaby was nog zo slap als een vaatdoek en gedroeg zich alsof ze ingesneeuwd was. Ze deed geen enkele poging om de wegenwacht te bellen en haar auto te laten repareren. Sterker nog, ze kwam amper het huis uit, en dan alleen om hout te halen of in de tuin te gaan staan kijken naar het landschap dat zich uitstrekte onder de koude blauwe hemel. Ze leefde op stokbrood met marmelade, havermoutpap – gemaakt met water toen de melk op was – met bruine suiker, en groene appels; dat alles gegeten op de momenten dat ze er zin in had. Ze maakte de flessen wijn niet open maar dronk ijzerhoudend water en groene thee. Ze bracht haar tijd door in de keuken, waar het houtkacheltje dag en nacht brandde, of in bed met een warme kruik. Ze kleedde zich niet meer aan en droeg haar ochtendjas over een T-shirt en slipje, met dikke sokken aan haar voeten. Het water werd niet warm genoeg voor een bad, dus waste ze zich gewoon zo nu en dan aan de wasbak. Het gezicht dat haar verwilderd aankeek in de spiegel beviel haar wel: mager en ontdaan van alle opsmuk. Dit was hoe ze eigenlijk was.

Ze begon weer met tekenen en schilderen – iets wat ze in geen jaren had gedaan, ook al was ze nog niet zo lang geleden weer begonnen met een avondcursus. Ze maakte aquarellen van het uitzicht, met de bleke zon en de heuvel die bij nadere bestudering paars met bruin en blauw met geel was, maar ook verschillende tinten groen. En ze schetste de wintervogels die voor het raam aan de stukjes oudbakken stokbrood kwamen pikken die ze daar had neergelegd. Er zaten staartmeesjes, vinken, roodborstjes en één keer een groene specht, die met zijn kraaloogjes naar haar keek door het glas. Aan het eind van elke dag verbrandde ze haar werk. Soms las ze *David Copperfield*, al merkte ze vaak dat de woorden niet tot haar waren doorgedrongen en dan moest ze terug om ze opnieuw te lezen; of gedichten uit de bloemlezing die ze in de huiskamer had gevonden, met veel van haar oude favorieten. Eentje leerde ze vanbuiten, 'Sunlight in the Garden' van Louis MacNeice, en dat declameerde ze hardop voor zichzelf tijdens het roeren van de havermout of het bijhouden van het vuur. En soms schreef ze in haar schrift, in een poging erachter te komen wat ze nu eigenlijk echt vond van de gebeurtenissen die haar leven op z'n kop hadden gezet.

Maar iedere structuurloze dag zat ze vooral vele uren simpelweg wat te zitten en liet ze de gedachten komen en stilletjes weer gaan. Ze kon zich niet herinneren ooit in haar volwassen leven zo alleen te zijn geweest met zichzelf. Jarenlang had ze geprobeerd het anderen naar de zin te maken: haar man, haar zoon, vrienden en vriendinnen, haar baas en wildvreemden die ze op straat tegenkwam. Veel van haar gedachten in die tijd waren eigenlijk meer plannen en strategieën voor de dag geweest. Nu kon ze de hele dag rondlopen in een ochtendjas, op sokken, en om drie uur 's middags opstaan, om vijf uur 's morgens ontbijten, naar de vogeltjes voor het raam kijken en nadenken.

Waar dacht ze over na?

Ze dacht aan alle redenen waarom ze bij Connor zou moeten blijven: omdat ze van hem hield, omdat ze hem leuk vond, omdat ze hem zo goed kende dat hij bijna onzichtbaar voor haar was geworden, omdat hij haar kende en hij haar ondanks haar roekeloosheid, stommiteiten en gulzigheid ook leuk vond en van haar hield, omdat Ethan zijn zoon was, vanwege alle herinneringen die ze samen hadden, om de toekomst die ze samen hadden gepland, omdat hij geduldig was, om de manier waarop hij naar haar glimlachte of vanwege zijn frons wanneer hij aan het werk was, omdat hij slim en droog en sardonisch was, omdat hij in haar armen had gehuild, omdat hij zo slecht danste, omdat hij het puntje van zijn tong uitstak als hij geconcentreerd bezig was, omdat hij oude musicalliedjes kende en die zong onder de douche, omdat hij aardig was, omdat hij vroeg opstond om haar thee op bed te brengen, omdat hij haar accepteerde zoals ze was en niet probeerde haar te veranderen, omdat hij haar nodig had en omdat de gedachte om zonder hem verder te moeten haar kil en eenzaam en bang maakte.

Maar ondanks dat alles kwam hun oude leven samen haar onwerkelijk voor, als een goed gemonteerde film die ze van een afstand bekeek. Wanneer ze daar in het smalle bed, terwijl het buiten donker was, bepaalde scènes uit hun huwelijk naar boven haalde, dacht ze: was ík dat? Was dat Connor? Waren wij dat? Was dat het leven dat we samen al die jaren hebben geleefd?

En dan vroeg ze zich af: waar zijn al die jaren gebleven? Ze had altijd gedacht dat zij zou ontsnappen aan de treurnis van het verglijden van de tijd, maar die had haar toch te pakken gekregen, als een dreun tegen haar hoofd en een schop tegen haar schenen op het moment dat ze er het minst op bedacht was geweest, als een hooligan die met een koevoet uit een donker steegje opdook. Niet meer dan een herinnering geleden was ze nog jong en levendig geweest, boordevol energie en hoop. Het is de bedoeling dat je iets terugkrijgt voor de dingen die je verliest als je ouder wordt. Maar wat had zij teruggekregen? Waardigheid? Die had ze niet. Innerlijke rust? Nee. Wijsheid? Dat leek haar onwaarschijnlijk. En wat had ze verloren? Schoonheid, jeugd, onschuld, mogelijkheden. Je verleden wordt langer en je toekomst krimpt. En je raakt je ouders en je kinderen kwijt – vaak tegelijk, zodat je van dochter en moeder ineens geen van beide meer bent. Wat blijft er dan van je over? Wat bleef er van haar over?

Dus dacht ze: hoeveel van deze hele toestand heeft te maken met het vertrek van Ethan? Een groot deel. Misschien wel alles. Natuurlijk, had ze dat niet al die tijd geweten? Afscheid nemen is het moeilijkste wat er is.

Gaby wierp de deken die ze om haar schouders had geslagen van zich af en stond op uit de enorme puinhoop van haar bed. Hoeveel dagen was het geleden dat ze had gepraat? Misschien had ze wel geen stem meer. Ze raapte alle vuile borden en bekers van de vloer en de vensterbank, liep ermee naar beneden en zette ze in de gootsteen. Daarna legde ze nog twee blokken hout op het vuur, porde het op en trok de koelkast open. Er lagen alleen nog drie eieren in, en de zak gemalen koffie en de mango, die inmiddels overrijp was en onsmakelijk begon te lekken. In de kastjes was ook niets meer te vinden behalve thee, marmelade, bruine suiker en havermout. In het bijkeukentje stond nog een pot stemgember op siroop, een halve zak basmatirijst waarvan de uiterste houdbaarheidsdatum al jaren was verstreken, een gedeukt blik inktvis en een doosje kippenbouillonblokken. Ze zette water op, wachtte tot het kookte en goot het over een bouillonblokje. Het was lekkerder geweest als ze brood had gehad om dat erin te dopen, maar ze had het laatste stuk oudbakken baguette buiten gelegd voor de vogels. Even overwoog ze om het van de vensterbank te vissen, aangepikt en wel, maar zo wanhopig was ze nu ook weer niet. Nadat ze de bouillon met kleine slokjes bedachtzaam opgedronken had, at ze twee lepels marmelade. Ze keek op haar horloge: half zeven. Opeens rammelde ze van de honger. Het zou jammer zijn om uit het huisje te vertrekken, maar binnenkort moest het er toch van komen, al was het alleen maar om iets te eten te halen.

Maar ze wist niet hoe ze ooit zou kunnen terugkeren naar haar oude leven. Ze wist niet hoe dat moest.

38

Exeter was nu een totaal andere stad. Het was het landschap van zijn bedwelmende, smoorverliefde gelukzaligheid. Het was de stad waar hij hand in hand met Lorna doorheen liep, zo nu en dan stilstaand om haar ruw tegen zich aan te trekken. In de barretjes en restaurants zat hij tegenover haar en kon hij zijn ogen niet van haar afhouden. In drukke clubs waar hij met vrienden praatte en lachte en deed alsof hij echt bij hen was en niet alleen maar wachtte, voelde hij het als ze binnenkwam, zelfs wanneer hij met zijn rug naar de deur stond. Haar stem was zacht, maar boorde zich overal doorheen, als een laserstraal die op hem alleen was gericht. Op zijn kamer, die voorheen smerig was geweest, verstoken van alle comfort, zag hij bij het ontwaken haar zachte haar op het kussen naast hem en dan moest het telkens opnieuw tot hem doordringen dat het geen droom was.

'Over een paar dagen is het semester voorbij,' zei hij toen ze op een ochtend koffie zaten te drinken in het café waar ze die eerste keer samen naartoe waren gegaan, na hun ontmoeting in de boekwinkel.

'Vijf dagen.'

'Ik zal je missen.'

'Ik jou ook.'

'Wat ga je doen?'

'O, gewoon. Snel nog kerstcadeautjes kopen en alles regelen.'

'Valt het je zwaar?'

'Zonder mijn moeder, bedoel je? Vorig jaar was het behoorlijk treurig. Afschuwelijk. Mijn vader was chagrijnig en dronk te veel, en dat probeerde hij goed te maken door iedereen tegen heug en meug Hints en bordspelletjes met hem te laten spelen. Phoebe deed eerst hysterisch enthousiast en heeft daarna urenlang gehuild, en Polly was heel, heel stil. De moeder van mijn vader is in bed gebleven en de vader van mijn moeder belde op het allerlaatste moment af. Jo en ik hadden ineens minder werk.'

'Laat me raden: jij hebt gekookt.'

'Wij samen. De kalkoen was gortdroog, de spruiten papperig en de aardappels te vet. Dit jaar doe ik het beter. Ik wist toen echt niet waar ik mee bezig was.'

'Maar nu heb je geoefend.'

'Behoorlijk, ja.'

'Vind je het nooit vervelend?'

'Wat?'

'Om surrogaatmoeder te zijn?'

'Maar dat ben ik niet. Echt niet, ik lijk totaal niet op haar. Ze zien mij niet als hun moeder.'

'Toch ben je dat. Ik ben bij jullie thuis geweest, weet je nog? Jij bent nu degene op wie ze steunen. Ze zijn afhankelijk van je. En je vader ook.'

'Surrogaatmoeder én surrogaatvrouw, bedoel je?'

'Zoiets.' Hij pakte haar hand en bracht die naar zijn lippen. 'Ik bedoel het niet negatief.'

'Misschien heb je wel gelijk, maar wat kan ik eraan doen? Hij voelt zich ontzettend verloren en mijn zusjes zijn nog zo jong. We hebben niet veel ooms, tantes en grootouders en soms denk ik dat ons gezin aan een zijden draadje hangt. Het is mijn taak, Ethan. Ik heb toch geen keus? Dus ga ik er gewoon mee door.'

'Ik wil alleen zeggen dat dit de meest zorgeloze tijd van je leven zou moeten zijn, maar telkens wanneer een van hen ziek of van streek is, spurt jij erheen. Het is toch oneerlijk ten opzichte van jou?'

'Oneerlijk? Heb je liever dat ik rancuneus en verbitterd word? Ik zie het zo niet. Dat wil ik niet.'

'Nee, dat snap ik. Maar ik zie het wél zo.'

'Mijn hartelijke dank,' zei ze plechtig.

'Ik meen het!'

'Ik ook. Dank je wel.' Ze glimlachte naar hem en streek zijn weerbarstige haar achter zijn oren.

'Maar wat ik eigenlijk wilde zeggen: kom met Kerstmis naar ons.'
'Naar jullie!'
'Ja.'
'En ze zomaar alleen laten?'
'Nee, natuurlijk niet. Jullie allemaal, bedoel ik.'
'Iedereen?'
'Ja, natuurlijk.'
'Jij bent gek!'
'Nee. Het wordt vast heel gezellig.'
'Ethan, ik heb je ouders nog niet ontmoet, zelfs nooit gezien, dus het zou al raar genoeg zijn als ik in mijn eentje kwam. En dan heb jij het over mijn drie zusjes en mijn vader.'
'Ik weet zeker dat ze je geweldig zullen vinden. En jij vindt mijn ouders ook leuk, dat weet ik zeker. Ze zijn echt oké.'
'Nee, Ethan. Trouwens, wat zullen mijn zusjes zeggen als ze ineens uit het ouderlijk huis geplukt worden en ik ze meeneem naar wildvreemden?'
'Ik ben geen vreemde.'
'Je hebt ze één keer gezien.'
'We konden het toch goed met elkaar vinden?'
'Voor mijn zusjes sta je op gelijke hoogte met Johnny Depp.'
'Dus...?'
'We hebben net een week verkering, Ethan.'
'Wat heeft dat er nou mee te maken?'
'Weet je waarom ik zo van je hou?'
'Wat!'
'Omdat je kunt...'
'Nee, weet je wel wat je zei?'
'Ssst! Iedereen kijkt.'
'Je zei dat je van me houdt.'
'Ik zei: weet je waarom...'
'... ik zo van je *hou*.'
'Ethan!'
'Het grote woord. Dat heb je nog nooit tegen me gezegd. Ik wel tegen jou, maar jij niet tegen mij.'
'Ik moet naar college.'
'Zeg het nog eens, Lorna.'

'Ik reken even af, goed?'
'Alsjeblieft?'
'Wat?'
'Zeg dat je van me houdt.'
'Als je erop staat…' Ze boog zich over de tafel heen, nam zijn gezicht tussen haar handen en bekeek hem aandachtig. Ze staarde diep in zijn ogen en één duizelingwekkend moment had hij het gevoel dat ze in hem zou verdwijnen.
'Ik hou van je, Ethan Myers,' zei ze, zo luid en duidelijk dat de aangrenzende tafeltjes het duidelijk konden horen. 'Ik hou heel, heel veel van je. Is dat goed genoeg?'
Toen kuste ze hem op zijn mond; ze voelde zijn lippen glimlachen onder de hare en daarna weer serieus worden. Haar greep op zijn gezicht werd steviger. Haar adem voelde warm in zijn keel.
'O,' zei hij toen ze hem losliet en weer ging zitten. Zijn gezicht was volkomen uitdrukkingsloos geworden.
'Ik heb een idee.'
'Hmm.'
'Wil je het horen?'
'Zeker weten.'
'Als ik nou eens een dagje met Polly, Phoebe en Jo naar Londen ga om kerstcadeautjes te kopen?'
'Ja,' zei hij dromerig. 'Dan kunnen jullie allemaal bij ons logeren.'
'Misschien. Maar ga eerst eens met je ouders praten, die zitten er misschien niet op te wachten om vier vreemde meiden over de vloer te krijgen.'
'Mijn moeder zou het helemaal fantastisch vinden.'
'Dan gaan we in de London Eye of zo. Of schaatsen bij Somerset House, dat is misschien nog beter.'
'Ik regel het wel. Ik regel alles. Een verrassingsdag. Laat het maar aan mij over. Maar wanneer? Wanneer komen jullie?'
'Ik laat het je nog weten, maar nu moet ik gaan. Nee, je hoeft niet mee. Drink je koffie eerst maar op. Hoe laat heb je met je vader afgesproken?'
'Om twaalf uur. Hij belt me als de trein er bijna is en dan ga ik naar het station. Ik vind het zo raar dat hij een dag vrij heeft genomen. Dat is totaal niks voor hem.'

'Misschien mist hij je.'
'Ja... ik hoop maar dat thuis alles oké is.'
'Natuurlijk wel.'
'Tot vanavond dan?'
'Ja, vanavond.'
'Ik kan bijna niet wachten.'
Ze giechelde, stond op en trok haar jas aan. 'Je zult wel moeten.'
'Ga anders niet naar college.'
'Jawel! Trouwens, je vader komt zo.'
'We hebben nog minstens een halfuur.'
'Ethan, ik zie je vanavond.'
'Denk aan me.'
Toen ze zich over hem heen boog viel haar jas open en zag hij de welving van haar borsten en haar tere, uitstekende sleutelbeenderen. Hij deed zijn ogen dicht toen haar geurige haar over zijn gezicht viel en even langs zijn lippen streek.
'Ik zal aan je denken. Er zal geen minuut voorbijgaan zonder dat ik aan je denk. Is dat genoeg voor je?'
'Voor mij is het nooit genoeg.'

Zodra Connor Ethan aan zag komen lopen, magerder dan hij was geweest toen hij thuis wegging en met een dromerige, wezenloze blik op zijn gezicht, wist hij dat zijn zoon verliefd was. Er ging een steek door hem heen: hij besefte hoe gemakkelijk Ethan gekwetst kon worden en wilde hem waarschuwen voor een al te hartstochtelijke verliefdheid. Ze omhelsden elkaar onhandig op het stationsplein, waar de passagiers in beide richtingen langs hen heen dromden.
'Pap,' zei Ethan. 'Leuk dat je er bent.'
'Tja,' zei Connor. 'Ik was er niet toen je wegging en we hebben elkaar al... Het leek me goed om je te spreken voordat...' Hij hield op met zijn gestamel toen hij Ethans open blik zag. 'Eerlijk gezegd,' zei hij, 'moet ik je iets vertellen.'
'O god, ik wist het wel.'
Connor pakte Ethan bij zijn arm.
'Rustig maar,' zei hij met zijn doktersstem. 'Laten we ergens gaan zitten waar we kunnen praten.'
'Het gaat om mama, hè? Ze is ziek. Ik wist wel dat er iets aan de hand was toen ik haar laatst zag. Ze heeft kanker.'

'Nee, Gaby is niet ziek.'
'Echt niet?'
'Echt niet.'
'En jij? Mankeer jij soms iets? Je ziet er niet goed uit.'
'Met mij gaat het prima. Waar zullen we naartoe gaan? Wil je iets eten?'
'Je hebt een ander. Mama heeft een ander.'
'Nee!'
'Meteen toen je zei dat je wilde komen, zomaar midden in de week, een paar dagen voordat ik naar huis kom, wist ik dat er iets aan de hand was.'
'Is dit nou wel een goede plek om het te bespreken?'
'Ik zou niet weten waarom niet.'
'Kunnen we niet op z'n minst ergens gaan zitten?'
'Goed, als je wilt… Daarginds is een cafeetje waar tafeltjes vrij zijn. Is dat wat?'
'Tja,' zei Connor weifelend.
'Nou, kom op dan. Lunchen doen we straks wel.'
'Misschien wil je straks wel niet meer met me lunchen.'
'Jezus, pap! Vertel op.'
'Zal ik twee koffie bestellen?'
'Mij best.'
'Gewone koffie?'
'Wat maakt mij dat nou uit! Modder met water is ook goed. Ik wil het horen.'
'Twee koffie,' zei Connor tegen de vrouw achter de bar. 'Eén met melk en één zwart, graag.' Zijn knieën knikten, en toen hij de bekers pakte trilden zijn handen zo dat de koffie over zijn polsen stroomde. Hij liep naar het tafeltje dat Ethan had uitgekozen en ging tegenover zijn zoon zitten.
'Oké,' zei Ethan. 'Vertel maar waarom je bent gekomen. Wat is er aan de hand?'
Connor haalde diep adem en dwong zichzelf zijn zoon aan te kijken. 'Het is als volgt,' zei hij.

39

GABY HAD GEEN AUTO GEHOORD, MAAR TOEN ZE MET EEN deken over zich heen in bed haar eerste glas wijn zat te drinken sinds ze in het huisje was aangekomen, werd er hard op de deur geklopt. Ze keek met gefronste wenkbrauwen op haar horloge. Een paar minuten over negen – wie kon er nou op dit uur van de avond aan de deur staan? Een paar tellen dacht ze dat het Connor was, maar die zou nooit onaangekondigd komen, net zoals hij haar hier niet zou bellen of schrijven. Ze dacht vaak dat mensen elkaar in een relatie behandelden zoals ze zelf graag behandeld wilden worden. Zij had gezegd dat ze met rust gelaten wilde worden om na te denken, en die wens zou hij naar de letter respecteren. Als het andersom was geweest, wist ze dat ze het nooit zou hebben kunnen laten om toch contact met hem op te nemen. Ze zou hem de kaartjes gestuurd hebben en zou de berichten hebben ingesproken op zijn voicemail die ze zelf graag ontvangen had. Ze zou geprobeerd hebben hem terug te krijgen; zij zou hem nooit hebben laten gaan.

Maar als het Connor niet was, wie stond er dan voor de deur? Wie wist nog meer dat ze hier was? Alleen Gilbert. Zou Gilbert dat hele eind rijden om te gaan kijken hoe het met haar ging? Ze kwam snel uit bed, sloeg de deken om zich heen en liep naar het badkamerraam, waar ze haar gezicht tegenaan drukte. Er stond een auto buiten, maar die kende ze niet. Misschien was het een inbreker. Alleen klopten die meestal niet aan de voordeur. Ze liep langzaam naar beneden en ging achter de deur staan.

'Wie is daar?'
'Ik.'
'*Ik*, dat is geen antwoord.'
'Kom op, het regent.'
'En als ik je nu niet wil zien?'
'Dan zeg je dat ik moet gaan.'
'En doe je dat dan ook?'
'Nee, dan ga ik in de auto zitten wachten. Toe nou, Gaby.'
'Oké.' Ze deed de deur open en keek naar Nancy, die een canvas jas droeg en een keurige weekendtas in haar hand had.
'Jezus!' riep Nancy uit. 'Gaat het wel goed met je?'
'Hoezo?'
'Je ziet er... Heb je al in de spiegel gekeken?'
'Dat probeer ik te vermijden. Ik heb me vandaag gewoon nog niet aangekleed. Of gewassen en zo. Eigenlijk al dagen niet. Dat is wel eens lekker, hoor. Ik had geen bezoek verwacht.'
'Mag ik nog binnenkomen?'
'Kom binnen,' zei Gaby overdreven beleefd, en ze deed een stapje achteruit.
Nancy liep de drempel over en zette haar tas neer.
'Hoe heb je me gevonden?'
'Ik heb Connor gesproken.'
'O.'
'Hij zei dat je weg was.'
'Klopt.'
'En ik heb hem overgehaald me te vertellen waar je zat. Ik moest je spreken.'
'Zullen we naar de keuken gaan? Daar brandt de kachel.'
Het vuurtje in de houtkachel brandde gelijkmatig. Gaby pakte een stapel vuile borden van de tafel en zette ze op het aanrecht voordat ze naar een stoel gebaarde.
'Wijn?'
'Graag.'
'Ik kan je niets te eten aanbieden, er is niks meer in huis. Mijn auto start niet; de accu is al sinds de eerste dag leeg en ik ben ziek geweest. Mijn telefoon doet het hier ook niet, dus ik was aan huis gekluisterd. Het was eigenlijk wel lekker. Vreemd. Soms denk ik dat ik gemakkelijk

gek zou kunnen worden, weet je dat? De wijn stijgt trouwens meteen naar mijn hoofd.'

'Ja, wijn drinken op lege maag. Je ziet er uitgehongerd uit.'

'Jij bent de eerste die ik spreek in... hoe lang ben ik hier nu?'

'Een week.'

'In een week dus. Ik heb alleen een beetje tegen mezelf gepraat.'

'Ik heb startkabels in de auto liggen.'

'Ja, dat was te verwachten. Waarschijnlijk heb je ook een EHBO-doos en een krik, en weet je zelfs hoe zo'n ding werkt.'

'Ik doe het morgenvroeg wel.'

'Dus je blijft hier slapen?'

'Ik heb een slaapzak bij me.'

'Je mag de grootste kamer hebben.'

'Zal ik eerst wat te eten gaan halen?'

'Nee, dat is de moeite niet waard. Ik denk dat ik morgen toch vertrek, en ik heb geen idee waar je een winkel zou kunnen vinden die nu nog open is. Je kunt een bouillonblokje krijgen, als je wilt.'

'Een bouillonblokje?'

'Dat moet je natuurlijk nog wel even oplossen in kokend water, maar dan is het net soep. En er is een blikje inktvis.'

'Hmm.'

'En stokoude rijst.'

'Dat begint er al op te lijken.'

'Wat?'

'Laat het maar aan mij over.'

Gaby ging zitten, wikkelde zich in haar deken en keek met een glas wijn in de hand toe hoe Nancy druk in de weer ging: afwassen, rijst koken in kippenbouillon en het aanrecht en de tafel schoonmaken. Het was warm in de keuken, en ze voelde zich lekker loom. Nancy dekte de tafel: twee borden, messen en vorken en de fles wijn. Toen zette ze een schaal dampende rijst neer waar ze stijfjes hardgekookt ei en stukjes inktvis op gerangschikt had.

'Alsjeblieft,' zei ze.

'Het is net spijkersoep,' zei Gaby.

'Wat is spijkersoep?'

'Dat is een verhaaltje dat mijn moeder vroeger altijd vertelde. Er was eens een oud echtpaar dat in een krakkemikkig huisje in het bos woonde, en ook al hadden ze hun hele leven hard gewerkt, ze waren altijd arm geweest en hadden grote moeite om het hoofd boven water te houden. Op zeker moment raasde er een zware storm rond het huis waardoor vele bomen geveld werden en ze de deur niet meer uit konden. Er was niets meer te eten. Toen werd er aangeklopt en stond er een vermoeide reiziger op de stoep die om onderdak vroeg. Ze nodigden hem uit om binnen te komen en zeiden dat hij welkom was in hun huisje, maar dat ze hem niets te eten konden aanbieden. "Aha!" zei hij. "Maar ik heb een toverspijker. Ik zal een pan spijkersoep voor jullie maken." Hij zette een grote pan water op het vuur en keek om zich heen. In de gootsteen vond hij aardappelschillen en een bot, op de grond een oude wortel en de stronk van een pastinaak. In de kast lagen nog een paar broodkorsten, een ui en wat losse korreltjes rijst. Dat alles deed hij in de pan. Aan de balken hingen gedroogde kruiden en die voegde hij aan het mengsel toe. Toen haalde hij een roestige spijker uit zijn zak en gooide die er ook in. Na een halfuurtje vulde een verrukkelijke geur het gammele huisje en schepte hij drie kommen smakelijke soep op. Hij zei: "Als je een toverspijker hebt, kun je altijd een maaltijd maken." Of iets van die strekking – mijn moeder kon het beter vertellen.'

'Eet nou maar, Gaby.'

'Goh, dit is niet slecht!' Ze schrokte grote happen weg en dronk gulzig rode wijn. 'Ik wist niet dat ik zo'n honger had. Is er nog meer?'

'Genoeg.'

'Jammer dat we geen toetje hebben. We kunnen de pot gember openmaken.'

'Goed idee.'

'Wat kom je eigenlijk doen?'

'Twee dingen. Ten eerste maakte ik me zorgen om je. Ik wilde weten of het wel goed met je ging. Connor zei dat je niet gestoord wilde worden, maar ik dacht... Ach, eerlijk gezegd dacht ik: wat zou Gaby in mijn plaats doen? En het antwoord was dat je gewoon naar binnen zou stormen.'

'Dus stormde jij hier ook maar binnen?'

'Ja.'

'En ten tweede?'

'Ik dacht... Het klinkt misschien gek, gezien de omstandigheden, maar ik had gehoopt dat dit onze tweede kans zou kunnen zijn.'

'Tweede kans waarvoor?'

'Om weer vriendinnen te worden.'

'Aha.'

'Ik zat te denken... ik heb nooit iemand verteld wat er is gebeurd, geen sterveling; er was niemand aan wie ik het kwijt had gekund. Maar als jij niet degene was die ik had bedrogen, zou ik het jou wel verteld hebben, als je begrijpt wat ik bedoel.'

'Ik geloof het wel.'

'Jou had ik het kunnen vertellen omdat je de enige persoon op aarde bent die me zou begrijpen, die zou snappen hoe ik me voelde. Omdat je me zo goed kende.'

'Hmm,' zei Gaby. Ze prikte een stuk gember aan haar vork en stopte het in haar mond. De zoete smaak gleed langzaam haar keel in en een immense blijdschap buitelde door haar buik. Ze deed haar uiterste best om niet te glimlachen.

'Wat wil "hmm" zeggen?'

'Ik heb één voorwaarde.'

'En die luidt?'

'Dat ik het je niet hoef te vergeven.'

Nancy trok een gezicht en wilde iets zeggen.

'Wacht. Ik bedoel, we kunnen geen vriendinnen zijn als jij de zondares bent en ik de heilige die jou je zonden heeft vergeven. Ik wil geen lieve, deugdzame, edelmoedige vrouw zijn die zwaar geleden heeft en zich erdoorheen geslagen heeft. Afschuwelijk.'

'Maar ik ben wel de zondares.'

'Ach, sodemieter op,' zei Gaby, genietend van haar felheid. 'Je bent gewoon een mens van vlees en bloed, net als wij allemaal. Dat is het probleem met jou en Connor, die verdomde principes van jullie. Jullie staan stijf van de principes – volgens mij is dat gevaarlijk. Jullie kunnen niet buigen, het is star verzet of breken.'

'Ik weet dat je het me niet wilt vergeven, maar ik wil wel graag vergiffenis.'

'Dan vergeef je het jezelf maar. Wil je foto's van Ethan zien? Per slot van rekening is hij je petekind.'

'Graag.'

'Hij is geweldig.' Ze dronk de laatste slok wijn uit haar glas en werd licht in haar hoofd. 'Een wonder. Mijn absolute oogappel.'

'Gaby?'
'Ja.'
'Ga toch naar huis, naar Connor.'
'Ik weet dat ik dat zou moeten doen. Maar het zal nooit meer hetzelfde zijn.'
'Niets blijft altijd hetzelfde. Dat noemen ze leven.'

Toen Gaby die nacht wakker werd, bleef ze met wijd open ogen in het donker liggen luisteren. Ze hoorde geen enkel geluid op Nancy's slaapkamer. Na een hele tijd stapte ze uit bed en sloop de koude gang door, haar dekbed achter zich aan slepend. Toen ze de deur opendeed en de kamer in liep, kon ze Nancy's gestalte net onderscheiden aan de andere kant van het tweepersoonsbed, als een rups in haar slaapzak. Ze ging naast haar liggen en trok het dekbed over hen beiden heen. Met haar armen om Nancy heen legde ze haar gezicht tegen haar rug en deed haar ogen dicht. Er zijn wel compensaties voor het feit dat het landschap donkerder wordt, dacht ze. In de schaduwen schuilen mysteries die de zon nooit laat zien. Na een paar minuten viel ze in slaap op het ritme van Nancy's ademhaling.

40

'Ik dacht wel dat je in de keuken zou zijn.'
Hij liet de houten lepel kletterend op de grond vallen, draaide zich met een ruk om, deed één stap in haar richting en bleef toen staan. Ze kon de onzekerheid van zijn gezicht aflezen.
'Gaby! Je bent weer thuis. Ik had je niet horen binnenkomen.'
'Wat ben je aan het maken?'
'Wat? O, custardpudding.' Hij stak zijn hand uit om de pan van het vuur te schuiven. 'Je weet dat Ethan daar gek op is en hij komt maandag thuis.'
'Dat weet ik. En ik weet ook dat jij gaat koken als je je rot voelt.'
'Wat zie je er moe uit. En je bent afgevallen. Gaat het wel goed met je? Heb je wel goed gegeten? Sorry, dat is niet de manier om je welkom te heten. Ik brabbel maar wat omdat ik niet weet wat ik moet zeggen. Ik ben zo blij dat je er bent, ik kon de afgelopen week nergens anders aan denken, maar nu ik je zie voel ik me belachelijk verlegen.'
'Ik ook. Hoe lang zijn we nou getrouwd?'
'In februari twintig jaar.'
'Wauw! Wat klinkt dat degelijk. Eigenlijk zouden we een feest moeten geven.'
'Een soort bruiloftsfeest?' Hij keek haar hoopvol aan.
'Zoiets, om te vieren dat we zo ver zijn gekomen en om te proosten op de volgende twintig jaar.'
'Ik... bedoel je dat het wel goed zit tussen ons?'
'Wel goed? Wij hebben samen toch wel meer te bieden dan "wel

goed". Ze krijgen me niet bij je vandaan, Connor. Tenminste, als je me nog wilt.'

'Of ik je nog wil!'

Hij liep de keuken door om zijn armen om haar heen te slaan, maar ze hield hem op afstand.

'Weet je wat, laten we een eind gaan wandelen voordat het helemaal donker is. Er zijn dingen die we met elkaar moeten bespreken.'

'Juist.'

'En als we terug zijn, gaan we naar bed.'

'Ja.'

'En dan neem ik je chic mee uit eten, met kaarslicht en champagne en alle romantische clichés die ik kan bedenken. Met één rode roos.'

'Gaby, toen ik daar achter het fornuis in de custard stond te roeren voelde ik me ellendig en leeg, en plotseling ben ik zo gelukkig dat ik wel een potje zou kunnen janken. De hele week heb ik me voorgesteld hoe het hier zou zijn zonder jou.'

'Heel rustig en opgeruimd.'

'Een rustige, opgeruimde hel.'

'Kom, wandelen.'

'Sla eerst even je armen om me heen. Steviger. Dan weet ik dat je echt bent.'

In het schemerdonker hield ze zijn hand vast. Zijn vingers waren warm in de hare. Toen ze hem aankeek glimlachte hij.

'Nancy is me komen halen,' zei ze.

'Weet ik. Ze had gezegd dat ze dat zou doen.'

'Ze zei dat ik naar je terug moest gaan.'

'Zei ze dat?'

'Ja. Zou je het erg vinden als we weer vriendinnen werden? Ik bedoel, zou dat niet te raar voor je zijn?'

'Ik vind niets te raar als jij er gelukkig mee bent. Toen Nancy destijds wegging was ik opgelucht – maar iedere keer als je over haar begon of zei dat je haar wilde gaan zoeken, schaamde ik me kapot en was het schuldgevoel als gif in mijn aderen. Uren later was ik er nog misselijk van. Nu ervaar ik het zo niet meer. Geheimen kunnen afschuwelijk zijn.'

'En je voelt niks voor haar?'

'Niet zoals jij bedoelt. Je hebt niets te vrezen, van haar niet en van niemand anders. Dat beloof ik je. Maar ik mag haar graag. Jarenlang kon ik dat niet; ze was abstract voor me, een paar woorden in hoofdletters: Mijn Vreselijke Misstap.'

'En ik wil dat ze binnenkort kennismaakt met Ethan.'

'Goed.' Hij aarzelde. 'Toen je weg was, ben ik naar Exeter geweest om het hem te vertellen.'

'O? Vatte hij het goed op?'

'Goed? Het eerste wat hij deed was onze koffie van tafel maaien. Toen stond hij op en noemde me een ranzige smeerlap.'

'Een ranzige smeerlap?'

'Ja. Ik dacht dat hij in duizend stukjes uit elkaar zou spatten, zo kwaad was hij. Hij keek me aan alsof hij nog nooit zo'n verachtelijk schepsel onder ogen had gehad.'

'Maar hebben jullie er wel over gepraat?'

'Hij zei dat ik me altijd boven iedereen verheven heb gevoeld en moest je nou eens zien, ik was gewoon een hypocriete viespeuk. En vervolgens ging hij er op hoge poten vandoor.'

'O jee. Is hij nog teruggekomen?'

'Dat heeft lang geduurd. Ik wist niet wat ik moest doen. Na drie kwartier heb ik gebeld en op zijn voicemail ingesproken dat ik zou blijven wachten en dat ik zijn reactie wel begreep. Hij kwam terug, maar pas ruim een uur daarna. Hij deed heel koel tegen me. Vanwege jou. Hij is ontzettend beschermend tegenover je. Na een tijdje stond hij zichzelf toe om zijn bezorgdheid te uiten en kwam die waanzinnige humor van hem om de hoek kijken – je kent dat wel. Uiteindelijk kwam hij een beetje tot bedaren; voor hem is het allemaal ontzettend lang geleden, eerder verleden tijd dan iets wat nu nog speelt.'

'Maar is het nu wel weer goed tussen jullie?'

'Ik weet het niet. Dat komt wel weer, hoop ik. Hij is teleurgesteld in me; het beeld dat hij van me had blijkt niet te kloppen. Daar heeft hij natuurlijk gelijk in.'

'Gedeeltelijk. Het is een jongen van uitersten, voor hem is het alles of niets. Maar ging het wel goed met hem toen je vertrok?'

'Volgens mij wel. Hij was geschrokken, kwaad en behoorlijk emotioneel, maar hij redt het wel. Maak je om hem geen zorgen, Gaby. Hij kan veel hebben, ondanks zijn gevoelige karakter. En hij is verliefd. Waanzinnig verliefd. Tot over zijn oren.'

'Op Lorna?'
'Hoe weet je dat?'
'Moederinstinct. Is het wederzijds?'
'Kennelijk. Hij wil dat ze samen met haar zusjes bij ons thuis Kerstmis komt vieren. Waarom hebben we het trouwens over Ethan in plaats van over ons?'
'Daar zijn we ouders voor.'
Hij bleef staan onder een boom en pakte haar beide handen.
'Soms is het belangrijk om over óns te praten, om de dingen hardop uit te spreken. Ik heb hier een week op geoefend, maar dat maakt het niet minder oprecht. Ik heb altijd alleen van jou gehouden, Gabriella Graham. Jij was voor mij de enige, vanaf het moment dat ik je zag staan in het licht van mijn koplampen, een beetje gestoord. Ik weet dat we al twintig jaar samen zijn en dat we aan elkaar gewend zijn geraakt en we misschien niet meer zo goed naar elkaar kijken of beseffen wat we precies voor elkaar voelen. Ik heb iets verschrikkelijks gedaan, maar ik ben altijd van je blijven houden. Nu sta je daar in je smoezelige kleren, met een bleek, mager gezicht en vet haar...'
'Hé!'
'... en toch ben je in mijn ogen mooier dan op de dag dat ik je leerde kennen. Als jij er niet was, zou het licht in mijn leven uitgaan.'
'Ooo,' zei Gaby met een glimlach. 'Dan komt nu de speech die ik heb ingestudeerd. Jij hebt fouten gemaakt, maar ik ook. Niet één grote zoals jij, maar een heleboel stomme, egoïstische kleintjes die bij elkaar opgeteld misschien nog wel erger zijn. Maar ik heb ook voor jou gekozen, en nu kies ik opnieuw voor je.' Ze begon ineens te giechelen en liet zijn handen los. 'Het lijkt wel of we opnieuw gaan trouwen, vind je niet? Dadelijk hef ik nog een lied aan.'
'Misschien hadden we het nodig om opnieuw te trouwen.'
'Zullen we nu naar huis gaan?'
'Jij bent mijn huis.'
'Het is bedtijd.'

41

16 DECEMBER
Dus anyway *(volgens Goldie begin ik iedere zin met 'dus* anyway*')
ik schrijf dit niet meer aan jou, omdat de 'jij' tot wie ik me richtte
niet meer bestaat, alleen binnen in mij. Ik heb altijd voor mezelf geschreven, maar misschien moet ik dit aan mijn ouders geven – niet
mijn zogenaamd echte ouders maar mijn echt-echte, die er mijn
hele leven voor me zijn geweest, in voor- en tegenspoed. Ik weet dat
ik me de laatste tijd vreemd heb gedragen en ik weet ook dat ze sommige dingen die ik hier heb opgeschreven heel pijnlijk zullen vinden, maar ik neem aan dat ze het meeste toch al weten. Ik denk dat
dit mijn laatste dagboekaantekening wordt. Misschien geef ik het ze
wel met Kerstmis of Nieuwjaar. Of op de kortste dag van het jaar,
een keerpunt. Mijn nieuwe start, die eigenlijk helemaal niet nieuw
is – en geen start. Vroeger dacht ik altijd dat je opnieuw kon beginnen, iemand anders worden, een sleutel vinden en de deur openen
naar een totaal nieuwe wereld, maar dat geloof ik nu niet meer.
Datgene waarvan ik vrijwel mijn hele leven heb gedacht dat het een
sleutel was, bleek dat niet te zijn. Niet echt. Het was gewoon het zoveelste stukje van de puzzel – zoals die verschrikkelijke legpuzzel die
ik een paar jaar geleden van oma heb gekregen: vijfhonderd stukjes,
aan twee kanten bedrukt. Ik heb mijn moeder gevonden en ze was
mijn moeder niet; ik heb mijn vader gevonden en hij was mijn vader niet. Het zijn eigenlijk vreemden. Aardige vreemden. Vertrouwde vreemden. Ze lijken op me en ook weer totaal niet. Ik hoop dat*

papa en mama het niet erg vinden dat ik zo nu en dan naar ze toe ga, dat ik ze wil leren kennen. Het vormt geen enkele bedreiging, ik hoop dat ze dat inzien.

En Ethan evenmin. Toen ik ze vertelde dat ik Ethan zou ontmoeten, kon ik zien dat ze het daar moeilijk mee hadden. Dat had ik niet verwacht. Maar ik had er ook eigenlijk niet goed over nagedacht, niet vanuit hun standpunt. Toen vertelde mama me dat ze altijd een groot gezin hadden gewild. Ze wilden er vlak na hun trouwen meteen aan beginnen. Ze gingen ervan uit dat het geen probleem zou zijn en hadden het al helemaal uitgestippeld, zoals zulke dingen nu eenmaal gaan. Ze hadden al jongens- en meisjesnamen bedacht. Het zou een drukke toekomst worden. Ze kochten een huis met veel slaapkamers, met een tuin die groot genoeg was voor de schommel en het klimrek. Maar er kwamen geen kinderen. Iedere maand doorliepen ze de cyclus van hoop en wanhoop. Mijn moeder werd depressief. Mijn vader dronk te veel. Hun vrienden kregen kinderen, de een na de ander. En zij niet. Ze hadden petekinderen en neefjes en nichtjes, fijne vakanties, een schoon, opgeruimd huis en tijd genoeg om naar de bioscoop en naar de schouwburg te gaan. Tegen de tijd dat ze mij eindelijk konden adopteren, waren ze al best oud – oud voor ouders die hun eerste kind krijgen, bedoel ik. Ze hadden jaren en jaren gewacht. Ik weet niet waarom we er nooit eerder over hebben gepraat. Ze hadden me wel verteld hoe ze elkaar hebben leren kennen en hoe ze verliefd op elkaar zijn geworden, en ook mijn komst hebben ze vaak genoeg beschreven – toen ik jonger was vond ik het net een sprookje: datgene wat ze het allerliefst wilden, hadden ze eindelijk gekregen. Maar de tijd die ertussen lag, het wachten en hopen, de grote afwezigheid, daar hadden ze me nooit eerder over verteld. Ik denk dat het daarom zo pijnlijk voor hen was om te horen over Ethan, omdat ik nu de grote broer zou krijgen die zij me nooit hebben kunnen geven, of iets dergelijks. Alleen is hij niet echt mijn broer, toch? Het is een soort schaduwbroer, een hoe-het-had-kunnen-zijn-broer, een stel-dat-broer. Onze jeugd, de tijd dat we samen hadden kunnen spelen en kibbelen, is voorbij.

Maar ik vond hem leuk. Nee, ik moet het anders zeggen. Ik vond het écht heel leuk. Volgens mij kun je hem onmogelijk niet leuk vinden. Het is een schatje. Hij heeft iets onbeschermds, of iets ongecen-

sureerds of zo. Maar misschien kwam dat door de schrik. Hij wist het pas een paar dagen en leek nog een beetje van slag. Hij bleef maar naar me kijken en zeggen dat ik op Connor leek, en dan wreef hij weer heel hard met zijn hand over zijn gezicht en stak nog een sigaret op. Hij rookt verschrikkelijk veel en praat ook aan één stuk door – soms lukraak, alsof hij alle gedachten die in zijn hoofd opkomen meteen uitspreekt, waardoor we voordat ik het wist zaten te praten over iets wat hij pas had gelezen: hoeveel hartslagen een normaal mensenleven bevat. Dat kwam door de zenuwen, denk ik. Hij lijkt me intelligent, maar op een andere manier dan zijn vader. Hij is warriger, poëtischer en romantischer. Niet zo'n pietje-precies, niet zo zwaarmoedig. Hij vertelde me dat hij vroeger altijd een broertje of zusje wilde en dat hij steeds probeerde zijn ouders over te halen nog een kind te krijgen. Maar telkens wanneer hij dat soort dingen zei, knipperde hij met zijn ogen en schudde zijn hoofd alsof hij het leeg probeerde te maken. Ik denk dat hij eraan dacht wat het wilde zeggen over zijn moeder, zijn vader en Nancy. Dit moet heel raar voor hem zijn. Ik heb altijd geweten dat ik geadopteerd was, maar hij wist niet beter of hij was enig kind in een gelukkig gezinnetje, en ineens beng! duikt dat geheim op in zijn leven. Ik. Ik ben het geheim. Een soort tijdbommetje dat altijd heeft getikt, maar niemand hoorde me.

Alles draait om herinneringen, toch? Die zijn nog sterker dan een bloedband. Dat is wat mensen bindt. Ik heb geen herinneringen aan Nancy, Connor of Ethan, alleen aan hun afwezigheid. Maar mijn ouders herinner ik me wel. Zij waren er voor me.

42

Op de kortste dag van het jaar – haar lievelingsdag, omdat daarna het licht terugkeert – gaf Gaby een feestje. Maar het was geen gewone kerstborrel. Ze nodigde maar een paar mensen uit: Nancy en haar vriend als ze die wilde meebrengen, Stefan, Sonia met haar ouders en natuurlijk Ethan.

'Je bent gek,' zei Connor toen ze het hem vertelde, drie dagen van tevoren. 'Compleet gestoord. Wat een verschrikkelijk slecht idee. Dit is het slechtste idee dat je ooit hebt gehad.'

'Hoezo?'

'Gewoon. Ik kan niks vreselijkers bedenken dan wij allemaal samen in één ruimte. Het lijkt wel een psychologisch experiment over schaamte en pijn. Dit méén je niet. Deze keer ben je te ver gegaan.'

'Het lijkt me enig,' zei Gaby, hoewel ze zelf ook een beetje de zenuwen begon te krijgen. 'Ik denk dat het helend werkt. Trouwens, ik heb iedereen al uitgenodigd, dus ik kan het niet meer afzeggen.'

'Natuurlijk wel. Ik hoor je niet zeggen dat ze de uitnodiging allemaal hebben aangenomen.'

'Jawel, alleen van Nancy's vriend weet ik nog niet of hij komt.'

Connor staarde haar stomverbaasd aan. 'En Stefan?'

'Die zegt dat hij zich erop verheugt om Sonia te ontmoeten.'

'En verheugt hij zich er ook op om Nancy weer te zien?'

'Ze hebben elkaar al gezien.'

'Waarom heb je me dat niet verteld?'

'Ik weet het pas sinds gisteren en toen was jij naar dat congres. Ik

vertel het je nu toch? Het was heel interessant, zegt hij.'
'Interessant.'
'Volgens mij had hij er geen moeite mee. Hij was opgewekt. En misschien brengt hij een kennis mee naar het feest, zei hij. Ik weet niet wat hij daaronder verstaat, niet eens of het een man of een vrouw is. Dat heb ik niet gevraagd.'
'Dat is niks voor jou. En heb je het Ethan verteld?'
'Nee. Nog niet.'

Ethan vond het ook een idioot idee, maar hij leek eerder onder de indruk dan geschokt. Zijn enige bezwaar was dat 21 december de dag was dat Lorna met haar drie zusjes in Londen ging winkelen.
'Dan zullen zij ook moeten komen,' zei Gaby roekeloos.
'Goh, zo wordt het een soort experimentele theatervoorstelling.'
'Is dat positief?'
'Dat kun je van tevoren nooit zeggen – dat is het juist.'

Gaby kocht voor zichzelf een lange rode jurk met wijd uitlopende mouwen die veel te veel geld kostte. Ze bestelde een doos mousserende wijn en versierde het huis met lichtjes en slingers. De kerstboom bezweek bijna onder het gewicht van de bonte ballen en prullaria. Op de avond zelf, een halfuur voordat iedereen zou komen, stak ze kaarsen en de open haard aan en liep toen zenuwachtig door het huis, wachtend op haar gasten.
Ethan kwam als eerste aan, met Lorna en haar drie zusjes. Gaby bukte om zich tot het kleinste meisje te richten, dat nerveus op de drempel bleef staan. Haar hart was vervuld van het besef dat ze geen moeder hadden. Een van de zusjes had de punt van haar vlecht in haar mond en zoog er luidruchtig op, met een boos gezicht. Een ander hield Jo's hand stevig vast en stond te wiebelen alsof ze naar de wc moest.
'Kom binnen,' zei ze. 'Ik ben Gaby. Breng je spullen maar naar boven, Ethan wijst jullie de weg. Is dat goed?'
'Ben jij Ethans moeder?' vroeg Phoebe.
'Inderdaad.'
'Wist je dat hij net heeft gedaan alsof hij dokter was?'
'O ja? Nou zeg, wat stom van hem.'

Ze kwam overeind en stak haar hand uit naar het derde meisje. 'Jij bent vast Jo. Wat leuk je te ontmoeten. Kom binnen, geef me je jas maar.'

Eindelijk stond ze zichzelf toe om naar Lorna te kijken, die achter haar zusjes stond. Ethan had gezegd dat ze mooi was, maar dat was ze niet. Niet echt. Maar als ze glimlachte straalde haar gladde, ovale gezicht en kon je je ogen niet van haar afhouden, en toen ze naar binnen liep zag Gaby dat ze de houding van een balletdanseres had. Ethan, die het groepje volgde met een berg enorme tassen tegen zijn borst geklemd, was onhandig van gretige onstuimigheid. De verliefdheid ontnam hem zijn coördinatievermogen; de pure blijdschap maakte dat hij hulpeloos de trap op strompelde. Lorna, die naast hem liep, pakte zijn hand.

Het feest kwam Gaby voor als een theatervoorstelling, uitgevoerd op haar eigen, helder verlichte toneel. Iedereen was nerveus maar kende zijn rol. Nancy kwam alleen, bruusk en kordaat van de zenuwen, en beende meteen op Ethan af. Gaby wist dat ze zich wapende om zo te kunnen zijn: uiterlijk zelfverzekerd en zelfbewust. Sonia, met een somber, spierwit gezicht, kwam met haar ouders en een vriendin die ze Goldie noemde, en die haar naar binnen begeleidde en beschermend in haar buurt bleef. Connor, in een zwart pak als van een begrafenisondernemer, schonk voor iedereen wijn in. Phoebe en Polly gingen onder de kerstboom zitten fluisteren en giechelen. Stefan was laat, met een enorme bos bloemen, en struikelde over het kleed in de huiskamer. Hij had zijn overhemd binnenstebuiten aan.

Het duurde een tijdje voordat de plankenkoorts minder werd. Gaby stelde groepjes samen door mensen in elkaars richting te schuiven, ze aan elkaar voor te stellen en het gesprek op gang te brengen. Ethan stond met Nancy te praten. Hij keek haar ernstig aan en knikte. Daar stond Connor met Sonia, maar zo nu en dan keek hij naar Gaby alsof hij haar om toestemming wilde vragen. En hij praatte met Ethan, gespannen en hoopvol, en daarna met de moeder van Sonia, die heel rustig overkwam, en met Sonia's vader, die stijf leek te staan van de zenuwen. Gaby kon niet horen wat ze zeiden, maar op zeker moment zag ze Sonia's moeder een hand op Connors arm leggen alsof ze hem gerust wilde stellen, en Gaby wendde zich glimlachend af, tevreden. Lorna praatte met Sonia, met die lach die haar jonge gezicht compleet veranderde; Ethan sprak met Goldie; Stefan leerde Jo een truc met het spel kaarten dat hij uit zijn zak had gehaald, waarbij Gaby een dun stuk touw op de vloerbedekking had zien vallen. Zo te zien was iedereen tevreden. Misschien werkt het wel, dacht ze: een beetje vrolijkheid op de donkerste dag van het jaar. Ze liep rond om glazen bij te vullen, hapjes uit te delen en hier en daar een praatje te maken.

'Heb ik u niet eerder gezien?' vroeg Sonia's moeder terwijl ze haar met samengeknepen ogen bekeek, maar Gaby schudde haar hoofd en zei dat ze vast heel trots was op haar dochter.

'O, dat ben ik zeker.' Maar het klonk treurig.

'En,' ging Gaby door, 'u en uw man mogen ook trots op uzelf zijn. Want u hebt het fantastisch gedaan als ouders.'

Ze zag hoe de vrouw zich ontspande en glimlachte.

'Dank u wel,' zei ze. 'Dat is heel aardig van u. Zeker op een avond als deze. En zeker uit uw mond.'

Nu stond Stefan in een hoekje met Sonia en haar vader. Hij deed een goocheltruc met het stuk touw. Sonia schaterlachte. Haar vader liep verder, maar Sonia bleef met Stefan staan praten. Ze was geanimeerd en enthousiast; hij boog zich naar haar toe met dat verlegen, vage lachje op zijn gezicht. Connor ging bij Nancy staan en Sonia's ouders bij Ethan, Lorna en Jo. Iedereen bewoog zich langzaam door de gouden kamer, alsof ze in een carrousel zaten. Nu stonden alle tieners bij elkaar: ze lachten en wisselden meningen uit. Stefan zat op de grond bij Phoebe en Polly en deed goocheltrucs; hun gezichten waren een en al aandacht. Stefans 'kennis' – inderdaad een vrouw, op en top, met een lach die klonk als een klok – was inmiddels ook gearriveerd en stond met Nancy te praten. Gaby keek naar hen allemaal. Haar hart was vol, maar ze wist niet of het van blijdschap of verdriet was.

Nu stonden Nancy en Connor samen bij de vader en moeder van Sonia. De twee ouderparen. Gaby bleef een tijdje naar hen staan staren, niet in staat haar blik af te wenden, en moest toen de kamer uit. Ze maakte beneden op de wc haar gezicht nat met koud water en ging op de toiletpot zitten, met haar hoofd in haar handen. Zo wachtte ze minutenlang; ze kon door de deur heen het geroezemoes horen, en het plotselinge gelach. Toen ze terugkwam in de huiskamer had ze weer haar glimlach opgezet, en ze pakte een fles wijn om van groepje naar groepje te kunnen lopen zonder te hoeven blijven praten.

Sonia's ouders stonden op het punt om te vertrekken. Ze zag Sonia met hen praten terwijl ze hun jassen aantrokken; het meisje keek op naar haar ouders en zag er ineens heel jong en kwetsbaar uit. Haar moeder sloeg haar armen om haar dochter heen en zo bleven ze even staan, een stilstaand beeld terwijl het feest om hen heen voortbewoog. Toen gingen ze uiteen, met tranen in de ogen maar ook glimlachend.

'Dank u wel,' zei Sonia's vader toen hij Gaby een hand gaf en de hare een hele tijd vasthield, plotseling weer net zo onhandig als vlak na hun binnenkomst. 'Dank u wel, en ik moet zeggen dat het erg onzelfzuchtig van u was. Ik denk niet dat ik dit had gekund als ik in uw schoenen had gestaan.'

'Onzin!' zei Gaby blozend. 'Het was me een genoegen.'

Ze liet hen uit en ging terug naar binnen. Polly zat nu op de bank, met haar hoofd op Jo's schouder geleund; zo te zien kon ze ieder moment in slaap vallen. Stefan praatte met zijn nieuwe kennis, die haar arm door de zijne had gehaakt en zich schijnbaar uitstekend op haar gemak voelde.

'Mag ik even?' klonk een aarzelende stem achter haar.

Ze draaide zich om.

'Sonia, hallo.'

'Ik heb u al eerder ontmoet, hè? Dat verzin ik toch niet? U bent bij mij in de koffiezaak geweest.'

'Dat klopt. Vergeef het me alsjeblieft.'

'Nou ja! Wat valt er te vergeven?'

'Dat ik alles overhoopgehaald heb.'

'Dankzij u is dit alles gebeurd.'

'In zekere zin wel, ja.'

'Ik vind u moedig en heel bijzonder.'

'Wat ontzettend lief van je.'

'Het is gewoon zo.'

Gaby staarde even naar het meisje – Connors dochter, Ethans zus, het meisje dat ze nooit had gehad – en ze kon geen woord uitbrengen. Toen glimlachte ze.

'Dank je wel,' zei ze. 'Ik vind het echt fijn dat je dat zegt.'

'Ach, ik...'

'Sonia?'

'Hmm?'

'Ik ben heel blij dat je bent gekomen.'

Het meisje keek haar aan en kreeg tranen in haar ogen. 'Echt? Meent u dat?'

'Ja, ik meen het.'

Nancy kwam naar haar toe zodra Sonia zich had omgedraaid.

'Fijn dat je er bent,' zei Gaby tegen haar. 'Al zul je het wel een krankzinnig idee gevonden hebben.'

'Dat was het natuurlijk ook, maar van jou verwacht ik niet anders. We zijn allemaal erg gehoorzaam geweest, vind je niet?'

'Onverwacht gehoorzaam.'

'En moedig.'

'Was het zo verschrikkelijk?'

'Nee, niet verschrikkelijk, het was… Eerlijk gezegd was het bijna niet te doen.'

'O…'

'Dat moet je positief zien.'

'Positief?'

'Want we hebben het allemaal wél gedaan, nietwaar?'

'Tja. We hebben het gedaan.'

Nu stonden Ethan en Lorna naast haar. Ethan sloeg zijn arm om haar schouder.

'Gaat het?' vroeg hij.

'Met mij? Ja, hoor.'

'Maar kun je het aan? Alles, bedoel ik?'

'Ik kan het aan. Alles, echt waar. En jij?'

'Dit moet wel de mafste avond van mijn hele leven zijn, en ik heb heel wat maffe avonden gekend. Maar het gaat goed. Met ons allebei. Ja, toch?' Hij keek naar Lorna.

'Jazeker,' zei Lorna. 'Het gaat heel goed met ons.'

Gaby zag dat ze elkaars hand pakten, de vingers verstrengeld. Ze glimlachte.

'Hoe hebben jullie elkaar eigenlijk ontmoet?' vroeg ze.

'Ik had haar gezien,' zei Ethan blij, bereid om het iedereen te vertellen. 'Op een avond zag ik haar op straat lopen en ik werd ter plekke verliefd. Lang voordat ik haar leerde kennen of zelfs maar wist hoe ze heette. Ik was helemaal weg van haar.'

'Wat romantisch.'

'En u en uw man?' vroeg Lorna schuchter.

'Hoe we elkaar hebben ontmoet?' vroeg Gaby, glimlachend naar het jonge gezicht tegenover haar. 'Ach ja, dat was nogal dramatisch. Een ongeluk.'

'Per ongeluk?'

'Nee, door een ongeluk. Ik herinner het me nog als de dag van gisteren.'

'Daar gaan we weer,' zei Ethan gelaten. Hij had het relaas al zo vaak gehoord.

'Het is een lang verhaal, dat zal ik je een andere keer wel eens vertellen.'

Ethan en Lorna liepen verder, nog altijd hand in hand, en Gaby bleef even alleen achter en nipte aan haar wijn. Het was inderdaad een lang verhaal en het was lang geleden, maar ze betrapte zichzelf erop dat ze er nu aan terugdacht, en ze herinnerde zich de jonge vrouw die ze was geweest, de toekomst nog aan haar voeten; de jonge man die ze had ontmoet op een laaggelegen weggetje naast het rokende wrak van een auto. Haar blik ging naar Connor, hij keek op en schonk haar het lachje, bijna onzichtbaar, dat hij speciaal voor haar bewaarde. Haar leven bevond zich in deze kamer: de mensen van wie ze hield en die van haar hielden. Ze legde een hand op haar gekneusde hart.

Achter haar klonken een paar noten pianomuziek en ze draaide zich om. Ethan zat op het krukje en liet zijn handen over de toetsen gaan terwijl Lorna, Sonia en Goldie om hem heen stonden.

'Speel eens een kerstliedje!' riep Jo luid en enthousiast.

'Ja, "We Three Kings",' zei Phoebe. 'Dat is mijn lievelingslied. Ik kan het op de blokfluit spelen.'

Ethan begon te spelen. Stefan, aan de andere kant van de kamer, zong mee met de theatrale zelfverzekerdheid van iemand die heel verlegen is, en een voor een vielen ze in, zelfs Connor, of misschien bewoog hij alleen zijn mond – dat kon Gaby niet zien vanaf de plek waar ze stond. Algauw stonden ze in een kring rond de piano en zong iedereen mee met 'Silent Night', 'Once in Royal David's City' en 'Oh Come all You Faithful' terwijl de kaarsen een zacht, flakkerend licht over het tafereel wierpen. Iedereen behalve Gaby, die van een afstandje naar hen keek.

'"In the Bleak Midwinter",' zei Nancy. 'Mooi.'

Terwijl Ethan zat te spelen, glipte Gaby ongezien de kamer uit. Hun rauwe, krachtige stemmen volgden haar de gang door, naar de voordeur. Buiten was het koud, donker en helder. Ze keek naar de lucht en de fonkelende sterren. Naar de maan die laag en groot aan de horizon stond en haar met zijn mysterieuze licht bescheen. Ze draaide zich om naar het huis. Door het raam, waar geen gordijn voor hing, kon ze de kerstboom zien met daarachter het groepje zingende mensen, hun monden open, de hoofden geheven. Het haardvuur en de gloed van het kaarslicht op hun gezichten. Ze vond ze mooi, tijdloos, en kreeg tranen in haar ogen.

Ze wist niet hoe lang ze daar zo naar hen had staan kijken. De gedachte die haar te binnen schoot, hield ze even vast: ze zou nu kunnen vertrekken, gewoon de straat uit lopen, weg van hen allemaal, en nooit meer terugkomen. Toen haalde ze diep adem en liep langzaam terug naar haar huis. Ze deed zachtjes de voordeur open en ging de warme, drukke huiskamer binnen. Toen ze haar mond opendeed om mee te zingen, had niemand gemerkt dat ze weg was geweest en zag niemand dat ze terug was, terug om weer bij hen te zijn.

P.S.
Dit is de laatste keer dat ik in dit schrift schrijf. Ik moest een tijdje mijn hart luchten – tegen de moeder die ik nooit had ontmoet, tegen de ouders die ik altijd heb gehad en vooral tegen mezelf – maar ik denk niet dat ik het hierna nog zal doen. De noodzaak is weg, de dringende behoefte om alles te weten, en de angst voor wat ik zou kunnen ontdekken. En wat heb ik ontdekt? Niet wie ik ben. Ik denk niet dat iemand dat ooit precies weet. Misschien iets over liefde, over 'houden van': papa en mama hebben altijd van me gehouden zonder er iets voor terug te vragen; ze hielden zoveel van me dat ze zelfs bereid waren me los te laten. Misschien dat ik later ook zo'n moeder zal kunnen zijn. Zo gaat dat met liefde, met houden van, dat geef je door. Je ontvangt liefde en je geeft liefde; het is sterker dan de genen, sterker dan een bloedband, het bindt ons en bevrijdt ons. Althans, zo denk ik erover.
    Nou, dat was het dan. Al is het eigenlijk nooit afgelopen, hè? Alleen de woordenstroom houdt op.